STORY MASTER CLASS

스토리 마스터 클래스

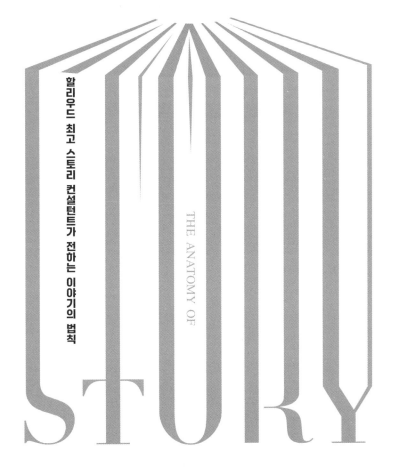

할리우드 최고 스토리 컨설턴트가 전하는 이야기의 법칙

THE ANATOMY OF

스토리 마스터 클래스

존 트루비 지음 · 안은주 옮김

한스미디어

자신만의 금광을 탐험하자

이 책을 읽을 때마다 나는 서부 시대 콜로라도 광산에서 리바이스 청바지를 입고 금광을 캐는 기분이 든다. 『스토리 마스터 클래스』는 많은 분량과 심도 있는 내용에도 불구하고 다른 작법서들처럼 공식을 들이대거나 설명을 쉽게 해주지 않는다. 그것은 마치 탄광에 들어가 직접 곡괭이를 휘둘러야 금덩이를 발견할 수 있는 이치와 같다. 즉 열심히 이 책을 읽는다면 행간에 숨은 노다지 같은 '이야기 창작의 비밀'을 캐낼 수 있다는 말이다.

나 역시 처음 읽을 때는 쉽지 않았다. 개념이 쉽게 들어오지 않는 부분도 있었고, 인용된 작품을 보지 못해 이해하기 어려운 대목도 있었다. 하지만 이후로 내가 쓴 이야기에 무언가 빠져 있다고 느낄 때마다 마치 멘토에게 달려가듯 이 책을 찾았다. 파고들었다. 그리고 발견한 작은 금붙이로 작품 속 빈 곳을 땜질해 나갈 수 있었다. 가령 이런 것들이다.

"멋진 캐릭터를 만들고 싶다면, 모든 인물을 연결망의 일부라 생각하고, 각 인물이 다른 인물을 정의하는데 도움이 되게 하라. 달리 말하면, 인물이라는 것은 종종 타인에 의해 정의된다는 의미다." 참으로 명쾌한 이야기 속 캐릭터 만들기의 본질이지만 작가들이 자주 간과하는 내용을 존 트루비는 정확히 짚어준다.

그는 이런 내용도 강조한다. "기억하라. 이야기 안에서 하나의 욕망을 구축할 때는, 완전히 새로운 욕망을 다시 만들면 안 된다. 그것보다는 처음 시작한 욕망의 강도를 높이고 욕망선을 더욱 견고하게 하라." 이는 법칙이다. 지키지 않는다고 이야기가 완성되지 않는 것은 아니지만 이야기를 끝까지

읽게 만들기 위해서는 지켜야 하는 바로 그 법칙 말이다.

　한편으로 대사에 대해 똑 부러지게 알려주는 대목에서는 '이런 꿀팁은 나만 알고 있으면 좋을 것을'이라는 속내마저 튀어나온다. "대사는 실제 대화가 아니다. 실제처럼 들리지만 고도로 계산된 언어이다. …… 그리하여 지능이 낮거나 교육을 받지 못한 사람이라도 그 사람이 할 수 있는 최고 수준의 말을 해야 한다. 인물이 틀린 말을 해도, 실제보다 더 설득력 있는 방식으로 틀려야 한다."

　이 정도까지만 했으면 좋았을 걸 그는 이런 진실을 더한다. "훌륭한 대사는 하나의 멜로디가 아니라 세 개의 트랙이 동시에 진행되는 교향곡과 같다. 세 개의 트랙이란 이야기 대사, 도덕적 대사, 그리고 핵심 단어 혹은 핵심 문구이다." 정말 아낌없이 나눠준다. 여기까지 동감한 당신이라면 '이야기 대사', '도덕적 대사', '핵심 단어 혹은 핵심 문구'가 몹시 궁금할 것이다. 그렇다면 이 책을 펼쳐라.

　무엇보다 그는 '인생을 바꿀 수 있는 무언가를 쓰자'고 말한다. '당신 인생을 바꿀 만한 이야기를 쓰려면 먼저 자기 자신에 대해 알아야 한다'고 말한다. 알겠는가? 나는 『스토리 마스터 클래스』라는 책을 금광에 비유했지만 사실 금광은 당신 자신의 인생이다. 그 금광을 탐험하기 위해 눈에 불을 켜고 이 책을 읽기 바란다. 나는 그래왔다.

김호연(소설가/시나리오 작가. 『불편한 편의점』, 『김호연의 작업실』 등)

보는 사람이 아닌 쓰는 사람을 위해

이 책을 펼쳤다면, 지금 당장 마지막 장부터 읽어보자. 이 책을 읽어야만 할 이유를 찾을 수 있을 것이다.

작가는 보는 사람이 아니라 쓰는 사람이다. 『스토리 마스터 클래스』는 그래서 작가에게 꼭 필요한 책이다. 이론을 나열해 읽으며 '끄덕'이게 하는 책이 아니라 바로 적으며 '끄적'이게 만드는 파워부스터 작법서이기 때문이다.

이야기를 만들어가는 과정은 캐릭터, 사건, 공간과 시간 등 여러 퍼즐 조각들을 점차 그럴듯한 그림으로 완성해가는 과정과 유사하다. 『스토리 마스터 클래스』는 단순히 퍼즐 조각을 맞추는 기술을 넘어, 각 조각이 어떻게 서로 연결되어 의미 있는 전체를 이루는지를 제시한다.

만약 글을 수정하다가 "윽... 도대체 뭐가 문제인지 모르겠어!" 싶어 어려움을 겪는다면, 다시 첫 장으로 넘어가 끝까지 정독해보자. 그럼 자신의 글에 어떤 문제점이 있는지 진단하는 데 큰 도움이 될 것이다. 특히, 본문에 있는 '훌륭한 이야기를 만드는 22단계'와 '장면 엮기'는 따라만 가도 밀도 있는 글쓰기 단계에 다가설 수 있을 것이다.

막 글을 쓰기 시작한 지망생에게는 필수 안내서이자 이미 이론에 빠삭한 이들이라도 꼭 한 번 읽어봐야 할 작법서다.

박바라(시나리오 작가, 《슈룹》)

3장 이야기 구조를 이루는 7단계   69

4장 캐릭터를 탄생시키다 95

8장 좋은 이야기에는 22단계가 있다   363

1장

이야기는
살아 있다

이런 맥락에서 작가는 운동선수와 아주 흡사하다. 위대한 운동선수는 뭘 해도 쉬워 보인다. 마치 그의 몸이 저절로 그렇게 움직인다는 듯. 하지만 실제로는 선수가 스포츠 기술을 너무 잘 익혀서 기술은 시야에서 사라지고 아름다움만 남는 것이다.

이야기는 누구나 할 수 있다. 우리가 매일 하듯 말이다. "직장에서 무슨 일 있었는지 알아?", "내가 방금 뭐 했게?", "어떤 남자가 바에 갔는데…" 등등. 우리는 일상에서 수천 가지의 이야기를 보고, 듣고, 읽고, 말하며 산다.

그러나 모두가 듣고 싶어 하는 이야기를 해야 한다면 상황이 달라진다. 스토리텔링의 대가가 되고 싶거나 이야기에 관련한 업을 삼고 싶다면, 엄청난 난관에 부딪히게 된다는 말이다. 일단 인간이 왜 살아야 하는지, 어떻게 살아야 하는지 보여주는 일은 굉장히 어렵다. 그 일을 해내려면 아주 거대하고 복잡한 주제를 깊고 정확하게 이해해야 한다. 그런 다음 그렇게 이해한 내용을 이야기로 전환할 수 있어야 한다. 이것은 대부분 작가에게 가장 큰 도전이다.

이야기 기법의 난관을 구체적으로 짚고 넘어가고 싶은 이유는, 이를 알아야 작가 앞에 놓인 난관을 극복할 수 있기 때문이다. 첫 번째 난관은 작가 대부분이 사용하는 이야기 관련 용어다. '전개', '절정', '주인공의 좌절', '대단원' 등 아리스토텔레스 시대까지 거슬러 올라가는 이런 용어들은 너무 광범위하고 이론적이어서 거의 무의미하다. 터놓고 얘기하자면 작가에게 이런 것들은 실질적으로 전혀 가치가 없다.

어떤 장면을 묘사하고 있다고 가정해보자. 주인공이 절벽에 손끝으로 겨우 매달려 여차하면 추락사하기 직전의 장면이다. 그렇다면 이 장면은 주인공의 좌절을 보여주는가? 전개, 대단원, 아니면 첫 장면에 해당하는가? 이 중에 아무 데에도 해당하지 않을 수도 있고, 그 반대일 수도 있다. 문제는 어느 쪽이든지 간에 용어는 그 장면을 쓸지 말지, 쓴다면 어떻게 써야 할지에 대해 알려주지 않는다는 점이다.

심지어 고전적인 용어는 더 심각한 난관이 되어 좋은 글쓰기 방식을 저해한다. 이야기가 무엇인지, 그것이 어떻게 작동하는지를 말이다. 작가 지망생이라면 아마 첫 목표를 아리스토텔레스의 『시학』 읽기로 잡았을 것이다. 아리스토텔레스는 역사상 가장 위대한 철학가임에는 분명하다. 그렇지만 이야기에 관한 그의 생각은 강력한 데 반해 놀라울 만큼 편협해서 한정된 플롯과 장르에만 초점을 맞추고 있을 뿐더러 지극히 이론에만 치중되어 있다. 그렇기에 아리스토텔레스에게서 실용적인 기술을 배우고자 하는 사람은 결국 빈손으로 돌아갈 수밖에 없다.

시나리오 작가라면 아리스토텔레스를 거쳐 '3막 구조'라고 불리는, 더 단순한 이론으로 넘어갔을 것이다. 정말 큰 실수다. 왜냐하면 3막 구조는 아리스토텔레스의 이론보다 훨씬 쉽지만, 끔찍할 만큼 단순하고 여러 면에서 봤을 때 명백히 틀린 부분이 있기 때문이다.

'3막'이란, 시나리오는 세 개의 '막'으로 구성되어 있다는 이론이다. 첫 번째 막은 시작이다. 두 번째 막은 중간이다. 세 번째 막은 끝이다. 첫 번째 막과 세 번째 막은 30쪽 정도 된다. 그리고 두 번째 막이 60쪽 정도 된다. '3막' 이야기에는 추정 상 두세 개의 '플롯 포인트(그게 뭔지는 모르겠지만)'가 있어야 한다. 쉽지 않은가? 좋다. 그럼 이제 이것만 가지고 전문적인 시나리오를 쓸 수 있겠는가?

3막 이론을 단순화하긴 했지만, 아주 심한 비약도 아니다. 분명한 것은, 이러한 원론적인 접근 방식은 아리스토텔레스의 이론보다 실용적 가치가 훨씬 떨어진다는 점이다. 더 심각한 문제도 있다. 이 이론을 받아들인 사람은 이야기를 기계적으로 바라보게 된다는 점이다. 막간이라는 개념은 막이 끝났다는 것을 알리기 위해 커튼을 내렸던 전통 연극에서 유래한 것이다. 오늘날의 영화, 소설, 드라마에서는 없는 것이다. 그 사안에 있어서라면 단막극도 마찬가지다.

요컨대 막간이라는 것은 이야기의 외부에 존재한다. 3막 구조라는 것은 이야기 겉에만 각인된 것으로, 이야기가 어디로 갈지, 어디로 가면 안 되는지(내부 논리)와는 아무런 관계가 없다.

3막 구조처럼 기계적으로 짜인 이야기의 관점은 어쩔 수 없이 사건 중심의 스토리텔링으로 이어진다. 사건 중심의 이야기는 상자에 모은 부품들처럼 작은 조각 모음일 뿐이다. 이야기 속 사건들은 각자 독단적으로 움직일 뿐, 처음부터 끝까지 일관성이 있지도 않고 이야기를 계속해서 쌓아 올리지도 못한다. 그 결과 관객은 아주 간간히 감동 받는다. 만약에라도 감동 받는다는 전제 하에서 말이다.

스토리텔링을 배워 갈고 닦을 때의 또 다른 난관은 글쓰기 과정과 관련이 있다. 많은 작가가 이야기를 기계적으로 바라보기 때문에 이야기를 쓸 때도 똑같이 기계적 과정을 거친다. 특히 시나리오 작가들은 팔릴 만한 대본을 써야한다는 잘못된 생각 때문에 대중성도 없고 좋지도 않은 결과물을 만들어낸다. 대략 6개월 전에 본 영화에서 아이디어를 얻어 약간 변형시키는 게 일반적인데, 그 아이디어에 범죄, 로맨스, 액션과 같은 장르를 하나 골라 적용하고 그 장르에 맞게 인물과 플롯 비트(스토리 이벤트)['비트'는 이야기의 진행을 촉진하고 관객이 다음에 일어날 일에 주목하게 만드는 순간으로, 각 장면은 여러 가지 비트로 구성될 수 있다. '스토리 이벤트'는 인물의 삶에 의미 있는 변화를 가져오는 사건이다. 이야기가 진행되는 동안 주인공은 일련의 사건을 겪게 되며, 각 사건은 주인공이 목표에 더 가까워지거나 멀어지게 한다.]를 채우는 것이다. 그 결과는? 독창성이라고는 전무한, 절망이라는 생각이 들만큼 평범하고 기계적인 이야기가 탄생한다.

이 책을 통해 더 나은 방안을 제시하고 싶다. 누구나 듣고 싶은 이야기란 어떤 식으로 작동하는지 보여주고, 그런 이야기를 쓰는 데 필요한 기술을 제시하여, 이 책을 읽는 모두 그런 이야기를 쓸 수 있도록 최상의 기회를 제공하는 게 목표다. 불가능하다고 항변하는 사람도 있을 것이다. 하지만 가능하다고 믿는다. 일단 그러려면, 우리는 과거와는 다른 시각으로 이야기에 대해 생각하고 대화를 나눠야만 한다.

간단히 말해, 이제 영화, 소설, 연극, 텔레비전 드라마 등 어떤 장르의 글을 쓰든 통하는 실용적인 작법이 제시될 것이다. 그 전에 다음의 사항을 염두에 두자.

- 위대한 이야기는 유기적이다. 기계가 아니라 성장하는 생명체와 다름없다.
- 스토리텔링은 까다로운 기술을 요구하는 정밀한 공예와 같다. 매체나 장르에 상관없이 성공할 수 있는 기술을 익히도록 도와줄 것이다.
- 여기서 제시하는 글쓰기 과정 역시 유기적이다. 각자가 지닌 독창적인 아이디어에서부터 자연스럽게 성장하는 인물과 플롯을 개발하게 될 것이다.

작가라면 누구나 직면하는 도전은 첫 번째와 두 번째 항목의 모순을 극복하는 것이다. 누구나 다양한 기법을 사용하여 수백, 수천 개의 요소로 이야기를 구성할 수 있으면서도 이야기가 자연스러워야 한다. 한 가지 사건이 점점 자라나 절정에 이르는 것처럼 보이게 말이다. 위대한 작가가 되고 싶다면 그런 고난도 기술을 습득해야 한다. 그리하여 실제 캐릭터를 움직이는 것은 여러분이지만, 마치 캐릭터가 자신의 의지대로 행동하는 듯이 보여야 한다. 캐릭터가 자신의 뜻대로 움직여야 한다는 의미다.

이런 맥락에서 작가는 운동선수와 아주 흡사하다. 위대한 운동선수는 뭘 해도 쉬워 보인다. 마치 그의 몸이 저절로 그렇게 움직인다는 듯. 하지만 실제로는 선수가 스포츠 기술을 너무 잘 익혔기 때문에 기술은 시야에서 사라지고 우리에게는 아름다움만 남는 것이다.

누구나 듣고 싶은 이야기란 무엇인가

이야기를 한 줄로 정의 내리며 이 과정을 간단하게 시작해보자. 이야기란 화자가 청자에게 누군가의 행동을 보여주며 그가 원하는 것이 무엇인지, 원하는 이유가 무엇인지를 제시하는 것이다.

우리에게 세 가지 구별된 요소가 있다는 것에 주목하자. 그것은 화자, 청자, 그리고 발화된 이야기다.

작가는 누구보다 먼저 패를 잡는 중요한 사람이다. 이야기란 작가가 관객과 벌이는 언어유희 게임이다. (물론 관객은 점수를 매기지 않는다. 영화사나 방송국, 출판사는 얘기가 다르지만 말이다.) 작가는 캐릭터를 창조하고 그들의 행동을 만들어낸다. 나름의 방법으로 완성된 일련의 행동을 늘어놓음으로써 무슨 일이 있었는지를 알려준다. 설사 작가가 모든 사건을 요약해 현재시제로 얘기를 한다 해도(연극이나 영화에서 그렇듯이) 관객들은 그것을 하나의 완전한 이야기처럼 느낄 수 있다.

이야기를 한다는 것은 단순히 뭔가를 지어낸다거나 과거의 사건을 회상하는 것이 아니다. 사건은 단지 설명에 불과하다. 작가가 실제로 하는 것은 일련의 강렬한 순간을 선택, 연결, 구축하는 일이다. 이런 순간들은 이야기를 듣는 사람이 마치 그 순간을 살고 있다고 느낄 정도로 생생해야 한다. 좋은 스토리텔링이란 그저 어떤 삶에 있었던 일을 전하는 것에서 그치지 않는다. 관객들로 하여금 그 인생을 직접 경험하게 만든다. 그저 하나의 인생이지만, 신선함과 새로움을 느낀 관객들은 그것을 자신들의 인생의 일부라 느끼게 된다.

스토리텔링이 좋으면 관객은 사건을 직접 경험하듯 느껴서, 등장인물이 그런 행동을 하게 된 동기, 선택, 감정을 이해할 수 있게 된다. 이야기는 관객에게 어떤 형태의 지식—정서적 지식—혹은 예전부터 지혜라고 알려진 것을 재미있고 즐거운 방식으로 전달한다.

작가는 관객이 다시금 삶을 체험하게 하는 언어유희의 창조자로서, 인간에 대한 퍼즐을 구성하고 관객이 그 퍼즐을 맞추기를 바라는 존재이다. 작가는 크게 두 가지 방법을 통해 이 퍼즐을 만든다. 첫 번째는 캐릭터를 만들고 관객에게 그에 대한 정보를 알려주되 몇 가지 정보는 감추는 방법이다. 정보를 숨기는 것은 작가가 상상의 세계를 만드는 데 매우 결정적인 역할을 한다. 그리하여 관객은 스스로 캐릭터가 어떤 인물인지, 무엇을 하는지 파악하면서 이야기 속으로 빠져들게 된다. 관객이 상황 파악을 할 필요가 없어진다면, 그들은 관객이기를 포기하고 이야기도 거기서 멈출 것이다.

관객은 이야기의 감정적 측면(타인의 삶을 체험하는 부분)과 사고적 측면(퍼즐을 푸는 부분)을 둘 다 좋아한다. 좋은 이야기는 그 둘을 모두 가지고 있다. 물론 감상적인 멜로드라마나 머리를 쓰는 추리물처럼 한쪽에 극도로 치우친 경우도 있다.

누구나 듣고 싶은 이야기에는 '이것'이 있다

예로부터 수백만 개까지는 아니더라도 수천 개의 다양한 이야기가 존재한다. 이 모든 것을 이야기라고 할 수 있는 건 왜일까? 이 모든 이야기는 과연 무슨 역할을 할까? 작가가 관객에게 말하는 것과 감추는 것은 무엇일까?

● **핵심 POINT** 모든 이야기는 극적 코드[인간이 일생 동안 성장하고 변화하는 방식]를 표현하고자 하는 일종의 소통방식이다.

인간 내면에 깊숙하게 박힌 이 극적 코드는 인간이 어떻게 성장하는가를 예술적인 측면에서 보게 한다. 이 코드는 모든 이야기의 밑바탕을 이루어가는 과정이다. 작가는 특정 인물과 행동 속에 이 과정을 숨겨두지만 이야기가 좋으면, 관객은 결국 성장의 코드를 얻어가게 된다.

가장 간단한 형식을 통해 극적 코드를 살펴보자. 극적 코드의 변화에 불을 지피는 것은 욕망이다. 이야기 세계에서는 "나는 생각한다. 고로 존재한다…."로 귀결되지 않는다. 그보다는 "나는 욕망한다. 고로 존재한다."에 가깝다. 세상을 돌아가게 하는 원동력은 다양한 욕망이다. 모든 의식 있는 생명체를 움직이게 만들고 방향을 제시하는 원동력이다. 이야기는 이 인물이 원하는 것이 무엇인지, 그것을 얻기 위해 무엇을 할 것인지, 그 과정에서 지불해야 하는 것은 무엇인지를 따라간다.

일단 인물이 욕망을 품으면, 이야기는 두 '다리'로 '걷기' 시작한다. 행동과 배움이라는 다리다. 욕망을 따르는 인물은 원하는 것을 얻기 위해 행동을 하고, 그것을 얻을 수 있는 더 나은 방법을 찾아 새로운 정보를 배운다. 새로운 정보를 배울 때마다 결정을 내리며 행동 경로를 변경한다.

모든 이야기가 이렇게 움직인다. 하지만 일부 장르는 유독 하나를 더 강조한다. 행동에 가장 집중하는 장르는 무엇인가. 바로 신화와 신화의 후대 버전인 액션물이다. 배움에 가장 집중하는 장르는 추리소설과 다중시점 드라마다.

욕망을 쫓다가 방해받는 인물은 그에 맞서 싸워야 한다.(그러지 않으면 이야기는 거기서 끝이 나고 만다.) 그러면서 인물은 변화한다. 따라서 극적 코드와 작가의 가장 궁극적인 목표는 등장인물(들)이 변화하는 모습 혹은 변화가 일어나지 못한 이유를 분명하게 보여주는 것이다.

각기 다른 이야기 형식은 서로 다른 방식으로 인간의 변화를 구성한다.

- 신화는 동물에서 신에 이르기까지, 탄생에서 죽음까지, 가장 폭 넓게 캐릭터 아크(이야기가 진행되는 동안 주인공이 겪는 내적 변화)를 보여주는 경향이 있다.
- 연극은 전형적으로 주인공이 결심하는 순간에 초점을 맞춘다.
- 영화는(특히 미국 영화) 한 인물이 제한된 목표를 추구하면서 겪는 작은 변화를 매우 강렬하게 보여준다.
- 고전 단편소설은 일반적으로 주인공이 하나의 주요한 통찰력을 얻을 수 있도록 하는 몇 가지 사건을 따라간다.
- 순수문학은 대개 한 인물이 사회에서 어떻게 상호작용하며 변화하는지를 묘사하거나, 변화에 이를 때까지의 정신적이고 감정적 과정을 세세하게 보여준다.
- 텔레비전 드라마(이하 드라마)는 작은 사회 속 여러 등장인물이 변화하기 위해 고군분투하는 모습을 동시다발적으로 보여준다.

드라마라는 것은 성숙의 코드이다. 초점은 변화의 순간이 주는 효과에 맞춰져 있다. 변화의 순간에 등장인물은 옛 습관, 약점, 그리고 과거의 망령으로부터 벗어나 더 다채롭고 충만한 자기 자신이 된다. 극적 코드는 인간이 심리적으로나 도덕적으로 보다 나은 사람으로 변화할 수 있다는 것을 보여준다. 이것이 사람들이 극적 코드를 좋아하는 이유다.

● **핵심 POINT** 이야기가 관객에게 보여주는 것은 '실제 세계'가 아닌 '이야기 세계'다. 이야기 세계는 기존에 존재하는 삶을 복사한 것이 아니라 있을 법하다고 상상할 만한 삶을 제시한다. 그것은 극도로 응축되거나 과장된 삶이기에 관객은 그 삶 자체가 어떻게 작동하는지 볼 수 있다.

이야기가 살아있다?

위대한 이야기는 인간이 유기적으로 살아간다는 것을 보여준다. 그런데 이야기 그 자체도 역시 유기적인 존재다. 심지어 아주 단순한 동화조차도 다양한 부분, 혹은 하위 구조가 존재해 서로 연결되어 영향을 주고받는다. 육체가 신경계, 순환계, 그리고 골격 등으로 이뤄져 있듯이 이야기에도 하위 구조가 있다. 등장인물, 플롯, 사실발견, 이야기 세계, 도덕적 주장, 인물망, 장면 엮기, 심포닉 대화[단순히 정보를 전달하는 것 이상의 의미를 담고 있는 대화를 말한다. 심포닉 대화는 음악과 같으며 각각의 음표가 특정 분위기를 만들어내듯, 심포닉 대화에서는 각각의 단어가 특정한 효과를 만들어낸다. 등장인물이 말하는 것보다 더 깊은 의미가 내포되어, 서로의 관계에 깊이와 복잡성을 부여하고 장면에 긴장감을 더한다.]가 포함된다.(이 모든 것은 앞으로 설명할 것이다.)

인체에 빗대어 생각하면 이야기가 유기적인 몸과 같다는 말을 더욱 잘 이해할 수 있다. '도덕적 주장'은 이야기의 두뇌이며, 등장인물은 심장이자 순환계다. 사실발견은 신경계다. 이야기 구조는 골격이고 장면은 피부다.

● **핵심 POINT** 이러한 이야기의 체계는 각 구성요소를 규정하고 구별하게 도와주는 하나의 연결망이다.

이야기의 요소들끼리 연결되어 규정되지 않는다면, 그 어떤 요소도, 설령 그게 주인공이라고 해도 절대 제 역할을 하지 못할 것이다.

이야기는 어떻게 움직이는가

　살아 움직이는 이야기는 어떻게 구성되는지 알기 위해, 자연에서 찾을 수 있는 형태로 빗대어 알아보자. 작가와 마찬가지로 자연 또한 종종 다양한 요소들을 자신만의 순서대로 연결시키곤 한다. 다음 그림은 언젠가 연결될 여러 가지 별개의 요소를 보여준다.

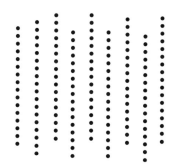

　자연은 이러한 요소를 하나의 순서로 잇기 위해 다섯 가지 기본 패턴(과 수많은 응용 패턴)을 사용한다. 기본 패턴은 직선형, 곡선형, 나선형, 나뭇가지형, 폭발형이다. 작가 또한 똑같이 다섯 가지 패턴을 사용한다. 패턴을 단독으로 쓰거나 조합하여 사용해 이야기 속 사건을 시간 순서대로 엮어 나간다. 직선형과 폭발형은 양극단에 위치한다. 직선형은 곧게 난 길을 따라 사건이 하나씩 순서대로 일어나는 것을 뜻한다. 폭발형은 모든 일이 동시다발적으로 일어나는 것이다. 곡선형, 나선형, 나뭇가지형은 직선형이 동시다발적으로 일어나는 것이다. 그럼 이러한 패턴들이 작품 안에서 어떻게 작용하는지 살펴보자.

직선형 이야기

↓

직선형 이야기는 한 주인공을 처음부터 끝까지 따라가며, 어떤 사건이 언제부터 어떤 배경으로 일어나는지 넌지시 드러낸다. 대부분의 할리우드 영화는 극단적인 직선형이다. 그들은 특정 대상을 강하게 욕망하는 주인공 한 명에 집중한다. 관객은 주인공이 욕망을 따라 어떤 여정을 밟는지, 그리고 그 결과 어떻게 변하는지를 보게 된다.

곡선형 이야기

곡선형은 눈에 띄는 방향 없이 구불구불 구부러진 길이다. 자연에서 곡선의 형태를 지닌 것은 강, 뱀, 두뇌 주름이 있다.

『오디세이』 같은 신화나, 『돈키호테』, 『톰 존스』, 『허클베리 핀의 모험』, 《작은 거인》, 《디제스터》, 및 『데이비드 코퍼필드』를 비롯한 디킨스의 여러 작품처럼 재미있는 여행기는 주로 곡선형이다. 주인공에게는 욕망이 있지만 그다지 강렬하지 않고, 우연에 의지해 이리저리 많은 곳을 떠돌아다니며 사회의 다양한 계층 속 인물들과 조우한다.

나선형 이야기

나선은 중심을 향해 빙글빙글 돈다. 자연에서 나선은 동그란 양상추 속,

뿔, 소라에서 볼 수 있다.

《현기증》,《욕망》,《도청》,《메멘토》등의 스릴러 영화는 전형적인 나선형 구조이며, 등장인물은 하나의 사건이나 기억으로 계속 돌아가면서 결국 점점 더 깊이 파고들게 된다.

나뭇가지형 이야기

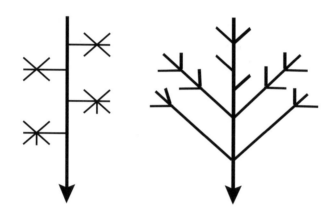

나뭇가지형은 몇 개의 중심점에서 작은 가지들이 갈라져 나와 확장하는 모습이다. 자연에서는 나무, 잎, 강의 유역에서 이런 형태를 볼 수 있다.

스토리텔링에 있어서 각각의 가지는 대개 하나의 완전한 사회를 낱낱이 파헤치거나, 주인공이 탐험하는 사회의 세부 단계를 보여줄 때 쓰인다. 나뭇가지형은 주로 혁신적인 허구 장르에 쓰이는데,『걸리버 여행기』,《멋진 인생》같은 사회적 판타지나《내쉬빌》,《청춘 낙서》,《트래픽》처럼 주인공이 다수인 작품이 그 예다.

폭발형 이야기

폭발형은 동시다발적으로 뻗어나가는 여러 갈래의 길을 갖는 형태로, 자연에서는 화산이나 민들레에서 볼 수 있다.

이야기에서는 다양한 요소를 한꺼번에 제시할 수 없다. 어떤 장면에서도 그럴 수가 없다. 왜냐하면 한 가지씩 차례차례 이야기해야 하기 때문이다. 하지만 이것이 동시에 일어나는 것처럼 보이게는 할 수 있다. 영화에서는 이것을 교차편집이라는 기술로 구현한다.

동시다발적 행동(의 양상)을 보여주는 이야기는 일어나고 있는 사건에 대해 어지간한 설명을 암시하고 있다. 그리하여 관객은 많은 요소를 동시에 봄으로써 각각의 요소에 담긴 핵심 아이디어를 간파한다. 또한 이야기는 이야기 세계를 더욱 탐구하는 것에 중점을 둔다. 세계 속 다양한 요소 간의 연결성을 보여주며, 모든 인물이 어떻게 맞물려 있는지, 혹은 맞물리지 않는지를 보여주는 것이다.

동시다발적 행동을 강조하는 이야기에는《청춘 낙서》,《펄프 픽션》,《트래픽》,《시리아나》,《크래쉬》,《내쉬빌》,《수탉과 황소 이야기》,『율리시스』,《지난 해 마리앙바드에서》,《랙타임》,『켄터베리 이야기』,《L.A. 컨피덴셜》,《한나와 그 자매들》 등이 있다. 각각의 작품은 선형과 폭발형 스토리텔링의 각기 다른 조합을 보여준다. 그러나 처음부터 끝까지 한 명의 인물로 이끌고 가는 것이 아니라, 이야기 세계에 여러 인물이 공존하는 것을 중요하게 여긴다는 점이 공통점이라 할 수 있다.

이야기는 스스로 자라난다

자, 그럼 실용적인 이야기를 해보자. 어떤 글쓰기 과정을 밟아야 훌륭한 이야기가 나오는 것일까?

대부분의 작가는 창작할 때 가장 '좋은' 방식을 택하지 않는다. 그들은 가장 '쉬운' 방식을 택한다. 이 방식들은 다음의 네 용어로 표현된다. 외적, 기계적, 단편적, 일반적. 물론 여기에도 다양한 변형이 있지만, 작가들은 거의 다음과 같이 작업을 진행한다.

작가는 일단 하나의 전제 혹은 이야기의 아이디어를 떠올리는데, 이는 몇 달 전 본 영화에서 따온 애매모호한 복사본이다. 혹은 이전에 봤던 영화 두 개를 (자기 딴에는) 창의적으로 조합한 것일 수도 있다. 강력한 주인공의 존재가 중요하다는 걸 알기에 작가는 모든 신경을 주인공에게만 쏟아 붓는다. 그는 주인공에게 성격이라는 특징을 최대한 많이 부여해 살을 갖다 붙이고 마지막에 주인공이 변화하는 모습만 그려내면 끝이라 생각한다. 상대역과 조연은 주인공과 별개이며 덜 중요하다고 여긴다. 그래서 인물들은 엉성하고 부실한 존재로 그려진다.

주제에 관해 얘기하자면, 일부 작가는 "주제를 전파한다."라는 비난을 면하기 위해 주제 자체를 외면한다. 아니면 바로 대사에 집어 넣어버린다. 또한 배경을 설정할 때 주인공의 존재에 비해 다소 평범한 세계를 구축한다. 주로 관객 대다수가 사는 대도시를 배경으로 설정할 가능성이 아주 높다. 작가는 너무 뻔하고 가식적이라는 생각에 굳이 상징을 사용하려 하지 않는다.

작가는 이제 플롯과 이어지는 장면에 대해 생각해야 한다. 그것은 한 가지 질문에서 시작한다. 그 다음엔 무슨 일이 벌어지지? 종종 그는 주인공을 여행에 나서게 한다. 작가는 3막 구조를 사용하여 플롯을 짜지만, 그저 이야기를 세 부분으로 나눌 뿐 표면 아래에서 사건을 연결시키지는 못한다. 그 결과 단편적인 사건들이 나열된 플롯이 완성된다. 각각의 사건이나 장면이 그저 혼자 우뚝 서 있게 되는 것이다. 그러면 그는 '2막의 난제[시나리오나 연극 등에서 많이 사용되는 용어로 이야기의 가장 긴 부분인 두 번째 막에서 방향을 잃거나 줄거리가 제대로 나아가지 못하여 흥미를 잃게 되는 것을 뜻한다.]'가 찾아왔다고 불평하며 왜 자신의 이야기가 클라이맥스까지 가지 못하며, 관객이 감동을 받지 못하는지 이해하지 못한다. 그리하여 결국 단순히 플롯을 진행시키는 대화만 쓰기 시작하고, 모든 갈등은 사건에만 집중시킨다. 그나마 뚝심 있는 작가라 해도, 이야기 결말 부근에서 주인공 입으로 직접 주제를 언급하게 만드는 것으로 그친다.

이렇게 외적, 기계적, 단편적, 일반적 접근을 활용하지 않도록 여기서는 내적, 유기적, 상호적, 독창적 글쓰기 과정을 제시할 것이다. 여기서 확실히 짚고 넘어갈 것이 있다. 이 과정은 쉽지 않다는 점이다. 하지만 이 접근방식만이, 그리고 이를 변형한 몇몇 방식만이 제대로 통하는 방식이라 믿는 이 방식은 학습으로 습득이 가능하다. 이 책에서 활용할 글쓰기 과정은 다음과 같다.

우리는 여러분이 스토리를 구성하는 것과 동일한 순서로 훌륭한 스토리텔링의 기법을 살펴볼 것이다. 가장 중요한 것은, 이야기는 내부에서 외부로 구축해야 한다는 것이다. 이것은 다음의 두 가지를 의미한다.

1 자신만의 개성 있고 독특한 이야기를 만들어라.
2 이야기의 아이디어에서 독창적인 것을 찾아 개발해라. 이제 각 장을 넘길 때마다 이야기는 성장을 거쳐 더욱 세밀해질 것이고, 각 부분이 서로 연결될 것이다.

전제 우리는 글을 쓸 때 전제에서 시작한다. 이것은 여러분의 이야기 전체를 한 문장으로 압축한 것이다. 이 전제 속에서 우리는 이야기의 씨앗을 찾을 것이며, 그것을 발전시켜서 최대한 활용할 수 있는 방법을 알아낼 것이다.

이야기 구조의 7가지 핵심 단계 이야기 구조의 7가지 핵심 단계는 이야기를 전개시키는 데 있어서, 또한 표면 아래 숨겨진 드라마틱한 상징에 있어서 주요한 부분에 해당된다. 이야기에 있어 7가지 핵심 단계를 DNA라고 생각하자. 이 단계를 제대로 밟아나가면 견고한 기반을 마련하게 될 것이다.

등장인물 그 다음 우리는 인물을 창조하게 될 것이다. 허공에서 '뿅' 하고 나타나는 것이 아닌, 여러분의 독창적인 아이디어에서 끌어내는 인물이어야 한다. 우리는 각 인물을 다른 등장인물과 연결하고 비교하며 한 사람 한 사람이 모두 뚜렷한 특징을 갖게 할 것이다. 그런 후 그들이 주인공을 어떻게 도울지, 각각의 역할을 찾아낼 것이다.

주제(도덕적 주장) 주제란 여러분이 가진 도덕적 비전이며, 세상 사람들이 어떻게 살아야 하는가에 대한 여러분의 관점이다. 등장인물을 그 메시지를 전할 대변자로 만드는 대신, 아이디어에 내재하는 주제를 직접 표현할 것이다. 또한 이야기 구조 속에 주제를 드러내, 관객을 놀라게 하고 깊은 감동을 줄 것이다.

이야기 세계 그런 후 우리는 주인공에 맞추어 이야기 세계를 창조할 것이다. 이야기 세계는 여러분이 주인공을 정의하는 데 도움을 줄 것이며 관객은 그의 성장을 두 눈으로 확인하게 될 것이다.

상징망(인물 연결망) 상징이라는 것은 고도로 응축된 의미 꾸러미이다. 우리는 등장인물, 이야기 세계, 플롯의 다양한 측면을 강조하고 전달할 수 있는 상징망을 찾아낼 것이다.

플롯 우리는 등장인물을 보며 적절한 이야기 형식을 찾아낼 것이다. 왜냐하면 플롯이라는 것은 자신만의 고유한 인물로부터 뻗어 나오는 것이기 때문이다. 22가지 핵심 단계를 통해(7단계에 15단계가 더해진다.) 표면 아래서부터 모든 사건이 연결되는 플롯을 구성하고, 논리에 맞추어 놀라울 만큼 필연적인 결말을 세울 것이다.

장면 엮기 이것은 '장면 쓰기'의 바로 직전 단계로, 우리는 이야기 속 모든 장면을 목록으로 만들고 줄거리와 주제를 넣어 아름다운 태피스트리로 엮어낼 것이다.

장면 구축과 심포닉 대화 마침내 본격적으로 이야기를 쓰는 단계다. 우리는 모든 장면을 주인공이 성장을 이어나갈 수 있게 구성할 것이다. 또한 그저 내용을 이어나가기 위해 쓰는 대사가 아닌, 수많은 '악기'와 풍부한 음으로 구성된 교향곡처럼 느껴지는 대사를 쓸 것이다.

　여러분은 이제 두 눈으로 이야기가 성장하는 모습을 지켜보게 될 것이다. 이것 하나 분명히 약속할 수 있다. 여러분은 이 창작을 즐기게 될 것이다. 그러니 자, 이제 시작해보자.

2장

이 야 기 의
전 제 를
쌓 다

좋은 전제를 가져야 하는 마지막 이유는, 이 결정이 글쓰기 과정에서 내리는 모든 결정의 기반이 되기 때문이다. 등장인물, 플롯, 주제, 상징, 이 모든 것이 전제에서 나온다. 만약 전제에서 실패하면 다른 모두가 흔들리게 된다. 건물의 기반에 결함이 있으면 위에서 아무리 공사를 열심히 해도 건물의 안정성을 보장할 수 없는 것과 같다.

마이클 클라이튼은 체호프처럼 깊이 있는 인물을 그려내지도 않고 디킨스처럼 기발한 플롯을 짜지도 않는다. 그러나 어쩌다 보니 할리우드에서 가장 전제를 잘 만드는 작가가 되었다.《쥬라기 공원》을 예로 들어보자. 클라이튼의 이야기는 다음과 같은 밑바탕에서 시작되었을지도 모른다. "만일 진화 역사상 가장 위대한 헤비급 선수 둘—공룡과 인간—을 링에 넣고 죽을 때까지 싸우게 하면 무슨 일이 벌어질까?" 이런 이야기라면 누구나 보고 싶은 마음이 들지 않겠는가.

글쓰기 과정을 시작하는 데에는 다양한 방법이 존재한다. 몇몇은 자신의 이야기를 7단계(이 단계는 앞으로 배우게 될 것이다.)로 쪼갠 뒤 시작하는 쪽을 택한다. 그러나 대부분은 이야기 전체를 담아낸 아주 짧은 표현에서 출발한다. 그것이 바로 전제다.

전제란 무엇인가

전제란 여러분의 이야기를 한 문장으로 표현한 것을 의미한다. 이것은 캐릭터와 플롯을 가장 간단하게 조합한 것으로, 전형적으로 사건을 촉발하는 일이나, 주요 인물에 대한 요점, 그리고 이야기의 결과에 대한 요점으로 이뤄져 있다. 몇 가지 예를 들어 설명하겠다.

- **대부**: 마피아 집안의 막내아들이 아버지를 쏴 죽인 사람들에게 복수하고 새로운 대부가 된다.
- **문스트럭**: 약혼자의 어머니를 만나러 이탈리아에 간 여성이 약혼자의 동생과 사랑에 빠진다.
- **카사블랑카**: 제2차 세계대전 당시 거친 성격의 미국 남성이 열렬한 옛 사랑을 발견하지만 정의를 위해 포기하고 나치와 대항해 싸운다.
- **욕망이라는 이름의 전차**: 중년의 미인이 여동생의 야만적인 남편으로부터 끊임없는 공격을 받으며 결혼할 남자를 구하려 애쓴다.
- **스타워즈**: 공주가 죽음의 위험에 처하자, 한 젊은 투사가 자신의 숨겨진 능력을 사용하여 그녀를 구하고 은하 제국을 차지한 악의 세력을 몰아낸다.

좋은 전제가 왜 그토록 성공에 중요한 요인이 되는지 설명하는 실질적 근거에는 여러 가지가 있다. 첫째, 할리우드는 전 세계에 영화를 배급함으로써 개봉 첫 주말부터 거대한 매출을 거둬들인다. 그리하여 제작자들은 '하이 콘셉트' 전제를 찾아다닌다. 눈길을 끄는 하이 콘셉트 전제를 내건 영화는 관객들의 눈길을 사로잡아 당장 극장으로 달려가게 만든다.

둘째, 여러분이 가진 전제는 곧 영감이다. 머릿속에 반짝 전구가 켜지며 "이거 꽤 굉장한 이야기가 되겠는걸."이라고 말하는 순간이 찾아오면, 이때의 흥분으로 인해 몇 달이나, 혹은 몇 년이라도 힘든 글쓰기 작업을 헤쳐 나갈 수 있는 끈기를 갖게 된다.

이것은 또 다른 결과로 이어진다. 바로 전제가 감옥으로 변할 수도 있다는 점이다. 어떤 한 가지 내용으로 글을 쓰겠다 결심하는 순간, 수천 개에 이르는 다른 아이디어는 내려놔야 하기 때문이다. 그러니 지금 선택한 그 특별한 세계에 만족하는 것이 좋다.

⬤ **핵심 POINT** 자신이 선택한 글쓰기의 소재가 글쓰기의 방식보다 훨씬 더 중요하다.

좋은 전제를 가져야 하는 마지막 이유는, 이 결정이 글쓰기 과정에서 내리는 모든 결정의 기반이 되기 때문이다. 등장인물, 플롯, 주제, 상징, 이 모든 것이 전제에서 나온다. 만약 전제에서 실패하면 다른 모두가 흔들리게 된다. 건물의 기반에 결함이 있으면 위에서 아무리 공사를 열심히 해도 건물의 안정성을 보장할 수 없는 것과 같다. 인물을 잘 뽑고, 플롯의 대가이며, 혹은 대사의 귀재라 해도, 전제가 약하다면 절대로 이야기를 구제할 수 없다.

⬤ **핵심 POINT** 작가의 95퍼센트가 전제에서 실패한다.

이렇게 많은 작가가 실패하는 가장 큰 이유는 자신의 아이디어를 어떻게 발전시켜야 할지, 그 아이디어 속에 묻혀 있는 금을 어떻게 캐내야 할지 모르기 때문이다. 그들은 전제가 지닌 가장 큰 가치가 무엇인지 모른다. 전제를 보면 글을 쓰기 전에 전체 스토리는 물론 그 스토리가 취할 수 있는 다양한 형태를 미리 탐색할 수 있다. 마치 여러분이 미니어처가 되어 앞으로 만들 이야기의 신체를 둘러보고 어떤 모습일지 확인할 수 있는 것과 같다.

또한 전제는 대충 아는 상태가 얼마나 위험한지를 보여주는 대표적인 예이다. 대부분의 시나리오 작가들은 할리우드에서 하이 콘셉트 전제, 즉 재미있고 (시장성 있고) 반전이 있는 전제를 높게 쳐준다는 것을 안다. 하지만 아무리 마케팅 문구를 열심히 봐도 유기적 이야기에 필요한 게 무엇인지 알 수 없다는 점은 모르고 있다.

뿐만 아니라 그들은 하이 콘셉트 전제에 내재된 구조적 약점도 알지 못한다. 왜냐하면 하이 콘셉트 전제라고 해봤자 고작 두 개 혹은 세 개의 장면만을 제시하기 때문이다. 바로 반전 직전과 직후의 장면들이다. 영화는 평균적으로 40~70개의 장면으로 이루어져 있다. 소설의 경우 그 두세 배에 이르기도 한다. 스토리텔링에 대한 기술을 모두 알아야만 하이 콘셉트의 약점을 극복하고 전체 스토리를 성공적으로 전달할 수 있다.

아이디어에서 금을 캐기 위한 첫 번째 기술, 그것은 시간이다. 글쓰기 과정의 첫 단계에 시간을 많이 할애해라. 고작 몇 시간, 혹은 며칠을 얘기하는 게 아니다. 몇 주는 필요하다. 괜찮은 전제 하나가 나왔다고 해서 아마추어처럼 바로 장면 집필로 들어가는 실수를 범하지 말자. 그러면 20~30쪽 정도 쓰다가 이내 막다른 골목으로 들어가 빠져나올 수 없을 것이다. 그러면 '아이쿠'를 연발하며 지금 쓴 것과 상관없는 전혀 다른 아이디어가 떠올라 후회할지도 모른다.

글쓰기 과정에서 전제를 세우는 단계는, 보다 큰 그림을 그리고 이야기의 전체 형태와 전개를 파악하는 대규모 전략에 해당된다. 그럼에도 아직 한 건 거의 없다고 할 수 있다. 그렇기 때문에 전제를 세우는 작업은 전체 글쓰기 과정 중 가장 잠정적인 작업이다. 어둠 속에서 촉각을 곤두세운 채 무엇이 효과가 있고 무엇이 없는지, 또한 무엇이 유기체로 응결될 수 있는지 가능성을 점치는 작업이기 때문이다.

그러니 가능한 한 유연한 자세를 유지하고 모든 가능성을 열어두어야 한다. 같은 이유로, 유기적 창작법이라는 지침이 가장 중요하게 작용하는 곳이 바로 이 부분임을 기억하자.

이야기의 전제를 쌓는 10단계

자신의 전제를 탐구하는 몇 주 동안, 다음의 단계를 통해 멋진 이야기로 변모할 전제 문장을 만들어보자.

1단계 | 인생을 바꿀 수 있는 무언가를 쓰자

어려운 기준이지만, 작가로서 얻을 수 있는 가장 가치 있는 조언일 것이다. 이 조언을 따르다가 망한 작가는 한 번도 보지 못했다. 왜 그럴까? 만약 이야기가 당신에게 중요하다면, 많은 관객에게도 역시 중요하게 작용하기 때문이다. 더불어 집필을 끝냈을 때 무슨 일이 일어날지는 모르지만, 확실히 당신 인생만큼은 바뀌었을 것이다.

물론 이렇게 말하는 사람도 있을 것이다. "나도 내 인생을 바꿀 이야기를 쓰고 싶습니다. 그런데 쓰기도 전에 내 인생이 바뀔지 어떻게 압니까?" 인생을 바꿀 이야기를 쓰려면 자기 탐색의 시간을 가져야 한다. 놀라울 정도로 많은 작가가 자기 탐색을 전혀 하지 않는다. 대부분 작가는 다른 사람의 영화, 책, 연극을 살짝 베껴서 전제를 만드는 것만으로도 만족한다. 상업적으로는 혹할 수 있겠지만, 어쨌거나 작가에게 개인적인 의미는 없으니 이 이야기는 고통스러울 만큼 평범하거나 실패할 가능성이 높다.

자신을 탐색하기 위해, 당신 자신의 인생을 바꿀 만한 이야기를 쓸 기회를 얻기 위해, 여러분은 자신이 누구인지에 대한 충분한 데이터를 얻어야 한다. 그리고 그것을 바깥으로 꺼내 맞은편에 세워두고 전체를 다 탐구해야만 한다.

이를 가능하게 하는 두 가지 훈련법이 있다. 하나는 자신만의 위시리스트를 쓰는 것이다. 이 위시리스트는 영화에서, 책에서, 혹은 연극에서 보고싶은 것이 총망라된 목록이다. 이것은 당신이 열광적으로 관심을 가질 만한 일, 또한 당신을 즐겁게 해주는 일이다. 꿈꾸던 인물들, 반전이 담긴 멋진 플롯, 혹은 굉장한 대사가 머릿속에서 번뜩 생각나 그걸 적어 내려갈 수도 있다. 그동안 관심 있게 보던 주제나, 늘 끌리던 장르 몇 개를 적을 수도 있다.

종이가 몇 장이 필요하건 간에 그 모든 것을 다 써보자. 당신의 위시리스트니, "예산이 너무 많이 들 것 같은데."라는 식으로 자기검열을 할 이유가 없다. 그리고 리스트를 쓰면서 정리하려고 들지 말자. 아이디어가 끊임없이 꼬리에 꼬리를 물고 나오게 내버려둬야 한다.

두 번째 훈련은 전제 리스트이다. 지금까지 생각했던 모든 전제를 리스트로 만드는 것이다. 다섯 개일 수도, 스무 개, 쉰 개, 혹은 그 이상일 수도 있다. 이번 역시 종이를 아끼지 말자. 여기서 중요한 건 각 전제를 적을 때에는 한 문장으로 끝내야 한다. 그래야 각각의 아이디어가 아주 분명하게 드러난다. 또한 그렇게 해야 당신이 쓴 모든 전제를 한 눈에 볼 수 있다.

이렇게 위시리스트와 전제리스트를 완성하고 나면, 펼쳐놓고 자세히 살펴보자. 두 개의 리스트에서 반복되는 핵심 요소를 찾아라. 그것은 인물일 수도, 인물 유형일 수도, 혹은 대사를 통해 드러나는 목소리의 특징일 수도 있다. 한두 개의 이야기(혹은 장르)가 반복될 수도 있고, 테마, 주제, 혹은 특정 시대 배경이 눈에 띌 수도 있다.

이렇게 관찰하는 동안 당신이 좋아하는 핵심 패턴이 슬슬 모습을 드러낼 것이다. 바로 이것이 가장 날것의 형태로 드러나는 당신의 비전이다. 당신 앞에 놓인 그 종이에 작가로서, 한 인간으로서 당신이 누구인지 적혀 있는 것이다. 그러니 자주 들여다보아라.

이 두 가지 훈련이 당신의 마음을 열기 위해, 또한 당신 안에 깊이 숨겨져 있는 것들을 통합하기 위해 고안된 것임을 기억하자. 이걸 한다고 해서 인생을 바꿀 이야기를 쓴다는 보장은 없다. 그걸 보장할 것은 사실 어디에도 없다. 그러나 자기 탐색이라는 이 필수 과정을 거치고 나면, 더 개인적이고 독창적인 전제를 만들게 될 가능성이 높아진다.

2단계 ┃ 가능한 것을 찾자

작가들이 전제를 세울 때 실패하는 가장 큰 이유는 이야기의 진정한 잠재력을 어디서 찾아야 할지 모르기 때문이다. 여기에는 기술은 물론이고 경험도 필요하다. 우리가 찾는 것은 아이디어가 어디로 가는가, 어떻게 하면 그 아이디어가 꽃을 피울 수 있는가이다. 한 가지 가능성에 무턱대고 뛰어들지 말자. 그것이 얼마나 좋아 보이든 간에 말이다.

● **핵심 POINT** 선택지를 모두 적어보자. 그리고 이 단계에서 할 일은 여러 다양한 방법을 통해 아이디어를 취한 후 그 중에서 가장 좋은 것만을 선택하는 것이다.

가능성을 탐색하는 법은 그 아이디어를 통해 무언가 촉발될 수 있는 조짐이 있는가 보는 것이다. 어떤 아이디어는 관객으로 하여금 특정한 기대를 갖게 한다. 그것은 이 아이디어가 완전한 이야기로 완성이 되었을 때 관객을 만족시키기 위해서 반드시 일어나야 하는 일이다. 이러한 '약속'은 아이디어 개발을 위한 최선의 선택지로 이어질 수 있다.

아이디어에서 가능성을 점치는 데 있어 가장 가치 있는 기법은 자신에게 질문을 하는 것이다. '만약에'라는 질문 말이다. 이 '만약에'는 여러분을 두 군데 장소로 인도할 것이다. 바로 당신 마음과 이야기 속에만 존재하는 독특한 세계다. 이렇게 하면 새로운 세상에서 무엇이 허용되고 무엇이 안 되는지 정의할 수 있게 된다. 또한 이 방식을 통해 여러분은 자신의 마음을 탐구할 수 있다. 이 가상의 풍경을 창조하고 가지고 노는 것은 여러분의 마음이기 때문이다. '만약에'라는 질문을 많이 할수록 이 풍경 속에서 더 충만하게 머물며 디테일을 부여하여 관객을 심리적으로 설득할 수 있는 기반을 마련하게 될 것이다.

핵심은 생각을 자유롭게 풀어놓는 것이다. 자기 검열 따위는 하지 말자. 지금 생각해 낸 가능성이 멍청하다는 판단은 꿈도 꾸지 마라. 나는 이 '멍청한' 아이디어가 창의적인 돌파구 통해 결국 좋은 전제가 되는 것을 실제로 수백 번이나 본 사람이다.

다음에 나올 이야기들은 이미 누군가 쓴 내용이다. 하지만 저자들이 전제를 세우기 위해 얼마나 깊이 가능성을 탐구하고 어떤 생각을 했을지 함께 상상해볼 수 있다.

위트니스

원작 윌리엄 켈리, 얼 W. 월리스 · **각본** 윌리엄 켈리, 얼 W. 월리스, 파멜라 월리스 · 1985년

범죄를 목격한 소년은 범죄/스릴러에서 전형적으로 보이는 설정이다. 이런 설정은 사람을 조마조마하게 만드는 위험, 강렬한 액션, 그리고 폭력성을 담보한다. 그런데 만약 이야기를 확장해 미국 내 폭력을 탐구한다면? 소년을 평화로운 아미쉬 공동체에서 폭력적인 도시로 이동하게 함으로써 무력 사용의 양극단—평화주의와 폭력—을 보여준다면? 정의의 이름으로 폭력을 사용하는 경찰인 주인공이 아미쉬 공동체에 들어가 사랑에 빠진다면? 그런 다음 평화주의의 중심에 폭력성을 심는다면 어떨까?

투씨

원작 돈 맥과이어, 래리 겔바트 · **각본** 래리 겔바트, 머레이 시스갈 · 1982년

이 영화의 아이디어를 듣자마자 즉시 관객은 여장 남자를 보는 것에서 재미를 느낄 거라 기대하게 된다. 특히 관객은 그/그녀가 가능한 한 곤란한 상황에 많이 처하길 바랄 것이다. 그런데 만약 이렇게 유용하고도 당연

한 기대치를 뛰어넘는다면 어떨까? 주인공의 전략을 이용해 남자들이 하는 사랑 게임의 내면을 보여준다면? 주인공은 내키지 않지만 성장을 위해서라면 꼭 여성으로 변장을 할 수밖에 없는 남성 우월주의자라면? 이야기를 희극으로 밀어붙여 속도를 높이고 플롯을 강조한다면? 많은 수의 남성과 여성이 서로를 동시에 쫓는 형국으로 만든다면 어떨까?

차이나타운

각본 로버트 타운 · 1974년

한 남성이 1930년대 로스앤젤레스에서 일어난 살인사건을 파헤치는 내용이라면, 관객은 폭로와 반전, 멋진 후더닛Who done it(누가 범인인가.)을 기대하게 된다. 그런데 범죄가 점점 거대해진다면? 형사가 간통처럼 다소 규모가 작은 범죄 조사로 시작했다가 결국 이 도시 전체가 살인 위에 세워졌다는 것을 발견한다면? 여러분은 점점 더 큰 폭로를 이어갈 수 있을 것이다. 그러면서 결국 미국 사회의 가장 어둡고도 깊은 비밀을 드러내게 될 것이다.

대부

소설 마리오 푸조 · 1969년 / **각본** 마리오 푸조, 프란시스 포드 코폴라 · 1972년

마피아 가문의 이야기라고 하면 사람들은 가혹한 킬러와 폭력적인 범죄를 기대한다. 하지만 가문의 우두머리를 거물로 키워서 왕 같은 존재로 만들어보면 어떨까? 그가 실제 미국 대통령만큼이나 강력한 힘을 발휘하는 지하 세계의 수장이라면? 이 사람은 왕이기에, 한 왕이 죽고 다른 왕이 그 자리를 대신하는, 셰익스피어적인 몰락과 부활의 웅장한 비극을 만들 수 있다. 이렇게 단순한 범죄 이야기를 미국의 어둠이 가득한 대서사시로 만든다면 어떨까?

오리엔트 특급 살인

소설 애거서 크리스티 · 1934년 / **각색** 폴 덴 · 1974년

뛰어난 탐정이 자고 있는 바로 옆 객실에서 한 남자가 살해되었다는 아이디어라면, 사람들은 기발한 수사물을 기대한다. 그런데 단순히 살인범을 잡는 것에서 나아가 정의를 실현하고 싶다면? 궁극적으로는 권선징악을 보여주고 싶다면? 살해당한 남성은 죽어 마땅했고, 보통의 남녀 12명이 그에게 벌을 내리는 판사이자 사형 집행인이 된다면?

빅

각본 개리 로스, 앤 스필버그 · 1988년

한 꼬마가 잠에서 깨어났는데 어느새 다 큰 어른이 되어 있다는 설정은 재미있는 코미디 판타지다. 그런데 이 이야기가 멀고 이상한 판타지 세계가 아닌, 일반 꼬마에게도 익숙한 세계에서 벌어진다면? 주인공이 꼬마 아이들의 유토피아인 장난감 회사에 다니고, 예쁘고 섹시한 여성과 함께 데이트를 한다면? 그저 신체적으로 몸만 큰 이야기가 아니라, 행복한 성인 생활을 만들어가는 데 가장 적합한 남자와 소년의 이상적인 조화를 보여주는 이야기라면 어떨까?

3단계 | 이야기가 가진 도전과 문제 상황을 밝히자

모든 이야기에 적용할 수 있는 설계 규칙이 있다. 이야기마다 다르게 적용되는 독특한 규칙과 도전 과제도 있다. 이것은 아이디어 속에 깊숙이 박힌 특정 문제이기에 여기서 도망칠 수 있는 방법은 없다. 사실 그러길 원하지도 않을 것이다. 이 문제들이야말로 당신만의 진짜 이야기로 안내할 표지판이기 때문이다. 이를 잘 실행하려면 이러한 문제에 정면으로 맞서

해결해야 한다. 대부분 아예 문제 자체를 발견하지 못하거나, 이야기를 다 완성한 후에야 찾아내곤 하는데 이때는 너무 늦는다.

문제를 빠르게 찾아내는 비결은 전제 속에 내재된 문제를 발견하는 법을 배우는 것이다. 물론 최고의 작가라 해도 이 단계에서 이렇게 쉽게 문제를 다 발견하지는 못한다. 그러나 여러분이 등장인물, 플롯, 주제, 이야기 세계, 상징, 그리고 대사와 같은 핵심 기술을 연마하고 나면, 아이디어 속에서 난관을 뽑아내는 것이 얼마나 쉬운 일인지 기쁜 마음으로 깨닫게 될 것이다. 다음 이야기에 내재된 도전 과제와 문제를 살펴보도록 하자.

스타워즈

원작 조지 루카스 ▪ 1977년

장편 서사 영화가 다 그렇지만, 특히 〈스타워즈〉 시리즈 같은 우주 서사의 경우 다양한 등장인물을 재빨리 소개하고, 광활한 시공간에 걸쳐 서로 상호작용할 수 있게 해야 한다. 또한 미래의 이야기지만 현재 시점에서 봐도 그럴 듯하고, 인식가능하게 만들어야 한다. 처음부터 도덕적으로 선한 주인공이 겪을 캐릭터 아크도 모색해야 한다.

포레스트 검프

소설 윈스턴 F. 그룸 ▪ 1986년 / **각본** 에릭 로스 ▪ 1994년

도전 과제는 이것이다. 40년에 걸친 역사적 순간들을 어떻게 일관성 있게 연결해 한 인간의 개인적인 이야기로 만들 수 있을까? 문제는 또 있다. 지능장애를 가진 주인공이 플롯을 이끌어 가야하고, 기발한 생각과 진실된 감정 사이 균형을 맞춰야 하고, 지능장애를 가진 사람이 가질 법한 통찰력과 인물 변화까지 주어야 한다는 점이다.

빌러비드

소설 토니 모리슨 · 1988년

토니 모리슨에게 주어진 가장 큰 도전과제는 노예제도에 대한 이야기를 쓰면서도 주인공을 피해자로 그려내지 않는 것이었다. 이렇게 야망이 깊은 이야기일 경우 풀어야 할 문제가 산적해 있기 마련이다. 일단 과거와 현재를 끝없이 넘나들면서도 서사의 동력을 유지해야 한다. 먼 과거를 배경으로 한 이야기가 오늘날의 관객에게도 의미 있어야 하며, 반응하는 인물들과 함께 플롯을 이끌고, 노예제도를 경험한 사람들의 마음으로 생긴 영향과 더불어 노예제도가 끝난 지금까지도 어떤 악영향을 주고 있는지 보여줘야 한다.

죠스

소설 피터 벤츨리 · 1974년 / **각본** 피터 벤츨리, 칼 고틀리브 · 1978년

현실감 있는 호러 이야기를 쓴다는 것—등장인물들이 포식자와 싸움을 벌이는 상황—은 다양한 문제를 야기한다. 지능이 낮은 상대와 정정당당하게 싸우고, 상어가 자주 공격할 만한 상황을 설정하고, 주인공이 홀로 일대일로 싸우는 것으로 마무리하는 등의 문제를 해결해야 한다.

허클베리 핀의 모험

소설 마크 트웨인 · 1885년

『허클베리 핀의 모험』의 작가가 마주한 주요 과제는 거대하다. 그것은 국가 전체의 도덕적, 더 정확하게는 부도덕한 구조를 어떻게 허구의 이야기로 보여줄 수 있을까 하는 것이다. 이 기발한 이야기의 아이디어에는 몇 가지 주요한 문제가 포함되어 있다. 그것은 소년을 통하여 이야기를 전개시키고, 이야기의 동력과 대립하는 힘을 유지하면서 여행 중의 에피소드

구조를 구현하고, 버릇없고 단순한 소년이 도덕적으로 큰 통찰력을 얻는 모습을 그럴 듯하게 보여줘야 한다는 점이다.

위대한 개츠비

소설 F. 스콧 피츠제럴드 · 1925년

피츠제럴드의 도전과제는 어떻게 아메리칸 드림이 타락을 거쳐 결국 돈과 명예를 위한 경쟁으로 축소된 모습을 보여줄 수 있을까이다. 이 문제도 만만치 않게 벅차다. 주인공이 누군가의 조력자일 때도 서사적으로 추진력이 있어야 하고, 독자가 얄팍한 인물들에게 관심을 갖게 만들어야 하고, 어떻게든 사소한 러브 스토리를 미국이라는 나라에 대한 은유로 만들어야 하기 때문이다.

투씨

원작 돈 맥과이어, 래리 겔바트브 · **각본** 래리 겔바트, 머레이 시스갈 · 1982년

《투씨》 같은 이야기의 아이디어는 많은 문제를 내포한다. 작가는 여장남자를 그럴 듯하게 보이도록 해야 하고, 여러 남녀의 줄거리를 엮어 성공적인 결말을 내야하며, 여장남자 때문에 일어나는 웃긴 장면 몇 개를 넘어서 끝에는 진짜 이야기를 들려줘야 한다.

세일즈맨의 죽음

소설 아서 밀러 · 1949년

아서 밀러가 풀어야했던 주요 과제는 이것이다. 소시민의 비극을 어떻게 보여줄 것인가? 또한 다음과 같은 문제도 있다. 과거와 현재의 사건을 섞으면서도 관객이 혼란을 느끼지 않게 해야 하고, 서사적 추진력을 유지하며, 절망적이고 폭력적인 결말 가운데서도 희망을 주어야 한다.

대부

소설 마리오 푸조 ▪ 1969년 / **각본** 마리오 푸조, 프란시스 포드 코폴라 ▪ 1972년

___

푸조와 코폴라가 해결해야 했던 커다란 과제는 미국의 권력과 범죄의 드라마를 보여주는 것이었다. 그에 따르는 커다란 문제들은 다음과 같다. 도덕성에 가장 부도덕하고 가장 잔인한 면모를 더하는 것, 분명히 선한 마음을 가졌던 주인공이 점차 타락하는 과정을 그럴듯하게 보여주는 것, 수많은 등장인물을 서로 구별되게 만드는 것, 허구의 형식으로 복잡한 시스템을 보여주는 것 등이다.

4단계 | 이야기의 설계 규칙을 찾자

이야기 아이디어에 내재된 문제와 가능성을 보았으니 이제 어떻게 이야기를 전달할지에 대해 전반적인 전략을 세워야 한다. 이야기의 전반적 전략을 한 줄로 요약한 것이 바로 설계 규칙이다. 설계 규칙은 전제를 심층 구조로 확장하는 방법이다.

● **핵심 POINT** 설계 규칙은 이야기 전체를 구성하는 요소다. 그것은 이야기의 내적 논리로, 이야기의 각 부분을 유기적으로 연동해 그냥 합쳤을 때보다 훨씬 더 근사한 이야기로 만든다. 이것으로 이야기의 독창성이 살아난다.

간단히 말하자면, 설계 규칙은 이야기의 씨앗과 다름없다. 바로 이 하나의 요소만이 여러분의 이야기를 독창적이고 효과적으로 만들어준다. 때로이 규칙은 상징이나 은유(주요 상징, 거대 은유, 혹은 근원적 은유라고도 한다.)일수 있다. 그렇지만 대개 단순한 은유에서 그치지 않는다. 설계 규칙은 이야기가 진행되는 동안 펼쳐지는 기본적인 과정을 따라간다.

설계 규칙을 보는 건 어렵다. 사실, 대부분의 이야기에는 없는 경우도 많

다. 그저 일반적으로 전해지는 보통의 이야기일 뿐이다. 그럼 전제(모든 이야기에 다 있다.)와 설계 규칙(좋은 이야기에만 있다.)의 차이는 무엇일까. 실제로 일어난 일을 말하는 전제는 구체적이다. 그러나 설계 규칙은 추상적이다. 설계 규칙은 이야기 저 깊은 곳에 있는 과정으로, 고유한 방식으로만 전달될 수 있다. 한 줄로 정리하면 다음과 같다.

설계 규칙 = 이야기 진행 과정 + 독창적 실행 방식

여러분이 지금 미국 내 마피아의 은밀한 활동에 대해 쓰고 싶다고 가정해보자. 이런 이야기는 이미 말 그대로 수백 명의 시나리오 작가들과 소설가들이 벌써 써 놓은 내용이다. 재능 있는 작가라면, 다음과 같은 설계 규칙을 떠올렸을 것이다. (《대부》를 놓고 생각해보자.)

➩ 세 아들 중 막내가 새로운 '왕'으로 자리매김하는 것을 보여주기 위해 고전적인 동화의 전략을 사용한다.

설계 규칙은 이야기에서 '아이디어 종합하기', '근거 마련하기'[1]의 의미를 갖고 있다는 점에서 매우 중요하다. 이것은 내부적으로는 이야기를 하나의 단위로 만들고, 다른 모든 이야기와 구별되는 개별적인 이야기를 만드는 요소가 된다.

● **핵심 POINT** 한 문장을 찾고, 그 문장을 지켜라. 이 문장을 발견하기까지 부지런히 노력하고, 기나긴 글쓰기 과정 내내 눈을 떼지 마라.

《투씨》를 예로 들어 실제 이야기에서 설계 규칙과 전제가 어떻게 다른지 살펴보자.

| 투씨 |

전제: 배우가 일을 얻지 못하자 여장을 해 배역을 얻고, 그러다 극중 여배우와 사랑에 빠지게 된다.

설계 규칙: 남성우월자에게 여성의 삶을 살아보게 만든다.

어떻게 하면 전제에서 이러한 설계 규칙을 찾아낼 수 있을까? 대부분의 작가는 이 지점에서 실수를 하니 그 전철을 밟지 않도록 하자. 이들은 독특한 설계 규칙을 생각해내는 대신, 장르 하나를 정해서 전제에 적용한 후, 장르 특유의 비트(사건들)에 맞춰 이야기를 진행시킨다. 그러면 기계적이고, 일반적이고, 독창성이 결여된 작품이 나온다.

당신 앞에 놓인 한 줄짜리 전제를 계속 괴롭히다보면 설계 규칙을 찾아낼 수 있다. 마치 탐정처럼, 전제로부터 이야기의 형태를 '끌어내는' 것이다.

그렇다고 해서 하나의 아이디어당 설계 규칙이 오직 하나만 있다거나, 그 규칙이 아니면 안 된다거나, 못 박혀 있다는 뜻은 아니다. 전제에서 주워 모아져 이야기 전개에 도움을 주는 설계 규칙이나 형태는 다양하게 존재한다. 각각의 설계 규칙은 앞으로 무슨 얘기를 할지 서로 다른 가능성을 제시하며, 그런 만큼 그 안에 내재된 문제도 갖가지라 각기 맞는 해법을 가지고 접근해야 한다. 다시 말하지만 여러분이 가진 기술로 이 문제를 해결해야 한다.

설계 규칙을 뽑아내는 한 가지 방법은 여행 또는 유랑의 비유를 사용하는 것이다. 허클베리 핀이 짐과 함께 미시시피 강을 따라 떠나는 뗏목 여행, '암흑의 핵심'을 향해 강을 거슬러 가는 말로우의 보트 여행, 『율리시스』에 나오는 레오폴드 블룸의 더블린 여행, 토끼 굴에 빠진 앨리스가 이상한 나라에서 펼치는 모험, 이 모든 이야기는 여행 은유를 통해 보다 심층적인 과정을 거치게 된다.

『암흑의 핵심』이라는 매우 복잡한 소설 작품이 단선 여행을 이용해 어떻게 설계 규칙을 뽑아내는지 살펴보자.

작가는 강을 거슬러 정글을 여행하며 동시에 세 개의 다른 장소에 다다른다. 미스터리하지만 한 눈에 봐도 부도덕한 사람에 대한 진실, 화자 자신에 대한 진실, 그리고 문명의 후퇴에서 야만에 이르기까지, 모든 인간이 가진 도덕 속 암흑의 핵심에 말이다.

때때로 하나의 상징이 설계 규칙의 역할을 할 수도 있다.『주홍글씨』의 '글자 A'라든가,『템페스트』의 '섬',『모비딕』의 '고래',『마의 산』의 '산'이 여기에 속한다. 혹은 두개의 거대한 상징을 한 줄로 연결시킬 수도 있다. 영화《나의 계곡은 푸르렀다》가 여기에 속한다. 또 다른 설계 규칙에는 시간 단위(낮, 밤, 사계절), 서술자를 사용하는 독특한 방식, 혹은 특별한 이야기 전개 방식이 포함된다.

다음의 설계 규칙은 책, 영화, 연극에서 볼 수 있는 것으로『성경』에서부터 〈해리포터〉 시리즈에 이르는 작품이 포함되어 있다. 그것이 전제 문장과 어떻게 다른지 한 번 살펴보자.

| 모세 |

전제: 이집트 왕자인 모세가 자신이 유태인이라는 것을 알게 되자, 자신의 백성을 노예생활로부터 구출하여 이끈다.

설계 규칙: 자신의 정체를 모르던 한 남자가 자신의 백성을 자유로 이끌기 위해 고군분투하고, 자신과 자신의 백성을 정의할 새로운 도덕 법칙을 받는다.

| 율리시스 |

전제: 더블린에 사는 한 남성의 하루.

설계 규칙: 하루의 흐름을 따라 도시를 관통하는 현대판 오디세이. 한 남자는 아버지를 찾고 다른 남자는 아들을 찾는다.

| 네 번의 결혼식과 한 번의 장례식 |

전제: 한 남자와 여자가 사랑에 빠진다. 그러나 처음에는 한 사람이, 다음에는 다른 사람이 서로가 아닌 다른 사람과 약혼을 한다.

설계 규칙: 한 무리의 친구들이 자신의 결혼 상대를 찾는 동안 네 번의 유토피아(결

혼식)와 한 번의 지옥 같은 순간(장례식)을 경험한다.

I 해리포터 시리즈 I
전제: 한 소년이 자신이 가진 마법 능력을 발견하고 마법사 학교에 간다.

설계 규칙: 마법사 소년이 7년간 마법사 기숙학교에 다니며 남자, 그리고 최고의 마법사가 되는 법을 배운다.

I 스팅 I
전제: 사기꾼 두 명이 자신들의 친구를 죽인 부자에게 사기를 친다.

설계 규칙: 사기를 사기의 형식으로 보여주며 극중 부자와 관객 모두를 속인다.

I 밤으로의 긴 여로 I
전제: 한 가족이 엄마의 약물 중독 문제를 겪는다.

설계 규칙: 낮을 지나 밤이 되자, 가족은 과거의 잘못과 망령을 마주한다.

I 세인트루이스에서 만나요 I
전제: 젊은 여인이 옆집 소년과 사랑에 빠진다.

설계 규칙: 사계절 동안 일어나는 일을 보여주며 한 가족의 성장 과정을 드러낸다.

I 코펜하겐 I
전제: 세 사람이 제2차 세계대전의 결과를 바꾼 한 회의에 대해 얘기하면서 서로 다른 버전의 얘기를 한다.

설계 규칙: 양자역학의 하이젠베르크 불확정성 원리를 사용하여 불확정성 원리를 발견한 사람의 모호한 도덕성을 탐구한다.

I 크리스마스 캐롤 I
전제: 구두쇠 노인이 세 유령의 방문을 받고 크리스마스의 정신을 되찾는다.

설계 규칙: 크리스마스 이브에 한 남자에게 자신의 과거, 현재, 미래를 바라보게 함

으로써 새롭게 거듭나게 한다.

I 멋진 인생 I

전제: 한 남자가 자살을 감행하려 하자, 천사가 나타나 그가 이 세상에 없었다면 세상이 어땠을지를 보여준다.

설계 규칙: 한 사람이 존재하지 않았다면 한 마을과 국가가 어떻게 달라졌을지 보여줌으로써 개인이 가진 힘을 표현한다.

I 시민 케인 I

전제: 돈 많은 언론 재벌의 인생 이야기.

설계 규칙: 한 사람의 인생은 결코 알 수 없다는 것을 보여주기 위해 화자를 여러 명 활용한다.

5단계 I 누가 최고의 인물이 될지 미리 정해놓자

이야기 설계 규칙을 정했다면, 이제 주인공에게 집중해야 할 시간이다.

● **핵심 POINT** 언제나 최고의 인물에 대해 이야기해라.

최고라는 말은, 가장 착하다는 뜻이 아니다. 가장 매력적이고, 도전적이며, 복잡하다는 것을 의미한다. 심지어 그 인물에게 호감가지 않더라도 말이다. 최고의 인물에 대해 이야기를 해야 하는 이유는, 여러분과 관객의 관심이 그쪽에 있고, 어쩔 수 없이 그쪽으로 향할 수밖에 없기 때문이다. 그러니 늘 그 인물이 사건을 이끌어가게 해야 한다.

아이디어 속에 있는 인물 중에 누구를 최고의 인물로 만들 것인가 궁금할 때는 정곡을 찌르는 질문을 하라. 내가 가장 사랑하는 인물은 누구인가? 이 질문은 다음의 질문으로 탐구가 가능하다. 그 인물이 하는 행동이 보고 싶은가? 그 인물이 생각하는 방식이 마음에 드는가? 그 인물이 당면한 과제에 관심이 가는가?

아이디어 과정에서 그런 인물을 찾지 못하겠다면, 다른 아이디어로 넘어가자. 찾아놓고 보니 주인공이 아니라면, 전제를 아예 바꿔 그 사람을 주인공으로 만들어 버려라.

주인공이 여러 명인 아이디어를 발전시키는 중이라면, 주인공 수에 해당하는 스토리라인이 생길 것이다. 그렇다면 각각의 스토리 라인에서도 최고의 인물을 반드시 찾아내야 한다.

6단계 | 중심이 되는 갈등을 감지하자

일단 누가 이야기를 이끌어나갈지 아이디어를 정했다면, 이것이 가장 본질적인 수준에서 무엇에 관한 이야기일지 파악해야 한다. 즉 이야기의 중심 갈등을 정하라는 뜻이다. 중심 갈등을 알아내기 위해서는 자문해야 한다. 누구와 누가 무엇을 놓고 싸우는가?

이 질문에 대한 대답이 이야기가 말하고자 하는 바이다. 왜냐하면 이야기의 모든 갈등은 본질적으로 이 한 가지 문제로 귀결되기 때문이다. 다음 장들을 보며 우리는 이 갈등을 복잡한 방식으로 확장시켜 나갈 것이다. 그러나 갈등을 정의하는 이 한 줄 문장만큼은 늘 앞에 두고 보아라. 이야기의 굳건한 토대가 될 것이다.

7단계 | 하나의 인과 관계를 감지하자

유기적이고 잘 만든 이야기에는 모두 인과관계가 하나씩은 있기 마련이다. A로 인해 B가 생기고 그 때문에 C가 생기고…. 결국 Z까지 이르게 된다. 이것이야말로 이야기의 척추로, 척추가 없거나 오히려 너무 많은 경우 이야기는 말 그대로 산산조각이 나고 만다. (주인공이 여러 명인 이야기에 대해서는 곧 얘기하겠다.)

다음과 같은 전제가 나왔다 치자.

⇨ **전제**: 한 남자가 사랑에 빠지고 와인 양조장을 차지하기 위해 형제와 경쟁한다.

이 전제는 두 개의 인과관계로 나눠져 있다는 것을 명심해라. 이러한 기법으로 전제를 만들 때 얻을 수 있는 탁월한 장점은 단 한 줄만 작성해도 문제를 발견하고 해결책을 찾는 과정이 훨씬 쉬워진다는 점이다. 일단 이야기나 시나리오 전체를 다 쓰고 난 후에는, 이야기 속 문제들은 그대로 굳어져 고칠 수 없는 것처럼 느껴지기 마련이다. 하지만 단 한 문장만 써둔 지금 이 시점에서는 쉽게 수정을 할 수 있기에 두 갈래로 나눠져 있는 전제를 단 한 줄기로 만들 수 있다. 그것은 다음과 같다.

⇨ **전제**: 한 남자가 좋은 여자의 사랑을 함으로써 와인 양조장을 차지하기 위한 형제와의 경쟁에서 이겨낸다.

하나의 인과 관계를 찾는 비결은 자문하는 것이다. 주인공이 하는 '필수 행동'은 무엇인가? 주인공은 이야기가 진행되는 동안 다양한 행동을 수행할 것이다. 그러나 가장 주요한 행동은 하나여야 하고, 그것이 주인공이 하는 여타 다른 행동들을 하나로 통합해야 한다. 그 행동이 인과관계가 되는 것이다.

예를 들어, 〈스타워즈〉 시리즈의 전제 문장을 떠올려보자.

⇨ **전제**: 공주가 죽음의 위험에 처하자, 한 젊은 투사가 자신의 숨겨진 능력을 사용하여 그녀를 구하고 은하 제국의 악의 세력을 몰아낸다.

〈스타워즈〉 시리즈를 한 줄로 설명하기 위해 애쓰고 나면, 우리는 이 영화에서 무수하게 일어나는 행동을 하나로 통합해주는 행동이 바로 "투사가 자신의 능력을 사용한다."라는 것을 알게 된다.

이번에는《대부》를 예로 들어보자. 이것은 거대한 서사를 다룬 책이자 영화다. 하지만, 똑같은 과정을 거치고 나면, 그러니까 이 이야기를 한 줄의 전제로 만들고 나면, 필수 행동이 선명하게 드러난다는 것을 볼 수 있을 것이다.

⇨ **전제**: 마피아 집안의 막내아들이 아버지를 쏴 죽인 사람들에게 복수하고 새로운 대부가 된다.

이 이야기에서 마이클이 하는 모든 행동 가운데 단 하나의 행동은 다른 행동들과 연결되어 있다. 그것이 바로 필수 행동이며, 여기서는 "복수를 한다."가 이에 해당된다.

⬤ **핵심 POINT** 주인공이 많은 이야기에서 전제를 뽑을 때에는, 각각의 스토리라인에 인과관계가 각각 하나씩 있어야 한다. 그렇게 만든 스토리라인이 한데 모여 크고 포괄적인 뼈대가 되어야 한다.

『캔터베리 이야기』로 예를 들자면, 순례자들은 각자 뼈대를 가진 이야기를 하나씩 한다. 그와 동시에 그들은 캔터베리로 순례하는 팀의 일원이며, 이것은 영국 사회의 축소판을 보여준다.

8단계 | 주인공이 어떤 성격 변화를 겪을지 결정하자

설계 규칙을 마친 후 전제 문장에서 뽑아야 할 가장 중요한 사안은 바로 주인공의 근본적인 성격 변화이다. 이것은 이야기가 어떤 형태를 지녔는가와 상관없이 관객에게 가장 깊은 만족을 주는 부분이다. 심지어 부정적인 변화(《대부》에서처럼)를 겪는다고 해도 말이다.

인물의 성격 변화는 주인공이 고난을 헤치는 가운데 얻게 되는 것이다. 간단하게 얘기하자면, 이 변화는 다음과 같은 항이 3개인 방정식으로 표현할 수 있다. (이것을 3막 구조와 혼동하지 않도록 하자.)

$$W \times A = C$$

W 심리적이거나 도덕적인 약점Weaknesses

A 이야기 내내 주인공이 고군분투하며 수행하기를 바라는 필수 행동Action

C 변화한Changed 인물

대부분의 이야기에서 약점을 가진 주인공은 무언가를 얻기 위해 고군분투하고, 그 결과로 모종의 결과(긍정적이든 부정적이든)를 얻게 된다. 이야기의 간단 논리는 이와 같다. 필수 행동을 위해 고군분투하는 행위가 어떻게 주인공이 W에서 C로 바뀌도록 이끄는가? 필수 행동이 지렛대의 받침목이 된다는 것에 주목하자. 특정한 약점을 가진 인물이 고군분투하며 진땀을 뺀 후에는, 변화된 존재로 단련될 수밖에 없다.

🔘 **핵심 POINT** 필수 행동은 등장인물이 자신의 약점을 극복하고 변화할 수 있게 만드는 가장 강력한 행동이어야 한다.

이것은 어떤 이야기에도 적용되는 아주 단순한 공식이다. 왜냐하면 이것이야말로 인간의 성장 과정이기 때문이다. 인간의 성장이라는 것은 매우 규정하기 힘든 것이다. 그러나 그것은 실제하며, 여러분, 바로 작가가 그 무엇보다 앞서 표현해야만 하는 것이다. (그렇지 않으면 왜 그런 일이 일어나지 않는지 이유를 보여줘야 한다.)

🔘 **핵심 POINT** 먼저 필수 행동에서 시작하여 그 행동의 반대되는 행동을 보여줘라. 이렇게 하면 이야기 초반부터 누가 주인공인지—그의 약점이 무엇인지—그리고 종내 그

가 어떤 사람이 되는지, 즉 그가 어떻게 변화됐는지를 알 수 있다.

다음과 같은 단계를 따르자.

1 간단하게 정리된 전제를 작성해라. (캐릭터의 변화에 따라 이 전제를 수정할 수 있다는
  점을 염두에 두어야 한다.)
2 이야기가 진행되는 동안 주인공이 할 필수 행동이 무엇일지 정해라.
3 W(심리적이거나 도덕적인 주인공의 약점)와 C(변화한 인물)를 위해서 A(필수 행동)에
  반대되는 행동을 정해라.

필수 행동의 반대 방향으로 가는 것은 중요하다. 오직 그렇게 해야만 변화가 일어날 수 있기 때문이다. 만약 주인공의 약점이 이야기가 진행되는 동안 취할 필수 행동과 비슷하다면, 그 약점은 더욱 심화되어 주인공은 원래의 모습에서 벗어나지 못할 것이다.

● **핵심 POINT** 주인공의 약점과 변화에 대해 사용 가능한 선택지를 다양하게 적어라.

전제를 발전시킬 수 있는 방향이 무궁무진하듯, 주인공의 약점과 변화된 모습 또한 선택지가 많아진다. 예를 들어, 주인공의 필수 행동이 무법자가 되는 것이라 가정해보자.

필수 행동이 하나라 해도, 거기에 수반되는 약점과 앞으로의 변화가 얽히면 다음처럼 갖가지 반대 행동이 나올 수 있다. 필수 행동 하나에서 각각의 약점과 변화가 파생될 수 있다는 것을 유의하라.

필수 행동: 꽉 막힌 공처가가 무법자 갱단에 연루되어 이혼을 당한다.

W 꽉 막힌 공처가.

A 무법자 갱단에 연루됨.

C 이혼을 함.

필수 행동: 꽉 막히고 오만한 은행가가 무법자 갱단에 연루되어 가난한 사람을 돕는다.

W 꽉 막히고 오만한 은행가.

A 무법자 갱단에 연루됨.

C 가난한 사람을 도움.

필수 행동: 수줍고 소심한 한 남자가 무법자 갱단에 연루되어 명성에 취하게 된다.

W 수줍고 소심한 남자.

A 무법자 갱단에 연루됨.

C 명성에 취함.

여기까지 모두 한 남자가 무법자가 된다는 한 줄의 전제에서 얻을 수 있는 캐릭터의 변화다. 우리에게 익숙한 몇 가지 이야기를 놓고 이 기법을 살펴보자.

ㅣ스타워즈ㅣ

전제: 공주가 죽음의 위험에 처하자, 한 젊은 투사가 자신의 숨겨진 능력을 사용하여 그녀를 구하고 은하 제국의 악의 세력을 몰아낸다.

W 순진하고, 충동적이고, 무력하고, 산만하고, 자신감이 결여됨.

A 투사로서 자신의 능력을 사용함.

C 자긍심을 가진 선택 받은 소수의 사람으로, 영원한 투사가 됨.

⇨ 주인공 루크가 초반에 보여주는 약점은 전혀 투사가 가질 법한 자질이 아니었다. 그러나 계속 투사로서 기술을 연마해야 하는 상황에 처하자, 그는 영원한 투사이자 자신감 충만한 투사로 강해질 수 있었다.

ㅣ대부ㅣ

전제: 마피아 집안의 막내아들이 아버지를 쏴 죽인 사람들에게 복수하고 새로운 대부가 된다.

W 둔감하고, 겁이 많고, 주류에 속하고, 법 없이도 살 사람이 가족과 분리됨.

A 복수를 함.

C 가문을 지배하는 절대적 독재자가 됨.

⇨ 《대부》는 주인공의 약점과 변화를 결정하기 위해 왜 필수 행동의 반대에서 시작해야만 하는지 알려주는 완벽한 예시이다. 만약 마이클이 처음부터 복수심에 가득 찬 상태로 등장한다면, 아버지를 쏜 사람들에게 복수하는 것은 그의 원래 성격을 그대로 보여주는 것과 다름없다. 인물의 변화가 생기지 않는 것이다. 그렇지만 복수심에 가득 찬 상태와 반대되는 성향으로 시작한다면? 둔감하고, 겁이 많고, 주류에 속하고, 법 없이도 살 사람, 마피아 가족들과는 거리를 두는 사람이 복수라는 행동을 통해 가문을 지배하는 절대적 독재자가 된다면? 누가 봐도 너무 급격한 변화지만 충분히 그럴듯하다.

⇨ **주의사항** 이 기법을 사용하면 결국 얻는 것은 인물 변화에 대한 가능성이다. 특히 인물 변화와 관련된 전제 작업은, 극도로 임시적이라 할 수 있다. 그러니 글쓰기 과정을 진행할 때 인물이 다른 방식으로도 변화할 수 있다는 것을 염두에 두라. 다음 두 장에서 '7단계'와 '등장인물'에 대해 좀 더 자세히 알아보면서 이야기의 결정적 요소에 대해 탐구할 것이다.

9단계 | 주인공이 어떤 도덕적 선택을 할지 생각하자

이야기의 중심 주제는 대게 마지막에 이르러 주인공이 내리는 도덕적 선택에 의해 확고해지는 경우가 많다. "세상을 살면서 이렇게 행동해야 한다."라는 여러분의 관점이 주제로 드러나는 것이다. 이것은 여러분이 가진 도덕적 비전이며 각자 이야기를 쓰는 주요한 이유가 된다.

주제는 이야기의 구조 속에서 '도덕적 주장'이라는 것을 통해 가장 잘 표현된다. 바로 여기서 여러분, 즉 작가는 세상을 어떻게 살아야 하는지 주장하게 되는데, 중요한 것은 철학적 논쟁을 통해서가 아니라, 자신의 목표를 향해 가는 인물의 행동을 통해 보여줘야 한다는 것이다(자세한 내용은 5장을 참고). 그렇다면 이 논쟁에서 가장 중요한 단계는 무엇일까. 아마도 주인공이 마지막에 어떤 도덕적 선택을 내릴지 고르는 일일 것이다.

많은 작가가 실수하는 게 바로 주인공에게 가짜 선택을 하게 만드는 것이다. 가짜 선택은 좋은 것과 나쁜 것 중에서 하나를 고르는 것이다. 예를 들어보자. 여러분은 주인공이 감옥에 가거나 사랑을 쟁취하는 것 사이에서 선택하게 만들 수 있다. 그렇게 되면 결과는 뻔해진다.

● **핵심 POINT** 진정한 선택이 되려면, 주인공은 두 가지 좋은 것에서 하나를 고르거나, 드물게는 두 가지 나쁜 것 중 어떤 것을 피할지 선택해야 한다. (《소피의 선택》이 그 예다.)

두 가지 선택지를 가능한 한 비슷하게, 즉 삶을 사는 데 있어서 하나가 다른 하나보다 약간 좋을 정도로만 만들어야 한다. 두 가지 좋은 것에서 하나를 고르는 예 중 가장 전형적인 것은 사랑과 명예 사이의 선택이다. 『무기여 잘 있거라』의 경우 주인공은 사랑을 선택한다. 『말타의 매』의 경우 (그리고 대부분 탐정소설의 경우) 주인공은 명예를 선택한다.

다시 말하지만, 이 기법으로 찾아야 하는 것은 있을 법한 도덕적 선택의 가능성이다. 왜냐하면 지금 어떤 선택을 하나 골랐다고 해도, 전체 이야기를 쓰면서 완전히 바뀔 수 있기 때문이다. 그렇기에 이 기법을 사용하면 글쓰기 과정의 맨 처음부터 주제에 대해 실질적으로 생각할 수밖에 없다.

10단계 | 중요한 질문을 던지자

전제 작업이 다 끝났다면, 마지막 질문을 던지자. 이 하나의 스토리 라인이 과연 나 말고도 많은 사람의 관심을 끌 만큼 독특한가?

이건 이 작품이 인기를 끌 수 있는가, 상업적인 성공을 얻을 수 있는가 하는 질문이다. 대답은 가차 없어야 한다. 전제를 들여다봤는데 관심 있어

할 사람이 당신과 더불어 가까운 가족뿐이라면, 그 전제를 가지고 이야기를 쓰지 말라고 강력하게 권하고 싶다.

사람은 늘 자신을 먼저 생각하고 글을 쓰기 마련이다. 자신이 좋아하는 것을 가지고 말이다. 하지만 그저 자신만 좋아할 글을 써서는 안 된다. 작가들이 저지르는 중대한 실수는, 양자택일의 사고방식에 갇히는 것이다. 내가 좋아하는 것을 쓰든지, 아니면 팔릴 이야기를 쓰겠다는 식이다. 하지만 이것은 다락방에서 글을 쓰며 예술을 위해 고통 받겠다는, 케케묵은 낭만주의에서 시작된 잘못된 구분이다.

때때로 여러분은 쓰지 않고는 배길 수 없는 아이디어를 얻을 수도 있다. 혹은 굉장한 아이디어가 떠올랐지만 관객이 좋아할지 말지 감이 안 잡히는 경우가 있을 수도 있다. 그러나 기억하라. 당신 인생 가운데서 떠오른 아이디어는 수없이 많을 것이고, 그 중 처음부터 끝까지 이야기로 완성하는 경우는 이보다 적다는 것을. 그러니 항상 자신이 관심 있어 하는 내용, 더불어 관객에게 어필할 수 있는 내용으로 글을 쓰도록 노력하라. 작가 자신에게 의미 있는 내용을 쓰는 것이 가장 중요하지만, 관객을 위해서도 쓴다면 여러분이 사랑하는 일을 더욱 쉽게 수행할 수 있을 것이다.

나만의 전제 만들기

[예시]

전제	한 가족이 엄마의 약물 중독 문제를 겪는다.
⇨	이 전제가 자신의 인생을 바꿔줄 이야기가 될지 자문해라.
⇨	위시리스트와 전제리스트: 위시리스트와 전제리스트를 적어라. 여러분이 좋아하고 즐길 수 있는 핵심 요소가 무엇인지를 면밀히 검토해라.
가능성	전제 안에서 무엇이 가능한지 찾아라. 그리고 선택지를 적어라.
도전과제와 문제	자신의 이야기에 독창성을 선사할 도전과제와 문제를 가능한 많이 써두어라.
설계 규칙	아이디어에서 설계 규칙을 찾아라. 이 규칙이야말로 이야기가 전개됨에 있어서 보다 깊은 과정이나 형식은 물론이고, 이야기를 전달하는 독특한 방식을 정해준다는 점을 기억해라.
주요 인물	아이디어에서 가장 주요한 인물을 정해라. 그 사람을 전제 속 주인공으로 만들어라.
갈등	자문해라. 주인공은 누구와 무슨 일로 싸우고 있는가?
필수 행동(A)	주인공이 이야기 속에서 수행할 필수 행동을 설정함으로써 인과관계를 찾아내라.
인물 변화	주인공에게 일어날 수 있는 변화를 찾아라. 필수 행동으로 시작하되 필수 행동의 반대되는 방향으로 가라. 그래야 초반에 그의 약점(W)이 드러나고 마지막에 변화(C)가 나타난다.
도덕적 선택	결말에 가까워졌을 때 주인공이 내려야 할 도덕적 선택을 리스트로 만들어두어라. 선택은 어려워야 한다.
관객에게 호소	여러분의 전제가 폭넓은 관객층에 어필할 수 있을지 자문해라. 그렇지 않다면, 처음으로 다시 돌아가라.

《투씨》를 예로 들어 어떻게 해야 전제 과정을 완성할 수 있을지 살펴보자.

투씨

원작 돈 맥과이어, 래리 겔바트 ▪ **각본** 래리 겔바트, 머레이 시스갈 ▪ 1982년

전제	배우가 일을 얻지 못하자 여장해 배역을 얻고, 그러다 극중 여배우와 사랑에 빠지게 된다.
가능성	커플 댄스를 추는 장면에서 우스꽝스러운 모습과 더불어, 남성과 여성이 가장 친밀한 순간 서로를 대하는 모습에서 그 근간에 깊이 자리 잡은 부도덕성에 대한 해부를 제시할 수 있다.
도전과제	어떻게 하면 남성이 여성에게 부도덕한 행동을 함으로 생긴 여파를 잘 보여줄 수 있을까? 그러나 이것은 여성 전체에 대한 공격으로 보이지 않아야 하며, 남성은 죄 없이 보여야 한다.
문제	남자를 여자로 보이도록 그럴듯하게 만들어야 하고, 여러 남녀 플롯을 하나로 엮어야 하고, 각 플롯을 모두 성공적으로 끝내야 하고, 감정적으로 만족스러운 러브 스토리를 만들어야 한다. 그러면서도 관객을 우월한 위치에 두는 갖가지 희극적인 요소를 사용해야 한다.
설계 규칙	남성우월주의자가 어쩔 수 없이 여성의 삶을 살게 만든다. 여성으로 변장한 것이 그럴 듯하게 보이도록 이야기를 오락의 영역에 둔다.
주요 인물	마이클을 남장과 여장을 하는 두 가지 상황으로 나눔으로써 캐릭터 내면의 극단적인 모순을 물리적이고 코믹하게 표현할 수 있다.
갈등	마이클은 사랑과 정직성을 두고 줄리, 론, 레스, 샌디와 갈등을 겪는다.
필수 행동(A)	여장을 한다.
인물 변화	**W** 오만하고 거짓말 잘하는 바람둥이. **C** 여자인 척 함으로써 마이클은 더 나은 남자로 성장하여 진짜 사랑을 할 수 있게 된다.
도덕적 선택	마이클은 돈이 되는 연기 일을 포기하고, 줄리에게 거짓말한 것에 대해 사과한다.

3장

이 야 기
구조를 이루는
7 단 계

7단계는 이야기의 핵이자 DNA이며, 여러분이 작가로서 성공할 수 있게 하는 기반이다. 왜 나하면 모두 인간 행동에 기반하고 있기 때문이다. 또한 이것은 삶의 문제를 해결하려는 인간이라면 누구나 거쳐야 하는 단계이기도 하다. 7단계는 유기적이기에―전체 문장에서 암시된 것처럼―이야기 속에서 적절하게 연결되어 관객에게 최대한의 효과를 전달해야 한다.

《대부》는 길고 복잡한 소설이자 영화이다. 《투씨》는 고도로 연출된 대소동으로, 짝사랑과 정체성에 대한 오해, 희극적인 실수가 모두 포함되어 있다. 《차이나타운》은 충격과 폭로가 이어지는 까다로운 전개를 가졌다. 이렇게 서로 완전히 다른 이야기가 모두 성공했다. 그것은 각 이야기의 표면 깊숙한 곳에 '핵심 7단계'라는 단단하고도 유기적인 연결고리가 있기 때문이다.

이야기의 구조에 대해 논할 때, 우리는 시간 흐름에 따라 이야기가 어떻게 발전하는지를 말하곤 한다. 예를 들어, 모든 생물체는 끊임없이 성장하는 것처럼 보이지만, 가까이 들여다보면 그 안에 어떤 단계와 과정이 있다는 것을 볼 수 있다. 이야기도 마찬가지다.

이야기는 처음부터 끝까지 성장하는 과정에서 최소한 7단계를 밟는다. 그것은 다음과 같다.

1단계 : 약점과 필요

2단계 : 욕망

3단계 : 적대자

4단계 : 계획

5단계 : 전투

6단계 : 자기발견

7단계 : 다시 찾은 평정

7단계는 기계적 구조를 가진 '3막 구조'처럼 외부에서 임의적으로 정해지는 것이 아니다. 7단계는 이야기 내부에 존재한다. 7단계는 이야기의 핵이자 DNA이며, 여러분이 작가로서 성공할 수 있게 하는 기반이다. 왜냐하면 모두 인간 행동에 기반하고 있기 때문이다. 또한 이것은 삶의 문제를 해결하려는 인간이라면 누구나 거쳐야 하는 단계이기도 하다. 7단계는 유기적이기에—전제 문장에서 암시된 것처럼—이야기 속에서 적절하게 연결되어 관객에게 최대한의 효과를 전달해야 한다.

그럼 각각의 단계가 무엇을 의미하는지, 표면 아래에서 어떻게 연결되어야 하는지, 이야기에서 실제로 어떤 역할을 하는지 살펴보자.

1단계 | 약점과 필요

이야기의 극초반, 주인공은 하나 또는 다수의 굉장한 약점으로 인해 앞으로 나아갈 수가 없다. 그의 내부 무언가가 크게 결핍이 되어 인생을 망가뜨리는 것이다(여기서 주인공을 '그'라고 지칭하는 이유는 그저 쓰기 편하기 때문이다).

필요는 주인공이 더 나은 삶을 위해 반드시 이행해야 하는 것이다. 대개 자신의 약점을 넘어서 어떻게 해서든 변화하고, 성장하는 것을 뜻한다.

| 투씨 |
약점: 오만하고 자기밖에 모르는 거짓말쟁이.
필요: 마이클은 여성 앞에서 오만하게 구는 것, 자신이 원하는 바를 이루기 위해 거짓말하고 여성을 이용하는 행동을 멈춰야 한다.

| 양들의 침묵 |
약점: 미숙하며 어린 시절의 기억으로 고통 받는, 남성 세계에 뚝 떨어진 여성.
필요: 클라리스는 과거의 망령을 떨치고 남성 세계에서 전문가로 인정받아야 한다.

이야기의 성공을 위해 '필요'가 얼마나 중요한지 아무리 강조해도 부족하다. 필요는 이야기의 원천으로, 이것이 다른 모든 단계를 설정한다 해도 과언이 아니다. 그러니 주인공의 필요를 만들어낼 때에는 다음의 두 가지 주요 사항을 염두에 두어라.

🔘 **핵심 POINT** 이야기 초반, 주인공은 자신의 '필요'에 대해 모르는 상태여야 한다.

이미 인지한 상태라면, 이야기는 끝난다. 주인공은 이야기의 결말 부근이자 자기발견의 단계에서 그것을 알아채야 한다. 드라마라면 아주 힘든 고통의 순간을 거친 후가 될 테고, 희극이라면 고군분투를 겪은 후가 될 것이다.

🔘 **핵심 POINT** 주인공은 도덕적 필요와 심리적 필요 둘 다 있어야 한다.

평범한 이야기에서 주인공은 그저 심리적 필요만을 가진다. 심리적 필요에도 심각한 결함을 이겨내는 것이 포함되지만, 그 결함은 다른 사람이 아닌 오직 주인공만 괴롭힌다는 게 단점이다.

더 나은 이야기를 보면 주인공은 심리적 필요와 더불어 도덕적 필요를 갖는다. 도덕적 필요 안에서, 주인공은 도덕적 결함을 이겨내고 다른 사람을 제대로 대하는 방법을 배워야 한다. 이야기의 초반, 도덕적 필요를 가진 인물은 어떤 방식으로든(도덕적 약점으로 인해) 다른 이들에게 상처를 준다.

《심판》에서 프랭크의 심리적 필요는 음주 문제를 해결하고 자존감을 얻는 것이다. 그의 도덕적 필요는 돈 때문에 다른 사람을 이용하는 것을 멈추고 도리 있게 사는 것이다. 우리는 프랭크가 모르는 사람의 장례식에서 오직 사업을 위해 거짓말하는 것을 보며 그에게 도덕적 필요가 있다는 것을 알게 된다. 상주들의 마음이 다치는 것에는 아랑곳하지 않는 것이다. 그저 그들로부터 돈을 뜯어낼 궁리만 한다.

주인공에게 도덕적 필요는 물론이고 심리적 필요를 주는 게 중요한 이유는, 그것이 인물의 범위를 확장시키기 때문이다. 그리하여 인물의 행동이 그를 넘어서 다른 사람에게까지 영향을 미친다. 이로 인해 관객은 좀 더 큰 감동을 받는다.

주인공에게 도덕적 필요를 줘야 하는 이유가 또 있다. 바로 주인공이 완벽한 사람이나 피해자가 되지 못하게 막기 때문이다. 이 두 가지 사항은 스토리텔링에 있어서 죽음의 입맞춤과 같다. 인물이 완벽할 경우 진짜처럼 느껴지지도 않고 그럴듯해 보이지도 않는다. 등장인물에게 도덕적 결함이 없으면, 도덕적 결함을 갖춘 적대자가 주인공을 장악해버려, 이야기는 수동적이고 뻔하게 흘러가고야 만다.

이야기의 첫 페이지에서 등장하는 건 똑같지만 약점과 필요보다 중요성이 떨어지는 게 있다. 바로 '문제'다. 좋은 이야기는 대부분 강력한 한 방으로 시작한다. 이미 곤경에 빠진 주인공을 보여주는 것이다. 여기서 '문제'는 첫 페이지부터 주인공이 처한 위기다. 주인공은 위기에 대해서 인지하고 있지만, 그것을 어떻게 타개해야 하는지는 모르고 있다.

'문제'는 7단계에 포함되어 있지 않지만 약점과 필요의 한 단면이기에 매우 가치가 높다. 위기는 인물을 단박에 정의한다. 그러니 주인공의 약점을 겉으로 드러내야 한다. 위기는 주인공의 약점을 강조하여 관객이 알아챌 수 있게 하며, 이야기를 빨리 시작될 수 있게 한다.

● **핵심 POINT** '문제'는 간단하면서도 구체적이어야 한다.

| 선셋 대로 |

약점: 조는 돈과 사치스러운 것들에 약하다. 안락한 삶을 위해서라면 얼마든지 자신의 예술적 재능과 도덕성을 희생할 의향이 있다.

문제: 조 길리스는 파산 상태다. 금융회사에서 나온 두 사내가 집으로 와서 차를 압류하려 하자 도망치고 만다.

| 투씨 |

약점: 오만하고 자기밖에 모르는 거짓말쟁이.

문제: 마이클은 재능이 뛰어난 연기자지만, 너무 고압적이라 누구도 그를 채용하려 하지 않는다. 그래서 현재 절박한 상황이다.

주인공에게 도덕적 필요 만들기

작가들은 종종 주인공에게 심리적 필요를 주고 나서 자신이 도덕적 필요를 줬다고 착각하는 경우가 있다. 그럴 때는 간단히 경험에 바탕을 둔 방법을 기억하라. 도덕적 필요를 갖기 위해서는, 주인공은 이야기 초반에 적어도 누군가 한 명에게 상처를 주어야 한다.

주인공에게 올바른 도덕적 필요를 주는 두 가지 좋은 방법이 있다. 하나는 심리적 필요와 연결 짓기, 또 하나는 장점을 약점으로 만들기이다.

좋은 이야기에서 도덕적 욕구는 대개 심리적 욕구에서 비롯된다. 주인공은 심리적 필요를 가지고 있기에 다른 사람에게 화풀이하게 된다.

주인공에게 꼭 맞는 도덕적 욕구와 심리적 욕구를 동시에 주기 위해서 다음을 따르자.

1 심리적 약점에서 시작해라.

2 거기에서 어떤 비도덕적 행동이 자연스럽게 나올 수 있는지 생각해라.

3 이러한 행동의 근원이 되는 뿌리 깊은 도덕적 약점과 필요를 파악해라.

올바른 도덕적 필요를 만드는 두 번째 기술은 강점을 밀어붙여서 그것이 약점이 되게 하는 것이다. 그 기술은 다음과 같다.

1 우선 인물이 가진 미덕을 찾아라. 그런 후 미덕에 대한 열정을, 숨이 막힐 정도로 강렬하게 만들어라.

2 주인공이 중요하게 생각하는 가치를 하나 생각해라. 그런 후 그 가치의 반대되는 면은 무엇인지 찾아라.

2단계 | 욕망

약점과 필요를 알게 된 직후, 주인공은 욕망을 만나게 된다. 욕망이란 이야기 속 주인공이 원하는 것이며, 그가 가진 특정한 목표를 뜻한다.

주인공의 내면에 있는 욕망선desire line[문학에서 캐릭터나 서술자의 내면적인 욕망이나 동기를 나타내는 용어다. 캐릭터의 심리적, 감정적 상태와 그들의 행동을 분석하는 문학 비평에서 자주 사용되는 개념이다. 이것은 캐릭터의 생각, 행동, 대화를 통해 나타나는 명시적이거나 미묘한 욕망일 수 있다. 이 개념은 캐릭터의 동기와 행동을 이해하고 작품의 주제와 의미를 탐구하는 데 자주 사용된다. 인물의 욕망과 동기를 통해 독자는 주인공을 보다 깊이 이해하게 된다.]이 드러나기 시작해야 관객은 이야기에 관심을 갖기 시작한다. 욕망을 관객이 '지나가는' 이야기의 길이라고 생각하라. 모든 관객이 주인공과 함께 '기차'에 탑승하여 모두 같이 목표를 향해 나아가는 것이다. 이야기에 원동력을 부여하는 것은 욕망이 유일하며, 다른 모든 것은 이 욕망선에 매달려 있는 형국이다.

욕망은 필요와 밀접하게 연결되어 있다. 대부분의 이야기에서 주인공이 목표를 성취하는 순간, 자신의 필요 또한 충족되기 때문이다. 자연에서 간단한 예를 찾아보자. 배고픈 사자는 먹이가 필요하다(신체적 필요). 그는 지나가는 영양 무리에서 어린 영양 한 마리를 포착한다(욕구). 사자가 그 영양을 잡아먹는다면 더 이상 배고프지 않을 것이다. 그렇게 끝나는 것이다.

작가가 저지르는 가장 큰 실수는 필요와 욕망을 혼동하는 것, 혹은 그 둘을 한 단계라고 생각하는 것이다. 필요와 욕망은 이야기 초반에 등장하는 각기 다른 단계로, 여러분은 각각의 기능을 정확히 파악해야 한다.

필요는 인물 내부에 있는 약점을 극복하는 것이다. 무엇인가를 필요로 하는 주인공이라면, 이야기 초반에 반드시 그 약점으로 인해 무능한 상태로 등장한다. 반면 욕망은 인물 외부에 있다. 일단 주인공이 욕망을 지니면, 그는 그 목표에 닿기 위해 일정한 방향을 향해 가며 행동을 취한다.

필요와 욕망은 관객과 관련하여 각기 다른 기능을 가진다. 필요는 어떻게 하면 주인공이 변화하여 더 나은 삶을 갖게 될지를 관객에게 보여준다. 이것은 전체 이야기의 열쇠에 해당하지만 표면 아래 숨겨져 있다. 욕망은 관객이 주인공과 똑같은 것을 원하게 만들며, 이야기 속 다양한 우여곡절, 반전(심지어는 일탈)을 헤치고 나아갈 수 있게 해준다. 욕망은 표면 위에 드러나며, 그런 이유로 관객은 바로 이 이야기가 그 욕망에 관한 것이라고 생각하게 된다.

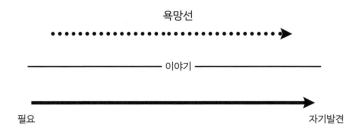

욕망과 필요가 결정적으로 어떻게 다른지 보여주는 몇 가지 예시를 살펴보자.

ㅣ라이언 일병 구하기ㅣ

필요: 두려움에도 불구하고 자신의 임무를 완수해야 한다(심리적/도덕적).

욕망: 라이언 일병을 찾아 그를 집으로 무사히 데리고 온다. (욕망선이 제목에 고스란히 나와 있다는 것을 염두에 둬라.)

l 풀 몬티 l

필요: 그룹 멤버들은 자긍심을 되찾고 싶어 한다(심리적).

욕망: 여성들이 가득 찬 곳에서 스트립쇼를 하여 돈을 많이 벌고 싶다.

l 심판 l

필요: 주인공은 자긍심을 되찾아야 하며(심리적) 타인을 도리에 맞게 대하는 법을 배워야 한다(도덕적).

욕망: 모든 법정 드라마가 그렇듯, 재판에서 이기고 싶어 한다.

l 차이나타운 l

필요: 시건방지고 오만한 자아를 극복하고 타인을 신뢰하는 법을 배워야 한다(심리적). 또한 돈을 위해 사람을 이용하는 짓을 멈추고 살인자가 정의의 심판을 받게 해야 한다. 그것이 옳은 일이기 때문이다(도덕적).

욕망: 모든 탐정물이 그렇듯, 제이크의 욕망은 미스터리를 푸는 것이며, 특히 이 사건에서 누가 왜 홀리스를 죽였는지를 밝히고 싶어 한다.

● **핵심 POINT** 주인공의 진정한 욕망은 그가 인생에서 원하는 것이 아닌, 바로 이 이야기 안에서 원하는 것이다.

예를 들어《라이언 일병 구하기》에서 주인공은 전투를 멈추고 집에 가서 가족과 함께 있고 싶어 한다. 그렇지만 이 이야기가 흐르는 방향은 다르다. 이 이야기 안에서의 목표는, 일련의 매우 구체적인 행동으로 라이언 일병을 구출하는 것이다.

욕망선으로부터 시작하기

욕망선이 드러나기 전까지 관객이 자극을 받지 못한다는 것을 아는 작가들은 너무 머리를 굴려 탈이 난다. 그들의 생각은 이렇다. "약점과 필요 단계를 건너뛰고 일단 욕망에서 시작해야지." 그것은 악마와의 계약이나 다름없다.

처음부터 욕망선을 드러내면 확실히 이야기 흐름은 빨라진다. 그러나 결말에서 받을 보상이 사라지고 만다. 약점과 필요는 모든 이야기의 원천이다. 그것으로 인해 주인공이 종내 변화를 맞이하게 되는 것이다. 이것은 이야기를 좀 더 개인적으로, 의미 있게 만들어주는 요소다. 그래야 관객들도 관심을 가지게 되는 것이다.

그러니, 절대, 건너뛰지 말자.

3단계 | 적대자

작가들은 종종 착각한다. 적대자, 혹은 적수라고 알려진 이 인물을 마치 악마처럼 생기고, 악마처럼 말하고, 악마처럼 행동하는 사람으로 설정하는 것이다. 적대자를 이런 식으로 그리면 좋은 이야기를 쓸 수 없다.

우리는 적대자를 구조적으로, 즉 이야기에서 발휘하는 기능적인 측면에서 보아야 한다. 진정한 적대자란 주인공이 자신의 욕망을 이루지 못하게 막는 역할뿐 아니라, 주인공과 똑같은 목표를 두고 경쟁하는 사람이 되어야 한다.

적대자를 이런 식으로 정의할 때 이 단계가 어떻게 주인공의 욕망과 유기적으로 연결되는지 주목하라. 주인공과 적대자가 같은 목표를 놓고 경쟁해야만 계속해서 직접적으로 충돌하게 되며, 이야기 내내 그 갈등이 반복된다. 만약 주인공과 적대자에게 서로 다른 목표를 주고 나면, 그 둘은 직접적인 충돌 없이 각자가 원하는 것을 얻게 될 것이다. 그러면 글거리가 없어진다.

많은 훌륭한 이야기를 보다보면, 주인공과 적대자가 같은 목표를 두고 경쟁하는 게 눈에 띄지 않을 때가 종종 있다. 다시 집중해서 보자. 그들이 진정으로 얻기 위해 노력하는 게 무엇인지를 찾을 수 있다. 예를 들어, 범죄 소설을 보면 주인공은 살인자를 잡기 원하고 살인자(적대자)는 도망가길 원하는 것으로 보인다. 그러나 그들이 실제로 놓고 함께 경쟁하는 것은, 자신의 말을 사람들이 믿어주는 것이다.

적대자가 주인공과 같은 목표를 갖게 하는 비결은, 두 사람 사이에 깊고 깊은 갈등의 골을 만들어내는 것이다. 자문해보자. 그들은 어떤 중요한 것을 놓고 경쟁하고 있는가? 여러분은 거기에 초점을 맞춰야 한다.

● **핵심 POINT** 제대로 된 적대자를 만들기 위해 주인공의 목표를 자세히 설정해라. 누구든 주인공이 목표를 이루는 것을 방해하는 사람이 적대자가 된다.

● **주의 POINT** 어떤 작가들은 주인공이 자기 자신의 적대자가 되는 이야기를 만들곤 한다. 이렇게 하면 구조적으로 각종 문제가 생긴다. 주인공이 자기 자신과 싸운다는 것은, 결국 주인공 안에 내재된 약점을 의미하기 때문이다.

그럼 다음의 적대자들을 살펴보자.

| 대부 |

마이클의 첫 번째 적대자는 솔로쪼이다. 그러나 중심 적대자는 더 강력한 힘을 가진 바르치니다. 그는 솔로쪼 배후에 숨은 권력자로 마이클의 꼴레오네 가문 전체를 무너뜨리고 싶어 한다. 마이클과 바르치니는 꼴레오네 가문의 생존과 뉴욕 범죄의 지배자 자리를 놓고 경쟁한다.

| 스타워즈 |

루크의 적대자는 누구든 인정사정 봐주지 않는 다스베이더다. 그 둘은 은하의 지배자가 되기 위해 경쟁한다. 다스베이더는 전제제국인 악의 세력을 대표한다. 루크는 제다이 기사단과 반란연합군이 뭉친 선의 세력을 대표한다.

| 차이나타운 |

모든 탐정물과 마찬가지로, 《차이나타운》의 적대자는 독특하고 교묘하다. 이야기의 맨 마지막까지 드러나지 않아야 하기 때문이다. 마침내 제이크의 적대자는 부유하고 권력 있는 노아 크로스임이 드러난다. 크로스는 댐 건설과 관련된 계획으로 로스앤젤레스의 미래를 통제하고자 하지만, 주인공 제이크와는 그 문제로 경쟁하는 것은 아니다. 왜냐하면《차이나타운》은 탐정 이야기이기에, 크로스와 제이크가 실제로 놓고 싸우는 것은 각자 자신이 말하는 진실이 관철되는 것이다. 크로스가 주장하는 진실은 홀리스가 사고로 익사했으며 에블린의 딸이 자신의 손녀라는 것이다. 제이크가 주장하는 진실은 크로스가 홀리스를 살해했을 뿐 아니라 자신의 딸을 강간했다는 것이다.

4단계 | 계획

실생활에서도 그렇고 스토리텔링에서도 그렇고 계획 없는 행동은 있을 수 없다. 계획이란 주인공이 적대자를 이겨내고 목표에 다다르게 할 수 있는 일련의 가이드라인 혹은 전략을 뜻한다.

주인공의 계획이 어떤 방식을 통해 욕망 및 적대자와 유기적으로 연결되었는지를 다시 한 번 상기하자. 계획의 초점은 언제나 명확히 적대자를 물리치고 목표를 달성하는 것에 맞춰져 있어야 한다. 주인공이 가진 계획이 모호할 수도 있다. 혹은, 범죄물이나 전쟁 이야기 같은 특정 장르의 이야기일 경우 계획이 너무나 복잡하여 관객이 볼 수 있도록 등장인물이 직접 글로 적는 경우도 종종 있다.

| 차이나타운 |

제이크의 계획은 홀리스를 알았던 사람들을 심문하고 홀리스 살해사건의 증거를 따라가는 것이다.

| 햄릿 |

햄릿의 계획은 현재 왕에게 살해를 당한 아버지의 사건을 연극으로 만들어 무대에 올리는 것이다. 그런 다음 왕이 연극을 보며 드러내는 반응으로 그의 죄를 증명하는 것이다.

| 대부 |

마이클의 첫 번째 계획은 솔로쪼와 그의 방패막이인 경찰 서장을 죽이는 것이다. 이야기의 마지막에 다다라서 나오는 두 번째 계획은 다른 가문의 우두머리들을 한 방에 죽이는 것이다.

5단계 | 전투

이야기 중간 중간 주인공과 적대자는 공격과 반격을 주고받으며 서로의 목표를 달성하기 위해 노력한다. 갈등은 고조된다. 전투는 주인공과 적대자가 벌이는 최종 대결로, 이것으로 어느 쪽이 이길지 결정아 된다. 마지막 전투는 실제적인 폭력이 될 수도 있고, 언어로 벌이는 대결이 될 수도 있다.

| 오디세이 |

오디세우스는 자신의 아내를 괴롭히고 가정을 파괴한 구혼자들을 처단한다.

| 차이나타운 |

한 경찰이 에블린을 죽이고, 제이크가 낙담하여 떠난 사이 노아는 에블린의 딸과 달아난다.

| 심판 |

프랭크는 재판에서 눈부신 변호 실력과 언변으로 상대 변호사를 이긴다.

6단계 | 자기발견

전투는 주인공에게 있어 강렬하고 고통스러운 경험이다. 이 전투의 도가니에서 주인공은 진정으로 자신이 어떤 사람인지에 대한 중대한 깨달음을 얻게 된다. 이야기의 우수함은 대부분 이러한 자기발견의 수준에 따라 결정된다. 그러니 이 단계를 멋지게 만들기 위해서는 이것 역시 필요와 마찬가지로 심리적 그리고 도덕적이라는 두 가지 형태로 나타난다는 것을 기억해야 한다.

심리적 자기발견에서, 주인공은 그동안 자신을 감춰준 가면을 벗고 처음으로 진정한 자신을 대면한다. 가면을 벗는 행위는 수동적이지도, 쉽지도 않다. 오히려 이야기 전체를 통틀어 가장 적극적이고 가장 힘들며, 최상의 용기를 필요로 하는 행위이다.

⦿ **주의 POINT** 주인공이 깨달은 것을 직접 말로 설명하지 말아야 한다. 뻔하고 훈계 같아서 이내 관객은 흥미를 잃을 것이다. 대신 주인공이 자기발견에 이르는 과정에서 펼치는 행동을 통해, 주인공의 통찰력을 시사하라.

| 빅 |

조쉬는 성인으로서 멋지고 사랑스러운 삶을 살기 위해서, 여자친구는 물론이고 장난감 회사에서의 일상을 떠나 다시 어린이로 돌아가야 한다는 것을 깨닫는다.

| 카사블랑카 |

릭은 자신의 냉소주의를 벗어버리고 이상을 되찾는다. 그리고 자유의 투사가 되기 위해 일사에 대한 사랑을 포기한다.

| 차이나타운 |

잭의 자기발견은 부정적인 경우에 속한다. 에블린이 죽은 후, 그는 중얼거린다. "가능한 한 적게." 자신의 삶이 쓸모없어진 것뿐 아니라 파괴적이라고 생각하는 것 같다. 그는 다시 한 번 사랑하는 사람의 마음에 상처를 입히고 만다.

| 늑대와 춤을 |

던바는 다시 살아야 할 이유를, 남자가 되는 새로운 방법을 찾는다. 왜냐하면 새 부인을 맞아 라코타 수우 족과 가족이 되었기 때문이다. 역설적이게도 라코타 수우 족의 생활방식은 거의 막다른 골목에 다다라있었기에, 던바의 자기발견은 긍정적임과 동시에 부정적이기도 하다.

만약 주인공에게 도덕적 필요를 준 상황이라면, 그의 자기발견 역시 도덕적이어야 한다. 주인공은 자신을 새로운 시각으로 바라봄과 동시에 다른 사람을 대하는 옳은 행동 양식에 대해서도 통찰을 갖게 된다. 그 결과, 주인공은 자신이 얼마나 잘못했는지, 다른 사람에게 얼마나 상처를 주었는지 깨닫고 변화해야 한다는 사실을 깨닫는다. 그런 후 새로이 도덕적 행동을 취함으로써 자신이 변화한 사실을 증명한다.

| 투씨 |

마이클은 진정한 남자가 된다는 것이 무슨 의미인지를 깨닫는다. "남자로 다른 여자와 있을 때보다 여자로서 당신과 있을 때 훨씬 더 나은 남자가 되었습니다. 이제는 여자 옷 없이도 그렇게 살 수 있는 법을 배워야겠어요." 그런 다음 그는 자신이 사랑하는 여자의 마음을 다치게 한 것에 대해 사과를 한다. 여기서 주인공은 자신이 깨달은 바를 말로 설명하지만, 영리하고 재밌는 방법을 썼기에 훈계조가 되지 않았음에 주목하자.

| 허클베리 핀의 모험 |

허클베리 핀은 흑인 노예 짐을 인간 이하의 존재로 여겼던 자신의 사고방식이 틀렸다는 것을 깨닫고, 짐의 주인에게 짐의 행방을 알리느니 차라리 지옥에 가겠다고 선언한다.

아마도 여러분은 자기발견과 가장 밀접하게 연결된 단계가 '필요'라는 것을 짐작했을 것이다. 이 두 단계를 거쳐 주인공은 인물 변화를 맞게 된다(여기에 대해서는 다음 장에서 더 자세히 다루겠다.). 주인공의 인물 변화에 있어 출발점이 되는 것이 바로 필요이다. 그리고 그 종점에 자기발견이 있다. 필요는 이야기의 시작점에서 주인공의 미성숙함을 나타내는 표식이다. 그가 놓치고 있는 것, 그를 앞으로 나아가지 못하게 막는 것을 의미한다. 자기발견은 (깨달음의 고통이 너무나 큰 나머지 그를 파멸시키지 않는 한에서) 주인공이 한 인간으로서 성장하는 그 순간을 뜻한다. 그 순간은 주인공이 배운 것이자 얻은 것, 그리고 미래에 더 나은 인생을 살게 해주는 것이다.

7단계 | 다시 찾은 평정

다시 찾은 평정의 상태가 되면 모든 것은 정상으로 돌아가고, 욕망은 모두 해소된다. 그러나 단 하나, 커다란 차이점이 남는다. 주인공이 시련을 겪은 결과, 그는 더 높거나 낮은 수준으로 이동한다. 이것은 주인공에게 있어 매우 근본적이고 영구적인 변화가 된다. 만약 자기발견이 긍정적이라면—주인공이 진정한 자신의 모습을 찾아 이 세상에서 올바르게 사는 법을 배운다면—그는 좀 더 높은 수준으로 이동한다. 만약 주인공이 자기발견이 부정적이라면—끔찍한 범죄를 저질렀는데, 그것이 자신의 타락과 개인적 결함으로 인해 발생한 것이라는 것을 깨닫는다면—혹은 자기발견 자체를 할 수 없는 사람이라면, 주인공은 몰락하거나 파멸하고 만다.

주인공이 높은 수준으로 가는 경우는 다음과 같다.

| 다이하드 |
존은 범죄자를 물리치고 아내를 구해 사랑을 재확인한다.

| 귀여운 여인 |
비비안은 성매매 업계를 뒤로 하고 자신이 사랑하는 남자(운 좋게도 백만장자다.) 곁에 남는다.

| 양들의 침묵 |
클라리스는 버팔로 빌을 잡아 정의를 실현하고, 탁월한 FBI 요원이 되며,

자신을 괴롭히던 끔찍한 악몽으로부터 벗어난다.

주인공이 몰락하는 경우는 다음과 같다.

| 오이디푸스 왕 |

오이디푸스는 자신이 아버지를 죽이고 어머니와 동침했다는 사실을 깨달은 후 자신의 눈을 파버린다.

| 컨버세이션 |

주인공은 자신이 누군가의 살해음모에 가담했다는 것을 깨닫고 충격을 받아 자신의 아파트를 샅샅이 뒤지며 도청장치를 찾으려 한다.

| 현기증 |

주인공은 사랑하는 여인을 탑 꼭대기로 끌고 가서 살인을 자백하게 하고, 죄책감에 휩싸인 그녀가 추락사하자 공포에 질려 아래를 내려다본다.

지금까지 우리는 이야기 구조의 핵심 7단계를 살펴보았다. 이제 이것을 어떻게 이야기에 적용시킬지 알아보자.

7단계 활용법

[예시]

사건	이야기 속에서 벌어지는 사건을 적어라. 각 사건은 한 문장으로 작성해라. 7단계는 외부로부터 오는 것이 아니다. 그것은 이야기 아이디어 그 자체에 내재되어 있다. 그런 이유로 7단계를 구상하기 위해 제일 먼저 해야 할 일은, 이야기 속에 있을 법한 일련의 사건을 목록으로 만드는 것이다. 대개 한 이야기에 대한 아이디어가 생기면, 즉각적으로 어떤 사건들이 마음에 떠오를 것이다. "이런 일이 생기고, 이런 일이 생기고, 그럼 또 이런 일이 생길 수 있지." 여기서 사건이란 보통 주인공이나 적대자가 취하는 행동을 뜻한다. 이렇게 처음에 떠오른 사건들은 소중하다. 그 중 어떤 것도 실제로 이야기에 쓰이지 않는다 해도 말이다. 각 사건을 한 문장으로 적어라. 여기서의 중점은 자세히 쓰지 않는 데에 있다. 각 사건에서 무슨 일이 일어나는지 기본 아이디어만 적어라.
최소 5가지 사건 적기	10~15개라면 더욱 좋다. 사건을 더욱 많이 만들어낼수록 이야기를 한 눈에 보고 7단계를 찾는 게 더욱 쉬워진다.
사건 순서	처음부터 끝까지 대충이라도 각 사건의 순서를 정해라. 명심할 것은 이 순서를 끝까지 끌고 갈 필요가 없다는 것이다. 중요한 것은 이야기가 처음부터 끝까지 어떻게 발전할 수 있는가를 한번 보는 것이다.
7단계	사건을 잘 살핀 뒤 7가지 구성 단계를 확인해라.
핵심 기술	이야기의 마지막, 주인공이 자기발견을 하는 부분에서 시작해라. 그런 후 시간을 거슬러 주인공의 필요와 욕망을 찾아라. 결말에서 시작하여 시작점으로 거슬러 올라가는 이 기술은 우리가 앞으로 인물, 플롯, 주제를 알아낼 때도 계속 사용할 것이다. 이것은 주인공과 이야기가 항상 구조적인 여정의 진짜 종착점, 즉 자기발견을 향해 나아가도록 만들기 때문에 소설 쓰기에서 좋은 기법으로 손꼽힌다
심리적 · 도덕적 자기발견	자기발견에 대한 부분을 정할 때, 주인공에게 심리적이고 도덕적인 자기발견을 모두 선사해라. 주인공이 무엇을 배우게 되는지 구체적으로 만들어라. 그런 뒤 나머지 6단계를 파악하고 전체 집필 과정을 진행하는 동안, 이미 작성한 내용을 바꿀 수도 있다는 유연한 마음을 가져라. 이야기의 다른 많은 부분과 마찬가지로, 7단계를 파악하는 것은 십자말풀이를 하는 것과 다름없다. 어떤 부분은 쉽게 채워질 테고, 어떤 부분은 굉장히 어려울 것이다. 그러면 쉽게 채워지는 부분을 사용해 어려운 부분을 파악해내고, 나중에 새로운 소재가 나타나 이야기에 새로운 관점이 생기면 처음에 쓴 내용을 기꺼이 수정해라.

심리적· 도덕적 약점과 필요	자기발견을 정한 후 이야기의 앞으로 거슬러 가라. 주인공에게 심리적이고 도덕적인 약점과 필요를 모두 선사해라. 핵심적인 차이점을 기억해라. 심리적 약점과 필요는 오직 주인공에게만 영향을 준다. 그러나 도덕적 약점과 필요는 타인에게 영향을 끼친다. 주인공에게 딱 하나의 약점이 아닌, 많은 약점을 만들어라. 이러한 결함들은 주인공의 삶을 망치고 있거나 혹은 그렇게 할 가능성이 있는, 심각하고 위험한 결함이어야 한다.
문제	이야기 초반 주인공이 대면하고 있는 문제 혹은 위기는 무엇인가? 그것이 주인공의 약점에서 파생된 것으로 만들어라.
욕망	주인공에게 욕망을 줄 때는 아주 구체적으로 정해라. 주인공이 가진 목표가 이야기의 끝까지 그를 이끌어갈 수 있는 목표인지 확실하게 정하고, 주인공이 이를 달성하기 위해 여러 행동을 취하도록 만들어라.
적대자	주인공과 같은 목표를 가진 적대자를 설정해라. 그는 특히 주인공의 가장 치명적인 약점을 제대로 건드릴 줄 아는 사람이어야 한다. 주인공에게 대항할 적대자는 몇백 명이라도 만들 수 있다. 그러나 문제는 이것이다. 누가 가장 뛰어난가? 결정적인 질문으로 돌아가자. 주인공과 적대자를 싸우게 하는 가장 깊은 갈등은 무엇인가? 주요 적대자는 주인공과 마찬가지로 목표를 달성하기 위해 혈안이 되어 있어야 한다. 또한 적대자는 주인공의 가장 치명적인 약점을 공격하는 데 아주 뛰어난 능력이 있으며, 자신 역시 목표를 달성하기 위해 노력하는 동안 끊임없이 주인공을 공격하는 모습을 보여야 한다.
계획	주인공이 다양한 행동을 하게끔 만드는 계획을 하나 세우되, 처음 계획이 잘 들어맞지 않는다면 조정해라. 대개 계획을 통해 이야기의 나머지 모양이 잡혀간다. 따라서 그것은 많은 단계를 가지고 있어야 한다. 그렇지 않으면 이야기가 아주 짧게 끝날 것이다. 또한 그 계획은, 중간에 실패했을 때마다 주인공이 수정을 해야 할 만큼 매우 독특하고 복잡해야 한다.
전투	전투를 고안하고 새로운 평정을 찾아라. 전투는 주인공과 주요 적대자가 반드시 포함되어야 하며, 목표를 달성한 게 누구지 단번에 결정이 나야 한다. 행동과 폭력으로 하는 전투가 될지, 아니면 대화로 하는 전투가 될지를 결정하라. 어떤 전투를 고르든지 간에, 주인공이 궁극적인 시험을 통과하는 듯한 강렬한 경험이 되게 해야 한다.

《대부》를 7단계로 세분화하면, 자신의 이야기도 어떻게 나눌지 알 수 있다.

대부

소설 마리오 푸조 ▪ 1969년 / **각본** 마리오 푸조, 프란시스 포드 코폴라 ▪ 1972년

주인공	마이클 꼴레오네
약점	마이클은 젊고, 미숙하고, 검증되지 않았는데도 자신감이 넘친다.
심리적 필요	거만함과 독선을 극복해야 한다.
도덕적 필요	자신의 가문을 보호하면서도 다른 마피아 보스들처럼 잔혹하게 굴지 않아야 한다.
문제	라이벌 갱단들이 가문의 우두머리인 마이클의 아버지에게 총격을 가한다.
욕망	아버지에게 총을 쏜 사람들에게 복수함으로써 자신의 가족을 보호한다.
적대자	마이클의 첫 번째 적대자는 '솔로쪼'다. 그러나 진정한 적대자는 막강한 권력의 '바르치니'이다. 바로 그가 솔로쪼 배후 인물로, 꼴레오네 가문을 무너뜨리려고 하는 자이다. 마이클과 바르치니는 꼴레오네 가문의 생존과, 누가 뉴욕의 범죄 세계를 쥐고 흔들지 그 자리를 놓고 경쟁한다.
계획	마이클이 정한 첫 번째 계획은 솔로쪼와 그의 뒤를 봐주는 경찰 서장을 죽이는 것이었다. 두 번째 계획은 다른 가문들의 우두머리를 한꺼번에 죽이는 것이다.
전투	마지막 전투 장면은 마이클이 조카의 세례식에 참석한 모습과 다섯 개의 마피아 가문의 우두머리를 죽이는 장면이 교차 편집되어 나타난다. 세례식에서, 마이클은 자신이 신을 믿는다고 말한다. 클레멘자는 엘리베이터에서 내리는 남자들에게 총알 세례를 퍼붓는다. 모 그린은 눈에 총을 맞는다. 마이클은 세례식 문답에서 사탄을 멀리하겠다고 말한다. 또 다른 저격수가 회전문에서 한 가문의 우두머리를 쏜다. 바르치니가 총을 맞는다. 톰은 테시오가 살해되도록 한다. 마이클은 카를로를 교살하라고 사주한다.
심리적 자기발견	없다. 마이클은 여전히 자신의 거만함과 독선이 옳다고 믿는다.
도덕적 자기발견	없다. 마이클은 무자비한 살인자가 되었다. 그러나 작가는 좀 더 앞서 나가 이야기 구조 기법을 통해 주인공의 아내 케이가 자기발견의 순간을 맞게 한다. 그녀의 눈앞에서 문이 닫히는 순간, 그가 어떤 사람이 되었는지 똑똑히 보고 깨닫게 된다.
다시 찾은 평정	마이클은 적들을 처단하고 대부의 자리에 오른다. 그러나 도덕적으로 보면 그는 타락했고 '악마'가 되었다. 한때는 가문의 폭력과 범죄에 관여하고 싶지 않았던 그가 이제 가문의 우두머리가 되어 자신을 배신하거나 방해하는 사람을 누구든지 죽일 것이다.

4장

캐릭터를
탄생시키다

멋진 캐릭터를 만들고 싶다면, 모든 인물을 연결망의 일부라 생각하고, 각 인물이 다른 인물을 정의하는데 도움이 되게 하자. 달리 말하면, 인물이라는 것은 종종 타인에 의해 정의된다는 의미다.

《투씨》는 주인공을 맡은 배우 더스틴 호프만이 여장을 해서 크게 히트를 쳤다. 이 말이 맞는가? 틀렸다. 캐릭터를 재미있게 만들고 이야기 전체를 잘 통하게 만든 건 인물을 이어주는 연결망 덕이다. 그것이 주인공을 정의하고 그가 재미있을 여지를 만들어준 것이다. 치마를 입은 더스틴 호프만의 반짝이는 표면 아래를 살펴보자. 그러면 이야기의 각 캐릭터가 주인공의 주요한 도덕적 문제, 즉 남성이 여성을 하대한다는 문제를 각각의 버전으로 보여주고 있음을 알 수 있다.

대부분의 작가는 캐릭터에 매우 잘못 접근하는 경향이 있다. 주인공이 가진 특성을 죽 나열하는 것으로 시작해, 그에 대한 얘기를 늘어놓고, 결말에는 어떻게든 변화만 시켜놓으면 된다는 식이다. 이렇게 하면 아무리 노력해도 괜찮은 이야기가 나올 리 없다.

우리는 이번 장을 통해 조금 다른 과정을 거쳐 이야기를 진행시키는 방법을 알아볼 것이다. 여러분은 이 과정이 앞서 말한 방법보다 훨씬 더 유용하다고 느낄 것이 분명하다. 각 단계를 간략히 말하자면 다음과 같다.

1단계: 우리는 그저 주인공에게만 초점을 맞추는 것이 아닌, 서로 이어져 있는 연결망 일부라는 개념으로 모든 캐릭터를 살펴봄으로써 이야기를 시작할 것이다. 각 인물이 이야기 속에서 하는 기능과 인물 원형을 비교하면서 각자의 특징을 구분 지을 것이다.

2단계: 그런 다음 주제와 대립관계를 바탕으로 각 인물을 하나씩 세워나갈 것이다.

3단계: 다음 단계는 주인공에게만 집중하여 그를 단계별로 '창조'할 것이다. 관객이 좋아할 만한, 다층적이고 복잡한 인물을 만들 것이다.

4단계: 적대자라는 인물을 세세하게 설정할 것이다. 왜냐하면 주인공 다음으로 중요한 인물이며, 여러 방면에서 주인공을 정의하는 핵심을 쥐고 있기 때문이다.

5단계: 마지막으로 이야기 진행 과정에서 갈등을 구축하는 캐릭터 기법을 살펴볼 것이다.

인물 연결망 만드는 법

캐릭터를 만들 때 작가들이 저지르는 가장 큰 실수는 주인공과 나머지 인물을 모두 독립된 별개의 인간으로 생각한다는 점이다. 그러면 주인공은 외부와 단절된 상태로 누구와도 연결되지 않는다. 그 결과 주인공은 약해지고, 적대자는 비현실적인 인물이 되며 보조 인물들은 더 부실해진다.

이 심각한 실수는 시나리오를 쓸 때 더욱 심화된다. '하이 콘셉트' 전제를 지나치게 강조하기 때문이다. 이러한 이야기에서는 오직 주인공만 중요하게 느껴지기 마련이다. 역설적이게도, 주인공을 명확하게 정의하지 않고 스포트라이트를 집중적으로 쏘는 것은 그저 주인공을 단발성 마케팅 도구로 전락하게 만들 뿐이다. 멋진 캐릭터를 만들고 싶다면, 모든 인물을 연결망의 일부라 생각하고, 각 인물이 다른 인물을 정의하는데 도움이 되게 하자. 달리 말하면, 인물이라는 것은 종종 타인에 의해 정의된다는 뜻이다.

> 🔵 **핵심POINT** 주인공은 물론이고 다른 인물을 창조하는 데 있어서 가장 중요한 것은, 한 인물을 나머지 인물과 연결하고 비교하는 것이다.

한 인물을 주인공과 비교할 때마다, 여러분은 주인공을 새로운 방식으로 구별 짓게 될 것이다. 그러는 가운데 조연들을 주인공만큼이나 복잡하고 가치 있는 한 인간으로 인식하게 될 것이다.

모든 등장인물은 다음의 네 가지 방식으로 서로 연결되고 정의된다. 그것은 이야기 속에서의 기능, 인물 유형, 주제, 그리고 대립관계이다.

인물이 지닌 이야기 기능이란

등장인물은 반드시 이야기의 설계 규칙에 있는 이야기의 목적을 달성해야만 한다(2장 참고). 모든 인물은 이야기가 그 목적을 달성하는 데 도움이되도록 특별히 고안된 역할 또는 기능을 갖고 있다. 연극 연출가 피터 브룩은 배우에 대해 언급하며, 작가가 인물을 창조하는 것에 대해서 아주 유용한 지점을 짚었다.

"(브레히트는) 모든 배우가 연극 속에서 행동을 취해야 한다고 지적한다. …(배우가) 극 전체의 관계 속에서 자기 자신을 보면, 지나친 인물화(사소한 디테일 작업)는 종종 극의 요구에 반할 뿐 아니라, 불필요한 특징이 많으면 실제로불리하게 작용해서 결국 자신이 돋보일 수 없다는 것을 알게 될 것이다."[2]

관객이 주인공의 변화에 대해 지대한 관심을 갖고 있더라도, 주인공을포함하여 모든 캐릭터가 주어진 역할을 수행하지 않으면 변화를 보여줄 수가 없다. 소설 속에 나오는 주요 인물의 이야기 기능을 살펴보자.

주인공의 탄생

가장 중요한 인물은 주연, 그러니까 주인공이다. 주인공은 중심 문제를갖고 있으며 문제를 해결하기 위해 행동을 이끄는 사람이다. 주인공은 목표(욕망)를 추구하려고 결심하지만, 목표를 이루지 못하게 가로막는 특정한 약점과 필요를 가지고 있다.

이야기에 등장하는 다른 인물들은 주인공과 한 편이거나 반대편에 서는 사람이다. 때로는 이 두 가지를 결합한 인물이 등장할 때도 있다. 이를 이야기에 존재하는 우여곡절은 다양한 인물과 주인공 사이의 대립이나 우정이 밀물과 썰물처럼 반복되며 만들어낸 산물이다. 『햄릿』을 예로 들어 이를 설명하고자 한다.

⇨ 『햄릿』의 주인공: 햄릿.

적대자의 탄생

적대자는 주인공이 욕망을 이루지 못하게 방해하는 캐릭터이다. 그러나 적대자는 단순히 주인공을 막는 존재가 되어서는 안 된다. 너무 기계적인 방법이기 때문이다.

명심하자. 적대자는 주인공과 똑같은 목표를 갈구해야 한다. 이렇게 해야 주인공과 적대자는 이야기가 진행되는 내내 직접적으로 충돌하게 된다. 물론 그렇게 흘러가지 않는 경우도 종종 있다. 그렇기에 주인공과 적대자가 무엇을 놓고 싸우는지, 가장 깊은 갈등이 무엇인지를 찾아내야만 한다.

주인공과 적대자의 관계는 이야기에서 가장 중요한 관계다. 이 두 인물이 벌이는 결전을 그려내다 보면, 보다 큰 문제와 주제가 펼쳐지게 된다.

● **주의POINT** 적대자라는 인물을 주인공이 싫어하는 사람이라 생각하지 말아라. 주인공은 적대자를 싫어할 수도, 아닐 수도 있다. 적대자란 그저 같은 목표를 향하지만 반대편에 있는 사람이다. 주인공보다 더 착하거나, 더 도덕적인 사람일 수도 있고, 심지어 주인공의 연인이거나 친구일 수 있다.

⇨ 『햄릿』의 주요 적대자: 클로디어스 왕.

⇨ 『햄릿』의 두 번째 적대자: 거트루드 왕비.

⇨ 『햄릿』의 세 번째 적대자: 왕의 조언자 폴로니어스.

조력자의 탄생

조력자란 주인공을 돕는 사람을 뜻한다. 또한 주인공의 가치와 감정을 관객에게 들려주는 공명판의 역할을 하기도 한다. 대부분 조력자의 목표는 주인공과 같지만, 때때로 주인공과 무관한 자기 자신만의 목표를 가진 경우도 있다.

⇨ 『햄릿』의 조력자: 호라시오.

적대자/가짜 조력자의 탄생

적대자/가짜 조력자는 주인공의 친구처럼 보이지만 실제로는 적대자인 경우를 뜻한다. 이런 인물이 있으면 주인공 반대편 세력에 더욱 힘을 실어주고 플롯을 비트는 효과를 줄 수 있다.

적대자/가짜 조력자인 인물은 딜레마 속에서 고민하기에 언제나 이야기 안에서 가장 복잡하고 매력적인 인물이 된다. 주인공의 조력자인 척 하는 적대자/가짜 조력자는 때때로 실제로도 자신이 주인공의 조력자라고 느끼게 된다. 그래서 주인공을 물리치기 위한 작업을 하다가 결국에는 주인공이 이기도록 돕는 역할을 하기도 한다.

⇨ 『햄릿』의 적대자/가짜 조력자: 오필리아, 로젠크란츠, 길든스턴.

조력자/가짜 적대자의 탄생

이 캐릭터는 주인공과 대적하는 것처럼 보이나 사실은 주인공의 친구이다. 조력자/가짜 적대자는 스토리텔링에서 적대자/가짜 조력자만큼 흔하게 나타나지는 않는다. 별로 유용한 인물이 아니기 때문이다. 8장에서 살펴보겠지만, 플롯은 대립관계, 특히 표면 아래 숨어있는 대립관계로부터 나온다. 조력자는 처음에 적대자처럼 보인다 해도, 적대자가 줄 수 있는 갈등이나 놀라움을 선사하지는 못한다.

⇨ 『햄릿』의 조력자/가짜 적대자: 없다.

하위플롯 인물의 탄생

하위플롯 인물이야말로 픽션에서 가장 오해를 많이 사는 인물로 손꼽힌다. 대부분 작가는 이 인물을 두 번째 스토리라인을 이끄는 존재로 상정한다. 예를 들어 탐정물에서 주인공의 연애 상대가 여기에 속한다. 그러나 이 인물은 진정한 하위플롯 인물이라고 할 수 없다.

하위플롯 인물은 이야기 안에서 아주 특정한 기능을 담당하며, 여기에는 비교가 포함된다. 왜냐하면 하위플롯은 주인공과 두 번째 인물이 같은 문제를 놓고 약간 다르게 처리하는 것을 대조해서 보여주기 때문이다. 이 비교를 통해 하위플롯 인물은 주인공의 성격과 딜레마를 더욱 두드러지게 해준다.

이제 『햄릿』을 더욱 자세히 들여다보면서 진정한 하위플롯 인물을 만드는 방법을 살펴보자. 햄릿이 해결할 문제를 한 문장으로 적는다면, 자신의 아버지를 죽인 사람에게 복수하는 것이다. 레어티스의 문제 역시 비슷하게 자신의 아버지를 죽인 사람에게 복수를 하는 것이다. 그러나 하나는 사전에 계획된 살인이고 다른 하나는 충동적이고 실수로 저지른 살인이라는 사실에 초점을 맞춤으로서 대립을 보여준다.

● **핵심 POINT** 하위플롯 인물은 대개 조력자가 아니다.

하위플롯 인물은 조력자나 적대자와 마찬가지로 비교를 통해 주인공을 정의하고 이야기의 플롯을 만들어내는 장치다. 조력자는 주인공이 주요 목표에 다다를 수 있게 도와준다. 하위플롯 인물은 주인공과 평행선을 달리다가 다른 결과를 만들어낸다.

⇨ 『햄릿』의 하위플롯 인물: 폴로니어스의 아들인 레어티스.

그러면 이야기 몇 편을 쪼개보면서 등장인물들이 각각의 기능을 통해 어떻게 대조되는지 살펴보자.

양들의 침묵

소설 토마스 해리스 ▪ 1988년 / **각본** 테드 텔리 ▪ 1991년

이 이야기는 버팔로 빌이라고 알려진 연쇄살인범을 찾는 FBI 수습요원 클라리스에 관한 내용이다. 상사인 잭의 조언에 따라 그녀는 이미 감옥에 들어가 있는 또 다른 연쇄살인자, 악명 높은 '식인마' 한니발 렉터에게 도움을 청하기로 한다. 이야기 초반에만 해도 한니발은 클라리스를 적대적으로 대하지만, 결국 그녀는 그로부터 FBI에서 받는 것보다 훨씬 더 나은 교육을 받게 된다.

- **주인공:** 클라리스 스털링
- **주요 적대자:** 연쇄살인마 버팔로 빌
- **두 번째 적대자:** 교도소장 칠튼 박사
- **적대자/가짜 조력자:** 없음

- **조력자:** FBI 상사 잭
- **조력자/가짜 적대자:** 한니발 렉터
- **하위플롯 인물:** 없음

아메리칸 뷰티

각본 앨런 볼 ▪ 1999년

《아메리칸 뷰티》는 교외를 배경으로 한 인간극(인간의 삶을 희비극적으로 그린 작품)이자 드라마로 주인공 레스터의 주요 적대자는 가족이다. 바로 아내 캐롤린과 딸 제인이며 그 둘 다 레스터를 싫어한다. 그는 딸의 친구 안젤라에게 심취하는데, 그는 유부남이고 안젤라는 십대 소녀이니, 그녀 역시 또 다른 적대자가 된다. 레스터의 옆집 이웃은 엄격하고 보수적인 프랭크 피츠 대령이며 그는 레스터의 생활방식을 못마땅해 한다. 레스터의 직장 동료인 브래드는 그를 해고하려 한다.

레스터는 회사를 협박해 거액의 퇴직금을 뜯어낸 후에 자기 마음대로 삶을 살기 시작하고, 자신에게 대마초를 판매한 이웃집 소년 리키 피츠라는 조력자를 얻는다. 여기서 리키와 그의 아버지 프랭크 대령은 하위플롯 인물이다. 레스터의 가장 주요한 문제는 외모와 돈을 중시하는 고도로 순응적인 사회에서, 어떻게 하면 가장 깊숙하게 자리 잡은 욕망을 표현하면서 의미 있는 삶을 살 수 있는가이다. 리키는 대마초를 팔면서 비디오카메라로 타인을 감시해 사람을 무기력하게 만드는 군사주의적인 가정에 대응한다. 사실 프랭크 대령은 자기 자신과 가족 모두에게 철두철미한 규율을 적용하여 동성애적 욕망을 억누르고 있다.

- **주인공:** 레스터
- **주요 적대자:** 아내 캐롤린
- **두 번째 적대자:** 딸 제인
- **세 번째 적대자:** 제인의 예쁜 친구 안젤라

- **네 번째 적대자:** 프랭크 피츠 대령
- **다섯 번째 적대자:** 직장 동료 브래드
- **조력자:** 리키 피츠
- **적대자/가짜 조력자:** 없음
- **조력자/가짜 적대자:** 없음
- **하위플롯 인물:** 프랭크와 리키

인물 설정 기술: 두 명의 중심인물

두 명의 주인공이 등장하는 것처럼 보이는 이야기 중 인기 있는 장르 혹은 스토리 형식은 두 가지로, 첫째가 러브 스토리, 그리고 둘째는 두 명의 친구가 등장하는 버디 드라마다. 버디 드라마는 액션, 러브 스토리, 그리고 코미디라는 세 가지 장르의 혼합물이라 할 수 있다. 이야기 속에서 각각의 인물이 수행하는 기능을 바탕으로 이 두 가지 형태의 인물 연결망이 실제로 어떻게 작동하는지 살펴보자.

러브 스토리

동등한 캐릭터 두 명을 제대로 조성해야 하는 경우, 이야기의 인물 연결 망에 있어 특정 요구사항이 필요하다. 러브 스토리는 동등한 두 사람이 만들어내는 공동체의 가치를 보여주기 위해 고안되었다. 러브 스토리의 중심 개념은 실로 심오하다. 인간이란 혼자서는 진정한 개인이 될 수 없다는 것을 보여주기 때문이다. 사람이란 두 사람으로 구성된 공동체에 속할 때에만 독특하고 진정한 개인이 될 수 있다. 각자가 상대방에 대한 사랑을 통해 성장하고, 자신의 보다 깊은 자아를 발견하는 것이다.

그러나 이런 심오한 개념을 제대로 된 인물 연결망으로 표현하는 것은 또 다른 문제다. 두 명의 주인공을 두고 러브 스토리를 쓰려고 하다보면, 결국 두 개의 뼈대, 두 개의 욕망선, 두 개의 이야기 진행을 갖게 된다. 그러니

한 주인공을 다른 주인공보다 조금 더 중요하게 만드는 것이 중요하다. 이야기 초반에 인물 두 명 모두의 필요를 상세히 알려주자. 그러면서도 그 중 한 명에게 중심이 되는 욕망선을 안겨주어야 한다. 많은 작가는 그 선을 남자주인공에게 준다. 문화적으로 남자가 여자를 따라다니는 것이 자연스럽게 생각되기 때문이다. 하지만 차별화된 러브 스토리를 쓰고 싶다면, 여성에게 주도권을 주는 것도 좋은 방법이다. 거기에는 《문스트럭》, 《브로드캐스트 뉴스》, 《바람과 함께 사라지다》 같은 작품이 포함된다.

한 캐릭터에게 욕망선을 주면, 자동적으로 그 남자 혹은 여자가 제일 강력한 캐릭터가 된다. 이럴 경우 이야기의 기능에서 봤을 때, 연애 대상 즉 사랑을 받는 쪽은 두 번째 주인공이 아닌 주요 적대자다. 그리고 이 만남을 반대하는 가족과 같이 외부에 존재하는 한 명 혹은 그 이상의 적대자를 만들어 인물 연결망을 채우게 된다. 또한 주인공이나 그의 연인을 좋아하는 또 다른 사람을 넣을 수도 있다. 이럴 경우 남자 혹은 여성의 또 다른 면모를 비교해 볼 수 있다.

필라델피아 스토리

원작 필립 베리 ▪ **각본** 도날드 오그던 스튜어트 ▪ 1940년

- **주인공**: 트레이시 로드
- **주요 적대자**: 전 남편 덱스터
- **두 번째 적대자**: 기자 마이크
- **세 번째 적대자**: 꽉 막히고 야심찬 약혼자 조지
- **적대자/가짜 조력자**: 여동생 디나
- **조력자**: 어머니
- **조력자/가짜 적대자**: 아버지
- **하위플롯 인물**: 사진사 리즈

투씨

원작 돈 맥과이어, 래리 겔바트 ▪ **각본** 래리 겔바트, 머레이 시스갈 ▪ 1982년

- **주인공:** 마이클
- **주요 적대자:** 줄리
- **두 번째 적대자:** 감독 론
- **세 번째 적대자:** 의사 역할을 맡은 배우 존
- **네 번째 적대자:** 줄리의 아버지 레스
- **적대자/가짜 조력자:** 샌디
- **조력자:** 매니저 조지, 룸메이트 제프
- **조력자/가짜 적대자:** 없음
- **하위플롯 인물:** 론과 샌디

버디 드라마

'버디'라는 관계를 인물 연결망의 기본으로 사용하는 전략은 시간을 거슬러 올라가 길가메시와 그의 위대한 친구 엔키두의 이야기에서 볼 수 있다. 약간 불평등하지만 아주 유익한 관계의 예로는 몽상가와 현실주의자, 주인과 시종의 관계인 돈키호테와 산초를 들 수 있다.

버디 전략을 사용하면 본질적으로 주인공을 양분하여 두 가지 다른 삶의 방식과 두 가지의 재능을 함께 보여줄 수 있다. 이 두 인물이 하나의 팀으로 '묶이면', 관객은 둘의 차이를 더 잘 느끼게 될 뿐만 아니라, 이러한 차이가 실제로 조화를 이뤄 전체가 부분의 합보다 더 크다는 것을 알 수 있게 된다.

러브 스토리와 마찬가지로, 버디 드라마 역시 한 명의 버디에 중점을 두어야 한다. 주로 머리를 쓰는 쪽, 책략가나 전략가여야 하는데 이 인물이 계획을 세워야 욕망선에 따른 행동이 시작되기 때문이다. 나머지 친구는 주인공의 복제품 같은 관계로, 중요한 부분에서는 비슷하지만 차이가 있다.

구조적으로 친구는 주인공의 첫 적대자이자 조력자가 된다. 두 번째 주인공이 아니라는 얘기다. 두 친구 사이에서 처음으로 벌어지는 대립은 심각하거나 비극적이지는 않다. 대개 선의의 말다툼일 뿐이다.

일반적으로 인물 연결망에는 외부에 존재하는, 지속적으로 위험을 가하는 적이 적어도 한 명 이상 있어야 한다. 대부분의 버디 드라마는 신화적 여정을 따르기 때문에 부차적인 적대자들을 여럿 만나게 된다. 이런 캐릭터는 대개 주인공들에게는 낯선 존재이며, 빠른 속도로 연달아 나온다. 이런 적대자들은 버디들을 싫어하고 그들을 갈라놓고 싶어 하는 사회의 부정적인 면을 대변한다. 이 기법은 부차적 인물을 재빠르게 정의하고 각자에게 특성을 부여하는 좋은 방법이다. 또한 두 명의 버디와 관련된 사회의 다양한 측면을 정의하기 때문에, 버디 형태를 넓고 깊게 만드는 데 도움을 준다.

버디 연결망에서 가장 중요한 요소 중 하나는 친구 사이에 근본적 갈등이 있어야 한다는 것이다. 이 관계에는 계속해서 걸림돌이 생긴다. 그래야 대부분의 적대자들이 빠르게 나왔다 빠지는 여정 속에서 두 친구의 지속적인 대립이 가능하게 된다.

내일을 향해 쏴라

각본 윌리엄 골드먼 · 1969년

- **주인공**: 부치
- **주요 적대자**: 선댄스
- **두 번째 적대자**: 철도회사 사장 E.H.해리먼(직접 등장하지 않는다)과 그가 고용한 저격수들, 조 러포얼즈가 이끄는 정예 추적단
- **세 번째 적대자**: 볼리비아 경찰과 군대
- **적대자/가짜 조력자**: 갱단을 이끄는 부치에게 도전장을 내미는 하비
- **조력자**: 선댄스의 여자친구 에타
- **조력자/가짜 적대자**: 보안관 레이
- **하위플롯 인물**: 없음

인물 설정 기술
: 여러 명의 주인공과 서사 추진력

대중적인 장르는 한 명의 주인공을 갖는 반면, 다수의 주인공이 등장하는 비-장르 이야기도 존재한다. 1장을 떠올려보자. 우리는 거기서 이야기가 어떻게 움직이는지, 선형적인 행동부터 그와 정반대되는 동시다발적 행동까지 살펴보았다. 주인공이 여럿인 경우 이야기가 동시다발적으로 움직이는 느낌을 줄 수 있다. 한 캐릭터의 이야기 전개를 따라가는(선형적) 대신, 여러 주인공이 거의 동시에 수행하는 행동(동시다발적)을 비교할 수 있다. 그러나 동시에 여러 명의 캐릭터를 보여주면 이야기는 더 이상 이야기가 아니게 될 위험성이 있다. 앞으로 나아갈 서사의 추진력을 잃고 마는 것이다. 아무리 동시다발적으로 일어나는 이야기라고 해도 그 안에 시간 별로 사건을 하나씩 배열하여 어느 정도는 선형적인 면을 갖춰야 한다.

여러 주인공이 등장하는 이야기를 성공적으로 쓰기 위해서는 각각의 주요 인물 모두가 7단계를 거쳐야 한다. 즉 약점과 필요, 욕망, 적대자, 계획, 전투, 자기발견, 다시 찾은 평정 말이다. 이렇게 최소한의 발전 단계를 거치지 않으면 그 인물은 주요 인물이라 할 수 없다.

다수의 주인공이 있는 경우 자동적으로 (선형적) 서사가 추진력을 잃는다는 점을 염두에 두자. 자세하게 묘사하는 인물이 많으면 많을수록, 이야기는 말 그대로 중단될 위험이 커진다.

다수의 인물이 주인공이 이야기에 추진력 있는 서사를 부여하는 기술은 다음과 같다.

- 이야기가 진행되는 동안 한 인물이 나머지 인물보다 더 중심에서 드러나게 해라.
- 모든 인물에게 똑같은 욕망선을 줘라.
- 한 스토리라인의 주인공이 다른 스토리라인에서는 적대자가 되게 해라.
- 각각의 인물을 하나의 사안 혹은 주제의 예로 만들어 그들을 연결해라.
- 어떤 상황을 손에 땀을 쥐게 만들어 놓은 후 다음 상황으로 넘어가게 해라.
- 다양한 지점에 있는 인물들을 한곳으로 모아라.
- 시간을 단축해라. 예를 들어, 한 이야기 전체가 하루나 하룻밤에 일어나게 해라.
- 이야기가 진행되는 동안 똑같은 공휴일이나 가족 모임을 세 번 이상 그려내 인물이 가진 추진력과 변화를 보여줘라.
- 등장인물들이 우연히 종종 마주치게 해라.

이러한 기술을 하나 혹은 그 이상을 접목한 다수 주인공 이야기에는《청춘낙서》,《한나와 그 자매들》,《L.A. 컨피덴셜》,《펄프픽션》,《캔터베리 이야기》,《라 론데》,《내쉬빌》,《크래쉬》,《한여름 밤의 미소》가 있다.

인물 설정 기술: 관련 없는 인물 삭제하기

이야기가 연결된 것 같지 않게 이랬다저랬다 하는 것처럼 느껴진다면 그 이유는 이야기에 관련 없는 인물이 속해 있기 때문이다. 어떤 인물을 창조할 때 꼭 자문해야 하는 질문이 있다. 이 인물이 전체 이야기 속에서 중요한 기능을 담당하는가?

만약 그저 이야기의 느낌을 다르게 하거나 생기를 불어넣는 인물일 뿐이라면, 그런 인물은 완전히 없애는 것을 고려해야 한다. 고작 그러한 기능을 넣겠다고 스토리라인을 확장할 가치가 없기 때문이다.

유형별 인물 연결망

이야기에서 인물들을 연결하고 대비하는 또 다른 방법은, 바로 유형을 이용하는 것이다. 유형이란 사람이 내면에 근본으로 가지고 있는 심리 패턴으로, 사회에서 사람들이 수행하는 역할이자, 다른 사람과 상호작용을 하는 데 있어 꼭 필요한 수단이기도 하다. 유형은 문화를 막론하고 인간이라면 누구나 가지고 있는 기본이기에 전 세계 사람들에게 호소력을 가질 수 있다.

유형을 통해 인물의 기본을 보여주면 이 인물에 매우 빠르게 무게감을 줄 수 있다. 각 유형을 가진 인물이 나타나면 관객은 그 즉시 이 유형이 가진 기본적인 패턴을 포착할 수 있고, 이러한 패턴은 인물 내부는 물론이고 사회에서의 상호작용을 반영하기 때문이다.

관객은 어떤 유형을 접하는 순간 깊이 공감하고 반응하여 매우 강한 감정을 느낄 수 있다. 그러나 이것은 작가의 레퍼토리 안에서는 무딘 도구에 불과하다. 그 유형을 자세히 묘사하지 않는 이상, 그저 고정관념을 반영한 인물로밖에 보이지 않기 때문이다.

● **핵심 POINT** 어떤 유형의 인물을 표현할 때에는 그 인물만이 가진 특성을 드러낼 수 있도록 세세하고 고유하게 그려내라.

심리학자 칼 융 이래로 많은 작가가 다양한 유형이란 무엇인지, 그것들이 어떻게 연결되는지에 대해 얘기해왔다. 소설 작가에게 있어 유형이 가진 핵심은 아마도 그림자 개념일 것이다. 그림자는 한 유형이 가지는 부정적 경향으로, 어떤 사람이 그 역할을 맡거나 그 심리에 따라 행동할 때 빠질 수 있는 함정과 같다.

우리는 각각의 주요한 유형과 그 유형이 가진 그림자를 실용적인 기법으로 변환하여, 이야기 제작에 사용할 수 있어야 한다. 여기에는 이야기 속에서 각각의 인물이 유용한 역할을 가짐과 동시에 그것이 약점이 될 수도 있다는 점을 기억하는 것이 포함된다.

왕/아버지

강점 지혜와 선견지명, 결단력을 가지고 자신의 가족이나 백성을 이끌어 그들이 성공하고 성장하게 이끈다.

내재된 약점 자신만의 규칙을 가지고 아내, 자녀, 혹은 백성들을 엄격하게 억압할 가능성이 있다. 가족이나 왕국이라는 감정의 영역에서 혼자만 완전히 벗어날 수 있고, 가족이나 백성을 오직 자신만의 즐거움과 이익을 위해 몰아갈 수 있다.

예시 아더 왕, 제우스, 『템페스트』, 《대부》, 《카사블랑카》의 릭, 『리어왕』, 『햄릿』, 『반지의 제왕』의 아라곤과 사우론, 『일리아드』의 아가멤논, 《시민 케인》, 〈스타워즈〉 시리즈, 《욕망이라는 전차》의 스탠리, 《아메리칸 뷰티》, 《샐러리맨의 죽음》의 윌리 로만, 《아파치요새》, 《세인트루이스에서 만나요》, 《메리 포핀스》, 《투씨》, 《필라델피아 스토리》, 『오셀로』, 《붉은 강》, 《하워즈 앤드》, 《차이나타운》

여왕/어머니

강점 자녀나 백성이 성장할 수 있도록 보살피면서 방패막이가 되어준다.

내재된 약점 폭정에 가까울 정도로 너무 과하게 보호하거나 통제하고, 자신의 마음을 편하게 하고자 그들의 죄책감과 수치심을 이용해 가까이 붙잡아둘 수 있다.

예시 『햄릿』, 『맥베스』, 헤라, 《욕망이라는 전차》의 스텔라, 《엘리자베스》, 《아메리칸 뷰티》, 《겨울의 라이온》, 《유리 동물원》, 《밤으로의 긴 여로》, 《아담의 갈빗대》

나이 든 현자/멘토/선생님

강점 지식과 지혜를 전해 사람들이 더 나은 삶을 살고 사회가 발전하도록 돕는다.

내재된 약점 제자들에게 특정한 방식으로 생각하게 강요하거나, 자신이 가진 신념을 돋보이게 하는 대신 자신의 영광을 목적으로 삼을 수 있다.

예시 〈스타워즈〉 시리즈의 요다, 『양들의 침묵』의 한니발 렉터, 《매트릭스》, 『반지의 제왕』의 간달프와 사루만, 『폭풍의 언덕』, 『햄릿』의 폴로니어스, 『보바리 부인』의 오메, 『위대한 유산』의 하비샴 양, 『데이비드 코퍼필드』의 미코버 씨, 『일리아드』

전사

강점 옳은 일을 실제로 실천하는 행동가이다.

내재된 약점 "저 사람을 죽이지 않으면 내가 죽는다."라는 다소 가혹한 모토를 가지고 살 수 있다. 약한 것은 무조건 파괴해야 한다고 믿고 옳지 못한 생각을 밀고 나가는 사람으로 변할 수 있다.

예시 『일리아드』의 아킬레스와 헥토르, 〈스타워즈〉 시리즈의 루크 스카이워커와 한 솔로, 《7인의 사무라이》, 아더 왕, 토르, 아레스, 테세우스, 『길가메쉬 서사시』, 『반지의 제왕』의 아라곤, 레골라스, 김리, 《패튼 대전차군단》, 《다이하드》, 《대부》의 소니, 《욕망이라는 이름의 전차》, 《위대한 산티니》, 《셰인》, 《플래툰》, 《내일을 위해 쏴라》의 선댄스, 《터미네이터》, 《에일리언》

마법사/주술사

강점 감각 저 아래 숨겨진 현실을 드러낼 수 있다. 또한 자연계에 숨겨진, 혹은 더 큰 힘의 균형을 맞추고 제어할 수 있다.

내재된 약점 타인을 자기 발밑에 두기 위해 깊은 진실을 조작하거나 자연의 질서를 파괴할 수 있다.

예시 『맥베스』, 〈해리포터〉 시리즈, 『오페라의 유령』, 《마법사 멀린》, 〈스타워즈〉 시리즈, 《차이나타운》, 《현기증》, 『반지의 제왕』의 간달프와 사루만, 『아더 왕궁의 코네티컷 양키』, 《컨버세이션》, 셜록 홈즈 같은 탐정들, 에르퀼 푸아로, 《그림자 없는 남자》

협잡꾼

협잡꾼은 마술사의 하위 유형으로, 현대 이야기에서 굉장히 인기 있는 유형이다.

강점 원하는 것을 얻기 위해 자신감, 속임수, 언변을 사용한다.

내재된 약점 오직 자신의 이익만을 추구하는 완벽한 거짓말쟁이가 될 수 있다.

예시 『오디세이』의 오디세우스, 《맨 인 블랙》, 《비버리 힐즈 캅》, 《크로커다일 던디》, 《볼포네》, 노르드 신화의 로키, 『오셀로』의 이아고, 《인디아나 존스》, 《나 홀로 집에》, 《캐치 미 이프 유 캔》, 『양들의 침묵』의 한니발 렉터, 『브레어 래빗』, 《내일을 향해 쏴라》의 부치, 《필 실버스 쇼》의 빌코 병장, 《투씨》의 마이클, 《아메리칸 뷰티》, 《유주얼 서스펙트》의 버벌, 『올리버 트위스트』, 『베니티 페어』, 『톰 소여의 모험』, 『허클베리 핀의 모험』

예술가/광대

강점 사람들에게 무엇이 우수한 것인지를 정의해주는 한편, 부정적인 측면으로는 무엇이 불가능한지도 여실히 보여준다. 아름다움과 미래에 대한 비전을 보여주고, 겉으로는 아름답게 보이지만 실제로는 추하고 바보 같은 게 무엇인지 알려준다.

내재된 약점 완벽에 집착하는 극단적인 전체주의자가 될 수 있다. 모든 걸 통제하는 특수한 세계를 창조할 수도 있고, 모든 것을 산산이 부서뜨려 가치를 상실하게 만들 수도 있다.

예시 『율리시스』와 『젊은 예술가의 초상』 두 작품에서 주인공인 동일인물 스티븐, 『일리아스』의 아킬레스, 《피그말리온》, 『프랑켄슈타인』, 『리어 왕』, 『햄릿』, 《7인의 사무라이》의 검객 큐조, 《투씨》의 마이클, 《욕망이라는 이름의 전차》의 블랑쉬, 《유주얼 서스펙트》의 버벌, 『호밀밭의 파수꾼』의 홀든 콜필드, 《필라델피아 스토리》, 『데이비트 코퍼필드』

연인

강점 누군가를 보살피고 이해하며, 관능적인 면모를 보여줌으로 그 사람을 충만하고 행복하게 만들어준다.

내재된 약점 다른 사람에게 푹 빠져 자기 자신을 잃을 수도 있고, 타인을 자신의 그늘 아래 가둘 수도 있다.

예시 『일리아드』의 파리스, 『폭풍의 언덕』의 히스클리프와 캐시, 아프로디테, 『로미오와 줄리엣』, 《내일을 향해 쏴라》의 에타, 《필라델피아 스토리》, 『햄릿』, 《잉글리쉬 페이션트》, 《대부》의 케이, 《까미유 끌로델》, 《물랑 루즈》, 《투씨》, 《카사블랑카》의 릭과 일사, 《하워즈 엔드》, 『보바리 부인』

반역자

강점 군중 속에서부터 모습을 드러내 사람을 노예로 만드는 체제에 대항한다.

내재된 약점 더 나은 대안이 없거나 대안을 제시하지 못해 그저 모든 것을 파괴하고 만다.

예시 프로메테우스, 로키, 『폭풍의 언덕』의 히스클리프, 《아메리칸 뷰티》, 『호밀밭의 파수꾼』의 홀든 콜필드, 『일리아드』의 아킬레스, 『햄릿』, 《카사블랑카의》 릭, 《하워즈 엔드》, 『마담 보바리』, 《이유 없는 반항》, 『죄와 벌』, 『지하로부터의 수기』, 《레즈》

다음은 대조되는 유형을 강조하는 인물 연결망으로, 이렇게 정리하면 단순하면서도 효과적으로 인물 관계를 살펴볼 수 있다.

스타워즈

원작 조지 루카스 ▪ 1977년

루크 (+ R2D2 + C3PO)
(왕자 – 전사 – 마법사)

다스 베이더
(왕 – 전사 – 마법사)

한 솔로 (+ 츄바카)
(반역자 – 전사)

레아 공주
(공주)

연결망 안에서 인물의 특성 만들기

　주요 인물들을 인물 연결망 안에서 대립되는 위치에 배치했다면, 이제는 이 인물이 가진 기능과 유형을 실제 사람처럼 보이게 하는 일이 남았다. 이번에도 역시 중요한 것은 각각의 사람을 따로 따로 만들어, 그들이 어쩌다 보니 같은 이야기에 등장한 것처럼 보이게 하면 안 된다는 점이다.

　주인공과 적대자, 그리고 나머지 인물들을 만들 때에는 서로 비교해가면서 만들되 이번에는 특히 주제와 대립관계를 염두에 두자. 주제에 대해서는 5장에서 더 자세히 살펴볼 것이다. 그에 대한 핵심 개념 몇 가지를 먼저 살펴보고자 한다.

　주제는 "여러분이 생각하는 올바른 삶이란 이런 것이다."라는 관점으로 이야기 속 등장인물의 행동을 통해 표현된다. 주제는 '인종차별'이나 '자유' 같은 단순한 소재를 뜻하는 게 아니다. 여러분이 가진 도적상의 관점, 그러니까 어떻게 사는 것이 옳은 삶 혹은 나쁜 삶인지에 대한 시각이자 이야기마다 드러나는 고유한 생각을 말한다.

> ● **핵심 POINT**　인물에 개성을 부여하려면 일단 전제의 핵심에 있는 도덕적 문제부터 찾아라. 그런 다음 이야기 본문에서 도덕적 문제가 가지는 다양한 가능성을 펼쳐 보이라.

　다양한 가능성은 대립을 통해 찾아낼 수 있다. 더 자세히 덧붙이자면, 적대자(그리고 조력자)를 창조하고, 이들이 주인공으로 하여금 도덕적인 문제를 해결하도록 몰아붙이는 것이다. 여기서 각각의 적대자는 주제의 변형과

도 같다. 하나의 도덕적 문제를 다른 방식으로 풀어나가는 모습을 보여주는 것이다.

이렇게 중요한 기술을 어떻게 사용할 수 있는지 살펴보자.

① **이야기에서 가장 중요한 위치를 차지할만한 도덕적 문제를 적어라.**

전제 기술을 지나온 후라면 이미 알고 있는 내용일 것이다.

② **다음의 항목을 놓고 주인공과 다른 등장인물을 비교해라.**

- 약점
- 필요: 심리적 필요와 도덕적 필요
- 욕망
- 가치
- 힘, 지위, 능력
- 각 인물이 이야기 안에서 핵심적인 도덕 문제를 대면하는 방법

③ **이렇게 인물을 비교할 때에는 가장 중요한 관계에서부터 시작해라.**

어느 이야기에서나 가장 중요한 관계는 주인공과 적대자다. 여러 면에서 적대자는 이야기를 창조하는 데 있어 핵심 역할을 한다. 왜냐하면 적대자를 통해 주인공을 정의하는 것이 가장 쉽고, 훌륭한 인물 연결망을 만드는 비법을 알려주는 게 바로 적대자이기 때문이다.

④ **주인공을 마음껏 비교해라.**

주요 적대자와 비교했다면, 주인공을 다른 적대자와도 비교하고, 이어서 조력자와도 비교해라. 그리고 마지막으로는 적대자와 조력자도 서로 비교하자. 명심하자. 각각의 인물들은 주인공이 가진 핵심적 도덕 문제에 서로 다른 접근법을 가지고 있어야 한다. (주제의 변형)

이 기술에 대해 예시를 들어 살펴보자.

투씨

원작 돈 맥과이어, 래리 겔바트 ▪ **각본** 래리 겔바트, 머레이 시스갈 ▪ 1982년

《투씨》는 제일 먼저 살펴보기에 가장 적합한 이야기이다. 왜냐하면 하이 콘셉트 전제로 시작하여 서로 밀접하게 관련을 가진 이야기를 어떻게 만들 수 있는지를 잘 보여주기 때문이다.《투씨》는 '전환 코미디'라는 장르를 대표하는 예이다. 주인공이 하루아침에 다른 존재 혹은 다른 사람으로 '바뀌었다'는 전제기법이 잘 드러나는 작품이다. 전환 코미디는 마크 트웨인(이 기법의 대가) 이래로 헤아려 봐도 족히 수백 개가 넘는다.

그러나 전환 코미디의 대부분이 처참한 실패를 맞는다. 그 이유는 작가들이 하이 콘셉트 전제가 가진 커다란 약점을 제대로 이해하지 못하기 때문이다. 그것은 하이 콘셉트를 드러내는 고작 두세 개의 장면만이 만들기 쉽다는 점이다.

반면에 《투씨》의 작가는 이야기를 하는 기술, 특히 쫀쫀한 인물 연결망을 만드는 법과 대립을 통해 각각의 인물에게 개성을 주는 방법을 잘 알았다. 하이 콘셉트 이야기가 다들 그렇듯이,《투씨》역시 재밌는 장면은 두세 개 정도였다. 바로 더스틴 호브만이 연기한 마이클이 처음 여장을 하고, 대본을 읽은 후에 에이전트가 있는 식당에 의기양양하게 들어가는 장면이다.

그러나《투씨》의 작가는 두세 개의 재미있는 장면 외에 더 많은 것을 만들어냈다. 마이클에게 도덕적 문제를 주면서 말이다. 그것은 그 시대 남자가 여자를 대하는 방식으로, 주인공이 가지고 있는 도덕적 필요는 여자를, 특히 자신이 사랑하는 여자를 제대로 대하는 방법을 배우는 것이었다. 그런 다음 작가들은 다수의 적대자를 만들었고, 그들을 통해 남성이 여성을 대하는 방식, 또는 여성이 남성을 그렇게 하도록 내버려두는 것에 대해 다양한 변주를 보여주었다. 예를 들어보자.

— 감독 론은 줄리에게 거짓말을 하고 바람을 피운다. 그런 다음 그녀에게 진실을 털어놓는다는 미명하에 더욱 상처를 준다.
— 줄리는 마이클이 사랑에 빠지는 대상으로, 아름답고 재능이 많지만 남자로 하여금, 특히 론으로 하여금 자신을 막 대하고 괴롭히도록 내버려둔다.

— 작품에서 의사 역을 맡은 존은 호색한으로, 자신의 인기를 이용하고 작품에서의 위치를 악용해 같이 일하는 여배우들에게 접근한다.

— 마이클의 친구인 샌디는 자존감이 낮아서 그가 자신에게 거짓말을 하고 이용해도 오히려 자신이 사과를 한다.

— 줄리의 아버지 레스는 (도로시로 변장한) 마이클에게 빠져들고, 그/그녀를 존중하는 태도를 보이며 춤과 꽃으로 그/그녀의 환심을 사려고 한다.

— 프로듀서 리타 마셜은 권력과 지위를 얻기 위해 자신의 여성성과 다른 여성들에 대한 배려심을 감춘다.

— 도로시로 변장한 마이클은 작업 중에 남성들에게 맞서, 여성들이 받아 마땅한 사랑과 존경을 얻게 한다. 그러나 다시 남자 옷을 입고 나면, 파티에서 만난 모든 여자에게 접근하고, 샌디에게 관심이 있는 척하며, 론의 여자친구 줄리를 빼앗으려고 머리를 굴린다.

위대한 유산

소설 찰스 디킨스 · 1861년

디킨스는 인물 연결망에 있어서는 정말 뛰어난 작가이다. 특히 우리는 『위대한 유산』에서 많은 것을 배울 수가 있는데, 인물 연결망이 여러 면에서 그 어떤 작품보다 앞서 나가고 있기 때문이다.

『위대한 유산』 속 인물 연결망에는 눈에 띄는 특성이 하나 있다. 바로 인물을 맥위치-핍, 하비샴 양-에스텔라같이 쌍으로 설정했다는 점이다. 각각의 쌍이 가진 근본 관계는 멘토와 학생이라는 점으로 동일하지만 여기에도 커다란 차이가 존재한다. 탈옥수 맥위치는 핍에게 몰래 돈과 자유를 주지만, 책임감을 주지는 못한다. 이와 완전 반대되는 하비샴 양의 경우, 남자가 자신에게 했던 일에 한을 품은 채 에스텔라를 철통같이 통제하는 바람에 소녀는 사랑에 냉담한 여성으로 자라게 된다.

베니티 페어

소설 윌리엄 메이크피스 새커리 • 1847년

새커리는 『베니티 페어』를 '주인공이 없는 소설'이라 칭했다. 이것은 영웅적이거나 경쟁을 할 만큼 가치 있는 인물이 없다는 의미이다. 여기에 나오는 다양한 인물은 모두 여러 형태를 지닌 포식자로, 돈과 권력, 명예를 위해 다른 사람들을 밟고 올라설 뿐이다. 이로써 『베니티 페어』의 인물 연결망은 고유한 형태를 지니게 된다. 새커리가 이러한 인물 연결망을 만든 것은, 그가 자신의 도덕적 시각을 보여주고 그 시각을 유일무이하게 만드는 방법이었기 때문이라는 것을 염두에 두자.

이 연결망 속에서 가장 큰 대립을 이루는 인물은 베키와 아멜리아이다. 이들은 각기 상반된 방식으로 남자에게 접근한다. 아멜리아는 둔감한 식으로 부도덕하고, 베키는 권모술수에 능한 식으로 부도덕하다.

톰 존스

소설 헨리 필딩 • 1749년

『톰 존스』 같은 이야기를 통해, 우리는 작가가 만든 인물 연결망이 주인공에게 얼마나 크게 영향을 미치는지 확인할 수 있다. 피카레스크 소설(16세기 중엽부터 17세기에 이르기까지 에스파냐에서 유행한 소설 양식. 주인공이 악한이며, 그의 행동과 범행을 중심으로 유머가 풍부한 사건이 연속되지만 대부분 악한의 뉘우침과 결혼으로 끝난다.)인 이 희극에는 수많은 인물이 등장한다. 이렇게 커다란 사회 구조를 만든다는 것은 이야기에 깊이가 없고 동시에 많은 일이 벌어진다는 것을 의미한다. 이 접근방식을 코미디에 적용하면, 바보 같이, 혹은 악하게 행동하는 수많은 인물을 보며 인물들이 가진 진실을 발견할 수 있다.

여기에는 주인공도 포함된다. 필딩은 톰을 어리석고 순진한 사람으로 만듦으로써 톰이라는 사람이 실제로 어떤 사람인지 모르게 잘못된 정보를 주며, 자기발견의 순간부터 인물의 깊이까지 그 모두를 제한한다. 그리하여 톰은 자신이 가진 도덕적 문제, 즉 진정한 사랑에 충성을 지키는 문제를 놓고 단판을 짓기는 하지만 끝에 오직 다소의 책임감만 가질 뿐이다.

주인공은 어떻게 탄생하는가

온전한 인간의 모습을 한 주인공을 지면 위에 창조하는 것은 수많은 단계를 거쳐야 하는 복잡한 일이다. 위대한 화가들처럼 물감을 겹겹이 쌓아올려야 한다. 다행히 우리에게는 커다란 인물 연결망이 있기에 주인공을 제대로 만들기가 훨씬 쉽다. 어떤 식으로 인물 연결망을 만들든지, 그것은 주인공에게 엄청난 영향을 줄 것이며 주인공을 자세하게 표현하는 데 있어 소중한 안내인 역할을 해줄 것이다.

1단계 | 위대한 주인공이 가져야 할 요건을 충족하기

주인공을 만드는 제일 처음 단계는 모든 이야기의 주인공들은 충족시켜야 할 요건이 있다는 점을 이해하는 것이다. 이러한 요건들은 모두 주인공이 가진 기능, 즉 그가 이야기 전체를 이끌어 간다는 기능과 관계가 있다.

1. 주인공의 매력이 끊이지 않게 하자

이야기를 이끌어가는 인물이라면, 그게 누구라도 관객의 관심을 쥐고 놓쳐서는 안 된다. 시간 낭비도, 선혜엄을 치는 일도, 군더더기도 없어야 한다.(요점을 강조하겠다고 은유를 쓰는 것도 안 된다.) 이야기를 이끌어가는 인물이 지루해지면, 이야기는 그 시점에서 바로 멈춘다.

관객의 관심을 쥐고 놓지 않는 제일 좋은 방법은 등장인물을 신비롭게 만드는 것이다. 등장인물이 뭔가 숨긴다는 것을 보여줘라. 그렇게 하면 수동적인 관객들이 점점 변해 이야기에 적극적으로 참여하게 된다. 관객들은 이렇게 생각할 것이다. "저 사람 지금 뭔가 숨기고 있어. 그게 뭔지 알아봐야겠어."

2. 관객이 주인공과 동일시하게 만들되, 과하지 않게 하자

'동일시'라는 용어는 많이들 거론하지만 이것은 제대로 정의된 용어가 아니다. 우리는 흔히 말한다. 관객이 주인공과 동일시하게 만들어야 그 인물에게 감정적으로 연결될 것이라고. 이게 무슨 뜻일까?

주인공을 구축하는 일이 어떤 인물에게 특성을 부과하는 것이라 생각하는 사람들은 관객이 주인공의 배경, 직업, 옷차림, 수입, 인종, 성별 등과 같은 특성에 '동일시'한다고 생각하기 마련이다. 이보다 엉터리인 게 또 있을까. 만약 동일시라는 것이 특정 요건만으로 이루어지는 것이라면 각각의 등장인물은 오히려 관객과 공유하지 않는 특성이 너무 많기 때문에 관객은 누구와도 동일시하지 못하게 될 것이다.

관객은 두 가지 요소를 기반에 두고 등장인물과 자신을 동일시한다. 하나는 욕망, 그리고 다른 하나는 도덕의 문제이다. 즉 앞서 중요하게 다룬 7단계 중 처음의 두 단계에 해당하는 욕망과 필요가 그것이다. 욕망은 이야기를 이끈다. 왜냐하면 관객은 주인공이 성공하는 걸 원하기 때문이다. 도덕의 문제는 어떻게 해야 타인과 제대로 사는 것인지에 대한 깊은 몸부림이며, 관객은 주인공이 그 문제를 풀기를 원한다.

● **주의POINT** 관객은 주인공과 너무 깊이 자신을 동일시하면 안 된다. 그렇게 되면 한 발 물러나 주인공이 변화하고 성장하는 모습을 볼 수 없게 되기 때문이다. 피터 브룩스가 배우에게 한 조언을 보자. 이것은 작가에게도 훌륭한 조언이 된다.

"(배우가) 극의 전체 흐름과 관련하여 자신을 볼 때… 그는 (자신이 맡은 역할의) 공감을 주는 부분과 그렇지 못한 부분을 다른 시각에서 바라보게 되고,

결국 인물과 '동일시'시키는 것만이 중요하다고 생각하는 배우들과는 다른 결정을 내리게 될 것이다."[3)]

8장에서, 우리는 관객이 적절한 순간에 주인공과 거리를 두게 하는 방법을 살펴볼 것이다.

3. 관객이 주인공에게 공감하도록 하되, 동정을 느끼게 하지는 말자

사람들은 모두 주인공을 호감 가는 사람으로 만들어야 한다고 말한다. 호감이 가고 (측은하기도 한) 주인공은 소중하다. 왜냐하면 관객으로 하여금 주인공의 목표 완수를 응원하게 만들기 때문이다. 이렇게 되면 사실상 관객이 이야기에 참여한다고 볼 수 있다.

하지만 강력한 주인공을 가진 몇몇 이야기들을 살펴보면, 그들이 전혀 호감 가는 인물이 아닌 경우도 있다. 그런데도 우리는 그 사람에게 매료되고 만다. 심지어 처음에는 호감 가는 주인공이 등장한다 해도, 적대자에게 밀리기 시작하면 종종 비도덕적인 행동(보기에 불쾌한 일)을 하기도 한다. 그렇다 해도 관객은 중간에 벌떡 일어나 자리를 떠나지는 않는다.

● **핵심 POINT** 정말로 중요한 것은 관객이 주인공에게 공감하는 것이지 그를 동정하는 게 아니다.

누군가에게 공감한다는 것은 그를 이해한다는 것을 의미한다. 바로 그게 관객이 주인공에게 관심을 갖고 유지할 수 있는 비결인 것이다. 심지어 주인공이 비호감이거나 나쁜 행동을 저지른다 해도, 그것은 관객에게 주인공의 동기를 보여주는 장치가 된다.

● **핵심 POINT** 주인공이 어떤 행동을 할 때는 반드시 그 이유를 보여줘라.

주인공이 왜 그렇게 행동하게 됐는지를 보여주면, 관객은 그 행동 자체에 찬성(동정)하지 않더라도 행동의 원인에는 이해(공감)하게 된다.

주인공의 동기를 관객에게 보여준다고 해서 그것을 주인공에게도 보여준다는 의미가 아니다. 종종 주인공은 자신 왜 그런 목표를 추구하고 있는지 진짜 이유를 이해하지 못하기도 한다. 이야기의 끝, 즉 자기발견의 순간이 되어서야 진짜 동기가 무엇인지 알아내는 경우가 있다.

4. 주인공에게 도덕적 필요와 더불어 심리적 필요를 부여하자

영향력 있는 인물의 경우 반드시 도덕적 필요와 심리적 필요를 둘 다 가지고 있다. 그 둘의 차이를 명심하라. 심리적인 필요는 오직 주인공에게 영향을 미친다. 도덕적 필요는 타인을 올바르게 대하는 법과 관련이 있다. 주인공에게 도덕적 필요와 더불어 심리적 필요를 부여하면, 주인공이 이야기에 더 큰 영향을 미치게 만들 수 있으며 결국 이야기가 가진 정서적 힘을 증가시킬 수 있다.

2단계 | 인물의 변화 만들기

다른 말로 캐릭터 아크, 인물의 발전 혹은 변화폭이라고도 불린다. 이야기 전개에 따라 인물이 변화하는 것을 뜻한다. 이것은 집필 과정을 통틀어 가장 어려운 작업일 수도 있으나 또한 가장 중요한 단계이기도 하다.

'인물의 발전'은 주인공과의 '동일시'처럼, 모든 사람이 말은 하지만 이해하는 사람은 거의 없는 유행어 같은 단어이다. 주인공 만들기를 위한 기본 접근법으로 다시 되돌아가자. 바로 거기서 한 사람을 떠올린 뒤에 그에게 할 수 있는 한 많은 특성을 부여해보자. 그에 대한 이야기를 만들고, 그런 다음 결말에서 변화를 꾀하라. 나는 이것을 '전등 켜기식 인물 변화'라고 부른다. 그저 마지막 장면에서 스위치만 켜면, 짠하고 인물이 '변화'하는 것이다. 그러나 이런 방식은 관객에게 잘 먹히지 않는다. 우리는 다른 방식을 모색해보자.

등장인물로 표현되는 자아

진정한 인물 변화와 변화를 만드는 법에 대해 얘기하기에 앞서, 먼저 자아가 무엇인지 알아보도록 하자. 변화하는 것은 다름 아닌 바로 자아이기 때문이다. 그러기 위해서 먼저 이 질문을 처리해야 한다. 이야기에 있어 자아가 가진 목적은 무엇인가?

인물이란 허구의 자아이다. 자아가 만들어진 이유는 다음과 같다. 각각의 인간은 무한한 방식으로 완전히 고유한 존재임과 동시에, 모두가 공유하는 특징을 지녔다는 사실을 보여주기 위해서이다. 또한 이 허구의 자아를 시간, 공간, 행동 속에서 타인과 비교하여 보여주고, 한 인간이 어떻게 하면 잘 살고 못 사는지, 신체의 성장이 끝난 후에도 평생 동안 어떻게 정신이 성장할 수 있는지를 보여주기 위해서다.

당연히 이야기의 역사 속에서 자아라는 개념은 오직 하나만 있지 않다. 자아를 바라보는 주요한 방법 중 몇몇을 살펴보도록 하자.

- 내부에서 철두철미하게 관리되는 하나의 인격체. 이 경우 다른 자아로부터 완벽하게 분리되어 있으며 자신의 '운명'을 찾아 나선다. 가장 깊은 곳에 잠재된 능력을 바탕으로, 그 운명을 위해 태어난 것이다.

이런 자아는 대개 전사 주인공을 갖는 신화에 자주 등장한다.

- 때때로 모순을 보이는 필요와 욕망을 지닌 하나의 인격체. 이 자아는 타인과 연결되고 싶다는 강한 충동을 느끼며 종종 다른 사람에게 포섭되기도 한다.

이런 자아는 다양한 이야기에서 발견되지만 그 중에서도 눈에 띄는 것은 입센, 체호프, 스트린드베리, 오닐, 윌리엄스와 같은 현대 극작가들의 훌륭한 작품들이다.

- 당시 사회가 요구하는 바에 따라 수행하는 일련의 역할.

이런 관점을 가장 지지하는 작가 중 유명한 사람을 꼽자면 마크 트웨인이 있다. 그는『아더 왕궁의 코네티넛 양키』와『왕자와 거지』 등 '전환 코미디'로 어떤 사람이 사회 지위에 따라 얼마나 크게 달라질 수 있는지를 보여주었다. 심지어『허클베리 핀의 모험』과『톰 소여의 모험』에서조차, 트웨인은 우리가 수행하는 역할의 힘을 보여주었고, 우리가 얼마나 사회의 규정에 따라 살고 있는지를 강조하였다.

• 불안정하고, 구멍이 많고, 귀가 얇고, 약하고, 통일성이 없어 완전히 다른 모습으로 변할 수 있는 대충의 이미지 덩어리.

이렇게 느슨한 자아를 그리는 작가들에는 카프카, 보르헤스, 포크너를 꼽을 수 있다. 또한 공포물에서도 이러한 자아를 볼 수 있는데, 특히 뱀파이어 이야기나 고양이 인간 혹은 늑대 인간 이야기가 여기에 해당된다.

이렇게 다양한 자아의 개념에는 몇 가지 중요한 차이점이 있지만, 인물 변화의 목적이나 이를 달성하기 위한 기술은 대부분 거의 동일하다.

● **핵심 POINT** 인물 변화는 결말에서 생기는 게 아니라 이야기 초반에 생기는 것이다. 좀 더 구체적으로 말하자면, 이야기를 어떻게 설정하느냐에 따라 초반에 가능할지가 결정된다.

● **핵심 POINT** 주인공을 변함없는 완벽한 인물로 만들 생각은 하지 말아라. 반드시 아주 초반부터 주인공이 겪을 변화의 폭과 기회의 폭을 설정해놓아야 한다. 집필 초반에 주인공의 변화 범위를 정해놓지 않는다면 이야기 말미에서의 변화는 불가능해진다.

이 기술의 중요성은 아무리 강조해도 지나치지 않다. 변화의 폭에 대해 갈고 닦아 놓으면 여러분은 이야기라는 '게임'에서 승자가 될 것이다. 그렇지 않으면, 고치고 다시 쓰고를 반복하다가 결코 제대로 완성하지 못할 것이다.

경험으로 익힌, 아주 간단한 법칙을 알려주겠다. 변화의 폭이 좁을수록 이야기는 재미없어진다. 이야기 폭이 넓으면 넓을수록 이야기는 재미있어 지지만, 그만큼 위험도 커진다. 왜냐하면 대부분의 이야기가 가진 한정된 시간 속에서 한 인물이 그렇게 많이 변화하지는 못하기 때문이다.

그렇다면 이 '변화의 폭'이란 무엇일까? 이는 등장인물이 자신에 대한 이해를 통해 만들어내는 가능성의 범위이다. 인물의 변화란 주인공이 마침내 변화되어 마땅한 존재가 '되는' 순간을 뜻한다. 다시 말하자면, 주인공은 책장 넘기듯 획 하고 다른 사람으로 바뀌지 않는다는 말이다(그런 경우가 없진 않다.). 주인공은 보다 깊이 집중력을 가지고 이야기 전반에 걸쳐 진행되는 '나'라는 존재의 생성과정을 완수해야 한다.

이렇게 주인공이 자신을 더욱 깊이 알아가는 방법은 말도 못하게 미묘해 보일 수 있기에 종종 오해를 불러일으키기도 한다. 그러니 여기서 자세히 설명하도록 하겠다. 여러분은 이야기에 갖가지 '변화'를 겪는 인물을 등장시킬 수 있다. 그렇다고 해서 그 모두가 '인물의 변화'를 보이지는 않는다.

예를 들어, 어떤 사람은 빈곤한 상태였다가 부유해질 수 있다. 소작농에서 시작했다가 왕이 될 수도 있다. 음주 문제가 있었지만 결국 극복할 수도 있다. 이것들은 모두 '변화'가 맞다. 그러나 '인물의 변화'는 아니다.

● **핵심POINT** 진정한 인물의 변화는 인물이 자신의 기본 신념을 의심하고 변화시키는 것을 포함한다. 그리하여 주인공은 결국 새로운 도덕적 행동을 취하게 된다.

인물의 자기 이해는 그가 세상에, 그리고 자기 자신에 대해 가진 신념으로 이루어져 있다. 이 신념이라는 것은 좋은 삶을 만드는 건 무엇인지, 원하는 것을 얻기 위해는 무엇을 할 것인지에 대한 그의 생각이다. 훌륭한 이야기에서 주인공은 목표를 추구하며, 마음 깊숙이 내재된 신념에 대해 위협을 받는다. 한바탕 위기를 걸치며 그는 자신이 진정으로 믿는 것은 무엇인지, 어떤 신념을 가지고 행동해야 할지 깨닫게 되며, 결국 그것을 입증하기 위해 새로운 도덕적 행동을 취하게 된다.

작가들은 각기 자아에 대해 다양한 면을 표현하듯이, 인물의 변화를 표현하는 데에도 다양한 전략을 사용한다. 이미 1장에서 이야기가 행동하고 배움으로써 두 '다리'로 스스로 '걷는다'고 표현한 바 있다.

오랜 역사를 지나며, 일반적으로 이야기는 행동을 전적으로 강조하는 방식(관객이 주인공의 행동을 표본 삼아 배우는 신화 형식)에서 학습에 아주 주안점을 둔 방식(무슨 일이 일어나는지, 이 사람이 진짜 누군지, 실제 일어난 사건이 무엇인지 파악하고 나서 어떻게 살아야 하는지를 이해하게 되는 형식)으로 변화해왔다.

이러한 '학습'의 이야기를 쓰는 작가로는 조이스, 울프, 포크너, 고다르, 스토파드, 프레인, 에이크번이 있고, 영화로는《지난 해 마리앙바드에서》,《욕망》,《순응자》,《메멘토》,《컨버세이션》,《유주얼 서스펙트》를 들수 있다.

이러한 '학습'의 이야기에서 인물의 변화란 그저 이야기 말미에 주인공이 자신에 대한 일말의 이해를 얻는 데에 그치지 않는다. 그보다는 관객이 실제로 인물의 변화에 참여해야만 한다. 이야기가 진행되는 동안 다양한 인물의 관점을 경험하는 것뿐 아니라 그게 누구의 관점인지를 파악하며 다양한 인물에 이입을 해야 한다.

그렇게 보면, 확실히 인물의 변화에 있어 가능성은 무궁무진해진다. 주인공의 발전은, 그가 초반에 어떤 신념을 가졌고, 어떻게 해서 그것에 의구심을 갖게 되며, 결국 어떻게 변화시키는지에 달려 있다. 바로 이것이 자신만의 고유한 이야기를 만드는 방법이 된다.

그렇지만 다른 것보다 좀 더 흔하게 나타나는 인물 변화가 있다. 몇 가지를 살펴보자. 여러분의 이야기에 사용하라는 의미가 아니다. 이것에 대한 이해가 있어야 집필 과정에 영향을 주는 중요한 기술을 통달할 수 있다는 뜻이다.

1. 아이에서 성인으로
'성장소설'로도 알려진 이 이야기 속 변화는 신체적으로 아이에서 성인이 되는 것과는 하등 관계가 없다. 당연하다고 생각할 수도 있겠지만, 이 성장소설에서의 성장이 누군가의 첫 경험이라 오해하는 작가가 많다. 이 경험이 슬프든 유쾌하든, 이것은 인물의 변화와는 아무런 상관이 없다.

진정한 성장소설은 젊은이가 기본 신념에 의구심을 가지고 변화하여 그동안과는 다른, 새로운 도덕적 행동을 취하는 것을 보여준다. 이런 이야기의 예는 다음과 같다. 『호밀밭의 파수꾼』, 『허클베리 핀의 모험』, 『데이비드 코퍼필드』, 《식스 센스》, 《빅》, 《굿 윌 헌팅》, 《포레스트 검프》, 《여인의 향기》, 《스탠 바이 미》, 《스미스씨 워싱톤 가다》, 『트리스트럼 샌디』(이것은 최초의 성장소설일 뿐만 아니라, 성장소설에 반대하는 소설이기도 하다.)

2. 성인에서 지도자로

이 변화에서 주인공은 자신에게 맞는 길을 찾는 데만 몰두하던 것에서 벗어나, 다른 사람들도 각자 올바른 길을 찾도록 도와야 한다는 것을 깨닫는다. 이러한 변화는 《매트릭스》, 《라이언일병 구하기》, 《엘리자베스》, 《브레이브하트》, 《포레스트 검프》, 《쉰들러 리스트》, 《라이온 킹》, 『분노의 포도』, 《늑대와 춤을》, 『햄릿』에서 볼 수 있다.

3. 회의론자에서 참여자로

이러한 발전 형태는 성인에서 지도자로 옮겨가는 과정이 특화된 것이다. 여기에서 주인공은 오직 자신에게만 가치를 두는 사람으로 이야기를 시작한다. 그는 큰 사회를 뒤로 하고 쾌락, 개인의 자유, 돈에만 관심을 둔다. 이야기가 끝날 무렵이 되면 주인공은 더 큰 세상을 바로잡는 것이 가치 있는 일이라는 것을 깨닫고 지도자의 모습으로 사회에 다시 합류한다. 이러한 경우를 보여주는 예에는 카사블랑카와 스타워즈(한 솔로)가 있다.

4. 지도자에서 독재자로

변화라고 해서 모두 긍정적으로 변하는 것은 아니다. 지도자에서 독재자로 변하는 과정을 보면, 처음에는 타인들이 옳은 길을 찾게 도와주다가 나중에는 자신의 길을 따르라고 몰아가는 모습을 보인다. 많은 배우들은 이런 역할을 맡으면 자신이 나쁘게 보일까봐 두려워한다. 그렇지만 이런 변화로 인해 대개 위대한 극이 탄생한다. 예시로는《L.A. 컨피덴셜》,《어 퓨 굿 맨》,《하워즈 엔드》,《붉은 강》,《대부》,『맥베스』가 있다.

5. 지도자에서 예언자로

이 변화에서 주인공은 소수의 타인이 올바른 길을 가도록 돕는 것에서 더 나아가 사회 전체가 어떤 변화를 겪으며 살아가야 하는지에 대해 고민한다. 위대한 종교 이야기와 몇몇 창조 신화에서 이를 볼 수 있다.

작가들은 이런 변화를 그려낼 때, 종종 모세 이야기의 구조를 사용한다. 예를 들어,《미지와의 조우》에 나오는 보통 사람 로이는 산에 대한 비전이 있다. 그는 산꼭대기에 올라갔다가 그곳에서 거대한 우주선이라는 형태로 우주의 미래를 목도한다.

등장인물을 예언자로 만들기 원한다면 반드시 극복해야할 커다란 문제가 있음을 염두에 두자. 작가 스스로도 그 비전을 가지고 있어야 한다는 점이다. 이런 이야기를 쓰려는 작가 대부분은 마지막에 이르러서야 이제 사회 전체가 어떻게 행동해야 하는지에 대한 비전이 없다는 것을 깨닫고 놀라고 만다. 그래서 마지막 계시의 순간이 오는 순간, 주인공이 하얗게 발광하는 빛이나 자연의 아름다운 모습을 보는 것으로 마무리한다.

이런 방법이 먹힐 리 없다. 주인공이 가진 비전은 도덕적 비전이 자세하게 기술된 것이어야 한다. 모세가 받은 십계명은 열 개의 도덕 규율이다. 예수가 한 산상설교 역시 일련의 도덕 규율이었다. 당신의 것도 그렇게 만들라. 그게 안 된다면 이런 이야기는 쓰지 말자.

6. 변신

공포, 판타지, 동화, 혹은 몇몇 강렬한 심리 드라마의 경우 주인공은 변신, 혹은 극도의 인물 변화를 겪는다. 그리하여 실제로 다른 사람이나, 동물, 혹은 사물로 변화하는 것이다.

이는 급격하고도 대가가 큰 변화이며, 초기의 자아는 나약하고, 분열이 되어 있으며, 황폐화되어 있음을 암시한다. 제대로만 하면 이러한 전개는 극도의 공감을 불러일으킨다. 그러나 최악의 경우, 옛날의 자아는 완전히 파괴되고 새 자아에 사로잡히는 것을 보여주며 끝난다.

《늑대인간》,《늑대인간의 습격》,《플라이》 같은 공포물처럼 인간이 동물로 변화하는 것은 주인공이 성적 욕망과 포식자의 행동에 완전히 굴복했다는 뜻이다. 그리하여 인간이 동물로 역행하는 것을 보게 되는 것이다.

드문 경우지만 주인공이 짐승에서 인간으로 변하기도 한다.《킹콩》이 그 예로써, 킹콩은 페이 레이가 연기한 인물과 사랑에 빠져 그녀와 함께 하기 위해 죽음을 택한다. 포악한 감독은 이렇게 말하기도 했다. "킹콩을 죽인 건 사실 그녀였어."《매드맥스 2》에 나오는 떠돌이 맥스는 으르렁거리는 야생 소년이었지만 매드 맥스를 보며 인간이 되는 법을 배울 뿐만 아니라 결국 자기 종족의 지도자가 된다. 『길가메시 서사시』에 나오는 동물인간 엔키두는 속임수에 넘어가 여성과 잠자리를 갖고 인간으로 변화한다.

'전환 비극'인 카프카의 『변신』에서 외판원 그레고르 잠자는 어느 날 아침 잠에서 깨어나 자신이 벌레로 바뀌어있는 걸 발견한다. 사실 이 소설은 이야기 초반에 인물 변화가 먼저 일어나고 나머지는 벌레가 되어 살아가는 모습을 보이는, 드문 형태를 보이는 예이다(그래서 소외감의 절정을 드러낸다고 일컬어진다.).

이렇게 극단적인 인물 변화를 보일 때는 어쩔 수 없이 상징을 사용하게 된다. 인물에 상징을 부여하는 기법은 7장에서 다루도록 하겠다.

이야기에서 인물 변화 만드는 법

스토리텔링에서 인물 변화가 어떤 작용을 하는지 살펴보다 보면 다음과 같은 질문이 떠오른다. 그렇다면 우리는 이 변화를 어떻게 구축해야 할까?

우리는 전제를 다룬 장에서 이야기 속 주인공의 변화 가능성을 미리 알 수 있도록 필수 행동의 반대편으로 가는 방식을 살펴보았다.《대부》가 그런 식으로 작동했다는 것을 떠올릴 수 있을 것이다.

> **전제**: 마피아 집안의 막내아들이 아버지를 쏴 죽인 사람들에게 복수하고 새로운 대
> 부가 된다.
> **W 초기에 드러나는 약점**: 둔감하고, 겁이 많고, 주류에 속하고, 법 없이도 살 사람
> 이 가족과 분리됨.
> **A 필수 행동**: 복수를 함.
> **C 변화된 인물**: 가문을 지배하는 절대적 독재자가 됨.

그런 뒤, 7단계를 설정하는 법을 담은 장에서 우리는 주인공이 이야기를
주도하면서 동시에 깊은 변화를 겪을 수 있도록 중심 구조를 놓고 단계를
설정하는 법을 이야기했다. 지금부터는 이야기의 기초를 담당할 인물 변화
를 만드는 기법에 대해 훨씬 더 자세하게 다루고자 한다.

이전 질문, 즉 우리가 이 변화를 어떻게 구축해야 하느냐는 질문에, 나는
일부러 '구축'이라는 단어를 사용했다. 왜냐하면 이것은 말 그대로 이야기
의 뼈대가 되는 부분이기 때문이다.

> ● **핵심 POINT** 반드시 자기발견을 하는 마지막 순간부터 시작해라. 그런 다음에 주인
> 공의 필요와 욕망을 담은 변화의 시작점을 설정해라. 그 후 그 사이를 채울 발전 단계를
> 만들어라.

이것은 픽션을 쓸 때 가장 중요한 기술 중 하나이다. 그러니 이 기술을
사용하여 여러분의 스토리텔링 능력이 극적으로 향상되게 하자. 이야기를
마지막에서 시작하는 이유는 모든 이야기가 주인공이 걸어가는 배움의 여
정이기 때문이다(실제로 여행을 할 수도 있고 안 할 수도 있지만 말이다.). 모든 여
행이 그렇듯, 여러분은 첫 발을 내딛기 전에 어디로 향하는지 목적지를 알
아야만 한다. 그렇지 않으면 제자리를 뱅뱅 돌게 될 것이다.

자기발견을 통해 인물 변화가 생기는 마지막 순간부터 시작하면, 여러

분은 주인공이 한 발 한 발 내딛는 걸음으로 결국 그 지점에 다다를 것이라는 것을 알고 시작하는 것이다. 군더더기도 없고, 딴 데로 빠질 염려도 없다. 이렇게 해야만 이야기는 (내적 논리로) 서로 밀접하게 연관이 된다. 결국, 여정의 각 단계는 다른 단계와 서로 연결되어 점차 최고조에 이르게 되는 것이다.

이 기술을 사용하는 걸 꺼리는 작가들도 있다. 그렇게 하면 어쩔 수 없이 도식에 맞춘 글을 쓰게 된다고 생각하기 때문이다. 그렇지만 사실은 이와 반대다. 이 기술이야말로 여러분에게 더 큰 자유를 줄 것이다. 바로 안전망이 쳐져 있기 때문이다. 당신은 이야기 어디에 있든지 간에 결국은 종착지에 다다를 것이라는 사실을 알고 있다. 겉으로 보기에는 딴 길로 새는 것처럼 보이지만 실제로는 원하는 곳으로 이끌어주는, 몇몇 창의적인 사건들까지 시도해볼 수 있을 것이다.

명심하자. 자기발견은 이야기의 초반에서도 일어날 수 있다. 이것은 자기발견이 두 부분으로 나눠져 있다는 것을 의미한다. 발견 그 자체와 발견을 위한 설정이 그것이다.

자기발견의 순간에는 다음의 특성이 드러나야 한다.

- 느닷없이 나타나야 한다. 그래서 주인공 자신과 관객에게 최대한 극적인 효과를 줘야 한다.
- 관객이 주인공과 깨달음을 공유하는 순간, 감정의 폭발을 느낄 수 있게 해야 한다.
- 자기발견이라는 것은 주인공에게 새로운 정보가 되어야 한다. 그는 자신이 해온 거짓말과 다른 사람에게 주었던 상처를 생전 처음으로 목도해야 한다.
- 주인공이 자기발견 직후 바로 새로운 도덕적 행동을 취하게 만들어야 한다. 그래야 이 깨달음이 진짜이며, 주인공을 근본적으로 변화시켰다는 것을 보여줄 수 있다.

자기발견의 설정에는 다음의 특성이 드러나야 한다.

- 주인공은 사고할 줄 아는 사람이어야 한다. 즉, 진실을 직시하고 그에 맞는 올바

른 행동이 뭔지 아는 사람이어야 한다.

* 주인공은 스스로에게 무언가를 감추는 사람이어야 한다.
* 주인공은 이러한 거짓말, 혹은 착각으로 인해 실제로 해를 입어야 한다.

이쯤 되면 여러분은 모순을 발견했을 것이다. 사고가 가능한 인간이 자기 자신을 속인다는 점 말이다. 이것은 모순이긴 하지만 실제로 일어나는 일이다. 우리 모두가 그러한 어려움을 겪고 있다. 스토리텔링의 위대한 점은 바로 이것이다. 기발하고도 창의적으로 사고할 수 있는 인간이 동시에 복잡하게 뒤얽힌 망상에 자신을 가두는 모습을 보여주기 때문이다.

인물 설정 기술: 이중 전환

인물 변화를 표현하는 가장 일반적인 방법은 주인공에게 필요와 자기발견의 순간을 선사하는 것이다. 그는 자기가 가지고 있던 신념을 의심하고 그것을 바꾼 후, 새로운 도덕에 맞춰 행동을 취한다. 관객은 주인공과 자신을 동일시하기에, 그들 또한 주인공이 배우는 점을 함께 배워나간다.

그러나 여기에는 문제가 하나 있다. 주인공의 비전과는 뚜렷하게 구분되는, 여러분(작가)이 가진 옳고 그른 행동에 대한 도덕적 비전을 과연 어떻게 보여줄 수 있을까? 주인공의 비전과 작가의 비전이 반드시 똑같아야 할 필요는 없다. 또한 여러분은 일반적인 방식보다 훨씬 더 복잡하고 감정에 영향을 주는 방식으로 인물의 변화를 표현하고 싶을 수도 있다.

이야기에서 인물의 변화를 보여주는 고급 기법으로는 내가 '이중 전환'이라고 부르는 독특한 자기발견 방식이 있다. 이 방식에서 작가는 주인공과 마찬가지로 적대자에게도 자기발견의 순간을 부여한다. 각 인물은 서로를 통해 배움을 얻고, 관객 역시 주인공과 적대자, 두 인물을 보며 세상에서 어떻게 행동하고 살아야 하는지에 대해 두 가지의 통찰력을 얻게 된다.

단일한 자기발견이 아닌 이중 전환을 사용함으로써 얻는 이점이 있다. 우선 첫 번째로, 하나만 보는 게 아닌 둘을 비교함으로 관객은 올바르게 사는 법에 대해 좀 더 작은 차이도 분명하게 깨닫게 된다. 음향의 모노와 스테레오처럼 생각하면 이해가 빠를 것이다. 그리고 두 번째로, 이중 전환을 사용하면 관객이 너무 주인공에게만 갇혀 있지 않을 수 있다. 관객은 쉽게 뒤로 물러나 더 큰 숲, 즉 이야기의 큰 흐름을 볼 수 있게 된다.

이중 전환을 만들기 위해서는 다음의 단계를 따르자.

1 주인공은 물론 주요 적대자에게도 약점과 필요를 부여해라(주인공과 적대자가 가진 약점과 필요는 서로 비슷할 필요는 없다.).

2 적대자도 한 사람으로 그려내라. 그 역시 배우고 변화할 수 있는 사람이다.

3 전투를 하는 중이나 아니면 그 직후, 주인공과 마찬가지로 적대자도 자기발견을 하게 해라.

4 두 가지 발견을 연결시켜라. 주인공은 적대자로 인해 무언가를 배워야 하고, 적대자 역시 주인공으로 인해 무언가를 배우게 해라.

5 여러분의 도덕적 비전은 두 인물이 배운 것 중 가장 좋은 것이 되어야 한다.

이중 전환은 강력한 기술이지만 널리 쓰이지는 않는다. 왜냐하면 대부분의 작가들이 적대자를 자기발견이 가능한 인물로 창조하지 않기 때문이다. 적대자가 악마라면, 즉 태어날 때부터 아주 악한 존재라면, 그는 이야기의 말미에서도 자신의 잘못을 느끼지 못할 것이다. 예를 들어, 적대자가 사람의 가슴을 갈라 심장을 꺼내 저녁으로 먹는 사람이라면, 그는 자신의 변화를 필요로 하지도 않을 것이다.

이중 전환이 제일 잘 쓰이는 곳이 러브 스토리라는 것은 당연하다. 왜냐하면 러브 스토리라는 것이 주인공과 연인(주요 적대자)이 서로를 통해 배움을 얻는 구조이기 때문이다. 이중 전환이 드러난 영화는 《크레이머 대 크레이머》, 《아담의 갈빗대》, 《오만과 편견》, 《카사블랑카》, 《귀여운 여인》, 《섹스, 거짓말, 그리고 비디오테이프》, 《여인의 향기》, 《뮤직 맨》 등이 있다.

일단 주인공이 자기발견을 하고 난 후에는 '필요'로 되돌아가라. 자기발견을 먼저 정하는 것의 이점은 그렇게 하면 저절로 주인공의 필요가 정해진다는 점이다. 주인공이 배우게 된 것이 자기발견이라면, 아직은 깨닫지 못했지만 더 나은 삶을 위해 꼭 배워야 하는 것이 바로 필요이다. 주인공은 삶을 지배하고 있는 커다란 허상을 꿰뚫어봄으로써 인생을 방해하는 약점을 극복해야 한다.

3단계 | 강력한 욕망선 그리기

강력한 주인공을 만들기 위한 다음 단계는 욕망선을 그려내는 것이다. 우리는 7단계를 다루며 이것이 바로 이야기의 척추에 해당한다고 배웠다. 강력한 욕망선을 그리기 위해 다음의 세 가지 규칙을 염두에 두라.

1. 단 하나의 욕망선을 그리되 중요도와 강도가 꾸준히 증가하게 하자

욕망선이 하나 이상 존재하면, 이야기는 산산이 조각나게 된다. 그야말로 동시에 두세 개의 방향으로 흩어져 서사 추진력을 잃고 관객을 혼동에 몰아넣을 것이다. 훌륭한 이야기의 주인공은 최고로 중요한 단 하나의 목표만 가지며 그것을 점점 더 강렬하게 원하게 된다. 그래야 이야기 또한 점점 더 호흡이 빨라지고, 서사 추진력 또한 강력해진다.

2. 욕망은 구체적이어야 한다

욕망은 구체적일수록 좋다. 욕망선을 구체적으로 만들기 위한 단 하나의 규칙은 다음과 같다. 관객이 봤을 때 주인공이 목표를 이뤘는지 아닌지 알 수 있는 특정 순간이 존재하는가? 《탑 건》을 보면 비행학교 교장이 탑 건 상을 다른 이에게 건네는 순간, 우리는 주인공의 성공여부를 알 수 있다. 《플래시댄스》의 경우에도 주인공이 발레 학교에 들어가고자 하는 욕구를 이뤘는지 아닌지 알 수 있다. 바로 합격통보 편지를 받기 때문이다.

종종 이런 말을 하는 작가도 있다. "우리 주인공이 가진 욕구는 독립적 존재로 사는 거야." 구체적 순간이 있어야 한다는 규칙을 여기에 적용해보

자. 사람은 언제 인생에서 독립적인 존재가 되는가? 처음으로 집에서 나와 따로 살 때? 결혼할 때? 이혼할 때? '독립적'이라는 단어로는 어떤 특정한 순간도 그려내지 못한다는 것을 염두에 두자. 의존적인가 독립적인가 하는 것은 '필요'와 관련이 있지, '욕망'과 관련이 있는 것은 아니다.

3. 욕망은 반드시 성취되어야 하며, 그 순간이 이야기의 마지막이면 좋다

주인공이 이야기 중간에 목표를 달성하고 나면 거기서 끝을 맺거나 또 다른 욕망선을 만들어야 한다. 그러나 욕망선을 하나 더 만드는 경우, 두 이야기를 하나로 뭉쳐놓은 게 되고 만다. 주인공의 욕망선을 결말까지 끌고 가면 이야기를 하나로 유지하면서 서사 추진력 역시 강력해진다.

- 《라이언 일병 구하기》: 라이언 일병을 찾아 그를 집으로 무사히 데리고 오기.
- 《풀 몬티》: 여성들이 가득 찬 곳에서 스트립쇼를 하여 돈을 많이 벌기.
- 《심판》: 재판에게 이기기.
- 《차이나타운》: 미스터리를 풀고 홀리스를 죽인 살인범 찾기.
- 《대부》: 아버지를 쏜 사람들을 찾아 복수하기.

4단계 | 적대자 만들기

적대자를 파악해야만 주인공이 정의되고 이야기가 생성된다는 말은 전혀 과언이 아니다. 인물 연결망에서 모두가 연결된 가운데, 가장 중요한 것은 주인공과 주요 적대자 사이의 관계다. 이 관계가 드라마 전체를 결정 짓기 때문이다.

그러한 연유로 여러분은 작가로서 이 인물을 사랑해야 한다. 그가 셀 수 없이 많은 방식으로 여러분을 도와줄 테니 말이다. 주인공은 적대자를 통해 배움을 얻기에, 구조적으로 봤을 때 열쇠를 쥔 건 적대자라 할 수 있다. 이유는 적대자가 주인공의 약점을 공격하면, 그로 인해 주인공이 결국 약점을 극복하고 성장할 수밖에 없기 때문이다.

● **핵심 POINT** 주인공과 대적하는 사람은 비슷한 수준이어야 한다.

이 규칙이 얼마나 중요한지 보기 위해, 주인공과 적대자를 두 명의 테니스 선수라고 가정해보자. 만약 주인공이 세계 최고의 선수이고 적대자가 주말에 심심풀이로 테니스를 치는 사람이라면, 주인공은 대충만 쳐도 적대자는 허우적거릴 것이고 관객은 곧 지루함을 느낄 것이다. 그러나 적대자가 세계 2위의 선수라면, 주인공은 최선을 다해 경기에 임할 것이고 적대자역시 멋지게 받아칠 것이다. 그렇게 그 둘이 코트에서 공을 주고받으면 관객은 열광에 빠지게 될 것이다.

훌륭한 이야기는 이런 식으로 진행된다. 주인공과 적대자는 서로를 훌륭한 지점으로 밀어주는 존재인 것이다. 일단 주인공과 주요 적대자의 관계가 설정이 되면 드라마는 저절로 펼쳐진다. 관계를 제대로 잡아놓으면 이야기는 확실히 제 역할을 갖게 될 것이다. 그러나 관계를 제대로 설정하지못하면 이야기는 반드시 실패하기 마련이다. 자, 그러면 훌륭한 적대자를만들기 위해서는 어떤 요소가 필요한지 살펴보자.

1. 적대자는 필수불가결한 존재여야 한다

적대자를 훌륭하게 만드는 가장 중요한 요소가 하나 있다면 바로 그것은그가 주인공에게 있어 꼭 필요한 존재라는 점이다. 여기에는 아주 특별한구조적 의미가 있다. 주인공의 약점을 제대로 공격할 수 있는 존재는 전 세계를 통틀어 적대자 한 명 뿐이다. 또한 그는 절대 공격을 쉬지 않고 계속해야 한다. 이렇게 꼭 필요한 적대자는 주인공이 자신의 약점을 극복하도록 몰아가거나, 아니면 파괴하고 만다. 다시 말하자면, 꼭 필요한 적대자는주인공으로 하여금 성장할 수 있게 돕는다.

2. 적대자를 인간으로 만들자

적대자를 인간으로 만들라는 점은 단순히 동물이나 사물, 어떤 현상에 반대되는 의미에서 사람을 말하는 것이 아니다. 주인공만큼이나 복잡하고 소중한 인간으로서 적대자를 만들라는 의미다.

구조적으로 봤을 때 적수가 진짜 인간일 경우, 그는 늘 주인공의 '분신' 같은 존재가 된다는 의미다. 어떤 작가들은 어떤 인물을 창조할 때 (도플갱어의 의미로) 분신이라는 개념을 사용하기도 한다. 그러나 이것은 그보다 큰 범위의 기술이며 주인공이나 적대자를 만들 때 사용할 수 있는, 실로 주요한 기법 중 하나이다. 분신이라는 것은 적대자를 주인공과(그 반대의 경우도 마찬가지다.) 비교, 대조, 정의하는 방법을 하나의 개념으로 뭉친 것이다.

- ◆ 적대자/분신 역시 특정한 약점을 가지고 있어서 그로 인해 타인에게 잘못된 행동을 하거나 자신도 더 나은 삶을 살지 못하게 방해를 받는다.
- ◆ 주인공과 마찬가지로, 그러한 약점을 가진 적대자/분신은 필요를 갖게 된다.
- ◆ 적대자/분신은 무언가를 원해야 한다. 주인공과 같은 목표일수록 좋다.
- ◆ 적대자/분신은 거대한 권력, 지위 혹은 능력이 있어야 한다. 그리하여 주인공에게 가공할 압력을 가하고 최후의 결투를 만들어내 주인공이 보다 큰 성공(실패)을 겪게 해야 한다.

3. 적대자에게는 주인공과 반대되는 가치를 부여하자

주인공이나 적대자의 행동은 그들이 가진 신념, 혹은 가치에 의해 좌우된다. 이러한 가치를 보면 각각의 인물이 생각하는 좋은 삶이란 무엇인지 알 수 있다.

훌륭한 이야기를 보면 적대자의 가치는 주인공의 가치와 상충된다. 그리고 이러한 갈등을 통해 관객은 어느 것이 더 나은 가치인지를 판단하게 된다. 이야기가 가진 영향력의 상당 부분이 바로 이 갈등 수준에 달려있다.

4. 적대자에게 강력하지만 결함이 있는 도덕적 주장을 부여하자

악마 같은 적대자는 태생적으로 나쁜 사람이기에 인간미가 없고 매력도 없다. 실제 세상에서 일어나는 갈등의 대부분은 무엇이 옳고 그른지 선과 악이 분명치 않다. 제대로 만들어진 이야기에서, 주인공과 적대자는 둘 다 자신들이 옳다고 믿고, 그렇게 믿을 만한 이유가 있다고 생각한다. 그러면서 동시에 그들은 각기 다른 방식으로 틀린 모습을 보인다.

적대자는 주인공과 마찬가지로 자신의 행동이 도덕적으로 옳다고 증명하려 한다. 훌륭한 작가는 적대자의 도덕적 주장을 자세히 설명하며, 그것이 한 편으로는 강력하지만 궁극적으로는 틀렸다는 것을 보여준다. (도덕적 주장에 대해서는 다음 장에서 자세히 다루겠다.)

5. 적대자에게 주인공과 유사한 면을 부여하자

주인공과 적대자가 놀랄 만큼 비슷한 점을 가졌을 때에만 그들 사이에 있는 차이점이 두드러진다. 똑같은 삶의 문제를 놓고 조금씩 다른 접근 방식을 제시하기 때문이다. 이로써 그들이 가진 비슷한 점 사이에서 중요한 차이점, 즉 교훈적인 차이가 드러난다.

주인공과 적대자에게 어떤 비슷한 점을 선사하면 주인공도 완벽하게 선한 존재가 될 수 없고 적대자 또한 완전히 사악한 인물이 되지 못한다. 주인공과 적대자를 완전히 양극단에 있는 존재로 생각하지 말자. 오히려 다양한 범위를 가진 가능성의 존재라 생각하자. 주인공과 적대자 사이에서 일어나는 논쟁은 선과 악의 대립이 아닌, 약점과 필요를 가진 두 등장인물의 논쟁이다.

6. 적대자를 주인공과 똑같은 위치에 두자

분명히 이것은 상식에 어긋난다. 두 사람이 서로를 싫어하는 경우 반대 방향으로 가는 경향이 있기 때문이다. 그러나 이야기에서 이렇게 되면, 둘 사이에 갈등을 조장하는 것 자체가 힘들어진다. 그래서 이야기가 진행되는 동안 주인공과 적대자가 같은 장소에 머무를 수 있게, 그럴듯한 이유를 찾아내는 것이 매우 중요하다.

적대자가 주인공에게 어떻게 작용하는지를 보여주는 대표적 예는《양들의 침묵》에 나오는 한니발 렉터이다. 그러나 얄궂게도 이 영화에서 렉터는 진정한 적대자가 아니다. 그는 조력자/가짜 적대자이며, 클라리스의 적대자로 보이지만 실제로는 가장 가까운 친구와도 같다. 나는 렉터를 지옥에서 온 요다라고 생각하는 걸 좋아한다. 그가 클라리스를 훈련시키는 방법은 인정사정없지만, 그녀가 FBI 아카데미에서 얻은 그 무엇보다 훨씬 더 가치 있는 것을 가르치기 때문이다.

그러나 첫 만남에서 렉터가 우리에게 보여주는 모습은, 주인공이 약점을 고치거나 혹은 쓰러질 때까지 적대자가 얼마나 집요하게 공격하는지를 보여주는 축소판이다. 클라리스는 버팔로 빌이라 불리는 연쇄살인범에 대한 고견을 듣기 위해 렉터를 방문한다. 초반 시작은 좋았지만, 클라리스는 결국 선을 넘고 렉터의 지성에 모욕을 가하고 만다. 그러자 그가 반격을 가한다.

《양들의 침묵》

렉터 오, 스탈링 요원, 이런 어설픈 질문으로 날 분석할 수 있다고 생각하나요?

클라리스 아니요, 제 생각에 박사님의 지식이라면…….

렉터 당신은 야망이 큰 사람입니다, 아닌가요? 그렇게 좋은 가방과 싸구려 신발을 신은 모습이 어떻게 보이는 줄 압니까? 촌뜨기처럼 보입니다. 때 빼고 광 내봐도 취향이랄 것 없는 촌뜨기. 잘 먹고 자라 뼈는 튼튼해 보이지만 가난한 백인 쓰레기 집안 출신이지요. 그렇지 않나요? 스탈링 요원? 그렇게 필사적으로 숨기고 있는 억양을 보아하니, 웨스트버지니아 출신이군요. 자, 아빠는 누구인가요. 광부였나요? 광부들이 쓰는 등불의 기름 냄새를 풍기지 않았나요? 남자들한테 늘 표적이 됐을 테고. 뒷좌석에서 일어나는 그 어설프고 끈적거리는 손놀림이 싫었겠지요. 어디든 달아나고 싶었을 테고요. 어디라도. 그러다 FBI로 탈출한 거겠죠.

자, 이제 이야기 속 적대자들을 살펴보자. 또한 적대자라는 존재가 한 주인공에게 걸맞는 최고의 적대자라는 공통점이 있다는 점에 주시하자.

오셀로
소설 윌리엄 셰익스피어 · 1604년

오셀로는 전사이자 왕으로, 늘 모든 힘을 다 해 정공법으로 행동하고 계략 같은 건 취급하지 않는 인물이다. "드라마는 갈등이다."라는 통념을 믿는 하급 작가라면, 오셀로에 맞설 수 있는 또 다른 전사 왕을 창조했을 것이다. 그렇게 하면 갈등이야 많아지겠지만, 이야기는 그저 그런 수준에 머물게 된다.

셰익스피어는 반드시 필요한 적수의 개념을 잘 파악하는 작가였다. 그는 오셀로가 가진 커다란 약점, 즉 결혼에 대해 불안해한다는 점을 통해 이아고라는 인물을 창조해냈다. 이아고는 전사와는 거리가 먼 인물이다. 정면 승부를 거는 사람이 아니다. 오히려 원하는 것을 얻기 위해 말이나 빈정거림, 음모, 조종을 이용해 후방에서 공격하는 편이다. 이아고는 오셀로에게 있어 꼭 필요한 적대자이다. 그는 오셀로의 가장 큰 약점을 알아차리고 무자비하게 공격하여 위대한 전사이자 왕을 쓰러뜨린다.

차이나타운
각본 로버트 타운 · 1974년

제이크 기티스는 자만하고 너무 현실주의자인데다가 진실을 밝혀내야만 정의를 실현할 수 있다고 믿는 인물이다. 그에게는 돈과 화려한 삶에 약하다는 약점이 있다. 그의 적대자 노아 크로스는 로스앤젤레스에서 가장 권력이 세고 돈도 많은 인물로 나온다. 노아는 제이크를 한 수 앞서 부와 권력을 이용해 제이크가 발견한 진실을 묻어버리고 살인을 하고도 무사히 빠져나간다.

오만과 편견

소설 제인 오스틴 · 1813년

엘리자베스 베넷은 명석하고 매력 있는 젊은 여인으로, 자신이 가진 지성을 과신한 나머지 타인에 대해 너무 빨리 선입견을 가진다. 엘리자베스의 적대자인 다아시는 극도로 자부심이 강하고 계급이 낮은 사람을 경멸하는 인물이다. 그러나 다아시의 오만과 편견, 그리고 엘리자베스를 위해 그것을 극복하려는 노력 덕분에, 그녀 역시 자신이 갖고 있던 오만과 편견을 깨닫게 된다.

스타워즈

원작 조지 루카스 · 1977년

루크 스카이워커는 충동적이고 순진한 젊은이로, 선하고 위대한 일을 하려는 열망이 있지만 '포스'를 사용하는 능력은 아직 미숙하다. 다스베이더는 루크의 아버지이며, 포스의 대가이다. 그는 머리와 신체 모두에서 루크를 능가하며 아들과 포스에 대해 알고 있는 점을 이용해 루크를 '다크 사이드'로 꾀어내려 한다.

죄와 벌

소설 표도르 도스토예프스키 · 1866년

라스콜니코프는 똑똑한 젊은이지만 살인을 저지른다. 그 이유는 그저 자신이 평민과 법률보다 더 우위에 있다는 생각을 증명하기 위해서였다. 그의 적대자 포르피리는 하급관료인 예심판사다. 여기서 눈여겨볼 것은 이렇게 법을 존중하는 평범한 사람이 라스콜니코프보다 더 똑똑하며, 더욱 중요한 것은 더 현명하다는 점이다. 포르피리는 라스콜니코프가 가진 생각의 오류를 보여주고, 진정한 위대함이란 자기발견, 책임감, 고통에서 비롯된다는 것을 보여줌으로써 그가 자수하게 만든다.

원초적 본능

각본 조 에스터하스 • 1992년

닉은 예리하고 거친 형사지만, 약물을 사용하고 제대로 된 이유 없이 살인을 한 인물로 그려진다. 닉에 버금가게 머리가 좋은 캐서린은 매번 그에게 도전장을 내밀며 섹스와 약물이라는 그의 약점을 이용해 자신의 은신처로 끌어들인다.

욕망이라는 이름의 전차

각본 테네시 윌리엄스 • 1947년

한물간 미녀 블랑쉬는 현실을 받아들이기 힘들어 무너져가는 상황 속에서도 자신을 지키기 위해 거짓말을 하고 섹스를 이용한다. 스탠리는 잔인하고 경쟁심 많은 '짱'으로, 블랑쉬의 허풍을 가만히 보고만 있지 않는 인물이다. 그리하여 스탠리는 블랑쉬가 자신에게 사기를 치고 친구 미치를 속이려한 거짓말쟁이 창녀라고 생각하여, 그녀의 눈앞에 가차없이 '진실'을 들이대 결국은 미치게 만든다.

현기증

소설 피에르 보일로, 토마스 나르세작 • **각본** 알렉 코펠, 새뮤얼 테일러 • 1958년

스카티는 괜찮은 사내지만, 약간 순진한 면이 있고 현기증으로 고통 받는 인물이다. 그의 대학 친구 개빈 엘스터는 스카티의 약점을 이용해 아내를 살해할 계획을 세운다.

갈등 조장하기

일단 주인공과 적대자가 같은 목표를 두고 경쟁하는 구도를 만들어놓으면, 이제는 최후의 전투까지 그 갈등이 계속 유지되게 만드는 것이 관건이다. 여러분이 할 일은 주인공에게 계속해서 압박을 가하는 것이다. 그래야 주인공을 변화로 몰고 갈 수 있기 때문이다. 갈등 조장 방식과 주인공에게 압박을 가하는 방식 모두, 주로 주인공에게 가하는 공격을 어떻게 나누느냐에 따라 결정된다.

간단하고 평범한 이야기를 보면 주인공은 오직 한 사람의 적대자와만 갈등을 일으킨다. 이렇게 단순한 경우 대립을 명확하게 보여준다는 장점이 있지만, 심오하거나 좀 더 강력한 갈등을 일으키기는 어렵다는 단점이 있고, 관객에게 더 큰 사회에서 활동하는 주인공을 보여주기도 어렵다.

🔵 **핵심 POINT** 단순히 두 인물이 대립하는 경우, 이야기는 깊이와 복잡성을 잃고, 실제 현실을 표현할 기회를 박탈당한다. 그런 이유로 여러분은 대립 연결망이 필요하다.

사각형 대립

좋은 이야기는 주인공이 적대자와 벌이는 단순한 대립을 넘어서, '사각형 대립'이라고 부르는 기술을 사용한다. 이 기술은 주인공과 주요 적대자를 한 명씩 만들고, 거기에 더해 적어도 두 명의 부가적인 적대자를 넣는 것이다. (이렇게 추가한 적대자가 이야기에서 중요한 기능을 수행한다면, 이보다 더 많은 수를 넣어도 된다.) 그럼 이제 각 인물, 즉 주인공과 세 명의 적대자가 사각형의 모서리에 있는 모습을 떠올려보라. 이것은 각각의 인물이 가능한 한 서로 다르다는 것을 의미한다.

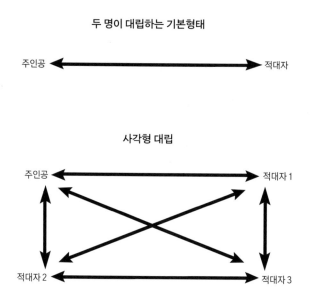

두 명이 대립하는 기본형태

주인공 ←————————————→ 적대자

사각형 대립

주인공 ←————————————→ 적대자 1

적대자 2 ←————————————→ 적대자 3

사각형 대립의 주요한 특징은 다음과 같다.

1. 적대자들이 주인공의 약점을 공격할 때 서로 다른 방식을 사용한다

주인공의 약점을 공격하는 것은 적대자의 중요한 본분이다. 그러므로 적대자가 여러 명일 경우 각자 고유한 방식으로 공격하게 만들어 그들 사이를 구분해야 한다. 이 기술을 쓰면 모든 갈등은 자동적으로 주인공의 결함과 연결되게 된다. 사각형 대립을 만들 경우 각각의 인물이 그 사회의 기본 특징을 의인화함으로써 한 사회의 완전한 축소판을 보여줄 수 있다는 이점이 추가된다.

다음의 예시를 보면, 주인공은 왼쪽 위에 자리하고, 그의 주요 적대자는 주인공의 반대편인 오른쪽 위에, 그리고 나머지 인물은 아래쪽에 자리하고 있다. 해당이 되는 경우 각 인물의 유형을 괄호 안에 적었다. 여러분은 각기 다른 예시를 통해 사각형 대립이 매체, 장르, 창작 시기를 막론하고 어느 이야기에서나 좋은 토대를 마련할 것이라는 것을 깨달을 것이다.

햄릿

소설 윌리엄 셰익스피어 ▪ 1601년경

햄릿	클로디우스 왕 (+ 로스 + 길)
(반역자, 왕자)	(왕)
거트루드 왕비	폴로니우스 (+ 오필리아)
(여왕)	(멘토) + (처녀)

유주얼 서스펙트

각본 크리스토퍼 맥퀘리 ▪ 1995년경

키튼 (+ 팀)	쿠얀 요원
(협잡꾼 – 전사)	(없음)
버벌	카이저 소제 (+ 그의 대리인)
(예술가 – 협잡꾼)	(전사 – 왕)

2. 모든 인물이 서로 갈등을 일으키게 만든다

주인공 하나와 다른 인물이 일대 다수의 대립을 보이는 대신 모든 인물이 서로 갈등이 있는 것이 좋다. 사각형 갈등에는 기본 갈등 형태에 비해 단번에 눈에 띄는 장점이 있다. 이야기에 생성하고 구축할 수 있는 갈등의 양이 기하급수적으로 증가할 수 있다는 점이다. 주인공을 한 명이 아닌 세 명의 적대자와 대립하게 만들 수 있을 뿐만 아니라, 적대자끼리도 서로 갈등하게 만들 수 있기 때문이다. 결과적으로 갈등은 더욱 심화되고 플롯은 단단해진다.

아메리칸 뷰티

각본 앨런 볼 · 1999년경

레스터 (+리키)	캐롤린(+부동산 제왕)
(퇴위한 왕-협잡꾼)	(여왕-어머니)
제인 (+안젤라)	피츠 대령
(공주-반역자 +공주)	(전사)

폭풍의 언덕

소설 에밀리 브론테 · 1847년경 / **각본** 찰스 맥아더, 벤 헥트 · 1939년

캐시	히스클리프
(연인)	(연인-반역자)
캐시의 오빠 힌들리	린튼 (+그의 여동생 이사벨라)
(없음)	(왕)

3. 대립하고 있는 네 명의 인물 모두에게 가치를 부여한다

인물 간에 갈등이 있다고 해서 무조건 위대한 이야기가 되는 것이 아니다. 인물과 그들이 가진 가치의 갈등이 있어야 한다. 주인공이 인물 변화를 경험하고 나면, 자신이 가지고 있던 기본 신념에 의구심을 갖다가 결국은 변화를 맞고, 이것은 새로운 도덕적 행동으로 이어진다. 좋은 적대자는, 그 자신 역시 공격을 받을 수 있는 일련의 신념을 가지고 있다. 주인공의 신념에는 의미가 없다. 그리하여 적어도 다른 한 명의 인물(가급적이면 적대자)이 가진 신념과 충돌하지 않는 한 이야기에서 묘사되지 않는다.

일반적인 가치 충돌에는 두 명의 등장인물, 즉 주인공과 적대자가 같은 목표를 놓고 하는 경쟁이 포함된다. 이러한 경쟁 속에서 그들의 가치—그리고 삶의 방식—또한 갈등을 일으키게 된다. 사각형 형태의 가치 대립을 통해, 여러분은 장대하게 뻗어나갈 수 있는 이야기를 만들 수 있으면서, 동시에 본질적으로 밀접하게 연관된 통일성을 유지할 수 있다. 예를 들어, 각 인물은 자신만의 고유한 가치 체계, 즉 다른 세 사람의 삶의 방식과 충돌할 수 있는 생활방식을 가지고 있을 수 있다. 이렇게 사각형 형태는 각 갈등에 가치를 부여함으로써 이야기에 엄청난 질감과 깊이를 더한다는 점을 염두에 두자.

가치 대립이 사각형 형태를 가지면 이렇게 된다.

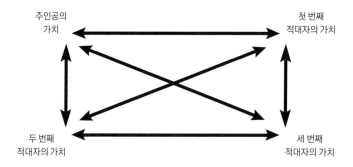

● **핵심 POINT** 각 인물의 가치를 설정할 때에는 가능한 한 자세히 만들어라.
인물에게 각각 하나의 가치만 주고 끝내지 말아라. 각자가 가진 가치의 뭉텅이를 만들어내라. 각각의 뭉텅이에 있는 가치는 고유하지만 서로 연관되어 있어야 한다.

● **핵심 POINT** 한 가치가 지닌 긍정적인 면과 부정적인 면을 모두 찾아라.
신념이라는 것은 강점이 될 수도 있지만, 또한 약점의 원천이기도 하다. 어떤 가치의 긍정적인 면뿐만 아니라 부정적인 면을 구분해 놓으면, 등장인물이 자신의 신념을 위해 싸우다가 어떻게 하면 실수를 하게 될지 그 방법을 확인할 수 있다. 한 가지 가치가 긍정적인 면과 부정적인 면을 동시에 갖는 예로는 단호함과 공격성, 솔직함과 무감각함, 애국심과 억압성 등이 있다.

벚꽃 동산

소설 안톤 체호프 ▪ 1904년

라네프스키 부인 (오빠 가예프)
(여왕+연인)　　　(왕자)
진정한 사랑, 아름다움, 과거

로파힌
(사업가)
가치: 돈, 지위, 권력, 미래

바리야
(일꾼)
가치: 성실, 가족, 결혼, 실용

트로피모프
(학생/교사)
가치: 진실, 배움, 연민, 고차원적 사랑

아냐
(공주)
가치: 그녀의 엄마, 친절, 고차원적 사랑

4. 인물을 구석으로 몰아세운다

사각형 대립구조를 만들 때, 주인공과 세 명의 적대자를 각 꼭짓점에 그려 넣으라. 그런 다음 그들을 구석으로 "몰아세워라." 즉, 그 사람을 나머지 세 명과 가능한 한 다른 사람으로 그려내자.

내일을 향해 쏴라

각본 윌리엄 골드먼 ▪ 1969년

부치
(협잡꾼)

댄스 (+에타)
(전사+연인)

하비
(전사)

E. H. 해리먼+ 추적단 (러포얼즈)
(왕+전사)

필라델피아 스토리

원작 필립 베리 · **각본** 도널드 오그던 스튜어트 · 1940년

트레이시	덱스터
(여신)	(연인)
약혼자 조지	마이크 (+리즈)
(왕)	(예술가)

5. 사각 형태를 이야기의 모든 층위로 확장한다

기본이 되는 사각 형태를 설정했다면, 이 형식을 이야기의 다른 층위까지 확장시킬 방법을 모색하자. 한 사회, 기관, 가족, 혹은 하나의 인물 내에서도 고유한 사각형의 갈등 형태를 설정할 수 있다. 특히 장대한 서사에서는 여러 층위의 사각 형태 갈등을 찾아볼 수 있다.

사각형 대립 형태를 두 개의 층위에서 사용한 이야기 세 편을 살펴보자.

일리아드

소설 호머

그리스 신 간의 구도

아킬레스	아가멤논
(전사-예술가-반역자)	(왕)
오디세우스	아이아스
(협잡꾼-전사)	(전사)

세상에서의 구도

아킬레스	헥토르
(전사-예술가-반역자)	전사-왕자)
아가멤논	파리스 (+헬렌)
(왕)	(연인)

7인의 사무라이

각본 구로사와 아키라, 하시모토 시노부, 오구니 히데오 ▪ 1954년

사무라이 간의 구도

사무라이 우두머리+나머지

(전사-왕)

검의 대가

(예술가-전사)

사무라이 견습생

(학생)

사무라이 키쿠치요[배우:미후네]

(농부-전사)

세상에서의 구도

사무라이 우두머리+팀

(킬러-왕)

사무라이 도적

(킬러)

농부들

(생산자)

사무라이 키쿠치요[배우:미후네]

(생산자-킬러)

대부

소설 마리오 푸조 ▪ 1969년 / **각본** 마리오 푸조, 프란시스 포드 코폴라 ▪ 1972년

가족 간의 구도

대부 (+톰)

(왕)

소니

(전사)

프레도(이후에는 케이)

(연인)

마이클

(협잡꾼-전사-왕)

세상에서의 구도

꼴레오네 가문

(왕+전사)

솔로쪼

(전사)

바르치니

(왕)

까를로 (+테시오+운전사+경호원)

(협잡꾼)

등장인물 만들기

이야기 기능과 유형에 따른 인물 연결망 인물 연결망을 만들어내라. 우선 모든 인물을 나열한 후 이야기 속에서 그들이 수행하는 기능을 설명해라. (예: 주인공, 주요 적대자, 조력자, 적대자/가짜 조력자, 하위플롯 인물)

가능하면 각각의 인물 옆에 그의 유형을 적어라.

핵심적인 도덕 문제 이야기에서 핵심이 되는 도덕 문제를 적어라.

등장인물 비교 등장하는 모든 인물이 가진 다음의 구조적 요소를 적어 비교해라.

- 약점
- 필요: 심리적 필요와 도덕적 필요
- 욕망
- 가치
- 권력, 지위, 능력
- 각자가 핵심적인 도덕 문제에 대응하는 방식

주인공과 주요 적대자를 비교해라.

도덕 문제의 변주 주인공이 가진 핵심적 도덕 문제에 대해 모든 인물이 다른 접근방식을 취하게 해라.

주인공의 요구사항 이제 주인공에게 살을 붙이는 데 집중할 시간이다. 위대한 주인공이라면 누구나 가질 네 가지 요구사항을 충족시키도록 해라. 그 요구사항이란 다음과 같다.

1. 주인공을 줄곧 매력적인 사람으로 만들어라.
2. 관객들이 자신을 등장인물과 동일시하도록 하되, 너무 과하지 않게 해라.
3. 관객이 주인공을 이해하되, 동정하지는 않게 만들어라.
4. 주인공에게 도덕적인 필요와 심리적 필요를 둘 다 제공해라.

주인공의 인물 변화 주인공이 어떻게 변화할 것인지를 결정해라. 우선 자기발견을 먼저 적고, 그 다음에 필요로 돌아가라. 필요가 자기발견에 의해 충족되게 만들어라. 즉, 주인공이 초반에 어떤 거짓말, 혹은 어떤 목발에 의지해 살았던 간에, 자기발견 단계에서 대면하고 극복해야 한다는 얘기다.

신념의 변화 이야기의 진행에 따라 주인공은 자신이 가진 신념을 의심하다가 마침내 그것을 변화시킬 것이다. 그 신념을 적어라.

주인공의 욕망 주인공의 욕망선을 명확히 해라. 하나의 구체적인 목표가 이야기 전체에 걸쳐 확장되고 있는가? 주인공이 목표를 달성했는지 아닌지, 관객은 언제 알게 되는가?

적대자 적대자라는 인물을 세밀하게 설정해라. 일단 주요 적대자와 나머지 적대자들이 주인공의 약점을 각기 어떤 방식으로 다르게 공격하는지를 묘사해라.

적대자의 가치 각각의 적대자가 추구하는 몇 가지 가치를 나열해라.

각 적대자는 어떤 면에서 주인공의 분신이 될 수 있는가? 그들에게 약간의 권력, 지위, 능력을 부여하고 그것이 주인공과 어떤 공통점을 가지고 있는지 설명해라.

각 인물이 가진 도덕적 문제를 한 문장으로 정리해라. 그리고 그 문제가 인물이 목표를 위해 달려갈 때 어떤 영향을 미치게 되는지 설명해라.

주인공의 약점과 도덕 문제를 보여주는 주변 인물들의 변형 주변 인물들의 어떤 면이 주인공이 가진 고유한 약점과 도덕 문제에 대한 변형을 보여주는가?

사각형 갈등 여러분의 이야기로부터 사각형 갈등을 뽑아내라. 주인공과 주요 적대자는 윗줄에, 그리고 나머지 적대자는 아랫줄에 배치시켜라.

가능하다면 각각의 인물이 가진 유형을 함께 적어라. 등장인물이라고 해서 모두 어떤 유형에 속하는 것은 아니다. 그러니 억지로 하지는 말자.

네 명의 주요 등장인물을 모서리로 몰아세워라. 가능한 한 서로가 다른 인물로 보이게 하라는 의미다. 가장 좋은 방법은, 각자가 가진 가치를 다르게 하는 데에 있다.

이제 《욕망이라는 이름의 전차》를 예로 들어 등장인물에 살을 붙이는 방법을 살펴보자.

욕망이라는 이름의 전차

각본 테네시 윌리엄스 · 1947년

이야기 기능과 유형에 따른 인물 연결망

주인공: 블랑쉬 뒤부아 (예술가)

주요 적대자: 스탠리 코왈스키 (전사-왕)

적대자/가짜 조력자: 스탠리의 친구 미치, 스텔라 코왈스키(엄마), 블랑쉬의 여동생

조력자: 없음

조력자/가짜 적대자: 없음

서브플롯 캐릭터: 없음

핵심적인 도덕 문제

사랑을 얻겠다는 이유로 거짓말하고 착각하게 만드는 것이 정당화될 수 있는가?

등장인물 비교

- 블랑쉬

  약점 몰락한 인물로, 퇴색해가는 외모에만 의존하며 진정한 자아가 뭔지 모른다. 삶이 힘들 때면 망상 속으로 도망가고, 사랑을 얻기 위해 섹스를 이용하고, 자신이 아직도 아름답다는 망상을 간직해 타인의 대우를 받기 위해 사람들을 이용한다.

  심리적 필요 블랑쉬는 자신의 외모가 아닌, 마음에 있는 가치가 무엇인지를 봐야만 한다. 또한, 자신을 구해줄 남자를 기다리는 일을 그만둬야 한다.

  도덕적 필요 타인의 사랑을 얻기 위해서는 진실을 말해야 한다는 것을 알아야 한다.

  욕망 처음 블랑쉬가 원한 것은 휴식처였다. 그러나 핵심 욕망은 미치와 결혼해 안정감을 느끼는 것이다.

- 스탠리

  약점 비열하고, 의심 많고, 걸핏하면 화를 내고, 인정사정없다.

  심리적 필요 스탠리는 자신이 얼마나 대단한 남성인지 증명해보이려고 아무나 때려눕히는 옹졸한 경쟁심을 극복해야 한다.

  도덕적 필요 스탠리는 자신보다 약한 사람이 나타나면 그게 누구든 잔인하게 구는 모습을 떨쳐내야만 한다. 그는 타인의 행복을 빼앗아야 직성이 풀리는 못되고 자기밖에 모르는 아이의 모습을 버려야 한다.

욕망 스탠리는 블랑쉬가 집에서 나가 자신이 예전과 같은 삶을 살 수 있기를 원한다. 또한 미치가 블랑쉬와 결혼하는 걸 막고 싶어 한다.

- 스텔라

약점 스탠리에게 의존하고, 순진하며, 어리석은 면이 있다.

심리적 필요 스텔라는 자신의 모습을 되찾고 스탠리가 실제 어떤 사람인지를 목도해야 한다.

도덕적 필요 스텔라는 스탠리가 잔혹하게 구는 걸 지지한 것에 대해 책임을 져야 한다.

욕망 그녀는 언니가 미치와 결혼해서 행복하길 바란다.

- 미치

약점 수줍고, 약하며, 스스로 생각하거나 행동할 줄을 모른다.

심리적 필요 미치는 스탠리와 어머니로부터 벗어나 자신만의 삶을 영위해야 한다.

도덕적 필요 그는 블랑쉬를 어엿한 인간으로 대해주고, 그녀를 존중하며, 그녀가 삶에서 겪은 고통을 이해해줘야 한다.

욕망 초반에 미치는 블랑쉬와 결혼하고 싶어 한다. 그러나 그녀의 과거를 알게 된 후, 그저 섹스만을 위해 만난다.

도덕 문제의 변주

블랑쉬 블랑쉬는 사랑받고 싶은 마음에 자기 자신과 타인에게 거짓말을 한다.

스탠리 스탠리는 타인의 거짓말을 폭로하는 데 있어서 잔인할 정도로 솔직해서 사람들의 마음을 찢어발긴다. 그는 세상이 잔혹하고, 경쟁으로 가득하고, 공정하지 않다고 생각하며 실제보다 더욱 그런 세상을 만든다. 진실에 대해 그가 가진 공격적이고 독단적인 관점은 블랑쉬의 거짓말보다 더욱 파괴적이다.

스텔라 스텔라는 태만에 있어 유죄이다. 언니가 계속 망상에 빠져 살게 내버려두고, 남편이 언니를 잔인하게 공격한 뒤 거짓말하는 것도 알아차리지 못한다.

미치 미치는 블랑쉬의 얕은 거짓말에 속아 넘어간다. 그리하여 그녀가 소유한 더 깊은 아름다움을 보지 못한다.

블랑쉬의 인물 변화

약점 외로움, 거짓된 희망, 허세, 거짓말 ➡ 변화: 광기, 절망, 무너진 영혼

신념의 변화

블랑쉬는 남자에게 사랑받기 위해서는 신체나 언어를 이용해 속여야 한다는 신념을 넘어선다. 그러나 이렇게 만들어낸 정직함과 통찰력은 잘못된 남자에게 쓰이고 만다.

블랑쉬의 욕망

블랑쉬는 미치가 자신과 결혼해주기를 바란다. 그러나 미치가 그녀를 가혹하게 거절할 때 우리는 블랑쉬의 욕망이 좌절되었다는 것을 알게 된다.

적대자

- 주인공의 약점 공격하기

블랑쉬의 약점 몰락한 인물로, 퇴색해가는 외모에만 의존하며, 진정한 자아가 뭔지 모른다. 삶이 힘들 때면 망상 속으로 도망가고, 사랑을 얻기 위해 섹스를 이용한다.

스탠리 스탠리는 잔혹할 만큼 공격적으로 블랑쉬가 자신에 대한 '진실'에 직면하게 몰아간다.

스텔라 스텔라는 자신이 언니를 파멸시키는 데에 어떤 역할을 담당했는지 알아차리지 못한다. 어리석은 마음, 그리고 스탠리를 사랑하는 마음 때문에 불안정한 언니가 자신의 남편으로부터 공격받는 것을 막아주지 못한다. 게다가 언니가 스탠리로부터 강간을 당했다는 것조차 믿으려하지 않는다.

미치 미치는 본래 좋은 사람이지만 약하고 비겁하다. 블랑쉬에게 관심이 있었지만, 이내 등을 돌려 학대하고는 그녀에게 남은 마지막 희망까지 깨뜨려 깊은 상처를 남긴다.

- 소중하게 생각하는 가치

블랑쉬 아름다움, 외양, 예의, 품위, 친절, 스텔라.

스탠리 힘, 권력, 여성, 섹스, 돈, 스텔라, 동성 친구들.

스텔라 스탠리, 결혼, 블랑쉬, 섹스, 아기.

미치 어머니, 친구들, 예의, 블랑쉬.

주인공과의 유사점

스탠리 블랑쉬와 스탠리는 여러 면에서 매우 다르다. 그러나 이 둘은 세상에 대한 깊은 이해를 공유하는 사이인데, 스텔라는 이 점을 알아채지 못한다. 둘 다 모사에 능하고, 전략을 잘 쓰며, 서로에게 그런 능력이 있다는 것도 알아본다.

스텔라 스텔라는 블랑쉬와 함께 남부 귀족사회에서 아름답고, 우아하며, 격식 있는 삶을 살았던 과거를 공유한다. 또한 블랑쉬와 마찬가지로 사랑과 친절을 갈구하고 있다.

미치 미치는 블랑쉬가 예의를 좋아하고 연애를 하고자하는 마음이 있다는 것에 반응을 보인다. 그는 블랑쉬의 고상함과 아직까지 남은 아름다움의 흔적을 높게 쳐준다.

힘, 지위, 능력

블랑쉬 블랑쉬는 모든 지위를 잃었다. 그리하여 자신이 가진 외모와 매력을 이용해 남자를 기쁘게 해주는 능력에만 애절하게 매달린다.

스탠리 스탠리는 동성의 친구들 사이에서 '짱'으로 통한다. 자신이 원하는 것이라면 뭐든 손에 쥐는 사람이다. 그는 이 능력을 특히 스텔라에게 사용한다.

스텔라 스텔라는 스탠리가 준 것을 제외하고는 그 어떤 힘과 지위도 없다. 그러나 스탠리 기분을 좋게 해주는 비상한 능력이 있다.

미치 친구들은 물론이고 세상 속에서도 그다지 지위나 능력이 없는 인물로 태생이 꿔다놓은 보릿자루 같은 사람이다.

도덕 문제와 합리화

블랑쉬 블랑쉬는 자신의 거짓말이 누구에게도 해가 되지 않는다고 느끼며, 행복해지기 위해서는 이 방법밖에 없다고 생각한다.

스탠리 그는 블랑쉬가 자신의 등을 처먹으려는 거짓말쟁이 창녀라 생각한다. 블랑쉬의 과거를 미치에게 알릴 때에는, 그저 친구를 위해서 그러는 것이라 믿어버린다.

스텔라 스텔라는 아둔하여 언니를 무너뜨리는 과정에서 자신도 지분이 있다는 것을 알아채지 못한다.

미치 미치는 창녀처럼 행동하는 여자는 창녀 같은 대우를 받아도 된다고 생각한다.

주인공의 약점과 도덕 문제에 따른 주변 인물들의 변주

유니스와 스티브는 위층에 사는 부부이다. 그들은 스티브의 바람을 놓고 다툰다. 유니스가 떠나자 스티브는 그녀를 따라가 되찾아온다.

사각형 갈등

블랑쉬	**스탠리**
(예술가)	(전사-왕)
스텔라	**미치**
(어머니)	(없음)

5장

도덕적 주장을
전 달 하 다

어떻게 살아야 하는지에 대한 작가의 관점을 절대 등장인물의 입을 통해 말해서는 안 된다. 그렇게 하면 그들은 작가의 생각을 전하는 대변자로 보일 뿐이다. 좋은 작가들은 자신이 가진 도덕적 관점을 천천히 표면 아래에 풀어놓는다. 주로 이야기 구조와 주인공이 어떤 특정한 상황에 반응하는 모습으로 표현하는 것이다.

사무엘 골드윈은 이런 말을 남겼다. "메시지를 전하고 싶다고? 메시지는 유니온 웨스턴 송금 서비스에나 남겨라." 메시지를 전할 때 너무 대놓고 훈계조로 얘기하면 안 된다는 점에 있어서는 옳은 말이다. 그러나 강력한 주제를 가진 이야기도 적절하게 그려지면, 높이 평가될 뿐만 아니라 많은 사람의 사랑을 받을 수 있다.

위대한 이야기는 단순히 관객을 즐겁게 하기 위해 고안된 사건이나 반전을 말하는 게 아니다. 그것은 더 커다란 주제를 표현하기 위해 만들어진 일련의 행동으로, 도덕적인 의미와 영향력을 지닌다.

스토리텔링의 주요 기술 중에 가장 오해를 많이 받는 것이 바로 도덕적 주장이 아닐까 싶다. 대부분의 사람은 그것을 마치 하나의 소재처럼 생각하는 경향이 있다, 도덕, 심리, 사회와 같은 분야로 말이다. 예를 들면 죽음, 선과 악, 구원, 계층, 부패, 책임, 그리고 사랑 같은 것들이 거기에 포함된다고 생각한다.

그러나 내가 주제를 말할 때는 소재를 의미하는 게 아니다. 도덕적 주장은 세상에서 우리가 어떻게 행동하며 살아야 하는지를 보여주는 작가의 관점이다. 이야기 속 인물이 여러 수단을 이용해 종지부를 찍는 걸 보여줄 때마다, 거기에는 도덕의 문제를 선택해야 하는 순간이 있기 마련이고, 옳은 행동이 무엇인지에 대한 질문과 어떻게 사는 게 최선인지에 대한 교훈이 담겨져 있다. 그러니 여러분이 가진 도덕적 관점은 전적으로 여러분만의 것이며, 이를 관객에게 표현하는 것이 스토리텔링의 주요 목적이다.

다시 한 번 이야기를 몸에 빗대 이야기해보자. 좋은 이야기는 '살아있는' 몸이다. 즉 각기 다른 부분이 함께 일하지만 하나로 통합되어 있는 몸과 같다. 각각의 부분─인물, 플롯, 주제 등─은 그 자체가 하나의 구성단위지만, 동시에 이야기라는 본체의 매달린 다른 하위 시스템에도 다양한 방식으로 연결된다. 앞서 인물을 이야기의 심장 및 순환계에, 구조를 골격에 비교한 바 있다. 비유를 계속해보자면, 좀 더 고차원의 도안을 만들어내는 주제는 이야기 몸체의 두뇌라고 할 수 있겠다. 주제는 두뇌와 마찬가지로 집필과정을 이끌어야 하지만, 너무 주도한 나머지 이야기─예술 작품─를 철학 논문으로 만들어서는 안 된다.

작가가 자신의 도덕적 관점을 이야기에 짜 넣는 방법은 작가 자신과 이야기 형식에 따라 다양하게 달라질 수 있다. 한쪽 극단으로 가면 드라마, 우화, 풍자, 순수 문학, 종교 이야기처럼 고도로 주제의식이 드러나는 형식이 있다. 이런 문학에서 작가는 등장인물이 처한 상황이 도덕적으로 얼마나 복잡한지, 어떤 모순이 있는지를 강조하는 대화를 통해 난해한 도덕적 관점을 보여주는 데에 중점을 둔다.

다른 쪽 극단으로 가면 모험, 신화, 판타지, 액션 같은 보다 대중적인 이야기가 포진해 있다. 이런 이야기에서 도덕적 관점은 다소 가벼워서, 인물이 가진 도덕적 문제 상황보다는 반전, 서스펜스, 상상, 심리 상태, 감정 상태에 중점을 둔다.

이야기 형식이 어떻든지 간에 보통의 작가들은 자신이 가진 도덕적 관점을 그저 대사로만 풀어간다. '도덕'이 이야기를 제압하는 식이다. 우리는 《초대받지 않은 손님》이나 《간디》 같은 이야기를 '그야말로' 도덕적이고 교훈적인 이야기라 여긴다. 이야기는 무겁고 지루하며, 관객은 작가의 억누름, 서투름, 기술 부족으로 인해 위축되고 마는 것이다.

어떻게 살아야 하는지에 대한 작가의 관점을 절대 등장인물의 입을 통해 말해서는 안 된다. 그렇게 하면 그들은 작가의 생각을 전하는 대변자로 보일 뿐이다. 좋은 작가들은 자신이 가진 도덕적 관점을 천천히 표면 아래에 풀어놓는다. 주로 이야기 구조와 주인공이 어떤 특정한 상황에 반응하는 모습으로 표현하는 것이다. 구체적으로 말하자면, 주인공이 한 명 이상의 적대자와 하나의 목표를 놓고 경쟁하며 어떤 행동을 하는지, 주인공이 그러한 전투 과정에서 무엇을 배우는지, 혹은 무엇을 배우지 못하는지 등을 예로 들 수 있다.

사실상, 작가는 도덕적 주장을 드높이는 사람이다. 그리고 그것은 플롯 안에서 주인공이 하는 행동 즉 '행동의 주장'으로 이뤄진다. 그렇다면 도덕적 주장 및 행동이 주장하는 바는, 스토리텔링에서 어떤 역할을 할까?

설계 규칙 안에서 주제문장 찾기

행동의 주장을 만드는 첫 번째 단계는 여러분이 전하고자 하는 주제를 한 문장으로 압축하는 것이다. 주제문장이라는 것은 어떤 행동이 옳고 그른지, 그 행동이 한 사람의 인생에 어떤 영향을 미치는지에 대한 여러분의 관점이다. 주제문장을 쓸 때에는 도덕적 관점을 애매하게 표현하면 안 된다. 문장 하나로 적다 보면 고압적으로 보일 수도 있다. 하지만 그럼에도 불구하고 그럴 가치가 있다. 왜냐하면 이야기가 가지고 있는 모든 도덕적인 요소를 하나의 생각으로 정리해주기 때문이다.

복잡한 행동 주장은 늘 그렇듯 씨앗, 즉 설계 규칙에서 시작되어 이야기에 섞여 들어가게 된다. 설계 규칙이 전제문장에서 핵심이 되었던 것처럼, 주제문장에도 마찬가지다. 설계 규칙은 이야기의 모든 행동을 서로 연결시켜준다. 설계 규칙을 사용해 주제문장을 찾아내는 비결은, 오직 이야기 속 행동이 갖는 도덕적 효과에만 집중하는 것이다. 다시 말해, 등장인물의 행동으로 주변인들이 어떻게 상처를 받는지, 그리고 혹시 가능하다면, 상황을 어떻게 바로잡는지 하는 것들 말이다.

전제를 더욱 깊이 있게 만들어준 설계 규칙의 기술이 여러분의 주제문장에도 도움이 될 것이다. 몇 가지 예를 들어보자.

여행으로 비유하기

여행 혹은 여정이라는 비유는 도덕적 문장을 위한 기반을 완벽하게 제시한다. 왜냐하면 도덕에 관한 여러 사건들을 하나의 문장으로 넣을 수 있기 때문이다. 허클베리 핀이 미시시피 강을 따라 가는 여행은 거대한 노예제로의 여행이기도 하다. 말로우가 강을 타고 정글로 들어가는 여행은 역시 도덕적 혼란과 암흑으로 가는 여행이다. 《킹콩》에서 맨해튼 섬에서 해골섬으로 가는 여정은 가장 문명화된 지역에서 가장 비도덕적인 대자연의 상태로 가는 것을 의미한다. 그러나 맨해튼으로 돌아오고 나서야 진정한 주제 문장이 드러난다. 두 섬 모두 치열한 경쟁으로 불타는 곳이지만, 인간의 섬이 좀 더 잔인하다는 점이다.

하나의 거대한 상징

하나의 거대한 상징이 주제문장이나 주요한 도덕적 요소를 드러낼 수 있다. 하나의 거대한 상징에 대한 대표적인 예로는 『주홍글씨』가 있다. 헤스터 프린이 꼭 달고 다녀야 했던 문자 'A'는 물론 그녀의 부도덕한 간음 행위를 나타내며, 그로부터 이야기가 시작된다. 그러나 그 문자는 또한 더 깊은 부도덕, 즉 자신들의 죄는 숨긴 채 군중심리의 마음으로 진정한 사랑을 공격하는 마을 사람들의 부도덕을 나타내기도 한다.

『누구를 위하여 종은 울리나』를 보면, 종의 울림이라는 하나의 이미지가 죽음을 나타낸다. 그러나 "누구를 위하여 종은 울리나"라는 구절의 경우 또다른 구절을 떠올리게 하는데, 이것은 이야기의 설계 규칙과 주제에 있어서 진정한 핵심을 보여준다. 바로 존 던의 《뜻밖의 문제에 대한 기도》에 나오는 다음 구절이다. "그 누구도 외딴 섬이 아니다. …그 누구의 죽음도 나를 소모시키니, 나는 인류의 한 부분이기 때문이다. 그러하니, 누구를 위하여 종은 울리나라고 묻지 말기를. 그것은 당신을 위해 울린다." 인간은 섬이 아닌 공동체에 속한 개인이라는 이 상징은 이 이야기에 하나의 이미지를 부여한다. 또한 다음과 같은 주제문장을 암시하기도 한다. 죽음에 직면한 상황에서 삶에 의미를 부여하는 것은 사랑하는 사람을 위한 희생이라는 것 말이다.

두 개의 거대한 상징을 하나의 주제문장에 넣기

두 개의 상징을 연결하면 여정을 활용하는 것과 똑같은 이점을 갖게 된다. 두 개의 상징이 도덕적 사건들 안에서 두 축을 담당하기 때문이다. 이 기술을 사용한다는 것은 일반적으로 쇠퇴한 도덕성이 나온다는 신호이다. 물론 상승하는 경우도 있다. 『암흑의 핵심』은 두 가지 상징을 사용했고, 주제문장을 표현하기 위해 여행이라는 비유를 추가했다.

제목에 함축된 두 개의 상징은 어두운 마음과 도덕적 암흑의 중심이며, 둘 다 인간의 타락을 구성하는 요소는 무엇인가를 연구하려는 의도가 담겨져 있다.

또 여러 가지 설계 규칙—시간 단위, 서술자 사용 여부, 특별한 이야기 방식—역시 주제문장을 명확히 하는 데 도움을 줄 수 있다. 앞서 살펴본 이야기의 설계 규칙을 예로 들어 그것으로 어떻게 주제문장을 만들 수 있는지 살펴보자.

I 모세 I

설계 규칙: 자신의 정체를 모르던 한 남자가 자신의 백성을 자유로 이끌기 위해 고군분투하고, 자신과 자신의 백성을 정의할 새로운 도덕 법칙을 받는다.

주제문장: 자신의 백성을 책임지는 한 남자가 신의 말씀을 통해 어떻게 살아야 할지 계시를 받는다.

| 율리시스 |

설계 규칙: 하루의 흐름을 따라 도시를 관통하는 현대판 오디세이. 한 남자는 아버지를 찾고 다른 남자는 아들을 찾는다.

주제문장: 진정한 영웅이란 일상생활에서 받는 돌팔매와 화살을 견디며 도움이 필요한 다른 사람에게 연민을 베푸는 사람이다.

| 네 번의 결혼식과 한 번의 장례식 |

설계 규칙: 한 무리의 친구들이 자신의 결혼 상대를 찾는 동안 네 번의 유토피아(결혼식)와 한 번의 지옥 같은 순간(장례식)을 경험한다.

주제문장: 진정한 사랑을 찾는 순간, 온 마음으로 헌신해야 한다.

| 해리포터 시리즈 |

설계 규칙: 마법사 소년이 7년간 마법사 기숙학교에 다니며 남자, 그리고 최고의 마법사가 되는 법을 배운다.

주제문장: 큰 재능과 능력으로 축복받은 사람이라면, 지도자가 되고 타인의 유익을 위해 희생해야 한다.

| 스팅 |

설계 규칙: 사기를 사기의 형식으로 보여줌으로 극중 부자와 관객 모두를 속인다.

주제문장: 악마 같은 사람을 무너뜨리기 위해서라면 작은 거짓말과 사기를 치는 건 괜찮다.

| 밤으로의 긴 여로 |

설계 규칙: 낮을 지나 밤을 맞자, 가족은 과거의 잘못과 망령을 마주한다.

주제문장: 우리는 자신과 타인에 대한 진실을 직면하고 용서할 줄 알아야 한다.

| 세인트루이스에서 만나요 |

설계 규칙: 사계절 동안 일어나는 일을 보여주며 한 가족의 성장 과정을 드러낸다.

주제문장: 가족을 위해 희생하는 것은 개인의 영광을 얻겠다고 분투하는 것보다 훨씬 더 중요하다.

코펜하겐

설계 규칙: 양자역학의 하이젠베르크 불확정성 원리를 사용하여 불확정성 원리를 발견한 사람의 모호한 도덕성을 탐구한다.

주제문장: 우리가 행동을 하는 이유와 그것이 옳은지 아닌지 이해하는 것은 늘 모호한 일이다.

크리스마스 캐롤

설계 규칙: 크리스마스 이브에 한 남자가 자신의 과거, 현재, 미래를 바라보게 함으로써 새롭게 거듭나게 된다.

주제문장: 사람은 베풀며 살 때 훨씬 행복한 삶을 영위할 수 있다.

멋진 인생

설계 규칙: 한 사람이 존재하지 않았다면 한 마을, 국가가 어떻게 되었을지 보여줌으로써 개인이 가진 힘을 표현한다.

주제문장: 사람이 누리는 풍요는 자신이 버는 돈에서 오는 게 아니라 자신이 돌보는 친구나 가족으로부터 온다.

시민 케인

설계 규칙: 한 사람의 인생은 결코 알 수 없다는 것을 보여주기 위해 화자를 여러 명 활용한다.

주제문장: 모두에게 자신을 사랑하라고 강요하는 사람은 결국 혼자 남게 된다.

주제를 적대자에게 나눠주기

주제문장이란 여러분이 나누고자 하는 도덕적 주장이 한 문장으로 집약된 것이다. 이제는 주제문장을 좀 더 극적으로 표현해야 할 때다. 그러려면 그것을 대립되게 나눠야만 한다. 그런 다음 주인공과 적대자가 경쟁할 때 대립이 되는 주제를 서로에게 부여하면 된다.

주제문장을 극적으로 대립시키면서 나누는 방법에는 세 가지 기술이 있다. 첫째, 주인공이 도덕적인 결정을 하도록 만들기, 둘째, 각각의 인물을 주제의 변주로 만들기, 셋째, 인물이 가진 가치를 충돌하게 만들기가 그것이다.

주인공이 도덕적인 결정을 하도록 만들기

주인공이 도덕적으로 발전하는 과정은 이야기의 시작에 도덕적 필요가 드러나고, 마지막에는 자기발견과 함께 도덕적 결정을 내림으로써 마무리된다. 이러한 흐름은 이야기에 있어 도덕적인 기틀을 마련하여, 여러분이 표현하고자 하는 근본적 교훈으로 이어진다.

주인공이 도덕적으로 변화하는 모습을 극대화하는 전통적 전략이 있다. 처음에는 도덕적 결함을 주고, 적대자를 너무나 이기고 싶은 나머지 자신 안에 있는 바닥을 보이게 하는 것이다. 간단히 말하자면 더 나은 존재가 되기 위해서는 먼저 망가져야 한다. 천천히 그러나 확실하게, 그는 자신이 가진 도덕적 문제로 인해 결국은 두 가지 행동 중 하나를 택해야 한다는 것을 깨닫게 된다.

이야기가 진행되는 내내 주인공의 행동이 얼마나 복잡했는지는 상관없이, 마지막 도덕적 결정을 내릴 때에는 무조건 양자택일을 하게 하자. 그리고 그게 최종 결정이 되게 하자. 그러기 위해서 도덕적 결정은 주제를 깔때기에 넣고 한곳으로 모은 것이어야 한다. 두 가지 선택지 모두 주인공에게 있어 가장 중요한 도덕적 행동이기에, 이야기 전체에서 서로 대립되는 주제를 제공해야 한다.

이렇게 위대한 결정은 주로 주인공이 도덕적으로 자기발견을 하여 어떤 결정을 내릴 지 결정한 직후에 이뤄진다. 드문 경우 선택이 제일 먼저 오고, 주인공은 자신이 한 결정이 옳은지 그른지를 인식하는 과정에서 자기발견을 할 수도 있다.

● **핵심 POINT** 주인공이 따라가는 도덕적 흐름의 종착지가 마지막 선택이기에, 이 선택을 이용하여 도덕적으로 대립되는 점이 무엇인지를 밝혀야 한다.

ㅣ카사블랑카ㅣ 릭은 일사에 대한 사랑을 뒤로하고 나치에 맞서 싸우는 것을 선택한다.

ㅣ말타의 매ㅣ 샘 스페이드는 자신이 사랑하는 여자 대신 정의를 선택한다.

ㅣ소피의 선택ㅣ 소피는 두 가지 안 좋은 선택지 중에서 하나를 골라야 한다. 어떤 아이를 나치의 손에 죽게 할 것인가? (여러분은 이것이 진정한 선택이 아니라고 반박할 수도 있겠다.)

ㅣ일리아드ㅣ 아킬레스는 숙적 헥토르의 시신을 프리암에게 넘겨 제대로 된 장례를 치르게 해준다.

ㅣ현기증ㅣ 《현기증》의 마지막에서 스카티의 도덕적 결정은 자기발견보다 먼저 일어난다. 그는 매들린을 용서하지 않기로 결정했고, 결국 자신의 잘못된 결정으로 사랑하는 여자가 죽임을 당한 것을 깨닫자 무너지고 만다.

각각의 인물을 주제의 변주로 만들기

주인공의 최종 결정을 통해 그 기저에 담긴 도덕적 대치 상황을 알아냈다면, 인물 연결망을 통해 이 대립 상황을 좀 더 상세히 풀어가자. 이것은 각각의 주요 인물을 주제의 변주로 만들면 가능하다. 이 기술을 활용하기 위해 다음 순서를 참고해라.

1 주인공이 내리는 최종 결정과 전제문장에 쓴 내용을 확인해라. 그러면 주인공이 이야기 속에서 반드시 겪어야 할 핵심적인 도덕 문제가 무엇인지 정확해진다.

2 주요 등장인물이라면 누구나 똑같은 도덕 문제를 겪도록 해라. 그러나 그 방식은 모두 달라야 한다.

3 주인공과 주요 적대자를 비교하는 것으로 이야기를 시작해라. 왜냐하면 이 두 인물이야말로 이야기 속에서 대립되는 핵심 도덕의 화신이기 때문이다. 그런 후 주인공과 다른 적대자들을 비교해라.

4 이야기 속에서 각각의 주요 등장인물은 자신의 목표를 이루기 위해 취했던 행동을 정당화하기 위해 대사를 통해 자신이 가진 도덕적 신념을 밝혀야 한다. (좋은 논쟁은 주로 구조를 통해 이뤄지지만 그게 다가 아니다. 대사를 통해 도덕적 신념을 밝히는 방법은 10장에서 살펴볼 것이다.)

투씨

원작 돈 맥과이어, 래리 겔바트 ▪ **각색** 래리 겔바트, 머레이 시스갈 ▪ 1982년

이 이야기에서 주인공이 겪는 도덕 문제는 남자는 사랑하는 여자를 어떻게 대해야 하는가이다. 여기에 덧붙여 각각의 적대자와 조력자는 남자가 여자를 어떻게 대해야 하는가, 혹은 여자는 남자가 자신을 어떻게 대하게 하는가를 보여주는 변주가 된다.

L.A. 컨피덴셜

소설 제임스 엘로이 ▪ **각본** 브라이언 헬겔랜드, 커티스 핸슨 ▪ 1997년

《L.A. 컨피덴셜》에는 세 명의 주인공이 존재하는데 그들 모두 법을 집행하는 사람으로 도덕 문제를 겪는다. 보드는 판사이자 배심원, 사형집행인

인 척하며 법을 주무르는 경찰이다. 잭은 자신이 왜 경찰이 됐는지 이유는 잊은 채 자신의 이익을 위해 사람들을 체포한다. 에드는 죄인들에게 정의의 심판을 내리고 싶은 사람이지만, 정치 게임으로 최고 직책을 얻는 데에 관심을 갖게 된다. 다른 모든 주요 인물들 역시 서로 다른 방식으로 부패한 정의를 보여준다.

늑대와 춤을

소설·각본 마이클 블레이크 · 1990년

여기서 주인공이 가진 주요한 도덕 문제는 다른 인종과 문화를 어떻게 대할 것인가, 동물 그리고 자연과 어떻게 조화를 이루며 살 것인가이다. 적대자와 조력자들은 각기 다른 방식으로 이 문제에 접근한다.

인물이 가진 가치를 충돌하게 만들기

인물 연결망을 이용하여 주요 인물이 가진 가치를 충돌하게 하자. 이 인물들은 같은 목표를 두고 경쟁하는 사이다.

1 주인공이 가진 가치와 다른 주요 인물들이 가진 가치를 구별해라. 가치라는 것은 좋은 삶을 만드는 것과 관련해 깊숙이 내재된 신념임을 염두에 두라.

2 각각의 인물들에게 가치를 뭉텅이로 부여해라.

3 이 뭉텅이는 가능한 한 서로 다르게 설정해라.

4 주인공과 적대자가 하나의 목표를 두고 싸우는 동안, 그들이 가진 가치가 정면으로 충돌하게 해라.

멋진 인생(소설 제목: 위대한 선물The Greatest Gift)

소설 필립 반 도렌 스턴 · **각본** 프란세스 구드리치, 앨버트 해킷, 프랭크 카프라 · 1946년

여기서 주인공과 적대자는 자신들이 사는 마을을 놓고 경쟁하는데, 각자 가진 가치가 아래와 같이 매우 상이하다.

- **조지 베일리**(베드포드 폴스): 민주주의, 예의, 친절, 성실, 노동자가 가지는 보통의 가치
- **포터 씨**(포터스 빌): 독재, 금전, 권력, 적자생존

벚꽃 동산

소설 안톤 체호프 · 1904년

등장인물들은 어마어마한 빚으로 잃게 된 땅을 손에 넣으려 경쟁한다. 이 경쟁은 벚꽃 농장의 가치에 집중된다. 라네프스카야 부인과 가족은 농장의 아름다움과 그곳에 담긴 추억을 소중하게 생각한다. 로파힌은 오직 실용적이고 금전적인 가치만 따져서 벚나무를 모두 베어 임대 별장을 짓고 싶어 한다.

- **라네프스카야 부인**: 진정한 사랑, 아름다움, 과거
- **로파힌**: 돈, 지위, 권력, 실용성, 미래
- **바랴**: 성실, 가족, 결혼, 실용성
- **트로피모프**: 진리, 배움, 연민, 숭고한 사랑
- **아냐**: 어머니, 친절, 숭고한 사랑

꿈의 구장(소설 제목: 맨발의 조Shoeless Joe)

소설 W.P. 킨셀라 · 1982년 · **각본** 필 알덴 로빈슨 · 1989년

《꿈의 구장》은 미국판 『벚꽃 동산』이자 결국 '벚꽃'이 이기는 이야기이

다. 여기서 나오는 경쟁은 레이가 야구장으로 바꾸려는, 농장이라는 가치를 두고 벌어진다.

- **레이**: 야구 경기, 가족, 꿈을 위한 열정
- **마크**: 돈, 농장의 실용적인 사용

주제에 대한 변형과 가치의 대립을 나타내는 등장인물이 나왔으니, 여러분은 사각형 대립 구조를 쓰고 싶어 할 수도 있겠다. 사각형 대립(4장 참고)에는 주인공, 주요 적대자, 그리고 적어도 두 명의 부차적인 적대자가 등장한다는 것을 기억할 것이다. 이렇게 하면 아무리 복잡한 이야기라고 해도 자연스럽게 통일성이 부여된다. 네 명의 주요 인물은 동일한 도덕 문제에 대해 근본적으로 다른 접근 방식을 따르며, 이야기를 난장판으로 만들지 않고도 전체적인 가치 체계를 표현해낼 수 있다.

🔹 **핵심 POINT** 선과 악처럼 두 가지 항목이 서로 대립하는 구조를 사용하면 도덕의 충돌은 단순해지고 만다. 관객이 실제 삶에서 느낄 법한 도덕의 난해함은 오직 도덕적 대립의 연결망(사각형 구조도 이런 연결망에 속한다.)을 통해서만 가능하다.

이 기법을 사용하면 주제가 인물을 압도하지 않고 오히려 인물을 통해 표현될 수 있다. 이렇게 하면 이야기가 훈계조로 들릴 일이 없다. 또한 등장인물 간의 대립이 플롯에 기반하지 않고, 같은 목표를 두고 경쟁하는 사람들 사이에 일어나기 때문에 이야기에 더욱 깊이가 생기게 된다. 삶의 방식 전체가 위태로워지기 때문에 관객에게 정서적으로 미치는 영향이 엄청나지는 것이다.

구조를 통한 주제

도덕적 주장이라는 것은 주인공과 적대자가 첫 장면부터 대면해 각자가 가진 도덕성을 놓고 설전을 벌인다는 의미가 아니다. 같은 목표를 가진 주인공과 적대자가 각각 다른 수단을 써서 경쟁하는 것을 보여줌으로써 '행동으로 논쟁한다'는 것을 의미한다. 이로써 주제를 보여주겠다고 대사로 관객에게 훈계를 하는 대신, 이야기 구조를 통해 주제를 엮어낼 수 있는 것이다.

사실, 스토리텔링에는 여러 위대한 원칙이 있다. 그중 하나는 구조가 내용을 담는 그릇이 아닌, 내용 그 자체라는 것이다. 이렇게 하면 어떤 내용이든 등장인물이 대사로 말할 때보다 훨씬 더 강력하게 전달할 수 있다. 이 원칙은 다른 어느 곳에서보다 도덕적 주장에서 가장 정확하게 드러난다.

좋은 이야기의 경우, 이야기 구조는 끝으로 갈수록 한 점으로 집중되고, 동시에 관객의 마음속에서는 주제가 퍼져나간다. 그러면 질문이 하나 떠오를 것이다. 어떻게 한 점으로 모이는 이야기 구조가 주제를 널리 퍼져가게 할 수 있는가? 훌륭한 구조와 주제를 그림으로 표현하면 다음과 같다.

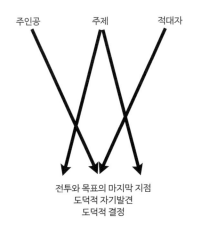

이야기가 시작할 때 여러분은 주인공과 적대자를 대립되는 위치에 놓는다. 그러나 아직까지는 갈등이 깊지 않으며, 관객 역시 각각의 가치관이 어떻게 대립을 이뤄내는지 알 수 없다. 그리하여 이야기의 주제에 대해 감을 잡을 수 없다.

이야기의 중간 부분으로 오면, 주인공과 적대자 사이의 대립이 점차 상승하기 시작하여 깔때기 같은 구조를 형성한다. 이 갈등을 통해 가치관의 차이가 드러나기 시작한다. 그리하여 주제가 확장된다. 그렇지만 훌륭한 이야기의 경우, 아직까지도 주제는 대부분 숨겨진 상태일 것이다. 그것은 오직 관객의 마음속에서 조용히 자라날 테고, 마지막에 이르러야 전력으로 관객에게 몰아칠 것이다.

이야기 구조에서 깔때기의 끝은 전투에 해당한다. 그리고 그 직후, 자기발견과 도덕적 결정이 뒤따른다. 전투를 보며 관객은 단지 어느 쪽의 힘이 센 지를 확인하는 게 아니라, 어느 쪽의 가치가 더 우위에 있는지를 알게 된다. 그렇게 관객은 재빨리 주제를 이해하게 된다. 자기발견─특히 그것이 도덕적일 경우─주제는 다시 한 번 설명이 된다. 그리고 도덕적인 결정을 내릴 때 주제는 또 한 번 확장된다. 이렇게 주제가 구조를 통해 표현이 되면, 관객은 그것이 성가신 설교에서 온 것이 아니라 자신의 영혼 깊은 곳에서 스스로 느끼는 것이라 생각하게 된다.

도덕적 주장이 구조를 통해 어떻게 표현되는지 이야기 전체, 즉 처음부터 끝까지 자세히 들여다보자. 여기서 우리는 가치관의 충돌을 표현하는 기본 전략에서 시작해 다양한 변형까지 살펴볼 것이다.

도덕적 주장: 기본 전략

- 가치 주인공은 일련의 신념과 가치를 가지고 출발한다.
- 도덕적 약점 이야기의 시작에서, 주인공은 어떤 방식이든지 주변 사람들에게 해를 끼친다. 악해서 그런 것이 아닌, 자신이 가진 약점으로 인해, 혹은 타인을 대하는 올바른 방식을 몰라서 그런 것이다.
- 도덕적 필요 도덕적인 약점을 가진 주인공은 앞으로 성장하고 더 나은 삶을 살 수 있도록 타인을 대하는 올바른 방식을 배워야 한다.
- 첫 번째 비도덕적 행동 이야기가 시작하자마자, 주인공은 어떤 방식으로 주변인에게 해를 끼친다. 이로써 관객은 주인공이 도덕적으로 결함을 가지고 있음을 알 수 있게 된다.
- 욕망 주인공은 모든 것을 희생해서라도 얻고 싶은 목표를 갖는다. 똑같은 목표를 가졌으나 가치관이 다른 적대자와 정면으로 대치하게 된다.
- 행동 주인공과 적대자는 목표를 이루기 위해 일련의 행동을 이어나간다.
- 비도덕적 행동 이야기의 초반부터 중반까지는 주로 적대자가 주인공을 이긴다. 주인공은 절박해진다. 결과적으로 이기겠다는 일념으로 비도덕적 행동을 하기에 이른다.
  - 비판 다른 등장인물들이 주인공의 행동을 비판한다.
  - 합리화 주인공은 자신의 행동을 합리화하려고 애쓴다. 이야기의 말미라면 이 상황이 품은 더 깊은 진실과 정당성을 보게 될 수도 있지만, 아직은 아니다.
- 조력자의 공격 주인공의 가장 가까운 친구가 주인공의 잘못된 방법에 아주 강하게 반대론을 펼친다.

- **강박적 행동** 새롭게 이기는 방법을 알게 되어 충격을 받은 주인공은 목표에 닿고 싶다는 강박을 갖게 되고 성공하기 위해서는 무엇이든 하려 한다.
- **비도덕적 행동** 주인공의 비도덕적 행동이 심해진다.
  - **비판** 다른 인물들의 공격 역시 더욱 심해진다.
  - **합리화** 주인공은 자신의 행동을 강하게 옹호한다.

이야기가 진행될수록, 주인공과 적대자의 행동과 대사를 통해 그들이 가진 가치관의 가치나 삶의 방식이 더욱 분명해진다. 이야기의 뒷부분에서는 관객 마음속에서 주제가 폭발하는 지점이 네 번 있다. 전투, 자기발견, 도덕적 결정, 주제발견의 순간이다. 마지막 주제발견이라는 구조적 단계는 나중에 살펴보겠다.

- **전투** 목표를 결정하는 최후의 전투. 누가 이기는지는 상관없이 관객은 그의 가치관과 생각이 좀 더 우위에 있다는 것을 깨닫게 된다.
- **적대자에 맞서는 최후의 행동** 전투 직전 혹은 전투가 벌어지는 가운데 주인공은 적대자에 대항해 마지막 행동—도덕적이든 비도덕적이든—을 취할 수 있다.
- **도덕적 자기발견** 계속되는 전투를 통해 주인공은 자기발견을 하게 된다. 그리하여 자신에게, 그리고 타인에게 얼마나 나쁘게 굴었는지, 다른 사람들을 어떻게 올바르게 대해야 하는지 깨닫게 된다. 관객은 이 인물과 자신을 동일시하기 때문에, 이 주제를 마음 깊숙하게 받아들이게 된다.
- **도덕적 결정** 주인공의 두 가지 행동 중 하나를 선택함으로써 자기발견의 도덕성을 증명한다.
- **주제발견** 훌륭한 스토리텔링의 경우, 관객은 주제가 발견되는 단계에서 큰 영향을 받게 된다. 주제발견은 주인공에게만 국한된 것이 아니다. 관객 역시 사람들이 세상에서 어떻게 행동하고 어떻게 살아야 하는지 통찰을 갖게 된다. 이러한 통찰력은 등장인물이 가진 경계를 허물고 그들과 동일시하고 있던 관객에게까지 영향을 주는 것이다. 주제가 발견되

는 순간, 관객은 이야기가 가진 '전체 의도'를 발견하고 그것이 의미하는 바에 의해 파급 효과를 얻게 된다. 몇몇 등장인물보다 더 큰 영향을 받는 것이다.

● **주의POINT** 주인공과 주요 적대자 사이의 힘의 균형은 등장인물과 플롯에 있어서만 중요한 것이 아니다. 그것은 가치관의 충돌에서도 결정적일 만큼 중요하다. 주인공이 너무 강하거나 선하면, 적대자가 시험을 해도 실수를 할 리가 없다. 반대로 적대자가 너무 강한 반면 주인공이 단순하고 무지하면, 적대자는 거미가 되어 주인공이 빠져나가지 못하게 거미줄로 꽁꽁 묶어버리고 말 것이다. 주인공은 희생자가 되고 적대자는 악의 존재가 되거나 그와 비슷하게 되는 것이다.

헨리 제임스의 『여인의 초상』은 여러 면에서 거장의 작품이라 칭할 만하지만, 힘의 불균형이 있어 도덕적 주장 역시 쉽게 전달되지 않는 소설이다. 이사벨 아처는 내내 자기기만에 빠져 있다. 심지어 가망 없는 팬지를 돕기 위해 마지막으로 도덕적 결정을 내릴 때에도 그렇다. 이 마음 따스하고 무지한 여성은 사기의 달인 오스먼드와 대면한다. 그의 거미줄 엮는 능력에 견줄만한 것은 그의 의지, 그러면서 느끼는 즐거움뿐이다.

도덕적 주장의 기술: 도덕적 주장 = 플롯

이야기가 훈계조로 보이거나 도덕을 강조하듯 보이는 가장 큰 이유는 도덕적 주장과 플롯 사이의 균형이 깨져있기 때문이다.

도덕적 주장은 이야기의 구조를 통해 표현되고, 완벽하게 순서가 정해지고, 미묘하게 도덕적인 대화로 강조될 수 있다. 그러나 주장하고 싶은 가치관을 뒷받침할 플롯이 충분하지 않으면 모든 것이 무너져 설교를 듣는 것처럼 지루해질 것이다.

8장에서 살펴볼 플롯이란, 관객을 놀라게 할 목적으로 고안된, 주인공과 적대자가 함께 추는 난해한 안무와도 같다. 이것은 도덕적 흐름을 제시하다가 강력한 펀치를 날리는, 마법처럼 놀라운 요소이다.

이제 《심판》을 예로 삼아 이야기 속에서 도덕적 주장을 만드는 기본 전략을 알아보자.

심판

소설 배리 리드 ▪ **각본** 데이비드 마멧 ▪ 1982년

- **주인공의 신념과 가치** 프랭크가 처음에 중요하다 생각하는 것은 술, 돈, 편법이다.
- **도덕적 약점** 알코올중독에 자존감도 없고 미래에 대한 전망도 없는 프랭크는 돈을 얻기 위해서는 무엇이든 한다.
- **도덕적 필요** 그는 돈 때문에 사람을 이용하는 대신 그들을 정당하게 대해줘야 한다.
- **첫 번째 비도덕적 행동** 프랭크는 아무 장례식에 들어가 일거리를 위해 망자의 친구인 척 한다.
- **욕망** 새로운 삶을 살기 위해 재판에서 이기고 의뢰인들에게 끼친 피해를 수습하고 싶어 한다.
- **행동** 프랭크는 자기 편에서 증언해줄 의사와 그날 수술실에 있었던 간호사를 찾기 위해 다양한 행동을 취한다.
- **비도덕적 행동** 프랭크는 피해자의 언니인 샐리를 안심시키면서도 합의금을 따져보며 종이 위 20만 달러와 25만 달러에 동그라미를 친다. 프랭크는 아무 일도 하지 않고 합의금의 3분의 1을 받아가기 위해 합의를 하라고 종용한다.
  - **비판** 없음.
  - **합리화** 프랭크는 알코올중독자로 자존감은 물론이고 정의감과 도덕심 같은 건 모두 잃은 사람이다. 그는 재판에 승패를 거는 대신 지금이라도 확실히 돈을 챙

기는 것이 더 낫다고 생각한다.

- **조력자의 공격** 조력자 중 주된 공격을 하는 사람은 동료 변호사 미키가 아닌, 프랭크의 의뢰인이다. 자기들에게 상의도 없이 프랭크가 합의를 거절했다는 사실을 알게 된 그들은 그에게 일을 망쳤다며 맹비난한다.
  - **—합리화** 프랭크는 재판에서 이겨서 합의금보다 훨씬 더 많은 돈을 얻어내겠다고 말한다. 그가 금전적인 이유로 변명을 했지만 합의를 거부했던 진짜 이유는 정의를 실현하기 위해서였다.
- **강박적인 행동** 그는 수술실에 있었던 간호사를 찾아가겠다고 마음먹는다.
- **비도덕적 행동** 프랭크는 상대측을 위해 증언하지 않는 간호사에 대해 정보를 캐기 위해 한 여성을 속여 이야기를 듣는다.
  - **—비판** 없음.
  - **—합리화** 프랭크는 재판에서 이기기 위해 그 간호사를 찾아야만 한다고 생각한다.
- **비도덕적 행동** 프랭크는 간호사의 전화번호를 알아내기 위해 그 여자의 우편함을 뒤진다.
  - **—비판** 없음. 프랭크가 이 일을 몰래하기 때문이다.
  - **—합리화** 이것은 프랭크가 옳다고 믿는 사건에서 승소할 수 있는 유일한 기회이다.
- **비도덕적 행동** 프랭크는 여자친구 로라가 상대측에 고용되어 사건에 대한 정보를 빼내고 있다는 것을 알고는 그녀를 때린다.
  - **—비판** 로라는 스스로 죄책감을 느끼고 있었기에 여기에 어떤 비판도 하지 않는다.
  - **—합리화** 프랭크는 그녀를 사랑하지만, 그녀가 자신을 완전히 배신했다고 느낀다.
- **전투** 프랭크는 타울러 의사에게 환자가 언제 음식을 먹었는지 묻는다. 케이틀린 간호사는 피해자가 입원 아홉 시간 전이 아닌 한 시간 전에 먹었다고 증언한다. 타울러 의사가 입원서류를 읽지 않았으며, 시간의 숫자를 1에서 9로 바꾸라고, 그렇게 하지 않으면 해고하겠다고 했다는 것이다. 상대측 변호인 콘캐넌은 복사본은 증거가 될 수 없다는 선례를 읽는다. 판사 역시 여기에 동의하고 간호사의 증언을 인정하지 않는다.
- **적대자에 맞서는 최후의 행동** 프랭크는 재판 중에 비도덕적인 행동을 일체 하지 않는다. 그저 자신의 능력만 써서 강력하게 재판에 임한다.

- **도덕적 자기발견** 이야기의 앞부분에서, 프랭크는 식물인간이 된 자신의 의뢰인을 보았고, 자신이 지금 정의롭게 행동하지 않으면 영원히 패자로 머물 것이라는 것을 깨닫는다.
- **도덕적 결정** 프랭크는 주교가 합의금으로 제시한 돈을 거절하고 재판으로 승부를 가리게 됨으로 수익금을 챙기지 못할 위험에 처하지만 결국 정의가 실현된다.
- **주제발견** 우리의 삶은 우리가 정의롭게 행동할 때에만 구원받을 수 있다.

《심판》은 도덕적 주장을 이야기에서 어떻게 사용하느냐를 보여주는 대표적 예이다. 여기에는 눈에 띄는 예외가 하나 있는데, 이 예외 또한 배울 점을 가지고 있다. 주인공은 자신의 의뢰인에게 무슨 일이 생긴 건지 깨달은 순간 도덕적 자기발견의 순간을 강하게 갖게 된다. 바로 두 명의 의사가 의뢰인을 식물인간으로 만들었고, 자신은 돈 때문에 의뢰인에게 등을 돌리려고 했다는 점 말이다. 그는 도덕적 결정을 내려 합의금을 거절하고 재판을 행하기로 한다. 비록 한 푼도 건지지 못할 가능성이 있지만 정의를 위해 싸우기로 결심한 것이다.

이렇게 자기발견을 하고 도덕적 결정을 내리는 것은 영화가 시작하고 고작 25분밖에 안 되었을 때이다. 그리하여 가치관의 충돌이 지니는 힘은 줄어든다. 주인공이 비도덕적으로 행동할 위험이 없어졌기 때문이다. 그래도 관객은 프랭크가 알코올중독자로, 불안한 사람이라는 이유로 계속해서 주인공이 재판에서 이길지 질지 긴장감을 갖고 보게 된다. 그러나 관객은 프랭크가 정의롭게 행동하는 법을 배웠다는 것을, 그리고 현재 그렇게 행동하고 있다는 것을 알고 있다.

도덕적 주장은 극적일수록 가장 강렬하다. 그것이 의미하는 바는, 가능하면 이야기의 후반부에서 주인공이 자기발견을 하고 도덕적 결정을 내리게 해야 한다는 것이다. 관객이 마음속에 "주인공이 옳은 일을 하게 될까? 그것을 제시간 안에 완수할 수 있을까?"라는 질문을 가능한 오랫동안 끌고 갈 수 있게 하라.

일리아드

소설 호머

『일리아드』에서 도덕적 주장은 주인공이 서서히 몰락하다가 자기발견으로 상승하는 기본 전략을 사용한다. 그러나 『일리아드』는 이 과정을 두 번 반복함으로써 변화를 꾀한다.

첫 번째 몰락과 상승은 이야기의 4분의 3 지점까지 이어진다. 주인공 아킬레스가 주요 적수인 아가멤논에 대한 분노를 정당화하며 이야기가 시작된다. 그가 정당하게 얻은 여인을 빼앗아갔기 때문이다. 그러나 과도한 자만심(도덕적 약점)때문에 비도덕적인 행동을 하게 되고, 군대 복무 보류로 대응한다. 그 결과 동료 병사들이 무수히 죽음을 맞는다.

이야기의 초반부터 중반에 이르기까지, 아킬레스는 말도 안 되는 분노를 표출하고, 심지어 이기적인 행동을 이어나간다. 그러다 친구 파트로클로스가 죽자, 자신의 죄를 깨닫고 아가멤논과 화해한 후 전장으로 뛰어든다. 자기발견을 하고 도덕적 결정을 내린 첫 번째 순간이다.

이야기의 나머지 4분의 1 동안 도덕적 주장은 더욱 강렬하게, 더 짧은 형식으로 반복된다. 여기서는 두 번째 적대자 헥토르에 대한 분노로 이야기가 시작된다. 그리하여 헥토르의 시신을 진영에서 끌고 다니며 훼손하는 행동을 통해 도덕적으로 타락한 모습을 보인다. 헥토르의 아버지 프리암이 아들의 시신을 돌려달라고 간청한다. 이때 아킬레스는 첫 번째보다 훨씬 더 깊은 자기발견을 한다. 복수보다는 연민이 필요하다는 것을 깨달은 것이다. 결국 프리암이 아들의 장례를 제대로 치룰 수 있게 시신을 넘겨준다.

도덕적 주장의 변주

도덕적 주장이라는 개념에는 기본 전략이 있지만, 이것은 이야기의 형식, 특수한 이야기, 그리고 작가에 따라 다양한 변주를 갖는다.

1. 선/악

도덕적 주장에 있어 가장 급이 낮은 것은 이야기 내내 주인공은 선이고 적대자는 악이 되는 경우다. 이런 접근 방식은 특히 신화, 액션물, 멜로드라마에서 흔하게 나타난다. 인물 파악이 쉽고 도덕의 내용 또한 단순하기 때문이다. 이야기는 이런 식으로 흘러간다.

- 주인공은 심리적 약점이 있지만 본성은 선하다.
- 적대자는 도덕적으로 결함이 있고, 심지어 악할 수도 있다. (선천적으로 비도덕적이다.)
- 목표를 위해 싸우며 주인공은 실수는 할지언정 비도덕적 행동은 하지 않는다.
- 반면에 적대자의 경우 비도덕적 행동을 수도 없이 실행한다.
- 주인공이 전투에서 승리한다. 단순히 그가 선하다는 이유 때문이다. 정확히 말하자면 도덕 장부의 합이 큰 쪽이 더 좋은 주인공이 되어 인생이라는 '게임'에서 이기는 것이다.

선/악으로 가치관 충돌이 이뤄지는 예는 《매트릭스》, 《굿바이 뉴욕, 굿모닝 내 사랑〉,《꿈의 구장》,《크로커다일 던디》,《늑대와 춤을》,《블루스 브라더스》,〈스타워즈〉 시리즈,《포레스트 검프》,《황야의 결투》,《마음의 고향》,《터미네이터》,《도망자》,《라스트 모히칸》,《셰인》,《오즈의 마법사》 등이 있다.

2. 비극

비극의 경우 가치관 충돌의 기본 전략을 따르다가 마지막 종점에서 변화구를 던진다. 이야기 초반, 주인공 성격에 치명적인 결함을 부여하고 거의 끝나갈 때쯤 자기발견을 하게 만드는 것이다. 이야기는 이런 식으로 흘러간다.

- 공동체가 위험에 처한다.
- 주인공은 엄청난 잠재력이 있지만 동시에 커다란 결점도 가지고 있다.
- 주인공이 강력하고 유능한 적대자와의 깊은 갈등에 빠진다.
- 주인공은 승리에 집착하여 미심쩍거나 비도덕적인 행동을 수없이 저지른다.
- 갈등과 경쟁으로 주인공의 결함이 더욱 눈에 띄고 주인공은 더욱 악화된다.
- 주인공이 자기발견을 하지만 파멸을 막기에는 너무 늦었다.

이 전략의 핵심은 주인공의 가능성과 잃어버린 잠재력을 보여주면서, 동시에 주인공의 행동은 그의 책임 하에 있다는 것을 알려주는 것이다. '할 수 있었는데'라는 느낌은 관객의 공감을 얻는 데 가장 중요한 요소이다. 반면에 치명적인 결함은 주인공에게 책임을 지우는 한편 그가 피해자가 되지 않도록 해준다. 잠재력을 잃었다는 면에서 관객은 슬픔을 느끼며, 주인공이 몇 분 만 더 빨리 깨달았다면 구원받았을 거란 생각에 이 슬픔은 더욱 심해진다. 그러나 그가 죽거나 몰락했다 해도, 관객은 주인공이 도덕적으로 그리고 감정적으로 성공했다는 면에서 깊은 영감을 받을 수 있다.

또한 이러한 전략에는 고대 그리스극과는 다른 주요한 변화가 있다. 바로 주인공이 몰락하는 것은 특정 개인과 상관없이 거대한 힘 때문에 파생되는 불가피한 결과가 아니라 바로 주인공 자신의 선택에서 비롯된다는 점이다.

고전적 비극에는 『햄릿』, 『리어 왕』, 『오셀로』, 《7인의 사무라이》, 《콰이 강의 다리》, 《닉슨》, 《토마스 크라운 어페어》(원작), 『순수의 시대』, 《현기증》, 《아마데우스》, 『아더 왕의 죽음』, 《아메리칸 뷰티》, 《악의 손길》, 《시민 케인》 등이 포함된다.

폭풍의 언덕

소설 에밀리 브론테 · 1937년 / **각본** 찰스 맥아더, 벤 헥트 · 1982년

《폭풍의 언덕》은 고전적 비극으로 그려진 사랑 이야기이다. 주인공은 서로에게 파괴적인 행동을 수없이 저지르는데, 도덕적 주장이 이를 잇는다. 동시에 비극의 전략을 사용하여, 등장인물들은 자신이 저지른 일에 대해 끔찍한 책임감을 느끼고 모두가 망가지고 만다.

주인공 캐시는 남자에게 끌려 다니는 그런 비련의 여성이 아니다. 그녀는 '천국에서나 찾을 수 있는' 위대한 사랑을 찾았지만, 부와 안정을 주는 남자를 위해 거리낌 없이 그 사랑을 포기한다. 처음부터 그녀는 히스클리프를 사랑했고, 그 역시 그녀를 사랑했지만, 그녀는 그를 따라 가난한 거지로 살 생각은 없었고 '아름다운 세상에서 춤추고 노래하기'를 바랐다.

캐시가 에드거 린튼의 저택에 있다가 돌아왔을 때, 히스클리프 즉 그녀의 주요 적대자는 왜 그렇게 오래 머물렀느냐며 비난한다. 그녀는 '사람'들 사이에서 아주 즐거운 시간을 보내다 왔다는 대답으로 자신을 변호한다. 그러면서 손님(에드거) 앞에서 창피하지 않게 씻으라고 말하며 그에게 더 깊은 상처를 준다.

캐시는 곧 자신의 도덕적 추락에서 벗어나게 된다. 에드거가 캐시에게

어떻게 히스클리프와 한 지붕 아래 있을 수 있냐고 비난하는 순간이다. 그녀는 분노에 차 히스클리프는 에드거 당신보다 훨씬 더 오랜 친구이며, 그에 대해 나쁘게 말할 거면 당장 떠나라고 말한다. 에드거가 떠나자 캐시는 예쁜 옷을 찢어버리고는 히스클리프가 기다리는 바위로 가서 그에게 용서를 구한다.

브론테가 캐시를 통해 드러내는 도덕적 주장은 히스클리프가 옆방에서 엿듣는 줄도 모르고 캐시가 가정부 넬리에게 자신은 에드거와 결혼할 거라고 말하는 순간 정점에 다다른다. 이번에는 조력자 넬리가 비판을 가한다. 넬리가 캐시에게 에드거와 결혼하는 이유를 묻자 캐시는 그가 잘생겼고 유쾌하며 언젠가는 부자가 될 것이기 때문이라 답한다. 넬리가 히스클리프에 대해 묻자, 캐시는 그와 결혼하면 신분이 하락할 거라 말한다.

브론테는 이렇게 강력한 도덕적 주장을 대사에 담아 감정이 듬뿍 담긴 뛰어난 플롯 비트에 담아낸다. 히스클리프는 엄청난 충격은 받아 떠나지만, 이 모습을 보는 것은 오직 넬리뿐이다. 잠시 후 캐시는 갑자기 입장을 바꿔 자신이 에드거와 어울리지 않는다고 말한다. 캐시는 천국에서 황야로 떨어지고는 기쁨으로 흐느끼는 꿈을 꾸었다 말하며 자신은 히스클리프만을 생각하지만 그는 자신에게 잔인하게 굴며 즐거워하는 것 같다고 한다. 오히려 자기보다 히스클리프가 더 자신 같다고, 그들의 영혼은 똑같다고도 말한다. 그리고 이렇게 반짝이는 자기발견의 순간에, 이렇게 고백한다. "내가 바로 히스클리프야." 캐시는 히스클리프가 그와 결혼하면 신분이 하락할 거라고 말한 부분만 듣고 나갔다는 것을 알게 되고, 사랑을 외치며 폭풍이 부는 바깥으로 뛰어나간다. 그러나 이미 너무 늦었다.

브론테는 이 부분에서, 이 비극적인 도덕적 주장에 있어 급격한 변화를 만들어낸다. 주인공을 뒤바꿔 히스클리프에게 주도권을 쥐어준 것이다. 히스클리프는 돌아와 가차 없이 공격을 시작한다. 천국에서 만들어진 사랑이 너무 하찮은 일로 인해 괄시를 받을 때면 그렇게 해야 한다는 듯이.

히스클리프는 아킬레스와 마찬가지로 반역자로, 처음에는 불의에 맞서 복수하는 정의로운 편이었다. 브론테는 히스클리프가 돌아올 때 '그의 귀환' 기법을 사용하는데, 이것은 몽테크리스토 백작 스타일로, 부유하고 세련된 모습으로 다시 나타나는 것을 뜻한다. 관객은 이 모습을 보며 엄청난 승리감을 느끼게 되며, 그 인물이 어떻게 해서 그런 변화를 일궈냈는가는 알 필요도 없다고 생각한다. 그가 돌아왔으니까 충분하다는 식이다. 비슷한 상황에서라면 모두가 하고 싶어 할, 그런 무장을 하고 나타난 것이다. 관객은 이렇게 느낄 수 있다. "저럴 수 있어… 나라도 그렇게 했을 거야." 그리고 이렇게 생각할 것이다. "이제 달콤한 복수를 시작해볼까."

관객들이 완전히 히스클리프의 편으로 돌아섰을 때, 브론테는 히스클리프가 과도한 행동을 하게 만들어 또 한 번 도덕적 주장을 뒤집어버린다. 아무리 부당하게 사랑을 잃었다 해도, 복수하겠다는 일념으로 적수 에드거의 여동생이자 캐시의 시누이인 사람과 결혼하면 안 되는 법이다. 에드거의 여동생 이사벨라가 순수한 사랑의 표정을 지으며 히스클리프가 놓은 덫으로 걸어 들어오는 순간, 관객의 마음은 찢어진다. 이래서 스토리텔링에는 위대한 도덕적 주장이 있어야 하는 것이다.

캐시와 히스클리프 사이의 이러한 순간들은 왕과 왕비의 전쟁 장면을 보통 사람의 것으로 치환한 것이다. 리어왕이 황야에서 분노를 터트리는 것과 같은 것이다. 천상의 사랑이라는 개념이 믿을만한 이유는 이 둘이 서로에게 행하는 비도덕적 공격이 너무도 흉포하기 때문이다. 이것은 그야말로 야만적인 행동이며, 그들이 이런 행동을 하는 이유는 그들이 서로를 너무나도 사랑하기 때문이다.

영화의 마지막, 히스클리프는 캐시에게 한 번 더 공격을 퍼붓는데, 비록 캐시가 죽음을 앞두고 있었다 해도 이것은 정당한 공격이었다. 그는 캐시를 위로하지 않는다. 그의 눈물은 그녀를 저주할 뿐이다. 캐시는 제발 자신의 마음을 아프게 하지 말라며 애원한다. 그러나 그는 그 마음을 아프게 한 것은 그녀 자신이라 말한다. "도대체 무슨 권리로 사랑을 버리고 별 볼일 없는 그를 택한 거지? 이 세상 무엇도 우리를 갈라놓을 수 없었는데, 바로 당신이 갈라놓은 거야." 그는 애정을 갈구하는 아이처럼 배회하며 이렇게 말한다. 캐시는 그의 용서를 구하고 그들은 입을 맞춘다.

책에서는 히스클리프가 한 번 더 과도한 행동을 한다. 이번에는 선을 넘어 린튼 가문을 몰락시키려고 한 것이다. 그래서 영화에서는 이 부분이 삭제가 된다. 스토리텔링에 있어서는 이 편이 소설보다 훨씬 낫기 때문이다. 소설에서 히스클리프가 이 공격을 시작하는 부분부터 나오는 것은 그저 과잉살상이며, 브론테는 자신이 능하다는 이유로 도덕적 주장을 계속해서 퍼붓는다. 그러나 캐시와 히스클리프를 묶어주는 이야기는 이미 끝나버렸다.

리어 왕

소설 윌리엄 셰익스피어 ▪ 1605년

『리어 왕』에서, 셰익스피어는 기존 고전 비극보다 훨씬 더 미묘한 방법으로 도덕적 주장을 드러낸다. 그가 쓰는 기술의 핵심은 주요 인물 리어 왕과 하위플롯 인물인 글로스터를 두 명의 '주인공'으로 설정했다는 데에 있다. 리어 왕과 글로스터 둘 다 도덕적 결함이 있고, 둘 다 이야기 내내 몰락하며, 도덕적 자기발견을 한 후 죽음을 맞는다. 그러나 관객은 『햄릿』이 그렇듯 이것이 숭고한 죽음이라는 생각은 하지 않는다. 세상이 바로 잡혔다거나, 덴마크가 정의로운 포틴브라스의 올바른 리더십 아래서 다시 재건될 거라든가 하는 생각은 들지 않는 것이다.

대신 셰익스피어는 인간에게 기본으로 깔려 있는 부도덕함과 세계가 가진 부도덕함을 차곡차곡 쌓아간다. 일단, 그는 두 명의 인물 리어와 글로스터가 똑같이 도덕적 실수를 저지르게 만들고는 가차 없이 죽게 한다. 왕 한 명이 비극적으로 몰락하는 것은 영감을 줄 수 있다. 그러나 두 인물이 도덕적 무지를 반복적으로 보여준다면, 그것이 인간이 가진 특성이라는 생각을 갖게 하는 것이다.

그 다음 셰익스피어는 코델리아를, 이 극에서 유일하게 도덕적으로 선한 인물을 잔인한 방식으로 죽이고 만다. 착하지만 어리석기도 한 에드거가 나쁜 형제와 리어의 악독한 두 딸을 물리치긴 하지만 이미 파멸이 휩쓸고 간 자리에서, 관객은 그저 좋은 삶을 사는 것에 대한 가치를 아주 조금만 잡아 줄 뿐이다. 마지막에 에드거는 이 극의 유명한 대사를 읊는다. "우리는 젊으니, 그만큼 많이 보지도, 그토록 오래 살지도 못할 것이다." 다시 말해, 도덕이 결여된 인간 세계에서는 누군가 고통을 겪은 후 좀 더 깊이 있는 인생을 산다 해도 대가가 막대하다는 의미이다. 후기 셰익스피어 작품에서 인류로부터 기대할 수 있는 고귀함은 그 정도가 될 것이다.

3. 페이소스

페이소스는 비극적 주인공을 평범한 사람으로 환원시켜 가치관을 주장하는 기교 방법으로 인내의 아름다움, 실패로 돌아간 목표, 불운한 인간을 보여줌으로써 관객에게 호소하는 방식을 뜻한다. 주인공은 자기발견을 너무 늦게 하는 게 아니다. 아예 하지를 못한다. 그러나 끝날 때까지 그는 싸움을 멈추지 않는다. 그리하여 작품의 가치관은 이런 식으로 드러난다.

- 주인공은 어떤 움츠러든 신념과 가치를 가지고 있다. 그 가치는 낡고 경직되어 있다.
- 주인공에게 도덕적 필요가 생긴다. 그는 단지 피해자가 아니다.
- 목표는 손에 닿지 않는 곳에 있지만, 그는 그 사실을 알지 못한다.
- 주인공에 비해 적대자의 능력은 너무 세다. 그것은 주인공이 이해하지 못하는 하나의 시스템이나 위력일 수 있다. 그렇다고 해서 적대자가 악마라는 뜻은 아니다. 인간미 없고 주변을 신경 쓰지 않는, 매우 막강한 상대일 수 있다는 의미이다.
- 주인공은 승리를 위해 도덕에 반하는 행동을 하거나, 조력자들의 경고나 비판에 귀를 기울이는 것 자체를 거부한다.
- 주인공이 목표에 다다르지 못한다. 적대자는 압도적으로 승리하지만 관객은 이

것이 결코 공정한 싸움이 아니라고 느낀다.

- 주인공은 낙망하여 자기발견도 없이 무너지거나, 절망 가운데 죽거나, 혹은-도덕적 결정이 움츠러든 이유로-자신의 생을 직접 마감한다.
- 관객은 세상에 존재하는 뿌리 깊은 부당함을 느끼며, 이 보잘 것 없는 남자가 자신에게 무슨 일이 생긴 건지도 제대로 이해하지 못한 채 죽음을 맞는 것에 슬픔을 느낀다. 그러나 한편으로는 아름다운 실패, 좋은 싸움, 패배를 인정하지 않는 주인공에 대해 깊이 감탄한다.

페이소스로 가치관을 드러내는 작품은 『돈키호테』, 《욕망이라는 이름의 전차》, 《이키루》 같은 일본 영화들, 《세일즈 맨의 죽음》, 『헤다 가블러』, 《컨버세이션》, 《맥케이브와 밀러 부인》, 《추락》, 《폴링 다운》, 《엠M》, 《아푸 3부작》, 『보바리 부인』, 《위대한 앰버슨가》, 『벚꽃 동산』, 《뜨거운 오후》, 《시네마 천국》 등이 있다.

4. 풍자-반어

풍자와 반어는 동의어가 아니지만, 둘은 흔히 같이 다닌다. 풍자는 신념, 특히 한 사회의 기반이 되는 신념에 대한 코미디이다. 반어는 논법 중 하나로, 그 안에서 등장인물은 자신이 원하고 추구하던 것과 정반대의 것을 얻게 된다. 반어가 단지 한 순간이 아닌 이야기 전체에 걸쳐 사용되면, 그것은 이야기의 모든 행동을 연결할 뿐 아니라 세상이 돌아가는 방식에 대한 철학을 표현하는 거대한 패턴이 된다. 또한 반어에 담긴 갈피를 잡을 수 없는 어조를 통해 관객은 비교적 어리숙한 등장인물을 비웃게 된다.

풍자-반어 형식에서, 여러분은 사회 신념에 맞춰 도덕에 따라 행동한다고 생각하는 주인공과, 그에 반해 곧바로 부도덕하게 흘러가는 그의 행동과 신념으로 인해 생기는 영향을 끊임없이 대조시키며 교훈을 제시할 수 있다. 풍자-반어 논쟁의 핵심 단계는 다음과 같다.

- 주인공은 명확하게 정의된 사회 내에서 살고 있다. 일반적으로 적어도 한 명의 등장인물은 사회 기저에 깔려 있는 가치를 부분이든 전체든 설명해준다.
- 주인공은 사회를 강하게 신뢰하고 그 정상에 오르기로 결심한다. 야망이나 연애에 관련된 목표를 갖게 된다.
- 적대자 역시 사회와 그 가치를 강하게 신뢰하며 주인공과 같은 목표를 추구한다.
- 등장인물들은 같은 목표를 두고 경쟁한다. 그들은 자신들이 가진 신념으로 인해 우둔하고 파괴적인 행동을 취하게 된다.
- 이야기 중간, 관객은 주인공들의 행동을 나란히 놓고 보며 비교를 한다. 그들은 사회의 가장 높은 이상을 표현하고, 도덕적으로 행동한다고 주장하지만 결국 처참한 결과를 맞게 된다.
- 전투 중, 양쪽 모두의 허세와 위선이 드러난다.
- 주인공은 자기발견을 하는데, 이것은 주로 사회 신념의 가치에 의문을 갖는 모습으로 나타난다.
- 주인공이나 혹은 조연은 대개 자기발견의 순간을 별 일 아니라 생각함으로, 그가 배우지 못했다는 것을 보여준다.
- 주인공은 개인적으로는 옳은 도덕적 행동을 취한다. 하지만 그것은 사회의 우둔함이나 해로움에는 대게 어떤 영향도 주지 못한다.
- 우정 혹은 사랑이 이루어지고, 이것은 이들끼리 더 나은 축소판 세계를 만든다는 것을 의미한다. 그러나 커다란 사회에는 거의 영향을 주지 못한다.

풍자-반어가 보이는 예는 『오만과 편견』, 『엠마』와 이 소설의 현대판 영화인 《클루리스》, 《아메리칸 뷰티》, 《웨딩 크래셔》, 『보바리 부인』, 『벚꽃 동산』, 《졸업》, 《매시》, 『기아 톰 존스의 이야기』, 《거프만을 기다리며》, 《플레이어》, 《존 말코비치 되기》, 《비버리 힐의 낮과 밤》, 『왕자와 거지』 및 이 소설의 현대판 영화인 《대역전》, 《새장 속의 광대》, 『진지함의 중요성』, 《벤자민 일등병》, 《뜨거운 오후》, 《빅터 빅토리아》, 《샴푸》, 《파트너 체인지》, 《로스트 인 아메리카》 등이 있다.

엠마

소설 제인 오스틴 · 1816년

풍자-반어로 가치관을 보여주는 작가라면 제인 오스틴을 빼놓을 수 없다. 『엠마』는 그 중에서도 걸작이다. 이 고전 풍자 소설에서 보여주는 도덕적 가치관은 다음과 같이 흘러간다.

- 엠마는 고집불통에 독선적이고 둔감하며 사회성이 없는 젊은 여성으로, 끊임없이 중매쟁이가 되려고 노력한다.
- 엠마의 첫 번째 목표는 부모님이 안 계신 해리엇을 결혼시키는 것이다.
- 엠마는 계급사회를 인정하지만 해리엇이 보이는 것과는 다르게 더 좋은 배경을 갖췄다고 생각하며 자기기만에 빠진다. 그리하여 그녀에게 농부 로버트 마틴의 청혼을 거절하라고 설득한다.
- 거기에 더해 엠마는 해리엇에게 신분이 높은 교구목사 엘튼과 결혼을 하라고 부추긴다. 과정에서 엘튼 씨는 자기에게 관심이 있는 게 해리엇이 아닌 엠마라고 착각하게 된다.
- 좋은 의도가 비도덕적 행동을 거치며 다음과 같은 결과를 낳는다. 해리엇은 좋은 남자를 잃었고, 엘튼 씨는 엠마에게 영원한 사랑을 맹세한다. 그러나 엠마가 자신에게 일말의 사랑도 갖고 있지 않다는 걸 알게 되어 엄청난 상심에 빠진다.
- 다른 사람의 남편이 된 엘튼 씨는 무도회에서 해리엇과 마주치지만 그녀와 함께 춤추는 것을 거절한다. 바로 그 때 나이틀리 씨가 끼어들어 파트너가 되어줌으로 체면을 세워준다.
- 마을을 찾은 프랭크는 해리엇이 길에서 불쾌한 사람들과 엮인 것을 보고 그녀를 구해준다. 엠마는 그가 사회적으로 꽤나 높은 위치에 있음에도 불구하고 해리엇의 짝이 될 수 있을 거라 착각한다.
- 엠마는 야외 파티에 참석해 자신은 관심도 없으면서 프랭크에게 추파를 던지고, 이 모습은 이 마을을 방문한 또 다른 아름다운 인물 제인의 심기를 거스른다. 엠마는 모든 사람 앞에서 친절하지만 말이 많은 베이츠 양에게 무안을 준다. 나이

틀리 씨는 엠마를 따로 불러내 그렇게 무신경하게 군 것에 대해 꾸짖는다.

◆ 엠마는 해리엇이 눈여겨보는 상대가 프랭크가 아닌 나이틀리 씨라는 사실을 알게 되자, 자신 역시 그를 사랑하고 있다는 것을 깨닫고 충격에 빠진다. 게다가 자신이 그동안 얼마나 오지랖을 떨고 사람들에게 이래라저래라 하면서 멍청하게 굴었는지를 깨닫는다. 그리고 애초에 해리엇을 로버트 마틴과 결혼하지 못하게 방해한 것에 미안함을 느낀다.

◆ 나이틀리 씨는 엠마에게 사랑을 고백하고, 그녀의 집으로 이사를 들어가 엠마가 아버지를 계속 돌봐드릴 수 있게 한다. 소설에서는(영화는 다르다.) 엠마의 아버지가 닭 도둑이 무서워 젊은 남성을 집 안에 두고 싶다는 이유로 결혼을 허락하면서 이야기 끝에 나오는 고전적 결혼식과 엠마의 위대한 자기발견의 감동이 약화되고 만다.

이 이야기에서 중심이 되는 풍자-반어는 엠마가 해리엇에게 걸맞은 짝은 찾아주겠다는 노력에 의해 빚어진다. 이를 통해 제인 오스틴은 엄격한 계급 차이와 여성이 남성에게 전적으로 의존하는 사회 풍조를 보여준다. 주인공 엠마는 그런 시스템을 인정하면서도 자기기만에 빠진 우둔한 인물로 그려진다. 작가는 엠마가 해리엇보다 낮은 지위에 있다고 생각한 농부를 선하고 훌륭한 인물로 만듦으로써 이런 체제를 가볍게 비판한다.

엠마가 가진 중매에 대한 인식과 그녀의 행동이 빚어내는 일련의 나쁜 영향을 통해 작가가 가진 가치관이 드러난다. 제인 오스틴은 사회적 경시와 부도덕을 보여주는 두 종류의 장면을 나란히 배치시킴으로써 이 주장에 초점을 맞춘다. 첫 번째 장면은 해리엇이 춤을 요청했다가 엘튼 씨의 거절을 받아 창피를 느꼈지만 곧 나이틀리 씨에 의해서 순간을 모면하는 장면이다. 두 번째는 엠마가 야외 소풍에서 베이츠 양을 가혹하게 대하고, 여기서도 나이틀리 씨가 엠마의 무심함을 꾸짖으며 도덕적으로 교정을 해주는 장면이다.

이렇게 결정적 장면을 통해 제인 오스틴은 사람을 대할 때 중요한 것은 사회에서의 지위가 아닌, 친절함과 정중함이 바탕이 되어야 한다는 좀 더 깊은 도덕성에 대해 주장하고 있음을 염두에 두자. 또한 이러한 순간을 강력할 정도로 감정적인 장면으로 만들어 자신이 설파하는 가치관이 훈계조가 되는 것을 피하고 있다는 점에도 주목하자. 해리엇이 무시당하고 베이츠 양이 공개적으로 모욕을 당하는 걸 보는 건 가슴 아픈 일이다. 그리하여 나이틀리 씨가 옳은 행동을 하는 것, 즉 무방비 상태에 있는 젊은 여성을 구하고, 주인공의 잔인함을 지적하는 것을 볼 때 관객은 기분이 좋아진다.

엠마와 나이틀리 씨가 결혼하는 것은 둘 다 상대적으로 높고 동등한 지위를 가지고 있다는 점에서 사회 시스템을 다시 한 번 인정하는 꼴이 된다. 이야기 속 사회시스템과 기저에 깔린 가치는 풍자극 말미에서도 끝내 바뀌지 않는다. 그러나 둘의 결혼은 이 체제를 교묘하게 깎아내린다. 그 둘이 결혼한 것은 서로가 동등한 지위를 가져서가 아니기 때문이다. 엠마는 성숙하여 더 좋은 사람이 되었고 나이틀리 씨는 지위와 관계없이 고매한 인격자라 결혼에 성공한 것이다.

5. 블랙 코미디

블랙 코미디는 논리를 가지고 노는 코미디, 더 정확히 말하자면 체제의 비논리를 가지고 하는 코미디이다. 이렇게 고도로 어려운 형태를 가진 스토리텔링이 고안된 것은 파괴라는 것이 (비극에서처럼) 개인이 한 선택의 결과가 아닌, 그 사람이 애초에 파괴적으로 만들어진 체제에 갇혀 있기 때문이라는 것을 보여주기 위함이다. 여기서의 핵심적인 특징은 주인공이 자기발견을 하지 못하게 하여 관객에게 작가의 가치관을 더 강력하게 전달한다는 점이다. 블랙 코미디에서 도덕적 가치관은 다음과 같이 흘러간다.

- 조직 내에 수많은 등장인물이 등장한다. 그중 누군가가 시스템이 작동하는 규칙과 논리를 매우 자세히 설명한다.

- 주인공을 포함한 다수의 등장인물은 누군가를 죽이거나 무언가를 파괴하는 등의 부정적인 목표를 추구한다.
- 각각의 인물은 목표를 굳게 믿고 있으며, 자신이 하는 일이 온전히 타당하다고 생각한다. 그러나 그것은 논리에서 완벽하게 어긋나 있는 일이다.
- 적대자 역시 체제에 속해 있으며 똑같은 목표를 추구한다. 그 역시 자신이 하는 정신 나간 행동과 그에 대한 합리화를 상세히 설명한다.
- 정신이 제대로 박힌 사람이 한 명 있다. 일반적으로 조력자가 이 역할을 담당한다. 이 중 어느 것도 이치에 맞지 않으며 끝내 재앙으로 이어질 것이라고 끊임없이 지적한다. 그렇게 그는 해설자의 역할을 하지만 그 누구도 이 말을 듣지 않는다.
- 명목상의 주인공을 포함한 등장인물 모두가 극단적인 방법을 써서라도 목표를 달성하려고 한다. 때로는 살인도 불사한다.
- 그들의 행동으로 거의 모든 사람이 죽거나 다친다.
- 전투는 치열하고 모든 것을 파괴한다. 그럼에도 모든 사람들은 여전히 자신이 옳다고 믿는다. 결과는 죽음과 광기뿐이다.
- 주인공을 포함한 누구도 자기발견을 하지 못한다. 그러나 주인공이 자기발견을 했어야만 했다는 사실이 너무나도 명백하여 그 대신 관객이 자기발견을 하게 된다.
- 전투 때문에 끔찍하게 손상된 나머지 인물들은 목표를 달성하기 위해 즉시 노력을 재개한다.
- 만약 블랙 코미디가 조금이라도 긍정적인 경우, 정신이 멀쩡한 인물이 이 모든 광경을 공포 속에서 지켜보다가 그 사회를 떠나거나 바꾸기 위해 시도하는 것으로 끝난다.

이 형식은 너무 까다로워 망치기 쉽다. 블랙코미디에서 도덕적 주장을 제대로 설파하려면, 일단 주인공을 호감으로 만들어야 한다. 안 그럴 경우 코미디는 관념에서 끝나거나 교육적인 에세이가 되기 십상이다. 관객들은 등장인물들로부터 한 발 물러서서 자신들이 도덕적으로 좀 더 우위에 있다고 생각하게 되기 때문이다. 그러니 관객이 이야기 속에 완전히 빨려 들어가도록, 그리하여 자신이 등장인물보다 우위에 있는 것이 아닌, 근본적으로는 똑같은 사람이라는 것을 깨닫게 해야 한다.

호감인 주인공 외에, 관객이 블랙 코미디에 감정적으로 끌리게 하는 좋은 방법이 있다면, 바로 주인공이 자신의 목표에 대한 논리를 열정을 다해 말하게 하는 것이다. 이 살풍경한 형식에 다소간의 희망을 가미하고자 하는 작가가 있다면, 정신이 제대로 박힌 사람을 한 사람 설정해 광기에 대한 구체적인 대안을 제시하면 된다.

블랙 코미디로 가치관을 드러내는 작품으로는 《좋은 친구들》, 《네트워크》, 《왝 더 독》, 《특근》, 《닥터 스트레인지러브》, 《캐치22》, 《살인혐의를 받은 텍사스 치어리더 엄마의 진정한 모험》, 《브라질》, 《프리찌스 오너》 등이 있다.

도덕적 주장 결합하기

　고유한 형식을 가졌다고 하더라도, 가치관의 다양한 변주가 상호 공존하지 못하는 것은 아니다. 사실 뛰어난 기술을 가진 수준 높은 작가라면 이런 형식들을 하나의 이야기에 녹여낼 수 있다. 제임스 조이스의 『율리시스』 같은 경우, 처음에는 대부분의 신화처럼 단순한 선과 악의 대결로 시작하지만, 후에는 훨씬 더 복잡한 풍자-반어 형식으로 심화된다. 『벚꽃 동산』은 페이소스와 풍자-반어가 혼합된 작품이다.

　《아메리칸 뷰티》가 비극에 블랙 코미디와 풍자-반어의 요소를 섞으려 노력한 시도를 보면 이런 형식들을 혼합하는 것이 얼마나 어려운지 알 수 있다. 이 이야기는 여러 면에서 뛰어남에도 불구하고, 비극에서도, 블랙 코미디에서도, 풍자에서도 그 잠재력을 온전히 발휘하지는 못했다. 주요한 도덕적 주장을 설파할 때 고유의 형식을 사용하는 것에는 다 이유가 있다. 그 모두가 각기 다른 방식으로 작용하며, 관객들에게도 꽤나 다른 감정적 영향을 미치기 때문이다. 그러니 이것들을 자연스럽게 이어주기 위해서는 각각의 기법에 대해 완벽하게 숙지가 되어 있어야 한다.

　이렇게 혼합된 형식의 예에는 『보바리 부인』, 『허클베리 핀의 모험』, 《뜨거운 오후》가 있다.

고유한 도덕철학

스토리텔링에서 도덕적 주장 제시하는 데에 있어 가장 심화된 단계는 고유한 도덕철학을 만들어내는 것이다. 예를 들어 나다니엘 호손은 『주홍글씨』에서 인물의 3각 대립을 통해 진정한 사랑에 기반을 둔 자연스러운 도덕성을 주장한다. 제임스 조이스는 『율리시스』에서 '아버지'와 '아들'이 하루 동안 벌이는 더블린 여행을 통해 자연 종교와 일상에서의 영웅주의를 창조해냈다. 이것은 도덕적 주장의 거시적 관점으로, 그저 도덕성만 제시하고 끝나는 게 아니다. 이 작가들이 가진 전문성과 기술은 인물, 플롯, 이야기 세계, 상징이 결합된 망 안에서 고스란히 드러나며, 이것은 작가가 주장하는 도덕성만큼이나 광범위하고 동시에 세밀하다.

블록버스터 영화에서도 이렇게 고유한 도덕철학이 드러나는 경우가 몇 있다. 만약 이 영화의 흥행 이유가 시각효과 때문이라고 생각한다면, 그건 슬프게도 오산이다. 〈스타워즈〉 시리즈를 예로 들어보자. 조지 루카스는 서양의 주인공에게 참선 같은 기사도와 도덕성을 부여하고 그것을 '포스'라 제시함으로써 동서양의 도덕성을 현대적으로 융합한 개념을 창조했다. 물론 여기에서 나오는 도덕은 『주홍글씨』나 『율리시스』보다는 훨씬 단순하다. 그러나 이 시도로 이루어진 그러한 간결함 덕분에 〈스타워즈〉 시리즈는 전 세계적으로 인기를 끌게 되었다. "포스가 함께 하길."이라는 단순한 문구는 관객들에게 삶의 신조가 되었다.

《대부》 역시 마찬가지다. 이 영화는 그저 1940년대 미국의 마피아 세계만을 그려낸 것뿐 아니라, 현대의 사업과 현대의 전쟁에 기반을 둔 도덕 체계를 다루고 있다. "그가 거절할 수 없는 제안을 하나 하지."라든가 "개인적으로 감정이 있어서 그러는 게 아니야, 사업일 뿐이지." 혹은 "친구는 가까이 두고 적은 더 가까이 둬야지."라는 유명 대사는 마키아벨리의『군주론』을 현대 미국 판으로 각색한 교리문답서이다. 〈스타워즈〉 시리즈처럼《대부》역시 짧은 대사 안에 도덕성을 담아냈다. 여기서 잊지 말아야 할 것은 이들이 이야기 속에 도덕 체계를 마련하려는 시도(적어도 어느 정도는 성공했다.)를 했고, 바로 그것이 인기를 얻게 된 주요 원인이라는 사실이다.

도덕적 주장은 대사에서 드러난다

좋은 이야기 속에 가치관을 제대로 녹여내기 위해서는 이야기 구조가 필요하다. 하지만 이게 다가 아니다. 여기에는 대사가 필요하다. 도덕적 주장이라는 무거운 짐을 이야기 구조가 떠받치게 하면, 대화는 부담 없이 자신의 강점, 즉 절묘함과 감정적 힘을 맘껏 펼칠 수가 있다.

도덕적 주장이 담긴 대사를 어떻게 쓰는지는 10장에서 다루도록 하겠다. 지금은 우선 그걸 어디에 배치시키는 게 가장 좋은지를 살펴보도록 하자.

작가가 도덕적 주장을 제시하기 위해 대화를 사용하는 경우는, 주인공이 목표 달성을 위해 비도덕적인 행동을 하는 것을 보고 조력자가 비난을 할 때다. 이때 조력자는 주인공의 행동이 얼마나 잘못되었는지 주장한다. 그러나 아직 자기발견을 하지 못한 주인공은 자신의 행동을 옹호한다.

도덕적 주장이 대화를 통해 제시되는 또 다른 경우는 주인공과 적대자가 갈등을 일으키는 순간이다. 이것은 이야기 어느 부분에서든 일어날 수 있는 일이지만, 주로 전투 장면에서 발생하게 된다. 전투 장면에서 도덕적 주장이 제시되는 가장 모범적인 예는 《허슬러》에서 에디와 그의 전 매니저 버트가 대화하는 장면을 들 수 있다. 《멋진 인생》의 경우는 이야기 초반 주인공과 적대자 사이의 대화를 통해 도덕적 주장이 아주 훌륭하게 제시된다. 바로 조지가 아버지의 '건축과 대출' 회사를 청산하려는 포터를 막아서는 순간이다. 이야기 초반에 주인공과 적대자의 도덕적 주장이 충돌하면, 관객은 여기서 얘기하는 가치가 무엇인지를 빨리 알아챌 수 있고, 또한 드라마가 제대로 구축된다는 이점이 있다.

도덕적 주장이 함축된 대사를 사용할 수 있는 다음 장소는, 바로 주요 적대자가 옳지 않은 행동을 함에도 불구하고 그것을 합리화할 때이다. 이것은 정말 좋은 글을 썼다는 지표가 된다. 그렇다면 전반적인 교훈을 제시하는 데 있어서 적대자가 말하는 도덕적 대사가 왜 그렇게 중요한 것일까?

악한 적대자는 태생적으로 나쁜 사람이라 그저 무의식적으로 행동하고 신통치 않은 인물이다. 대부분 실제 일어나는 갈등에서는 선과 악, 옳고 그름이 명확하지 않다. 그리하여 좋은 이야기에서는 주인공과 적대자 모두 자신의 행동이 옳다고 믿으며, 둘 다 그렇게 믿을만한 이유도 있다. 그러나 방식은 다르긴 해도 둘 다 틀렸다.

적대자에게 (비록 틀렸지만) 강력한 명분을 부여함으로써, 선한 주인공 대 악한 적대자 구조를 피하고 적대자에게 깊이를 더할 수 있다. 그러면 주인공에게도 깊이가 부여된다. 주인공 역시 자신이 싸우는 상대와 비슷한 수준의 사람이기 때문이다.

적대자의 도덕성이 잘 드러난 뛰어난 예로 《심판》이 있다. 여기에서 상대측 변호사인 콘캐넌은 프랭크 쪽 정보를 캐기 위해 고용한 여자에게 이렇게 얘기한다. "우리는 이기라고 돈을 받는 거지."《어 퓨 굿 맨》의 전투 장면에서 제섭 대령은 자신이 쳐들어오는 야만인을 막는 마지막 보루라고 말하며 해병 사살 명령을 정당화한다. 손턴 와일더가 멋들어지게 써낸 『의혹의 그림자』에서, 연쇄살인범 찰리 삼촌은 과부들을 살찐 짐승이라고 부르며 그들을 살해한 것에 대해 소름끼치는 합리화를 한다. "돈을 먹고 돈을 마시는 짐승들… 짐승들이 너무 뚱뚱해지고 너무 늙으면 결국 무슨 일이 생기겠어?"

적대자가 하는 대사에서 그의 도덕성을 제대로 드러내려면 겉으로는 강해보이지만 사실 속은 비어있는 '허수아비'로 만들지 않아야 한다. 절대로 적대자에게 누가 봐도 허술한 도덕성을 쥐어주지 말고 할 수 있는 한 그럴듯한 주장을 하게 하자. 어떤 면에서는 옳은 면을 가지고 있어야 한다. 그러면서도 그 논리 안에 꼭 치명적 결함이 있어야 한다.

도덕적 주장의 윤곽 잡기

설계 규칙 이야기의 설계 규칙을 주제문장으로 만드는 것에서부터 시작해라. 주제 문장이란 여러분의 가치관을 담아 이 이야기에서 무엇이 옳고 그른지 한 문장으로 만든 것이다. 설계 규칙을 다시 살펴보며, 주요 행동과 그것이 끼치는 도덕적인 영향에 초점을 맞춰라.

주제문장 기법 가치관을 한 문장으로 압축하고, 이야기에서 전달할 고유한 방식(구조)을 담아낼 기법을 찾아라. 예를 들면 상징이 여기에 속한다.

도덕적 선택 이야기 말미에서 주인공이 꼭 취해야할 핵심 선택을 적어라.

도덕적 문제 전제를 검토한 후 이야기 전체에 걸쳐 주인공이 직면해야 하는 핵심적인 도덕 문제를 한 문장으로 진술해라.

주제를 다양한 방식으로 보여주는 인물 주인공과 주요 적대자부터 시작하여 등장인물들이 이야기 속 도덕 문제에 어떻게 다른 방식으로 접근하는지를 서술해라.

가치의 충돌 주요 등장인물이 가진 핵심 가치를 나열하고, 각각의 인물이 목표를 향해 질주하는 동안 그 가치들이 어떻게 충돌을 일으키는지를 설명해라.

도덕적 주장 이야기의 구조를 통해 여러분이 설파하고자 하는 도덕적 논쟁을 구체적으로 세워라. 다음의 순서를 참고해라.

　　— **주인공의 신념과 가치**: 주인공이 가진 핵심적 신념과 가치를 다시 서술해라.

　　— **도덕적 약점**: 주인공이 다른 사람을 대할 때 보이는 중심 약점은 무엇인가?

　　— **도덕적 필요**: 이야기 끝에서 주인공이 배워야 할 올바른 삶의 태도는 무엇인가?

　　— **첫 번째 비도덕적 행동**: 주인공이 처음으로 타인에게 해를 끼치는 장면을 묘사해라. 이것이 도덕적 약점에서 비롯된 것이어야 함을 염두에 둬라.

욕망 주인공이 가진 특정 목표를 다시 적어라.

행동 그 목표를 위해 취할 행동을 적어라.

비도덕적 행동 주인공의 행동이 도덕에 반한다면, 그 이유는 무엇인가?

　　— **비판**: 가능하면 비도덕적 행동에 대해 주인공이 받을 비판을 적어라.

　　— **합리화**: 각각의 비도덕적 행동에 대해 주인공은 어떤 합리화를 하는가?

조력자의 공격 조력자가 주인공에게 도덕적으로 가하는 공격을 자세히 설명해라, 그리고 또 다시, 주인공이 어떻게 자신을 합리화하는지 적어라.

강박적 행동 언제, 어떤 방식으로 주인공이 승리에 집착하게 되는지를 묘사해라. 다시 말해, 주인공이 이기기 위해서라면 무엇이든 하겠다는 의지를 보이는 순간이 있는가?

비도덕적 행동 목표 달성에 집착한 상태에서, 주인공은 어떤 행동을 통해 도덕에 반하는 모습을 보이는가?

　— **비판**: 가능하면 비도덕적 행동에 대해 주인공이 받을 비판을 적어라.

　— **합리화**: 주인공이 어떤 방식으로 합리화를 하는지 설명해라.

전투 마지막 결전에서 여러분은 주인공과 적대자가 가진 가치 중 어느 것을 더 우위에 놓을 것인가?

적대자에 맞서는 최후의 행동 전투 전, 혹은 전투 중에, 주인공은 적대자에게 맞서는 최후의 행동(도덕적이든 비도덕적이든)을 하는가?

도덕적 자기발견 이야기 말미에 주인공은 도덕적으로 교훈을 얻는가? 이것이 타인을 올바르게 대하는 통찰력으로 이어지게 해라.

도덕적 결정 이야기 끝에서 주인공은 양자택일의 선택을 내리는가?

주제발견 주인공이 자기발견을 통해 깨달은 것과는 별개로, 인간이라는 존재가 어떻게 행동해야 하는지 여러분의 가치관을 표현하는 사건을 만들어낼 수 있는가?

영화 《카사블랑카》를 보고 내용에 어떻게 도덕적 주장을 녹여내는지 살펴보자.

카사블랑카(희곡 제목: 모두가 릭의 카페에 온다)

희곡 머리 버넷, 조앤 앨리슨 ▪ **각본** 줄리어스 J. 엡스타인, 필립 G. 엡스타인, 하워드 코치 ▪ 1942년

설계 규칙 과거 자유를 위해 싸우던 릭은 실연의 아픔으로 사회를 등진다. 그러나 사랑하던 사람이 돌아왔을 때, 그는 다시금 싸워야겠다는 의지를 불태우게 된다.

주제 문장 두 사람이 위대한 사랑을 했다 하더라도, 억압에 맞서는 싸움을 위해서 그 사랑은 희생될 수 있다.

도덕적 선택 릭은 사랑하는 여인과 함께 할지, 아니면 세계적 독재에 맞설 것인지 선택해야 한다.

도덕적 문제 한 사람의 개인적 욕망과 사회의 대의를 위한 희생 사이에서 어떻게 균형을 맞출 것인가?

주제를 다양한 방식으로 보여주는 인물

— **릭:** 릭은 오직 자기만을 생각하고 세상의 문제에 대해서는 신경 쓰지 않는다.

— **일사:** 일사는 옳은 일을 하고 싶지만 사랑의 마음이 너무 크다.

— **라즐로:** 라즐로는 파시즘에 맞서 싸우기 위해서라면 사랑이든 뭐든 희생할 용의가 있다.

— **르노:** 르노는 오직 자신의 쾌락과 돈에만 신경 쓰는 완벽한 기회주의자이다.

가치의 충돌

— **릭:** 자아, 정직, 친구들.

— **일사:** 남편에 대한 신의, 릭에 대한 사랑, 나치에 대항해 싸우는 것.

— **라즐로:** 나치에 대항해 싸우는 것, 일사에 대한 사랑, 인류에 대한 사랑.

— **르노:** 여자, 돈, 권력.

도덕적 주장

— **릭의 신념과 가치:** 자아, 정직, 친구들.

— **도덕적 약점:** 냉소적이고 잔혹한 이기주의자.

— **도덕적 필요:** 자신을 위해 타인을 희생시키는 일을 멈춰야 한다. 사회로 돌아가 파시즘에 맞서는 싸우는 리더가 되어야 한다.

첫 번째 비도덕적 행동 릭은 유가티가 건네 준 편지가 살해당한 연락병의 통행증이라 짐작하면서도 그냥 받는다.

두 번째 비도덕적 행동 릭은 유가티가 경찰로부터 도망치는 걸 돕지 않는다.

— **비판:** 어떤 사람이 릭에게 일침을 놓는다. 독일군이 자신을 잡으러 왔을 때는 당신 같은 사람이 곁에 없기를 바란다고.

— **합리화:** 릭은 그에게 어느 누구를 위해서도 목숨 따위 걸 생각 없다고 말한다.

욕망 릭은 일사를 원한다.

행동 릭은 일사의 마음을 뺏기 위해 노력하는 동안에도 수없이 그녀를 공격한다. 그는 자신에게 있는 통행증을 지키기 위해 다양한 조취를 취한다. 그것을 팔거나 자신을 위해 쓰려는 심산이었다.

비도덕적 행동 클럽이 닫힌 후 일사가 돌아오자, 릭은 그녀가 하는 말에 귀를 막아버리고 매춘부라 비난한다.

— **비판:** 일사는 비판하는 말은 하지 않는다. 하지만 상처받은 표정을 하고 떠난다.

— **합리화:** 릭은 자신의 막말에 대해 어떠한 변명도 하지 않는다.

조력자의 공격 이야기가 진행되는 내내 릭과 그의 행동에 대해 주로 공격을 하는 건 주요 적대자 일사이다. 그러나 그의 친구이자 바텐더인 샘 역시 그에게 지난 사랑은 잊으라 충고한다. 여기에 대한 릭의 대사는 다음과 같다. "그녀가 버틸 수 있다면, 나도 가능해. 그러니 (노래를) 연주해."

비도덕적 행동 시장에서 릭은 일사에게 같이 자자고 접근하며 언젠가 그녀가 라즐로에게 거짓말을 하고 자신에게 올 것이라 말한다.

　　―**비판**: 일사는 릭이 자신이 파리에서 알던 그 남자와 다르다고 말하며, 사실 그를 만나기전에 라즐로와 결혼한 상태였다고 말한다.

　　―**합리화**: 릭은 그저 자신이 전날 술을 많이 마셨다고만 하고 다른 말은 하지 않는다.

강박적 행동 처음에 릭은 일사 때문에 고통을 받아 그녀에게 똑같이 고통을 주려고 한다. 그러나 곧 라즐로와 일사가 도망갈 수 있도록 돕는다.

비도덕적 행동 릭은 통행증을 달라는 라즐로의 부탁을 뿌리치고 이유는 일사에게 가서 물으라고 한다.

　　―**비판**: 없음.

　　―**합리화**: 그는 일사에게 상처를 주고 싶어 한다.

　　―**비도덕적 행동**: 릭은 통행증을 달라는 일사의 요청도 묵살한다.

　　―**비판**: 일사는 릭에게 이것이 한낱 개인적인 문제가 아닌, 그의 싸움이기도 하다고 말한다. 락이 통행증을 주지 않으면 빅터 라즐로는 카사블랑카에서 죽게 되기 때문이다.

　　―**합리화**: 릭은 이제 자신만 신경 쓴다고 말한다.

비도덕적 행동 릭은 일사에게 라즐로가 혼자 탈출할 수 있게 돕겠다고 말한다. 이것은 일사에게 한 마지막 거짓말로써―결국 그 둘은 모두 탈출하게 된다―이 순간 라즐로와 일사를 구하는 숭고한 행동이 시작된다.

　　―**비판**: 르노는 자신이 릭의 입장이어도 똑같이 행동했을 거라 말한다. 르노의 성격을 고려해보면, 이것은 칭찬이 아니다.

　　―**합리화**: 릭은 어떠한 합리화도 하지 않는다. 그는 자신이 일사와 함께 떠날 생각을 하고 있다고 르노를 속여야 한다.

전투 릭은 공항으로 가며 르노에게 공항에 연락하라고 하지만 그는 대신 스트라사 소령에게 전화한다. 공항에서 릭은 라즐로에게 총을 겨누고는 일사와 함께 떠나라 말한다. 그러면서 일사는 라즐로만을 사랑해왔다고 거짓말을 해준다. 라즐로와 일사는 비행기에 오른다. 스트라사가 도착해 비행기를 멈추려 하지만, 릭이 그를 쏜다.

적대자에 맞서는 최후의 행동 릭이 마지막으로 한 행동에 비도덕적인 면은 없다. 그가 스트라사를 쏜 건 맞지만, 상황을 고려했을 때 그 살인은 합리화될 수 있다.

도덕적 자기발견 릭은 일사를 향한 자신의 사랑이 라즐로의 나치에 대항한 싸움만큼 중요한 것은 아니라 깨닫는다.

도덕적 결심 릭은 라즐로에게 통행증을 주며 그가 일사와 함께 떠나게 한다. 그리고 일사가 사랑하는 것은 라즐로라고 말해준다. 그런 후 그는 자유프랑스군에 합류하기 위해 떠난다.

주제발견 막판에 라즐로가 릭과 함께 싸우기 위해 마음먹는 반전(고전적인 이중 전환)에서 주제가 드러난다. 그것은 파시즘에 맞서는 전투에서는, 모두가 자신의 역할을 해야 한다는 것이다.

6장

이야기 세계를
구 축 하 다

우리는 이야기 세계에 풍부한 질감을 더해야만 한다. 이것이야말로 위대한 스토리텔링의 지표가 된다. 위대한 이야기는 마치 아름다운 그림이 담긴 직물 같아서, 형형색색의 실이 조화를 이루어 강력한 효과를 만들어낸다. 이렇게 형형색색의 실을 제공하는 것이 바로 이야기 세계다.

『율리시스』와〈해리포터〉시리즈는 위대한 스토리텔링으로 향하는 핵심을 보여준다. 겉으로만 보면 두 이야기는 매우 다르다. 『율리시스』는 성인을 대상으로 한 어렵고 복잡한 책이지만, 20세기 가장 위대한 소설로 여겨진다. 반면에〈해리포터〉시리즈는 아이들을 대상으로 한 재미있는 판타지 소설이다. 그러나 두 작가는 이야기 세계를 독특하게 창조하는 것—그리고 각 인물을 서로 연결하는 것—이 위대한 스토리텔링에 있어 아주 중요하다는 것을 잘 알았다. 등장인물이나 플롯, 주제 그리고 대사만큼이나 말이다.

"영화는 시각 매체이다."라는 구문은 우리를 완전히 오도하는 문장이다. 영화를 볼 때면 이야기를 화면으로 접하고, 다른 매체에서는 볼 수 없는 놀라운 시각 효과를 볼 수 있다는 것은 엄연한 사실이다. 하지만 관객에게 실제로 영향을 미치는 '시각' 효과는 바로 이야기 세계이다. 이야기 세계란 복잡하고 정교한 거미줄과 같다. 그 안에서 각각의 요소가 이야기의 의미를 지니고 어떤 면에서는 인물 연결망을, 그중에서도 특히 주인공을 보여주는 물리적 표현이 되기도 한다. 이 핵심 원칙은 영화에만 적용이 되는 게 아니다. 모든 이야기 형식에 적용된다.

이 분야에서 스토리텔링은 실제 삶의 반대 순서로 인생을 표현한다는 점에 주목하라. 실제 인생에서 우리는 이미 존재하는 세상에 태어나 거기에 적응해야 한다. 그러나 위대한 이야기에서는 인물이 먼저 나오고, 작가는 그 인물들을 아주 상세히 설명하기 위해 세계를 디자인한다.

T.S. 엘리엇은 이를 '객관적 상관물'이라 명명했다. 여기에 얼마나 멋들

어진 이름을 붙이든 간에, 우리는 이야기 세계에 풍부한 질감을 더해야만 한다. 이것이야말로 위대한 스토리텔링의 지표가 된다. 위대한 이야기는 마치 아름다운 그림이 담긴 직물 같아서, 형형색색의 실이 조화를 이루어 강력한 효과를 만들어낸다. 이렇게 형형색색의 실을 제공하는 것이 바로 이야기 세계다. 물론 이야기 세계에 질감 같은 것을 더하지 않고도 이야기를 할 수는 있다. 그러나 그렇게 하면 크게 밑지는 장사가 된다.

　작가에게 있어 물리적 세상이란 '축소기-확대기'로 기능한다는 점에 주목하라. 등장인물, 플롯, 상징, 가치관, 대사 등을 대량으로 만들기는 시간이 부족하다. 때문에 제한된 공간과 시간에 의미를 압축할 수 있는 기술이 필요하다. 이야기에 의미를 더욱 많이 압축해 넣는 만큼, 관객의 마음속에서 이야기는 더욱 크게 확장될 것이다. 이야기의 요소들이 거의 무한에 가까운 방식으로 서로 스치듯 연결될 수 있기 때문이다.

　가스통 바슐라르는 고전적인 그의 저서 『공간의 시학』에서 "…극이란 인간이 사는 공간과 연결되어 있다."[4]고 했다. 의미라는 것이 조개껍데기, 서랍, 혹은 주택에 이르기까지 모든 형식의 공간에 담겨 있다는 것이다. 그가 말하는 핵심은 작가에게 아주 중요하다. "내적 공간과 외적 공간 모두 각자의 성장 속에서 서로를 끊임없이 부추긴다."[5] 여기서 바슐라르가 말하는 것은 서로 밀접하게 연결된 스토리텔링이라는 점을 기억하자. 만약 여러분이 이야기에 알맞은 세상을 창조한다면, 그 중심부에 어떤 씨앗을 심더라도 그것은 관객의 마음속에서 무럭무럭 자라 그들에게 깊은 감동을 선사할 것이다.

　집필과정에서 여기에 해당하는 부분에 대해 정리하면 다음과 같다. 먼저 단순한 스토리 라인(7단계)과 몇몇 등장인물로 시작한다. 그런 뒤에 이야기의 요소를 표현할 수 있는 외적 형식과 공간을 창조한다. 당신이 의도한 것은 이러한 형식과 공간을 통해 관객의 내면에 가 닿을 것이다.

　우리가 물리적 형태와 공간에서 취하는 의미는 문화와 학습보다 더욱 깊이 있는 것으로 보인다. 인간 정신의 한 부분으로 느껴지기 때문이다. 관객에게 깊은 영향을 끼치는 것도 그러한 이유이다. 따라서 이야기 세계의 요소는 이야기를 전달하는 데 사용할 수 있는 또 다른 도구와 기술이 된다.

스토리 라인을 물리적인 이야기 세계의 것으로 번역하여 관객으로부터 특정 감정을 끌어내는 것은 어려운 작업이다. 두 가지 언어(말과 이미지)를 사용하고, 이야기 진행에 걸쳐 그 둘을 완벽하게 일치시켜야 하기 때문이다.

그렇다면 여러분의 이야기에 이 기술을 어떻게 적용해야 할까? 이야기 세계를 창조하는 순서는 다음과 같다. (처음 세 단계는 이야기 공간을 창조하는 것과 관련이 있으며, 마지막 두 단계는 시간 흐름 속의 세계와 관련 있다.)

1 다시 한 번 설계 규칙에서 시작하자. 이것이 모든 것을 한데로 뭉쳐주기 때문이다. 설계 규칙을 통해, 우리는 이야기가 진행될 전반적인 무대를 정의할 수 있을 것이다.

2 등장인물들이 서로 반목하는 방식에 맞춰 시각적으로도 대립될 수 있도록 무대를 나눠라.

3 이야기 세계를 구성하는 네 가지 주요 구성 요소 중 세 가지(자연설정, 인공 공간, 기술)를 이용하여 더 자세히 설명해라. 설명하면서 이러한 공간과 형태가 본질적으로, 그리고 일반적으로 관객에게 의미하는 바를 강조하자.

4 다음으로 이야기 세계를 주인공의 전반적인 성장과 연결시키고, 이야기 세계의 네 번째 주요 구성 요소인 시간을 적용해라.

5 마지막으로, 시각적 7단계를 창조함으로써 이야기 구조를 가지고 이야기 세계를 자세하게 만들어라.

설계 규칙 안에서 이야기 세계 발견하기

일단 여러분은 이야기의 핵심, 즉 설계 규칙에서 시작해야 한다. 세계라는 것은 서로 연결된 이야기의 한 부분이기 때문이다. 전제와 마찬가지로 등장인물과 주제 역시 설계 규칙을 통해 모습을 형성한다. 이야기 세계도 마찬가지다.

여러 가지 이유 때문에 설계 규칙 안에서 이야기 세계를 발견하는 것은 전제, 인물, 주제를 찾는 것보다 더 힘들다. 이전에 거론했듯이, 이야기와 '시각 요소'는 서로 아주 다른 언어이기 때문이다. 그러나 언어는 배울 수 있다. 더 심각한 문제는 설계 규칙과 이야기 세계가 서로 반대의 방식으로 작용한다는 점이다.

설계 규칙이란 보통 직선의 움직임을 보인다. 한 명의 주인공이 발전하는 것과 같은 모습이다. 이야기 세계라는 것은 등장인물을 둘러싼 배경 모두를 의미한다. 다시 말해, 동시에 보이는 요소와 행동을 모두 포함한다.

이것들을 모두 연결시키기 위해, 여러분은 설계 규칙에서 찾아낸 스토리 라인의 대략적인 순서를 정하고, 그것을 3차원으로 확장하여 이야기 세계를 만들어야 한다. 그러니 시작은 단순해도 좋다. 설계 규칙을 보고 이야기의 흐름을 표현할, 눈에 보이는 이미지를 하나 떠올리자.

연습하는 셈치고 '전제'에서 살펴본 이야기의 설계 규칙으로 돌아가자. 그리하여 이야기 세계를 한 줄로 묘사해보자.

l 모세 l

설계 규칙: 자신의 정체를 모르는 한 남자가 자신의 백성을 자유로 이끌기 위해 고군분투하고, 자신과 자신의 백성을 정의할 새로운 도덕 법칙을 받는다.

주제 문장: 자신의 백성을 책임지는 한 남자가 신의 말씀을 통해 어떻게 살아야 할지 계시를 받는다.

이야기 세계: 지도자가 하늘로부터 내려온 진리를 깨달을 때까지, 한 남자와 백성이 광야에서의 여정을 겪는다.

l 율리시스 l

설계 규칙: 하루의 흐름을 따라 도시를 관통하는 현대판 오디세이. 한 남자는 아버지를 찾고 다른 남자는 아들을 찾는다.

주제 문장: 진정한 영웅이란 일상생활에서 받는 돌팔매와 화살을 견디며 도움이 필요한 다른 사람에게 연민을 베푸는 사람이다.

이야기 세계: 24시간 동안 보이는 도시의 각 부분은 현대판 신화 속 장애물이다.

l 네 번의 결혼식과 한 번의 장례식 l

설계 규칙: 한 무리의 친구들이 자신의 결혼 상대를 찾는 동안 네 번의 유토피아(결혼식)와 한 번의 지옥 같은 순간(장례식)을 경험한다.

주제 문장: 진정한 사랑을 찾는 순간, 온 마음으로 헌신해야 한다.

이야기 세계: 이상향 같은 세계와 결혼식이라는 의식.

l 해리포터 시리즈 l

설계 규칙: 마법사 소년이 7년간 마법사 기숙학교에 다니며 남자, 그리고 최고의 마법사가 되는 법을 배운다.

주제 문장: 큰 재능과 능력으로 축복받은 사람이라면, 지도가 되고 타인의 유익을 위해 희생해야 한다.

이야기 세계: 거대한 마법의 중세 성 안에 있는 마법사 학교.

ㅣ스팅ㅣ

설계 규칙: 사기를 사기의 형식으로 보여줌으로 극중 부자와 관객 모두를 속인다.

주제 문장: 악마 같은 사람을 무너뜨리기 위해서라면 작은 거짓말과 사기를 치는 건 괜찮다.

이야기 세계: 대공황 시기, 황폐한 도시 속 거짓으로 만들어낸 사업 공간.

ㅣ밤으로의 긴 여로ㅣ

설계 규칙: 낮을 지나 밤을 맞자, 가족은 과거의 잘못과 망령을 마주한다.

주제 문장: 우리는 자신과 타인에 대한 진실을 직면하고 용서할 줄 알아야 한다.

이야기 세계: 모든 틈새에 가족의 어두운 비밀을 숨길 수 있는 음침한 집.

ㅣ세인트루이스에서 만나요ㅣ

설계 규칙: 사계절 동안 일어나는 일을 보여줌으로써 한 가족의 성장 과정을 드러낸다.

주제 문장: 가족을 위해 희생하는 것은 개인의 영광을 얻겠다고 분투하는 것보다 훨씬 더 중요하다.

이야기 세계: 계절과 그 안에 사는 가족의 변화에 따라 경관도 바뀌는 대저택.

ㅣ코펜하겐ㅣ

설계 규칙: 양자역학의 하이젠베르크 불확정성 원리를 사용하여 불확정성 원리를 발견한 사람의 모호한 도덕성을 탐구한다.

주제 문장: 우리가 행동을 하는 이유와 그것이 옳은지 아닌지 이해하는 것은 늘 모호한 일이다.

이야기 세계: 법정처럼 생긴 집.

ㅣ크리스마스 캐롤ㅣ

설계 규칙: 크리스마스 이브에 한 남자가 자신의 과거, 현재, 미래를 바라보며 새롭게 거듭나게 된다.

주제 문장: 사람은 베풀며 살 때 훨씬 행복한 삶을 영위할 수 있다.

이야기 세계: 19세기 런던의 집무실과 과거, 현재, 미래를 엿볼 수 있는 각기 다른 형태(상류층, 중산층, 하류층)의 집 세 채.

I 멋진 인생 I

설계 규칙: 한 사람이 존재하지 않았다면 한 마을, 국가가 어떻게 되었을지 보여줌으로써 개인이 가진 힘을 표현한다.

주제 문장: 사람이 누리는 풍요는 자신이 버는 돈에서 오는 게 아니라 자신이 돌보는 친구나 가족으로부터 온다.

이야기 세계: 미국의 작은 마을을 두 가지 다른 버전으로 보여주는 공간.

I 시민 케인 I

설계 규칙: 한 사람의 인생은 결코 알 수 없다는 것을 보여주기 위해 화자를 여러 명 활용한다.

주제 문장: 모두에게 자신을 사랑하라고 강요하는 사람은 결국 혼자 남게 된다.

이야기 세계: 미국의 거물이 사는 저택과 따로 떨어져있는 '왕국'.

이야기 전체의 무대

일단 설계 규칙과 이야기 세계를 설명하는 한 줄 문장을 만들고 나면, 이제는 이 세계에 물리적 반경이 있는 하나의 공간을 설정해야 한다. 이 공간은 극이 펼쳐지는 기본 무대가 된다. 그것은 어떤 벽으로 둘러싸인 단 하나의 통일된 공간이다. 그 무대 안의 모든 것이 이야기의 부분을 구성하고 무대 밖의 것은 제외된다.

대부분의 작가들, 특히 소설가와 각본가의 경우 오해하는 점이 있다. 어디든 갈 수 있다는 이유로 어디든 보내야 한다는 생각이다. 이것은 심각한 착각이다. 왜냐하면 이야기에서 한 공간을 깨뜨리면, 극은 말 그대로 산산조각이 나기 때문이다. 무대가 너무 많아지면 이야기는 파편으로 나눠져 연결성을 잃고 만다.

연극의 경우 하나의 무대로 고정되기에 이야기를 진행하기 편하다. 커튼으로 막혀진 구획이 자연스럽게 생기기 때문이다. 영화나 소설은 무대가 확장된다. 그렇기에 드라마를 구축하는 데 있어서 통합된 장소를 만드는 것이 훨씬 중요해진다.

그렇다고 해서 모든 행동이 한 장소에서 일어나는 '아리스토텔레스식 공간 통일'을 고수해야 한다는 뜻은 아니다. 좋은 이야기를 위해 다양한 장소와 행동을 보여주면서도 그것을 단일 무대에서 보여줄 수 있는 네 가지 방법이 있다.

1. 거대한 우산을 창조한 후, 세단하여 압축시키자

이 접근방식은, 이야기의 시작 부분에서 가장 큰 범위를 설정하는 것이다. 그렇게 하여 거대한 세계와 그곳을 제외한 나머지 사이의 벽을 세운다. 그런 후 이야기가 진행되는 동안 무대 안에 있는 더 작은 세계에 초점을 맞춘다.

이 거대한 우산은 서부의 평야, 도시, 우주, 바다처럼 넓은 곳일 수도 있고, 마을, 집, 바처럼 좁은 곳일 수도 있다.

이 기법을 사용한 예는 《카사블랑카》, 《에일리언》, 《스파이더맨》, 《L. A. 컨피덴셜》, 《매트릭스》, 《세일즈맨의 죽음》, 《욕망이라는 이름의 전차》, 《메리 포핀스》, 《사랑의 블랙홀》, 《선셋 대로》, 《내쉬빌》, 《블러드 심플》, 《세인트루이스에서 만나요》, 『위대한 개츠비』, 《셰인》, 《스타워즈》, 《멋진 인생》 등이 있다.

2. 주인공이 특정한 공간에서 하나의 길을 따라가며 발전하게 만들자

이러한 접근법을 쓰면 무대의 영역을 깨트리는 것처럼 보일 수 있다. 사실 제대로 하지 않으면 그렇게 된다. 여정을 담은 이야기 대다수가 매우 단편적으로 느껴지는 이유는 주인공이 이어지지 않은, 너무나 다른 공간으로 여정을 떠나기 때문이다. 이렇게 하면 각 장소에서 별도의 에피소드가 벌어지는 것처럼 보인다.

주인공이 이동하는 영역이 사막, 바다, 정글 속 강물처럼 동일하게 유지된다면 하나의 무대 같은 느낌을 만들 수 있다. 그러나 이런 배경이라 해도, 여정이 하나의 길을 따라가고 있는 가운데, 처음부터 끝까지 해당 지역이 조금씩 달라지는 것만 보여주도록 하면 통일감이 생긴다.

이러한 기법을 쓴 예는 《타이타닉》, 《와일드 번치》, 《블루스 브라더스》, 자크 타티 감독의 《트래픽》, 《아프리카의 여왕》 등이 있다.

3. 주인공이 한 지역 안에서 회귀하는 여정을 떠나게 하자

이 기법은 앞의 것과 별반 다르지 않다. 다른 점은 주인공이 마지막에 집으로 돌아온다는 점뿐이다. 이렇게 하면 곧은 단선 여정으로 관객에게 통일성을 주는 장점은 사라진다. 그렇지만 집에서 시작해 집으로 돌아와 끝난다는 점, 즉 시작 지점으로 돌아온다는 점을 통해 아직 그대로인 환경과 주인공의 변화를 대조하여 그의 변화를 더욱 도드라지게 할 수 있다.

회귀 여정 기법을 쓰는 예는 《오즈의 마법사》, 『율리시스』, 《니모를 찾아서》, 《킹콩》, 『돈키호테』, 《빅》, 『암흑의 핵심』, 《보 게스티》, 《스웹트 어웨이》, 《서바이벌 게임》, 『허클베리 핀의 모험』, 《꿈의 구장》, 『이상한 나라의 앨리스』 등이 있다.

4. 주인공을 낯선 환경에 처하게 만들자

어떤 무대에서 주인공이 여정을 시작하면 그곳에서 충분한 시간을 들여 그가 가진 독특한 재능을 보여주자. 그런 뒤 두 번째 세계로 점프를 시켜―여행이 아니다―첫 번째 세계에서 잘 사용되던 재능이 이곳에서는 보잘 것 없어 보임에도 불구하고 역시 잘 통한다는 것을 보여준다.

이러한 기법을 쓴 예로는 《비버리 힐즈 캅》, 《크로커다일 던디》, 《흑우》가 있으며 이것보다는 약하지만 중요한 작품으로는 《위트니스》, 《늑대와 춤을》이 있다.

따지고 보면 이런 이야기는 하나가 아닌 두 개의 다른 무대에서 진행된다. 그래서 두 개로 나눠진 이야기로 느껴진다 해도 놀라운 일이 아니다. 두 개의 무대를 하나로 묶어주는 것은 다름 아니라 주인공이 두 장소에서 같은 재능을 사용한다는 점이다. 그리하여 관객은 두 가지가 표면적으로는 사뭇 다루지만 깊은 의미에서는 동일하다고 느끼게 된다.

주인공을 낯선 환경에 처하게 하는 기법을 쓰는 데 있어 중요한 점이 있다. 첫 번째 무대에서 너무 오래 시간을 끌면 안 된다는 것이다. 주된 이야기가 펼쳐지는 곳은 두 번째 무대이며, 첫 번째는 그저 도약대 같은 느낌이어야 한다. 첫 무대는 주인공의 재능을 세상에 보이는 것만으로도 그 기능을 다 한다고 할 수 있다.

무대 안에서의 대립

그 세계가 얼마나 멋진가에 상관없이, 그곳을 채우겠다고 등장인물을 만들지 말자. 반대로 등장인물, 특히 주인공을 표현하기 위해 이야기 세계를 만들자. 등장인물간의 대립을 과장하여 인물 연결망을 정의한 것처럼, 하나의 무대 안에서 시각 대립을 돋보이게 함으로써 이야기 세계를 정의해라. 등장인물들과 그들이 가진 가치의 대립을 통해 그렇게 할 수 있다.

인물 연결망으로 돌아가 등장인물들이 서로 싸울 수 있는 방식을 모두 찾고 특별히 가치가 대립하는 상황을 집중적으로 생각하자. 주인공들이 싸우는 진짜 이유는 바로 가치의 대립 때문이다. 이러한 대립에서 시작하면 물리적 세계 속에서 시각적인 대립이 슬며시 모습을 드러낼 것이다.

시각 대립이 뭔지 알아내려 애쓰고 중심 대립 서너 가지를 만들어내자. 다음의 예를 통해 인물 대립에서 어떻게 시각 대립이 나올 수 있는지를 살펴보자.

멋진 인생(소설 제목: 위대한 선물The Greatest Gift)

소설 필립 반 도렌 스턴 ▪ **각본** 프란세스 구드리치, 앨버트 해킷, 프랭크 카프라 ▪ 1946년

《멋진 인생》은 관객이 하나의 마을을 두 가지 버전으로 볼 수 있게 설계된 영화다. 이야기 세계 속 이 거대한 요소가 조지 베일리와 포터 씨라는 인물의 근본적 대립을 얼마나 직접적으로 표현하는지에 주목해라. 마을의 각 버전은 이 두 인물이 가진 가치를 실제로 보여주는 장치이다. 포터스빌

은 독재와 걷잡을 수 없는 욕심으로 이뤄진 마을이고, 베드포드 폴스는 민주주의, 예절, 친절로 이뤄진 마을이다.

선셋 대로

각본 찰스 브래킷, 빌리 와일더, D.M. 마쉬맨 주니어 · 1950년

《선셋 대로》에서 중심 대립을 이루는 관계는 조 길리스와 노마 데스몬드이다. 조 길리스는 악착 같이 돈만 밝히는 모습을 보이지만 여전히 좋은 작품에 대한 믿음을 가진 시나리오 작가이고, 노마 데스몬드는 부유한 왕년의 스타다. 그들의 대립은 다음과 같은 반대의 모습으로 드러난다. 조의 갑갑한 아파트와 어두운 고딕 저택. 젊음과 늙음. 어떻게든 안으로 진출하려고 애쓰는 외부인과 거대하고 탄탄하지만 가차없는 영화사. 평범한 연예계 종사자와 할리우드의 왕족이나 다름없는 영화배우로 말이다.

위대한 개츠비

소설 F. 스콧 피츠제럴드 · 1925년

『위대한 개츠비』에서 주요한 대립은 개츠비와 톰, 개츠비와 데이지, 개츠비와 닉, 그리고 닉과 톰 사이에서 일어난다.(4각 대립을 떠올리자.) 각 인물은 돈을 벌기 위해 동부로 넘어온 중서부 출신의 평범한 사람들을 대표한다. 그리하여 이야기 세계 속 첫 번째 대립은 중서부의 평야와 동부 지역의 높은 빌딩 및 품격 있는 저택을 통해 드러난다. 톰은 '신흥 부자'이지만 개츠비보다는 먼저 자리를 잡은 사람이다. 그래서 롱아일랜드에 사는 두 부자의 대립이 나타나게 되는데, 한쪽은 이스트에그에 살며 자리를 잡은 톰과 데이지이고, 다른 한 쪽은 웨스트에그에 사는, 같은 부자이긴 하지만 좀 더 신흥 부자인 개츠비이다. 실제로 톰과 데이지가 사는 저택은 호화롭지만 보수적으로 묘사되는 한 편, 개츠비의 저택과 그가 저택을 사용하는 방식은 요란하고 비속한 취향으로 그려진다.

개츠비는 주류밀매를 통해 불법적으로 막대한 부를 쌓았지만, 닉은 열심히 정직하게 일하는 채권 중개인이다. 닉은 개츠비의 작은 별채를 빌려 살며 거기서 개츠비의 파티라는, 진실성 없는 공동체를 바라본다. 톰은 아내 몰래 바람을 피우는 폭력성 있는 불한당 같은 사람으로, 피츠제럴드는 톰의 저택과 톰의 정부가 있는 주유소를 대조하여 보여준다. 피츠제럴드는 하위 세계 속에서 또 하나의 대조를 이루어낸다. 뉴욕과 롱아일랜드를 거대 자본주의와 기계론적 기관차의 숨겨진 잔해로 가득한 잿더미 같은 도시로 묘사한 것이다. 마지막으로 주제의식을 터트리는 순간, 피츠제럴드는 두 가지 버전의 뉴욕, 즉 미국 '문명'의 최고봉 뉴욕과, 아직 발달이 덜 된, 그러나 전망 가득한 '새로운 세상의 거대한 녹색 젖줄'이었던 뉴욕을 비교한다.

킹콩

각본 제임스 크릴먼, 루스 로즈 ▪ 1931년

《킹콩》에서 나오는 기본 대립은 영화제작자인 칼 던햄과 거대한 원시 괴물 킹콩 사이에서 일어난다. 따라서 이야기 세계 속 주요 대립 구도는 이미지 메이커 던햄이 '왕'으로 군림하는 인공적이고 지나치게 문명화되었으며 극도로 거친 세계인 뉴욕 섬과, 힘의 대가인 킹콩이 왕으로 군림하는 극도로 거친 상태의 자연환경인 해골섬으로 나눠진다. 이렇게 주요한 대립 속에서 세 가지 하위 세계 역시 대립을 드러내는데, 바로 도시 거주자, 해골섬의 마을 주민, 정글의 원시 괴물이 서로 다른 형태로 생존 투쟁을 벌이는 모습이다.

늑대와 춤을

소설·각본 마이클 블레이크 ▪ 1990년

《늑대와 춤을》은 이야기가 진행됨에 따라 등장인물과 가치를 통해 드러나는 중심 대립이 변화하고 그에 따라 시각적 대립도 변화한다. 우선 주인공 존 던바는 늦기 전에 미국 개척지를 건설하는 데 동참하고 싶어 한다. 그리하여 이야기 세계 속 주요 대립은 노예제로 부패된 미국을 보여주는 남북전쟁터 동부와, 여전히 아메리칸드림이 유효한 광활한 서부의 평야 사이에서 드러난다. 서부 평야에서 나타나는 대립은 던바와 라코타 수우 족이 가진 각자의 가치 사이에서 일어나는데, 백인 병사 던바는 미국이라는 나라를 건설하는 것에 신념을 가진 사람으로, 그에게 라코타 수우 족은 파괴에 혈안이 된 야만인으로 보인다.

그러나 작가 마이클 블레이크는 보조 세계를 묘사함으로써 이렇게나 분명한 가치의 대립을 완화시킨다. 던바의 전초 기지는 생명이 결여된 텅 빈 구덩이이자 땅이 가진 추악한 상처다. 수우 족 마을은 강 옆에는 천막 집이 늘어서 있고 말이 풀을 뜯고 아이들은 뛰노는 작은 유토피아다. 이야기가 진행되면서 블레이크는 깊고 깊은 가치의 대립을 보여준다. 그것은 동물과 원주민을 파괴해야 할 대상으로 보는 팽창주의적 세계와 자연과 더불어 살며 인간을 마음에 담은 가치로 대하는 원주민 세계 사이의 대립이다.

L.A. 컨피덴셜

소설 제임스 엘로이 • 1997년

《L.A. 컨피덴셜》에서 등장인물 간에 주요 대립은 경찰과 살인자들 사이에서 일어나는 것처럼 보인다. 그러나 사실 진짜 대립은 서로 다른 형태의 정의를 믿는 형사들과, 매우 잔인한 경찰서장 및 부패한 지방검사 사이의 대립이다. 그래서 처음에 내레이션이 깔리며 나오는 장면 역시 유토피아로 보이는 로스앤젤레스와, 인종차별이 벌어지고 부패하며 억압적인 도시로 그려지는 로스앤젤레스와의 대립을 그리고 있다. 여기서 나오는 근본적 대립은 경찰 세 명의 등장으로 더욱 깊어진다. 버드 화이트는 자신의 손으로 정의를 집행하는 것에 의미를 갖는 진짜 경찰이다. 잭 빈센스는 경찰 드라마에 자문을 함으로 용돈을 벌고 돈 때문에 사람을 체포하는 다소 뺀질거리는 경찰이다. 에드 엑슬리의 경우 자신의 야망을 위해 정의를 두고 정치게임도 할 줄 아는 똑똑한 경찰이다. 수사가 진행되는 동안 하위 세계를 통해 이런 인물들과 가치의 대립이 더욱 드러난다. 한 곳은 부유한 백인들이 사는, 실제 범죄가 일어나는 부패한 로스앤젤레스고, 다른 한 곳은 그 죄를 뒤집어 쓰는 가난한 흑인들의 로스앤젤레스다.

이야기 세계 구체화하기

여러분은 시각적 대립과 이야기 세계 자체를 좀 더 구체화하기 위해서 다음의 세 가지 요소를 결합시켜야 한다. 장소(자연 배경), 인물(인공 공간), 기술(도구)이 그것이다. 네 번째 요소인 시간의 경우 이야기 흐름에 따라 여러분이 만든 고유한 세계가 발전하는 방식인데, 이것은 나중에 살펴보도록 하자. 우선 자연 환경부터 시작하겠다.

자연 환경

이야기의 자연 환경을 절대 우연에 맡기지 말자. 각각의 배경은 관객에게 다양한 의미를 전달하기 때문이다. 바슐라르의 말을 들어보자. "상상력을 가진 심리학자는…깨닫게 된다. 우주가 인류를 빚었다는 것을, 그리하여 그것은 언덕의 인간을 섬과 강의 인간으로 변화시킬 수 있다는 것을, 집이 인간을 개조할 수 있다는 것을 말이다."[6] 여러분은 언덕, 섬, 강과 같은 자연이라는 배경이 어떤 의미를 지닐 수 있는지 알고 있어야 한다. 그래야 스토리라인, 인물, 주제를 가장 잘 표현할 장소를 고를 수 있다.

바다

인간의 상상 속에서 바다는 두 개의 공간, 즉 수면과 수면 아래로 나뉜다. 수면은 눈이 닿는 곳이라면 어디라도 평평한 탁자로 보이는 이차원적 풍경이다. 이 때문에 바다 표면은 추상적이면서도 동시에 완전히 자연스러워 보인다. 거대한 체스판처럼 추상적인 평면은 거대한 규모로 펼쳐지는 삶의 죽음의 게임을 통해 경쟁의 느낌을 더욱 강조한다.

그런가 하면 수면 아래는 삼차원적 풍경으로, 모든 생물은 물속에서 떠다니며 각기 다른 깊이에서 삶을 지속한다. 이렇게 중력의 영향을 받지 않고 둥둥 떠다니는 면은 인간이 유토피아를 상상할 때 주로 떠올리는 요소가 된다. 그리하여 바다 속은 종종 유토피아라는 꿈의 공간으로 그려지곤 한다. 그러나 심해는 소름끼치는 무덤이기도 하다. 심해는 수면 위에 있는 것이라면 사람이든 사물이든 조용히 움켜지고 무한한 심연으로 끌어내리는, 비인간적이고 거대한 손과 같기 때문이다. 바다는 고대 세계, 선사시대의 생물, 과거의 비밀과 옛 보물을 삼킨 채 발견되기만을 기다리는 광활한 입이기도 하다.

바다를 무대로 사용한 이야기는 『모비딕』,《타이타닉》,《니모를 찾아서》,『해저2만리』,『인어공주』,『아틀란티스』,『바다 늑대』,《마스터 앤드 커맨더》,《전우여 다시 한 번》,《바운티 호의 반란》,『붉은 10월』,『죠스』,《노란 잠수함》등이 있다.

우주

우주는 '저 밖에 있는' 바다다. 무한하고 어두운 무의 세계이며, 그 속에 다양한 외계를 끝도 없이 감추고 있다. 이곳은 심해와 마찬가지로 3차원 공간이며, 수면이 가진 추상성과 자연스러움을 동시에 갖고 있다. 모든 것이 어둠 속에서 움직이는 이 곳에서, 각 사물은 고유한 개체지만 본질적 특성이 강조된다. 그리하여 우주에는 '우주선', '인류', '로봇', '외계인'이 존재한다. SF 소설은 종종 신화의 형식을 차용한다. 이는 신화가 여행에 관한 이야기일 뿐만 아니라, 인간이란 어떤 존재인지 그 차별성을 근본적으로 탐구하는 이야기 형식이기 때문이다.

우주에는 다양한 세계가 무한히 존재하기 때문에 끝없는 모험을 하기에 최적의 장소다. 모험 이야기는 늘 새롭고 놀라운 것을 발견하는 이야기이며, 이것은 흥미진진하면서도 무서운 내용이 될 수 있다. 지구에서 인류가 크게 발전하고 이야기 분야가 성장한 이 시점에서는, 우주야말로 무한히 모험을 즐길 수 있는 유일한 자연 환경이 된다. (바다 역시 손길이 닿지 않은 영역이 많다. 실제도 누군가 바다 속에서 살고 있다는 생각은 하기 힘들기에 바다는 인간의 상상 속에서만 존재하는 세계가 된다.)

당연히 우주와 관련한 공상과학 이야기에서 《2001: 스페이스 오디세이》, 《사구》, 〈스타워즈〉 시리즈, 《블레이드 러너》, 《아폴로 13》, 《금지된 혹성》, 드라마 《환상 특급》, 《스타트랙》 영화와 드라마 시리즈, 〈에일리언〉 시리즈를 빼놓을 수 없다.

숲

숲이라는 배경의 주요한 특징은 그것이 자연의 대성당이라는 점이다. 높은 나무와 머리 위에서 드리워져 우리를 보호해주는 잎은, 마치 나이든 현자가 이 모든 것 역시 지나갈 것이라며 안심시켜주는 것만 같다. 숲은 사색에 잠긴 사람들이 가는 곳이며, 러브 스토리라면 연인들이 몰래 숨어드는 특별한 은신처이다.

하지만 숲속을 바라보는 이 강렬한 시선을 따라가면 불길한 예감이 느껴진다. 숲은 사람들이 길을 잃는 장소이자, 유령과 전생의 고향이며, 사냥꾼이 사냥감을 노리는 곳이기 때문이다. 간혹 그 사냥감은 사람인 경우도 있다. 숲은 정글보다는 더 사람의 손을 탄 공간이다. 정글은 그 안에 들어오는 존재가 무엇이든 언제고 그를 죽일 수 있다. 반면에 숲은 무서운 위력을 발휘하면 사람의 정신부터 빼앗고 본다. 정글보다는 느리지만, 치명적인 공간이다.

숲이 배경인 경우는 『슬리피 할로우의 전설』, 「반지의 제왕」 시리즈, 「해리 포터」 시리즈, 《제다이의 귀환》, 《슈렉》, 《엑스칼리버》, 『뜻대로 하세요』,

『한 여름 밤의 꿈』,『솔로몬의 노래』,『오즈의 마법사』,《맥케이브와 밀러 부인》,《늑대 인간》,《블레어 윗치》,《밀러스 크로싱》등 주로 동화 같은 이야기에서 찾아볼 수 있다.

정글

정글은 자연 상태 그대로이다. 정글을 상상하면 사람들은 일단 숨이 막히는 것 같은 느낌을 받는다. 그곳에 있는 모든 것이 사람을 사로잡을 것 같다. 정글을 통해 인간보다 자연이 훨씬 더 강하다는 것을 관객에게 전달할 수 있다. 그런 환경 속에서, 인간은 그저 짐승이 될 뿐이다.

이렇게 원시적인 장소가 현대의 변화 이론인 진화론을 표현하는 두 곳 중 하나라는 것은 매우 역설적이다.

정글을 무대로 한 작품은 〈스타워즈〉 시리즈,《그레이스토크》를 포함한 《타잔》 영화들,《킹콩》,《아프리카의 여왕》,《쥬라기 공원 1,2》,《에메랄드 포레스트》,《아귀레 신의 분노》,《모스키토 코스트》,《피츠카랄도》,『포이즌 우드 바이블』,『암흑의 핵심』,《지옥의 묵시록》등이 있다.

사막과 얼음

사막과 얼음은 언제나 죽음, 혹은 죽어가는 공간을 의미한다. 심지어 이야기조차 성장하기가 어려운 곳이다. 사막과 빙하의 무자비함은 비인간적으로 느껴질 정도다.

이런 장소에서 무언가 가치 있는 게 나온다면, 그것은 거기에 간 사람들이 고립을 통해 단련되고 성장하려는 의지가 강하기 때문일 것이다. 얼음의 세계가 유토피아로 그려진 예는 흔치 않은데 마크 헬프린의 소설『윈터스 테일』이 그 중 하나다. 헬프린은 겨울이 되면 세상과 단절되는 마을 사람들이 얼어붙은 호수에서 온갖 겨울 놀이를 즐기며 공동체 의식을 강화하는 모습을 보여준다.

사막이나 얼음 세계를 무대로 쓴 유명한 이야기로는 〈스타워즈〉 시리즈, 《파고》, 《아라비아의 로렌스》, 《보 게스티》, 《사구》, 《케이블 호그의 노래》, 《황야의 결투》, 《황색 리본을 한 여자》, 《옛날 옛적 서부에서》, 《와일드 번치》, 《마지막 사랑》, 《황금광 시대》, 『윈터스 테일』, 《와일드 울프》 등이 있다.

섬

섬은 사회적 맥락 안에서 이야기를 만들어내는 데에 아주 제격인 장소이다. 섬은 바다와 우주처럼 고도로 추상적이면서 완전히 자연의 공간이다. 물로 둘러싸인 작은 땅으로 지구의 축소판이기도 하다. 정의에 따르면 섬이란 분리된 공간을 뜻한다. 바로 그런 이유로 섬은 이야기 속에서 인간의 실험실, 외떨어진 낙원 혹은 지옥, 특별한 세계를 세울 수 있는 공간이 되며, 삶의 새로운 형식이 만들어지고 확인되는 장소다.

섬이 가진 분리성과 추상성이라는 특징 덕에 그 장소는 종종 유토피아 혹은 디스토피아로 사용되곤 한다. 때때로 정글보다 더 많이 진화의 과정을 보여주는 장소가 되기도 한다.

섬을 주요 공간으로 차용한 이야기는 『로빈슨 크루소』, 『템페스트』, 『걸리버 여행기』 중 '하늘을 나는 섬나라', 《인크레더블》, 《킹콩》, 『보물섬』, 『신비의 섬』, 《닥터 모로의 DNA》, 『파리대왕』, 《스웹트 어웨이》, 《쥬라기공원 1, 2》, 《캐스트 어웨이》, 드라마 《로스트》, 이야기 역사상 섬을 가장 잘 사용한 작품으로 통하는 《길리건의 섬》이 있다.

여러모로 섬은 자연환경 중 다양한 이야기를 끌어낼 수 있는 가능성을 가장 많이 가지고 있는 공간이다. 이야기를 쓸 때 섬이라는 공간을 가장 잘 활용할 수 있는 방법이 무엇인지 자세히 살펴보도록 하자. 섬이라는 자연환경의 고유한 의미를 가장 잘 표현하는 방법은 이야기 구조를 활용하는 것이라는 점을 염두에 두자.

- 초반부에는 시간을 들여 평범한 사회를 만든 뒤 그 안에 등장인물을 배치한다. (필요)
- 등장인물을 섬으로 보낸다. (욕망)
- 지금까지와는 다른 규율과 가치를 지닌 새로운 사회를 건설한다. (욕망)
- 원래 사회에서와는 아주 다른 양상으로 인물간의 관계를 설정한다. (계획)
- 갈등을 통해 무엇이 통하고 무엇이 통하지 않는지를 살핀다. (적대자)
- 일이 제대로 통하지 않을 때에는 등장인물들이 뭔가 새로운 것을 시험하는 모습을 보인다. (발견 혹은 자기발견)

산

모든 장소 중 가장 높은 곳인 산은 인간의 말로 다시 바꾸면 위대함의 땅이다. 이곳은 강자가 자신을 증명하기 위해 가는 곳으로, 그들은 이곳에서 보통 은둔, 명상, 불편, 자연과 치열하게 대면하는 시간을 겪는다. 산꼭대기는 자연 철학자와 위대한 사상가의 세계이다. 그들은 자연의 힘을 이해하여 자연과 함께 살 수 있고, 때로는 그것을 통제한다.

구조적으로 봤을 때, 산, 즉 높은 공간은 이야기 구조 단계 중 가장 정신적인 부분인 '자기발견'과 관련이 깊다(8장 참고). 이야기 속에서 발견은 깨달음의 순간을 뜻하며, 플롯의 방향을 돌려 '더 높고' 치열한 곳으로 뻥 찰 수 있는 힘이 있다. 다시 말하자면, 산이라는 배경은 공간과 사람, 즉 높이와 통찰력을 일대일로 연결해준다.

이렇게 공간을 일대일로 연결하는 것은 산이 부정적으로 표현될 때에도 마찬가지이다. 산은 종종 계급, 특권, 독재의 장소로 묘사되며, 전형적으로는 귀족이 일반인들을 내려다보는 장소로 그려진다.

● **핵심 POINT** 산은 보통 평야와 대비된다.

산과 평야는 시각적으로 대비를 이루는 자연 환경이다. 그리하여 작가들은 두개의 공간을 비교함으로써 각 공간이 가진 상반된 특징과 정수를 더욱 강조한다.

산이라는 장소가 중요하게 묘사된 작품은 성서 속『모세』이야기, 올림푸스 산의 신들이 등장하는 그리스 신화, 다양한 동화, 『마의 산』,《잃어버린 지평선》,《브로크백 마운틴》,《배트맨 리턴즈》,『킬리만자로의 눈』,『무기여 잘 있거라』,《디어 헌터》,《라스트 모히칸》,《늑대와 춤을》,《셰인》,《샤이닝》을 포함한 다수의 공포물 등이 있다.

평야

너른 평야는 누구에게나 활짝 열려 있다. 압박감이 느껴지는 정글과는 반대로, 평야는 완전히 자유롭다. 때문에 이야기 속에서도 평야는 평등, 자유, 평범한 사람들의 인권을 의미하는 장소가 된다. 그렇다 해도 이 자유가 대가나 갈등 없이 얻어지는 것은 아니다. 바다의 수면과 마찬가지로 평야가 가진 극단적인 평평함은 경쟁심, 혹은 이곳에서 펼쳐지는 생사고투의 개념을 여실히 드러낸다.

부정적인 면을 보자면, 평야는 종종 소시민들이 살아가는 장소로 그려지곤 한다. 산꼭대기에서 사는 몇몇 위대한 사람들과 대조되어, 다수의 평범한 사람들이 이 아래에서 모여 사는 것이다. 그들은 스스로 생각하지 않기에 쉽게 휘둘리며, 대개 그것은 파멸로 이어진다.

평야가 그려진 작품은《셰인》을 비롯한 서부극,《빅 컨트리》,《천국의 나날들》,《늑대와 춤을》,《냉혈한》,《잃어버린 지평선》,『킬리만자로의 눈』,『무기여 잘 있거라』,《블러드 심플》,《꿈의 구장》등이 있다.

강

강은 매우 고유한 힘을 가진 자연 환경이다. 아마 스토리텔링에 있어서는 가장 멋진 배경이 될 것이다. 강은 길과 같아서, 구조상 여정을 떠나야만

하는 신화 이야기를 보여주는 데 제격이다.

그렇지만 강은 길 그 이상이다. 흘러들어올 수도, 흘러나갈 수도 있는 길이기 때문이다. 이것은 강이라는 경로가 단순히 사건을 일렬로 나열한 것이 아니라, 서로 연관되어 발전하고 있다는 느낌을 강화한다. 예를 들어 『암흑의 핵심』을 보면, 주인공은 강을 따라 정글 안으로 깊숙이 들어간다. 이 길이 보여주는 인간의 발전은 문명에서 시작해 야만적 지옥으로 향하고 있는 것이다.

《아프리카의 여행》속 주인공은 위와는 반대로 정글에서 나와 강 하류로 내려간다. 이러한 전개는 죽음, 고립, 광란이 있는 지옥 같은 정글에서 시작해 헌신과 사랑이 있는 인간 세계를 향해 이동함을 뜻한다.

강이 물리적이고, 도덕적이고 감정적인 통로로써 그려지는 작품은 『허클베리핀』, 《서바이벌 게임》, 『암흑의 핵심』, 《흐르는 강물처럼》, 《아프리카의 여왕》, 《지옥의 묵시록》 등이 있다.

● (주의 POINT) 시각적 클리셰를 주의해라.

이러한 장소들은 틀에 박힌 방식으로 사용할 위험이 높다. "내 주인공이 커다란 발견을 하게 될 거라고? 그럼 산꼭대기로 보내야겠군." 자연 환경을 고를 때에는 그 장소가 이야기에 있어 근본적 의미를 지녀야 한다. 무엇보다 중요한 건 환경을 자신만의 방식으로 활용해야 한다.

날씨

자연 환경과 마찬가지로 날씨 역시 인물이 마음속으로 겪는 경험을 보여주는 강력한 도구가 된다. 또한 관객에게 강렬한 감정을 불러일으킬 수도 있다. 날씨와 감정의 대표적인 상관관계는 다음과 같다.

- **천둥 번개**: 열정, 공포, 죽음.
- **비**: 슬픔, 외로움, 지루함, 아늑함.
- **바람**: 파괴, 황량함.
- **안개**: 혼미, 미스터리.
- **해**: 행복, 즐거움, 자유, 그러나 유쾌한 겉모습 아래 감춰진 타락을 보여주기도 한다.
- **눈**: 잠, 평온, 조용하고 가차 없는 죽음.

다시 말하지만 다들 알고 있는 이러한 상관관계를 단순히 반복하지 말고, 놀랍고 역설적인 방식을 시도해라.

인공 공간

여러분에게는 자연 환경보다도 더욱 가치 있는 게 바로 인공 공간이다. 왜냐하면 작가가 직면하는 제일 어려운 질문, '사회를 어떤 식으로 표현할 것인가?'를 해결해주기 때문이다. 이야기 속에서 인간이 창조해낸 인공 공간은 모두 일종의 축소기-확대기이다. 주인공이 사는 사회 공간을 소우주로 압축해 시각적으로 보여주는 것이다.

작가가 가진 문제는 그 사회를 종이 위에 어떻게 표현할 것인가 하는 것이다. 그로 인해 관객이 주인공과 다른 사람들 사이의 깊은 관계를 이해할 수 있기 때문이다. 다음의 예는 여러분이 활용할 수 있는 인공 공간이다.

집

작가에게 있어 인공 공간이라 하면 가장 쉽게 시작할 수 있는 곳이 집이다. 모든 이에게 집이란 제일 처음으로 접하는 울타리 안 공간이기 때문이다. 집이라는 고유한 물리 공간은 그 사람의 마음을 성장시키고, 현재 마음의 안녕에 기여한다. 집은 가족이 머무는 공간이며, 사회의 기초 단위이자 극에 있어서도 기초 단위가 된다. 그러므로 작가라면 집이라는 공간이 이 야기에서 어떤 역할을 할지 심사숙고해야 한다.

집이라는 곳은 등장인물에게도, 그리고 관객에게도 타의추종을 불허할 만큼 친숙한 공간이다. 여러분은 집을 가득 채우는 시각적인 대비에 대해 잘 알아야 한다. 그래야 집을 최대한 극적으로 표현할 수 있다.

안전 vs 모험

집은 최초의, 최선의, 최고의 보호자이다. "모든 집에서, 심지어 아무리 돈이 많아도, 제일 먼저 할 일은…자기만의 보호껍질을 찾는 것이다."[7] 다 른 말로 하면, "우리의 꿈에서 집은 늘 커다란 요람이고…삶은 제대로 시작 되고, 집에 둘러싸여 보호를 받는다. 집이라는 따스한 품속에서."[8]

집은 인류에게 있어 보호막, 요람, 둥지가 될 수 있다. 그렇게 누에고치 의 보호를 받는다는 것은 반대의 가능성이 있다는 것을 의미한다. 집은 우 리가 세상을 향해 나갈 때 든든한 기반이 되어준다. "집은 호흡을 한다. 처 음에 갑옷이었던 집은 끝도 없이 확장된다. 결국 우리는 그 안에서 안전과 모험을 번갈아 겪는다고 말할 수 있게 되는 것이다. 그것은 한 칸의 집이자 동시에 세상이 된다."[9] 이야기에서 종종 모험의 첫 단계, 즉 모험을 갈망하 는 것은 창문에서 일어난다. 등장인물이 창문을 통해 집 밖을 보고, 또는 기 차의 경적소리를 듣고는 밖으로 나가는 것을 꿈꾼다.

땅 vs 하늘

집이라는 공간에 내재된 또 다른 대립은 바로 땅과 하늘이다. 집에는 깊 은 뿌리가 있다. 웅크리고 앉아 세상과 집안 거주자에게 자신은 튼튼하고 믿을 만하다고 말한다.

그러나 집은 하늘로도 확장된다. 작지만 당당하게 선 성당처럼, 거주자 들에게 가장 '높고' 최선의 것을 주고자 하는 것이다. "…육지에 발을 붙인 강력한 존재 모두—집 역시 그런 존재다—자신이 땅에 속한 존재임에도 불구하고 공중에 있는 천상 세계의 매력에 사로잡혀 있다. 제대로 뿌리를 내린 집은 바람에 민감한 나뭇가지, 혹은 나뭇잎의 바스락거리는 소리가 들리는 다락방을 갖길 원한다."[10]

따스함 vs 섬뜩함

스토리텔링에 등장하는 따스한 집의 경우 (일반적으로 거대한 저택은 아니지만) 공간이 넓고, 각 거주자의 개성을 살릴 수 있는 방이나 모퉁이, 비좁은 공간이 여기저기 있게 마련이다. 따스한 집은 다음의 두 가지 반대되는 요소가 있다는 것을 염두에 두자. 보호막 속에 안전함과 아늑함이 있다는 점, 그리고 다양성을 보여주려면 집이 넓어야 한다는 점이 그것이다.

작가들은 크고 따스한 집을 통해 다양성을 보여주고 싶을 때 종종 '왁자지껄한 가정'의 모습을 강조하곤 한다. 이것은 피터르 브뤼헐 기법(특히《눈 속의 사냥꾼》,《새 덫이 있는 겨울 풍경》에서 이런 기법을 볼 수 있다.)을 집에 적용한 것이다. 왁자지껄한 가정 속에서, 대가족을 구성하는 각각의 식구들은 자기의 활동 영역에서 바쁘게 지낸다. 식구는 개인적인 삶을 살다가도 특별한 순간을 위해 모였다가 다시 자신만의 방향으로 즐겁게 떠날 수 있다. 가족 단위의 완벽한 공동체인 것이다. 각 식구는 개인인 동시에 무럭무럭 자라는 가족의 일부이며, 그렇기에 모두가 집 안 여기저기에 흩어져 있다 해도 관객은 그들의 정신은 연결되었다는 것을 느낄 수 있다.

집이 넓고 다양성이 있는 공간으로 나오거나, 왁자지껄한 가정의 모습을 보여주는 이야기에는《우리들의 낙원》,《세인트루이스에서 만나요》,《아버지의 인생》,《사이더 하우스》,『오만과 편견』,『위대한 앰버슨가』,《로얄 테넌바움》,《철목련》,《멋진 인생》, 드라마《월튼네 사람들》,『데이비드 코퍼필드』,《꿈속의 낙원》,『메리 포핀스』,《노란 잠수함》등이 있다.

따스한 집이 가진 힘에는 관객이 그들의 어린 시절을 상기할 수 있게 도와준다는 점이 있다. 그것이 실제이든 아니면 상상이든 상관없다. 누구든 어린 시절에는 집이라는 공간을 크고 아늑하게 느낀다. 곧 자신이 살던 공간이 가축우리 같이 좋지 않은 공간이라는 걸 깨닫는다 해도, 그들은 여전히 집을 크고 따스한 공간으로 인식하며 어린 시절의 소망을 떠올릴 수 있다. 바로 이런 이유로 따스한 집은 종종 추억과의 연결고리가 된다. 장 셰퍼드의 『크리스마스 이야기』같은 경우가 그렇다. 미국의 작가들이 그토록 오래전부터 박공지붕이 달린 아늑한 다락과 구석구석 숨을 곳 많은 빅토리아 시대의 건물을 자주 등장시킨 것도 그런 이유다.

스토리텔링에 있어서 집의 또 다른 형태인 술집 역시 따스하거나 섬뜩한 공간이 될 수 있다. 드라마 《치어스》에서 술집은 '모두가 당신 이름을 아는' 공동체, 즉 완벽한 유토피아로 묘사된다. 드라마 속 낯익은 단골들은 매주 같은 자리로 와서 매번 똑같은 실수를 하고, 매번 별난 관계를 이어간다. 그 누구도 변화할 필요가 없기에 따스한 공간으로 남을 수 있다.

카사블랑카 (희곡 제목: 모두가 릭의 카페에 온다)

희곡 머리 버넷, 조앤 앨리슨 • **각본** 줄리어스 J. 엡스타인, 필립 G. 엡스타인, 하워드 코치 • 1942년

《카사블랑카》의 성공에 있어 이야기 세계는 아주 중요한 역할을 했다. 최첨단 판타지, 신화, 혹은 SF에 비견할 정도였다. 그 세계라는 것은 곧 릭의 술집 '카페 아메리카'를 의미한다.

《카사블랑카》에서 술집이 이야기 세계로서 독특했던 이유, 그리고 관객에게 놀랄 만큼 커다란 영향을 준 이유는 이곳이 디스토피아인 동시에 유토피아였기 때문이다. 이 술집은 지하세계의 왕이 만든 자신의 집이었다.

릭의 '카페 아메리카'는 디스토피아를 의미한다. 이유는 모든 사람이 카사블랑카에서 도망치길 원하며, 그들 모두가 이곳에서 시간을 때우며 기다리고 또 기다리며 언제라도 나가고 싶어 하기 때문이다. 여기에는 출구가 없다. 탐욕과 뇌물이 가득한 이 장소는 주인공의 냉소주의, 이기심, 절망을 완벽하게 표현한 점에서 디스토피아이다.

그러나 동시에 이 술집은 멋들어진 유토피아이기도 하다. 주인 릭은 자

신의 은신처에 기거하는 왕으로, 모든 신하가 그에게 경의를 표한다. 술집은 크고 따스한 공간으로 여기저기 구석진 곳에는 여러 종류의 등장인물들이 자리를 채우고 있다. 각각의 인물은 자신의 위치를 아는 것을 넘어서 그곳에 있는 걸 즐긴다. 웨이터 칼, 바텐더 사샤, 경비원 압둘, 카지노 주인 에밀, 릭의 동료이자 가수인 샘이 그 예이다. 저쪽에는 노르웨이 출신의 괴짜 싸움꾼 버거가 라즐로의 명령이 떨어지기만을 기다리고 있다. 심지어 샘의 피아노 뚜껑 안에는 통행증을 숨길 수 있는 완벽한 장소까지 있다.

모순의 땅 위에 선 이 따스한 집은 세련과 트랜드의 본고장이다. 나치 킬러의 위협 속에서도 늘 온화하고 재치 있는 왕 릭이 흰색 턱시도 재킷을 완벽하게 차려입은 모습이 그것을 증명한다. 그러나 이 세계는 밤에만 존재하며 그렇기에 왕 역시 어둡고 음울하다. 그는 살해당한 두 명의 연락병을 보며 '명예로운 죽음'이라 말하기도 한다. 이 순간, 그는 죽음의 신 하데스이다.

디스토피아이자 유토피아인 세계를 봉인함으로써, 《카사블랑카》의 작가들은 뫼비우스 띠처럼 사실상 멈추지 않는 이야기 세계를 창조했다. 지금까지도 릭은 매일 밤 '카페 아메리카'를 연다. 난민들은 그곳에 모이고, 남자들은 여전히 도박을 하며 여자를 즐기고, 독일인들은 여전히 거만한 모습으로 등장한다. 시간을 초월한 이 공간에서 위대한 이야기가 탄생된다. 이곳은 또한 모든 이가 각자의 역할을 즐길 수 있는 아늑한 공간이기에, 앞으로도 계속 존재할 것이다.

여기 있는 모든 사람이 출국 비자를 원한다고는 믿을 수 없을 만큼, 카사블랑카에 있는 릭의 술집 역시 관객 중 누구도 떠나고 싶지 않을 완벽한 공동체이다.

따스한 집과 반대로 섬뜩한 집은 보통 누에고치 같은 보호막에서 감옥으로 넘어간 경우를 뜻한다. 이런 경우 등장인물의 가장 큰 약점과 필요가 걷잡을 수 없이 자라나 집을 섬뜩한 공간으로 만들면 최고의 이야기가 탄생한다. 이때의 집은 주인공의 가장 큰 공포가 구체화된 것이다. 극단적인 경우 주인공의 정신이 어떤 식으로든 썩어가, 집 역시 폐허가 된다. 이것은 감옥만큼이나 강력하다.

『위대한 유산』의 하비샴 양은 자신의 황폐해진 저택의 노예이다. 왜냐하면 짝사랑의 제단에서 순교를 선택했기 때문이다. 그녀의 마음은 괴로움으로 병들어버렸다. 그리고 집은 그녀의 마음을 그대로 보여주는 완벽한 사진과 같다.『폭풍의 언덕』에서도 집은 끔찍한 감옥이 된다. 캐시가 그곳에서 진정한 사랑을 저버렸고, 히스클리프가 그 고통으로 인해 캐시네 집에 사는 사람들에게 끔찍한 행동을 저지르기 때문이다.

공포물의 경우 귀신들린 집을 아주 강조하는 경향이 있다. 이것이야말로 아주 특이한 요소다. 구조적으로 유령의 집, 즉 공포의 집은 과거가 현재를 지배하는 힘을 상징한다. 이 집은 윗세대가 저지른 죄에 복수를 가할 무기가 된다. 이런 이야기에서 집이 꼭 삐걱대는 문이나, 움직이는 벽, 비밀스럽고 어두운 통로가 있는 낡고 무너져가는 저택일 필요는 없다.《폴터가이스트》나《나이트메어》에서 나오는 집처럼 교외에 위치한 깔끔한 집일 수도 있다. 아니면 산꼭대기 외딴 호텔에 묵던 주인공이 호텔의 묵은 죄 때문에 결국 미쳐간다는 내용의《샤이닝》속 배경처럼 산꼭대기에 있는 커다란 호텔일 수도 있다.

공포의 집이 웅장한 고딕 양식을 한 대저택이라면 거주자는 귀족 가족인 경우가 많다. 그들은 출신 성분만으로 아래 계곡에 사는 다른 이들의 노동에 기대 산다. 대게 집의 크기에 비해 과하게 비어 있는 모습을 보여주어 건물에 생명감이 없음을 표현한다. 혹은 값비싸지만 낡은 가구들이 그득그득 채워져 있기도 하다. 귀족들이 다른 사람들을 착취하듯, 집은 기생충 같은 거주자를 먹이로 삼는다. 결국 가문은 몰락하고, 이야기가 극에 달하면 집은 불타 화염에 휩싸여 무너져 내리고 만다. 이러한 예를 보여주는 작품은『어셔 가의 몰락』을 포함한 에드거 앨런 포의 이야기들,『레베카』,『제인 에어』,『드라큘라』,《공포의 대저택》,《아미티빌 호러》,《선셋 대로》,『프랑켄슈타인』,《밤으로의 긴 여로》, 체호프와 스트린드베리의 이야기가 있다.

좀 더 현대로 거슬러오면, 공포의 집은 감옥으로 나오기도 한다. 좁고 단조로운 곳이기 때문이다. 비좁고, 갑갑하고, 벽이 얇거나 아예 없는 곳도 있다. 가족이 꽉 들어찬 공동체랄 것도 없고, 각자가 자신의 고유성을 드러낼 수 있는 별도의 아늑한 공간도 없다. 이러한 집에서, 극의 기본 단위가 되는 가족은 끊임없는 갈등을 불러일으킨다. 이러한 집이 더욱 공포를 불러일으키는 이유는, 그 안의 누구도 도망갈 가능성 없이 곧 터질 압력솥 같기 때문이다. 이러한 이야기의 예에는 《세일즈맨의 죽음》, 《아메리칸 뷰티》, 《욕망이라는 이름의 전차》, 《누가 버지니아 울프를 두려워하랴》, 《밤으로의 긴 여로》, 《유리 동물원》, 《캐리》, 《사이코》, 《식스 센스》 등이 있다.

지하실 vs 다락

집안 내부를 놓고 보자면 가장 대립되는 공간은 지하실과 다락이다. 지하실은 땅 밑 공간이다. 그곳은 시신, 어두운 과거, 가족의 끔찍한 비밀이 묻힌 집의 묘지이다. 그렇지만 내내 아래 묻혀 있는 건 아니다. 다시 돌아갈 날만을 기다렸다가, 거실 혹은 침실로 가야겠다 마음 먹으면, 대개 거기 사는 가족을 파멸에 이르게 한다. 지하실에 있는 해골은 《사이코》에서처럼 충격으로 다가오거나, 《비소와 오래된 레이스》에서처럼 음흉하게 웃기게도 한다.

지하실은 플롯이 부화하는 장소이기도 하다. 플롯은 집안의 가장 어두운 곳, 가장 어두운 마음에서부터 흘러나온다. 지하실은 범죄가 일어나고 혁명이 일어나기에 자연스러운 공간이다. 이러한 기법은 『죽음의 집의 기록』, 《레이디킬러》, 『양들의 침묵』, 《라벤더 힐 몹》에서 볼 수 있다.

그에 반해 다락은 좁지만 가옥의 맨 위층에서 하늘과 맞닿은 공간이다. 그리하여 위대한 사상과 예술이 만들어지지만 여전히 세상에는 드러나지 않는 공간이 된다(《물랑루즈》). 다락은 높아서 전망을 볼 수 있다는 이점이 있다. 그곳에 있는 작은 창문을 통해 밖을 바라보면, 길거리에 있는 사람들이 브뤼헐의 그림 속 공동체처럼 보이게 된다.

그러나 다락은 지하실과 마찬가지로 무언가를 숨길 수 있는 공간이다.

다락이 집의 '머리'가 되기에, 이렇게 숨겨진 것들이 무서운 것이라면, 주로 광기와 연관되어 있을 확률이 높다(『제인 에어』,《가스등》). 그러나 숨겨진 것들은 보물이나 추억처럼 좋은 것인 경우가 많다. 등장인물이 다락에서 오래된 나무상자를 연다는 것은, 이 등장인물이 어떤 사람인지, 현재의 자신을 만들어준 사람은 누구인지를 보여주는 작은 창을 여는 것과 다름없다.

길

스토리텔링 중 인공의 공간에서 집과 대척점에 있는 것은 바로 길이다. 집은 우리에게 아늑하게 지내라고, 영원의 순간을 살라고, 편히 자리 잡고, 내 품에 있으라 말한다. 반면에 길은 나가라고, 탐험하라고, 그리고 뭔가 다른 존재가 되라고 촉구한다. 집은 이야기가 동시에 일어나는 곳으로, 모든 일이 한꺼번에 생긴다. 그러나 길은 직선으로, 한 번에 하나씩 일이 생기며 점차 발전한다.

조르주 상드는 이렇게 썼다. "길보다 아름다운 것이 무엇이겠는가? 길이란 활동적이고 다양한 삶의 이미지이며 상징이다."[11] 길은 늘 보잘 것 없다. 가느다란 선 하나로, 거칠고 비인간적인 황야에 둘러싸인 인간이 남긴 미약한 족적이다. 그리하여 길은 용기를 필요로 한다. 누군가 길을 떠나면, 그가 여정 가운데 어떻게 변할 수 있는지, 거의 무한에 가까운 전망을 제공한다. 길이 얼마나 좁은지 상관없이, 그 끝의 목적지는 찾아갈 가치가 있기 때문이다.

신화 이야기는 집과 길 사이의 근본적인 대립을 중심으로 전개된다. 고전 신화는 이야기가 집에서부터 시작한다. 주인공은 여행을 떠나고, 자신을 시험하는 수많은 적대자를 만나지만, 그것은 오직 이미 내면 깊숙이 있던 진실을 자각하고 집에 돌아오기 위해서이다. 이런 이야기의 경우, 초반에 집은 제 역할대로 쓰임을 받지 못한다. 주인공은 그렇게 안전한 집에 있으면서도 자신만의 독특한 자아를 만들지도 못한 채 노예처럼 갇혀 있다고 느낄 뿐이다. 그런 그에게 길은 자신의 능력을 시험하게 몰아붙인다. 그렇지만 신화에서의 길은 주인공이 새로운 존재로 거듭나는 장소가 아니다. 그는 집으로 돌아와야 한다. 그제서야 자신이 누구였는지 더 깊이 깨닫게 되는 것이다.

도시

인간이 만든 가장 큰 소우주는 바로 도시다. 도시는 너무나 커서 소우주의 경계를 허물고 압도적인 존재가 된다. 도시는 수천 개의 건물과 수백만 명의 사람으로 가득하다. 이것은 인간이 삶에서 겪는 독특한 경험이기에 어떻게든 이야기 안에 녹여내야 한다.

작가는 도시의 광활한 범위를 글로 표현하기 위해, 도시를 더 작은 소우주로 축소한다. 여기에서 가장 인기 있는 방법은 기관을 하나 세우는 것이다. 하나의 기관은 자기만의 기능, 경계, 규칙, 권력 계층, 운영 체계를 갖고 있다. 기관을 은유로 사용하면, 도시를 고도로 조직화된 군대식 운영체계로 만들 수 있다. 사람들은 그 안에서 자신이 맡은 임무에 따라 성격이 규정되고, 서로 관계를 맺게 된다.

일반적으로 도시를 하나의 기관으로 묘사하는 경우, 작가는 수백 개의 책상이 일렬로 완벽하게 늘어선 거대한 사무실을 비롯해 여러 공간과 층으로 나눠진 건물을 하나 세운다. 도시를 하나의 기관으로 묘사한 경우는《종합병원》,《아메리칸 뷰티》,『초콜렛 천국』,《네트워크》,《이중배상》,《잉크레더블》,《매트릭스》가 있다.

이야기 세계의 기법: 이동수단

장소가 너무 많이 바뀐다는 이유 외에 여행을 하는 이야기가 단편적으로 느껴지는 두 번째 주요 이유는, 주인공이 길에서 여러 명의 적을 연달아 만나기 때문이다. 그렇기 때문에 여행 이야기를 제대로 만들기 위해서는 이동수단을 적절히 사용하는 게 핵심이다. 경험에 근거한 법칙 하나를 말하자면, 이동수단이 클수록 공간은 좀 더 통일되고 적대자를 태우고 다니기도 쉬워진다. 적대자와의 경쟁은 현재진행형이기에, 이동수단 안에 하나의 결전의 장을 만들 수 있다. 이렇게 커다란 이동수단을 이용한 이야기는 다음과 같다.

- **배**: 《타이타닉》, 《바보들의 배》
- **기차**: 『오리엔트 특급 살인』, 《뉴욕행 열차 20세기》
- **버스**: 《올모스트 페이머스》

이야기 세계의 기법: 자연환경과 도시 결합하기

판타지는 도시를 비유할 은유를 찾기 위해 이동수단과는 정반대의 접근 방식을 쓴다. 통제된 조직 안에 도시를 가두는 대신, 그것을 산이나 정글 같은 일종의 자연환경이라 생각하며 문을 활짝 연다. 이렇게 하면 도시를 하나의 단위로 만들 수 있다는 장점이 있다. 관객이 알아볼 수 있는 특징을 가진 곳으로 말이다. 하지만 더욱 중요한 것은, 이를 통해 도시가 가진 엄청난 잠재력을 살짝 보여줄 수 있다는 점이다. 그것이 좋든 나쁘든.

산 같은 도시

산꼭대기 같은 도시, 특히 뉴욕처럼 극도로 수직적인 도시를 자연에 빗댈 때 가장 일반적으로 쓰이는 공간이다. 높고 높은 빌딩들, 즉 산 정상은 가장 돈 있고 힘 있는 자들의 보금자리다. 중산층은 빌딩의 중간에서 살며, 반면에 가난한 자들은 '산의' 발치에 있는 공동주택에서 기어 다니듯 웅크리고 산다. 《배트맨》처럼 고도로 정형화된 범죄 판타지에서 종종 산의 비유가 사용된다.

바다 같은 도시

도시를 비유하는 데 있어 고전적이고 예측 가능한 것이 산이라면, 그보다 더 강력한 자연환경은 바로 바다다. 이 비유를 사용할 때면 작가는 주로 박공지붕에서 시작해, 관객으로 하여금 그 물결 위에 떠 있는 것 같은 느낌을 갖게 한다. 그런 후 이야기는 물에 발을 '담근다'. 그리하여 이 3차원 세계에서 층위를 나눠 살던, 그러나 그곳을 '헤엄치고' 있던 다른 사람들도 모르고 있던 갖가지 요소나 인물을 건져 올린다. 겉으로 보기에 참으로 다른 《파리의 지붕 밑》,《베를린 천사의 시》, 그리고《노란 잠수함》등의 영화가 이러한 바다 비유를 사용하여 큰 효과를 거두었다.

도시를 바다에 비유하는 방식은 도시를 가장 긍정적인 시각으로 묘사하고자 할 때 좋다. 그럴 때 바다는 개인이 마음껏, 자신만의 스타일대로, 사랑을 가지고 지낼 수 있는 놀이터 같은 공간으로 표현된다. 판타지 이야기에서 이렇게 하고 싶다면 일단 거주자들을 그야말로 물 위에 떠다니게 해야 한다. 이것은 그들에게 날 수 있는 능력을 주는 것과 마찬가지다. 떠다니다 보면 알게 된다. 천장은 바닥이 되고, 모든 것이 열려 있다는 사실을. 사람들은 자신의 상상력을 총동원해 궁극의 자유를 느끼게 된다. 이렇게 떠다니는 은유를 통하면 평범한 도시에 뭔가 숨겨진 잠재력이 있다는 것을 보여줄 수 있다. 아무리 뻔한 세상이라 해도 새로운 방식으로 접근하면 갑자기 모든 것이 가능해지기 때문이다.

판타지가 아닌 경우 도시를 바다에 비유하면, 카메라의 시선을 통해 떠다니는 느낌을 창출할 수 있다. 예를 들어《파리의 지붕 밑》이 시작할 때, 카메라는 지붕을 쭉 따라가다가 바다 수면 아래로 내려가 열려 있는 창문으로 들어간다. 몇몇 인물을 바라보다가 다시 '헤엄쳐' 창문을 빠져나가서 다른 인물들이 있는 곳의 창문을 비춘다. 이것은 모두 작가의 의도로 만들어진 이야기 구조로, 도시라는 광활한 바다 속에서 공동체가 확장되는 느낌을 일깨우려는 것이다.

메리 포핀스

소설 P.L. 트래버스 ▪ **각본** 빌 월시, 돈 다그라디 ▪ 1964년

《메리 포핀스》는 도시를 바다에 빗댄 은유를 사용했다. 메리는 하늘에서 날아와 뱅크스 가족의 집에서 함께 살기 시작한다. 옆집에는 선장이 일등항해사와 함께 자기 '배' 즉 지붕/갑판에 서 있다. 아이들은 메리로부터 하루 종일 웃는 걸 좋아한다면 날아다닐 수 있다는 걸 배운다. 버트와 굴뚝 청소부들은 '환희의 바다'라고 이름 붙인 지붕에서 춤을 춘다. 에너지가 넘친 그들은 파도(지붕)를 타고 중력을 거스르며 춤을 추고, 선장이 대포를 쏘면 다시 춤을 출 시간이 올 때까지 청소부는 모두 바다 밑으로 자취를 감춘다.

정글 같은 도시

정글 같은 도시는 바다 같은 도시의 대척점에 있다. 정글 같은 도시에는 입체감이 있지만 바다 같은 도시만큼 자유롭지 않다. 정글은 죽음의 샘이다. 사방에 적들이 도사리고 있는데다가 어느 방향에서든 치명적인 공격이 순식간에 가해지는 곳이기 때문이다. 이런 종류의 도시는 일반적으로 빽빽하고, 열기가 나고, 습하며, 거기 사는 사람들은 서로를 죽이는 방법만 다를 뿐 동물처럼 묘사된다. 탐정 및 경찰 이야기에서는 이 은유를 사용하는 경우가 많아 이미 오래 전부터 진부하다고 느껴질 정도다. 이 은유를 독창적으로 사용한 이야기는 다음과 같다. 《망향》(알제리 카스바), 《스파이더맨》(뉴욕), 《배트맨 리턴즈》(고담), 《정글》(시카고), 《블레이드 러너》(로스앤젤레스), 《M》(베를린), 《킹콩》(뉴욕).

숲 같은 도시

숲 같은 도시는 정글보다 좋은 버전이다. 이 은유에서 건물들은 도시의

축소판으로 나오며, 마치 사람들이 나무에 사는 것처럼 좀 더 인간미가 느껴진다. 이 도시는 사람 냄새 나지 않는 대도시의 고층 빌딩 한 가운데 위치한 동네나 마을처럼 보인다. 도시가 숲으로 묘사될 때는 대개 사람들이 나무 위 오두막에서 아늑한 생활을 하며 동시에 번화한 도시의 혜택까지 누리는 유토피아적 비전이 나타나는 경우가 많다. 이러한 기법은 《우리들의 낙원》과 《고스트버스터즈》에서 볼 수 있다.

고스트버스터즈

각본 댄 애크로이드, 해롤드 래미스 ▪ 1984년

《고스트버스터즈》는 뉴욕에서 일어나는 청년들의 모험담이다. 이 세 명의 '삼총사'는 원래 작은 마을처럼 따스한 대학의 교수진이었다. 그들은 초자연현상을 연구한다. 예쁜 여자들과 함께 갖가지 괴짜 같은 실험을 한다. 버려진 소방서에서 살며, 멋진 유니폼을 차려 입고, 고성능 영구차를 몰고, 멋진 장비를 쏘는 대가로 거액을 벌 사업을 만든다. 청년들에게 있어 소방서란 궁극적으로 나무집과 마찬가지다. 이들은 숙소에서 함께 지내며, 성적 매력이 넘치는 여자들에 대해 꿈꾸다가, 일이 생기면 '나무줄기' 혹은 '나무집 기둥'을 잡고 미끄러져 내려와 급히 출동한다. 이 도시에는 온갖 종류의 떠다니는 존재들이 있다.

사회의 축소판

축소판은 사회가 그야말로 축소된 것을 뜻한다. 이것은 카오스 이론을 스토리텔링에 적용시킨 것으로, 관객에게 질서의 층위를 보여준다. 한 눈에 볼 수 없어서 눈에 띄지 않던 큰 세계의 질서는, 작게 만드는 순간 갑자기 명확해진다.

이야기 내에서 인공 공간은 모두 축소판이다. 다른 것은 크기뿐이다. 축소판은 이야기 세계의 기본이 되는 기법으로, 아주 훌륭한 축소기-확대기이다. 본질적으로, 이것은 한 가지 이야기를 순서대로 보여주지 않는다. 복잡한 관계 속에서 한꺼번에 많은 것을 보여준다.

축소판은 이야기에서 주로 다음의 세 가지 용도로 활용된다.

1 관객에게 이야기 세계 전체를 보여준다.

2 작가는 이를 통해 인물의 다양한 양상과 측면을 표현할 수 있다.

3 권력의 행사가 어떻게 되는지를 보여준다. 보통 독재인 경우가 많다.

레이와 찰스 임스 부부의 다큐멘터리 《10의 제곱수》는 이야기에서 축소판이 어떻게 활용되는지를 보여준다. 처음에는 어떤 남녀 한쌍이 풀밭에 누워 피크닉을 즐기는 게 나온다. 잠시 후 우리는 그 커플을 10야드 위에서 보고, 다음엔 100야드, 그 다음엔 1,000야드, 그리고 10,000야드로 계속해서 올라가 보게 된다. 10을 제곱한 수대로 시야가 계속 확장되고, 우리는 결국 불가해한 '높이'인 우주에까지 이른다. 그런 다음 시야는 재빨리 커플에게로 되돌아온다. 그러고는 이제 10을 반대로 적용하여 세포, 분자, 원자에 이르는 초미세의 세계로 깊이 들어간다. 각각의 관점은 완전한 하위 세계, 즉 사물의 순서를 보여줌으로써 해당 세계가 어떻게 작동하는지 간단히 설명한다.

축소판은 이야기에서도 똑같은 기능을 제공한다. 그러나 단순히 이야기 세계의 조각들이 어떻게 맞물려 있는지를 사실적으로 전달하는 것에 그치지 않고, 무엇이 중요한지를 보여준다. "가치는 축소판 안에서 축소되고 풍부해진다."[12]

시민 케인

각본 허먼 J. 맹키위츠, 오손 웰즈 ▪ 1941년

《시민 케인》은 미니어처 위에 구축된 이야기이다. 오프닝 장면에서 케인은 임종을 앞두고 있다. 그는 눈 덮인 오두막이 안에 담긴 스노우글로브를 떨어뜨려 박살낸다. 이것은 그가 잃었던 어린 시절의 축소판이다.

다음 장면에서는 유사 역사가의 관점에서 한 걸음 떨어져서 만들어진 케인의 뉴스 영화가 방영되는데, 이것은 인생의 축소판이다. 이 뉴스 영화에서는 케인의 저택이 소개된다. 케인은 개인적인 쾌락과 지배를 위해 건물 안에 자신의 이상향을 미니어처로 만들어 놓았다. 각각의 미니어처를 통해 관객은 돈 많고 고독하며 자기만 아는 인간의 모습에 엄청난 가치 담긴 것을 볼 수 있다. 이렇게 많은 미니어처를 사용한 것은 이야기의 주제를 암시하기 위함이다. 바로 아무리 많은 서술자와 관점으로 누군가를 살핀다고 해도, 한 사람이라는 존재를 정확히 알 수 없다는 점이다.

샤이닝

소설 스티븐 킹 ▪ **각본** 스탠리 큐브릭, 다이안 존슨 ▪ 1980년

《샤이닝》에서 글쓰기 때문에 고군분투하던 잭 토렌스는, 호텔 뒤에 있는 거대한 미로정원을 미니어처로 만들어놓은 것을 발견한다. 그는 '신의 시점'에 취해 바로 위에서 보다가 부인과 아들의 작은 형체가 그 안에 들어가는 것을 보게 된다. 그가 미니어처 정원에 있는 아내와 아들과 가지는 관계는 '압제적인' 관계이다. 그리고 이것은 이야기의 마지막에 실제 정원에서 아들을 살해하려는 시도를 예고(시간에 대한 일종의 축소판)한다.

큰 것에서 작은 것으로, 작은 것에서 큰 것으로

    등장인물의 몸집을 변경하면 인물과 이야기 세계의 관계에 주의가 환기된다. 이것은 관객의 머릿속에 혁신적인 변화를 일으켜 인물과 세계에 대해 완전히 새로운 시선을 갖고 생각하게 만든다. 관객은 한때 당연시 여겼던 추상적 개념이나 기저에 깔린 원리에 갑자기 직면하게 된다. 세계를 받들고 있는 근본 자체가 완전히 달라지는 것이다.

    모든 것을 마치 처음 보는 것인 양 새로운 시선으로 보게 하는 것, 그것이 바로 판타지 장르가 존재하는 주된 이유다. 등장인물의 신체를 작게 만드는 것이 그 어떤 이야기 기법보다 효과가 좋다. 등장인물이 작아질 때마다 그는 작은 아이로 퇴행한다. 그리하여 갑작스럽게 힘을 상실하는 부정적 경험을 겪게 되고, 거대하고 위압적인 주변 환경에 겁을 먹기도 한다. 그러나 긍정적인 경험도 있다. 등장인물과 관객 모두 새로운 세계를 보며 놀라운 기분을 느낄 수 있다. "돋보기를 든 사람은…젊음을 되찾는다. 돋보기 덕에 어린 시절처럼 모든 것을 확대해서 보는 것이다…. 따라서 매우 작고 좁은 문을 따라 들어가면 온 세상이 열리는 것이다."[13]

    이러한 전환의 순간, 세계 기저에 깔린 원칙이 관객에게 몰려든다. 세상은 여전히 현실적인데도, 평범한 사람이 갑자기 숭고해지는 것이다. 《애들이 줄었어요》를 보면, 뒷마당 잔디가 끔찍한 정글로 바뀐다. 《마이크로 결사대》의 경우, 인간의 몸은 괴물 같지만 아름다운 내면을 갖는다. 앨리스의 눈물은 바다가 되어 거의 빠져 죽을 지경이다. 《킹콩》에서 지하철은 킹콩에게 거대한 뱀이 되고, 엠파이어스테이트 빌딩은 태어나 처음 본 가장 큰 나무가 된다.

등장인물의 몸집을 작게 만들면, 그 인물은 즉시 더 영웅의 면모를 띠게 된다. 예를 들어 잭은 거인과 싸우기 위해 콩나무를 타고 올라가는데, 이 싸움에서 이기려면 힘이 아닌 두뇌를 사용해야 한다. 이것은 사이클롭스를 물리쳤던 오디세우스도 마찬가지다. 그는 사이클롭스의 눈을 멀게 한 사람이 '아무도 아닌 자'라고 말한 후, 양의 배에 매달려 도망가는 기지를 발휘했다.

몸집이 작은 인물이 등장하거나, 중간에 작아지는 수법을 쓴 이야기에는 『걸리버 여행기』, 『이상한 나라의 앨리스』, 《킹콩》, 《스튜어트 리틀》, 『엄지공주』, 《바로워즈》, 『엄지손가락 톰』, 《벤과 나》, 《애들이 줄었어요》, 《놀랍도록 줄어든 사나이》, 《마이크로 결사대》가 있다.

상대적으로 몸집이 커지면 반대의 경우보다 흥미가 떨어진다. 미묘함도 사라지고 플롯의 가능성이 상당부분 제거되기 때문이다. 인물이 엄청나게 커지면 그야말로 도자기 가게에 고삐 풀린 망아지를 풀어놓은 꼴이 된다. 아래만을 내려다보는 거대한 존재가 되는 것이다. 앨리스가 이야기 초반, 즉 집을 눈물로 흘러넘치게 한 때에만 거인으로 존재했던 이유도 바로 이 때문이다. 만약 앨리스가 15미터의 키로 쿵쿵 거리며 지나간다면 이상한 나라의 경이로움은 금방 사라졌을 테니 말이다. 걸리버 여행기의 소인국 편에서 가장 재미있는 부분이 초반부 15센티미터의 릴리퍼트인에게 잡혀있는 부분이라는 것도 같은 이유다. 거인이 된 걸리버는 전쟁 중인 진영 위에 우뚝 선다. 그 행동으로 나라간의 갈등은 부조리하다는 주장이 드러난다. 그러나 이때 이야기는 본질적으로 중단되고 만다. 걸리버가 허락하지 않는 이상, 아무 일도 일어날 수 없기 때문이다.

《빅》은 몸집이 커지면 작아질 때보다 덜 재미있다는 이론에 눈에 띌 만한 예외를 보여주는 멋진 이야기다. 그러나 《빅》은 작은 사람들 가운데서 혼자만 거인이 되는 그런 이야기가 아니다. 《빅》은 사람이 작아지는 것에 대해 또 다른 예시를 보여주는 것으로, 정확히 말하자면 한 남자가 어린아이의 마음을 갖는 것이다. 이 이야기의 매력은 톰 행크스의 역할, 즉 성인 남성의 몸으로 소년의 성격과 생각, 열의를 보여주는 모습에서 나온다.

세계를 이어주는 통로

이야기 세상에 최소 두 개의 하위 세계를 설정하면, 훌륭한 기법을 사용할 수 있다. 바로 그 둘 사이의 통로가 그것이다. 통로는 일반적으로 두 하위 세계가 극도로 다른 경우에만 사용된다. 이것은 등장인물이 일상의 세계에서 환상의 세계로 넘어가는 판타지 장르에서 가장 자주 볼 수 있다. 고전적으로 자주 쓰이는 통로를 보면, 토끼굴, 열쇠구멍, 거울(『이상한 나라의 앨리스』와 『거울 나라의 앨리스』), 폭풍(『오즈의 마법사』), 옷장(『나니아 연대기: 사자, 마녀, 그리고 옷장』), 그림과 굴뚝(《메리 포핀스》), 컴퓨터 화면(《컴퓨터 전사 트론》), 텔레비전(《플레전트빌》, 《폴터가이스트》) 등이 있다.

통로는 이야기에서 두 개의 용도로 쓰인다. 하나는, 말 그대로 등장인물이 한 장소에서 다른 장소로 이동할 수 있게 한다. 나머지 하나가 중요한 것으로써, 일종의 감압실처럼 관객이 현실에서 환상의 공간으로 전환하는데 도움을 준다. 즉 이제부터 이야기 세계의 규칙이 크게 바뀔 거라는 점을 관객에게 알리는 것이다.

통로가 주는 메시지는 이것이다. "긴장을 늦춰라. 이제부터 보게 될 것을 현실 세계의 감각으로 이해하려 들지 말아라." 이것은 판타지처럼 고도로 상징적이고 우화적인 작품에서 꼭 필요한 요소이다. 평범한 세상에서도 가능성을 찾고 새로운 관점으로 삶을 바라보는 것이 매우 중요하다는 기본 주제를 담고 있기 때문이다.

가장 좋은 것은 인물들이 통로를 통해 천천히 이동하는 것이다. 통로는 그 자체로 새로운 세계다. 이야기와 연결되어 있으면서도 낯설지 않은 사물과 거주민들로 채워져야 한다. 등장인물이 그곳에서 시간을 보내게 하라. 그리하면 관객 역시 기뻐할 것이다. 다른 세계로 가는 통로는 모든 이야기 기법 중 가장 인기 있는 기법에 속하기 때문이다. 유일무이한 통로를 찾아내는 즉시 여러분의 이야기는 반이나 완성된 것이나 다름없다.

이야기 속에 사용하는 기술과 도구

도구는 인간 신체의 연장선으로, 단순한 기능에 그 힘을 더한 것이다. 이로 인해 등장인물은 세상과 근본적인 방식으로 연결될 수 있다. 등장인물이 사용하는 모든 도구는 그 인물의 정체성의 일부가 된다. 그리하여 자신의 힘이 어떻게 확장되었는지 뿐만 아니라 그것으로 세계를 얼마나 잘 조작하고 조종할 수 있는지를 보여준다.

기술은 이야기 세계 자체를 강조하는 공상과학이나 판타지 같은 장르에 아주 유용하다. 또한 주인공을 더 큰 사회 시스템 안에 배치하는 매우 야심찬 이야기에도 유용하다. 작가, 즉 여러분이 공상과학의 세계를 창조하기 때문에, 이 때 발명되는 특정 기술은 여러분이 봤을 때 가장 거슬리는 인류의 어떤 측면을 강조하게 된다. 또한 위대한 공상과학물의 경우 작가가 가진 세계 진화의 관점이 드러나기에, 인간과 기술의 관계는 늘 중점 요소가 된다. 판타지에서 마술 지팡이 같은 도구는 인물의 자제력을 보여주며, 그가 자신의 지식을 선과 악의 문제에 어떻게 사용하는지를 알려준다.

인물이 시스템 안에 갇혀 있는 이야기에서, 도구는 시스템이 어떻게 힘을 발휘하는지 그 방식을 보여주는 중요한 방법이 된다. 특히 이것은 사회가 보다 복잡하고 기술이 진보된 단계로 이동하는 현대 이야기에서 더욱 그렇다. 가령 『위대한 앰버슨가』는 자동차 산업의 부상으로 인한 효과를 보여준다. 《시네마 천국》에서는 주차장을 만들겠다는 이유로 영화관을 폭파한다. 반-서부극의 고전(서부 개척의 막바지가 배경이다.) 《와일드 번치》에서는, 한물 간 카우보이들이 처음으로 자동차와 기관총을 접하게 된다. 역시 위대한 반-서부극인 《내일을 향해 쏴라》의 경우, 추적단에 참가할까 말까 망설이는 사람들에게 자전거 판매상이 홍보에 열을 올리는 기가 막힌 장면이 나온다.

더 큰 세상을 탐험하지 않는 이야기 형식에서도 도구는 유용하게 쓰일 수 있다. 예를 들어 액션물에서는 일상에서 쓰는 물건들이 즉석에서 무기로 둔갑하거나 주인공이 그걸 이용해 적보다 우위에 서게 된다. 그럼으로써 주인공의 능력이 엄청나게 강조되는 것이다. 드라마에서 일상에 쓰는 도구는 너무 흔해서 사실 눈에 띄지도 않는다. 그렇다 해도 기술(때로는 기술의 결핍)은 인물의 성격이나, 세상 속 그의 위치를 정의하는 데 도움이 된다. 『세일즈맨의 죽음』에서 윌리 로먼은 일주일에 70달러를 벌지만 냉장고 할부금 16달러를 내야한다. 아들 해피가 크리스마스 때 50달러를 주지만, 온수기를 고치는 데 70달러가 필요하다. 그리하여 그는 차를 과속으로 몰고 나간다. 윌리는 그야말로 '기계에 갇힌' 것이다.

주인공의 발전을 세계와 연결시키기

이야기 세계를 구축하는 데 있어 가장 먼저 해야 할 일은 등장인물과 가치에 기반을 두고 눈에 띄는 시각적 대립을 만들어내는 것이다. 두 번째 단계는 주인공 발전의 종착지가 어딘지를 확인하는 것이다.

이것은 등장인물을 만들 때 사용한 기법과 비슷하다는 점을 상기하자. 거기서 우리는 인물 연결망을 만드는 것으로 시작했다. 인물들 간의 대비와 공통점을 통해 다른 인물을 정의하기가 쉬워졌기 때문이다. 그런 다음 우리는 주인공에 초점을 맞추었다. 종착점(자기발견)에서 시작하여 시작점(약점과 필요/욕구)까지 거슬러 올라간 후, 그 사이의 구조 단계를 만들었다. 우리가 그렇게 한 이유는 두 가지이다. 첫째, 모든 이야기는 주인공의 배움의 여정이다. 둘째, 작가로서 우리는 첫발을 내딛기 전부터 여정의 모든 과정을 알고 있어야 한다.

이야기 세계를 구체화할 때에도 똑같은 방식을 적용해야 한다. 우리는 이미 인물 연결망을 살펴봄으로써 이야기 세계에서 드러날 시각적 대립을 마련했다. 이제는 주인공의 변화 전체에 초점을 맞출 때이다. 그렇게 하면 이야기의 시작과 끝에서 세상이 어떻게 변할 지 확인할 수 있다.

거의 대부분의 이야기에서, 주인공의 변화는 노예에서 자유로 설명된다. 여러분이 쓰는 이야기도 그렇다면, 시각적인 세계 역시 노예에서 자유로 이동해야 한다. 이제부터 인물의 변화와 세계의 변화가 어떻게 맞물리는지 알아보자.

인물은 주로 자기 자신의 심리적, 도덕적 약점의 노예가 된 상황이다. 세계는 세 가지 주요 요소—장소(자연환경), 인간(인공 공간), 기술—의 관계와, 그것이 주인공에게 끼친 영향에 따라 노예가 된(혹은 자유로운) 상태다. 이것들을 어떻게 독창적인 방식으로 엮느냐에 따라 이야기 세계의 성격이 정해진다.

시작점/노예 장소, 인간, 기술이 균형을 맞추지 못하면, 모두가 자기 앞가림 하느라 바쁘게 된다. 각자가 부족한 자원을 차지하기 위해 발톱을 세우는 동물, 혹은 기계를 위해 일하는 톱니바퀴로 전락하는 것이다. 이것이 노예의 삶이며 이걸 극으로 몰아붙이면 디스토피아, 혹은 생지옥이 된다.

종착점/자유 장소, 인간, 기술이 (여러분의 구상대로) 균형을 이루면, 거기에는 공동체가 생기게 된다. 그곳에서 각자는 타인의 지지 속에서 나름의 방식으로 성장한다. 이것이 바로 자정의 세계이며, 이걸 끝까지 밀어붙이면 유토피아, 혹은 지상낙원이 된다.

노예와 디스토피아, 자유와 유토피아 말고도 여러분이 이야기 처음과 끝에서 만들어낼 수 있는 세계가 하나 더 있다. 유사 유토피아이다. 이 세계는 완벽해보이지만 그것은 그저 겉모습만 그렇다. 그 아래로 내려가면 세계는 타락하고 썩었고 자유가 없다. 모두가 필사적으로 자신이 가진 심리적 도덕적 재앙을 감추기 위해 그럴 듯한 가면을 쓴다. 이러한 기법은 《L. A. 컨피덴셜》과 《블루 벨벳》의 오프닝 신에서 사용되었다.

이렇게 다양한 종류의 세계를 만들 때 중요한 것은 그것들을 주인공과 연결해야 한다는 점이다. 대부분의 이야기에서 주인공과 세계는 일대일로 연결되어 있다. 예를 들어 노예처럼 사는 주인공의 세상은 자유가 없는 곳으로 표현된다. 자유로는 주인공, 혹은 자유를 쟁취하는 주인공은 자유의 세계를 창조해낸다.

● **핵심POINT** 대부분의 이야기에서 주인공이 어떤 사람인지, 어떻게 성장하는지를 눈에 보이게 표현하는 것은 바로 세계이다.

이 기법을 쓰면 세계는 이야기 구조를 통해 주인공을 정의해준다. 좋든 나쁘든 상관없이 그의 필요, 가치, 욕망을 드러내주며, 그가 마주한 장애를 보여준다. 바로 그 때문에 대부분의 이야기에서 주인공은 어떤 식으로든 자유를 박탈당한 상태로 등장한다. 여러분은 그 면에 집중해야 한다.

● **핵심POINT** 자문하라. 어떻게 하면 자유가 없는 세상을 통해 주인공의 약점을 표현할 수 있을까? 세계는 주인공의 약점을 형상화하거나, 강조하거나, 두드러지게 하거나, 혹은 최악의 형태로 이끌어내야만 한다.

추리물, 범죄물, 스릴러물을 예로 들어보자. 이들의 경우 주인공의 약점(존재하는 경우)과 '암흑가' 혹은 자유가 박탈된 세계를 연결하곤 한다.

현기증

소설 피에르 보일로, 토마스 나르세작 ▪ **각본** 알렉 코펠, 새뮤얼 테일러 ▪ 1958년

《현기증》의 세계는 오프닝 장면에서 주인공의 심리적 약점을 강조한다. 스코티는 샌프란시스코의 지붕 위에서 범인을 쫓다가 미끄러지는 바람에 5층 높이에서 간신히 매달려 있게 된다. 아래를 내려다보자 현기증이 몰려온다. 동료 경찰은 그를 도우려다 오히려 추락사하고, 이로 인한 죄책감이 이야기 끝까지 그를 따라다닌다. 주인공의 약점을 강조하는 이야기 세계의 기술은 후에 반복되어 나타난다. 바로 자신이 사랑하는 여성이 자살하는 것을 막으려 했지만, 현기증으로 인해 탑에 오르지 못하게 되었기 때문이다. 킬러는 주인공의 약점—현기증—을 이용하여 살인을 저지르고도 빠져나간다. 실제로 이 기법은 《현기증》의 가장 큰 강점, 즉 스토리텔링의 원천이 된다.

주인공이 가진 약점을 보여주고 강조하기 위해 자유가 박탈된 세계를 창조하는 것은 일반 드라마나 멜로 드라마 모두에서 유용하다.

선셋 대로

각본 찰스 브래킷, 빌리 와일더, D.M. 마쉬맨 주니어 • 1950년

《선셋 대로》에서 주인공이 가진 약점은 그가 돈과 사치스러운 것에 집착한다는 점이다. 아나나 다를까, 그는 돈도 불에 태워버릴 수 있을 만큼 부유하고 한물간 영화배우에게 딱 붙어 비위를 맞춰주며 낡은 저택에서 숨어지낸다. 마치 흡혈귀처럼 영화배우와 그녀의 저택은 주인공의 피를 빨아먹고, 그가 호화로운 노예가 될수록 그들은 젊음을 되찾는다.

욕망이라는 이름의 전차

소설 테네시 윌리엄스 • 1947년

《욕망이라는 이름의 전차》는 이야기 초반 노예 세계를 통해 주인공의 거대한 약점을 제대로 보여주는 아주 훌륭한 예시이다. 블랑쉬는 나약하고 자기를 기만하는 여성이다. 그녀는 로맨스와 예쁜 것들로 가득한 꿈의 세계에 숨어 살기를 원한다. 그러나 꿈과 반대로 여동생과 그녀의 난폭한 애인이 사는 덥고 비좁은 아파트에 살게 된다. 블랑쉬가 가진 로맨스의 환상을 충족시켜주기는커녕, 이 지옥 같은 장소와 동물 같은 왕 스탠리는 그녀가 무너질 때까지 끊임없이 압박을 가한다.

카사블랑카 (희곡 제목: 모두가 릭의 카페에 온다)

희곡 머리 버넷, 조앤 앨리슨 • **각본** 줄리어스 J. 엡스타인, 필립 G. 엡스타인, 하워드 코치
• 1947년

《카사블랑카》는 러브 스토리이지만 릭의 약점에 끊임없이 잽을 날리는

것으로 이야기를 시작한다. 이곳 역시 노예의 세계이다. 그의 멋진 술집 '카페 아메리카'는 구석구석 어디를 봐도 낭만의 도시 파리에서 잃어버린 사랑을 떠올리게 한다. 술집은 돈을 벌기위한 도구이기도 하지만 이곳을 유지하기 위해서는 타락한 프랑스 경찰에게 돈을 찔러줘야 한다. 그의 근사한 술집은 이곳저곳을 통해 분명한 것을 보여주고 있다. 바로 세계가 지도자를 찾아 부르짖는 동안 릭은 자기중심적인 냉소주의에 빠져 있다는 점이다.

판타지 역시 노예의 세계와 주인공의 약점을 일치시키는 기법을 쓰는 이야기 형식이다. 훌륭한 판타지는 늘 어떤 평범한 세계 속에 주인공을 배치하고, 그곳에서 심리적 혹은 도덕적 약점을 설정한다. 이러한 약점 때문에 주인공은 자신이 사는 장소, 그리고 자기 자신이라는 존재가 가진 진정한 가능성을 보지 못한다. 이로써 그는 판타지 세계로 갈 수밖에 없는 것이다.

꿈의 구장(소설 제목: 맨발의 조Shoeless Joe)

소설 W. P. 킨셀라 · **각본** 필 알덴 로빈슨 · 1989년

《꿈의 구장》에서 주인공 레이는 아이오와의 한 농장에 산다. 그 근처 마을에서는 책을 금지하려고 한다. 매부는 그곳을 좀 더 돈이 되는 실용적 용도로 바꾸고 싶어 하고 주변 농민들은 그를 미쳤다고 하지만, 레이는 자신의 부지에 야구장을 만든다. 레이의 '필요'는 자신이 열정을 갖고 할 수 있는 일에 몰두하는 것, 그리고 이미 돌아가신 아버지와 화해하는 것이다. 그는 야구장을 만듦으로써—이곳은 고인이 된 야구 스타 맨발의 잭슨을 소환한다—자신만의 유토피아를 창조하고, 아버지와 마지막 교감을 나눌 수 있게 된다.

메리 포핀스

소설 P.L. 트래버스 ▪ **각본** 빌 월시, 돈 다그라디 ▪ 1964년

영화《메리 포핀스》에서 가정은 구속의 공간이다. 이곳을 지배하는 자는 시계를 신으로 모시고 규칙에 얽매여 사는 아버지이다. 메리 포핀스는 형식상 주인공으로, 나는 그 역할에게 '여행하는 천사'라는 별명을 붙였다. 그녀는 '그야말로 모든 면에서 완벽하며', 그렇기에 약점이란 게 있을 수 없다. 사실 그녀는 다른 사람들이 자신을 노예로 부리는 세상 속에서 각자의 진정한 가능성과 부정적 가능성을 알게 해주는 요원과도 같다. 아이들은 자기를 파괴하는 방식으로 반항을 하며, 런던의 문 밖과 자신의 마음 안에 있는 놀라운 마법 세계에 대해 전혀 알지 못한다.

주요 적대자인 아버지는 심지어 아이들보다 더 큰 약점이 있다. 그는 판타지 세계에 들어갈 생각도 않고 그저 그것을 사업 수완으로만 생각하며, 아이들이 그 세계에 다녀오는 것과 마법을 부리는 유모를 통해 혜택을 본다. 마지막에는 아버지의 사업 공간은 아이들과 함께 연을 날릴 수 있는 공간이 된다.

여행하는 천사가 등장하여 주인공과 구속된 세계 사이의 연결을 보여주는 코미디로는《크로커다일 던디》,《뮤직 맨》,《아멜리에》,《초콜렛》,《굿모닝 베트남》,《미트볼》이 있다.

지금까지 거론한 이야기의 주요 요소—전제, 설계 규칙, 7단계, 인물, 도덕적 주장—를 나머지 요소와 맞추고 연결하는 일은 중요하다. 이 모든 것이 함께 작동해야 깊이 있고 특별한 질감이 느껴지며 제대로 연결된 이야기가 생겨나기 때문이다. 이것이 바로 훌륭한 스토리텔링에 없어서는 안 될 조율이다.

이야기 초반, 모든 요소가 직조되어 표현하는 것은 하나다. 주인공이 (십중팔구) 자신의 큰 약점을 부각시키거나, 증폭시키거나, 악화시키는, 노예

의 세계에 살고 있다는 점이다. 그런 다음 그는 자신의 약점을 교묘하게 이용할 적대자를 만나게 될 것이다. 8장에서, 우리는 시작점에서 등장하는 요소, '망령'을 살펴보고, 망령이 어떻게 주인공의 약점을 보여주는지 알아볼 것이다.

주인공과 세계의 연결은 주인공의 노예생활부터 시작되어 그가 캐릭터 아크를 보여주는 내내 이어진다. 대부분의 이야기에서 주인공과 세계는 서로를 표현하는 수단이기에 그 둘은 함께 발전한다. 만약 주인공이 변화하지 않는다면, 세계도 변화하지 않는다. 이런 경우는 체호프의 작품에서 많이 볼 수 있다.

이야기가 진행됨에 따라 주인공과 세계가 함께 변하거나, 대비되거나, 혹은 변하지 않는 전형적인 예를 몇 가지 들어보자,

주인공: 구속 → 극도의 구속 → 자유
세계: 구속 → 극도의 구속 → 자유

주인공의 이야기는 구속의 세계에서 시작된다. 목표 달성을 위해 안간힘을 쓰지만, 세계가 다가올수록 내리막길을 걸을 뿐이다. 그러나 그때, 자기발견을 통해 필요를 충족하고 자유로운 존재가 된다. 세계는 그가 이룬 업적으로 인해 비로소 더 나아진다.

이런 패턴은 《스타워즈 에피소드 4-6》, 『반지의 제왕』, 《심판》, 《라이언 킹》, 《쇼생크 탈출》, 《멋진 인생》, 『데이비드 코퍼필드』에서 찾아 볼 수 있다.

주인공: 구속 → 극도의 구속/죽음
세계: 구속 → 극도의 구속/죽음

이런 경우 주인공은 자신의 약점과 자신을 억누르는 세계 속에서 구속된 채 이야기가 시작된다. 주인공의 영혼에 스며든 암과 같은 존재 때문에, 그에게 의지하는 세상 역시 썩어 있기는 마찬가지다. 주인공은 목표를 찾는 과정에서 부정적인 자기발견을 하게 되고, 그것은 그와 그에게 의지하는 세상 모두를 파멸로 이끈다. 아니면 자신이 이해하지 못하는 구속된 세상

으로 인해 망가지고 만다.

이런 패턴은『오이디푸스 왕』,『세일즈맨의 죽음』,《욕망이라는 이름의 전차》,《컨버세이션》,《순응자》,《선셋 대로》,《세 자매》,『벚꽃 동산』,『암흑의 핵심』에서 볼 수 있다.

주인공: 구속 → 극도의 구속/죽음
세계: 구속 → 극도의 구속 → 자유

이야기 마지막에 주인공과 세계가 가진 연결을 끊어버리는 이러한 접근법은 비극에서 사용되곤 한다. 주인공은 자기발견을 하지만, 자유를 얻기에는 이미 너무 늦었다. 그러나 죽거나 쓰러지기 전 희생을 함으로써 주인공이 사라진 후 세계는 자유를 얻는다.

이러한 예는『햄릿』,《7인의 사무라이》,『두 도시 이야기』에서 볼 수 있다.

주인공: 구속 → 일시적 자유 → 극도의 구속/죽음
세계: 구속 → 일시적 자유 → 극도의 구속/죽음

이 기법을 쓰면 주인공이 이야기 중간에서 자유가 있는 하위 세계로 들어가게 된다. 이곳은 주인공이 진정한 자아를 깨닫는다면 살아 마땅한 세계다. 그러나 그렇게 하지 못하고 지나치거나 혹은 이 세계의 정당성을 너무 늦게 발견하게 되어, 결국 주인공은 파멸에 이른다.

이러한 패턴은《와일드 번치》,《시에마 마드레의 보물》,《내일을 향해 쏴라》,《늑대와 춤을》에서 볼 수 있다.

주인공: 자유 → 구속/죽음
세계: 자유 → 구속/죽음

이러한 이야기는 유토피아의 세계에서 시작된다. 주인공은 행복하지만 공격이나 변화에 있어서는 취약하다. 새로운 인물이 등장하여 사회의 힘 그리고/혹은 그 안에 있는 인물의 결함을 변화시키면, 주인공과 그의 세계는 점점 쇠퇴하다가 결국 몰락하게 된다.

이러한 패턴은 『리어 왕』, 『나의 계곡은 푸르렀다』, 『아더 왕의 죽음』, 《엑스칼리버》에서 볼 수 있다.

주인공: 자유 → 구속 → 자유
세계: 자유 → 구속 → 자유

여기서도 주인공은 자유의 세계에 있는 것으로 이야기가 시작된다. 공격은 가족의 내부 혹은 외부에서 시작된다. 주인공과 세계는 쇠퇴하지만, 그는 문제를 극복하고 더 강력한 유토피아를 건설한다.

이런 접근은 《세인트루이스에서 만나요》, 《나는 기억한다》에서 사용되었으며, 《시네마 천국》에도 살짝 가미되었다.

주인공: 피상적 자유 → 극도의 구속 → 자유
세계: 피상적 자유 → 극도의 구속 → 자유

이런 이야기의 시작에서 세계는 유토피아로 보인다. 그러나 사실은 극도로 계층화되고 부패한 장소일 뿐이다. 등장인물들은 이기기 위해 무모하게 덤비며, 그 과정에서 많은 수의 사람이 죽어나간다. 그러다 마침내 주인공이 부패와 싸우고 정의로운 사회를 건설하거나, 아니면 살아남은 최후의 일인이 되고 만다.

예를 들면 《L.A. 컨피덴셜》, 《쥬라기 공원》, 《위대한 앰버슨가》, 《블루 벨벳》이 있다.

또 이러한 진행을 머리 좋게 비튼 작품이 있다. 범죄물에 블랙코미디 형식이 결합된 《좋은 친구들》이 그것이다. 처음 마피아 갱단은 겉으로는 자유롭게 지내는 것처럼 보였다가, 주인공이 극도의 구속을 느끼는 것으로 넘어가고, 결국 친구들 모두의 파멸로 마무리된다.

이야기 세계 속 시간

이야기 세계가 주인공과 연결되었다. 그럼 이제 우리가 할 일은 이야기 세계 자체가 발전할 수 있도록 다양한 방법을 모색하는 것이다. 이야기 세계를 구성하는 데 사용할 '시간'이라는 요소는—자연환경, 인공 공간, 기술에 이어—네 번째 주요한 요소가 된다.

우선 이야기 세계 속에서 시간이 표현되는 다양한 방식, 더 정확하게는 이야기 세계가 시간을 통해 표현되는 방식을 살펴보기 전에 짚고 넘어갈 것이 있다. 그것은 작가들이 시간에 대해 가지고 있는 두 가지 오류이다.

과거와 미래의 오류

과거의 오류라는 것은 주로 역사물에서 발견된다. 역사물 작가가 묘사하고 있는 세계는 지금과는 달리 그곳만의 고유한 가치와 도덕규범이 있다는 생각에, 지금 우리의 기준으로 그 사람들을 판단해서는 안 된다는 것 말이다.

과거의 오류가 발생하는 이유는 역사 소설을 쓰는 작가는 무엇보다 역사에 초점을 맞춰야 한다는 잘못된 생각 때문이다. 작가로서, 여러분이 쓰는 것은 늘 이야기라는 점을 명심하라. 과거를 사용하는 것은 관객이 오늘날의 자신을 더 명확하게 볼 수 있도록 과거라는 안경을 사용한 것뿐이다. 따라서 과거 사람들에 대한 판단을 보류하는 것은 어리석은 일이다. 오히려 비교를 통해 우리 자신을 더 잘 판단할 수 있기 때문이다.

이 비교는 두 가지 방식으로 이루어진다. 부정적으로 비교하는 경우, 과거에 지배적이었던 가치관이 오늘날에도 여전히 사람들에게 상처를 주고 있음을 보여준다. 나다니엘 호손의 『주홍글씨』와 아서 밀러의 『시련』에 등장하는 청교도적 가치관이 이를 잘 드러낸다. 긍정적으로 비교하는 경우에는 지금까지도 좋게 평가되어, 되살려야 할 과거의 가치를 보여준다. 가령 《황색리본》은 1870년대 미국의 한 군사 초소가 보여준 의무, 명예, 충성심과 같은 가치를 높게 평가한다.

미래의 오류라고 부르는 것은 공상과학 소설에서 흔히 볼 수 있다. 많은 작가들은 공상과학 소설이라고 하면, 미래에 어떤 일이 일어날지, 세상이 실제로 어떻게 바뀌어있을지 예측하는 것에 초점을 맞춘다. 이런 생각은 1983년 말에도 있었다. 조지 오웰이 『1984』에서 미래를 예측했던 게 맞았는지, 맞았다면 뭐가 맞았는지를 따지며 사람들이 논쟁을 했기 때문이다.

여기서 오류가 생기는 이유는 미래를 배경으로 하는 이야기는 미래에 관한 이야기라고 생각하기 때문이다. 그러나 그게 아니다. 배경을 미래로 설정하는 것은 그저 관객에게 안경을 하나 제공하는 것과 다름없다. 그것을 통해 현재를 더 집약해서 보여주고, 더 잘 이해하게 도와주는 것이다. 공상과학소설과 역사소설에는 눈에 띄는 차이점이 있다. 미래를 배경으로 하는 이야기는 가치보다는, 오늘날 우리가 직면하는 힘과 선택, 그리고 선택을 현명하게 하지 못했을 때의 결과를 강조한다는 점이다.

이야기에서의 진정한 시간은 '자연'의 시간이다. 이것은 세계가 발전하는 방식, 더 나아가 이야기가 발전하는 방식과 연관이 있다. 자연 시간을 표현하는 대표적인 기술로는 계절, 명절, 하루, 시간의 종료시점이 있다.

계절

이야기 속 시간을 자연스럽게 만들기 위한 첫 번째 기법은 계절의 순환과 관습에 따른 행사를 활용하는 것이다. 이 기법에서는 특정 계절 안에 이야기, 혹은 이야기의 어떤 순간을 집어넣는다. 모든 자연환경이 그렇듯, 관객은 각 계절을 통해 주인공이나 이야기 세계에 대한 특정 의미를 전달받게 된다.

더 나아가 계절의 변화를 보여주면, 주인공 혹은 이야기 세계의 발전이나 퇴락을 자세하고도 강력하게 표현할 수 있다.

이야기 속에서 사계절을 모두 다루면, 관객들은 작가가 직선형 이야기(어떤 발전에 대한 이야기)에서 순환형 이야기(결국에는 모든 게 제자리로 돌아오는 이야기)로 변환했다는 것을 알게 된다. 여러분은 이것을 긍정적으로 또는 부정적으로 제시할 수 있다. 긍정적인 순환형 이야기는 주로 인간과 공간의 연결에 주안점을 둔다. 인간은 동물에 속하며, 그렇다는 것을 기꺼이 받아들인다. 탄생과 죽음과 같은 생의 순환은 자연스러운 일이며 축하받기에 합당한 일이다. 그리고 인간은 자연이 꾸준하고 잔잔한 속도로 드러내는 비밀을 연구함으로써 많은 것을 배울 수 있다. 소로의 『월든』이 이런 식으로 계절을 활용했다.

부정적인 순환형 이야기는 인간이 다른 동물과 마찬가지로 자연의 힘에 은밀히 구속되어 있다는 점을 강조한다. 이 접근법은 금세 따분해지기 쉬워 쓰기에 까다로운 편이다. 실제로 자연을 다룬 다큐멘터리를 보면, 플롯이 항상 계절에 맞춰 진행되기에 뻔하고 지루하다는 단점이 있다. 예를 들어 동물은 봄이면 새끼를 낳고, 여름이면 사냥을 하거나 사냥을 당하고, 가을에는 짝짓기를 하고, 겨울에는 굶주림에 시달린다. 그러나 이윽고 봄이 찾아오면 또 다시 새끼를 낳는 식이다.

스토리라인과 계절을 접목시키는 고전적 방법을 아주 훌륭하게 수행한 예로는 《세인트루이스에서 만나요》와 《나는 기억한다》가 있다. 이는 다음과 같이 계절과 극을 일대일로 연결한다.

여름: 등장인물은 문제 상황 혹은 취약한 상황에 노출되어 있거나 공격받기 쉬운 자유의 세계에 살고 있다.

가을: 등장인물이 쇠락을 겪는다.

겨울: 등장인물이 최악의 고비를 맞는다.

봄: 등장인물이 문제를 극복하고 다시 일어선다.

여러분은 이런 고전적인 연결을 사용할 수도 있고, 진부한 표현을 피하기 위해 의도적으로 중간에서 자를 수도 있다. 예를 들어, 등장인물은 봄에 쇠락을 겪었다가 겨울에 다시 일어설 수 있다. 이렇게 정상적인 순서를 바꿈으로써 관객의 예상을 깨버릴 뿐 아니라, 인간은 자연계에 속해 있지만 그 흐름의 노예가 아니라는 점을 주장할 수 있다.

풍습과 명절

풍습과 이를 기념하는 명절은 의미를 표현하고, 이야기의 전개속도를 조절하고, 전개가 어떻게 이뤄지는지를 보여주는 기법으로 쓰인다. 풍습이란 정해진 간격으로 반복되는 일련의 행동으로, 그 안에는 철학이 담겨져 있다. 따라서 어떤 풍습을 사용하든 상관없다. 이미 이야기에 넣을 수 있을 만큼 강력한 시각 요소를 갖춘 극적인 행사이기 때문이다. 명절은 풍습의 범위를 국가의 규모로 확장한 것으로, 풍습에 담긴 정치적 의미뿐만 아니라 개인적, 사회적 의미도 표현할 수 있다.

이야기에서 풍습이나 명절을 활용하려면, 일단 해당 풍습에 내재된 철학을 검토하고 스스로 그에 동의하는지 여부를 결정해야 한다. 이야기 속에서 해당 철학의 일부 혹은 전체를 지지하거나 공격할 수도 있기 때문이다.

《크리스마스 스토리》(소설 제목: 우리는 신을 믿고, 다른 모든 이는 현금을 낸다In God We Trust: All Others Pay Cash)

《위대한 독립기념일과 다른 재앙들 The Great American Fourth of July and Other Disasters**》**

소설 장 셰퍼드 ▪ **각본** 장 셰퍼드, 리 브라운, 밥 클라크 ▪ 1983년 / **각본** 장 셰퍼드 ▪ 1982년

유머 작가 장 셰퍼드는 특정 명절을 바탕으로 이야기를 구성하는 데 능숙하다. 그는 가족을 회상하는 화자와 명절을 결합하는 것으로 이야기를 시작한다. 이로써 관객은 가정에서 행복하게 지냈던 기억에 머물며 유년 시절의 유토피아에 빠지게 된다. 특정 명절은 시간의 통로를 만들어 관객을 순식간에 어린 시절로 되돌아가게 한다. 여기서 셰퍼드는 서술자의 목소리로 시간의 통로를 만든다. 매년 명절에 있었던 똑같은 재미난 일을 열거하는 것이다. 주인공의 남동생은 늘 커다란 방한복만 입었다. 아버지는 늘 엄마가 화를 낼 만한 선물을 사왔다. 이웃 꼬마들은 늘 주인공에게 심한 장난을 쳤다. 깃대에 혀가 붙어버린 플릭 얘기는 또 어떤가?

셰퍼드는 대놓고 종교적 방식을 쓰지 않고, 매년 이맘때 사람들이 하는 우스꽝스러운 일을 비웃고 조롱하는 시늉을 함으로써 명절에 담긴 철학을 지지했다. 이런 방식이 기분 좋은 이유는 그 우스꽝스러운 일들이 매년 반복해 일어나고 기억 속 사람들은 결코 늙지 않기 때문이다. 이것이 바로 매년 반복되는 이야기가 가진 힘이다.

이 기법을 사용하기에 앞서, 풍습과 명절, 그리고 명절이 속한 계절과의 관계를 이해하는 것이 중요하다. 그런 다음 이 모든 요소를 조율하여 주인공이나 세계의 변화를 표현해야 한다.

한나와 그 자매들

각본 우디 앨런 ▪ 1982년

《한나와 그 자매들》을 보면 명절을 이야기와 결합하는 방법, 인물의 변

화를 보여주는 방법을 알 수 있다. 이 영화 속 명절은 추수감사절이다. 이것은 식민지 시대부터 시작된 미국 고유의 축제로, 국가의 건설과 풍성한 수확물에 감사하는 공동체의 형성을 상징한다. 그러나 우디 앨런은 이야기의 구조를 만들고 주제의 바탕을 마련하는 데 있어서 추수감사절을 평범한 방식으로 사용하지 않았다. 명절의 철학에 초점을 맞추는 대신, 세 자매와 그들의 남편 혹은 남자친구들이 동시에 얽히고설키는 모습을 번갈아 보여주며 이야기를 만들어갔다. 이야기 초반에는 인물 사이에도, 이야기 구조 자체에도 공동체라는 것이 없다. 앨런은 구조를 통해 공동체를 창조한다. 러브 스토리 세 개를 엮고, 추수감사절을 세 번이나 지나게 한 것은 그런 이유다.

구조는 다음과 같이 작동한다. 이야기는 등장인물 모두가 잘 안 맞는 짝과 함께 추수감사절 만찬에 모이며 시작된다. 그런 다음 이야기는 여섯 인물을 가로지르며 교차 편집이 된다. 이야기 중반, 그들 모두가 다시금 추수감사절 만찬에서 모이지만, 이번에는 새로운 짝, 그러나 여전히 잘 안 맞는 사람과 함께다. 이야기는 다시 여러 갈래로 쪼개지고, 등장인물들은 고군분투하다 헤어진다. 그러다 마지막은 등장인물들이 세 번째 추수감사절 만찬에 모이는 것으로 막을 내린다. 그러나 이번에는 모두가 딱 맞는 상대와 왔기에 진정한 공동체가 된다. 이야기와 명절이 하나가 된 것이다. 여기 인물들은 추수감사절에 대해 이러쿵저러쿵 말하지 않는다. 대신 명절을 지낼 뿐이다.

하루

하루라는 시간 단위는 이야기에서 썼을 때 매우 특정한 효과를 낸다. 첫 번째 효과는 이야기의 동력을 유지한 채, 한꺼번에 일어나는 움직임을 만들어내는 것이다. 그렇게 하면 대부분의 직선형 이야기처럼 오랜 시간에 걸쳐 한 명의 인물을 보여주는 대신, 여러 명의 인물이 바로 지금, 오늘, 동시에 행동하는 모습을 보여줄 수 있다. 쉴 새 없이 똑딱거리는 시간은 이야기를 앞으로 흘러가게 하고 동시에 압박감을 느끼게 한다.

만약 여러분이 12시간짜리 시계를 쓴다면—이야기 전체를 한나절, 혹은 하룻밤 동안 일어나게 한다면—깔때기 효과를 만들어내게 된다. 12시간이 지나면 이야기의 결말이 날 뿐 아니라 종착점에 가까워질수록 긴박감 또한 높아지게 되는 것이다. 이런 방식을 사용한 이야기에는《청춘 낙서》,《페리스의 해방》,《한여름 밤의 미소》가 있다.

만약 24시간짜리 시계를 쓴다면, 위기감은 낮추는 대신 이야기가 순환되는 느낌을 넣을 수 있다. 무슨 일이 일어나든 간에, 모든 것이 똑같은 처음으로 돌아가, 그 모든 걸 다시 시작하는 것이다. 어떤 작가들은 변화를 더욱 강조하고 싶어서 순환되는 느낌을 넣기도 한다. 이 기법을 쓰면, 대부분의 것들이 똑같이 유지되지만 지난 24시간 동안에 바뀐 한두 가지 사항이 훨씬 더 중요하다는 것을 보여주게 되기 때문이다. 이 기법은『율리시즈』부터《사랑의 블랙홀》에 이르기까지 다양한 이야기에서 기반을 마련했다. (드라마《24》는 이 기법을 역이용해, 24시간으로 한 시즌을 채워 긴장감을 높이는 플롯을 구성했다.)

24시간이라는 하루는, 사계절을 사용할 때와 마찬가지로 주제에 효과를 준다는 것을 염두에 두자. 두 기법 모두 종종 코미디와 연결이 된다. 이 때는 순환 구조를 이루고, 개인이 아닌 사회를 강조하며, 일종의 교감이나 결혼으로 끝나는 경우가 많다. 순환하는 시간 기법은 공간의 순환성을 기반으로 하는 신화 형식과도 관련이 있다. 많은 고전 신화에서 주인공은 집에서 출발하여 여정을 떠나고 집으로 돌아와 내면의 무언가를 발견한다.

유진 오닐은《밤으로의 긴 여로》에서 이러한 하루 기법을 차용했다. 그러나 24시간을 사용하며 순환의 긍정적인 면을 이끌어낸『율리시즈』와는 달리,《밤으로의 긴 여로》는 오전부터 밤까지 오직 18시간만 쓴다. 그리하여 가족은 점점 더 망가지고 어머니는 약에 취해 광기로 치닫는 등 희망에서 절망으로 향하는 하강곡선을 그린다.

하루 기법이 주는 두 번째 주요한 효과는 이야기 속에서 일상성이 강조된다는 것이다. '죽은' 시간을 잘라내고 중요하게 생각되는 극적인 순간만 보여주는 대신, (『이반 데니소비치의 하루』처럼) 평범한 사람들의 삶을 구성하는 소소한 일들과 지루할 수도 있는 세부 사항까지 보여주기 때문이다. 이런 '일상의 하루' 접근 방식에는 드라마가 꼭 왕에게만 해당되는 것이 아니라, 일반 사람에게도 역시 유효할 수 있다는 점이다.

완벽한 하루

하루 기법에서 파생된 것으로 완벽한 하루가 있다. 완벽한 하루는 유토피아의 순간을 시간 버전으로 나타낸 것으로, 이야기 그 자체보다는 이야기의 한 부분을 구성하는 데 주로 쓰인다. 이 기법에 내포된 것은 모든 것이 조화를 이룬다는 것이다. 그러나 갈등 없는 상황이 너무 오래 지속되면 이야기가 죽기 때문에 이 기법을 활용할 수 있는 시간은 제한적이다.

완벽한 하루 기법은 대개 공동체 활동을 낮 혹은 밤 12시간에 연결한다. 공동체 활동은 모든 유토피아적 순간에서 중요한 요소이다. 이것을 새벽에서 해질녘까지 이어지는 것처럼 자연스럽게 흘러가는 시간과 연결하면 모든 것이 잘 어우러진다는 느낌이 강해진다. 왜냐하면 조화라는 것은 자연의 리듬에 기반하고 있기 때문이다. 《위트니스》의 작가들은 이를 잘 이해했다. 그리하여 헛간을 짓는 아미쉬 공동체와 사랑에 빠진 두 주인공의 얘기를 완벽한 하루에 연결시켰다.

데드라인

"촌각을 다툰다"라고 표현되는 데드라인은 어떤 행동이 반드시 완료되어야 하는 특정 시간을 관객에게 제시하는 기법이다. 이것은 액션(《스피드》), 스릴러(《아웃브레이크》), 케이퍼(《오션스 일레븐》처럼 무언가를 훔치는 내용의 영화), 자살특공임무(《나바론 요새》, 《특공대작전》)등의 이야기에서 자주 활용된다. 데드라인이 있으면 세부사항은 건너뛴다거나 조화 면에서 아쉬운 점이 생기지만, 이야기의 추진력이 강해지고 속도가 빨라진다는 이점이 생긴다. 또한 12시간 이야기보다 훨씬 더 빠른 깔때기 효과를 만들기 때문에, 작가들은 장대한 스케일의 액션물을 만들고 싶을 때 자주 사용한다. 데드라인이라는 장치를 사용하면 서사가 중간에 멈추는 것 없이 수백 명의 캐릭터가 동시에 매우 긴박하게 행동하는 모습을 보여줄 수 있다. 이런 종류의 이야기 (예를 들면 《붉은 10월》이 있다.)에서 데드라인은 주로 어떤 단일 공간과 연결되며, 이곳에서 인물이나 단체는 위기에 처하게 된다.

흔하지는 않지만 데드라인을 아주 효과적으로 활용하는 장르로는 코믹 여행기가 있다. 여행이야기는 본질적으로 단편적이고 구불구불할 수밖에 없다. 그런데 코믹 여행기의 경우 심지어 더욱 단편적인 모습을 띤다. 뭔가 재밌는 일을 벌일 때마다 서사의 진행이 멈추기 때문이다. 농담과 개그를 할 때면 이야기는 늘 옆길로 샌다. 그 일이 유야무야되거나 수그러들 때까지 이야기가 기다려줘야 하는 것이다. 그러나 데드라인을 일찍 알려주면, 관객은 구불구불한 길에 놓은 그 선을 보고 따라올 수 있다. 다음에 무슨 일이 일어날까 조바심을 내는 대신, 긴장을 풀고 재밌는 순간을 즐기는 것이다. 이런 코믹 여행기의 기법을 쓰는 예로는 《블루스 브라더스》와 자크 타티의 《트래픽》을 들 수 있다.

구조를 통한 이야기 세계

지금까지 이야기 세계를 시간에 맞춰 발전시키는 기법을 살펴보았다. 그렇다면 이제는 이야기의 매 단계마다 세계를 주인공의 발전과 연결시켜야 한다. 즉, 못으로 고정을 시켜야 한다는 뜻이다. 전체적인 변화―가령 구속에서 자유로의 변화―는 이야기 세계가 어떻게 변하게 될지 큰 그림을 그려준다. 그러니 이제 이야기 구조를 통해 세부사항을 발전시켜야 한다. 구조는 훈계조 없이 주제를 표현할 수 있게 도와주는 도구이다. 또한 이야기의 추진력을 놓치지 않으면서 고도로 질감을 살린 이야기 세계를 보여준다.

어떻게 할 수 있을까? 한 마디로 말하겠다. 시각적 7단계를 구축하라. 이야기 구조의 핵심 7단계에는 각각의 이야기 세계가 있다. 전체 이야기의 영역 내에서 우리는 각 하위 세계가 시각적으로 어떻게 표현되는지를 확인할 수 있다. 이것은 엄청난 장점을 갖는다. 이야기 세계는 고유의 질감을 가지면서도 주인공의 변화와 함께 바뀌어나가기 때문이다. 7단계에 자연 환경, 인공 공간, 기술, 혹은 시간과 같은 이야기 세계의 물리적 요소를 접목시키자. 이것이 바로 이야기와 세계를 전체적으로 조율하는 방법이다.

각자 자기만의 하위 세계를 갖는 구조적 단계는 다음과 같다. (겉보기 패배/죽음 맛보기/잠깐의 자유는 7가지 핵심 단계에 포함되지 않는다.)

• 약점과 필요
• 욕망

- 적대자
- 겉보기 패배/죽음 맛보기/잠깐의 자유
- 전투
- 자유 혹은 구속

- 약점과 필요 이야기 초반, 주인공의 약점이나 두려움을 시각화한 하위 세계를 보여주자.
- 욕망 이것은 주인공이 목표를 드러내는 하위 세계다.
- 적대자 적대자는 자신이 사는, 혹은 일하는 장소를 통해 주인공의 가장 큰 약점을 공격할 수 있는 힘과 능력을 보여준다. 적대자의 세계는 주인공이 사는 노예의 세계를 극단적으로 구현한 버전이어야 한다.
- 겉보기 패배/죽음 맛보기/잠깐의 자유 '겉보기 패배'란 주인공이 적대자에게 졌다고 오해하는 순간을 뜻한다.(이것은 플롯을 다룰 때 더 깊게 이야기하겠다.) 대부분 겉보기 패배가 일어나는 세계는 지금까지의 이야기 중 가장 좁은 공간이다. 주인공을 물리치고 노예로 만들려는 세력은 주인공을 사방에서 압박한다. '죽음 맛보기'에서(이것 역시 플롯에서 다시 다룰 것이다.) 주인공은 지하세계를 여행한다. 혹은 현대 이야기에서는 주인공이 곧 죽을 것 같다는 느낌을 받는다. 주인공은 쇠퇴, 노화, 죽음이라는 요소를 상징하는 장소에서 자신의 죽음과 대면하게 된다.

  드물게 주인공이 노예가 되거나 죽음을 맞이하는 경우가 있는데, 이런 이야기에서는 대부분 주인공이 겉보기 패배를 경험하는 시점에 '잠깐의 자유'를 동시에 느끼는 경우가 많다. 일반적으로 이런 일은 주인공이 제때 깨달았다면 그에게 완벽한 장소, 즉 일종의 유토피아가 되었을 장소에서 벌어진다.
- 전투 전투는 전체 이야기 중 가장 제한된 장소에서 진행되어야 한다. 물리적 압박은 일종의 깔때기 효과, 즉 압력솥 효과를 만들어 최후의 갈등이 최고조로 이른 후 결국 폭발하게 만든다.
- 자유 혹은 구속 자유, 구속, 혹은 죽음의 장소로 마무리되면 세계의 세부사항

이 완성된다. 마찬가지로 여기에 나오는 특정 장소는 등장인물이 마침내 성숙하는 모습이나, 쇠퇴하는 모습을 눈으로 보여주는 장소가 되어야 한다.

다음의 예시를 통해 7단계가 시각적으로 어떻게 작동하는지, 그리고 이야기 세계의 네 가지 주요 요소(자연 배경, 인공 공간, 기술, 시간)를 어떻게 연결하는지 살펴보자.

스타워즈

원작 조지 루카스 • 1977년

이 이야기의 전체 세계와 장소는 바로 우주다.

- **약점과 필요와 욕망 = 황량한 사막**　어떻게든 농사를 지어야 하는 이 척박한 땅에서 루크는 막막함을 느낀다. 그는 불평한다. "나는 여기서 빠져나갈 수 없을 거야." 루크의 욕망선을 건드리는 사건이 일어난다. 그것은 도움을 요청하는 레아 공주의 미니어처 홀로그램이다.
- **적대자 = 데스스타**　판타지를 사용하면 추상적인 모양을 실제 개체로 사용할 수 있다. 적대자의 하위 세계인 데스스타는 거대한 구체이다. 그 안에서 다스베이더가 레아 공주를 심문하고 있다. 나중에 데스스타 사령관들은 황제가 공화국의 마지막 잔존 세력을 해산시켰다는 사실을 알게 되고, 다스베이더는 그들에게 치명적인 포스를 보여준다.
- **겉보기 패배/죽음 맛보기 = 수중 괴물이 살며 좁아지는 쓰레기장**　조지 루카스는 등장인물들이 치명적인 수중 괴물이 사는 쓰레기장에 들어가게 한다. 그곳은 이야기 속에서 가장 좁은 공간이자 심지어 점점 좁아지는 공간이다. 즉, 공간과 시간 모두 축소된다는 것을 의미한다.
- **전투 = 참호**　현실적으로 봤을 때 공중전은 조종사가 기동력을 발휘할 수 있게 열린 공간에서 발생하는 게 마땅하다. 하지만 루카스는 최고의 전투는 가장 좁은 공간에서 벌어진다는 사실을 잘 알고 있었다. 그래서 그는 주인공이

비행기를 양쪽에 벽이 있는 긴 참호로 뛰어들게 하고, 주인공이 가진 욕망의 종착점, 즉 데스스타의 파괴 지점을 참호의 맨 끝에 배치하였다. 그것만으로는 충분하지 않다는 듯 루크의 주요 적대자인 다스 베이더가 그를 쫓는다. 루크는 비행기로 참호 끝에 있는 데스스타의 핵을 쏘는데, 그것은 이 영화 전체의 집중 포인트나 마찬가지다. 우주를 아우르는 서사시가 시각적으로나 구조적으로나 한 지점으로 귀결되는 것이다.

- **자유 = 영웅의 전당** 모든 전사가 전당에 모여 주인공의 승리에 찬사를 보내며 공식적으로 그를 인정해준다.

와일드 번치

원작 워론 그린, 로이 N. 싱크너 · **각본** 워론 그린, 샘 페킨파 · 1969년

이 이야기는 점점 더 황량해지는 불모지를 가로지르는 한 줄기 여정을 다룬다. 이 이야기 속 등장인물들은, 조용한 마을이 도시로 변화하고 있는 사회에 배치된다. 자동차와 기관총이라는 새로운 기술이 등장하지만, 번치 일당은 이렇게 새로운 세상에 어떻게 적응해야 할지 갈피를 잡을 수 없다.

- **문제 = 마을** 미국 남서부의 한 마을에 군인들이 들어오면서 이야기가 시작된다. 이곳은 디스토피아이다. 군인들이야말로 진짜 무법자이고, 그들을 잡기 위해 기다리는 경찰은 무법자보다 더 무서운 사람들이기 때문이다. 그들 사이에 총격전이 벌어져 마을 주민 상당수가 학살당한다. 와일드 번치 일당은 은행을 털기 위해 마을에 들어왔지만, 그들 중 한 명이 배신하는 바람에 다수가 살아나오지 못한다.
- **약점과 필요 = 황야의 술집** 총격전 이후 일당은 황야의 술집에서 뿔뿔이 흩어진다. 리더 파이크는 뭉치지 않으면 죽게 될 거라 최후통첩을 날리지만 은인 줄 알고 은행에서 훔쳐온 것이 쇳덩이라는 것을 알게 되자 상황은 더욱 악화된다.

- **욕망 = 모닥불** 따스한 모닥불 앞에 누운 파이크는 자신의 부하 더치에게 욕망을 밝힌다. 마지막으로 한 탕 크게 하고 빠지자는 것. 그러나 더치는 즉시 다음 질문을 통해 그의 욕망이 헛되다는 것을 보여준다. "어디로 빠지게?" 이 대사는 이야기가 구속에서 시작해 극도의 구속, 그리고 죽음으로 이어질 거라는 것을 예고한다.

- **잠깐의 자유 = 나무 아래** 전체적인 전개는 구속에서 죽음으로 이어지지만,《와일드 번치》는 이야기 중간에 유토피아 같은 장소를 하나 끼워 넣는다. 일당은 동료 앙헬의 고향, 멕시코 마을에 들른다. 이곳은 이야기 전체를 통틀어 유일하게 나타나는 공동체적 장소다. 나무 아래, 아이들이 뛰노는 장소인 것이다. 이곳은 목가적 이상향을 보여주는 곳, 이 고단한 사람들이 살아야 하는 곳이다. 그러나 이들은 그곳을 떠나 결국 죽음을 맞이한다.

- **겉보기패배/죽음맛보기 = 다리** 이 단계는 지금까지 이야기가 펼쳐진 곳 중 가장 좁은 공간인 다리에서 벌어진다. 일당이 반대편에 닿으면 적어도 당장은 자유로워진다. 가지 못하면 죽는다. 작가 워론 그린과 샘 페킨파는 여기에 시간을 촉박하게 만드는 기법을 추가했다. 일당이 다리에서 오도 가도 못하는 순간, 이미 다이너마이트에 불이 붙은 것이다.

- **전투 = 마파치 경기장** 이런 종류의 대규모 폭력 전투는 거의 대부분 넓은 공간에서 일어나는 게 일반적이다. 하지만 이 작품의 작가들은 훌륭한 전투를 위해서는 벽과 작은 공간으로 최대한 공간을 축소하는 것이 좋다는 걸 잘 알았다. 그리하여 일당 중 남은 4명은 수백 명의 적대자가 가득한 경기장으로 들어서 압력솥이 폭발하는 효과를 얻는다. 이 장면은 영화 역사상 가장 위대한 전투로 손꼽힌다.

- **구속/죽음 = 바람만 날리는 유령 마을** 이야기는 중심인물의 죽음 뿐 아니라 온 마을의 파멸과 함께 끝을 맺는다. 황량한 느낌을 더 하기 위해 작가들은 바람을 활용했다.

세인트루이스에서 만나요

소설 샐리 벤슨 ▪ 1942년 / **각본** 어빙 브레처, 프레드 F. 핑클호프 ▪ 1944년

───────────────────────────────

무대는 미국 작은 마을에 위치한 커다란 집 한 채이다. 20세기로 접어드
는 시간 배경 속, 작가들은 마을이 도시로 변모하는 사회를 보여주며 그 안
에 등장인물을 배치한다. 이야기 구조는 사계절을 기반으로 한다. 그리하
여 계절의 변화와 가족의 흥망을 일대일 연결고리로 연결하여 표현한다.

◆ **자유 = 아늑한 집에서 맞는 여름** 오프닝 장면에서 나오는 것은 공간, 사람, 기술
  이 완벽한 조화를 이룬 유토피아 같은 세계다. 가로수가 늘어선 도로에는 자
  동차와 마차가 공존한다. 소년이 자전거로 커다란 박공이 있는 집을 향해 가
  고, 이어서 집에서 가장 따뜻한 공동 공간인 부엌이 보인다. 작가들은 한 소
  녀가 계단을 따라 위층으로 올라가며 타이틀 곡("세인트루이스에서 만나요")을
  부름으로써 공동체 의식(집 안에 있는 유토피아)을 구축한다. 이것은 장르가 뮤
  지컬이라는 것을, 또한 이야기의 주요 배경이 이 집이라는 것을 알려주며 조
  연까지 소개하는 역할을 한다.

  소녀의 노래는 집의 저쪽에서 걸어오던 할아버지에게 바통처럼 넘겨진
  다. 이 기술은 공동체에 활기를 더한다. 그저 수적으로 많은 사람을 보여주
  는 것이 아니라, 3대가 한 지붕 아래에서 행복하게 사는 대가족이라는 것을
  질적으로 보여주고 있다. 그렇게 조연과 주제가, 아늑한 집의 구석구석을 소
  개한 후, 작가들은 우리를 창밖으로 안내하여 주인공 에스더가 멋진 목소리
  로 주제가를 부르며 현관 계단을 오르는 모습을 목격하게 한다.

  유토피아 세계와 걸맞게, 주인공 에스더는 이야기를 시작하는 순간 행복한
  모습을 보인다. 아직까지 어떠한 약점이나 문제가 보이지 않는다. 그러나 공
  격에는 취약한 상태다.

◆ **약점과 필요, 문제, 적대자 = 오싹한 집에서 맞는 가을** 가을을 맞으면, 이제 집은
  오싹해진다. 당연히 이 계절과 집은 망자를 기리는 명절인 핼러윈과 잘 어울
  린다. 이 시점에서 가족은 쇠락하기 시작한다. 가족이 해체되는 것은 두 딸

이 결혼해서 집을 나가는 이유도 있지만, 적대자인 아버지가 세인트루이스라는 작은 마을을 떠나 뉴욕이라는 큰 도시로 이사를 가야겠다고 결정했기 때문이다.

작가들은 핼러윈을 통해 한 가족을 넘어 사회 자체를 비판한다. 두 소녀가 '사탕 안 주면 골탕'을 외치며 다니는 동안, 이웃이 고양이를 독살하고 있다는 뜬소문을 퍼트리기 때문이다. 나중에는 막내 투씨가 에스더 언니의 남자친구가 자신을 추행했다는 거짓말을 하기에 이른다. 거짓말과 헛소문이 누군가를 눈 깜짝할 새 파괴할 수 있다는, 작은 마을이 가진 어두운 이면을 보여주는 것이다.

◆ **겉보기 패배 = 음산한 집에서 맞는 겨울** 겨울이 오자 가족은 최악의 상황을 맞이한다. 그들은 짐을 싸 이사 갈 준비를 한다. 에스더는 투씨에게 내년에는 더 행복한 크리스마스가 되면 좋겠다는 슬픈 노래를 불러준다. "믿음직하고 소중한 친구들이 다시 우리 곁에 올 거예요. 운명이 허락해 준다면, 머지않아 우리는 곧 함께 할 거예요. 그때까지는 어떻게든 헤쳐 나가야겠죠." 이 가족 공동체는 곧이라도 분열되어 쓰러질 참이다.

◆ **새로운 자유 = 따스한 집에서 맞는 봄** 코미디이자 뮤지컬은 이 이야기는 등장인물이 위기를 지나 다시 일어서는 것으로 마무리된다. 아버지는 세인트루이스에 계속 머물기로 마음을 먹고, 봄이 되어 가족 공동체가 다시 태어난다. 한 팀도 아닌 두 팀의 결혼으로 더욱 커진 이 가족은 만국박람회를 보러 길을 나선다. 여기서 만국박람회는 하위 세계로, 잠깐의 유토피아이자 미국의 미래를 축소판으로 보여준다. 이것은 이 가족에게, 그리고 우리 관객에게 공동체를 무너뜨리지 않고도 개인이 기회를 가질 수 있다는 의미를 보여준다. '바로 여기 우리집 뒷마당'에서 말이다.

멋진 인생(소설 제목: **위대한 선물**The Greatest Gift)

소설 필립 반 도렌 스턴 ・ **각본** 프란세스 구드리치, 앨버트 해킷, 프랭크 카프라 ・ 1946년

《멋진 인생》은 고도로 발전된 사회 판타지로, 이야기와 세계를 가장 훌

롱하게 연결한 사례로 꼽힌다. 여기서 관객은 서로 다른 두 가진 버전의 마을을 자세히 비교해 볼 수 있다. 이 작은 마을은 미국의 축소판이며, 여기서 보여주는 마을의 두 가지 버전은 미국 생활에서 중심을 이루는 두 가지 가치에 기반하고 있다.

배경이 되는 베드포드 폴스는 2층짜리 건물이 늘어선 분주한 마을로, 누구라도 아는 사람을 보면 2층에서 손을 흔들어 인사를 나누는 곳이다. 이 이야기는 크리스마스라는 명절을 소재로 삼았지만, 실제로는 주인공의 '죽음'과 '부활'을 기본 구조로 삼아 부활절의 철학을 따르고 있다.

• 약점과 필요 = 밤하늘, 하늘에서 내려다본 베드포드 폴스 처음에는 전지적 3인칭 시점(천사)에서 시작하여 나중에는 천사 클라렌스라는 등장인물의 시점으로 옮겨간다. 클라렌스에게는 약점이 하나 있다. 그것은 바로 아직 날개가 없다는 것. 인간 조지를 도와야 자신의 필요가 충족된다. 조지의 약점과 문제는 그가 절망을 못 이겨 자살하려고 한다는 점이다. 이런 설정이 세워진 것은 관객에게 조지가 살아온 세월을 재빨리 보여주고, 결국 두 가지 버전의 마을을 나란히 보여주기 위한 것이다.

클라렌스와 조지의 약점이 만들어낸 하위 세계는, 신의 시점으로 내려다보는 이 마을, 그리고 이야기의 종교적인 요소로 실제로 보여주는 밤하늘이다.

• 욕망 = 조지가 성장한 안락한 집과 그와 메리가 소원을 빌었던 폐가 학교를 졸업한 조지는 부모님, 형제, 그리고 애니라는 가정부와 함께 복작복작 살고 있다. 아버지는 자애로운 사람으로, 조지와도 아주 사이가 좋다. 하지만 조지는 이 좁은 마을을 떠나고 싶어 안달이 난다. 조지는 아버지에게 목표를 털어놓는다. "…그동안 제가 계속 말씀드렸던 거 아시잖아요. 건물 짓고, 새로운 건물을 설계하는 것, 현대적인 도시를 계획하는 일 말이에요…."

여기서 시각적 하위 세계와 이야기의 구조적 단계가 충돌한다는 점에 주목하자.(대부분 하위 세계는 구조적 단계와 짝이 된다.)

안락한 집은 사랑이 가득한 집이 어떤지를 보여준다. 하지만 그곳을 떠나고 싶어 하는 그의 강렬한 열망은 작은 마을이라는 세계, 특히 폭군의 지배로 발생되는 억압을 암시한다.

조지는 파티에서 수영장에 빠지고 난 뒤 메리와 함께 걸어오는 길에 자신의 욕망을 다시 한 번 표출한다. 그들은 언덕에 위치한 작은 폐가를 발견한다. 그 오싹한 집은 조지에게 있어 작은 마을에서의 삶이 가진 부정적 측면이다. 그는 그 집에 돌을 던지며 메리에게 말한다. "난 이 지저분한 작은 마을에서 묻은 먼지를 털어내고 진짜 세상을 만날 거야⋯. 그리고 건물을 지을 거야." 그러나 그는 결국 그 집에서 살게 된다. 그곳을 조금이라도 아늑하고 따스하게 만들려는 아내와 함께. 하지만 그의 마음속에서 그 집은 귀신이 나오는 집이며 자신의 무덤일 뿐이다.

◆ 적대자 = 포터의 은행과 사무실 헨리 포터는 '마을에서 가장 돈 많고 비열한 사람'이다. 클라렌스가 처음으로 '공들여 만든 마차'를 타고 가는 그를 보자, 이런 질문을 던진다. "저 사람은 뭐지, 왕인가?" 조지와 그의 주택건설 협동조합은 포터의 적이다. 왜냐하면 그것 때문에 포터가 마을과 마을 사람들 모두를 손에 넣지 못하기 때문이다. 포터의 은신처는 그의 은행으로, 그는 그것으로 마을을 쥐락펴락한다.

◆ 겉보기 패배 = 베드포드 폴스의 다리 조지가 겉보기 패배를 경험하는 순간은 삼촌 빌리가 회사 돈 8천 달러를 잃어 파산할 위기에 처한 때이다. 조지는 눈보라가 몰아치는 가운데 다리 가운데로 간다. 이 좁은 장소에서, 그는 자살을 결심한다.

◆ 죽음 맛보기 = 적대자가 사는 디스토피아, 포터스빌 천사 클라렌스는 만약 조지가 이 세상에 없었다면, 그래서 포터의 영향력을 막지 못했다면 어떤 일이 벌어졌을지를 보여준다. (포터는 사업, 돈, 권력을 중시하고, 평범한 사람들을 짓눌러야 한다고 생각한다.) 이렇게 시작된 조지의 긴 여정은, 포터의 가치관이 완벽하게 반영된 끔찍한 하위 세계, 포터스빌에서 일어난다.

집필 단계에서 완성된 이 하위 세계는 매우 훌륭하게 구체화되었다. 그리하여 조지의 바쁜 발걸음과 함께 사건이 벌어진다. 시내 중심가는 바, 나이트클럽, 주류 판매점, 당구장이 즐비하고 불협화음이 가득한 재즈가 흘러나오고 있다(실제로 이런 곳을 좋아하는 사람도 있겠지만 말이다). 각본에 나온 대사는 이렇다. "전에는 조용하고 질서 정연하던 작은 마을이, 이제는 더할 나위 없이 막 나가는 마을처럼 되었네요."

베드포드 폴스와는 달리, 포터스빌에는 공동체 따위 없다. 누구도 조지를 알아보지 못하고, 누구도 서로를 알고 지내지 않는다. 더 중요한 것은, 지금까지는 매우 섬세하게 표현됐던 조연들 모두가 자신의 잠재력을 모두 부정적인 방향으로 발전시켰다는 점이다. 이전과는 너무 다른 모습이 놀랍지만 그럴 듯하다. 택시 기사였던 어니는 그렇게 암울한 삶을 살 수도 있고 약사 가우어 씨는 부랑자가 될 수도 있다. 조지의 엄마는 하숙집을 운영하는 못된 아줌마가 됐을 수도 있다. (하나의 실수가 있다면 도나 리드를 노처녀로 만든다는 설정이다.) 이것은 모든 사람이 각기 다양한 가능성을 지니고 있으며, 자신이 사는 세상과 가치관에 따라 최고가 될 수도, 최악이 될 수도 있음을 시사한다.

조지는 눈 오는 캄캄한 밤 묘지를 가는 것으로 포터스빌의 방문, 즉 죽음 맛보기를 마친다. 거기에는 동생의 무덤이 있다. 그런 뒤 경찰이 쏜 총을 가까스로 피한다. 이로써 그는 자살을 시도하려던 다리, 그 전환점으로 다시 돌아오게 된다.

◆ 자유 = 주인공이 사는 유토피아, 즉 베드포드 폴스 조지는 자신이 살아있다는 사실을 알게 된 순간 삶의 가치를 깨닫고, 더 나아가 자신이 인간으로서 성취할 수 있는 것들을 생각하며 강렬한 해방감을 느낀다. 이 정도면 누구라도 깊은 자기발견을 할 수 있다. 강렬하게 감동을 주는 역설의 순간, 그는 불과 몇 시간 전까지만 해도 자기를 자살 직전까지 몰고 간 마을에서 즐겁게 뛰어다닌다. 아까와 다를 바 없는 마을이지만, 가족 사업체가 있는 소박한 가로수 길이 이제는 겨울 속 동화 나라처럼 된 것이다. 조지에게 지루했던 이 마을은 이제 유토피아가 되었다. 서로를 아끼는 공동체가 있기 때문이다. 한때 귀신이 나올 것 같고 답답했던 그 집, 크고 낡고 썰렁한 그 집은 이제 그를 사랑하는 가족 덕에 따스해졌다. 그리고 그가 도와준 사람들이 기쁜 마음으로 보답하기 위해 찾아와 곧 북적이는 공간이 된다.

《멋진 인생》은 이야기와 눈에 보이는 세계를 밀접하게 연결시킨다. 『반지의 제왕』이나 〈해리포터〉 시리즈 같은 판타지처럼 대단히 감각적인 세계를 보여주지 않는다. 대신 교외에 사는 현대 미국 중산층의 일상을 시각화하는 기법을 사용한다.(좀 더 나중에 나온 비슷한 기법의 영화로는 영화《빅》을 들 수 있다.)『멋진 인생』은 마크 트웨인 혹은 찰스 디킨스의 수준에 필적할 만큼 훌륭한 사회 판타지이다. 실제로 이 작품은 두 작가로부터 영향을 받았다.

제대로 활용만 할 수 있다면, 다른 작가로부터 영향을 받는 것도 생각해볼 만한 기술이다. 하지만 참고는 가벼워야 한다. 참고했다는 사실을 알아챈 사람은 즐거워할 것이고, 알아채지 못한다 해도 풍성해진 이야기를 보고 감탄할 것이다.《멋진 인생》에서 조지를 구해주는 천사의 이름은 클라렌스인데, 이것은 마크 트웨인의『아더 왕궁의 코네티컷 양키』에 나오는 등장인물의 이름을 따온 것이다. 또한 클라렌스는 임무가 주어질 때『톰 소여의 모험』을 읽고 있었다. 그러니 이 이야기는 디킨스의『크리스마스 캐롤』을 미국버전으로 바꾸고 거기에『데이비드 코퍼필드』의 요소를 잔뜩 넣었다는 것을 알 수 있다.

다른 이야기에서 빌려올 수 있는 건 이뿐만이 아니다. 여러분은 설계 규칙까지도 차용할 수 있다. 그러나 그럴 때에는 반드시 변화를 주어 자신만의 특징을 드러내야만 한다. 그러면 관객은 부지불식간이라 해도 그런 예술적 기교에 감탄하게 될 것이다.《멋진 인생》은 뉴욕에 사는 괴팍한 노인이 크리스마스에 자신의 과거, 현재, 미래를 보러 가는 얘기가 아니다. 한 중산층 미국인의 일생이 자세히 그려진 후, 그가 세상에 없었다면 고향이 어떤 모습이 되었을지 보여주는 영화이다.『크리스마스 캐롤』의 설계 규칙을 차용해 아주 멋지게 바꾼 것이다. 처음 이 영화가 출시되었을 때는 그다지 사랑을 받지 못했다.《멋진 인생》에 감상적인 면이 있지만, 그 당시만 해도 대중에게는 너무 어두운 사회 풍자로 느껴졌던 것으로 보인다. 그러나 시간이 흐르며 이 영화의 탁월함, 특히 등장인물과 이야기 세계를 연결하는 뛰어난 기법이 드러나며 결국 대중의 관심을 끌게 되었다.

선셋 대로

각본 찰스 브래킷, 빌리 와일더, D.M. 마쉬맨 주니어 · 1950년

《선셋 대로》는 현대 왕국에 대한 풍자영화다. 여기서 왕족은 영화배우다. 왕과 여왕들은 미모에 살고 죽는다. 《선셋 대로》는 이야기가 무엇인지잘 아는 사람들에게 특히 매력적으로 다가간다. 그것은 주인공이 이 시대의 이야기꾼인 작가라서 뿐만이 아닌, 시각적 세계가 온갖 종류의 이야기형식과 레퍼런스로 가득하기 때문이다. 하지만 이것은 이 훌륭한 대본에담겨 있는 이야기 세계 기법 중 일부에 불과하다.

여기서 등장하는 세계는 할리우드이다. 작가들은 이곳을 왕족으로 구성된 궁정과 뼈 빠지게 일하는 농민들이 있는 왕국으로 설정했다. 한 작가의목소리를 내레이션으로 나오게 해, 작가들은 세상이 모든 종류의 문학과관계를 맺을 수 있게 했다.

- ◆ 문제 = 할리우드 아파트 시나리오 작가 조 길리스는 일이 없어 파산 상태다. 현재 허름한 아파트에 살고 있다. 그는 '한 주에 시나리오를 두 편씩 찍어내는' 할리우드 영화 작가이다. 어떤 남자 두 명이 차를 압류하러 오면서 상황은 더욱 악화된다.
- ◆ 약점과 필요 그리고 적대자 = 낡은 저택, 수영장 그가 처음으로 노마 데스몬드의 낡은 저택—오싹한 집—을 보았을 때 조는 이 비밀스런 하위 세계가 자신을 구해줬다고 여긴다. 그곳에 차도 숨길 수 있고, 노마의 끔찍하고 방대한 대본을 다시 써서 돈을 벌 수 있으니 말이다. 그러나 그가 들어간 곳은, 다시는 빠져나올 수 없는 적대자의 하위 세계였을 뿐이다. 그러나 조의 가장 큰 약점, 돈에 대한 굶주림을 채워주는 곳이기에 그는 거기 붙들리게 된다. 시나리오 작가 조가 이 세계를 설명한 부분을 보자.

"이곳은 돈만 들고 무용지물인 거대한 공간이다. 1920년대 영화에 미친사람들이 만든 그런 집 같다. 방치된 집은 불행한 표정을 짓고 있다. 이 집역시 엄청 불행해 보인다. 『위대한 유산』에 나오는 늙은 여인 하비샴 양이

망가진 웨딩드레스와 찢어진 면사포를 머리에 얹은 채 자신을 무시하는 세상을 향해 분풀이를 하는 것만 같다.”

별채로 돌아가는 길, 조는 마치 『잠자는 숲속의 공주』에 나오는 왕자처럼 무성한 덩굴과 가시덤불을 지나간다. 창밖으로 보이는 것은 쥐가 기어 다니는 텅 빈 수영장이다. 이 세계는 어디를 둘러봐도 죽음과 잠이라는 이미지 뿐이다.

◆ **적대자와 겉보기 패배 = 활기를 되찾은 집과 수영장에서 발견된 조** 귀신의 집, 가시덤불, 잠자는 숲속의 공주가 있는 이 동화 세계는 뱀파이어의 보금자리이기도 하다. 조가 유유자적한 삶이라는 덫에 점점 더 깊이 빠져들수록 노마와 집은 활기를 되찾게 된다. 낡고 텅 비어있던 수영장은 이제 물이 가득하고, 수영을 마친 조가 물 밖으로 나오면, 새로운 피로 혈색을 찾은 노마가 수건으로 몸을 닦아준다. 마치 자신이 돈으로 사는 이 남성이 자신의 아기나 된다는 듯이 말이다.

◆ **전투/죽음 = 수영장에서의 일어난 총격** 눈 깜짝할 사이 일어난 일방적 전투였다. 노마는 자신을 떠나려는 조에게 총을 발사한다. 그는 수영장으로 떨어지고, 이번만큼은 뱀파이어도 그를 죽게 내버려둔다.

◆ **적대자의 구속 = 계단참에서 미쳐가는 노마** 정말 훌륭한 인간 적대자가 나오는 《선셋 대로》에서는 주인공의 죽음으로 마무리 짓지 않는다. 적대자는 말 그대로 미쳐가기 시작한다. 더 이상 현실과 판타지를 구분하지 못하고, 자신이라는 인물과—“저 아래 사람들이 공주를 기다리고 있지.”—할리우드 영화를 연기하는 연기자 사이에서 길을 잃는다. 카메라가 돌기 시작하자, 노마는 ‘궁정’의 거대한 계단을 내려오며 이제는 어떤 왕자도 깨워주지 못할 깊은 잠에 빠지게 된다.

율리시스

소설 제임스 조이스 ▪ 1922년

많은 사람이 조이스의 『율리시스』를 20세기 최고의 소설로 꼽기 때문에,

훌륭한 스토리텔링 기법을 배우기 위해 이 책을 예를 든다고 하면 일단 경계심이 들 수도 있다. 왜냐하면 놀라울만큼 복잡하면서도 탁월함이 돋보이는 작품이라, 우리 같은 사람들이 이해할 수 있는 범위를 훨씬 뛰어넘는 것처럼 보이기 때문이다. 게다가 일부러 모호한 레퍼런스와 기법을 사용했기 때문에, 영화, 소설, 연극, 드라마에서 인기 있는 이야기를 쓰려고 하는 사람들에게는 전혀 적합하지 않게 보인다.

그러나 이는 모두 사실과 다르다. 제임스 조이스는 작가로서 뛰어난 재능을 타고 나긴 했지만, 역사상 가장 잘 훈련된 이야기꾼이기도 했다. 그는 훈련을 통해 보통 작가들이 온갖 이유를 대며 피하고 싶은 복잡한 이야기를 썼다. 반대로 생각하면 그가 사용한 기법은 어떤 매체에서든 훌륭한 이야기를 쓰는 데에 있어 보편적으로 적용될 수 있다.

『율리시스』는 소설가들의 소설이다. 이 작품에서 조연으로 나오는 스티븐은 위대한 작가가 되기 위해 고군분투한다. 그리하여 지금까지 쓰여진 그 어떤 책보다 더 광범위하고 고급스러운 스토리텔링 기법을 사용한다. (예외가 있다면 조이스의 『피네간의 경야』이다. 그러나 그 책을 처음부터 끝까지 다 읽은 사람은 없기 때문에 포함시키지 않기로 한다.) 조이스는 무수한 방식으로 다른 작가들의 경쟁심을 부추긴다. 실제 이렇게 묻는 듯하다. "내가 지금 뭘 하는지 이해가 가나요? 그럼 당신도 할 수 있을까요? 그럼 해보시죠."

『오디세이』의 현대판으로서 『율리시스』는 신화, 코미디, 드라마를 결합한 형식을 취하고 있다. 전체 배경은 더블린이지만, 재미있게도 이야기는 집이 아닌, 주로 길에서 일어난다. 많은 신화가 그렇듯, 주인공 레오폴드 블룸은 여행을 떠났다가 집으로 되돌아온다. 그렇지만 이 작품은 코믹 신화, 혹은 '영웅을 흉내'내는 것이기에, 주인공이 집에 돌아오고 나서도 배우는 점은 거의 없거나 전무하다.

다수의 고차원적인 이야기와 마찬가지로, 『율리시스』는 지난 세기가 끝나는 전환기, 마을이 도시로 바뀌는 시기를 배경으로 한다. 더블린에는 마을의 요소도 많지만 도시—심지어 매우 진보적인고 억압적인 도시—의 요소도 상당하다. 처음부터 마을을 배경으로 한 이야기에서 흔히 볼 수 있는 죄책감부터 깊이 파고든다. 스티븐의 룸메이트는 그가 어머니의 임종 기도를 거부한 것에 대해 계속 죄책감을 느끼게 자극한다.

주인공 블룸은 도시에서 볼 수 있는 평범한 사람이자 억압적인 첨단 도시에서 실수를 연발하는 인간이다. 오디세우스가 좌절한 전사라면, 블룸은 좌절한 보잘것없는 인간이다. 그는 찰리 채플린의 부랑자이고, 찰스 슐츠의 찰리 브라운이며, 《사인필드》의 조지 코스탄자이다. 그는 아내가 애인을 두고 무슨 짓을 벌이는지 알고 있지만 이를 막기 위해 아무것도 하지 않는 소심한 겁쟁이기도 하다. 여러모로 봤을 때 조이스의 이야기 세계는 평범한 요소를 조합하여 나온 것이 아니다. 예를 들어, 더블린이 억압의 도시인 이유는 기술의 발전으로 인한 미래의 구속 때문이 아니라, 영국식 규범과 가톨릭 교회라는 과거에서 온 무의미한 권력 때문이다.

조이스는 『오디세이』라는 신화를 사용하고 사회 변화를 배경으로 삼는 것 외에도, 하루 24시간 기법을 바탕으로 이야기 구조를 구축했다. 이렇게 순환하는 시간은 신화와 희극 형식에서 나오는 순환적 공간과 일치한다. 그리하여 주인공이 일상에서 보이는 특성을 더욱 잘 드러내고, 도시에 등장하는 방대한 인물들의 행동을 강조하고 비교한다.

조이스는 또한 하루 24시간을 사용하여 주연과 두 번째 주연 간의 캐릭터 대립을 설정했다. 소설의 처음 세 장은 두 번째 주인공 스티븐의 여정을 따라가는데, 이는 오전 8시부터 정오까지 진행된다. 그런 뒤 다시 오전 8시로 돌아와, 첫 번째 주인공 블룸의 뒤를 쫓는다. 이 시간 동안 조이스는 독자로 하여금 두 사람이 거의 같은 순간에 무엇을 하고 있는지 끊임없이 상상하도록 유도하며, 독자가 비교·대조할 수 있도록 두 사람 사이에 여러 가지 유사점을 제시한다.

조이스는 이야기 세계의 보조 인물들을 묘사하기 위해 여러 가지 독특한 기법을 사용했다. 주제의 대부분이 이 세상의 구속에 대한 것이기에, 그는 다수의 보조 인물들에게 그들만의 약점과 필요를 부여했다. 이 약점들은 가톨릭 교회에 너무 매여 있거나, 영국의 지배에 순응하거나, 과거 아일랜드의 영웅에 대한 지나친 믿음, 그리고 당장은 편하겠지만 결국은 쇠약하게 만드는 고정관념을 따르는 것들에서 파생된 것들이다.

『율리시스』의 인물 연결망은 이야기 역사상 가장 복잡한 작품에 속한다. 주요 가상 인물들은 물론이고 이야기의 배경이 되는 1904년 당시 더블린에 살았던 수많은 실제 인물들이 등장한다. 이 실제 인물들과 더불어 조이스가 다른 이야기(특히 단편집인 『더블린 사람들』)에서 사용했던 가상 인물들도 많이 볼 수 있다. 이 모든 것이 이야기 세계에 풍부한 현실감을 부여하는 동시에 탄탄한 근거를 제공한다. 왜냐하면 이들이 실제인물이든 상상 속 인물이든 간에, 혹은 독자가 그 인물을 알든 아니든 간에, 이들 인물과 역사가 이미 한 번 소개된 적이 있기 때문이다.

조이스는 구조의 핵심 단계를 시각적 하위 세계와 연결하는 데 탁월하다. 오디세우스의 여정에서 현대 도시를 발견하는 것에는 장점이 있다. 그 중 하나는 무정형의 도시 내에 우리가 알아볼 수 있는 하위 세계를 만들 수 있다는 점이다. 또한 이 엄청나게 복잡한 이야기에 속 하위 세계에 한두 개의 주요한 구조적 단계를 부여할 수도 있다. 이 기법은 거대한 서사시의 흐름이라는 폭풍 속에서 독자가 닻을 단단히 내리게 해주고, 상황이 아무리 복잡해지더라도 두 주인공의 심리적, 도덕적 성장 흐름을 강조할 수 있다.

다음은 이야기 구조의 핵심 단계와, 각 단계의 기반이 되는 『오디세우스』의 내용, 그리고 배경이 되는 더블린의 하위 세계를 간단히 묘사한 것이다.

- 스티븐의 약점과 필요, 문제, 적대자, 유령 = 텔레마코스 = 마텔로 타워 오전 8시, 이곳은 더블린 해변이 내려다보이는 마텔로 타워의 아파트이다. 그곳에 사는 스티븐 디달러스는 문제가 많은 젊은이다. 파리에서 글을 쓰던 그는 어머니가 위독해서서 집으로 돌아왔다. 그는 목표도 없고 자신에 대한 확신도 없다. 또한 어머니가 돌아가실 때 임종기도를 부탁했지만 그걸 거절했다는 것에 엄청난 죄책감을 느끼고 있다. 오디세우스의 아들인 텔레마코스처럼, 그 역시 아버지가 누군지, 어디 계신지 알지 못한다. 그의 룸메이트 벅 멀리건은 겉보기에는 친구인 것 같지만 실제로는 적이며, 스티븐이 어머니를 위해

기도해주지 않은 것을 놓고 계속해서 자극한다.

조이스가 햄릿의 성에 비유한 이 타워형 집은 예민한 스티븐에게는 마치 감옥과 같다. 폭군 같은 멀리건과 거만한 영국인 헤인즈와 함께 살아야 하기 때문이다. 집세를 내는 것은 스티븐임에도 불구하고, 그는 멀리건에게 아파트 열쇠를 빌려준다.

- 스티븐의 약점과 필요, 문제, 유령＝네스토르＝디지의 학교　스티븐은 작가가 되고 싶지만 적은 돈이나마 벌기 위해 교사로 일해야 한다. 간교하고 시끄러운 학생들로 가득 찬 교실에 있는 것은 우울한 일이며, 어린 시절의 망령에 시달리게 한다. 예술가가 되려는 스티븐에게, 이 학교는 덫이나 다름없다.

- 스티븐의 약점과 필요, 문제, 유령＝프로테우스＝샌디마운트 해변　스티븐은 해변을 떠돌아다니다 그곳에서 탄생과 죽음의 이미지를 본다. 또한 돛대가 세 개 달린 배를 보며 십자가 처형을 떠올린다. 그는 무엇이 진실이고 무엇이 환상인지, 자신이 무엇이 되어야 하고 다른 사람들은 자신을 어떻게 만들고 싶어 하는지에 대해 혼동을 느낀다. 그리고 다시 한 번, 그는 친부가 누군지 궁금해 한다.

- 블룸의 약점과 필요, 문제＝칼립소＝블룸의 주방, 정육점　오전 8시, 블룸은 아직 잠에서 깨지 않은 아내 몰리를 위해 아침을 만든다. 오디세우스는 7년 동안 칼립소라는 여성에게 잡혀 있었다. 블룸은 자기 아내에게 잡혀 있다. 그러나 차이점은 그것이 자신의 의지라는 점이다. 고립되어 있는 괴짜 블룸은 몰리와 성적이나 감정적으로도 소원해진 상태다. 그는 간절히 인정받고 사랑받기를 원한다.

블룸은 주방과 정육점에서 육체적 쾌락에 매력을 느낀다는 걸 보여준다. 이것은 음식과 여성, 섹스를 내포한다. 스티븐처럼 블룸 역시 열쇠를 챙기지 않고 집을 나선다.

- 블룸의 약점과 필요, 문제, 욕망＝로터스 이터스＝우체국과 약국으로 가는 길　블룸은 자신의 문제를 피하고 싶어 한다. 혹은 로터스 이터스처럼 완전히 잊길 원한다. 스티븐과 마찬가지로 블룸은 수동적이고 목표도 없다. 이야기가 진행되는 동안, 그는 계속 쓸모없이 사소한 욕망을 떠올리게 된다. 블룸은 우체국

에서 마사라는 여성에게 편지를 보내며 죄책감을 느끼지만, 그 일을 끝내고자 할 마음도 없다. 약이 가득 찬 세계인 약국에서, 그는 벗어나고 싶고, 자신의 외로움을 극복하고 싶다는 열망을 느낀다.

- 적대자, 유령＝하데스＝거리에서 묘지로 이어지는 마차여행 블룸은 친구라고 여기는 남자들과 함께 마차를 타고 어떤 남자의 장례식장으로 향한다. 그렇지만 이 사람들은 블룸을 이방인으로 대할 뿐이다. 그들은 블레이즈 보일런이란 사람을 지나치는데, 블룸은 그날 오후 그자가 자신의 아내와 동침할 거라는 사실을 알고 있다. 저승에 있던 오디세우스처럼 블룸 역시 아버지의 자살을 떠올리고, 약 10년 전에 세상을 떠난 아들 루디를 추억한다.

- 욕망, 적대자＝아이올로스＝신문사 오디세우스의 모험 중에, 바람의 신 아이올로스가 봉인한 바람 가방을 오디세우스의 부하들이 여는 바람에 고향을 눈앞에 둔 상황에서 바람에 날아간 장면이 있다.

  현대판 여행자 블룸은 뉴스 광고 판매원이다. 그는 사무실에서 판매를 위해 무진장 애를 쓰지만 상사 때문에 성사가 되지 않는다. 그는 또한 자신을 경멸하고 아일랜드의 과거 영광에 대해 잘못된 말을 하는 허풍쟁이들의 말을 들어야 한다.

- 이야기 세계, 적대자, 유령＝레스트리고니언즈＝더블린 거리, 버튼 호텔 식당, 데이비 번의 술집, 국립 박물관 오디세이의 축소판 같은 이 이야기는(『율리시스』에는 다양한 축소판이 존재한다.) 블룸이 더블린 한복판을 걷는 모습을 보여준다. 동시에 이 세계 사람들과 그들의 일상을 매우 자세하게 묘사한다.

  버튼 호텔에서 블룸은 일부 손님이 돼지처럼 먹는 모습을 보고 너무 역겨워 어쩔 수 없이 그곳을 떠난다. 블룸은 여행 중인데다 나서지 않는 사람이다. 그리하여 주요 적대자인 보일런은 갈등을 조장하기 위해 현장에 있을 필요도 없다. 블룸이 늘 그를 마음으로 생각하기 때문이다. 데이비 번의 술집에서, 블룸은 시간을 확인하고 몰리와 자신의 적대자가 만나는 약속이 고작 두 시간도 안 남았다는 것을 깨닫는다.

  이 장의 마지막, 블룸은 길거리에서 보일런을 발견한다. 그는 말을 섞지 않기 위해 박물관으로 피신하고, 눈에 띄지 않으려고 그리스 여신상의 엉덩이에 관심이 있는 척 해야 했다.

◆ 스티븐의 적대자, 발견, 블룸의 적대자=스킬라와 카립디스=국립 박물관 이론에 빠삭하고 예술을 잘 아는 스티븐은 정신의 공간인 도서관에서 더블린의 문학 엘리트들에게 셰익스피어에 대한 이론을 설파한다. 그러나 블룸과 마찬가지로 스티븐 역시 그들에게는 이방인일 뿐이라, 저녁 초대를 받지 못한다. 벅 멀리건이 와서 다시 그를 놀린다. 스티븐은 자신과 멀리건 사이의 간극이 너무 커서 더 이상 친구로서 대할 수 없겠다는 중요한 깨달음을 얻는다.

도서관에서 블룸은 스티븐의 숙적과 함께 언쟁을 벌인다. 멀리건이 블룸이 박물관으로 숨어들어와 여신의 엉덩이에 관심을 가진 상황에 대해 조롱했기 때문이다.

◆ 이야기 세계=배회하는 바위들=더블린 거리 ‘배회하는 바위들’ 장은 책의 한 가운데에서 『율리시스』의 이야기 세계 전체를 축소판으로 만든 것이다. 조이스는 이 도시의 많은 소시민 인물들이 자신만의 오디세이를 만들 수 있도록 코믹하고도 슬픈 순간을 선사한다.

◆ 블룸의 약점과 필요, 적대자. 겉보기 패배=세이렌=오먼드 호텔의 바 노래로 유혹해 선원들을 죽음에 이르게 하는 세이렌처럼, 오먼드 호텔 바의 여성 바텐더 두 명이 블룸을 놀린다. 감정을 건드리는 아일랜드 노래는 그에게 고통만을 안겨준다. 세상을 떠난 아들과 몰리와의 문제 상황을 떠올리게 하기 때문이다. 그리고 바로 이 순간 블레이즈 보일런이 자신의 집으로 들어가고 있다는 걸, 블룸은 깨닫는다. 이때야 말로 블룸의 고독과 깊은 소외감이 극대화되는 최악의 순간이다.

◆ 적대자=키클롭스=바니 키어넌의 술집 바니 키어넌의 술집에서 블룸은 현대판 키클롭스이자 아일랜드 국수주의자인 ‘시민’에게 맞선다. 역설적이게도 블룸은 바로 이 순간 자신의 적대자인 보일런이 아내와 함께 잠자리를 갖고 있다는 걸 알고 있다. 그러나 가장 영웅의 모습을 한 지금 이 순간에도, 블룸은 자신의 약점을 숨길 수가 없다. 그는 장황하게 설교를 늘어놓으며 ‘만물박사’라는 인상을 주고 만다.

블룸이 가장 큰 적대자 ‘시민’과 맞서는 곳인 이 술집은 마치 동굴과 같다.

이 장을 지나가면, 이 공간은 더욱 어두워지고, 더욱 폭력이 가득하며, 더욱 혐오로 가득 찬 곳이 된다.

- 적대자, 행동=나우시카=샌디마운트 해변 스티븐이 몇 시간 전 거닐었던 바로 그 해변에서 블룸은 매력적인 여성을 발견한다. 그리고 그 매력에 이끌려 자위를 하고 만다. 그러나 그녀는 또 한 명의 가짜 조력자이며, 그 순간 블룸은 아내와의 재결합을 방해하는 잘못된 행동을 저지른 것이나 다름없다.

- 블룸의 욕망과 발견, 스티븐의 적대자=태양신의 황소들=국립 산부인과 병원, 버크의 술집, 더블린 거리 블룸은 3일 동안 산고를 치르는 퓨어보이 부인을 위해 병문안을 간다.

  스티븐은 친구들과 술을 마시는데, 버크의 술집에서 비싼 술을 사서 돈을 탕진하고 만다. 그는 멀리건과 싸움을 벌이다 손을 다치고, 곧이어 사창가로 간다.

  블룸은 스티븐이 걱정되어 그가 괜찮은지 보기 위해 함께 있기로 결정한다. 지금 이 순간까지 수동적이고 목적도 없던 남자 블룸은 작은 욕망이 수없이 많았지만 대부분 이루지 못해 좌절하며 하루를 보내왔다. 그러나 이제는 다르다. 아들을 찾는 데 집중하고 싶다는 진지한 투지를 갖게 된 것이다. 그로써 친구의 아들 스티븐이 그 대상이 된다.

- 스티븐의 적대자, 자기발견, 도덕적 결정, 블룸의 투지와 도덕적 결정=키르케=사창가 '키르케' 장(『오디세이』에서는 사람이 돼지로 변하는 장이다.)에서 술에 취한 스티븐은 사창가에 간다. 작고하신 어머니가 환영으로 나타나 그에게 죄책감을 선사하며 교회로 가게 만들려 한다. 스티븐은 그런 삶의 방식은 안녕이라 말하며 지팡이(자신의 검)로 샹들리에를 쳐부순다. 마침내 그는 자신을 그토록 오래 가둔 과거의 자신에게서 벗어나게 된다.

  블룸은 사창가로 달려가 스티븐이 거기 있을 거라 확신하고 그를 찾는다. 블룸은 스티븐의 돈을 빼앗으려 하고 샹들리에 파손에 대한 보상으로 너무 많은 돈을 요구하는 마담 벨라 코헨에 맞서 스티븐을 변호한다. 이날 블룸이 가장 도덕적인 행동을 하기 위해 협박이라는 수단을 쓴다는 것은 굉장히 역설적이다. 그는 벨라가 아들을 옥스퍼드에 보내기 위해 성매매업을 했다는 사실을 공개적으로 폭로하겠다고 협박한다.

- 두 사람의 빈약한 자기발견, 스티븐의 두 번째 도덕적 결정, 블룸의 두 번째 도덕적 결정=에우마이오스=피츠해리스 카페 두 남자는 작은 카페로 향한다. 스티븐은 사창가에서 얻은 자기발견을 통해, 미래에 어떤 행동을 해야 할지 알게 되었다. 그는 한 남자에게 얼마간의 돈을 빌려주고는 학교에 곧 교사 자리가 날 것이라 알려준다.

블룸과 스티븐은 카페에서 다양한 주제를 놓고 긴 대화를 즐거이 나눈다. 두 사람은 이 순간 교감을 나누지만 결국 이 밤을 지나서까지 우정을 지속하기에는 너무 다른 존재다. 블룸은 너무 현실적인 속물인데 반해 스티븐은 극도로 이론적이고 예술적인 사람이기 때문이다.

이제 블룸의 관심사는 결혼과 가정이라는 의미를 놓고 다시 몰리에게 돌아갈 수 있을지 여부로 옮겨진다. 그는 몰리가 화를 낼까 두려워하면서도 "나만 믿어."라고 말하며 스티븐을 집으로 데리고 가기로 결심한다. 여타 다른 이야기보다 『율리시스』가 심리적으로 그리고 도덕적으로 훨씬 복잡하다는 증거가 여기서 드러난다. 블룸이 도덕적으로 내리는 결정이 엄밀히 따지면 타인을 위한 것이 아니기 때문이다. 그는 광고를 만드는 데 스티븐이 도움을 줄 거라 여기고, 그의 예민한 감수성을 이용해 이야기 소재를 얻을 수 있을 거라 생각한다.

- 주제 발견=이타가=블룸의 주방, 침실 새로운 '아버지'와 '아들'은 블룸의 주방에서 코코아를 마시며 다시 한 번 교감을 나눈다. 이곳은 전날 아침만 해도 '구속되어 있던' 블룸이 몰리의 아침 식사를 만들던 바로 그 장소이다. 스티븐은 집으로 향하고 블룸은 침실로 간다. 조이스는 질의응답 같은 교리문답 기법을 이용해 이야기를 시작한다. 그리하여 단편 소설 『죽은 자들』 마지막 부분에서 그랬듯이, 『율리시스』는 관점을 올려 위에서 내려다보는 과정을 통해 주제 발견을 하게 만든다. 두 남자는 소박하게나마 진정한 교감을 이루었음에도 불구하고 스티븐이 떠나자 블룸은 '우주 공간 같은 냉기…'를 느낀다.

- 몰리의 약점/욕구, 문제, 불완전한 자기발견, 도덕적 결정=페넬로페=블룸과 몰리의

침대 몰리는 침대에서 『율리시스』의 이야기를 자신의 관점에서 이야기한다. 그러나 그녀의 여정은 그저 마음속에서만 존재할 뿐이다. 그녀는 마음 깊이 얼마나 외로운지, 남편으로부터 사랑받지 못하는 감정을 토로한다. 몰리는 남편이 가진 수많은 약점과 필요에 대해 잘 알고 있다. 침대에 누운 그녀는 옆에서 잠에 빠진 블룸을 내버려둔 채 (그는 침대에서 거꾸로 자고 있다.) 아까 있었던 블레이즈 보일런과의 정사를 떠올린다.

그러나 몰리는 "네."라는 답변만 하는 여자다. 몰리는 아침에 남편을 위해 식사를 준비하고, 달걀을 가져다주어야겠다고 생각한다. 그리고 블룸에게 푹 빠져 있던 어느 날 청혼을 받아들이며 '씨드케이크'를 먹여주었던 추억을 떠올린다. 독자는 이런 모습을 보며 블룸과 몰리의 사랑이 되살아날 수 있다는 느낌을 얻게 된다. 집으로 되돌아간 이 장대한 순환의 여정 속에는 블룸과 몰리의 '재결합'이 일어날지도 모른다는 암시가 담겨 있다.

이야기 세계 창조하기

- **한 줄로 이야기 세계 표현하기** 여러분이 쓸 이야기의 설계 규칙을 이용하여 이야기 세계를 한 줄로 압축해라.
- **전체 배경** 전체 배경을 설정하고 이야기 전반에 걸쳐 이 공간을 유지할 방법을 마련해라. 이를 위해 네 가지 핵심 사항이 있음을 기억해라.

  ① 거대한 우산을 창조한 후, 세단하여 압축시켜라.
  ② 주인공이 특정한 공간에서 하나의 길을 따라가며 발전하게 만들어라.
  ③ 주인공이 한 지역 안에서 회귀하는 여정을 떠나게 해라.
  ④ 주인공을 낯선 상황에 처하게 만들어라.

- **가치의 대립/시각적 대립** 이야기의 인물 연결망으로 돌아가 각 인물이 가진 가치가 대립되게 만들어라. 이러한 가치의 대립이 잘 드러날 수 있게 시각적 대립을 할당해라.
- **장소, 인간, 기술** 이야기 세계를 구성할 장소, 인간, 기술을 독특하게 조합하여 설명해라. 예를 들어, 울창한 초원에서 가장 간단한 도구만 사용하는 소규모 유목민 집단을 설정해 이야기를 진행할 수 있다. 아니면 자연이 거의 보이지 않고 기술이 고도로 발달된 현대 도시를 배경으로 이야기를 펼쳐낼 수 있다.
- **체제** 주인공이 어떤 체제 안에서 살거나 일하고 있다면, 그곳의 규칙, 권력의 위계를 설명하며 주인공은 그 위계 안에서 어디에 해당하는지를 설명해라.
  이 거대한 체제가 주인공을 구속하고 있다면, 그가 왜 자신이 구속된 사실을 보지 못하는지를 설명해라.
- **자연 환경** 주요하게 드러나는 자연 환경—바다, 우주, 숲, 정글, 사막, 얼음, 섬, 산, 평야, 혹은 강—이 이야기 전체에 걸쳐 유용하게 사용되는지를 고려해라. 너무 뻔하거나 신빙성 없이 만들지 않도록 해라.
- **날씨** 날씨가 이야기 세계를 세세하게 표현하는 데 어떤 식으로 도움이 되는가? 특정 날씨를 사용할 때는 이야기의 극적인 순간(발견이나 갈등)에 초점을 맞춰라. 여기에서도 역시, 진부한 표현은 피하도록 해라.

- **인공 공간** 등장인물이 생활하고 일하는 여러 인공 공간은 이야기 구조를 표현하는 데 어떻게 도움이 되는가?
- **축소판** 축소판을 사용할지 말지를 먼저 결정해라. 사용할 거라면, 그것은 무엇이며, 정확히 무엇을 드러내는 것인가?
- **확대 혹은 축소** 이야기가 진행되는 동안 등장인물이 커지거나 작아지는 것이 적절한가? 이것이 이야기의 인물이나 주제를 어떻게 드러내는가?
- **통로** 등장인물이 한 하위 세계에서 아주 다른 하위 세계로 이동하는 경우, 통로를 독특하게 설정해라.
- **과학기술** 그것이 평범하고 일상적인 도구라 하더라도 이야기에서 중요하게 쓰이는 과학기술을 설명해라.
- **주인공의 변화/세계의 변화** 주인공의 전반적인 변화를 다시 한 번 살펴보아라. 주인공과 마찬가지로 세계 또한 변화할지의 여부를 결정하고, 그렇다면 그 방법을 고안해라.
- **계절** 이야기에 있어 하나, 혹은 그 이상의 계절이 중요하게 작용하는가? 그렇다면 계절이 극의 흐름과 독특하게 연결될 수 있게 방안을 마련해라.
- **풍습 혹은 명절** 풍습이나 명절에 담긴 철학이 이야기의 핵심을 드러내는 경우, 여러분이 그 철학에 동의하는지 여부를 결정해라. 그런 다음 이야기의 적절한 지점에서 풍습이나 명절을 등장시켜라.
- **시각의 7단계** 이야기의 주요 구조 단계에 덧붙일 하위 세계의 시각적 요소를 구체화해라. 그중에서도 다음의 구조 단계에 주목해라.

  - 약점과 필요
  - 욕구
  - 적대자
  - 겉보기 패배/죽음 맛보기/잠깐의 자유
  - 전투
  - 자유 혹은 구속

주요 자연 환경과 인공 공간을 하위 세계와 어떻게 연결할지 방법을 고안해라.
- **하위 세계의 약점** 주인공이 구속된 상태로 이야기가 시작되는 경우, 초기의 하위 세계가 주인공의 거대한 약점을 어떻게 표현하고 강조할지 생각해라.

- **하위 세계의 적대자** 적대자의 세계가 어떤 힘과 능력으로 주인공의 가장 큰 약점을 공격할지 표현해라.
- **하위 세계의 전투** 전투 장소를 고안해라. 이곳은 전체 이야기에서 가장 협소한 공간이 되어야 한다.

연습을 위해 이야기 역사상 가장 유명한 작품의 내용을 분석해보자.

해리포터와 마법사의 돌

소설 J.K.롤링 ▪ 1997년 / **각본** 스티브 클로브스 ▪ 2001년

- **한 줄로 이야기 세계 표현하기** 거대한 마법의 성에 위치한 마법학교.
- **전체 배경** 해리 포터는 신화, 동화, 그리고 남학생에서 성인이 되는 이야기(《굿바이, 미스터 칩스》, 《톰 브라운의 학창 시절》, 《죽은 시인의 사회》)가 결합되어 있다. 그렇기에 《해리포터와 마법사의 돌》은 평범한 세계에서 시작하여 주요 배경인 판타지 세계로 넘어가는 판타지 구조를 사용한다. 그 세계, 즉 배경은 울창한 자연으로 둘러싸인 성, 호그와트 마법학교이다. 이야기는 한 학기동안 넓고도 한정된 공간에서 펼쳐지는데, 이곳은 거의 무한한 하위 세계를 가지고 있다.
- **가치의 대립/시각적 대립** 이야기에는 다양한 가치의 대립이 있으며 이를 기반으로 시각적 대립이 드러난다.
  ① 해리와 호그와트의 마법사들 vs 머글: 처음으로 보이는 대립은 마법사와 머글 사이에 존재하는 차이이다. 마법사가 아닌 평범한 사람들을 뜻하는 머글은 소유, 돈, 편안함, 육체적 쾌락, 그리고 무엇보다도 자신을 소중히 여긴다. 호그와트 학교의 마법사들은 충성심, 용기, 자기희생, 배움을 중시한다.
  머글이 사는 곳을 시각적으로 표현하자면 평범한 교외 거리에 있는 특별할 것 없는 주택이다. 그곳은 모든 것이 똑같아 보일만큼 균질화되었고, 마법이나 공동체도 없으며, 자연이 거의 사라졌다고 느낄 만큼 통제된 공간이다.
  반면 호그와트의 세계는 그 자체로 마법 왕국이며, 야생의 자연으로 둘러싸인 거대한 성으로, 마법뿐만 아니라 학교가 추구하는 가치를 가르치는 장소다.
  ② 해리 vs 볼드모트: 주요한 대립은 선한 마법사 해리와 악한 마법사 볼드모트 사이에서 나타난다. 해리가 우정, 용기, 성취, 공정을 중시하는 반면 볼드모트는 오직 권력만을 믿으며 그것을 얻기 위해서라면 살인도 불사한다. 해리의 시각

적 세계는 호그와트 학자 공동체인 '언덕 위 빛나는 도시'이다. 반면 볼드모트의 세계는 학교를 둘러싼 어두운 숲이며, 학교 아래에 있는 어두운 지하세계로 가면 그의 힘은 극대화된다.

③ 해리 vs 드라코 말포이: 세 번째 대립은 학생들 사이에서 벌어진다. 어린 드라코 말포이는 명문 가문 출신이며 가난한 사람들을 경멸한다. 그는 어떠한 대가를 치르더라도 지위와 승리를 손에 넣고 싶어 한다.

드라코는 해리, 론, 헤르미온느와 시각적인 대립을 이루는데, 이것은 그가 고유의 깃발과 색을 가진 경쟁 기숙사 슬리데린에 머무는 것으로 나타난다.

- **장소, 인간, 기술** 이야기의 시간 배경은 현재다. 그러나 관객의 기대와는 매우 다르게도, 별도의 장소, 사람, 기술의 조합을 가진 이전의 사회 단계로 되돌아갔다. 현대식 기숙학교지만 성, 호수, 숲은 중세 세계의 것이다. 기술 또한 혼종의 형태로 드러난다. 최첨단 기술의 광채가 빛나는 기술의 예로 날아다니는 빗자루 '님부스 2000'을 들 수 있다. 그리고 마법 기술도 현대의 대학 교육에 준하는 깊이와 강도로 훈련된다.

- **체제** 「해리포터」 시리즈는 두 가지 체제, 즉 기숙학교와 마법의 세계를 융합시킨다. 이러한 융합은 이야기 아이디어에서 '금'(그리고 수십억 달러에 달하는 수익)과 같은 존재이다. 때문에 J. K. 롤링은 이 융합된 체제가 어떻게 굴러가는지, 그곳의 규칙은 무엇인지에 대해 심혈을 기울여 구체적으로 표현했다. 교장이자 최고의 마법사는 덤블도어 교수이다. 맥고나걸 교수와 스네이프 교수 등은 마법약, 어둠의 마법 방어법, 약초학 등을 가르친다. 학생들은 그리핀도르, 슬리데린, 후플푸프, 래번클로의 기숙사로 나눠진다. 마법사 세계에는 심지어 스포츠도 존재하는데, '퀴디치'라고 하는 이 스포츠는 '실제' 세계에서 있을 법한 정교한 규칙을 갖고 있다.

고작 11살, 이제 1학년이 된 해리는 이 세계의 계급 중 최하층에 속한다. 하지만 해리의 커다란 잠재력을 보며 우리는 그가 7년간 진행되는 7가지 이야기를 통해 최상의 단계로 부상할 거라는 걸 알 수 있다. 하지만 지금의 그는 관객과 다를 바 없다. 해리와 관객은 동시에 이 마법의 시스템이 어떻게 작동하는지 함께 알아나가게 된다.

- **자연 환경** 호그와트 학교가 있는 성은 숲으로 둘러싸여 있으며 주변에는 검은 호수와 금지된 숲이 있다.

- **날씨** 날씨로 극적 효과를 내지만 상당히 예측 가능한 방식으로 쓰인다. 해그리드

가 해리의 사촌네 가족이 숨어 있는 오두막에 도착했을 때는 비가 억수같이 쏟아진다. 핼러윈 때 트롤이 학교를 공격한 순간에는 번개가 친다. 크리스마스에는 눈이 온다.

- **인공 공간** 롤링은 스토리텔링에 있어서 인공 공간의 기술을 십분 활용했다. 그녀는 먼저 평범한 것을 보여줌으로써 마법 세계를 설정했다. 해리는 열한 살이 될 때까지 평범한 교외 거리의 평범한 교외 주택에서 구속된 채 살았다. 자신이 마법사라는 사실을 알게 된 후, 해리는 해그리드와 함께 쇼핑을 하러 간다. 이곳은 다이애건 앨리로, 19세기 디킨스 풍 거리이다. 고풍스러운 상점과 활기찬 공동체가 있는 이 거리는 딱 봐도 영국임이 분명하지만, 마법 같은 중세 왕국인 호그와트 학교로 통하는 중간 기착지이다. 올리밴더의 지팡이 상점을 지나면 그린고트 은행이 나오는데, 그곳에 있는 고블린 직원과 동굴 같은 돔 천장은 디킨스풍 '산왕의 궁전'을 옮겨놓은 듯하다. 해리는 19세기 기관차 호그와트 특급열차를 타고 동화 속 호그와트 세계로 들어간다.

호그와트 학교가 있는 성은 최고로 따스한 집이다. 이곳저곳 숨은 공간이 가득하고, 학생과 교사라는 공동체가 있는 곳. 이 따스한 '집'의 중앙에는 거대한 연회장이 있다. 아서 왕과 기사도 시대를 연상케 하는 배너가 걸린 대성당 같은 곳으로, 공동체가 모두 함께 모이는 공간이며, 누군가 일을 훌륭하게 마쳤을 때 모두가 축하를 해주는 장소이기도 하다.

이 따스한 집의 내부에는 갖가지 미로가 있다. 네덜란드 판화가 에셔의 작품 같은 계단은 이리저리 움직이며 종종 생각지도 못한 장소로 학생들을 이끈다. 이들은 자신의 방에 들어가기 위해 반드시 암호를 대야 한다.

그러나 이렇게 따스한 집에도 역시 오싹한 공간이 존재한다. 3층에는 금지구역이 있는데, 먼지 많고 텅 빈 이 비밀 공간의 문 앞에는 머리가 세 개 달린 개가 지키고 서 있다. 사실 이 문은 학교의 지하 세계로 통하는 관문이다.

그곳에는 거대한 체스판이 놓여 있는데, 생각으로 두는 체스는 그야말로 목숨을 건 사투가 된다.

- **축소판** 퀴디치는 이 마법 세계와 그 안에 있는 해리의 공간을 축소판으로 만든 스포츠이다. 호그와트가 기숙학교와 마법 세계를 합쳐놓은 것처럼, 퀴디치 역시 럭비, 크리켓, 축구, 날아다니는 빗자루, 마법, 과거 영국의 기사들이 마상 창 시합을 하던 것을 모두 섞어놓았다. 퀴디치를 통해 학교 내 라이벌 관계인 그리핀도르와 슬리데린이 모의 마법 대결을 펼치며 더욱 화려한 액션 요소를 뽐낸다.

잠재력이 뛰어난 마법사라는 명성에 걸맞게 해리는 모두가 탐내는 수색꾼 역할을 맡게 되면서 100년 만에 최연소 수색꾼이 된다. 물론 수색꾼이라는 개념은 신화와 철학을 기반으로 더 큰 의미를 지니고 있다. 그리하여 『해리포터와 마법사의 돌』뿐만 아니라 「해리포터」 시리즈 전체에 걸쳐 해리가 가진 임무를 보여준다.

- **확대 혹은 축소** 『해리포터와 마법사의 돌』에서는 이 기술이 그다지 사용되지는 않는다. 그러나 세 친구가 화장실에 나타난 거대한 트롤과 싸우는 동안 그들은 실제 작아지는 효과를 얻는다. 머리가 세 개 달린 거대한 개를 만났을 때나, 다정한 거인 해그리드를 만났을 때도 마찬가지다.

- **통로** 롤링은 이야기에서 세 가지 통로를 사용한다. 첫 번째 통로는 해그리드가 마치 루빅스 큐브처럼 벽돌을 옮겨 '개방'한 벽이다. 이 문을 통과함으로써, 해리는 머글로 교육받던 평범한 세상에서 다이애건 앨리라는 마법사 거리로 이동하게 된다. 두 번째 통로는 해리가 호그와트 특급 열차를 타기 위해 위즐리를 따라간 아치모양 벽, 즉 '9와 3/4' 플랫폼이다. 마지막 통로는 호그와트 학교의 지하세계로 통하는, 머리가 세 개 달린 거대한 개가 지키고 있는 비밀의 문이다.

- **과학기술** 여기서 사용된 기술은 『해리포터와 마법사의 돌』에 나오는 요소 중에서 가장 독창성을 보인다. 이것은 「해리포터」 시리즈가 엄청난 인기를 얻게 된 비결이기도 하다. 이것은 마법의 기술이기에, 동물과 마법의 매력에 현대 하이테크의 힘이 더해져 두 배로 강력한 영향력을 내뿜는다. 예를 들어 올빼미는 우편물을 운송해 받는 사람의 손에 떨어뜨린다. 마술봉은 마법사의 힘을 드러내는 강력한 도구로, 특별한 마술봉 상점에서 판매되며 마술봉이 주인을 선택한다. 가장 잘 나가는 개인 이동 수단은 최신형 마법 빗자루 '님부스2000'으로 컴퓨터 수준의 사양을 갖추고 있다. 기숙사를 배정해주는 마법모자는 모자를 쓴 사람의 생각과 마음을 읽고 그에게 어떤 기숙사가 가장 잘 맞을지 결정한다.

롤링은 가짜 변화와 가짜 가치를 담은 도구도 만들었다. 소망의 거울은 스토리텔링에 있어서 고전적으로 쓰이는 도구 중 하나로(게다가 스토리텔링 그 자체에 대한 상징이기도 하다.), 거울 앞에 선 사람이 가장 욕망하는 것이 무엇인지 관객에게 보여준다. 그가 보는 이미지는 자아의 또 다른 모습이지만, 그가 평생을 허비할 수도 있는 그릇된 욕망을 보여주는 것이다. 고대 철학에서 나온 도구인 투명 망토는 착용자가 대가를 치루지 않고 가장 깊은 욕망을 채울 수 있게 해준다. 투명 망토는 착용한 사람이 큰 위험을 감수할 수 있게 도와주지만, 실패할 경우 위험 역시 증가한다. 마법사의 돌은 금속을 순금으로 변화시키고, 불로장생의 약물을 만들어낸다. 그러나 그것은 가짜 성장이며 가짜 변화다. 노력에 의해 얻은 것이 아니기 때문이다.

- **주인공의 변화/세계의 변화** 이야기의 말미, 해리는 부모님의 죽음으로 인한 망령을 떨치고 사랑의 힘을 배운다. 그러나 울창한 자연 속에 위치한 호그와트 학교는 시간을 초월하기에 그곳은 아무 것도 변하지 않는다.

- **계절** 롤링은 한 학년이 지나가는 것을(계절 포함) 학교를 둘러싼 자연 환경을 통해 보여준다. 이것은 학생들이 성숙해지는 모습, 특히 해리의 모습을 자연의 지혜와 리듬과 미묘하게 연결한 것이다.

- **풍습 혹은 명절** 『해리포터와 마법사의 돌』은 한 학년의 흐름에 구두점을 찍듯이 핼러윈과 크리스마스를 배치했다. 그러나 작가는 그 명절에 담긴 철학에 대해서는 언급하지 않았다.

- **시각의 7단계**

⇨ **해리의 문제, 망령=교외의 집, 계단 밑 벽장**

많은 신화 이야기가 그렇듯, 해리 역시 처음에는 (모세, 오이디푸스, 그리고 디킨스 소설의 인물처럼) 다른 사람의 손에서 크는 업둥이로 등장한다. 마법사들은 그의 망령(해리를 괴롭힐 과거의 사건)과 앞으로 큰 마법사가 될 거라는 명성에 대해 암시한다. 그래서 끔찍할 것을 알면서도 머글 가족과 함께 지내게 된 것이다. 실제로 해리는 열한 살이 될 때까지 계단 밑의 동물 우리 같은 비좁은 방에서 살아야 했다. 자기만 아는 욕심쟁이 이모와 이모부, 그리고 사촌은 해리를 함부로 대하고 그가 자신의 정체를 알 수 없도록 만든다.

⇨ **약점과 필요=동물원의 뱀, 호그와트 학교의 연회장**

해리는 자신의 출신이나 마법사로서 얼마나 큰 잠재력을 가지고 있는지에 대해 전혀 알지 못한다. 해리는 동물원에 가서 자신이 몰랐던 능력을 감지하게 된다. 야생의 자연이 완전히 길들여진 채 구속되어 있는 곳에서 해리는 자신이 뱀과 대화하고 풀어줄 수 있으며, 동시에 못된 사촌을 뱀 우리에 가둘 수 있는 능력을 갖고 있음에 놀라고 만다.

나중에 호그와트의 연회장에서 분류 모자가 해리에게 용기, 훌륭한 마음, 재능, 자신을 증명하려는 열망이 있다고 말한 순간, 해리의 잠재력과 필요가 모두의 앞에서 강조된다. 그럼에도 불구하고, 초반 수업에서는 해리가 마법사로서 받은 훈련과 극기심이 부족하다는 사실이 고통스러울 정도로 분명하게 나타난다.

⇨ **욕망/망령=모자, 연회장, 비밀 문**

『해리포터와 마법사의 돌』은 7권 시리즈의 첫 번째 책이기에 다수의 욕망선이 설정되어야만 한다.

① 시리즈 전체를 관통하는 욕망: 호그와트에 가서 위대한 마법사가 되는 법을 배우는 것

이모네 가족이 해리를 숨겨 놓지만 해그리드가 그곳으로 찾아온 순간, 해리는 이 욕망을 처음으로 갖게 된다. 해그리드는 해리에게 그가 마법사이며, 살해 당한 부모님도 마법사였고, 호그와트 학교에 입학 허가가 났다는 소식을 알려 준다. 이제 총 7권에 걸쳐 위대한 마법사가 될 거라는 암시가 드러나는 대목 이다.

② 『해리포터와 마법사의 돌』에서 따라가는 욕망선: 학교 우승컵을 차지하는 것

이 목표는 해리와 다른 1학년 학생들이 연회장에 모여 학교 규칙을 배우고 분 류 모자를 통해 기숙사에 배정이 될 때 정해진다. 이를 통해 신화의 모든 일화 들이 한데 모이고, 형태를 알 수 없는 한 학년이라는 기간 동안 이 일이 펼쳐 져, 눈에 보이게 하나의 선으로 이어진다는 점에 주목해라. 욕망선은 모든 학 생들이 모인 연회장에서 시작하여, 같은 곳에서 해리와 그의 친구들이 속한 기숙사가 승리하고 환호하는 것으로 끝난다.

③ 후반부에서 초점을 맞춘 욕망선: 비밀의 문 아래에 있는 마법사의 돌의 미스터리 풀기

학교 우승컵에 대한 열망은 일 년이라는 학년에 형태를 선사한다. 그러나 이 이야기는 시리즈의 첫 권이기 때문에 여러 일화가 가진 임무가 완수되어야 한 다. 롤링은 수많은 등장인물을 소개하고, 마법의 규칙을 설명하고, 퀴디치 경 기를 포함해 이 세계에 존재하는 세부 사항을 꼼꼼하게 제공해야 한다. 그래 서 좀 더 집중된 두 번째 욕망이 필요하다.

해리, 론, 헤르미온느가 금지된 3층에 우연히 도달하여 머리 셋 달린 개가 비 밀 문을 지키고 있다는 것을 발견했을 때, 그들은 이 거대한 세계가 담긴 이야 기를 한 지점으로 모이게 하는 욕망을 갖게 된다. 그리하여 『해리포터와 마법 사의 돌』은 스토리텔링 중에서도 가장 확실하고 튼튼한 골격을 가진 장르 중 하나인 탐정물로 변신한다.

⇨ **적대자=교외의 집, 수업, 경기장, 화장실**

해리가 첫 번째 적대자인 이모부 버논, 이모 페투니아, 사촌 두들리와 대면하는 곳은 자신이 사는 집이다. 그는 신데렐라마냥 집안일을 하고, 계단 아래에 있는 비좁은 공간에 갇혀 생활한다. 해리와 계속해서 적대자 상황을 유지하는 인물은 드라코 말포이로, 수업시간마다 대립을 한다. 그리핀도르 기숙사 학생 해리는 드라코가 속한 슬리데린 기숙사와 퀴디치 대결을 벌인다. 또한 해리와 친구들은 여자 화장실에서 거대한 트롤과 싸움을 벌인다.

⇨ 적대자, 겉보기 패배=금지된 숲

볼드모트는 긴 시간 적대자가 되는 역할로, 모습을 드러내지 않지만, 가장 강력한 적대자다. 롤링은 첫 번째 책에서 난관에 봉착한다. 일곱 권의 책에서 내내 이 대립관계를 유지해야 하는데, 해리는 고작 열한 살이다. 때문에 볼드모트를 매우 약한 상태로 시작해야 한다. 그래서 작가는 『해리포터와 마법사의 돌』에서 볼드모트는 겨우 살아 있는 상태, 퀴렐 교수의 육체와 정신을 통해서만 활동이 가능한 상태로 만들었다.

그렇다 해도 볼드모트와 그의 하위 세계는 여전히 위험하다. 어둠의 숲에는 무서운 식물과 동물이 가득하며, 해리와 친구들은 그곳에서 쉽게 길을 잃는다. 해리는 어느 날 무시무시한 금지된 숲으로 들어가 볼드모트가 뱀파이어처럼 유니콘의 피를 빼는 모습을 목격한다. 해리는 아직 약한 상태지만, 볼드모트는 여전히 해리를 죽일 수 있다. 그러나 마지막 순간, 칸타우로스가 나타나 해리를 목숨을 구한다.

⇨ 적대자, 결전=호그와트의 지하세계(비밀의 문, 악마의 덫, 닫힌 방)

해리, 론, 헤르미온느는 3층의 금지구역에 가서 마법사의 돌이 있다는 것을 발견한다. 그러나 (지옥 문을 지키는 케르베로스처럼 생긴) 머리 세 개 달린 개를 지나자, 비밀의 문으로 떨어져 악마의 덫에 걸려 목이 졸릴 뻔 한다. 바로 이렇게 볼드모트의 하위 세계인 호그와트의 지하세계로 떨어진 것이다. 거기서는 생각으로 조종하는 마법사의 체스 게임을 통해 죽음을 불사하고 격렬한 전투를 벌여야 한다.

해리가 볼드모트와 결전을 벌이는 장소는 닫힌 방, 즉 좁은 공간이다. 그곳은 계단 맨 아래에 위치한 곳으로 마치 소용돌이의 끝에 있다는 느낌을 주게 한다.

해리는 그곳에서 볼드모트와 퀴렐 교수를 혼자서 대면한다. 해리가 도망가려하자 퀴렐이 불로 방을 에워싼다. 볼드모트는 해리의 가장 큰 약점—한 번도 만나지 못한 부모님을 보는 것—을 이용해 자신에게 돌을 주면 그들을 만나게 해주겠다고 꼬드긴다.

⇨ 자기발견 = 불의 방, 양호실

볼드모트와 퀴렐 교수의 극심한 공격을 받으면서도, 해리는 선한 마법사가 되는 길을 택한다. 회복을 위해 양호실에 있을 때, 해리는 덤블도어 교수로부터 자신의 몸이 말 그대로 사랑으로 가득차 보호받은 것이라는 소리를 듣는다. 해리 어머니가 해리를 살리기 위해 자신을 희생하며 보여준 사랑 때문에, 불에 타 죽은 것은 퀴렐 교수가 되었다.

⇨ 다시 찾은 평정=기차역

학년이 끝나 학생들은 일상의 세계로 돌아가기 위해 통로 앞에 선다. 이제 해리는 해그리드가 준 사진첩을 가지고 있다. 거기 한 번도 만나지 못했던 부모님과 그들의 품에 포근히 안긴 아기 해리가 있다.

7장

상 징 을
연 결 시 키 다

상징이 관객에게 다가가는 방식은 매우 은밀하지만 그 힘은 강력하다. 상징은 사용될 때마다 호수에 파문이 일듯 울림을 만들어낸다. 이렇게 상징을 반복하다 보면 파문이 확장되어 종종 관객이 의식할 새도 없이 그들의 마음속에서 울려 퍼진다.

많은 작가가 상징을 문학 수업에서만 중요하게 다루는, 성가시기만 하고 별 게 아닌 것이라 여긴다. 그렇게 생각한다면 큰 오산이다. 그러나 대신 상징이라는 것을 양탄자에 달려 있는, 감정의 효과를 주는 보석이라 생각해 보자. 그러면 이 일련의 이야기 기술이 가진 힘이 무엇인지 어느 정도 감을 잡을 수 있을 것이다.

상징은 작은 것으로 이루어진 기술이다. 그것은 다른 것(사람, 장소, 행동 또는 사물)을 나타내는 말이나 사물로, 이야기가 진행되는 동안 여러 번 반복된다. 인물, 주제, 플롯이 관객을 '바보로 만드는' 커다란 '퍼즐'이라면, 상징은 표면 아래서 신비한 마법을 부리는 작은 퍼즐이다. 작가의 성공에 있어 상징은 커다란 역할을 한다. 상징에는 관객을 감정적으로 흔들 수 있는, 숨겨진 언어가 내포되어 있기 때문이다.

상징이 작동하는 방식

상징은 특별한 힘을 가진 이미지로, 그것은 관객에게 가치가 있다. 물질이 고도로 집약된 에너지인 것처럼 상징은 고도로 집약된 의미이다. 사실, 상징은 모든 스토리텔링 기술 중에서 가장 집약된 축소기-확대기이다. 상징을 사용하는 가장 쉬운 방법을 들자면 언급과 반복일 것이다. 그렇다면 그것은 어떻게 작동하는 것일까. 일단 어떤 감정으로 시작하여 관객에게 그 감정을 유발할 상징을 만들라. 그런 다음 조금씩 변화를 주며 상징을 반복하라.

- 감정 ⇨ 상징 ⇨ 관객에게 감정을 불러일으킴
- 변화된 상징 ⇨ 관객에게 보다 강렬한 감정을 불러일으킴

상징이 관객에게 다가가는 방식은 매우 은밀하지만 그 힘은 강력하다. 상징은 사용될 때마다 호수에 파문이 일듯 울림을 만들어낸다. 이렇게 상징을 반복하다 보면 파문이 확장되어 종종 관객이 의식할 새도 없이 그들의 마음속에서 울려 퍼진다.

상징망의 요소

인물을 창조할 때 가장 큰 실수는 인물을 하나의 고유한 개인으로 보는 것이라고 말한 바 있다. 이 실수를 저지르면 오히려 인물은 고유한 개인이 되지 못한다. 또한 상징을 만들 때에는 상징을 단일 개체로 보아서는 안 된다.

● **핵심 POINT** 상징은 망으로 연결하여 각각의 상징이 서로를 규정할 수 있게 해라.

이야기 몸체에 있는 다양한 하위 세계가 어떻게 맞물리는지를 다시 상기해보자. 세상이 어떤 식으로 돌아가는지 그 심오한 진실을 보여주는 것은 다음과 같은 방법을 통해서다. 인물 연결망은 사람들을 비교·대조함으로써, 플롯은 놀랍고도 강력한 논리로 이어진 일련의 행동을 통해 그 진실을 제시한다. 반면에 상징망은 사물, 사람, 행동을 다른 사물, 사람, 행동에 빗대어 언급함으로써 드러난다. 그리하여 관객이 비교를 하면, 단지 한 부분이나 순간이라 할지라도, 비교하는 두 대상의 본질을 깊이 파악하게 된다.

예를 들어 『율리시스』의 레오폴드 블룸을 햄릿과 비교하면, 둘 다 행동을 하지 않고, 좌절한 상태이며, 부정한 여인(거트루드 왕비와 몰리)으로 인해 저주받았다는 감정을 공유한다. 『누구를 위하여 종은 울리나』에서 비행기를 말에 비교하는 것은 기사도, 충성심, 명예를 중시하는 문화가 기계화되고 비인간적인 힘을 중시하는 문화로 변화하는 걸 압축해 보인다.

우리는 이야기 전체, 구조, 인물, 주제, 이야기 세계, 행동, 사물, 대사의 일부 혹은 전체를 상징에 연결하여 인물망을 만들 수 있다.

이야기 상징

이야기를 만드는 아이디어 단계나 혹은 전제 단계에서, 상징은 근본적인 이야기의 왜곡, 즉 중심주제나 전제 이야기의 구조를 표현하고 그들을 하나의 이미지 안에 통합시킨다. 이야기 상징의 몇 가지 예를 살펴보자.

| 오디세이 | 『오디세이』에서의 중심 이야기 상징은 제목 그 자체에 있다. 이것은 견뎌내야 하는 기나긴 여정이다.

| 허클베리 핀의 모험 | 반대로 여기서의 상징은 허클베리 핀이 미시시피 강을 따라가는 여행이 아니라 뗏목이다. 언제 무너질지 모르는 뗏목이라는 섬 위에서, 백인 소년과 흑인 노예는 동등한 친구로 지낼 수 있게 된다.

| 암흑의 핵심 | 제목이 주는 상징은 정글의 가장 깊은 곳을 의미하며, 강을 거슬러 가는 말로우가 마침내 도달할 신체적, 심리적, 도덕적 종착지이다.

| 스파이더맨, 배트맨, 슈퍼맨 | 이 제목은 어떤 사람이 다른 특별한 힘과 융합되었다는 것을 나타낸다. 또한 이 제목은 자신 안에서 분열되고 인간 공동체에서도 분리된 인물을 암시한다.

| 벚꽃 동산 | 벚꽃 동산은 시대를 초월한 아름다운 장소로 나타나지만, 동시에 실용성이 없다는 이유로 발전하는 현실 세계에서 사라질 수 있는 공간을 의미한다.

| 주홍 글씨 | 주홍글씨는 문자 그대로 한 여성이 부도덕한 사랑의 행위를 했음을 드러내는 상징으로 시작한다. 그러나 점차 진정한 사랑을 바탕으로 한 색다른 도덕성의 상징이 된다.

| 젊은 예술가의 초상 | 이 작품은 상징을 가진 이름 디덜러스로 시작된다. 디덜러

스는 그리스 신화에서 미궁을 건설한 건축가이자 발명가 다이달로스에서 따온 것으로, 예술가가 가질 수 있는 최고의 이름이다. 이 이름과 연결된 것은 날개라는 상징으로, 다이달로스는 날개를 만들어 아들 이카루스와 함께 미궁을 탈출할 수 있었다. 많은 비평가의 말에 따르면, 제임스 조이스는 예술적인 주인공이 자신의 과거와 나라에서 탈출하기 위한 시험 비행을 하는 것으로 이 이야기의 구조를 만들었다고 한다.

ㅣ나의 계곡은 푸르렀다ㅣ 『나의 계곡은 푸르렀다』에 등장하는 주요 상징은 두 가지이다. 하나는 푸른 계곡이고, 다른 하나는 검은 광산이다. 푸른 계곡은 문자 그대로 주인공의 집이다. 또한 전체 이야기가 시작되고, 감정적 여정을 떠나는 곳이기도 하다. 주인공은 푸른 자연, 젊음, 순수, 가족, 집을 떠나 검게 변하고 기계화된 공장의 세계, 산산조각 난 가족, 유랑의 삶으로 넘어간다.

ㅣ뻐꾸기 둥지 위로 날아간 새ㅣ 제목에 나온 두 가지 상징은 비정상의 공간과 자유 영혼의 비행이다. 이것 역시 이야기의 전체적 진행을 암시한다.

ㅣ네트워크ㅣ 네트워크란 단어 뜻 그대로 텔레비전 방송국이라는 의미인 동시에, 걸려든 사람을 옭아매는 거미줄이다.

ㅣ에일리언ㅣ 외계인은 상징적으로 외부인이며, 이야기 구조면에서 봤을 때, 안으로 침입해오는 무시무시한 타인이다.

ㅣ잃어버린 시간을 찾아서ㅣ 핵심 상징은 마들렌으로, 화자는 그걸 먹으며 소설 전체를 상기하게 된다.

ㅣ무기여 잘 있거라ㅣ 무기에게 작별을 고하는 것은 주인공의 탈영을 뜻하며, 이것은 전체 이야기의 핵심 행동이기도 하다.

ㅣ호밀밭의 파수꾼ㅣ 호밀밭의 파수꾼은 주인공이 되고 싶어 하는 판타지적 인물을 상징한다. 또한 변화를 멈추고자하는 비현실적 욕망과 연민을 동시에 보여주고 있다.

이야기를 통해 상징망을 엮어내려면, 먼저 주요 상징을 망에 연결해주는 문장 하나를 떠올려야 한다. 이 상징 문장은 이미 만든 주제 문장 및 이야기 세계, 그리고 이야기의 설계 규칙을 기반으로 나와야 한다.

다시 설계 규칙을 살펴보자. 그리고 상징 문장을 찾아보자.

| 모세 |

설계 규칙: 신의 정체를 모르던 한 남자가 자신의 백성을 자유로 이끌기 위해 고군분투하고, 자신과 자신의 백성을 정의할 새로운 도덕 법칙을 받는다.

주제 문장: 자신의 백성을 책임지는 한 남자가 신의 말씀을 통해 어떻게 살아야 할지 계시를 받는다.

이야기 세계: 지도자가 하늘로부터 내려온 진리를 깨달을 때까지, 한 남자와 백성이 광야에서 여정을 계속한다.

상징 문장: 신의 말씀이 불타는 덤불, 역병, 십계명이 적힌 돌판 등 눈으로 볼 수 있게 드러난다.

| 율리시스 |

설계 규칙: 하루의 흐름을 따라 도시를 관통하는 현대판 오디세이. 한 남자는 아버지를 찾고 다른 남자는 아들을 찾는다.

주제 문장: 진정한 영웅이란 일상생활에서 받는 돌팔매와 화살을 견디며 도움이 필요한 다른 사람에게 연민을 베푸는 사람이다.

이야기 세계: 24시간 동안 보이는 도시의 각 부분은 현대판 신화 속 장애물이다.

상징 문장: 현대판 율리시스, 텔라마코스, 그리고 페넬로페.

| 네 번의 결혼식과 한 번의 장례식 |

설계 규칙: 한 무리의 친구들이 자신의 결혼 상대를 찾는 동안 네 번의 유토피아(결혼식)와 한 번의 지옥 같은 순간(장례식)을 경험한다.

주제 문장: 진정한 사랑을 찾는 순간, 온 마음으로 헌신해야 한다.

이야기 세계: 이상향 같은 세계와 결혼식이라는 의식.

상징 문장: 결혼식 vs 장례식.

I 해리포터 시리즈 I

설계 규칙: 마법사 소년이 7년간 마법사 기숙학교에 다니며 남자, 그리고 최고의 마법사가 되는 법을 배운다.

주제 문장: 큰 재능과 능력으로 축복받은 사람이라면, 지도가자 되고 타인의 유익을 위해 희생해야 한다.

이야기 세계: 거대한 마법의 중세 성 안에 있는 마법 학교.

상징 문장: 학교의 형태를 지닌 마법의 왕국.

I 스팅 I

설계 규칙: 사기를 사기의 형식으로 보여줌으로 극중 부자와 관객 모두를 속인다.

주제 문장: 악마 같은 사람을 무너뜨리기 위해서라면 작은 거짓말과 사기를 치는 건 괜찮다.

이야기 세계: 대공황 시기, 황폐한 도시 속 거짓으로 만들어낸 사업 공간.

상징 문장: 사람을 속이는 속임수.

I 밤으로의 긴 여로 I

설계 규칙: 낮을 지나 밤을 맞자, 가족은 과거의 잘못과 망령을 마주한다.

주제 문장: 우리는 자신과 타인에 대한 진실을 직면하고 용서할 줄 알아야 한다.

이야기 세계: 모든 틈새에 가족의 어두운 비밀을 숨길 수 있는 음침한 집.

상징 문장: 점점 어두워지다가 밝아지는 밤.

I 세인트루이스에서 만나요 I

설계 규칙: 사계절 동안 일어나는 일을 보여줌으로써 한 가족의 성장 과정을 드러낸다.

주제 문장: 가족을 위해 희생하는 것은 개인의 영광을 얻겠다고 분투하는 것보다 훨씬 더 중요하다.

이야기 세계: 계절과 그 안에 사는 가족의 변화에 따라 경관도 바뀌는 대저택.

상징 문장: 계절과 함께 변화하는 집.

| 코펜하겐 |

설계 규칙: 양자역학의 하이젠베르크 불확정성 원리를 사용하여 불확정성 원리를 발견한 사람의 모호한 도덕성을 탐구한다.

주제 문장: 우리가 행동을 하는 이유와 그것이 옳은지 아닌지 이해하는 것은 늘 모호한 일이다.

이야기 세계: 법정처럼 생긴 집.

상징 문장: 불확정성 원리.

| 크리스마스 캐롤 |

설계 규칙: 크리스마스이브에 한 남자가 자신의 과거, 현재, 미래를 바라보게 함으로써 거듭나게 된다.

주제 문장: 사람은 베풀며 살 때 훨씬 행복한 삶을 영위할 수 있다.

이야기 세계: 19세기 런던의 집무실과 과거, 현재, 미래를 엿볼 수 있는 각기 다른 형태(상류층, 중산층, 하류층)의 집 세 채.

상징 문장: 주인공은 과거, 현재, 미래에서 온 유령 덕에 크리스마스에 새로 거듭난다.

| 멋진 인생 |

설계 규칙: 한 사람이 존재하지 않았다면 한 마을, 국가가 어떻게 되었을지 보여줌으로써 개인이 가진 힘을 표현한다.

주제 문장: 사람이 누리는 풍요는 자신이 버는 돈에서 오는 게 아니라 자신이 돌보는 친구나 가족으로부터 온다.

이야기 세계: 미국의 작은 마을을 두 가지 다른 버전으로 보여주는 공간.

상징 문장: 역사를 따라가는 미국의 작은 마을.

| 시민 케인 |

설계 규칙: 한 사람의 인생은 결코 알 수 없다는 것을 보여주기 위해 화자를 여러 명 활용한다.

주제 문장: 모두에게 자신을 사랑하라고 강요하는 사람은 결국 혼자 남게 된다.

이야기 세계: 미국의 거물이 사는 저택과 따로 떨어져있는 '왕국'.

상징 문장: 스노우글로브, 이상향, 뉴스 다큐멘터리, 썰매 등 눈에 보이는 것으로 만들어진 한 사람의 삶.

상징적 인물

상징망을 더욱 정교하게 만드는 과정으로 상징 문장을 완성했다면, 그 다음 단계는 인물에 집중하는 것이다. 인물과 상징은 이야기 몸체에 속한 두 개의 하위 시스템이다. 그러나 그 둘은 분리되어 있지 않다. 상징은 인물을 정의하고 더 나아가 이야기의 전체 목표를 정의하는 매우 훌륭한 도구이기 때문이다.

상징을 인물과 연결할 때는, 해당 인물을 정의하는 신념, 혹은 그 반대를 나타내는 상징을 선택하자. (예를 들어, 『데이비드 코퍼필드』의 스티어포스는 정직과는 전혀 관계가 없는 사람이다.) 관객은 단박에 인물의 한 측면을 이해하고 놀라게 될 것이다.

그때부터 관객은 그 인물과 연결되었다는 감정을 느끼게 된다. 이 상징은 약간의 변형을 통해 계속 반복되고, 그러면서 인물의 성격은 더욱 섬세하게 묘사된다. 등장인물의 기본적인 특징과 감정이 관객의 마음속에서 단단히 자리 잡는 것이다. 그러나 인물에 상징을 많이 대입할수록 각 상징이 눈에 띄는 시간은 그만큼 줄어들기에 아껴서 사용하는 것이 좋다.

여러분은 이런 질문을 품게 될 수도 있다. 이 인물에 딱 맞는 상징을 적절하게 고르는 방법은 무엇인가? 인물 연결망으로 되돌아가자. 어떤 인물도 외딴 섬이 아니다. 한 인물은 다른 인물들과의 관계 속에서 정의된다. 한 인물의 상징을 고를 때는 주인공과 주요 적대자부터 시작하여 다른 인물들까지 확장하자. 이러한 상징은 각 상징의 주인인 인물과 마찬가지로 서로 대립되는 위치에 서 있어야 한다.

또한 한 인물에 두 개의 상징을 사용하는 것도 고려하자. 다시 말해, 인물 내에 서로 상반되는 상징을 만드는 것이다. 이렇게 하면 상징이 주는 이점을 그대로 유지하면서 더 복잡한 인물을 만들어낼 수 있다.

인물에 상징을 부여하는 과정은 다음과 같다.

1 먼저 인물 연결망 전체를 확인 한 후 한 인물을 위한 상징을 만들어라.

2 주인공과 주요 적대자의 대립부터 시작해라.

3 인물이 가진 어떤 측면, 혹은 그 인물로부터 관객에게 불러일으키고 싶은 감정 하나를 떠올려라.

4 한 등장인물 내에 서로 반대되는 상징을 적용하는 것도 고려해라.

5 이야기가 진행되는 동안 인물과 연결된 상징을 여러 번 반복해라.

6 상징을 반복할 때마다, 어떤 식으로든 약간의 변화를 시도해라.

상징을 빠르게 인물에 연결하는 좋은 방법은, 인물의 특정 범주, 특히 신, 동물, 기계 등을 사용하는 것이다. 이러한 각 범주는 존재 방식과 존재 수준의 핵심을 보여준다. 그렇기에 한 인물을 어떠한 유형에 연결시킨다는 것은 그 인물에게 기본 특징과 수준을 부여하는 것이기에 관객은 보는 즉시 알아차리게 된다. 여러분은 이 기법을 언제든 사용할 수 있다. 그러나 가장 많이 활용되는 건 신화, 호러, 판타지, 공상과학물처럼 고도로 은유적인 장르와 스토리텔링 형식이다.

이제 상징적 인물 기법을 사용한 몇 가지 이야기를 살펴보자,

젊은 예술가의 초상

소설 제임스 조이스 • 1914년

조이스는 주인공 스티븐 디덜러스를 신화 속 다이달로스와 연결시켰다. 다이달로스는 자신이 만든 미궁에서 빠져나오기 위해 날개를 만든 발명가이다. 이 이름은 스티븐에게 천상의 자질을 부여하며, 동시에 자유를 얻고

자 노력하는 예술가의 본질적 특징을 암시한다. 조이스는 한 인물 안에 대립되는 상징을 넣는 기법을 활용하여 기본 특징에 질감을 더했다. 스티븐에게 다이달로스의 아들 이카루스와 미궁이라는 상반된 상징을 넣은 것이다. 이카루스는 (야심에 찬 나머지) 태양에 너무 가까이 다가가다가 결국 떨어져 죽는다. 미궁은 다이달로스가 만든 것으로, 스티븐은 그 안에서 길을 잃는다.

대부

소설 마리오 푸조 ▪ 1969년 / **각본** 마리오 푸조, 프란시스 포드 코폴라 ▪ 1972년

마리오 푸조 역시 인물을 신에 비유했지만, 조이스와는 다르게 신의 아주 다른 측면을 강조했다. 푸조는 자신의 세계를 지배하고 자신만의 정의를 실현하는 신과 같은 아버지를 보여준다. 그는 복수심에 불타는 신이다. 인간이라면 가져서는 안 되는 독재 권력을 지닌 인간-신-이다. 푸조 역시 이 인물에 상반되는 상징을 부여했다. 신이라는 존재를 악마와 연결시킨 것이다. 신성한 것과 불경스러운 것이 가진 상반된 의미를 동일시하는 것. 이것이 바로 이 인물과 이야기가 가진 핵심이다.

필라델피아 스토리

원작 필립 베리 ▪ **각색** 도날드 오그던 스튜어트 ▪ 1940년

작가 필립 베리는 주인공 트레이시 로드를 상류층이라는 계층과 더불어 여신이라는 개념에 연결시켰다. 이름에서부터 '귀족다운lordly' 특성을 볼 수 있고, 아버지와 전남편마저 그녀를 여신이라고 부른다. 그녀는 이 상징을 통해 낮춰지기도 하고 고취되기도 한다. 이야기는 트레이시가 여신이 가진 최악의 측면(차갑고 거만하고 비인간적이고 용서를 모르는 면)에 굴복할지, 아니면 최고의 측면(역설적이게도 영혼의 위대함을 찾아 가장 인간적이고 용서할 줄 아는 자아가 되는 것)에 굴복할지를 보여준다.

신과 같은 주인공 기법을 사용한 다른 이야기로는 《매트릭스》(네오=예수), 《쿨 핸드 루크》(루크=예수), 『두 도시 이야기』(시드니=예수)가 있다.

욕망이라는 이름의 전차

각본 테네시 윌리엄스 · 1947년

《욕망이라는 이름의 전차》에서 테네시 윌리엄스는 등장인물을 동물과 동일시한다. 이것은 그들을 생물학적으로 그저 본능에 따르는 존재로 깎아내리는 것이다. 스탠리는 돼지, 황소, 원숭이, 사냥개, 늑대 등으로 불리는데, 이것은 그의 탐욕스럽고 잔인하며 남성적인 본성을 강조한다. 나방이나 새에 비유되는 블랑쉬는 약하고 겁이 많은 존재다. 윌리엄스는 이야기가 진행되는 동안 다양한 형태로 이러한 상징을 반복한다. 결국 새는 늑대에게 잡아먹히고 만다.

배트맨, 스파이더맨, 타잔, 크로커다일 던디

만화 이야기는 현대판 신화라 할 수 있다. 그래서 시작부터 인물을 동물에 연결시킨다 해도 놀랍지 않다. 우리가 만들 수 있는 가장 은유적이고 과장된 상징이기 때문이다. 배트맨, 스파이더맨, 심지어 타잔까지, 그 모두는 이름, 신체조건, 복장을 통해 동물과 연결되어 있다는 사실을 강조한다. 이 인물들은 《욕망이라는 이름의 전차》에 나오는 스탠리 코왈스키처럼 그저 몇 가지 동물의 특징만으로 미묘하고도 강력한 영향력을 발휘하는 게 아니다. 이들은 말하자면 동물 인간이다. 완전히 분열된 반인반수이다. 추악한 인간의 삶은 그들을 동물로 바꾸고는 그 독특한 능력을 이용해 정의를 위해 싸우라고 몰아세웠다. 그러나 대가는 그들의 몫이다. 통제할 수 없는 내부 분열, 그리고 극복할 수 없는 소외감으로 고통을 겪기 때문이다.

등장인물을 동물과 동일시하는 것은 관객에게 큰 인기를 끌 수 있다. 인물이 더 커지는 형태이기 때문이다. (다만 이야기가 둔해질 만큼 커지지는 않는다.) 나무 사이를 날아다니는 능력(타잔)이나 도시의 빌딩 사이를 날아다니는 능력(스파이더맨), 동물 왕국을 지배하는 능력(크로커다일 던디)은 인간 마음 깊숙이 자리한 꿈이다.

인간을 동물에 연결시키는 상징 기법은 《늑대와 춤을》, 《드라큘라》, 《늑대 인간》, 《양들의 침묵》에서도 볼 수 있다.

상징적 인물을 만드는 방법으로 널리 쓰이는 것은 바로 인물과 기계와의 연결이다. 기계 인간, 혹은 로봇 인간은 대부분이 기계로 이루어져 초인적인 힘을 갖고 있는 반면, 감정이나 연민을 느끼지 못하는 인간으로 묘사된다. 이 기법은 아무리 과장된 상징이 사용되어도 그것이 형식의 일부라서 흔쾌히 받아들여지는 호러, 공상과학 이야기에서 자주 사용된다. 훌륭한 작가들은 이야기 내내 상징을 반복해도, 상징적 인물에 세부사항을 많이 덧붙이지는 않는다. 오히려 그들은 그것을 반대로 뒤집는다. 이야기가 끝날 무렵에는 인간이 동물이나 기계처럼 행동한 반면, 기계 인간이 모든 인물 중에서 가장 인간다운 존재임을 입증한다.

프랑켄슈타인(현대판 프로메테우스)

소설 메리 셸리 · 1818년 / **희곡** 페기 웨블링 · **각본** 존 L. 볼더스톤, 프란시스 에드워드 파라고, 가렛 포트 · 1931년

인물을 기계와 연결시키는 것은 메리 셸리의 『프랑켄슈타인』에서 처음으로 시도됐다. 이야기 처음에 나오는 인물은 인간인 프랑켄슈타인 박사이다. 그는 인간이면서 신의 지위를 가지고 생명을 창조한다. 몸의 여러 부위를 이어 붙여 만들었기에 기계 인간, 즉 괴물은 인간처럼 부드럽게 움직일 수 없다. 제3의 인물로 척추에 장애가 있는 조수 역시 상징적 인물이다. 기이한 신체 때문에 인간이 사는 사회에서 배척당하는 존재다. 프랑켄슈

타인 박사 밑에서 일할 때에는 인간과 괴물 사이에서 낀 존재가 된다. 이러한 상징적 인물이 단순하지만 명확한 유형을 통해 어떻게 정의되고 대조되는지 확인하라. 이야기가 진행되면서 괴물이 냉혹하고 비인간적이며 신과 같은 아버지에게 반항하고 복수하려는 것은, 그가 사슬로 묶여 불태워진 뒤 폐기돼도 상관없는 천한 존재로 취급받았기 때문이다.

인물을 기계와 연결시키는 상징을 쓴 다른 작품으로는 《블레이드 러너》(레플리칸트), 《터미네이터》(터미네이터), 《2001:스페이드 오디세이》(할), 《오즈의 마법사》(양철나무꾼)가 있다.

태양은 다시 떠오른다

소설 어니스트 헤밍웨이 · 1926년

『태양은 다시 떠오른다』는 신이나, 동물, 기계 같은 은유적 유형 없이 상징적 인물을 고안한 대표적 작품이다. 헤밍웨이는 주인공 제이크 반스라는 한 인물 안에 대립되는 상징을 부여한다. 그것은 강하고 자신감 있는 진실한 남자와, 동시에 전쟁의 상처로 성불구가 된 남자이다. 강건함과 성불구라는 것의 조합으로 나타나는 본질적 특성은 바로 상실이다. 그 결과, 그는 감각적 순간을 이어가지만 육체적으로 기본 기능을 할 수 없는, 매우 역설적인 사람이다. 남자지만 남자가 아닌 인물로, 그저 표류하는 모든 세대의 남자를 대표하는 지극히 현실적인 인물이다.

상징 기법: 상징적 이름

인물과 상징을 연결하는 또 다른 기법은 인물이 가진 본질을 이름으로 나타내는 것이다. 이 기법의 대가로는 찰스 디킨스를 꼽을 수 있다. 그가 만든 인물의 이름을 살펴보자. 미카버Micawber 씨, 유리아 힙Uriah Heep, 스크

루지Scrooge. 페지위그Fezziwig, 꼬맹이 팀Tiny Tim, 빌 사이크스Bill Sikes, 페이긴 Fagin, 범블 씨Mr. Bumble, 아트풀 도저The Artful Dodger, 프로스 양Miss Pross, 드파 쥬 부인Madame Defarge, 데드록 남작 부부Lord and Lady Dedlock, 핍Pip 등이다.

블라미디르 나보코프는 이 기법이 19세기 이후 소설에서는 훨씬 적게 쓰인다고 지적한 바 있다. 그것은 아마도 그 기법을 쓰면 이름에만 주의가 갈 수 있고, 너무 명백하게 주제를 드러낼 수 있기 때문일 것이다.

그러나 적절하게만 사용된다면, 상징적 이름은 매우 뛰어난 도구가 되어 준다. 특히 인물의 유형을 따라가는 코미디의 경우 진가를 발휘한다.

예를 들어, 개츠비의 파티에 온 손님을 살펴보자. 피츠제럴드가 멋들어 진 이름을 나열 한 후 그들이 진정 누군지, 어떤 사람이 될지 매몰차게 현 실을 보여주는 것에 주목해보자.

"그 때 이스트에그 출신의 체스터 베커 부부, 리치 부부, 예일에서 알게 된 번 슨, 작년 여름 메인 주에서 익사한 웹스터 시베트 박사가 왔다. 혼빔 부부, 윌 리 볼테어 부부… 롱 아일랜드의 저 끝에서 온 치들 부부, O. R. P 슈레이더 부 부, 조지아 주의 스톤월 잭슨 에이브럼 부부, 피시가드 부부, 리플리 스넬 부부 도 왔다. 스넬은 주 형무소에 들어가기 사흘 전 온 것인데, 만취한 채 자갈길에 자빠져 있다가 율리시스 스웨트 부인의 차에 오른손이 깔리고 말았다."

상징적 인물을 사용하는 또 하나의 기법이 있다. 바로 허구의 인물을 진 짜 인물과 섞는 것이다. 예를 들면 《래그타임》,《바람과 라이온》,《언더월 드》,『마술사 카터, 악마를 이기다』,『미국을 노린 음모』 등이 있다. 여기에 나오는 역사적 인물은 전혀 진짜가 아니다. 역사적으로 유명한 유산은 관 객의 마음속에 상징적이며, 때로는 신성하기까지 한 특성을 부여한다. 그 리하여 역사적인 인물이 되기는커녕, 신화 속에 등장하는 신들과 나라의 영웅이 된다. 그들의 이름에는 이미 다져진 힘이 있고, 마치 깃발 같아서, 작가는 그걸 들어 올리거나 찢어버릴 수 있다.

상징 기법: 인물 변화를 나타내는 상징

인물 영역에서 가장 고급 기술이라고 할 수 있는 것에는 상징을 사용하여 인물의 변화를 따라가는 것이 포함된다. 이 기법에서, 여러분은 인물이 변화를 겪을 때 그가 어떤 상징으로 바뀔지를 선택할 수 있다.

이 기법을 사용하기 위해서는 이야기의 시작과 끝, 구조적인 틀이 나오는 장면에 초점을 맞춰야 한다. 인물의 약점과 필요를 만들 때 상징도 함께 부여해라. 인물이 변화하는 순간 그 상징을 다시 상기시키면서도 처음 소개할 때와는 조금 다르게 변화된 모습을 보이도록 만들자.

대부

소설 마리오 푸조 ▪ 1969년 / **각본** 마리오 푸조, 프란시스 포드 코폴라 ▪ 1972년

이 기술을 완벽하게 구사한 영화가 바로 《대부》이다. 오프닝 장면은 《대부》의 원형을 고스란히 드러낸다. 바로 한 남자가 대부 비또 꼴레오네를 찾아와 정의를 이뤄달라고 부탁하는 장면이다. 이 장면은 사실 협상이어서, 결국 남자와 대부는 합의점을 찾는다. 이 장면의 마지막 대사는 대부의 말로써 다음과 같다. "언젠가, 그런 날이 오지 않을 수도 있겠지만, 당신도 내 부탁을 들어줘야 할 거야." 협상을 마무리하는 이 대사는 방금 한 것이 파우스트식 거래(돈, 성공, 권력을 바라고 옳지 못한 일을 하기로 동의하는 것)이며 대부는 악마 같은 사람이라는 사실을 슬며시 내비친다.

작가는 이야기 말미, 새로운 대부가 된 마이클이 조카의 세례식에 참석하는 동안 하수인들이 뉴욕의 5대 범죄 조직의 우두머리를 총으로 쏴 죽이는 장면을 넣음으로써 그가 악마라는 상징을 다시 한 번 보여준다. 아기의 세례식에서 신부님은 마이클에게 묻는다. "사탄의 유혹을 끊어내시겠습니까?" 바로 이 순간에도 사탄의 행동을 하고 있는 마이클은 이렇게 대답한다. "사탄의 유혹을 끊겠습니다." 그런 후 그는 아이의 대부가 되어 조카를

보호하겠다고 약속한다. 그러나 '대부'로서, 그는 세례식이 끝나자마자 아이의 아버지를 죽이라 명령한다.

이 장면 후, 보통 자기발견이라 불리는 장면이 이어진다. 그러나 마이클은 악마가 되었기에, 작가는 마이클에게서 자기발견의 기회를 박탈하여 대신 아내 케이에게 부여한다. 그녀는 멀리 떨어져 마이클의 부하들이 그가 '고귀한' 자리에 오른 것을 축하하는 모습을 본다. 그리고 지하세계의 새로운 왕이 있는 방의 문은 그녀의 눈앞에서 닫히고 만다.

오프닝 신에서 적용된 상징이 얼마나 교묘한지에 주목하라. 이 첫 장면에서, 누구도 '악마'라는 단어를 쓰지 않았다. 작가는 장면을 독창적으로 구성하여 인물에 상징을 부여했다. 파우스트의 거래가 일어나고 있다는 것을 모호하게 암시하는 대사가 나오기 직전, '대부'라는 단어를 끼워 넣은 것이다. 이 기법은 관객에게 극적인 영향을 미치게 된다. 그것은 상징이 적용되었다는 것 때문이 아니라, 상징이 가진 미묘함 때문이다.

상징적 주제

이야기의 상징과 상징적 인물을 만든 후, 다음 할 일은 상징망을 창조하여 이야기 안에 담고자하는 도덕적 논쟁을 상징 안에 넣는 것이다. 이 기법은 상징 기법을 통틀어 가장 강렬한 의미의 압축을 생성한다. 이러한 이유로, 상징적 주제는 그만큼 위험수위가 높은 기법이다. 뻔하고 서툴게 하면 이야기가 훈계조로 흘러가기 때문이다. 주제를 상징적으로 만들려면 어떤 식으로든 타인에게 상처를 주는 일련의 행동을 떠올리고 이를 표현하는 이미지나 사물을 생각하자. 이 이미지나 사물이 서로 대립되는 행동—두 개의 도덕적 사건—을 표현한다면 그 효과는 더욱 강력해진다.

주홍 글씨

소설 나다니엘 호손 • 1850년

호손은 상징적 주제의 대가이다. 주홍 글씨 'A'는 처음에만 해도 불륜에 대한 단순한 교훈으로 보인다. 그러나 이야기가 진행되면서 상황은 달라진다. 이 명백하게 보였던 상징이 두 가지 상반되는 내용을 드러내고 있기 때문이다. 하나는 공개적으로 헤스터를 꾸짖는 절대적이고 융통성 없는 위선 가득한 주장이고, 다른 하나는 헤스터와 연인이 개인적으로 실천해온 훨씬 더 유연하고 진정한 도덕성이다.

보 게스티

소설 크리스토퍼 렌 ▪ 1924년 / **각본** 로버트 카슨 퍼시벌 ▪ 1939년

프랑스 외인부대에 합류한 세 형제의 이야기는 상징적 주제 기법의 중요한 특징을 보여준다. 이 기법은 플롯을 통해서 사용하면 제일 효과적이다. 이야기 초반인 어린 시절, 세 명의 형제는 '아서 왕' 놀이를 한다. 큰 형은 갑옷에 숨어 있는 동안, 가문 소유의 사파이어 '푸른 물'에 대한 얘기를 엿듣게 된다. 몇 년 후, 어른이 되었을 때, 그는 보석을 훔쳐 외인부대에 합류한다. 오직 이모와 가족의 명예를 되살리기 위해서였다. 기사의 갑옷은 이야기의 중심 주제인 기사도 정신과 자기희생을 상징하는 '보 게스티beau geste(고결한 행위)'를 상징한다. 작가는 이 상징을 줄거리에 포함시킴으로써 상징과 주제의 연결이 단박에 관객의 뒤통수를 때리는 대신, 이야기가 진행되는 동안 점차 진화하고 성장할 수 있게 했다.

위대한 개츠비

소설 F. 스콧 피츠제럴드

『위대한 개츠비』는 주제에 상징을 부여하는 데 엄청난 능력을 가진 작가의 진면모를 보여준다. 세 가지 주요 상징이 있는 상징망을 사용하여 주제적 시퀀스를 구체적으로 보여주었다. 세 가지 상징은 초록색 불빛, 쓰레기 더미 앞에 있는 안과 광고판, 새로운 세상의 위대한 푸른 가슴이다. 이러한 상징/주제가 드러나는 시퀀스는 다음과 같다.

① 초록색 불빛=현 시대 미국. 원래의 아메리칸 드림은 아름답게 포장된 외모만으로 인기를 얻는 소녀와 물질적 부를 쫓아다니는 것으로 변해버렸다.
② 쓰레기 더미 앞의 안과 광고판=물질적 표면 뒤 완전히 소모된 미국, 그리고 미국이라는 물질이 만들어낸 기계 같은 쓰레기. 기계가 정원을 삼켜버린 모습.

③ 새로운 세상의 위대한 푸른 가슴=자연 세계의 미국. 새롭게 발견되고 새로운 삶의 방식에 대한 잠재력으로 가득한 미국. 두 번째 기회를 갖게 된 에덴동산.

상징을 보여주는 시퀀스는 시간 순서를 따르지 않는다는 것을 명심하자. 하지만 구조적 순서에서는 이 순서를 따르는 게 적절하다. 피츠제럴드는 새로운 세상의 푸른 가슴을 제일 마지막 장에 넣었다. 이것은 아주 탁월한 선택이다. 새로운 세계의 울창한 자연과 거대한 잠재력은 이 세계에서 실제로 일어난 일과 극명한 대조를 이루며 충격으로 다가오기 때문이다. 그리고 이 대조는 닉의 자기발견이 나오는 이야기의 맨 마지막에 등장한다. 그리하여 구조적인 면에서 이 상징과 상징이 의미하는 바가 관객 머릿속에서 폭발하듯 퍼지고, 관객은 깜짝 놀랄 만큼 확실하게 주제를 발견하게 된다. 이것이야말로 대가의 기술이자, 그가 예술 작품을 창작하는 방식이다.

이야기 세계를 위한 상징

앞선 장에서 이미 이야기 세계를 창조하는 여러 기법을 설명했다. 이 기법 중 하나인 축소판은 상징의 기법이기도 하다. 실제로 상징의 가장 중요한 기능 중 하나는 전체 세계 또는 일련의 권력을 이해하기 쉽게 하나의 이미지로 압축하는 것이다.

섬, 산, 숲, 바다와 같은 자연 세계는 고유의 상징적 힘을 가지고 있다. 그러나 여기에 상징을 추가하면, 관객이 일반적으로 떠올리는 이미지를 강조하거나 때로는 변경할 수도 있다. 이것을 하는 한 가지 방법이 있다면, 그것은 이런 장소에 마법의 힘을 불어넣는 것이다. 이 기법은 프로스페로의 섬(『템페스트』), 키르케의 섬(『오디세이』), 『한여름 밤의 꿈』에 나오는 숲, 『뜻대로 하세요』의 아덴 숲, 「해리포터」 시리즈의 금지된 숲, 『반지의 제왕』의 로스로리엔 숲 등에서 찾아볼 수 있다. 엄밀히 말하면, 마법은 특정 상징이 아니다. 그것은 세상을 움직이는 다른 종류의 힘이다. 그러나 어떤 장소에 마법을 불어넣으면 상징을 준 것과 같은 효과를 가질 수 있다. 이것을 통해 의미가 강해지고, 관객의 상상력을 사로잡는 힘의 장으로 세계를 채울 수 있다.

여러분은 이렇게 초자연적인 힘을 전달하는 상징을 만들 수 있다. 《문스트럭》은 이에 대한 훌륭한 예시가 된다.

문스트럭

각본 존 패트릭 샌리 · 1987년

존 패트릭 샌리는 운명이라는 개념을 눈에 보이게 표현하기 위해 달을 활용했다. 이런 기법은 등장인물 개개인이 아니라 등장인물 간의 사랑이 중요한 역할을 하는 러브 스토리에서 특히 유용하다. 관객은 이것이 위대한 사랑이며, 이 사랑이 성장하고 지속되지 않는 것이 비극이라 느껴야 한다. 이것을 관객에게 확실하게 전달하는 방법이 있다. 사랑은 꼭 필요한 것이며, 인간이라는 존재보다 훨씬 더 큰 힘에 의해 운명적으로 이어진다는 것을 보여주면 된다. 샌리는 처음부터 로레타를 사랑에 불운한 인물로 설정하며 두 주인공 로레타와 로니를 달과 연결한다. 이를 통해 무언가 커다란 힘이 작용하고 있다는 느낌을 만들어냈다. 로레타의 할아버지는 노인들에게 달이 여자와 남자를 맺어준다고 말한다. 저녁 식사 때 로레타의 삼촌인 레이몬드는 로레타의 아버지 코스모가 어머니 로즈에게 어떻게 구애를 했는지 얘기해준다. 어느 밤, 레이몬드가 자다 일어나 커다란 달을 바라보다가 창밖으로 보이는 코스모를 목격한다. 그는 길에 서서 로즈의 침실을 올려다보고 있었다.

이어서 샌리는 교차편집을 이용해 온 가족을 달의 영향 아래에 놓고 그것을 사랑과 연결한다. 빠른 장면 전환 속에서, 로즈는 거대한 보름달을 바라보고, 로레타와 로니는 처음으로 사랑을 나눈 후 함께 창가에 서서 달을 바라보고, 레이몬드는 잠에서 깨 아내에게 이것은 코스모의 달이라고 말하는 장면들이 연결된다. 결혼생활을 오래한 나이든 커플은 마음이 동해 사랑을 나누게 된다. 이 장면은 할아버지가 달을 보고, 그가 기르는 개들이 도시 위에 떠 있는 큰 달을 보며 짖는 모습으로 끝난다. 달은 사랑을 일으키는 거대한 발전기가 되어 도시 전체를 달빛과 요정 가루로 적신다.

여러분은 마을에서 도시로 변하듯 세계가 한 단계에서 다른 단계로 진화하는 이야기를 쓸 때 상징을 만들고 싶어 할 수도 있다. 사회의 역학관계는 매우 복잡하므로 이러한 힘을 현실적이고 응집력 있고 이해하기 쉽게 만들기 위해서 상징은 매우 중요하게 작용할 수 있다.

황색 리본을 한 여자

소설 제임스 워너 벨라 · 1948년 / **각본** 프랭크 뉴전트, 로렌스 스탈링스 · 1949년

이 이야기는 1876년경 외딴 서부 전초기지를 배경으로, 미국 기병대에서 한 대위의 은퇴하기 전 마지막 며칠을 보여준다. 대위의 직업적 삶이 끝나는 것과 동시에 개척지(마을 세계)와 그들이 상징하는 전사적 가치도 끝나가고 있다. 이러한 변화에 초점을 맞추기 위해, 각본가 프랭크 뉴전트와 로렌스 스탈링스는 상징으로 버팔로를 사용했다. 덩치 크고 거친 하사가 대위보다 며칠 앞서 퇴역을 하게 되고, 술집에서 축하주를 마신다. 하사는 바텐더에게 이렇게 말한다. "옛날은 이제 완전히 가버렸네요…. 버팔로가 올 거라는 얘기 들었어요? 떼로 온다던데." 그러나 관객은 오랫동안 버팔로는 오지 않을 거라는 것, 그리고 대위와 하사 같은 남자들 역시 영원히 떠나게 될 거라는 것을 알고 있다.

옛날 옛적 서부에서

원작 다리오 아르젠토, 베르나르도 베르톨루치, 세르지오 레오네 · **각본** 세르지오 레오네, 세르지오 도나티 · 1968년

이 웅장한 오페라 같은 서부극은 황야에 있는 어떤 집에서 남자와 아이들이 살해당하는 것으로 이야기가 시작된다. 남자의 아내가 되기로 한 여자는 집에 도착하자마자 이미 과부가 되었으며 미국 사막 한가운데에 있는, 누가 봐도 쓸모없는 땅을 물려받았음을 깨닫는다. 고인이 된 남편의 소지품을 뒤지던 중 그녀는 장난감 마을을 찾아낸다. 이 장난감 마을은 죽은 이가 생전에 자신의 집 앞에 철길이 놓이는 것을 상상하며 만든 마을 모형으로, 미래의 상징이자 축소판이다.

시네마 천국

원작 주세페 토르나토레 ▪ **각본** 주세페 토르나토레, 바나 파올리 ▪ 1989년

영화에서 등장하는 제목과 똑같은 영화관의 이름은 이야기 전체에 대한 상징이자 세계에 대한 상징이다. 이곳은 공동체가 함께 모여 영화라는 마법을 경험하고 그 과정에서 다시 공동체가 되는 보호막을 제공한다. 그러나 마을이 도시로 발전함에 따라 영화관은 쇠퇴하고 퇴보하다 종말에는 주차장으로 바뀐다. 유토피아는 죽고, 공동체 역시 분열되어 사라진다. 이 영화관은 상징이 어떤 힘을 가지고 있는지 생생하게 보여준다. 의미를 더욱 깊이 느끼게 하고 관객의 마음을 움직여 눈물 짓게 한다.

매트릭스 / 네트워크

각본 앤디 워쇼스키, 래리 워쇼스키 ▪ 1999년 / **각본** 패디 챠예프스키 ▪ 1976년

사회나 제도와 같이 크고 복잡한 곳에 이야기를 배치하는 경우, 관객에게 다가가기 위해서는 대부분 상징이 필요하다. 《매트릭스》와 《네트워크》가 성공한 것은 상징을 통해 이야기, 그리고 그 이야기가 벌어지는 사회 세계를 보여주었기 때문이다. '매트릭스'와 '네트워크'라는 단어는 하나의 단위이자 동시에 구속의 거미줄이라는 뜻을 암시한다. 이러한 상징은 관객으로 하여금 그들이 다양한 역학관계로 얽힌 관계임을, 그중 일부는 시야에 보이지 않는 복잡한 세계로 들어가고 있음을 미리 알려준다. 이것으로 관객은 즉시 모든 걸 알아내려는 시도를 중단하라는 경고를 받고, 앞으로 재미있는 일이 일어날 것이라는 걸 확신하게 된다.

상징적 행동

보통 하나의 행동은 플롯을 구성하는 일련의 행동 중 한 부분이다. 각 행동은 주인공과 적대자가 목표를 위해 올라 탄 긴 열차 중 한 칸을 차지한다. 상징적인 행동을 만들고 싶다면, 그것을 다른 행동이나 대상에 연결하여 의미를 부여해야 한다. 상징적인 행동을 만들면 그것이 플롯 속에서 돋보이게 된다는 사실을 유념하라. 그것은 "이 행동은 정말로 중요합니다. 이야기의 주제나 인물을 축소판으로 보여주는 것과 같습니다."라고 말하는 것과 다름없다. 그래서 주의가 집중되기 마련이니 신중하게 사용하자.

폭풍의 언덕

소설 에밀리 브론테 ▪ 1847년 / **각본** 찰스 맥아더, 벤 헥트 ▪ 1939년

히스클리프는 황무지에 있는 그들의 '성'에서 캐시를 위해 흑기사와 싸우는 척을 하면서, 그들이 만든 가상의 로맨스 세계를 표현함과 동시에 부유한 귀족 세계에서 살길 원하는 캐시의 결의를 보여준다. 이것은 전체 이야기의 축소판이기도 한데, 그가 캐시를 얻기 위해 명문가 린턴과 대결하는 모습을 암시하기 때문이다.

위트니스

원작 윌리엄 켈리, 얼 W. 월리스 · **각색** 윌리엄 켈리, 얼 W. 월리스, 파멜라 월리스 · 1985년

존은 헛간 짓는 일을 도우면서 레이철과 시선을 교환한다. 그는 폭력이 난무하는 경찰 세계를 떠나 평화로운 공동체에서 사랑의 유대를 쌓고 싶다는 의지를 표명하고 있다.

두 도시 이야기

소설 찰스 디킨스 · 1859년

십자가에 매달린 예수처럼, 시드니 카턴은 타인을 살리기 위해 기꺼이 단두대에서 삶을 희생하려 한다. "이것은 지금까지 내가 한 일 중 제일, 정말 제일 대단한 일이야. 또한 내가 아는 휴식 중에서 제일, 정말 제일 대단한 휴식이지."

건가 딘

시 러디어드 키플링 · **각본** 벤 헥트, 찰스 맥아더 · **각색** 조엘 세이르, 프레드 귀올 · 1939년

인도인이자 '쿨리(하층노동자)'인 건가 딘은 존경하는 세 명의 스코틀랜드 군인처럼 연대에 속한 군인이 되는 게 소원이다. 마지막 결전에서 군인 친구들이 심하게 부상을 당하고 포로가 되었지만, 딘이 목숨을 걸고 나팔을 불어 주의를 끌어 결국 그들을 구해낸다.

상징적 사물

상징적 사물은 이야기에서 단독으로 등장하는 경우가 거의 없다. 혼자서는 다른 것과 연결될 도리가 없기 때문이다. 어떤 가이드라인 규칙에 의해 사물 연결망이 생기면, 주제를 뒷받침하는 깊고 복잡한 의미 패턴을 형성할 수 있게 된다.

상징적 사물의 연결망을 만들려면, 우선 이야기의 설계 규칙으로 돌아가 거기서 시작해야 한다. 이것은 각각의 사물을 하나로 뭉쳐주는 접착제 역할을 할 것이다. 각각의 사물은 다른 사물을 지칭하는 것 뿐 아니라, 이야기 안에 존재하는 다른 상징적 사물을 지칭하고 연결될 수 있다.

상징적 사물의 연결망은 어떤 이야기에서나 만들어낼 수 있다. 그러나 특정 이야기 형식, 즉 신화, 호러, 서부극 같은 이야기에서는 더욱 쉽게 찾아볼 수 있다. 이러한 형식 혹은 장르는 그동안 수없이 많은 작품을 통해 완벽에 가깝게 다듬어졌다. 그러다보니 어떤 사물들은 너무 자주 사용되어서 그 자체로 은유를 담게 되기도 했다. 그것은 사전 제작된 상징과 같아서, 관객이 어느 정도 인식만 하면 즉시 이해가 가능하게 된다.

매우 은유적인 장르를 잘 보여준 몇몇 이야기를 통해 상징적 사물의 연결망을 알아보도록 하자.

신화에서의 상징망

이야기 중 가장 오래되고 오늘날까지 꾸준히 인기 있는 형식은 바로 신화다. 서양 사상의 근간이 되는 고대 그리스 신화는 우화적이고 은유로 가득 차 있다. 신화를 이야기의 기초로 삼고 싶다면 어떻게 작동하는지 반드시 알아야 한다.

신화는 항상 적어도 두 층위의 다른 존재, 즉 신과 인간을 보여준다. 보통 사람들은 여기서 고대 그리스인이라면 세상에 대해 당연히 특정 관점을 가지고 있을 거라 여기는데, 그런 실수를 범하지 말아야 한다. 이야기 속에서 층위를 갖고 있다고 해서, 꼭 신이 인간을 지배한다는 의미는 아니기 때문이다. 오히려 신은 인간이 가진 어떤 측면을 뜻하며, 인간은 그것을 통해 탁월함과 깨달음을 얻을 수 있다. '신'이라는 기발한 심리 모델 안에서, 인물망은 여러분이 달성하거나 피하고 싶은 인물의 특성과 행동방식을 보여준다.

신화에서는 고도로 상징적인 인물은 물론이고 명확하게 규정된 상징적 사물을 사용한다. 이 이야기가 처음 나왔을 당시, 관객은 이 상징이 항상 다른 무언가를 나타낸다는 것을 알았고, 상징이 무엇을 의미하는 지도 정확히 알았다. 작가는 이야기를 전하는 동안 이러한 핵심 상징을 병치함으로써 효과를 얻어냈다.

이러한 은유적 상징을 이해할 때 가장 중요한 점은 그것이 주인공 안에 있는 무언가를 나타낸다는 점이다. 다음은 신화에 등장하는 주요 상징과, 그것을 보고 고대 관객이 떠올렸을 의미다. 물론 이렇게 고도로 은유적인 상징에서조차, 의미가 고정되는 일은 없었다. 상징이란 늘 어느 정도는 애매한 것이기 때문이다.

- **여정**: 인생이라는 길.
- **미로**: 깨달음으로 가는 길에서 느끼는 혼란.
- **정원**: 자연의 법칙과 하나가 되는 것, 자신 혹은 타인과의 조화.
- **나무**: 생명.
- **말, 새, 뱀과 같은 동물**: 깨달음 혹은 지옥으로 가는 길에서 만나는 유형들.
- **사다리**: 깨달음을 향해 가는 단계.
- **지하세계**: 한 자아가 가진 미지의 영역, 그리고 죽은 자들의 땅.
- **검, 활, 방패, 망토 등의 호신부**: 옳은 행동.

오디세이

소설 호머

『오디세이』는 스토리텔링의 역사상 가장 예술적이고 영향력 있는 그리스 신화라 생각한다. 이 작품이 상징적 물건을 사용하는 방식에 그 이유가 있다. 상징 기법을 보기 위해서는, 늘 그렇듯, 등장인물부터 시작해야 한다.

인물에 있어서 가장 먼저 눈에 띄는 것은 그가 죽음을 불사하고 싸우는 강력한 전사(『일리아드』)에서 집과 목숨을 구하러 다니는 교활한 전사로 변화한다는 점이다. 오디세우스는 매우 훌륭한 전사이다. 반대로 그는 전사라기보다는 탐색자, 계략자(모사꾼), 그리고 연인에 가까웠다.

이러한 인물의 변화는 상징적 주제에도 변화가 있음을 보여준다. 즉, 모계사회에서 부계사회로의 변화다. 왕은 죽어야 하고 어머니는 살아남는 이야기 대신, 오디세우스는 왕좌를 되찾기 위해 돌아온다. 훌륭한 이야기가 늘 그렇듯이 오디세우스 역시 인물 변화를 겪는다. 겉보기에는 똑같은 사람이지만, 사실 더 위대한 사람이 되어 집으로 돌아왔다.

우리는 그가 내린 도덕적 결정을 통해 그 사실을 깨닫는다. 집에 돌아온다는 것은, 오디세우스에게 있어 불멸 대신 필멸을 선택한 것과 다름없기 때문이다.

또 하나 상징적인 인물의 대립은 남자와 여자 사이에서 일어난다. 여정을 통해 배움을 얻은 오디세우스와는 달리, 페넬로페는 한 장소에서 꿈을 통해 배움을 얻는다. 결정을 내릴 때에도 꿈을 바탕으로 한다.

호머는 등장인물과 주제를 바탕으로 『오디세이』에서 상징적 사물의 연결망을 구축했다. 그 결과 상징망은 도끼, 돛대, 지팡이, 노, 활 등 남성이 쓰는 사물을 기반으로 하여 만들어졌다. 등장인물의 경우 이러한 사물은 모두 방향성과 옳은 행동을 나타낸다. 이런 상징에 대비되는 사물은 오디세우스와 페넬로페의 신혼 침대가 되는 나무이다. 이것은 생명의 나무로, 결혼이라는 것은 서로 연결되어 떼어낼 수 없다는 것을 의미한다. 하지만 나무는 자라거나 썩는다. 남자가 자신의 영광(전사가 가질 수 있는 최고의 가치)을 위해 너무 멀리 혹은 오래 나가있으면, 결혼과 삶 자체는 죽어버린다.

호러물의 상징망

호러 장르는 인간이 아닌 것이 인간 공동체에 침입할 때 생기는 공포에 관한 이야기이다. 이것은 문명화된 삶의 경계를 넘는 것과―삶과 죽음, 이성과 비이성, 도덕과 비도덕―그로인해 필연적으로 발생하는 파괴를 다룬다. 호러물은 가장 근본적인 질문을 던지는 장르이기에―인간이란 무엇이고, 인간이 아닌 것은 무엇인가?―종교적인 사고방식을 취하게 된다. 미국과 유럽의 호러 이야기에서 종교적 사고방식이란 바로 기독교를 뜻한다. 그 결과, 이러한 이야기에서 인물 연결망과 상징 연결망은 거의 대부분 기독교 세계관에 의해 결정된다.

대부분의 호러 이야기에서 주인공은 수동적이며, 주요 적대자인 악마와 그의 부하들이 오히려 행동을 가하는 쪽이다. 악마는 악의 화신이며, 누군가 막지 않으면 인간을 영원한 저주에 빠트릴 악한 아버지이다. 이런 이야기에서 교훈은 항상 두 개의 항을 '선과 악의 대결'이라는 단순한 말로 표현한다.

상징망 역시 두 항의 대립으로 시작한다. 선과 악을 상징적이자 시각적으로 표현한 것에는 빛과 어두움이 있다. 빛 쪽에서 가장 주요한 상징은 십자가로, 사탄마저 물러나게 만들 위력이 있다. 어둠 쪽에서 주요한 상징으로는 동물이 나오는 경우가 종종 있다. 기독교가 생겨나기 이전의 신화에서는, 말, 수사슴, 황소, 숫양, 뱀 같은 동물이 사람을 올바른 처신과 더 나은 자아로 이끌어주는 이상의 상징이었다. 그러나 기독교 상징에서 봤을 때 이런 동물은 악한 행동을 의미한다. 악마에게 뿔이 달린 이유도 그 때문이다. 늑대, 원숭이, 박쥐, 뱀 같은 동물은 처벌의 해제, 욕망과 신체의 승리, 지옥으로 가는 길을 의미한다. 이러한 상징들은 어둠 속에서 가장 강력한 힘을 발휘한다.

드라큘라

소설 브램 스토커 ▪ 1897년 / **각본** 가렛 포트, 해밀턴 딘, 존 L. 발더스톤 ▪ 1931년

'죽지 않는' 흡혈귀인 드라큘라는 밤을 지배하는 최고의 피조물이다. 그는 인간의 피를 먹고 살며, 이를 위해 그는 사람을 죽이거나 감염시켜 노예가 되게 한다. 관에서 잠을 자며, 햇빛에 노출되면 타 죽는다.

뱀파이어는 극도로 관능적이다. 그들은 피해자의 맨 목을 오랫동안 바라보며 목을 물어뜯고 피를 빨고 싶은 욕망에 압도된다. 『드라큘라』 같은 흡혈귀 이야기에서 섹스는 죽음과 동일하며, 생과 사의 경계가 모호한 상태에 있는 것은 죽음보다 더 가혹하다. 어두운 밤에 세상을 떠돌며 영원히 연옥에서 사는 것이기 때문이다.

드라큘라는 박쥐나 늑대로 변할 수 있는 능력이 있으며, 대개 쥐가 들끓는 폐가에서 산다. 독특하게도 유럽인이며, 그중에서도 귀족 부류에 속하는 백작이다. 드라큘라 백작은 기생충처럼 평범한 사람들의 피를 빨고 사는, 이제는 한물간 부패한 귀족제도의 단면을 보여준다.

드라큘라는 밤이 되면 극도로 세력이 강해진다. 그러나 누구라도 그의 비밀을 안다면 그를 막을 수 있다. 십자가를 보면 움츠러들고, 성수를 뿌리면 살이 타들어가기 때문이다.

이러한 상징을 사용하는 고전 호러 이야기로는 《엑소시스트》와 《오멘》이 있다. 《캐리》 역시 같은 상징을 사용하지만, 그 의미를 반전시킨다. 여기서 기독교 상징은 편견이나 편협함과 연결되며, 캐리는 염력을 사용해 독실한 엄마의 가슴에 십자가를 박아 살해한다.

서부극의 상징망

　서부극은 최후의 위대한 창조 신화이다. 미국 서부는 지구상에서 가장 척박한 개척지이기 때문이다. 이 이야기 형식은 미국의 국가 신화로 수천 번 쓰여지고 또 쓰여졌다. 그러면서 고도로 발달된 은유의 상징망을 갖게 되었다.

　서부극은 수백만 명의 사람들이 서부로 나가 황야를 길들이고 집을 짓는 이야기이다. 그들은 고독한 영웅을 따르는데, 이 영웅은 개척자들이 안전하게 마을을 형성할 수 있도록 야만인을 무찔러주는 전사다. 전사는 마치 모세처럼 그의 백성을 약속의 땅으로 데리고 가지만, 정작 자신은 그 안에 들어가지 못한다. 그는 결혼도 못하고 홀로 남아 자신과 황야가 사라질 때까지 영원히 떠돌아다녀야 하는 운명이다.

　서부극의 전성기는 1880년부터 1960년까지였다. 이 이야기 형식은 이미 지나간 시간과 장소를 다룬다. 서부극이 처음 대중화되었을 때에도 마찬가지였다.

　그러나 창조 신화로서 서부극은 미래의 비전 즉, 늘 미국인들이 집단적으로 만들고자 했던 국가적 발전 단계를 보여준다는 것을 기억해야 한다. 비록 과거를 배경으로 하고 있어 실제로는 만들어질 수 없는 것이라 해도 말이다.

　서부극의 비전이란 땅을 정복하고, '천한', '야만인' 종족을 죽이거나 변화시키고, 문명과 기독교를 전파하고, 자연을 부로 바꾸어, 미국 국가를 건설하는 것이다. 서부극이라는 이야기 형식의 설계 규칙은, 세계사의 모든 과정이 초장기 미국의 황야라는 백지 위에서 다시 반복되는 것이다. 따라서, 미국이라는 곳은 이 세계에 낙원을 되찾게 해주는 마지막 기회를 가진 나라임을 드러낸다.

국가에 대한 어떤 이야기라도 종교적 이야기가 될 수 있다. 그것은 특정 의식과 가치를 정의하고, 믿음에 대한 강도를 얼마나 드러내는가에 달려 있다. 그래서 이러한 국가적, 종교적 이야기가 고도로 발달된 은유의 인물망을 갖고 있는 것은 너무나도 당연하다.

서부극의 상징망은 기수에서 시작된다. 사냥꾼이자 슈퍼 전사인 그는 전사 문화를 더할 나위 없이 잘 표현한다. 그는 또한 영국의 국민 신화인 아서 왕에서 몇몇 특징을 취한다.

그는 순결하고 선한 성품에서 비롯된 '품격'을 지닌 평범한 사람이며, 기사도와 올바른 행동이라는 도덕규범(서부의 규범으로 알려졌다.)에 따라 살아가는 천생 기사이다.

서부극의 주인공은 갑옷을 입지는 않지만, 이 상징망에서 두 번째로 위대한 상징인 6연발 권총으로 무장한다. 6연발 권총은 기계화된 무력을 상징하며, 정의의 검이지만 최고의 위력을 자랑한다. 전사 문화가 가진 이 규범과 가치 때문에 카우보이는 절대 먼저 총을 뽑지 않는다. 또한 모두가 볼 수 있는 거리에서 최후의 결전을 벌여 정의를 집행해야 한다.

호러물과 같이 서부극은 항상 '선'과 '악'이라는 이분법적인 가치를 보여주며, 이것을 상징 연결망에서 세 번째 중요한 상징인 모자를 통해 암시한다. 서부극의 주인공은 하얀 모자를, 악당은 검은 모자를 쓰기 때문이다.

이 형식에서 쓰이는 네 번째 상징은 바로 배지로, 또 다른 상징인 별 모양을 하고 있다. 서부극의 주인공은 항상 정의를 집행하며, 그의 폭력성은 자신을 배척하게 만들어 결국엔 해를 입는다. 그러나 보안관이 된다면, 잠시나마 공동체에 정식으로 참여가 가능해진다. 그는 황야뿐만 아니라 각 사람의 내면에 있는 야성과 무모함에도 법을 부과한다.

서부극에 있어 마지막 상징으로 울타리를 빼놓을 수 없다. 언제나 나무로 만들어진 이 울타리는 가볍고 잘 부서진다. 또한 새로운 문명이 자연의 야생과 인간 본성의 야생을 통제하고 있다는 것을 피상적으로 보여준다.

셰인

소설 잭 섀퍼 ▪ 1949년 / **각본** A.B. 구스리 주니어, 잭 셔 ▪ 1953년

《황혼의 결투》,《역마차》,《황야의 결투》등의 이야기에서 서부극의 상징 연결망이 대단한 효과를 보여주지만, 그 중에서도 가장 기본적인 은유가 가득한 이야기는 바로《셰인》이다. 셰인은 형식이 간단하기에 서부극의 상징을 알아차리기가 쉽다. 하지만 그런 상징에 너무 주의를 집중하게 만드는 바람에 관객이 "내가 지금 고전 서부극을 보고 있구나."라고 느끼게 만든다. 이것은 고도로 은유적인 상징을 사용할 때 따르는 커다란 위험이다.

《셰인》은 신화적인 서부극 형태를 극한으로 끌어올린 작품이다. 우리는 이야기의 시작과 함께 신비한 여행자를 보게 되는데, 그는 이미 여정에 오른 상태이다. 그는 산에서 내려왔다가 한 곳에서 멈춘 뒤 다시 산으로 되돌아간다. 이 영화는 내가 '여행하는 천사 이야기'라고 부르는 하위 장르에 속한다. 이것은 서부극뿐만 아니라 탐정물(에르퀼 포와로의 이야기), 코미디(《크로커다일 던디》,《아멜리에》,《초콜렛》,《굿모닝 베트남》), 뮤지컬(《메리 포핀스》,《뮤직 맨》)에서도 볼 수 있다. 여행하는 천사 이야기에서, 주인공은 힘든 상황에 처한 공동체에 들어가서, 거기 사람들의 겪고 있는 문제를 해결해 준 뒤, 다른 공동체 돕기 위해 또 길을 나선다.《셰인》은 이런 이야기의 서부극 버전으로, 셰인은 다른 전사(목장주)들과 싸워서 농부들과 마을 사람들이 집과 마을을 안전하게 지을 수 있도록 해주는, 여행하는 전사이자 천사이다.

《셰인》에는 고도로 상징적인 인물 연결망이 있다. 천사 같은 주인공과 악마 같은 총잡이. 가정적인 농부(조세프)와 반백 나이의 독신이자 인정사

정없는 목장주. 그리고 완벽한 아내이자 엄마(마리안)와 총을 가진 선한 남자를 숭배하는 아이까지. 이런 등장인물들은 추상적이라 개인에 관한 세부 사항은 거의 알 수 없다. 예를 들어, 셰인은 과거 총과 관련된 어떤 일 때문에 환영에 시달리지만, 그게 뭔지는 설명하지 않는다. 그 결과 흥미롭게도 등장인물은 은유로만 존재한다.

《셰인》은 서부극에 쓰이는 표준적인 상징이 가장 순수한 형태로 드러난 영화다. 서부극에서 가장 중요한 것은 총이다. 더군다나 《셰인》에서, 총은 주제의 한가운데에 있다. 이 영화는 질문을 하나 던진다. 이것은 영화 속 모든 남자에게 던져진 질문이다. 당신은 총을 사용할 용기가 있는가? 목장주는 농부들이 울타리를 세운다는 이유로 그들을 싫어한다. 농부들은 법과 교회가 있는 진짜 마을을 건설하고자 목장주와 싸움을 벌인다. 셰인은 밝은 색의 가죽옷을 입는다. 악당 총잡이들은 검은 옷을 입는다. 농부들은 만물상에서 집을 지을 재료를 산다. 그러나 만물상에 있는 또 다른 문은 목장주들이 술을 마시고 싸우고 살인을 저지르는 술집으로 통한다. 만물상으로 들어가는 셰인은 가정과 가족이 있는 새로운 삶을 만들 마음이 있지만, 결국 술집으로 빨려 들어가며, 사격 솜씨 좋은 외로운 전사의 옛 삶으로 되돌아가게 된다.

이렇게 말했다고 해서 《셰인》의 스토리텔링이 나쁘다는 뜻은 아니다. 오히려 인물망이 뚜렷하게 잘 묘사된 덕에 강력한 힘이 있다. 군더더기 따위는 없다. 그러나 같은 이유로 이 영화는 도식적이라는 느낌을 갖게 한다. 거의 모든 종교적 이야기처럼 도덕 철학의 한 면만을 보여주는 가치관을 갖고 있기 때문이다.

이야기 기법: 상징망 뒤집기

이미 만들어진 은유의 상징망을 사용할 때의 가장 큰 결점은, 너무 효과를 의식하고 만든 것이라 예측이 가능해서 관객이 보기에 살아 움직이는 이야기가 아닌, 뻔히 보이는 청사진처럼 된다는 점이다. 그럼에도 이러한 결점에 엄청난 기회가 있다. 그것은 바로 이야기 형식과 상징 연결망에 대한 관객의 지식을 뒤집는 기회이다. 이 기법을 사용하면, 연결망에 있는 모든 상징을 사용하되 한 번 비틀어줌으로써 관객이 예상하는 것과는 아주 다른 뜻을 갖게 할 수 있다. 실로 이것은 관객이 자신이 기대한 바에 대해 다시 생각하게 만든다. 잘 알려진 상징만 있다면, 어떤 이야기로도 이 작업을 수행할 수 있다. 그래서 신화, 호러, 서부극 같은 특정 장르의 경우, 장르의 특성을 약화시킨다는 얘기를 듣는다.

맥케이브와 밀러 부인

소설 에드먼드 노턴 ▪ 1959년 / **각본** 브라이언 맥케이, 로버트 알트만 ▪ 1971년

《맥케이브와 밀러 부인》은 뛰어난 각본으로 만들어진 훌륭한 영화다. 영리하게도 고전 서부극의 상징을 뒤집는 전략을 썼다. 이러한 상징의 반전은 전통 서부극의 주제에서 파생된 것이다. 《맥케이브와 밀러 부인》은 황야에 문명을 선사하는 인물 대신, 황야 외부에 마을을 건설하고 큰 사업을 벌이다 파멸하는 사업가를 보여준다.

상징체계를 뒤집는 것은 주인공부터 시작한다. 맥케이브는 도박꾼이며

매음굴 운영으로 떼돈을 번 사람이다. 그는 성매매 자본주의에 바탕을 두고 황야 바깥에 공동체를 만든다. 두 번째 주인공인 맥케이브의 일생일대의 사랑은 아편에 중독된 마담이다.

시각적 하위 세계 또한 고전 상징을 뒤집는다. 이 마을은 남서부의 평평하고 건조한 평야에 판자 건물이 반듯한 무늬를 이루는 대신 북서부의 울창한 우림을 깎아낸 터에 임시로 만든 나무집과 천막집이 놓인 곳으로 설정되었다. 이 마을은 보안관의 자비로운 시선 아래 북적이는 공동체가 아닌, 낯선 사람에게 의심의 눈초리를 보내는 무기력하고 고립된 사람들이 만든 분열된 마을이다.

서부극에서 핵심을 차지하는 대결 장면 역시 상식을 뒤집는다. 일반적으로 대결 장면은 마을 사람이 모두 볼 수 있게 길거리에서 일어나는 법이다. 주인공 카우보이는 악당이 먼저 총을 뽑을 때까지 기다리지만, 그럼에도 그보다 먼저 총을 쏴 성장하는 공동체를 위한 옳은 행동, 법, 도덕이 무엇인지를 재차 확인시킨다. 《맥케이브와 밀러 부인》의 주인공은 보안관이 아니고, 앞이 보이지 않을 정도로 눈보라가 날리는 동안에도 세 명의 살인범을 피해 온 동네를 도망다니는 사람이다. 그 누구도 맥케이브가 올바른 행동을 하는지도 모르고 관심도 없다. 마을의 지도자가 죽고 사는 문제에 대해서도 마찬가지다. 그들은 아무도 없는 교회에 난 불을 끄고 사라진다.

《맥케이브와 밀러 부인》은 일반 서부극에 나오는 상징적 물건도 뒤집어버린다. 법은 존재하지 않는다. 교회 좌석은 비어있다. 마지막 결투에서 살인범은 건물 뒤에 숨어 엽총으로 맥케이브를 쏜다. 맥케이브는 죽은 것 같이 보이지만, 데린저식 권총으로 살인자의 미간을 맞춘다. (일반 서부극에서 이것은 여성의 무기이다!) 원래 카우보이들이 가죽바지를 입고 챙 넓은 하얀색 모자를 쓴다면, 맥 케이브는 양복에 중산모 차림이다.

《맥케이브와 밀러 부인》은 장르 색을 누그러뜨리는 전략으로 오래된 은유 상징을 새롭게 만드는 최고의 기법을 구사했다. 그로 인해 훌륭한 스토리텔링이 무엇인지, 미국 영화 역사에 남을 작품이 무엇인지를 알 수 있게 했다

상징망의 예시

상징망 기법을 배우는 가장 좋은 방법은 이미 사용된 용례를 참고하는 것이다. 다양한 이야기를 통해, 이 기법이 여러 이야기 형식에서 폭 넓게 적용된다는 점을 깨닫게 될 것이다.

엑스칼리버(소설 제목: 아서 왕의 죽음)

소설 토머스 맬러리 ▪ 1470년 / **각본** 로스포 팰랜버그, 존 부어맨 ▪ 1981년

만약 서부극이 미국이라는 국가의 신화라면, 아서 왕 이야기는 영국의 신화라고 말할 수 있겠다. 이 이야기에 담긴 힘과 매력은 매우 방대하여, 서양의 스토리텔링 전반에 걸쳐 수천 개의 이야기에 영향을 미쳤다. 이 이유만으로 현대의 작가인 우리는 이 중요한 상징이 어떻게 작동하는지 알아야 한다. 늘 그렇듯 인물 상징에서부터 시작해보자.

아서 왕은 그저 보통의 사람이 아니고, 평범한 왕도 아니다. 그는 현대의 켄타우로스이자, 철로 된 기수이다. 그는 최초의 슈퍼맨, 맨 오브 스틸이자, 극단에 도달한 남성이며 전사문화를 궁극적으로 구현한 존재다. 그는 용기, 힘, 올바른 행동을 상징하며, 다른 사람들 앞에서 전투를 벌임으로써 정의를 확립한다. 역설적이게도 남성성이 극에 달한 그는, 여성의 절대 순결을 숭배하는 기사도 정신으로 살아간다. 이것은 여성 전체를 상징으로 만들어버리는 효과를 갖는다. 기독교의 2진법에 따라 여성을 성녀와 창녀로 나누는 것이다.

아서 왕은 또한 분쟁에 빠진 현대의 지도자를 상징한다. 그는 순수함을 바탕으로 카멜롯에 완벽한 공동체를 형성했지만, 아내가 가장 순수하고 훌륭한 기사와 사랑에 빠지면서 그 공동체를 잃을 처지가 된다. 스토리텔링에 있어서 의무와 사랑 사이의 갈등은 도덕에 있어서 가장 거대한 대립을 이루며, 아서 왕은 그 어떤 인물보다 이를 잘 구현해냈다.

아서의 조력자인 멀린은 탁월한 멘토이자 마법사이다. 그는 기독교 이전의 마법 세계관으로 거슬러 올라가는 인물로, 자연의 깊은 힘에서 나오는 지식을 상징한다. 그도 자연과 인간의 본성을 보여주고, 인간의 본성이 자연의 산물이라는 것을 알려주는 최고의 장인이자 예술가이다. 그의 주문과 조언은 늘 자신 앞에 있는 고유한 사람의 필요와 욕구에 대한 깊은 이해에서 시작된다.

아서의 적대자들은 상징적 특성을 가졌고, 오랜 시간 수백 명의 작가들이 이를 차용했다. 그의 아들 모드레드Modred, 악마의 자식은 이름부터 죽음을 상징한다. 모드레드의 조력자인 어머니 모르가나(모건 르 페이로도 알려져 있다.)는 마녀이다.

아서와 마찬가지로 기사들도 슈퍼맨이다. 그들이 일반인보다 우위에 있는 건 비단 전사로서의 능력 때문만이 아닌, 순수하고 위대한 인격을 지녔기 때문이다. 그들은 기사도 정신을 따라 살아야 하며, 천국에 들어가게 해줄 성배를 찾아야 한다. 여정에 오른 기사들은 선한 사마리아인처럼 도움이 필요한 사람을 모두 돕고, 이런 올바른 행동으로 자신의 순수한 마음을 증명한다.

《엑스칼리버》와 아서 왕이 나오는 다른 이야기들은 상징의 세계와 물건으로 가득 차 있다. 상징의 공간 중 최고는 당연히 카멜롯으로, 이곳은 구성원들이 개인의 영광에 대한 욕망을 억누르고 모두의 평온과 행복을 위해 노력하는 유토피아 같은 공동체이다. 이 상징적 장소는 원탁으로 더욱 그 상징이 더욱 극대화된다. 원탁은 모든 기사가 왕 옆에 동등하게 위치할 수 있는 공간이자 위대한 자들이 모인 공화국이다.

《엑스칼리버》는 아서 왕 이야기에서 가장 상징이 되는 물건, 즉 검의 이름을 따서 만든 제목이다. 엑스칼리버는 올바른 행동을 하는 남성의 상징이며, 순수한 마음을 가진 정의로운 왕만이 그것을 돌에서 뽑아 이상적 공동체를 만들 수 있다.

아서 왕의 상징은 문화에 깊숙이 스며들어 있다. 그 예로는《스타워즈》,《반지의 제왕》,《희망과 영광》,『아서 왕국의 코네티컷 양키』,《피셔 킹》, 그리고 수천 편에 달하는 미국 서부극이 있다. 아서 왕의 상징을 사용하고 싶다면, 의미를 비틀어 여러분 자신만의 고유한 것으로 만들어라.

유주얼 서스펙트

각본 크리스토퍼 맥쿼리 ▪ 1995년

《유주얼 서스펙트》는 이야기가 진행되는 동안 지금까지 이야기한 기법을 사용해 주인공이 자신의 상징 인물을 만들어내는, 독특한 이야기다. 버벌verbal은 그 이름에 걸맞게 딱 봐도 삼류 사기꾼이자 조력자로 보이지만, 실제로는 주인공이자 범죄의 대가(주요 적대자)인 서술자이다. 그는 세관 조사관에게 무슨 일이 있었는지 말하는 동시에 카이저 소제라는 무섭고 무자비한 인물을 만들어낸다. 그는 이 인물에 악마의 상징을 부여하였고, 카이저 소제는 이름만 들어도 공포에 질릴 정도로 신화적인 힘을 얻게 되었다. 이야기의 끝에서 관객은 버벌이 바로 카이저 소제라는 것을 알게 되고, 그가 범죄의 대가가 된 것에는 천부적인 이야기꾼이라는 이유도 한몫 했다는 것을 깨닫게 된다.《유주얼 서스펙트》는 훌륭한 이야기이며, 최고 수준으로 상징을 만들어낸 작품이라 할 수 있다.

스타워즈

원작 조지 루카스 ▪ 1977년

〈스타워즈〉 시리즈가 그토록 많은 인기를 얻은 것에는 상징적 주제 기법을 기반으로 하기 때문이라는 이유를 빼놓을 수 없다. 이 단순해 보이는 판타지 어드벤처 스토리에는 강력한 주제가 담겨 있는데, 그것은 라이트 세이버라는 상징 안에 집중되어 있다. 사람들이 광속으로 이동할 수 있는 고도로 발달된 세계관에서 주인공과 적대자가 검을 가지고 싸우는 것은 현실적이지 않다. 그렇지만 이 세계에서만큼은 현실적이어서, 주제의 힘을 가질 수 있는 개체가 된다. 이 광선검은 사무라이의 훈련과 행동규범을 상징하며, 이것은 선이나 악을 위해 사용될 수 있다. 〈스타워즈〉의 전 세계적 성공에 있어서, 이 상징적 사물과 그것이 나타내는 주제가 얼마나 중요하게 작용했는지는 절대 간과할 수 없다.

포레스트 검프

소설 윈스턴 F. 그룸 ▪ 1986년 / **각본** 에릭 로스 ▪ 1994년

《포레스트 검프》에서 주제를 표현하기 위해 사용하는 사물은 두 가지, 바로 깃털과 초콜릿 상자다. (작가가 주제에 상징을 부여할 때 너무 서투른 방식을 사용했다고 비판할 수도 있겠다.) 이 일상의 세계에서, 깃털 하나가 하늘에서 내려와 포레스트의 발에 안착한다. 이 깃털은 포레스트가 가진 자유로운 영혼은 물론이고 솔직하고 편안한 삶의 방식을 상징한다. 초콜릿 상자는 심지어 더 콕 집어 상징을 보여준다. 포레스트는 이렇게 말한다. "엄마는 늘 말씀하셨어요. '삶은 초콜릿 상자와 같다'고요. 어느 것을 집게 될지 모르니까요." 이것은 은유를 써서 올바른 삶의 방식이란 무엇인가에 대한 주제를 직접 대사로 서술한 것이다.

주제와 연결된 이 두 가지 상징은 처음에 나타났을 때보다 후에 훨씬 더 훌륭하게 역할을 해내며, 그 이유 또한 교육상 유익하다. 첫째, 《포레스트 검프》는 드라마에 신화 형식을 접목한 것으로, 이야기는 장장 40년의 세월을 담아냈다. 따라서 이야기는 그 안에 등장하는 역사의 흐름을 제외하면 마치 깃털처럼 일정한 방향 없이 거대한 시공간을 구불구불 돌아다닌다. 둘째 이유는 바로 주인공으로, 지능이 낮아 기억하기 쉽게 평범한 단어로

만 생각한다는 점이다. 평범한 사람이 삶을 초콜릿 상자와 같다는 말을 했다면 훈계조라고 느꼈을 지도 모르겠다. 그러나 단순명료한 포레스트는 사랑하는 엄마로부터 배운 이 매력적인 통찰을 좋아하고, 대부분의 관객도 마찬가지다.

율리시스

소설 제임스 조이스 ▪ 1922년

조이스는 작가라는 개념을 마술사, 상징 창조자, 퍼즐 제작자로 받아들였다. 어느 작가도 조이스만큼 이 개념을 깊게 받아들이지는 않았다. 이것은 이점이 있지만 그에 따른 대가도 존재한다. 특히 관객을 정서 반응에서 지적 반응으로 이동시킬 때 그러하다. 문자 그대로 수천 개의 미묘하고 모호한 상징을 수천 가지 영리한 방법으로 제시하면, 독자는 이야기 과학자 또는 문학 탐정이 되어 이 장면이 설계한 퍼즐이 어떻게 구성되었는지 보기 위해 가능한 한 뒤로 물러나야겠다고 결심하게 되기 때문이다.《시민 케인》과 마찬가지로 (이유는 다르다 해도) 『율리시스』 역시 사용된 기법에 대해서는 경탄할 만한 작품이지만, 막상 사랑하기는 어렵다. 그럼 이 작품의 상징 기법을 한 번 살펴보자.

이야기 상징과 상징적 인물

　조이스는 자신의 이야기에『오디세이』, 예수 이야기,『햄릿』의 인물들을 겹쳐놓으며 상징적 인물망을 형성했다. 그런 후 아일랜드의 과거에 있었던 실제 인물과 상징적 인물에 대한 언급으로 상징망을 보완했다. 이러한 전략에는 다양한 이점이 있다. 첫째, 인물들이 주제와 연결된다. 조이스는 인물의 행동을 통해 자연스럽게 인간 중심의 종교를 창조하려고 노력했다. 블룸, 스티븐, 몰리 같은 일상의 인물들은 주인공다운, 심지어 신 같은 특성을 지니지만, 그것은 그들의 행동에서 비롯된 것일 뿐 아니라 오디세우스, 예수, 햄릿 등의 다른 인물들을 계속 언급하면서 만들어진 것이기도 하다.

　이 기법은『율리시스』의 등장인물을 위대한 문화적 전통 안에 배치하면서 그들이 그 전통에 반항하며 고유한 개인으로 부상하게 한다. 이것이 바로 이야기가 진행되는 동안 스티븐이 힘들게 따라간 인물의 발전 경로다. 스티븐은 가톨릭 교육과 영국의 아일랜드 지배로 인해 억압을 받고 있지만, 영성만큼은 파괴하고 싶지 않았기에 자기 자신이 되는 법과 진정한 예술가가 되는 방법을 모색한다.

　자신의 인물을 다른 이야기의 인물과 연결시키는 것에는 또 다른 이점이 존재한다. 바로 인물 연결망의 이정표가 생겨 그것을 책 전체에 확장시킬 수 있다는 점이다. 이것은『율리시스』처럼 길고 복잡한 이야기를 작성할 때 매우 유용하다. 인물 이정표는 설계 규칙일 뿐 아니라, 똑같은 상징적 인물(오디세우스, 예수, 햄릿)을 다른 방식으로 참조함으로써 이야기가 진행되는 동안 주인공이 어떻게 변하는지를 가늠할 수 있게 해준다.

상징적 행동과 사물

조이스는 상징적 인물 기법을 이야기에 등장하는 행동과 사물에도 똑같이 적용했다. 그리하여 블룸, 스티븐, 몰리의 행동을 끊임없이 오디세우스, 텔라마코스, 페넬로페와 비교해 독자로 하여금 인물들이 영웅 같으면서도 모순적인 모습을 보인다는 생각을 하게 했다. 블룸은 자신의 키클롭스를 무찌르고 술집이라는 어두운 동굴에서 탈출한다. 오디세우스가 하데스에서 어머니를 만나고 햄릿이 고인이 된 아버지의 유령을 만나는 것과 마찬가지로, 스티븐은 어머니의 망령에 시달린다. 몰리는 페넬로페처럼 집에 있지만, 신의를 지키는 페넬로페와는 다르게 불륜을 저지르는 사람으로 이름을 떨친다.

『율리시스』에서 상징적 사물은 자연주의적이고 일상적인 종교 속에서 신성한 것이라는 광대한 상징망을 형성한다. 스티븐과 블룸 모두 열쇠 없이 집을 나선다. 스티븐은 전날 안경을 깨뜨렸다. 안경 없이 원래의 시력으로만 세상을 보자, 그날의 여정 내내 예술가의 시각으로 공상할 수 있는 기회를 얻는다. '플럼의 고기 병조림'에 나오는 광고 문구—이게 없으면 진짜 집이 아닙니다—는 블룸과 아내에게 성스러운 섹스 행위가 결핍되어 있으며, 이것이 그들의 가정에 해가 된다는 것을 의미한다. 스티븐은 사창가의 샹들리에 앞에서 지팡이를 칼처럼 휘두르고는 자신을 감옥처럼 가두었던 과거에서 벗어난다. 블룸은 가톨릭 성찬이 신자들을 현혹하는 막대 사탕이라 여기지만, 그 역시 스티븐과 블룸의 집에서 커피와 코코아를 마시며 진정한 교감을 나누게 된다.

상징 만들기

- **이야기 상징** 전제, 주요 반전, 중심 주제, 이야기 전체 구조를 표현하는 하나의 상징이 존재하는가? 전제 문장, 주제 문장, 이야기 세계를 표현하는 한 줄 문장을 다시 한 번 되짚어보자. 그런 다음 이야기의 주요 상징에 대해 한 문장으로 묘사하자.
- **상징적 인물** 주인공과 다른 인물들에 대해 상징을 결정한 후, 다음의 단계를 따르자.

　① 한 인물의 상징을 결정하기 전 전체 인물 연결망부터 살펴보아라.
　② 주인공과 주요 적대자의 대립부터 시작해라.
　③ 그 등장인물로 하여금 불러일으키고 싶은 하나의 감정과 하나의 측면을 떠올려라.
　④ 인물들 간에 상징적 대립을 적용하는 것을 고려해라.
　⑤ 이야기 진행 내내 인물과 관련된 상징을 계속해서 반복해라.
　⑥ 상징을 반복할 때마다 세부사항에 변화를 주어라.
　⑦ 한 명 이상의 등장인물을 다음과 같은 인물 유형, 예를 들어 신, 동물, 기계와 연결하는 것을 고려해라.

- **상징적 인물의 변화** 주인공에 인물 변화에 연결할만한 상징이 있는가? 있다면, 이야기 초반에 나오는 주인공의 약점과 필요를 나타낸 장면과, 말미에 나오는 자기 발견을 표현한 장면을 살펴보자.
- **상징적 주제** 이야기 전체의 주제를 하나로 압축한 상징을 찾아보자. 상징이 주제를 표현하기 위해서는, 그것은 반드시 도덕적 효과를 지닌 행동을 의미해야 한다. 이보다 발전된 상징을 표현하고 싶을 때는 서로 상반된 도덕적 행동을 보여주면 된다.
- **상징적 세계** 자연 환경, 인공 공간, 기술, 시간을 포함한 이야기 세계의 다양한 요소에 어떤 상징을 부여하고 싶은지 결정하자.
- **상징적 행동** 상징을 부여할 만한 특정 행동(들)이 존재하는가? 그것을 돋보이게 할 만한 행동이나 사물을 찾자.

- **상징적 사물** 먼저 이야기의 설계 규칙을 검토하고 상징정 사물의 연결망을 만들라. 각각의 상징적 사물이 이 설계 규칙에 맞는지 확인하자. 그런 뒤 추가 의미를 부여하고자 하는 사물을 선택하자.
- **상징의 발전** 이야기가 진행되며 각 상징이 어떻게 변화하는지를 표로 만들자.

실제로 이러한 상징 기법이 어떻게 적용되는지 보기 위해 『반지의 제왕』을 예로 들어보자.

반지의 제왕

소설 J.R.R. 톨킨 ▪ 1954~1955년

『반지의 제왕』은 영국의 현대 우주론과 신화 그 자체이다. 이 책은 신화, 전설, 고도의 로맨스 형식 안에, 그리스와 북유럽 신화, 기독교, 동화, 아서 왕 이야기, 그리고 기타 기사의 모험담에서 나온 이야기와 상징을 총망라했다. 작가 톨킨의 말에 따르면 『반지의 제왕』은 현대 세계와 시대에 매우 적용 가능하다는 점에서 비유적이다. 여기서 비유적이라는 말은, 인물, 세계, 행동, 사물이 매우 큰 은유를 담고 있다는 의미이다. 그렇다고 해서 이것이 독특하지 않거나, 작가에 의해 창조된 것이 아니라는 의미는 아니다. 이것은 어떤 상징이 종종 관객의 마음 깊은 곳에서 이전에 등장한 상징에 부딪쳐 반향을 일으킬 수 있다는 의미이다.

- **이야기 상징** 물론 이야기 상징은 제목에서 바로 등장한다. 여기서 반지란 모든 이가 열망하는 궁극의 힘을 가진 물체다. 그것을 소유하는 사람은 신과 같은 힘을 가진 제왕이 된다. 하지만 그런 만큼 제왕은 파괴적인 존재가 될 수밖에 없다. 반지는 사람을 도덕적이고 행복한 일상에서 끌어내릴 만큼 강력한 유혹을 지니고 있고 그 유혹은 끝이 없다.

- **상징적 인물** 이 믿을 수 없을 정도로 짜임새 있는 이야기에는 강점이 있다. 그것은 바로 상징적 인물이 풍부한 인물 연결망이다. 이것은 그저 사람 대 사람, 사람 대 동물, 혹은 사람 대 기계의 구도가 아니다. 이 인물들은 선과 악으로, 또는 권력의 세기로(신, 마법사, 인간, 호빗), 또는 종족으로(인간, 엘프, 드워프. 오크, 고블린, 엔트, 유령) 구분되고 정의된다. 신화는 인물 유형에 따라 기능하기에 규모는 어마어마하

지만 인물 묘사에 있어서는 섬세함이 떨어질 수 있다. 톨킨은 인물 유형을 복잡하고 짜임새 있는 연결망으로 만듦으로써, 일거양득의 효과를 얻었다. 이것은 상징적 인물을 사용하는 어느 작가든, 특히 신화를 기반으로 이야기를 쓰는 작가라면 꼭 알고 있어야 할 중요한 사항이다.

톨킨의 인물 대립에서, 선은 희생하는 인물인 간달프와 샘, 죽이고 치유할 수 있는 전사이자 왕인 아라곤, 자연과 하나가 되고 타인을 지배하기보다 자신을 통제하는 인물인 갈라드리엘과 톰 봄바딜로 상징된다. 톨킨이 주인공으로 삼은 것은 위대한 전사가 아닌 작은 인간인 호빗족의 프로도 배긴스이다. 위대한 마음을 가진 그는 누구보다 영웅의 면모를 가지고 있다. 『율리시스』의 레오폴드 블룸처럼, 프로도는 새로운 유형의 신화 속 주인공이다. 그가 가진 무기의 위력이 아닌, 인간성의 깊이에 의해 정의되기 때문이다.

적대자 역시 상당히 상징적인 힘을 소유한다. 모르고스는 이 이야기가 있기 전부터 존재한 악한 인물로, 톨킨이 『반지의 제왕』을 위해 창조한 역사의 한 부분이다. 아서 왕 이야기의 모드레드나 『나니아 연대기』의 모그림, 「해리포터」 시리즈의 볼드모트와 같이(영국 작가들은 악당 이름에 '모'를 붙이는 걸 좋아한다.) 모르고스는 최초로 신에 대항한 존재, 즉 사탄을 떠올리게 한다. 그는 이름이나 행동에 있어서 죽음과 관련이 있다. 『반지의 제왕』에서 주요 적대자는 사우론이다. 그가 악한 존재인 이유는 절대 권력을 추구할 뿐 아니라 그것으로 중간계를 완전히 파멸시키고자 하기 때문이다. 사루만은 악으로 변화한 인물로, 처음에는 사우론에 대항하기 위해 파견된 마법사였지만 절대 권력의 맛에 중독되고 말았다. 다른 적대자들(골룸, 나즈굴, 오크, 쉴로브, 발록)은 질투, 증오, 폭력, 파멸을 상징한다.

- **상징적 주제** 좋은 이야기가(특히 비유에서) 늘 그렇듯, 모든 요소는 주제와 대립에 기반을 둔다. 톨킨에게 그것은 선과 악을 강조하는 기독교식 주제 구조를 의미한다. 여기서 악은 권력에 대한 사랑, 권력의 남용으로 정의된다. 선은 살아 있는 존재를 돌보는 데서 나오며, 최고의 선은 타인을 위해 자신의 생명을 희생하는 것이다.

- **상징적 세계** 『반지의 제왕』에서 시각적 하위 세계는 인물 연결망만큼이나 상징적이며 풍부한 짜임새를 갖고 있다. 이 세계들은 고도로 자연적인 동시에 초자연적

이기도 하다. 인공 공간조차도 자연 환경에 속해있거나 자연 환경의 연장선상에 놓여 있다. 인물과 마찬가지로, 이렇게 상징적인 하위 세계 역시 대립 구도로 만들어진다. 숲의 세계를 살펴보자. 거기에는 아름답고 조화로운 로스로리엔과, 나무처럼 생긴 종족 엔트의 숲이 있는가 하면 그에 대응하는 악한 어둠의 숲이 있다. 선한 숲의 세계는 악의 세력이 사는 산의 세계와 대립을 이룬다. 사우론은 거대한 모란논(모! 모! 모!) 문 너머 모르도르의 은신처가 있는 산을 지배한다. 안개 산맥에는 모리아의 지하 동굴이 있어 주인공들은 거기에서 '지하 세계'를 방문한다. 프로도는 전투에서 목숨을 잃은 자들의 묘지인 죽음의 늪을 지난다.

인간 공동체 역시 이와 똑같은 자연의 상징주의를 표현한다. 나무에 둘러싸인 유토피아 로스로리엔처럼, 리븐델은 물과 식물로 둘러싸인 유토피아이다. 호빗 마을 샤이어는 농경으로 길들여놓은 공간이다. 이러한 공동체는 날것의 힘 위에 세워진 모르도르, 아이센가드, 헬름 협곡 같은 산악 요새와 대조를 이룬다.

- **상징적 사물** 『반지의 제왕』은 상징적인 물건을 찾고 그것을 소유하는 이야기로, 이것들은 주로 땅에서 파내거나 불에서 단조되어 만들어진다. 물론 여기서 가장 중요한 물건은 사우론이 운명의 산 속 화산불로 만든 반지이다. 그것은 거짓된 가치와 절대 권력에 대한 욕망을 상징하며, 그것을 소유하는 사람은 어쩔 수 없이 끝까지 타락해 사악한 존재가 된다. 악을 상징하는 또 하나의 원형은 사우론의 눈이다. 그것은 검은 탑 꼭대기에서 모든 것을 보며 반지를 찾아 헤매는 사우론을 도와준다.

  아서 왕의 엑스칼리버처럼, 서쪽의 불꽃이라는 의미를 가진 안두릴은 올바른 행동의 검이다. 이것은 오직 왕좌를 정당하게 승계받는 자만이 휘두를 수 있는 검이다. 엑스칼리버는 돌에 꽂혀 있는 반면, 안두릴은 부러져 있다. 그렇기에 아라곤이 악의 세력을 물리치고 왕좌를 되찾으려면 반드시 다시 연마되어야 한다. 아라곤은 치유의 능력을 지닌 식물 아셀라스를 사용한다는 점에서 독특한 전사-왕이다. 그는 아킬레스와 마찬가지로 매우 뛰어난 기술을 가진 전사이지만, 자연과 교감하며 사는 생명의 대리인이기도 하다.

  물론 이것은 톨킨이 『반지의 제왕』에서 활용한 상징 중에서 몇 가지만 추린 것이다. 상징 만들기 기법을 숙달하기 위해서는 더욱 주의 깊게 연구하도록 하자.

8장

좋은
이야기에는
22단계가
있다

22단계가 그토록 강력한 이유는, 그것이 장르에 따른 방식이나 어떤 공식을 따라 무엇을 쓰라고 말하지 않기 때문이다. 그보다는 관객에게 이야기를 전할 때 어떤 게 가장 극적인 방식이 될지를 보여준다. 또한 전체 플롯에 대해 매우 정확한 지도를 제공하여 처음부터 끝까지 꾸준하게 이야기를 이어갈 수 있게 도와준다.

스토리텔링의 주요 기술에서 플롯만큼 과소평가된 요소도 없다. 대부분의 작가는 인물과 대사를 잘 쓰는 법까지는 몰라도, 두 요소가 얼마나 중요한지는 다들 알고 있다. 그러나 플롯은 시간이 되면 어떻게든 되겠지라고 생각한다. 그런 일은 일어나지 않는다.

플롯에는 전체 이야기에 걸쳐 인물과 행동이 얼기설기 얽혀 있기 때문에 애초에 복잡할 수밖에 없다. 플롯은 최대한 상세해야 하지만 또한 완전체로서 한데 뭉쳐 있어야 한다. 종종 플롯에서 사건 하나만 실패해도 집 전체가 무너지는 경우가 있다.

물론 '3막 구조'와 같은 플롯을 쓸 때 이야기의 전체 내용과 세부 사항을 제대로 설명하지 않으면 처참하게 실패한다. 옛날의 3막 구조 기법을 쓰는 작가들은 늘 2막의 난제에 대해 불평을 늘어놓는다. 2막에 난제가 있다는 것은 플롯을 구축하는 데 쓰는 기술 자체에 이미 결함이 있다는 증거이다. 3막 구조 기법은 기계적이고 단순한 터라, 이야기에서 가장 어려운 중간 부분에서 제대로 플롯을 짤 수 있는 정확한 지도를 제공하지 않는다.

작가들이 플롯을 과소평가하는 이유는, 플롯이 무엇인가 하는 개념에 대해 오해를 하기 때문이다. 그들은 종종 플롯을 이야기와 동일하다고 생각한다. 혹은 주인공이 목표를 위해 취하는 행동을 따라가기만 하면 플롯이 나온다고 생각한다. 플롯을 이야기를 전달하는 방식이라 생각하는 작가도 있다.

이야기는 플롯보다 범위가 넓다. 이야기 몸체에 포함된 하위 체계, 즉 전제, 인물, 도덕적 주장, 세계, 상징, 플롯, 장면과 대사가 한데 모여 작동하는 것이 이야기이다. 이야기는 "다양한 측면을 가진 형식과 의미의 복합체 안에 서술(플롯)이 담긴 것으로 그것은 그저 여러 측면 중 하나일 뿐"[14]처럼 정리할 수 있다.

플롯이란 이야기가 처음부터 중간을 거쳐 끝까지 꾸준하게 구축되도록 다양한 행동이나 일련의 사건을 보이지 않는 곳에서 엮어 짜는 것이다. 특히 플롯은 같은 목표를 위해 싸우는 주인공과 모든 적대자가 벌이는 춤사위를 따라간다. 즉 이야기 속에서 일어나는 일과 그 사건을 관객에게 어떻게 공개하는지의 조합이다.

> ● **핵심 POINT** 플롯은 여러분이 정보를 어떻게 감추고 푸는가에 달려 있다. 플롯을 짜는 것에는 "미스터리와 서스펜스를 능수능란하게 다루는 것, 머리를 잘 써서 관객을 정교한… 공간으로 데리고 가는 것이 포함되어 있다. 이 공간은 늘 해독해야 할 사인이 가득하지만, 늘 끝까지 오독으로 위협받는다."[15]

좋은 플롯은 무엇이 다른가

플롯이란 꼬리를 물고 일어나는 사건을 서술하는 것이다. 즉, 이 일이 일어나고, 그 다음 저 일이 일어나며, 또 다른 일이 일어난다는 식이다. 그러나 사건을 이렇게 늘어만 놓으면 좋은 플롯이 될 수 없다. 목적도 없고 어떤 사건을 어떤 순서로 이어갈지에 대한 설계 규칙도 없기 때문이다. 훌륭한 플롯은 늘 유기적이다. 이 말은 많은 것을 의미한다.

1. 유기적 플롯은 어떤 행동으로 인해 주인공의 인물 변화가 일어나는 것, 혹은 그 변화가 불가능한 이유를 보여준다.

2. 각 사건은 인과관계로 연결되어 있다.

3. 각 사건은 꼭 필요하다.

4. 각 행동은 길이와 전개 속도와 비례한다.

5. 플롯의 할당량은 작가가 인물에게 부과하는 것이 아닌, 주인공에게서 자연스럽게 나온다.

그리하여 할당량을 일부러 부과하면, 이야기라는 기계가 가진 바퀴와 기어가 눈에 띄어 기계 같다는 느낌을 주게 된다. 이렇게 '플롯' 자체가 지나치게 드러나면 인물이 가진 인간성과 풍부함이 고갈되고 만다. 결국 꼭두 각시나 장기의 말처럼 느껴지게 된다. 물론 플롯이 주인공으로부터 자연스 럽게 흘러나온다고 해서, 주인공 혼자 만들 수 있다는 의미는 아니다. 플롯 은 인물의 욕구와 그가 어떤 플롯을 구성할 수 있는지에 대한 능력과도 적 합하게 들어맞아야 한다.

6. 사건이 일어나는 순서는 그 결과에 있어서 통일성과 총체성을 갖는다.
　─에드거 앨런 포의 말을 빌리자면, 플롯은 '어떤 부분이라도 자리를 잘 못 옮기면 전체가 망가지게 되는 것'이다.

플롯의 유형

유기적 플롯이라는 건 파악하기는 꽤 어렵지만, 만드는 건 그보다 쉽다. 플롯을 짜는 일은 항상 모순을 수반하기 때문이다. 플롯은 아무 것도 없는 상태에서 행동과 사건을 만들어낸 후, 어떤 순서로든 연결하면 구축이 된다. 그럼에도 불구하고 플롯 안의 사건은 나름의 조화를 이루기 위해 반드시 필요한 단계로 보인다.

일반적으로 플롯의 역사는 행동을 취하는 데 중점을 두는 것에서 정보를 학습하는 것으로 진화했다. 그것은 이야기가 두 개의 '다리'를 가지고 움직이는 것을 뜻한다. 신화 형식을 사용하던 초기의 플롯에서는, 주인공이 일련의 영웅 같은 행동을 취하고 관객이 그걸 보고 모방하고 싶게 만들었다. 후기의 플롯에서는 좀 더 넓은 범위의 탐정 형식을 사용하여 주인공과 관객은 무슨 일이 일어나고 있는지 알지 못하거나 혼란을 느끼게 했다. 여기서 그들의 임무는 사건과 인물에 대한 진실이 무엇인지 자기 나름의 결정을 내리는 것이다.

다음 몇 가지 주요 플롯 유형을 살펴봄으로써 작가가 일련의 사건을 설계하고 유기적 플롯을 만드는 다양한 방법에 대해 알아보자.

여행 플롯

플롯에 있어 첫 번째 주요 전략은 신화 작가로부터 나온 것으로, 그 주요 기법은 여행이다. 이 플롯 형식에서 주인공은 여정 가운데 여러 적대자를 연달아 만난다. 그는 각각의 적대자를 물리치고 집으로 귀환한다. 여정은 유기적이어야 한다. 한 인물이 단 하나의 흐름을 만들고, 여정이라는 것 자체가 주인공의 인물 변화를 눈에 보이게 제시하는 것이기 때문이다. 주인공은 적대자를 물리칠 때마다, 소소하게나마 인물 변화를 경험할 수 있다. 그가 가장 큰 변화(자기발견)를 일으키는 때는 집으로 돌아와 예전부터 자신의 안에 있던 것, 즉 깊이 내재된 능력을 발견하는 순간이다.

여행 플롯에는 문제가 있다. 유기적인 잠재력을 발휘하는 것이 어렵다는 점이다. 그 첫 번째 이유로는, 주인공이 각 적대자를 물리칠 때 조금의 인물 변화도 겪지 못한다는 점이다. 그저 적대자를 물리치고 다음으로 넘어가는 꼴이다. 그러니 매번 새로운 적대자와 결전을 벌이는 것은 똑같은 사건의 반복으로 보이며, 관객이 볼 때 유기적이지 못하고 딱딱 끊어진 파편처럼 느껴지게 된다.

여행 플롯이 유기적이 되기 힘든 두 번째 이유는 주인공이 여행을 하면서 너무 큰 공간과 시간을 지나기 때문이다. 이야기가 워낙 방대하고 구불구불하다 보니, 작가는 주인공이 초반에 만났던 인물을 자연스럽고 그럴싸하게 다시 소환하는 데 큰 어려움을 겪는다.

수년 동안 작가들은 여행 플롯에 내재된 문제점을 뼈저리게 인식하고 이를 해결하기 위해 다양한 기법을 시도해 왔다. 예를 들어 코믹 여행기 『톰 존스』의 경우 작가인 헨리 필딩은 두 가지 구조적 해결책에 의존했다. 첫 번째로 이야기 초반, 주인공을 비롯해 여러 인물들의 진짜 정체를 숨겼다. 이렇게 하면 이미 알고 있던 인물에게 돌아가 그들을 더욱 깊이 있는 방식으로 바라볼 수 있다. 여행 플롯에 반전 플롯의 기법이 추가된 것이다.

두 번째로 톰의 여정에 초기 등장인물들을 다시금 불러냈다. 이것은 그들이 톰과 같은 목적지를 향해 여행을 한다는 설정이 있기에 가능했다. 이렇게 하면 깔때기 효과가 발생하여 이야기가 진행되는 동안 톰이 한 인물에서 다른 인물로 튕겨나가는 것을 계속해서 반복할 수 있다.

여정을 이용해 유기적인 플롯을 구성하는 것이 얼마나 어려운지는 마크 트웨인의 『허클베리 핀의 모험』을 보면 잘 알 수 있다. 트웨인은 뗏목이라는 기발한 아이디어를 떠올렸다. 이것은 떠다니는 섬의 축소판으로, 작가는 그 위에 허클베리 핀과 주요 인물인 짐을 배치시켰다. 그러나 이곳은 너무 좁아, 허클베리 핀과 짐은 계속 대적하는 적대자를 갖지 못하고, '길'에 가서야 낯선 이들을 연달아 만나게 된다. 또한 주인공이 미시시피 강에 좌초된 상황에서 트웨인은 플롯을 자연스럽게 끝낼 방법을 찾지 못했다. 그래서 그는 임의로 여정을 멈추고 데우스 엑스 마키나(극이나 소설에서 가망 없어 보이는 상황을 해결하기 위해 동원되는 힘이나 사건) 기법을 사용하여 궁지를 벗어난다. 톰 소여가 다시 등장할 이유는 없다. 플롯을 코믹한 뿌리로 되돌리고 멋지게 다듬은 후 "끝!"이라고 외치는 것 말고는 말이다. 결국 마크 트웨인조차 이 문제를 해결하지 못했다는 의미다.

삼위일체 플롯

유기적 플롯을 창조하는 두 번째 주요 전략은 고대 그리스 극작가인 아이스킬로스, 소포클래스, 에우리피데스 등이 제시했다. 중심 기법은 아리스토텔레스가 설파한 것으로, 시간-공간-행동의 일치이다. 이 기법을 쓰면 이야기는 반드시 24시간 내에, 한 공간에서, 한 가지 행동이나 사건을 따라 벌어져야 한다. 모든 행동이 주인공으로부터 나오고, 매우 짧은 시간 안에 이루어지기 때문에 플롯은 유기적일 수밖에 없다. 이 기법은 이야기 전반에 걸쳐 주인공이 아는 적, 그것도 계속해서 존재하는 적을 등장시킬 수 있기에 여행 플롯의 큰 문제점을 해결한다.

삼위일체 플롯의 문제점은 플롯은 유기적인 데 반해 플롯 자체가 충분하지 않다는 점이다. 기간이 너무 짧기에 사실발견의 수와 위력이 크게 제한된다. 사실발견은 플롯 중에서 학습의 부분을 담당하며(행동을 취하는 것과 반대이다.), 플롯이 얼마나 복잡하게 될지를 결정하는 핵심 요소이다. 이야기가 단기간에 진행된다는 것은 주인공이 적대자를 너무 잘 알고 있다는 것을 의미한다. 물론 이야기가 시작되기도 전에 플롯의 싹이 텄을 수도 있다. 그러나 일단 이야기가 시작되면, 각자 자신의 모습을 숨기는 데 한계가 생기게 된다.

그 결과 삼위일체 플롯을 쓰면 단 한 번의 커다란 발견을 위해 시간, 적대자, 복잡한 행동이 필요하게 된다. 예를 들어 오이디푸스(세계 최고의 탐정 이야기 속에서)는 자신이 아버지를 죽이고 어머니와 동침한 것을 깨닫는다. 그것은 의심할 여지없이 아주 큰 사실발견이다. 그러나 만약 플롯이 많기를 원한다면, 사실발견 역시 이야기 곳곳에 심어져야 한다.

반전 플롯

세 번째 플롯 유형으로는 반전 플롯이 있다. 이 기법에서, 주인공은 대게 한 장소에 머무르는데, 이 공간은 '공간의 통일'이 요구하는 것만큼 좁은 공간일 필요는 없다. 이야기는 한 마을, 혹은 한 도시 안에서 일어날 수 있다. 또한 반전 플롯은 '시간의 통일'이 허용하는 것보다 더 오랜 시간을 다룰 수 있다. 심지어 몇 년까지도 가능하다. (이야기가 수십 년에 걸쳐 진행된다면 대하소설이라고 할 수 있으며, 그런 경우 여행 플롯에 포함된다.)

반전 플롯의 주요 기법에는 주인공이 적대자와 잘 아는 사이지만, 주인공과 관객 모두가 적대자에 대한 가장 결정적인 사항을 모른다는 점이 있다. 또한 적대자는 원하는 것을 얻기 위해 음모 또는 계략을 꾸미는 데 매우 능숙하다. 이 조합은 주인공과 관객에게 반전, 즉 놀라움으로 가득 찬 플롯을 만들어낸다.

여행 플롯과 반전 플롯의 가장 큰 차이점에 주목하자. 여행 플롯은 많은 적대자와 짧게 대면하고 넘어가기에 마지막에 느낄 놀라움이 제한된다. 반전 플롯의 경우 적대자 수가 적고 그들에 관한 정보를 가능한 한 많이 숨긴다. 그리하여 무언가 공개될 때까지 표면 아래에서 플롯이 확대된다.

반전 플롯은 잘만 쓰면 유기적인 형태를 갖춘다. 적대자는 주인공의 약점을 가장 잘 공격할 수 있는 인물인데다가, 주인공과 관객 모두 왜 그가 그런 공격을 하게 됐는지 알게 되는 순간 반전이 일어나기 때문이다. 그후 주인공은 자신의 약점을 극복하고 변화하거나 파멸에 이른다.

반전 플롯은 관객에게 매우 인기 있다. 관객이 상상치도 못한 것을 제시함으로 즐거움을 선사하기 때문이다. 반전 플롯을 다른 말로는 '대반전'이라고도 하는데, 이것은 이야기 안에 놀랄 만한 일이 많을 뿐더러, 그것이 충격적인 경향을 띠기 때문이다. 오늘날에도 아주 인기가 대단한데 반해─탐정물과 스릴러물에서 그러하다─반전 플롯의 전성기를 콕 집어 말하자면 알렉상드르 뒤마(『몽테크리스토 백작』, 『삼총사』)와 찰스 디킨스가 있던 19세기라고 할 수 있다. 당연하게도 이 시기에는 극도로 강력한 악당이 승리를 위해 사악한 음모를 꾸미는 『여인의 초상』 같은 이야기가 많이 등장했다.

반전 플롯의 대가로는 디킨스를 꼽을 수 있다. 아마도 스토리텔링의 역사상 그를 넘볼 수 있는 사람은 없을 것이다. 그가 그렇게 역사상 가장 위대한 이야기꾼으로 손꼽히게 된 이유에는 그가 종종 반전 플롯과 여행 플롯을 결합하여 확장했다는 사실이 포함된다. 이 두 가지 플롯 방식은 여러 가지 면에서 정반대의 위치에 있기 때문에 이를 결합하기 위해서는 엄청난 능력이 필요함은 말할 것도 없다. 여행 플롯에서 주인공은 다양한 사회를 만나지만 곧 각각의 인물을 뒤로하고 여정을 떠난다. 반대로 반전 플롯에서는 한 줌의 사람들만 만나지만 그들을 아주 잘 알게 된다.

반反 플롯

19세기의 스토리텔링이 거대 플롯 중심이었다면, 20세기의 경우, 적어도 심각한 작품 안에서는 반 플롯이 많은 자리를 차지했다. 『율리시스』, 《지난해 마리 앙바드에서》, 《정사》, 『고도를 기다리며』, 『벚꽃 동산』, 『호밀밭의 파수꾼』 같은 작품을 예로 들어보자. 마치 중요한 인물 작업을 돋보이게 하는 게 중요하다는 듯 관객의 눈을 속이려고 줄거리를 거의 경시하는 모습을 볼 수 있다. 노스럽 프라이가 말한 것처럼 "소설을 계속 읽거나 연극을 보러 가는 것은 '결말을 보기 위해서'이다. 그러나 일단 결말을 알게 되면 우리를 묶어놨던 주문이 풀리고, 우리를 연극이나 소설에 참여할 수 있게 해준 연속성이라는 요소를 잊어버리는 경향이 있다."[16]

이 이야기들의 줄거리를 요약한다면 다음과 같을 것이다. 『호밀밭의 파수꾼』은 며칠 간 뉴욕을 돌아다니는 십대 소년의 이야기이다. 『벚꽃 동산』은 한 가족이 오랫동안 소유하던 부지로 와서 경매로 팔리길 기다리다가 떠나는 이야기이다. 《정사》는 범죄가 없을 수도 있는, 어쨌든 실상이 결코 밝혀지지 않은 탐정물이다.

20세기 많은 작가가 플롯 그 자체에 반기를 들었다기보다, 독자에게 충격을 주어 다른 모든 것을 무너뜨리는 플롯, 그 감각적인 반전에 반기를 든 것 같다. 그러니 반 플롯이라는 것은 작가들이 인물의 미묘함을 좀 더 집중적으로 표현함으로써 플롯을 유기적으로 만들기 위해 고안한 광범위한 기법이라 할 수 있다. 관점, 화자 전환, 이야기 구조 확장, 연대순이 아닌 시간 사용은 모두 인간이라는 인물에 대해 보다 복잡한 관점을 제시하기 위해 고안한 기법으로, 이야기 전달 방식을 변경하는 것을 의미한다.

이러한 기법을 사용하면 이야기가 단편적으로 느껴질 수 있지만 그렇다고 해서 반드시 유기성을 잃는다는 의미는 아니다. 다양한 시점을 사용함으로 콜라주, 몽타주, 인물의 전위뿐만 아니라 생동감과 감정이 가득한 표현을 할 수 있다. 이것을 통해 인물이 발전하고 그 인물에 대한 관객의 인식이 높아진다면, 그것은 유기적이고, 대단히 만족스러운 경험이 될 것이다.

플롯의 이탈—반 플롯에서는 상당히 흔한 것—은 동시 행동의 한 형태로, 때로는 역방향 행동을 가리키기도 한다. 그것은 인물이 어떤 사람인지 보여줄 때만 유기성을 갖는다. 반 플롯 얘기를 하면 빼놓을 수 없는 『트리스트럼 샌디』를 예로 들어보자. 이 책은 계속해서 옆길로 샌다는 이유로 비판을 받는다. 그러나 여기서 독자가 놓친 것은 『트리스트럼 샌디』가 중심 플롯이 있고 자꾸 곁가지 이야기가 붙는 그런 이야기가 아니라는 점이다. 오히려 이 작품은 곁가지 이야기가 붙는 것을 중점으로 하고 중심 플롯으로 보이는 것이 끼어드는 식이다. 주인공 트리스트럼이란 사람 자체가 자꾸 옆으로 새는 사람이기에, 이야기가 전달되는 방식과 주인공의 모습을 완벽하게 연결한 것이다.

반 플롯에서 볼 수 있는 또 하나의 버전으로 역방향 스토리텔링을 들 수 있다. 헤럴드 핀터의 《배신》처럼 각 장면이 시간을 거슬러 올라가는 것을 뜻한다. 역방향 스토리텔링은 장면과 장면 사이의 인과 관계를 강조함으로써 이야기가 짜임새 있게 연결된다. 이 연결은 일반적으로 표면 아래에 묻혀 있다. 그래서 한 장면이 나오고 자연스럽게 다음 장면이 흘러나오는 것처럼 보인다. 하지만 계속 시간을 거슬러 가기 때문에 관객은 장면과 장면 사이의 연결고리를 의식적으로 인지해야 한다. 방금 일어난 일이 그 이전에 발생한 사건과 그보다 더 전에 있었던 사건으로부터 파생되어 나온 것임을 알아야 한다는 의미다.

장르 플롯

'진지한' 작가들이 플롯을 더 작게 만드는 동안, 그들의 상대 특히 영화와 소설 작가들은 장르를 동원해 플롯을 더욱 크게 만들었다. 장르란 이야기 형식으로, 미리 정해놓은 인물, 주제, 세계, 상징, 플롯이 있는 이야기를 뜻한다. 장르 플롯은 대개 거대하여, 때때로 이야기를 정반대로 뒤집을 정도로 강력한 반전을 강조한다. 물론 이러한 거대 플롯은 미리 결정되어 있다는 사실 때문에 힘을 어느 정도 잃을 수 있다. 관객은 대개 어느 장르라도 앞으로 무슨 일이 일어날지 추측할 수 있기 때문에, 그들을 놀라게 할 수 있는 건 아주 특정한 요소들이다.

이처럼 다양한 장르 플롯이 주인공과 유기성을 가지고 연결된 것으로 보이는 까닭은 바로 여러 번이나 그런 식으로 반복되었기 때문이다. 군더더기는 모두 사라졌다. 장르 플롯은 유기성을 그다지 요구하지도 않는다. 특정 주인공에게만 고유한 방식으로 적용되는 것이 아니기 때문이다. 문자 그대로 일반적이고 기계적이라는 의미다. 익살극과 케이퍼(강도 이야기) 같은 특정 장르의 경우, 이 기계적인 특성이 너무 극단으로 몰아붙여진다. 그리하여 플롯은 스위스 시계처럼 복잡하고 정확한 타이밍을 갖게 되지만 인물은 전혀 발을 붙이지 못한다.

다중 플롯

최근에 쓰이는 플롯 전략은 다중 플롯이다. 이것은 소설가와 시나리오 작가에 의해 처음 만들어졌지만《힐 스트리트 블루스》같은 텔레비전 드라마에서 꽃을 피우기 시작했다. 이 전략에서 각각의 이야기, 혹은 매주 방영되는 에피소드는 3-5개의 중심 플롯을 기준으로 흘러간다. 각 흐름은 대개 경찰서, 병원, 또는 로펌 같은 한 조직에 몸담은 여러 인물을 따라간다. 작가는 교차편집을 통해 이 흐름 사이를 오간다. 이 플롯 전략을 제대로 쓰지 못하면 흐름은 서로 관련성을 잃고, 교차 편집은 그저 관객의 관심을 끌고 전개 속도를 높이는 데에만 사용될 뿐이다. 그러나 제대로만 쓴다면, 각각의 흐름은 주제에서 나온 파생물이 되고, 한 흐름에서 다른 흐름으로 교차 편집되어 두 장면이 병치되는 순간, 관객은 인식의 충격을 받는다.

다중 플롯은 여러 사건이 동시에 일어나는 스토리텔링 형식으로, 한 집단이나 작은 사회를 보여주며 인물의 비교를 강조한다. 그렇다고 해서 여기에 유기성이 없다는 뜻은 아니다. 다중 접근법은 단순히 전개 단위를 한 명의 주인공에서 집단으로 변경한 것이기 때문이다. 다중 플롯을 통해 주제를 다각도로 볼 수 있으면 관객은 인간이란 어떤 존재인지 더욱 쉽게 경험할 수 있다. 한 사람의 성장을 지켜보면서 깊은 통찰과 감동을 받는 것이다.

이렇게 주요 플롯 전략에 대한 지식으로 무장한 상태에서 다음과 같은 중요한 질문이 떠오를 것이다. 특정 인물을 위한 유기적 플롯을 만드는 방법은 무엇인가? 해답을 알고 싶으면 다음의 단계를 따르면 된다.

1 자신의 설계 규칙을 다시 한 번 살펴봐라. 이것이야말로 유기성의 새싹이다. 자고로 플롯은 이 규칙으로부터 시작해 자세한 내용을 담은 열매로 맺어져야 한다.

2 주제 문장을 다시 확인해라. 이것은 여러분이 전하고 싶은 도덕적 주장을 한 문장으로 표현한 것이다. 플롯은 이 문장을 자세하게 보여주는 도구가 되어야 한다.

3 전체 이야기에 대한 상징 문장을 만들었다면 플롯을 통해 그 문장 역시 표현되어야 한다. 여기서 여러분은 주인공과 적대자의 행동(플롯)을 통해 상징을 배열하는 방법을 찾아야 한다.

4 서술자를 사용할 것인지 여부를 결정해라. 이것은 무슨 일이 일어나는지 관객에게 알려주는 방식에 큰 영향을 미칠 수 있으므로, 플롯을 구축하는 방법에도 영향을 준다.

5 훌륭한 이야기가 가진 구조의 22단계(앞으로 살펴볼 것이다)를 이용하여 구조를 구체적으로 구상해라. 플롯의 작은 단위(주요 행동 또는 사건)를 대부분 준비할 수 있을 것이다. 그것을 통해 (다른 기법이 주는 만큼) 플롯에 유기성이 보장된다.

6 여러분의 이야기에서 장르를 하나, 혹은 그 이상 쓸 것인지 결정해라. 만약 사용할 것이라면 해당 장르에 딱 맞는 장면을 적절한 위치에 추가하여 어떤 식으로든 비틀어라. 그래야 플롯이 예측을 벗어나게 된다.

플롯 구상을 위한 22개의 벽돌을 사용하기 전에, 원래는 서술자 사용 여부를 결정해야 한다. 그 전에 이 강력하고 노련한 도구를 끝에서부터 거슬러 가며 설명하려고 한다. 그래야 이해하기 쉬워진다.

누구나 알고 싶은 이야기에 있는 22단계

훌륭한 이야기에는 22개의 이야기 벽돌이 있다. 이것은 유기성을 갖춘 플롯을 전개하는 데에 있어 꼭 필요한 구조적 사건이나 단계다. 우리는 이미 (3장에서) 구조의 핵심 7단계를 살펴보았다. 7단계는 이야기의 초반과 마지막에 해당된다. 대부분의 이야기가 실패하는 중간 단계를 차지하는 것은 바로 나머지 15단계이다.

22단계는 스토리텔링 기법에 있어서 가장 유용하다. 왜냐하면 다루는 범위가 넓으면서도 자세히 짚고 넘어가기 때문이다. 이 단계를 따르면 이야기의 길이나 장르에 관계없이 유기적인 플롯을 만드는 방법이 보인다. 이것은 또한 고쳐 쓰기를 위한 핵심 도구이기도 하다. 22단계가 그토록 강력한 이유는, 그것이 장르에 따른 방식이나 어떤 공식을 따라 무엇을 쓰라고 말하지 않기 때문이다. 그보다는 관객에게 이야기를 전할 때 어떤 게 가장 극적인 방식이 될지를 보여준다. 또한 전체 플롯에 대해 매우 정확한 지도를 제공하여 처음부터 끝까지 꾸준하게 이야기를 이어갈 수 있게 도와준다. 그 결과, 많은 작가들이 마주하는 문제, 즉 파편화되고 죽은 중간 단계를 피할 수 있게 된다.

1 자기발견, 필요와 욕망

2 망령과 세계

3 약점과 필요

4 촉발하는 사건

언뜻 22단계를 사용하면 여러분의 창의력이 저해되고 유기성이 사라져 기계적인 이야기가 나올 거라 생각할 수도 있다. 작가들 대다수가 계획을 너무 많이 하는 것에 마음 깊이 이런 두려움을 가지고 있다. 그러나 이야기를 되는 대로 이어가다보면 결국 엉망이 되고 만다. 22단계를 사용하면 이런 극단으로 가지 않고 오히려 창의력을 향상시킬 수 있다. 22단계는 글쓰기를 위한 공식은 아니지만 창의적인 작업을 할 수 있게 도와주고, 그 작업이 유기적 전개 속에서 좋은 이야기가 될 수 있게 발판을 제공한다.

비슷한 맥락으로, "22"라는 숫자에 너무 연연하지 마라. 이야기의 유형과 길이에 따라서 22단계보다 더 많거나 적은 단계가 있을 수 있다. 이야기를 아코디언이라 생각하라. 줄어들 수 있는 데 한계가 있다는 의미다. 즉 7단계 아래로는 내려갈 수 없다. 이야기에 유기성이 느껴지려면 적어도 7단계는 있어야 가능하다. 30초짜리 광고의 스토리텔링이 좋게 느껴진다면, 거기에는 7단계가 포함되어 있을 가능성이 농후하다.

그렇지만 이야기가 길어질수록 더 많은 구조의 단계가 필요하다. 예를 들어 단편 소설이나 시트콤처럼 시간이 제한되어 있는 경우는 주요 7단계만 거칠 수 있다. 영화나 중편 소설, 혹은 1시간짜리 텔레비전 드라마는 (각각 7개의 단계를 가진 다중 플롯이 아니라면) 적어도 22단계를 모두 거친다. 반전과 깜짝 놀랄 전환이 있는 더 긴 소설의 경우, 22단계보다 더 많은 단계가 필요하다. 예를 들어 『데이비드 코퍼필드』는 전환 요소가 60개가 넘는다.

22단계를 깊이 있게 공부하다보면, 이것이야말로 이야기 몸체의 여러 체계가 엮여 하나의 플롯 라인을 만들어내는 조합임을 알 수 있다. 인물 연결망, 도덕적 주장, 세계, 그리고 플롯을 구성하는 사건들을 모두 결합시킨다. 22단계는 주인공이 목표를 달성하고 자신의 깊은 문제를 풀기 위해 노력하는 동안 주인공과 적대자가 추는 춤을 자세히 보여준다. 그리하여 22단계를 통해, 플롯을 이끌어 가는 건 주인공이라는 사실이 확실히 보장된다.

아래의 목록은 22단계를 중심 흐름, 즉 이야기 체계로 나눈 것이다. 각단계가 하나 이상의 하위 체계를 표현할 수 있다는 것을 염두에 두라. 예를 들어, 목표를 이루기 위해 취하는 일련의 동작인 '행동'의 경우 원래는 플롯의 한 단계이다. 그러나 이기기 위해서 때로 도덕에 반하는 모습을 보이기도 하기에 부분적으로는 도덕적 주장에 해당될 수 있다.

	인물	플롯	세계	도덕적 주장
1	자기발견, 필요와 욕망			
2	망령		세계	
3	약점과 필요			
4		촉발하는 사건		

5	욕망		
6	조력자(들)		
7	적대자	미스터리	
8	적대자/가짜 조력자		
9	변화된 욕망과 동기	첫 번째 발견과 결심	
10		계획	
11		적대자의 계획과 중대한 반격	
12		행동	
13			조력자의 공격
14		겉보기 패배	
15	강박적 행동, 변화된 욕망과 동기	두 번째 발견과 결심	
16		관객의 발견	
17		세 번째 발견과 결심	
18		관문,시련,죽음 맛보기	
19		결전	
20	자기발견		
21			도덕적 결심
22	다시 찾은 평정		

22단계에 대해 다음 설명을 듣고 나면 이를 사용하여 플롯을 파악할 수 있을 것이다. 한 단계 설명을 마치고 나면 《카사블랑카》와 《투씨》를 예로 들어 사례를 보여줄 것이다. 이 두 영화는 각기 다른 두 개의 장르—러브 스토리와 코미디—를 대표하며 40년이라는 간격을 두고 집필되었다. 그럼에도 두 영화 모두 22단계를 밟으며 처음부터 끝까지 꾸준하게 유기적인 플롯을 구축한다.

⇨ **주의사항** 22단계는 글쓰기에 있어 매우 강력한 도구이다. 그러나 돌에 새겨진 듯 확고한 것은 아니다. 그러니 적용할 때는 유연하게 하라. 좋은 이야기는 모두 조금씩 다른 순서로 22단계를 거쳤다. 그러니 자신만의 독특한 플롯과 인물에 잘 맞는 순서를 찾아야 한다.

1단계 | 자기발견, 필요, 욕망

자기발견, 필요, 욕망은 이야기 속 주인공의 변화 폭을 의미한다. 앞의 표에 나오는 **22, 3, 5**를 합하면 주인공이 하게 될 '여행'의 틀이 만들어진다. 우리는 인물을 다룬 4장에서 주인공이 자기발견을 하는 순간부터 거슬러 올라가 발전 과정을 확인했다. 그런 후 주인공의 약점과 필요, 욕망을 확인하기 위해 맨 처음으로 되돌아갔다. 우리는 플롯을 정할 때에도 똑같은 과정을 거쳐야 한다.

이야기의 틀—자기발견부터 약점과 필요, 욕망까지—에서 시작하면 일단 플롯의 결말 지점을 확립할 수 있다. 그런 다음 모든 단계를 거치다보면 여러분이 가고 싶은 곳에 곧장 도달하게 될 것이다.

플롯의 틀을 잡는 단계에서, 다음과 같은 질문을 하자. 그리고 아주 자세히 대답해야 한다.

주인공은 마지막에 무엇을 배우는가? 주인공이 처음에 아는 것은 무엇인가? 이야기의 시작에서 완전히 백지 상태인 인물은 없다. 그는 무언가를 믿고 있어야 한다. 처음에 주인공은 어떤 문제를 안고 있는가? 처음에 문제가 없다면 끝날 때 아무 것도 배울 수 없다.

| 카사블랑카 |

자기발견: 릭은 실연을 당했다는 이유로 자유를 위한 싸움을 회피할 수 없다는 걸 깨닫는다.

심리적 필요: 일사에 대한 쓰린 마음을 극복하기, 삶의 이유를 되찾기, 이상을 향한 신념 새롭게 하기.

도덕적 필요: 다른 사람을 희생시키면서 자신만 돌보는 것을 멈추기.

욕망: 일사의 마음을 되찾기.

문제: 그는 자신을 죽은 사람, 담보 상태인 사람으로 여긴다. 세계 정세는 자신이 관여할 바가 아니다.

| 투씨 |

자기발견: 마이클은 자신이 여성을 성적대상으로만 여겼고, 그 때문에 인간답지 못한 삶을 살았다는 걸 깨닫는다.

심리적 필요: 여성을 하대하는 것 극복하기, 사랑을 솔직하게 주고받는 법 배우기.

도덕적 필요: 자신이 원하는 것을 얻기 위해 여성을 이용하는 것과 거짓말하는 것 멈추기.

욕망: 같은 작품에 출연하는 줄리를 원한다.

문제: 마이클은 자신이 여성을 꽤나 제대로 대하는 괜찮은 사람이라 착각하며 그들에게 거짓말하는 것은 괜찮다고 생각한다.

2단계 | 망령과 이야기 세계

1단계는 이야기의 틀을 세워준다. 2단계부터는 이야기 순서에 따라 구조적 단계를 밟을 것이다.

망령

작가 대부분은 '배경'이라는 용어에 익숙하다. 배경은 책을 펼치기 이전에 주인공에게 있었던 일들을 의미한다. 나는 배경이라는 용어를 잘 쓰지 않는다. 너무 광범위하기 때문이다. 관객은 주인공에게 있었던 그 모든 일을 죄다 알고 싶어 하지 않는다. 그저 핵심만 알고 싶어 한다. 그런 의미에서 "망령"이라는 단어가 훨씬 잘 들어맞는다.

이야기에는 두 종류의 망령이 있다. 첫 번째는 가장 흔한 것으로, 과거에 일어난 사건이 현재까지 주인공을 따라다니는 것이다. 이 망령은 아직 아물지 않은 상처라, 종종 주인공이 심리적이나 도덕적으로 약해지게 만드는 원인이 된다. 망령은 주인공의 유기적인 전개를 뒤로, 즉 이야기 시작 전으로 확장하는 방법이다. 그러니 망령은 이야기의 기반에서도 가장 중요한 부분을 담당한다.

이런 망령을 주인공의 내부 적대자라고 생각할 수 있다. 주인공의 행동을 주저하게 만드는 커다란 두려움이기 때문이다. 구조적으로 보면 망령은 욕망에 반해 행동한다. 주인공은 욕망에 이끌려 앞으로 가지만, 망령이 자꾸 그의 뒤를 붙잡는다. 희곡에서 망령을 아주 중요하게 다뤘던 헨릭 입센은 이 구조적 단계를 "우리는 짐칸에 시체를 실은 채 항해한다."고 묘사했다.

햄릿

소설 윌리엄 셰익스피어 ▪ 1601년경

셰익스피어는 망령의 가치를 제대로 알았던 작가이다. 책을 펼치기도 전에 햄릿의 삼촌은 아버지, 즉 왕을 살해하고 그런 다음 햄릿의 어머니와 결혼한다. 이런 망령만으로는 부족하다는 듯, 셰익스피어는 초반 몇 쪽에 고인이 된 왕을 실제 유령으로 등장시켜 자신을 대신해 복수해달라는 요구를 하게 한다. 햄릿은 말한다. "시간이 어긋났어. 오 저주받은 원한이여. 이걸 바로 잡기 위해 내가 태어난 것이로구나!"

멋진 인생(소설 제목: 위대한 선물The Greatest Gift)

소설 필립 반 도렌 스턴 ▪ **각본** 프란세스 구드리치, 앨버트 해킷, 프랭크 카프라 ▪ 1946년경

조지 베일리의 욕망은 세계로 뻗어나가 건축을 하는 것이다. 그러나 그의 망령—만약 자신이 떠나면 고약한 포터가 자신의 친구와 가족에게 무엇을 할 지 두려워하는 마음—이 그를 못 가게 붙잡는다.

두 번째 종류인 망령은 흔하지 않은 것으로, 주인공이 파라다이스에 살기 때문에 망령의 존재 자체가 불가능한 경우다. 주인공은 구속된 상태가 아닌—이 이유에는 그의 망령이 한 몫 한다—해방된 상태에서 이야기가

시작한다. 그러나 공격 한 방으로 그 모든 것은 곧 변하고 말 것이다.《세인트루이스에서 만나요》와《디어 헌터》가 그 예이다.

● **주의POINT** 처음에 너무 과도한 설명을 하지 말아라. 많은 작가는 이야기 시작부터 주인공에 대해 모든 것을 다 알려주고 싶어 한다. 그 망령이 왜, 어떻게 생겼는지까지 말이다. 그러나 이렇게 정보가 과다하면 관객은 이야기에서 멀어지게 된다. 그러니 그보다는 망령에 대한 정보와 더불어 주인공에 대해서는 가급적 말을 아껴라. 관객은 작가가 무언가 숨기고 있는 게 있다고 생각하여 말 그대로 이야기 속으로 성큼성큼 다가올 것이다. 관객은 이렇게 생각할 것이다. "무슨 일이 벌어지고 있어. 그게 뭔지 알아내고야 말겠어."

종종 처음 몇 장면에서 망령이 등장하는 경우가 있다. 그러나 좀 더 흔한 방법이 있다. 바로 다른 인물이 이야기 초반 3분의 1 어딘가에서 주인공의 망령에 대해 설명하는 것이다. (드물지만 망령이 이야기 말미인 자기발견에서 나타나기도 한다. 그러나 이것은 좋은 생각이 아니다. 이렇게 하면 망령―과거의 위력―이 이야기를 지배해 모든 것을 과거로 끌어당기기 때문이다.)

이야기 세계

망령과 마찬가지로, 이야기 세계는 이야기의 극초반부터 존재한다. 이곳이 바로 주인공이 사는 곳이다. 장소, 자연 환경, 날씨, 인공 공간, 기술, 시간이 합해진 이 세계는 주인공과 여타 인물을 규정하는 아주 주요한 방법이 된다. 이렇게 정의된 인물과 그들의 가치는 역으로 세계를 다시 정의한다. (자세한 사항은 6장을 참고해라.)

● **핵심POINT** 세계는 주인공을 표현하는 것이어야 한다. 주인공의 약점, 필요, 욕망, 방해물을 보여줘야 한다.

● **핵심 POINT** 주인공이 어떤 식으로든 구속된 상태로 이야기가 시작된다면, 그 세계 역시 구속된 상태여야 하며, 주인공의 최대 약점을 강조하거나 악화시켜야 한다.

이야기가 시작하자마자 주인공을 이야기 세계에 배치해라. 그러면서도 22단계가 자신만의 독특한 하위 세계를 갖고 있다는 것을 기억해야 한다.

● **주의 POINT** 시나리오를 집필한 사람이 경험이라며 해주는 얘기가 있다. 판타지나 공상과학을 쓰는 게 아니라면, 이야기 세계를 가급적 빨리 묘사하고 주인공의 욕망선으로 넘어가야 한다는 것이다. 그러나 이것만큼 틀린 말도 없다. 무슨 이야기를 쓰든지 간에, 여러분은 자신만의 독특한 세계를 자세히 묘사해야만 한다. 관객은 독특한 이야기 세계에 빠지는 걸 좋아한다. 그러니 여러분이 그걸 제공한다면, 그들은 떠나지 않고 계속해서 몇 번이고 되돌아올 것이다.

| 카사블랑카 |

망령: 릭은 스페인의 파시스트에 대항해 싸웠고, 이탈리아에 맞서 싸우는 에티오피아인들에게 총을 넘겨줬다. 그가 왜 미국을 떠났는지는 미스터리다. 릭은 파리에서 일사가 자신을 버렸던 날을 기억하며 고통받고 있다.

이야기 세계: 《카사블랑카》는 시작 부분에서 상당한 시간을 할애해 매우 복잡한 이야기 세계를 설명한다. 내레이션과 지도(축소판)를 사용하여 많은 수의 난민들이 나치 치하의 유럽을 떠나 북아프리카 카사블랑카의 먼 사막으로 밀려들어오는 것을 보여준다. 주인공이 원하는 것으로 바로 넘어가는 대신, 영화는 카사블랑카에 온 난민들이 자유의 땅 포르투갈이나 미국으로 가기 위해 비자를 갈구하는 모습을 보여준다. 이곳은 세계인 모두가 우리에 갇힌 짐승처럼 발이 묶인 공동체에 속해 있다.

작가는 계속해서 이야기 세계를 구체화한다. 나치의 스트라사 소령이 공항에서 우연히 프랑스 경찰 서장 르노와 마주치는 장면이 그것이다. 카사블랑카는 정치 권력이 이리저리 얽혀 있는 어중간한 공간이다. 프랑스의 비시 정부가 책임자로 보이지만, 실제 권력은 나치 점령군이 가지고 있다.

카사블랑카라는 이야기 속 영역 안에서, 릭은 자신의 커다란 술집이자 카지노 '릭의 카페 아메리카'를 권력의 섬으로 만들어냈다. 그는 자신만의 궁정에 있는 왕으로 묘사된다. 보조 인물 역시 모두가 이 세계에서 자기에게 주어진 역할을 명확히 수행한다. 실제로, 관객이 이 영화를 보며 기쁨을 느끼는 부분은, 모두가 이 서열 안에서 편안함을 느끼고 있다는 지점이다. 자유를 위해 투쟁하는 사람들에 관한 이야기이면서, 동시에 매우 반 민주적이라는 역설을 가지고 있다.

이 술집은 릭의 냉소주의와 이기심을 완벽하게 표현한 부패의 장소이기도 하다.

∣ 투씨 ∣

망령: 확실히 마이클의 과거에는 아무 사건도 일어나지 않아 현재 그를 쫓아다니며 괴롭히는 존재는 없다. 하지만 그는 상대하기 힘든 성격 때문에 더 이상 배우로 일할 수 없다.

이야기 세계: 영화 시작부터 마이클은 연기라는 세계와 뉴욕의 연예계에 푹 빠져있는 것으로 나온다. 이곳은 외모, 명성, 돈을 중시하는 세계다. 이 세계에는 극심한 서열이 있어서, 꼭대기에는 모든 일을 다 가져가는 몇몇 스타 배우가 있고, 바닥에는 역할을 얻지 못한 채 방세 마련을 위해 식당에서 일을 하며 고군분투하는 무명 배우가 대다수 포진해 있다. 마이클의 생활은 연기교실에서의 수업, 끊임없는 오디션, 연기 방법을 두고 벌이는 감독과의 싸움으로 가득 차 있다.

도로시로 분한 마이클이 인기 드라마에서 배역을 따내자 이야기는 낮 시간대의 텔레비전 세계로 이동한다. 이곳은 완전히 상업성에 지배당하는 현장이다. 배우들은 우스꽝스럽고 신파로 가득한 장면을 재빨리 연기하고는 다음 장면으로 바로 넘어간다. 동시에 이곳은 오만한 남성 감독이 무대에서 만나는 모든 여성을 차별하는 세계이기도 하다.

마이클의 세계에서 인공 공간은 고군분투하는 배우의 비좁은 아파트와 드라마를 찍는 스튜디오이다. 스튜디오는 가상극과 역할극의 장소이기에, 여자로 보이려는 남자에게는 안성맞춤의 공간이다. 이 세계의 도구는 연기를 위한 도구이다. 목소리, 몸, 머리카락, 화장, 의상까지 모두 포함된다. 작가들은 마이클이 작품 안에서 역할을 위해 하는 화장과, 카메라 앞뒤에서 여성으로 보이기 위해 하는 화장 사이에 멋진 평행구조를 만들었다.

　다른 사람인양 하는 행동과 여성을 차별하는 드라마 세계는 마이클의 가장 큰 약점을 드러내고 심화시킨다. 그는 역할을 위해서라면 타인을 배신하고 거짓말을 하는 남성우월주의자이기 때문이다.

3단계 | 약점과 필요

약점

　주인공은 자신의 삶을 망칠 만큼 심각한 성격적 결함을 하나 이상 가지고 있다. 약점은 두 가지 형태, 즉 심리적 약점과 도덕적 약점으로 드러난다. 이 둘에는 배타성이 없기에 등장인물은 둘 다 가질 수 있다.

　모든 약점은 심리적이다. 내면의 인물은 어떤 방법으로든 상처를 입은 상태다. 만약 그것이 타인에게 해를 가한다면 도덕적 약점이 된다. 도덕적 약점을 가진 인물의 경우 항상 타인에게 곧장 부정적인 영향을 끼친다.

　● **핵심 POINT** 많은 작가가 주인공에게 도덕적 약점을 부여했다고 생각하지만 단지 심리적 약점일 때가 있다. 도덕적 약점인지 알아볼 수 있는 쉬운 방법은 이야기 초반에 주인공이 적어도 한 명의 타인에게 상처를 주는지 여부를 따지면 된다.

필요

　필요는 주인공이 더 나은 삶을 살기 위해 달성해야 하는 것이다. 그러기 위해서는 이야기가 끝나기 전에 약점을 극복해야 한다.

　문제라는 것은 이야기 초반에 주인공이 마주하는 문제 혹은 위기를 뜻한다. 주인공은 늘 위기에 처해 있으며, 어떻게 빠져나갈지 알지 못한다. 이것은 주인공의 약점에서부터 파생된 것이기에, 문제만 보여줘도 관객은 그의 약점을 재빨리 알아볼 수 있게 된다.

| 카사블랑카 |

릭은 그 무엇도 원하거나 필요치 않아 보인다. 그러나 그는 자신의 필요를 숨기고 있을 뿐이다. 다른 사람보다 더 강하고, 자기 안에 틀어박힌 사람으로 보인다. 그의 냉소주의는 깊은 고민에 빠진 남자를 보여주는 반면, 자신만의 세계에서는 주인이 된다. 그는 자비로운 독재자로서 술집을 운영한다. 또한 여성을 통제하는 남자이며 극도의 모순을 지닌 사람이다. 지금은 냉소에 빠져 신랄하고 때로는 도덕을 저버리기도 하지만, 그리 멀지 않은 과거에서는 선한 목적을 두고 싸우던 자유의 전사였기 때문이다.

이 이야기의 독특한 점은, 주인공이 아주 지배적인 입장에 있으면서도 관찰자이자 그저 수동적인 모습을 보이는 사람으로 시작한다는 것이다. 릭은 막강한 힘과 과거를 지닌 인물이지만, 자기에게 맞는 영역에서 물러나 세상의 끝 카사블랑카의 술집과 자기 내면 안으로 숨는 것을 선택했다. 릭은 자신이 만든 우리에 갇힌 한 마리 사자이다.

약점 냉소, 환멸, 수동적, 이기적.

심리적 필요 일사에 대한 쓰린 마음을 극복하기, 삶의 이유를 되찾기, 이상을 향한 신념 새롭게 하기.

도덕적 필요 다른 사람을 희생시키면서 자신만 돌보는 것을 멈추기.

문제 릭은 카사블랑카에, 자신만의 비통한 세계에 갇혀 있다.

| 투씨 |

약점 오만하고, 자기밖에 모르는, 거짓말쟁이.

심리적 필요 여성을 하대하는 것 극복하기, 사랑을 솔직하게 주고받는 법 배우기.

도덕적 필요 자신이 원하는 것을 얻기 위해 여성을 이용하는 것과 거짓말하는 것 멈추기.

문제 마이클은 배우의 일을 절실하게 원하고 있다.

✏️ 오프닝

망령, 이야기 세계, 약점, 필요, 문제는 오프닝에서 아주 중요한 구성요소이다. 스토리텔링에는 이러한 요소가 확립되는 세 가지 종류의 구조적 오프닝이 있다.

공동체 오프닝 주인공은 장소, 사람, 기술이 완벽한 조화를 이루는 낙원의 세계에 살고 있다. 그 결과, 주인공에게는 망령이 없다. 그는 행복하며—문제가 있다고 해도 아주 사소한 것일 뿐이다—그런 만큼 공격에 취약하다. 이 공격은 내부에서든 외부에서든 곧 들이닥칠 것이다. 《세인트루이스에서 만나요》, 《디어 헌터》의 오프닝을 보면 이렇게 따스한 공동체를 볼 수 있다.

전력질주 오프닝 옛부터 많이 쓰이는 이 오프닝은 처음 10쪽만으로 독자를 사로잡으며 여러 가지 구조적 요소로 구성되어 있다. 주인공에게는 강력한 망령이 있다. 그는 구속의 세계에 살고 있으며, 심각한 약점도 많고, 심리적이고 도덕적인 필요도 있으며, 하나 이상의 문제에 직면해 있다. 대부분의 좋은 이야기는 이 오프닝을 사용한다.

느린 오프닝 느린 오프닝은 단순히 작가가 전력질주 오프닝의 모든 구조적 단계를 포함하지 않아서 만들어지는 게 아니다. 그보다는 목적 없는 주인공들이 등장하는 이야기일 경우 느린 오프닝으로 시작하게 된다.

목적 없는 사람들은 물론 존재한다. 그들에 대한 이야기는 달팽이마냥 느리게 진행된다. 이런 주인공의 경우 자기발견은 자신의 진짜 욕망을 알게 되는 것이기에 (또한 그로 인해 목적을 갖게 되는 것이기에) 초반 4분의 3 동안은 목표가 없이 진행되고 서사에도 추진력이 없다. 《워터프론트》, 《이유 없는 반항》을 포함한 극소수의 이야기만이 이런 구조적 결함을 극복했다.

4단계 | 촉발하는 사건

이것은 외부에서 일어나는 사건으로, 주인공이 목표를 갖고 행동을 취하게 한다.

촉발하는 사건은 작은 단계지만 한 가지 아주 중요한 면이 있다. 바로 필요와 욕망을 이어준다는 점이다. 이야기의 시작에서—약점과 필요만 있을 때—주인공은 대개 무능한 상태다. 그러니 주인공이 그 상태에서 깨어나 행동할 수 있게 자극을 줄 만한 사건이 필요하다.

● **핵심 RULE** 촉발하는 사건을 제대로 찾기 위해서는 "여우 피하려다 호랑이 만난다."라는 말을 기억해라.

다시 말해서, 촉발하는 사건 중 가장 좋은 것은 주인공이 이야기 초반부터 겪고 있던 위기를 극복했다고 착각하게 만드는 사건이다. 그러나 사실, 촉발하는 사건으로 인해 주인공은 인생에서 가장 큰 곤란에 빠지게 된다.

예를 들어 《선셋 대로》를 보면 조는 시나리오 작가지만 현재는 일이 없다. 남자 두 명이 차를 압류하러 오자 그는 도망간다. 그러다 갑자기 타이어가 터진다(촉발하는 사건). 조는 노마 데스몬드네로 향하는 길로 접어들며 위기에서 빠져나왔다고 생각한다. 그러나 사실은 절대 탈출할 수 없는 덫에 빠지게 된 것이다.

| 카사블랑카 |

일사와 라즐로가 릭의 술집으로 들어간다. 그들은 릭의 안정된, 능숙한, 그러나 행복하지 않은 상황을 뒤흔들어놓을 외부인이다.

| 투씨 |

마이클의 매니저 조지는 마이클 성격이 괴팍한 탓에 일을 구하지 못하는 거라고 말한다. 바로 이 말이 마이클로 하여금 여장을 하고 드라마에 도전하는 계기가 된다.

5단계 | 욕망

욕망은 주인공이 가진 특정 목표이다. 그것은 플롯 전체를 잡아주는 뼈대를 제공한다. 3장에서 7단계에 대해 논의했을 때, 좋은 이야기에는 대개 하나의 목표가 있다고 말한 바 있다. 그것은 구체적이고, 이야기 전체로 뻗어나가야 한다. 그리고 우리는 이 요소에 한 가지를 추가해야 한다. 바로 낮은 수준의 목표에서 시작하라는 점이다.

이야기를 구축하는 방법 중 하나는 이야기가 진행됨에 따라 욕망의 중요성을 더해가는 것이다. 그러니 처음부터 너무 수준을 높게 잡으면 거기에 중요성을 더하기가 힘들어져 플롯이 밋밋하게 반복된다고 느껴질 것이다. 그러니 낮은 수준에서 시작하여 위로 올라갈 수 있는 여지를 만들어야 한다.

기억하자. 이야기 안에서 하나의 욕망을 구축할 때는, 완전히 새로운 욕망을 다시 만들면 안 된다. 그것보다는 처음 시작한 욕망의 강도를 높이고 욕망선을 더욱 견고하게 만들자.

▮ 카사블랑카 ▮

릭은 일사를 원한다.

그러나 러브 스토리의 면에서 봤을 때 이 욕망은 흐릿할 수밖에 없다. 일사가 릭의 첫 번째 적대자이기 때문이다. 파리에서 자신을 버렸다는 사실에 쓰린 마음을 가진 그는 일단 일사에게 상처를 주고 싶어 한다.

일사에 대한 릭의 욕망이 좌절되자, 이야기의 초점은 다른 사람의 욕망으로 옮겨간다. 그것은 바로 라즐로가 자신과 부인 일사를 위해 출국 비자를 얻고 싶어 하는 욕망이다. 하지만 작가는 릭의 욕망에 대해 이미 분명하게 해놓았기 때문에 라즐로의 행동이 이어지는 동안에도 조급한 관객을 달래줄 수 있다. 왜냐하면 관객들은 릭의 욕망으로 다시 초점이 맞춰질 거라는 걸 알 수 있기 때문이다. 이러한 기다림으로 욕망은 더욱 끓어오르게 된다.

이야기의 말미에 이르러, 릭은 두 번째 욕망, 그러나 앞의 욕망과는 모순되는 마음을 갖게 된다. 바로 일사와 라즐로를 함께 탈출시키고자 하는 욕망이다. 만약 이 두 번째 욕망이 처음부터 나왔다면 이야기는 두 개의 뼈대를 갖게 되었을 것이다. 그러나 모순되는 욕망이 끝까지 모습을 감추고 있다가 이야기 말미에 나타나면서, 이것은 하나의 반전이 되는 동시에 릭의 자기발견이 되었다.

ㅣ투씨ㅣ

처음 마이클이 원하는 것은 배역을 따내는 것이다. 그러나 이 바람은 비교적 초반에 이뤄진다. 이 영화의 실제 뼈대를 담당하는 목표는 함께 드라마에 등장하는 배우 줄리를 향한 마이클의 욕망이다.

✎ 플롯 기법: 욕망의 수준

이야기의 성공 여부는 주인공에게 부여하는 욕망의 수준에 따라 결정된다. 이야기 내내 낮은 수준으로 욕망을 유지하면 주인공은 위축되고 플롯을 복잡하게 전개시키는 것이 사실상 불가능해진다.

예를 들어, 가장 낮은 욕구가 뭐가 하면 그저 살아남는 것이다. 공격을 받은 주인공이 공격에서 탈출하고자 하는 욕망이다. 이것은 주인공을 동물의 수준으로 만드는 꼴이다. 도망치는 이야기의 플롯은 도피에 대한 내용이 계속 반복되는 것뿐이다.

다음은 고전에서 볼 수 있는 몇몇 욕망선으로 낮은 것에서 높은 순서대로 나열한 것이다.

생존(도피) – 복수 – 전투에서의 승리 – 야망 – 세계 탐험 – 범죄자 검거 – 진실 밝힘 – 사랑 얻기 – 정의와 자유 얻기 – 사회 구원 – 세계 구원.

6단계 ㅣ 조력자(들)

일단 주인공이 욕망선을 가지고 나면, 그는 적대자를 넘어뜨리고 목표에 도달할 수 있게 도와줄 조력자를 한 명 이상 갖게 된다. 조력자는 그저 주인공의 시각을 보충하기 위한 공명판이 아니다.(물론 그것도 연극, 영화, 텔레비전에서는 소중한 역할이긴 하다.) 조력자는 인물 연결망의 핵심 인물이자 주인공을 정의해주는 주요한 인물이기도 하다.

⬤ **핵심 POINT**　조력자에게도 자신만의 욕망선을 주는 것을 고려해라. 이 인물을 설명할 시간은 상대적으로 적다. 관객으로 하여금 온전한 한 인물을 보고 있다고 느끼게 하려

면, 그 인물에게도 목표를 주면 된다. 예를 들어 『오즈의 마법사』의 허수아비는 두뇌를 갖고 싶어 한다.

 핵심 POINT 조력자를 주인공보다 더 흥미로운 캐릭터로 만들지 말아라. 전제 단계의 규칙을 기억해라. 항상 가장 흥미로운 인물이 주인공이 되어야 한다. 만약 조력자가 주인공보다 더 흥미롭다면, 차라리 그를 주인공으로 만들어라.

| 카사블랑카 |

릭의 조력자는 술집에서 각기 다양한 역할을 맡은 사람들이다. 웨이터가 된 교수 칼, 러시아인 바텐더 사샤, 돈 관리를 맡은 에밀, 경호원 압둘, 릭의 조수인 피아노 연주자 샘 등이 있다.

| 투씨 |

마이클의 룸메이트 제프는 『러브 운하로의 귀환』이라는 희곡을 쓰고 있다. 마이클은 이 희곡을 무대에 올려 자신이 주인공 역할을 맡고 싶어 한다.

✎ 플롯 기법: 하위 플롯

4장에서 하위 플롯이 이야기 안에서 매우 정확한 정의와 기능을 가졌다는 것을 배웠다. 하위 플롯은 주인공과 다른 인물이 일반적으로 같은 상황에 어떻게 대처하는지를 비교하는 데 사용된다. 하위 플롯에 관한 두 가지 핵심 규칙을 기억하자.

핵심 규칙1 하위 플롯은 주인공의 중심 플롯에 반드시 영향을 미쳐야 한다. 그게 아니라면 아예 존재하지 않아야 한다. 하위 플롯이 주요 플롯에 도움이 되지 않는 경우, 관객은 동시에 진행되는 두 개의 이야기를 보게 된다. 물론 주인공은 이 이야기를 재밌다고 느낄 수는 있다. 하지만 그렇게 하면 중심 플롯이 너무 길게 느껴진다. 하위 플롯과 중심 플롯을 연결시키려면 보통 마지막 부분에서 그 둘이 딱 들어맞는지 확인하라. 예를 들어, 『햄릿』에서 하위 플롯의 인물인 레어티즈는 햄릿의 주요 적대자 클로디우스의 조력자이다. 그와 햄릿은 결투 신에서 결전을 벌인다.

핵심 규칙 2 하위 플롯의 인물은 대개 조력자가 아니다. 하위 플롯 인물과 조력자는 이야기에서 서로 다른 기능을 수행한다. 조력자는 주요 플롯 안에서 주인공을 도와준다. 하위 플롯의 인물은 또 하나의, 그러나 중심 플롯에 연결되어 있는 플롯을 이끌어가며, 관객으로 하여금 주요 플롯과 비교하게 만든다.

요즘의 할리우드 영화는 대체로 복수의 장르를 차용한다. 그러나 진짜 하위 플롯을 가진 영화는 드물다. 하위 플롯은 이야기를 확장시키는 역할을 하는데, 대부분의 할리우드 영화는 전개 속도에 너무 몰두한 나머지 확장을 감당하지 못하는 실정이다. 진정한 하위 플롯을 가장 쉽게 볼 수 있는 장르는 러브 스토리이다. 주요 플롯이 빈약한 경향이 있기 때문으로써, 《문스트럭》이 그 예로써, 여기에는 두 개의 하위 플롯이 있다. 중심 플롯과 두 개의 하위 플롯 모두 결혼생활에서의 정절을 다룬다.

하위 플롯은 22단계에는 포함되지 않는다. 하위 플롯 자체가 없는 경우도 많다. 그 자체로 자신만의 구조를 지닌 하나의 플롯이 되기 때문이다. 하지만 쓸 수만 있다면 아주 대단한 기법이 된다. 인물, 주제, 이야기의 짜임새를 향상시키기 때문이다. 반면에 욕망선—추진력—을 약화시킨다는 단점이 있다. 그러니 여러분은 자신에게 무엇이 더 중요한지를 결정해야 한다.

하위 플롯을 쓰기로 마음먹었다면, 7가지 핵심 단계 안에서 끝내야만 한다. 하지만 7단계 미만으로 줄일 수는 없다. 그렇게 되면 이야기가 완성되지 않거나, 억지로 작성된 것처럼 보일 것이다. 시간이 제한되어 있으므로 이야기 초반에 자연스럽게 하위 플롯을 소개하는 것이 좋다.

7단계 | 적대자와 미스터리

적대자는 주인공이 목표를 달성하지 못하도록 방해하는 인물이다. 적대자와 주인공의 관계는 이야기에서 가장 비중이 크다. 적대자를 제대로 만들어놓으면 플롯 역시 가야할 곳으로 방향을 잡을 것이다. 제대로 만들지 못한다면, 수없이 고쳐 쓴다고 해도 달라질 것은 없을 것이다.

최상의 적대자는 꼭 필요한 적수이다. 그러니까 주인공의 최대 약점을 가장 잘 공격할 사람을 의미한다. 주인공은 약점을 극복하고 성장하거나, 아니면 파멸에 이를 것이다. 4장을 다시 한 번 보고 훌륭한 적대자를 위해 필요한 요소를 확인하자.

미스터리가 적대자와 연결되는 이유는 다음의 두 가지다.

① 미스터리한 적대자는 무찌르기 힘들다

보통 이야기에서 주인공의 임무는 오로지 적대자를 무찌르는 것이다. 그러나 훌륭한 이야기에서는 주인공이 두 가지 임무를 맡는다. 적대자가 누구인지 알아낸 후 무찌르는 것이다. 이것은 주인공의 임무를 두 배로 어렵게 만들지만 성공했을 때 성취감을 더욱 크게 만들어준다.

예를 들어, 햄릿은 왕이 정말로 아버지를 죽였는지 알지 못한다. 유령으로부터 들은 얘기이기 때문이다. 오델로는 이아고가 자신을 끌어내리려는 것을 알지 못한다. 리어왕은 딸 중에서 누가 자신을 진정으로 사랑하는지 알지 못한다.

② 탐정물과 스릴러 같은 특정 장르에서는 적대자가 없기 때문에 이를 보완하는 미스터리가 반드시 필요하다

탐정물은 끝까지 적대자가 누구인지를 일부러 숨긴다. 관객은 주인공과 적대자 간에 벌어지고 있는 갈등을 대체할 것이 필요하다. 이런 종류의 이야기에서, 작가는 주요 적대자를 소개할 타이밍에 미스터리를 소개한다.

주요 적대자를 소개하기 전, 다음의 핵심 질문에 답을 하라.

- **주인공이 원하는 바를 달성하지 못하게 방해하는 이는 누구이며 이유는 무엇인가?**
- **적대자가 원하는 것은 무엇인가?**
  그 역시 주인공과 같은 목표를 가진 인물임을 염두에 두자.
- **적대자가 가진 가치는 무엇인가? 그리고 주인공의 가치와 어떻게 다른가?**
  대부분의 작가는 이 세 번째 질문을 하지 않는데, 이것은 아주 큰 실수이다. 가치의 대립이 존재하지 않는다는 것은 등장인물의 부재와 마찬가지라 이야기가 성립할 수 없기 때문이다.

I 카사블랑카 I

《카사블랑카》의 본질은 러브 스토리이기에, 릭의 첫 번째 적대자는 그가 사랑하는 사람, 일사 룬드이다.

릭의 두 번째 적대자는 일사의 남편이자, 세상의 반이나 되는 사람들에게 감동을 준 위대한 인물 라즐로이다. 두 남자 모두 나치에 대항함에도 불구하고 릭과 라즐로는 위대한 남자의 영역에 있어서 각기 다른 모습을 보여준다. 라즐로는 정치와 사회적 층위에서 위대하고, 릭은 개인적 층위에서 위대하다.

스트라사 소령과 나치는 외부의 대립과 위험을 제공하여 러브 스토리를 좀 더 높은 수준으로 끌어올려 장대한 러브 스토리로 만들었다.

I 투씨 I

익살극의 요소를 갖춘 로맨틱 코미디로서, 《투씨》에는 마이클의 약점을 공격하는 적대자가 여러 명 등장한다.

① 줄리는 마이클이 그동안 얼마나 여자를 막 대하고 이용했는지를 깨닫게 만든다.

② 오만한 감독 론은 도로시(마이클)에게 배역 주는 걸 거부하며 '그녀'에게 적대감을 표출한다.

③ 줄리의 아버지 레스는 도로시(마이클)에게 매력을 느끼고, 자신도 모르게 마이클에게 그의 부정직함이 가져온 결과를 보여준다.

④ 드라마에 출연하는 또 다른 배우 존은 도로시에게 원치 않는 접근을 해온다.

 플롯 기법: 빙산 같은 적대자

어떤 이야기를 쓰는 지와는 상관없이, 적대자의 속을 알 수 없도록 이상야릇하게 만드는 것은 극도로 중요하다. 적대자를 빙하라고 생각해라. 빙하는 꼭대기만 물 위로 드러나 있고, 대부분은 수면 아래 잠겨 있으며 위험하다. 이야기에서 나오는 대립을 가장 위험하게 만들기 위해서 다음의 사항을 참고해라.

• 여러 조력자와 함께 적대자의 위계를 만들어라. 적대자들은 모두가 서로서로 연결되어 있다. 그들 모두는 주인공을 무찌르기 위해 존재한다. 중심 적대자가 피라미드의 꼭대기를 차지하고, 아래에 있는 다른 적수들을 휘두를 권력이 있다.

(4장 '인물의 4각 대립'을 참고해라. 또한 이 기법의 예시 《대부》는 이 장 마지막에서 설명할 것이다.)

- ◆ 주인공과 관객에게는 이 위계를 숨겨라. 그리고 각각의 적대자가 가진 진짜 임무 (그들의 진짜 욕망) 역시 감춰라.
- ◆ 이야기가 진행되는 속도를 따라 이 정보들을 조금씩, 흥미로운 전개속도에 맞춰 드러내자. 이것은 이야기의 마지막에 드러낼 정보가 더 많이 남을 거라는 의미. 이 정보를 어떻게 분배하느냐에 따라 플롯의 성패가 결정된다는 점을 기억해라.
- ◆ 이야기 초반에는 주인공이 눈에 보이는 적대자와 싸우게 하는 것도 고려해라. 그러다 갈등이 심화되면, 보이지 않던 더 강력한 적대자가 나타나 공격하든지, 아니면 적대자가 숨기고 있던 어떤 면이 주인공을 공격하게 해라.

8단계 | 적대자 / 가짜 조력자

적대자/가짜 조력자는 주인공과 같은 편으로 보이지만 사실은 적대자이 거나 주요 적대자를 위해 활동하는 인물이다.

플롯은 사실의 발견에서 나오고 이것은 주인공이 적대자의 진정한 힘을 밝혀내기 위해 취하는 조치를 통해 드러난다. 주인공이 적대자에 대해 새로운 사실을 알게 될 때마다, 그것은 하나의 발견이 되고, 이야기는 '방향을 틀어' 관객에게 즐거움을 선사한다. 적대자/가짜 조력자는 적대자의 위력을 더욱 크게 해준다. 적대자가 감춰져 있다는 사실 때문이다. 적대자/가짜 조력자 기법을 쓰면 주인공과 관객 모두 빙하의 아래로 내려가 주인공이 진정으로 맞서고 있는 것이 무엇인지 알게 만든다.

적대자/가짜 조력자는 또한 태생이 복잡한 인물이라는 점에서 가치 있다. 이 인물은 이야기가 진행되는 과정에서 종종 흥미로운 변화를 겪는다. 주인공의 조력자인 척 하다 보니, 자기가 정말 조력자라고 느끼게 되는 것이다. 그래서 그는 딜레마에 빠진다. 적대자를 위해 활동하면서도 주인공이 이기기를 바라는 것이다.

적대자/가짜 조력자는 주로 중심 적대자가 등장한 후에 소개가 되는데 항상 그런 것만은 아니다. 이야기가 시작되기도 전에 이미 적대자에게 주인공을 무찌를 계획이 서 있다면, 적대자/가짜 조력자를 제일 먼저 소개해도 된다.

| 카사블랑카 |

르노 서장은 조에게 늘 멋지고 다정한 태도를 보이지만, 자신을 지키기 위해 나치의 편에 선다. 르노는 정체를 숨기고 활동하는 대부분의 적대자/가짜 조력자에 비하면 자신의 대립을 좀 더 공공연하게 보이는 편이다. 맨 마지막, 르노는 릭의 진짜 조력자로 모습을 뒤바꾼다. 이것은 이야기에서 가장 큰 반전이 되며, 조력자를 적대자로, 혹은 그 반대로 뒤집는 데서 오는 스토리텔링의 힘을 보여주는 좋은 예시이다.

| 투씨 |

샌디 역시 처음부터 주인공과 관객을 속이는 보통의 적대자/가짜 조력자가 아니다. 그녀는 처음에 마이클의 친구로 시작한다. 그러다가 마이클이 여장을 하고 나타나 샌디가 원했던 배역을 따내려 하자 적대자/가짜 조력자로 돌변한다. 샌디는 자신의 옷을 입어보려는 마이클을 발견하고, 마이클은 거짓말을 부풀려 샌디를 사랑하는 척 한다.

9단계 | 첫 번째 발견과 결심: 변화된 욕망과 동기

이야기에서 이쯤 되면 주인공은 새로운 정보, 즉 사실발견을 통해 정보의 조각을 얻게 된다. 이 정보로 인해 주인공은 결심을 하게 되고 새로운 쪽으로 방향을 튼다. 또한 그의 욕망과 동기를 조정한다. 동기는 주인공이 목표를 원하는 이유다. 이 네 개의 사건—발견, 결심, 변화된 욕망, 변화된 동기—은 주인공이 사실발견을 보는 순간 일어나야 한다.

사실발견은 플롯에 핵심 역할을 하지만 대부분의 이야기에서는 이를 다루지 않는다. 여러 가지 면에서 플롯의 품질은 사실발견의 품질에 달려 있다. 다음의 기술을 명심하자.

- 최고의 사실발견은 주인공이 적대자에 대한 정보를 얻을 때 일어난다. 이런 종류의 정보는 갈등을 심화시키고 줄거리 결과에 가장 큰 영향을 미친다.
- 변화된 욕망은 욕망이 끝나는 것이 아닌, 원래의 욕망이 다른 식으로 굴절된 것을 뜻한다. 변화된 욕망을 항로를 바꾼 강이라 생각해라. 이 시점에서 주인공에게 완전 새로운 욕망을 주면 그건 완전히 새로운 이야기로 뒤바뀐다. 그러니 원래의 욕망선을 조정하고, 강화하고, 구축하는 게 더 낫다.
- 각각의 사실발견은 강렬해야 하고, 그 강도가 순서대로 점차 더욱 강해져야 한다. 정보는 아주 중요해야 한다. 그렇지 않으면 이야기를 살리기 힘들다. 그리고 각각의 사실은 앞선 것에 기반을 두어야 한다. 흔히 플롯이 농후해진다고 말할 때가 바로 이런 때다. 이것을 자동차의 기어라 생각해라. 사실이 하나씩 더해지면 자동차(이야기)도 속도를 높이게 되고, 마지막 순간에는 오직 자동차만 눈에 띄게 된다. 관객은 어쩌다 이렇게 빨라졌는지 이해하지 못하지만, 즐거운 시간을 보낸 것만큼은 확신하게 된다.

주의POINT 사실이 점점 강렬해지지 않는다면, 플롯은 멈추거나 심지어 추락하게 된다. 이것은 치명적이다. 무슨 일이 있어도 이것만은 피해야 한다.

시나리오 집필에 대한 실용적인 팁을 알려주겠다. 할리우드는 최근 들어 더더욱 플롯에 신경을 쓰고 있다. 시나리오 작가가 '3막 구조'에 의존하는 것은 더욱 위험한 일이 되었다. '3막 구조'에는 두세 개의 플롯 포인트(사실발견)가 있다고들 한다. 그러나 이 조언은 완전히 틀렸다. 만약 이 조언을 따르면 여러분의 플롯은 너무 별 볼 일 없어져 결국 전문 시나리오 세계에서 경쟁할 기회마저 놓치게 될 것이다. 할리우드에서 어느 정도 인기를 끈 영화에는 대개 7개에서 10개의 사실발견이 숨겨져 있다. 탐정물이나 스릴러의 경우는 좀 더 많다. 여러분이 '3막 구조'를 빨리 버리고 심화된 플롯 작성의 기법을 배운다면, 훨씬 향상을 이룰 것이다.

l 카사블랑카 l

사실발견: 일사가 늦은 밤 릭의 술집에 모습을 드러낸다.

결심: 릭은 할 수 있는 한 그녀에게 깊은 상처를 주고자 한다.

변화된 욕망: 일사가 나타나기 전까지, 릭은 그저 자신의 술집을 운영하며 돈을 벌고 혼자 지내기를 바랐다. 그러나 이제 그는 자신이 느꼈던 만큼 그녀도 고통을 느끼길 바란다.

변화된 동기: 일사는 파리에서 그에게 실연의 고통을 주었기에 그런 반응을 받을 만 하다.

l 투씨 l

사실발견: 마이클은 '도로시'로 변장해 드라마 오디션에서 나쁜 여자처럼 연기하며 론 감독에게 마음을 전했을 때 자신이 가진 진정한 힘을 깨닫는다.

결심: 할 건 하는 강력한 여성으로 행동한다.

변화된 욕망: 변화 없다. 마이클은 여전히 배역을 따내길 원한다.

변화된 동기: 그는 이제 자기 방식으로 일을 따내는 방법을 알게 되었다.

 22단계 기술: 추가된 사실발견

사실이 많이 발견될수록 플롯은 더욱 풍성하고 복잡해진다. 주인공과 관객이 새로운 정보를 얻을 때마다, 그것은 하나의 사실발견이 된다.

● **핵심POINT** 사실발견은 주인공이 결심하고 행동의 방향을 바꿀 수 있을 만큼 중요해야만 한다.

l 투씨 l

사실발견: 마이클은 자신이 같은 드라마에 출연하는 줄리에게 매력을 느낀다는 것을 깨닫는다.

결심: 마이클은 줄리의 친구가 되기로 결심한다.

변화된 욕망: 마이클은 줄리를 원한다.

변화된 동기: 그는 그녀를 사랑하게 되었다.

10단계 | 계획

계획이란 적대자를 넘어서고 목표에 도달하기 위해 주인공이 사용하는 지침과 전략이다.

> 🔵 **핵심 POINT** 주인공이 단순히 계획을 실행하는 것에만 몰두하지 않게 유의해라. 그렇게 하면 플롯은 뻔해지고 주인공은 단순해진다. 훌륭한 이야기의 경우, 주인공의 초기 계획은 거의 늘 실패하기 마련이다. 이 시점에서는 적대자가 너무 강력하기 때문이다. 주인공은 적대자가 마음껏 사용하고 있는 힘과 무기를 고려하여 깊이 파고들어가 더 나은 전략을 찾아내야 한다.

l 카사블랑카 l

일사를 되찾겠다는 릭의 초기 계획은 오만하고도 수동적이다. 그는 그녀가 자신에게 올 거라는 걸 알고 있었고, 그녀에게도 그렇게 말했다.

그의 주요 계획은 비교적 이야기의 후반에야 드러나는데, 유가티가 손에 넣었던 통행증을 써서 일사와 라즐로를 나치에게서 벗어나게 돕는 것이다. 이렇게 뒤늦은 계획이 갖는 장점은 이야기의 말미쯤 급박하고 손에 땀을 쥐게 하는 반전을 넣을 수 있다는 것이다.

l 투씨 l

마이클의 계획은 여장을 계속 유지한 채 줄리에게 남자친구 론으로부터 벗어나야 한다고 설득하는 것이다. 또한 '그녀'가 남자라는 사실을 들키지 않고 레스와 존의 접근을 막아야 한다. 그리고 샌디에게 관심이 없다는 사실을 들켜서는 안 되고, 드라마에서 자신이 맡은 역할에 대해서도 숨겨야 한다.

 **플롯 기법: 훈련**

대부분의 주인공은 이미 이야기의 성공을 위해 반드시 수행해야 하는 필수 행동을 할 수 있을 만큼 훈련된 상태다. 그러나 플롯 초반에는 실패하는 모습을 보이는데, 이것은 그들이 내면을 제대로 살펴 자신의 약점과 대면하지 않았기 때문이다. 그러나 어떤 장르에서는 훈련이야말로 매우 중요한 부분이며, 플롯 중에서 가장 인기 있는 지점이 된다. 훈련은 스포츠 이야기, 자살특공대(《특공대 작전》)를 포함한 전쟁 이야기, 그리고 범죄 이야기(주로 《오션스 일레븐》같은 절도 이야기)를 포함한다. 이야기에 훈련을 넣으려면, 계획을 세운 직후이자 주요 행동이 일어나고 갈등이 시작되기 전에 넣어라.

11단계 | 적대자의 계획과 치명적 반격

승리를 위해 한 계단씩 밟으며 계획을 세우는 건 주인공뿐이 아니라 적대자도 마찬가지다. 적대자는 골을 넣기 위해 전략을 세우고, 주인공을 상대로 공격을 개시한다. 이 단계는 아무리 강조해도 부족하다. 그럼에도 불구하고 대부분의 작가들은 이에 대해 잘 모르고 있다.

이미 언급한 바와 같이 플롯은 대부분 사실발견에 의해 결정된다. 이렇게 사실발견이 있으려면 적대자가 주인공을 어떻게 공격할지 그 방식을 숨겨야만 한다. 따라서 여러분은 적대자를 위해 상세한 계획을 세워야 한다. 가능한 한 숨겨진 공격이 많을수록 좋다. 이렇게 숨겨져 있던 공격이 하나하나 실행될 때마다, 숨겨진 사실 역시 하나씩 드러난다.

● **핵심 POINT** 적대자의 계획이 복잡할수록, 그리고 그것을 잘 숨길수록 플롯이 더욱 좋아진다.

| 카사블랑카 |
적대자의 계획: 일사는 릭에게 자신이 파리에서 그를 떠난 것에는 다 이유가 있었

음을, 또한 라즐로는 카사블랑카에서 탈출해야만 함을 설득하려고 노력한다.

스트라사 소령의 계획은 르노 서장을 압박하여 라즐로를 카사블랑카에 잡아두고 그의 탈출을 돕는 사람이 있다면 설사 릭이라 해도 위협하여 막는 것이다.

치명적 반격: 릭이 라즐로의 통행증 구입 제안을 거절하자 일사가 릭의 술집으로 와서 총으로 그를 위협한다.

스트라사의 주요 공격은 라즐로가 밴드에게 "라 마르셰예즈" 연주를 시켜 프랑스인들에게 감명을 준 후에 벌어진다. 스트라사는 술집을 닫으라 명하고, 일사에게는 라즐로와 함께 나치 치하의 프랑스로 가지 않으면 감옥에 갇히거나 죽을 거라고 경고한다. 그날 밤 늦게, 그는 르노 서장을 시켜 라즐로를 체포한다.

| 투씨 |

로맨틱코미디/익살극으로서, 마이클—도로시—의 적대자는 자신이 상대방을 남자/여자 중 누구로 생각하는지에 따라 각각 다른 계획을 가진다.

이 플롯은 점점 더 커지는 적대자의 공격을 사용하여 기발하게 구축된다. 도로시는 줄리와 한 방 한 침대를 써야 하고, 줄리의 우는 아이를 돌봐줘야 한다. 줄리는 어쩌다보니 도로시를 레즈비언이라 착각하고, 줄리의 아버지 레스는 도로시에게 프로포즈를 하고, 존은 도로시에게 원치 않는 접근을 하고, 샌디는 마이클이 자신에게 거짓말한 것을 알고 화를 내는 식이다.

이런 회오리 효과는 익살극이 주는 즐거움 중 하나인데, 여기에 《투씨》는 대부분의 익살극에 빠져있는 강력한 감정까지 전달한다. 여기서 마이클의 성별 전환으로 사랑이라는 감정을 가지고 놀게 되면서, 사람들은 결론적으로 더 빠른 속도로 혼란을 느끼게 된다. 그야말로 훌륭한 이야기다.

12단계 | 행동

이 단계는 주인공이 적대자를 무찌르고 이기기 위해 수행하는 행동을 의미한다. 이 부분은 대개 플롯에서 가장 큰 부분을 차지하며, 이러한 행동은 주인공의 계획(11단계)에서 시작하여 겉보기 패배(14단계)에 이르기까지 계속된다.

행동을 하는 동안, 적대자는 대개 너무 강한 상태라 주인공은 질 수밖에 없다. 그 결과 주인공은 절박해지고 종종 승리를 위해 도덕을 저버리기도 한다. (이러한 비도덕적 행동은 이야기가 지닌 도덕적 주장을 설명해준다. 자세한 사항은 5장을 참고해라.)

● **핵심 POINT** 행동 단계에서 여러분은 플롯을 반복만 하는 게 아니라 전개해야 한다. 즉 주인공의 행동을 근본적으로 변화시켜야 한다는 의미다. 똑같은 플롯 구성 요소(행동이나 사건)를 계속 반복하지 말아라.

러브 스토리를 예로 들어보자. 사랑에 빠진 두 인물이 바닷가에 가고, 그다음에 영화관에 갔다가, 공원으로 산책을 가고, 저녁을 먹으러 갈 수 있다. 이것은 네 가지의 다른 행동일 수 있지만, 여전히 플롯 구성 요소로서는 다를 바가 없다. 전개가 아니라, 그저 반복일 뿐이다.

플롯을 전개시키기 위해서는 적대자에 대한 새로운 정보를 접하고(또 하나의 사실) 그에 반응하여 자신의 전략과 행동을 알맞게 조정해야 한다.

| 카사블랑카 |

릭의 행동에는 고유한 특성이 있다. 바로 미루기라는 것이다. 이것은 글을 못 썼다는 신호가 아니다. 단지 이것은 릭의 성격, 약점과 욕망에서 나온 것뿐이다. 릭은 이 세상에 가치 있는 것은 더 이상 존재하지 않는다는 믿음과 자신만의 괴로움으로 무력한 상태다. 그는 일사를 원하지만, 그녀는 릭의 적대자이며, 현재 다른 남자와 함께다. 그래서 이야기의 초중반에서 릭은 일사와 대화는 나누지만 적극적으로 그녀를 되찾으려는 노력은 하지 않는다. 오히려 그녀를 밀어낸다.

이렇게 욕망을 뒤로 미루는 것은 릭의 성격상 필요하긴 하지만 대가가 따른다. 관객의 흥미가 떨어지는, 확실한 소강 상태를 초래하기 때문이다. 페라리로부터 통행증 얻으려 하는 라즐로, 경찰서에 간 라즐로, 릭으로부터 통행증 얻으려하는 라즐로, 일사와 함께 하는 라즐로, 지하세계에서 빠져나오려는 라즐로까지, 이 모두는 주인공의 행동 흐름에서 벗어나 있다.

그러나 행동을 미루는 것에는 두 가지의 커다란 이점이 있다. 첫째, 작가는 라즐로의 행동을 이용하여 이야기에 서사적이고 정치적인 측면을 구축할 수 있다. 이러한 것들이 주인공의 행동과는 하등 관계가 없다 해도 릭이 마지막으로 보여주는 반전과 결정에 중요한 역할을 하기에 꼭 필요하다.

둘째, 릭이 모험을 시작하기까지 오래 걸리기에 영화는 클라이맥스에서 자기발견까지 매우 빠르게 넘어가는 이점을 가진다.

일사가 릭의 방에 와서 사랑을 고백하는 순간, 릭은 드디어 행동을 시작하고 이야기에 불이 붙는다. 물론 릭이 이렇게 갑작스럽게 행동을 하는 것에는 모순이 있다. 그가 일사를 되찾으려는 조취를 취하지 않겠다고 밝혔기 때문이다. 주인공의 동기와 목표의 변화—일사를 원하는 것에서 그녀를 도와 라즐로와 함께 도망갈 수 있게 돕는 것—는 릭이 일사를 위한 자신의 모험을 시작한 직후에 일어났다.

사실 영화의 마지막 4분의 1이 흥미진진할 수 있던 이유의 상당 부분은 릭이 두 가지 목표 중 무엇을 선택할지 모른다는 불확실성에서 비롯된 것이다.

● **핵심POINT** 두 가지 목표 중 무엇을 선택할지 모른다는 불확실성이 통하는 것은 단지 그것이 매우 짧은 시간동안 지속되며 마지막 전투에서 등장하는 커다란 반전의 일부분이기 때문이다.

《카사블랑카》의 행동 단계

1 릭이 일사와 파리에 있었던 당시를 추억한다.

2 릭은 일사가 술집에 나타났을 때 창녀라고 비난한다.

3 릭은 시장에서 일사와 화해하려 하지만 그녀가 거절한다.

4 릭은 통행증을 르노에게 넘기는 걸 거부한다.

5 릭은 일사를 만나고 난 뒤, 불가리아인 커플이 르노에게서 통행증을 살 수 있을 만큼 돈을 따게 도와준다.

6 릭은 통행증을 요구하는 라즐로의 제안을 거절한다. 그리고 이유는 일사에

게 물으라 한다.

7 릭은 통행증을 요구하는 일사의 제안을 거절한다. 일사는 아직도 릭을 사랑한다고 고백한다.

8 릭은 일사에게 라즐로 혼자 탈출하는 것은 도울 수 있다고 말한다.

9 릭은 칼에게 자신이 라즐로와 대화하는 동안 일사를 술집 밖으로 빼내라고 부탁한다. 라즐로는 그 후 체포된다.

《투씨》의 행동 단계

1 마이클이 여성복을 사고 제프에게 여자가 되는 게 얼마나 어려운지 말한다.

2 마이클이 샌디에게 새로운 수입원에 대해 거짓말을 한다.

3 마이클은 스스로 화장과 머리를 한다.

4 마이클은 남자와의 키스를 피하기 위해 즉흥 연기를 한다.

5 마이클은 줄리를 친근하게 대한다.

6 마이클은 샌디에게 아프다고 거짓말을 한다.

7 마이클은 샌디와 또 한 번 데이트한다.

8 마이클은 에이프릴의 리허설을 돕는다.

9 마이클은 줄리의 대사 연습을 도와주며 왜 론 같은 남자를 참고 만나느냐고 묻는다.

10 마이클은 데이트에 늦은 이유에 대해 샌디에게 거짓말을 한다.

11 마이클은 도로시를 더욱 강한 여성으로 만들고자 애드리브를 한다.

12 마이클은 줄리와 애드리브로 연기를 한다.

13 마이클은 여자로서 많은 것을 배웠다며 조지에게 더 심오한 역할을 하게 해달라고 부탁한다.

14 마이클은 남자로서 줄리에게 다가가지만 줄리가 거절한다.

15 마이클은 도로시로서 론에게 자신을 '투씨'라 부르지 말아달라 부탁한다.

16 마이클은 샌디에게 거짓말을 하고 줄리와 시골에 간다.

17 마이클은 농장에서 줄리와 사랑에 빠진다.

18 프로듀서가 마이클에게 도로시와의 계약을 갱신하고 싶다고 말한다.

13단계 | 조력자의 공격

　행동을 하는 내내 주인공은 적대자를 당해낼 수가 없어 점점 절박해진다. 그래서 이기기 위해 도덕심을 저버리려고 할 때, 조력자가 주인공에게 맞선다.

　바로 이 순간, 조력자는 주인공의 양심이 되어 이렇게 말하는 것이다. "나는 네가 목표를 이루게 도와주고 싶은데, 네가 하는 방식은 잘못됐어." 대개는 주인공이 자신의 행동을 합리화하며 조력자의 비판을 받아들이려 하지 않는다. (10장의 '도덕적 대화'의 집필 부분을 참고해라.)

　조력자의 공격은 이야기에 두 번째 갈등을 제공한다. (첫 번째는 주인공과 적대자의 갈등이다.) 조력자의 공격은 주인공에게 압박을 가하고, 자신이 어떤 가치를 가졌는지, 어떤 행동방식을 가졌는지 자문하게 만든다.

| 카사블랑카 |

조력자의 비판 릭은 비판을 받지만 이것은 그의 조력자가 아닌, 첫 번째 적대자 일사로부터 받는 비판이다. 시장에서 일사는 릭이 그 옛날 파리에서 알던 그 사람이 아니라며 비난한다. 릭은 거칠게 사랑을 고백하고, 일사는 그를 처음 만나기 전부터 라즐로와 결혼한 상태였다고 말한다.

주인공의 합리화 릭은 그 어떤 합리화도 하지 않는다. 그저 그 전날 자신이 많이 취했다고만 말한다.

| 투씨 |

조력자의 비판 마이클이 아픈 척 하며 샌디를 따돌리고 줄리와 시골에 가려고하자, 제프는 도대체 언제까지 사람들에게 거짓말을 할 거냐고 묻는다.

주인공의 합리화 마이클은 여자에게 진실을 얘기하고 상처를 주느니 거짓말을 하는 게 낫다고 말한다.

14단계 | 겉보기 패배

주인공은 행동을 하는 내내 적대자에게 밀린다. 그리하여 이야기에서 3분의 2, 혹은 4분의 3 지점 쯤, 주인공은 겉보기 패배를 겪게 된다. 그는 자신의 목표 달성은 실패했고 적대자가 이겼다고 생각한다. 이 때가 주인공이 제일 나락으로 떨어지는 때다.

겉보기 패배는 어떤 이야기든 전체 구조에서 중요한 방점을 찍는다. 이때가 바로 주인공이 바닥을 치는 순간이기 때문이다. 또한 마지막에 패배에서 승리로 돌아오게 함으로써 극적 긴장감을 높이는 순간이기도 하다. 어떤 스포츠든 자신이 응원하는 팀이 역전할 때 가장 짜릿한 법이다. 이야기도 마찬가지로 관객은 자신이 사랑하는 주인공이 확연한 패배의 분위기를 떨쳐내고 다시 싸울 때 짜릿함을 느낀다.

● **핵심 POINT** 겉보기 패배는 잠시 겪는 작은 좌절이 아니다. 주인공에게는 폭발이 일어나듯 모든 것이 황폐화되는 순간이다. 그러니 관객 역시 주인공이 정말 끝장났다고 느껴야 한다.

● **핵심 POINT** 겉보기 패배는 단 한 번만 일어나게 해라. 좌절이야 여러 번 할 수 있다고 해도, 진짜 끝이라는 느낌은 단 한 번만 느껴야 한다. 그렇지 않으면 이야기는 형태는 물론 드라마까지 힘을 잃게 된다. 그 차이를 느끼고 싶다면 차를 한 대 떠올리고 그 차가 언덕을 빠르게 내려오다가 두세 개의 험난한 턱을 넘는 것과 벽돌 벽에 한 번 세게 부딪치는 것을 비교하여 상상해보라.

I 카사블랑카 I

릭의 겉보기 패배는 다소 빨리 일어나는 편으로, 그것은 어느 밤 술집이 문을 닫은 뒤 일사가 찾아왔을 때이다. 술에 취한 릭은 파리에서 나눴던 그들의 사랑과 일사가 기차역에 나오지 않아 끔찍했던 결말을 떠올린다. 일사는 무슨 일이 있었는지 설명하려고 하지만, 그는 그녀를 신랄하게 공격하며 밀어낸다.

| 투씨 |

조지는 마이클에게 그가 드라마 계약을 깰 방법은 없다고 말한다. 그는 여자로서 살아야 하는 이 악몽을 계속 이어가야 한다.

만약 주인공이 극도의 구속 상태나 죽음으로 끝나는 이야기라면, 이 단계에서 나와야 하는 건 겉보기 승리다. 주인공이 성공이나 권력의 정점에 이르지만 거기서부터 모든 것이 추락하게 되는 순간 말이다. 이 순간 종종 어떤 이야기에서는 주인공이 하위 세계로 들어가 잠깐의 자유를 맛보기도 한다. (6장을 참고해라.) 겉보기 승리가 나오는 예로는《좋은 친구들》로써, 주인공들이 루프트한자에서 현금을 빼내는데 성공했을 때이다. 그들은 일생일대의 수확을 얻었다고 생각한다. 사실, 이 성공은 그들 모두를 죽음과 파멸의 길로 이끈 서막에 불과하다.

15단계 | 두 번째 발견과 결심: 강박 행동, 변화된 동기와 욕망

겉보기 패배 직후, 주인공은 거의 항상 또 다른 발견의 시간을 갖는다. 그렇지 않으면 겉보기 패배는 진짜가 되고 이야기는 끝이 난다. 따라서 이 지점에서 주인공은 새로운 정보를 알게 되고 그것을 통해 아직 승리가 가능하다는 것을 깨달아야 한다. 이제 그는 게임으로 다시 돌아가 목표를 향한 도전을 새로 시작할 것이다.

이렇게 중요한 발견은 주인공에게 충격을 주는 역할을 한다. 전에는 그저 목표(욕망과 행동)를 원했다면, 이제는 집착하게 된다. 그야말로 이기기 위해서는 무엇이라도 할 태세다.

다시 말해, 플롯의 이 지점에서 주인공은 모험에서 승리를 원하는 폭군이 된다. 새로운 정보를 통해 힘을 얻긴 했지만, 한편으로는 행동이 시작된 이래 도덕적으로 타락하는 것은 여전히 계속되고 있다는 점에 주목하자. (이것은 이야기 속 도덕적 주장에 포함된 또 하나의 단계다.)

이러한 두 번째 발견은 주인공이 욕망과 동기를 변화시키는 요인으로 작용한다. 그리하여 이야기는 다른 방향으로 흘러간다. 이 다섯 가지 요소—발견, 결심, 집착 행동, 변화된 욕망, 변화된 동기—가 반드시 모두 일어나게 만들자. 그렇지 않으면 이 순간은 빛을 잃고 플롯은 밋밋해질 것이다.

┃카사블랑카┃

사실발견 일사는 릭에게 자신이 그를 만나기 전부터 이미 라즐로와 결혼한 상태였고, 바로 그 이유 때문에 파리에서 릭을 버린 것이라 말한다.

결심 릭이 무언가 뚜렷하게 결심하는 것으로 보이지는 않는다. 그러나 르노에게 누군가 그 통행증을 사용한다면, 그건 바로 자신일 거라 말한다.

욕망의 변화 릭은 이제 일사에게 상처를 주고 싶어 하지 않는다.

강박적 행동 릭의 첫 번째 강박 행동은 일사가 술집에 나타났을 때 일어난다. 그녀에게 받은 고통을 다시 그녀에게 간절히 되돌려 주고 싶었기 때문이다. 이것은 《카사블랑카》에서 볼 수 있는 아주 독특한 요소이다. 릭은 대부분의 주인공보다 더 강한 열정과 집착을 가지고 시작한다. 동시에 릭에게는 이 강한 열정을 펼칠 곳이 있다. 릭은 세상을 구하기 위해 길을 떠나고 이야기 역시 끝이 난다.

이야기가 진행되는 동안 릭은 점점 더 비도덕적인 모습으로 비춰진다는 점에 주목해라. 사실 그는 일사와 라즐로를 함께 탈출시키기로 결심했으며, 그것을 실현시키겠다는 강한 의지가 있다.

동기의 변화 릭은 일사가 했던 일을 용서했다.

┃투씨┃

사실발견 드라마 프로듀서가 도로시에게 말하기를 다음해에도 '그녀'와 계약하고 싶다고 한다.

결심 마이클은 조지를 시켜 이 계약을 파기하라고 시킨다.

욕망의 변화 마이클은 여장을 그만두고 줄리와 가까워지고 싶다.

강박적 행동 마이클은 도로시에게서 벗어나야겠다고 결심한다.

동기의 변화 마이클은 줄리와 레스가 자신을 정중하게 대할수록 죄책감에 빠진다.

마이클이 죄책감을 느끼고 곤경에서 벗어나려 하고 있지만 동시에 도덕심을 저버리는 순간이 바로 지금이라는 것을 기억하라. 그가 여장을 오래 할수록 주변인들에게 더 큰 고통을 주게 될 것이다.

16단계 ㅣ 관객의 발견

관객의 발견이란 주인공이 아닌 관객이 무언가 중요한 정보를 얻게 되는 것이다. 종종 이때 관객은 진정한 적대자/가짜 조력자를 알게 된다. 즉 주인공의 친구라 생각했지만 실제로는 적군이었던 사람이 누구인지 깨닫게 되는 것이다.

여기서 관객이 무엇을 알게 되든지, 이 발견은 여러 이유로 가치 있는 순간이다.

- 플롯의 속도가 약간 느린 상황에서 흥미로운 충격을 제공한다.
- 관객에게 적대자의 진짜 위력을 보여준다.
- 관객에게 그동안 숨겨져 있던 플롯 요소를 극적이자 시각적으로 드러낸다.

관객의 발견이 주인공과 관객의 관계에 지대한 변화를 가져온다는 점에 주목하자. 대부분의 이야기에서 (익살극은 예외로 한다.) 관객은 주인공과 동시에 정보를 얻는다. 이것으로 관객과 주인공은 일대일 관계(정체성)를 맺게 된다.

그러나 관객의 발견에서, 관객은 처음으로 주인공보다 한 발 앞서 정보를 얻게 된다. 따라서 관객이 주인공보다 유리한 위치에 서게 되어 둘 사이에 거리와 공간이 만들어진다. 이 상황이 소중하다고 말하는 데에는 꽤 많은 이유를 들 수 있다. 그러나 가장 중요한 이유는 관객이 뒤로 한 발 물러나 주인공의 전체 변화 과정(특히 자기발견에 이르러 절정에 달하는 과정)을 한눈에 볼 수 있도록 해주기 때문이다.

| 카사블랑카 |

릭은 르노에게 총을 겨눈 채 공항 관제탑에 전화하라고 명령한다. 그러나 관객은 르노가 스트라사 소령에게 전화했다는 것을 안다.

| 투씨 |

《투씨》에서는 이 단계가 일어나지 않는다. 가장 주된 이유로는 마이클이 다른 인물들을 속이는 중이기 때문이다. 그들에게 거짓말을 함으로써 그들을 통제하고 있다. 관객은 마이클과 똑같은 순간에 정보를 얻는다.

17단계 | 세 번째 발견과 결심

이 발견은 주인공이 적대자를 쓰러뜨리기 위해 무엇을 해야 하는지 알게 되는 단계이다.

이야기에 적대자/가짜 조력자가 있다면, 종종 이 순간에 주인공이 그들의 진짜 정체를 알게 된다. (관객은 16단계 '관객의 발견'에서 먼저 알게 된다.)

주인공이 적대자의 진짜 위력을 알게 될수록, 그가 갈등에서 벗어나고 싶어 할 거라 생각할지도 모른다. 그러나 반대다. 이 정보로 인해 주인공은 더욱 강해졌다고 느끼고 승리를 다짐하게 된다. 자신이 맞서고 있는 상대를 제대로 보게 되었기 때문이다.

| 카사블랑카 |

사실발견 일사는 통행증을 받으러 릭에게 찾아와 아직도 그를 사랑하고 있다고 고백한다.

결심 릭은 일사와 라즐로에게 통행증을 주겠다고 결심한다. 그러나 이 마음을 일사와 관객 모두에게 비밀로 한다.

욕망의 변화 나치로부터 일사와 라즐로를 구하고 싶어 한다.

동기의 변화 릭은 일사가 라즐로와 함께 떠나 그가 대의를 이루게 도와야한다는 것을 알고 있다.

| 투씨 |

사실발견 마이클이 도로시로 분장했을 때 레스로부터 받은 초콜렛을 샌디에게 주자, 샌디는 그에게 거짓말쟁이이며 사기꾼이라 비난한다.

결심 마이클은 조지에게 가서 계약을 파기할 방법이 없는지 알아보려고 한다.

욕망의 변화 없다. 마이클은 드라마에서 빠지고 싶어 한다.

동기의 변화 없다. 마이클은 모든 사람에게 계속해서 거짓말을 할 수는 없다.

 추가된 사실발견

사실발견 도로시가 줄리에게 선물을 줬을 때, 줄리는 도로시에게 그 마음을 받아줄 수 없기에 더 이상 볼 수 없을 거라 말한다.

결심 마이클은 자신이 여장을 하고 있었다는 사실을 말하기로 결심한다.

욕망의 변화 없다. 마이클은 줄리를 원한다.

동기의 변화 마이클은 줄리를 사랑한다. 그는 자신이 계속 도로시로 살면 그녀를 얻을 수 없다는 걸 깨닫는다.

18단계 | 관문, 시련, 죽음 맛보기

이야기의 마지막에 다다르면, 주인공과 적대자 사이의 갈등은 더욱 강해져 주인공이 더 이상 견딜 수 없는 지경에 이른다. 선택지는 점점 줄고, 종종 그가 지나는 통로는 말 그대로 점점 좁아지기도 한다. 결국 그는 그 좁은 관문을 거치거나 기나긴 시련을 겪어야 한다. (그러는 동안 사방에서 맹렬한 공격이 쏟아진다.)

바로 이 때가 주인공이 '죽음'을 맛보는 순간이다. 신화 이야기의 경우 주인공은 지하세계에 있는 망자의 세계에서 자신의 미래를 보곤 한다.

현대 이야기에서 죽음 맛보기는 심리적이다. 주인공이 자신의 죽음에 대해, 즉 삶이란 유한하고 언제라도 당장 끝날 수 있다는 것에 대해 갑자기 깨달음을 얻는 식이다. 이런 깨달음으로 주인공이 갈등 상황을 피할 거라 생각할 수도 있다. 그것이 죽음을 초래할 가능성이 있기 때문이다. 하지만 주인공은 오히려 싸움에 박차를 가하게 된다. 주인공의 이유는 이렇다. "내 삶이 의미를 가지려면 나는 내 신념을 따라야 한다. 나는 지금 이 자리에서 그 신념을 따를 것이다." 그러므로 죽음 맛보기는 전투의 방아쇠를 당기게 만드는 시험의 순간이다.

관문, 시련, 죽음 맛보기는 22단계 중에서 이동이 가장 자유롭다. 그래서 플롯의 다른 부분에서 발견되는 경우도 종종 있다. 예를 들어 주인공은 겉보기 패배에서 죽음 맛보기를 동시에 겪을 수 있다. 《스타워즈》의 참호 결투, 《현기증》의 종탑 장면처럼 최후의 전투에서 고난을 겪을 수도 있고, 《워터프론트》의 테리 몰리처럼 맨 마지막에 겪을 수도 있다.

ㅣ카사블랑카ㅣ

《카사블랑카》에서 관문, 시련, 죽음 맛보기는 릭이 일사, 라즐로, 르노와 함께 공항에 가려고 애쓰고 스트라사 소령이 그들을 잡으려 따라오는 동안 일어난다.

ㅣ투씨ㅣ

마이클은 다음과 같은 상황에서 악몽이 점점 고조되는 시련을 겪는다.

① 소리지르며 우는 줄리의 아이 에이미를 돌보는 상황

② 그가 줄리에게 키스하려 했을 때 줄리가 거절하는 상황

③ 도로시에게 빠진 레스와 춤을 추는 상황

④ 역시 도로시에게 관심이 있는 드라마 배우 존을 떨쳐내야 하는 상황

⑤ 마이클이 레스로부터 받은 초콜릿을 다시 샌디에게 준 것으로 비난을 받아 그것을 반박하는 상황

19단계 | 전투

전투는 최후의 갈등이다. 이때 이기는 사람이 나오는지, 그렇다면 누가 이기는지가 결정된다. 거창하고 폭력이 난무하는 갈등은 일반적이지만 가장 흥미가 덜한 전투 유형이다. 폭력이 난무하면 불꽃이야 튀겠지만 별 의미를 담지 못한다. 전투는 양측이 무엇을 위해 싸우는지 관객에게 가장 명확하게 보여주는 지점이어야 한다. 어느 쪽의 '힘'이 우월한지보다, 어느 쪽의 '생각과 가치'가 더 우월한지 강조해야 한다.

전투는 깔때기를 통해 이야기가 모이는 지점이다. 모든 것이 여기에 수렴된다. 모든 인물과 다양한 행동이 이곳에서 뭉쳐진다. 또한 결전은 최대한 협소한 공간에서 일어나야 한다. 그래야 갈등과 숨막힐 것 같은 압박이 더 강하게 느껴지기 때문이다.

전투는 주인공이 대개(그러나 항상은 아니다.) 그의 필요를 충족시키고 욕망을 채우는 지점이다. 또한 중심 적대자와 가장 비슷해지는 곳이기도 하다. 그러나 그런 유사함 속에서도 확연하게 눈에 띄는 결정적 차이가 존재한다.

끝으로, 전투는 관객의 마음속에서 처음으로 주제가 폭발하듯 터지게 만든다. 도덕적 주장을 본 관중은 드디어 어떤 삶이 방식과 행동이 최선인지를 확실하게 깨닫게 된다.

| 카사블랑카 |

공항에서 릭은 르노에게 총을 겨눈 채 일사에게 라즐로와 함께 떠나라고 말한다. 릭은 라즐로에게 그동안 일사가 아내로서 신뢰를 저버린 적이 단 한 번도 없다고 말

해준다. 라즐로와 일사는 비행기에 오른다. 스트라사 소령이 도착해 비행기를 멈추려 하지만 릭이 그를 총으로 쏜다.

| 투씨 |

드라마가 생방송으로 송출되는 동안, 마이클은 애드리브로 자신이 사실은 남자였다는 것을 설명하기 위해 복잡한 플롯을 만들어내고 마침내 여장을 그만둔다. 이것은 관객은 물론 드라마 속 모든 사람에게도 충격을 준다. 그가 연기를 끝내자 줄리는 그에게 주먹을 날리고 떠난다.

마이클과 줄리의 마지막 갈등(줄리의 주먹질)은 다소 약한 편이다. 거대한 갈등은 마이클이 배우, 스탭, 전국의 시청자들 앞에서 여장을 벗어버리는 충격적 반전으로 대체되었다.

이 대본에는 뛰어난 점이 하나 있다. 바로 마이클이 자신의 캐릭터를 위해 즉흥적으로 만든 복잡한 플롯이 자신이 여성을 연기하면서 겪은 여성 해방의 과정을 그대로 따라간다는 점이다.

20단계 | 자기발견

전투라는 시련을 겪음으로써, 주인공은 대개 변화를 겪게 마련이다. 비로소 자신의 실체를 깨닫게 되는 것이다. 그는 자신이 써왔던 가면을 벗고 충격적인 방식으로 자신의 본모습을 마주하게 된다. 자신에 대한 진실을 마주함으로 주인공은 파멸을 맞기도 하고(『오이디푸스 왕』,《현기증》,《컨버세이션》) 오히려 더 강해지기도 한다.

자기발견이 심리적인 것과 동시에 도덕적이라면, 주인공은 타인을 제대로 대하는 법을 배우게 된다. 위대한 자기발견은 다음과 같아야 한다.

- 더 나은 극적인 효과를 위해서는 갑작스러워야 한다.
- 자기발견이 긍정적이든 부정적이든, 그것은 주인공을 뒤흔드는 경험이어야 한다.

* 새로운 정보는 이 순간까지 주인공이 모르고 있던 자신에 관한 정보여야 한다.

이야기 품질은 상당 부분 자기발견의 품질에 기초한다. 모든 것이 이 지점으로 이어진다. 그러니 반드시 성공해야 한다.

● **주의POINT** 주인공이 자신에 대해 깨닫는 것은 단순히 입 발린 말이나 인생에 대한 미사여구가 아닌, 진정으로 의미 있는 것이어야 한다. 이것은 다음 **주의POINT** 로 이어진다.

● **주의POINT** 주인공이 깨달은 것을 관객에게 대사로 전달하지 말아라. 이것은 글을 못 쓴다는 증거다. 훈계조 없이 자기발견을 표현하는 대사를 어떻게 쓰는가는 10장을 참고해라.

🖊 플롯 기법: 이중 전환

여러분은 자기발견 단계에서 이중 전환 기법을 쓰고 싶을 수 있다. 이 기법에서는 주인공뿐만 아니라 적대자에게도 자기발견의 기회를 주는 것이다. 서로가 서로를 보고 배우는 동안, 관객은 세상을 어떻게 살고 타인을 어떻게 대할지 두 개의 통찰을 보게 된다.

이중 전환을 만들기 위해서는,

1 주인공과 주요 적대자 모두에게 약점과 필요를 줘라.
2 적대자도 인간으로 만들어라. 즉, 다른 무엇보다 그가 무언가를 배우고 변화하는 것 자체가 가능해야 한다는 의미다.
3 전투 동안, 혹은 전투 직후에, 주인공과 마찬가지로 적대자도 자기발견을 하게 해라.
4 두 개의 자기발견을 연결해라. 주인공은 적대자를 통해 무언가를 배워야 하고, 적대자도 주인공을 통해 배워야 한다.
5 여러분(작가)이 가진 도덕적 시각이야 말로 두 인물 모두 배울 수 있는 것 중 최선의 것이 된다.

| 카사블랑카 |

심리적 자기발견 릭은 자신의 이상주의를 되찾고 진정한 자신의 존재에 대해 확실히 깨닫는다.

도덕적 자기발견 릭은 자신이 희생하여 일사와 라즐로를 구하고, 자유를 위한 싸움에 동참해야 한다는 것을 깨닫는다.

여기에는 릭의 자기발견 외에 한 가지 반전과 이중 전환이 있다는 것에 주목하라. 즉, 르노가 자신 역시 조국 프랑스를 위해 릭의 새로운 여정에 동참하겠다는 선언을 하는 점이다.

| 투씨 |

심리적 자기발견 마이클은 그동안 여성의 외모만 보고 살았기에 진정으로 사랑에 빠진 적이 없다는 것을 깨닫는다.

도덕적 자기발견 그는 자신의 오만함과 여성에 대한 업신여김이 그동안 알고 지냈던 여성들은 물론이고 자신에게도 얼마나 상처를 주었는지 알게 된다. 그는 줄리에게 자신이 남자로 살았던 때보다 여성으로 사는 동안 남자가 되는 법에 대해 더 많이 배웠다고 말한다.

21단계 | 도덕적 결심

일단 주인공이 자기발견을 통해 올바른 행동 방식에 대해 알게 되었다면, 그는 이제 결심을 해야 한다.

도덕적 결심이란 두 가지 행동 중 하나를 선택하는 순간이다. 각각은 일련의 가치와 타인에게 영향을 미치는 삶의 방식이다.

도덕적 결심은 주인공이 자기발견을 통해 무언가를 배웠다는 증거가 된다. 이렇게 행동을 취함으로써, 주인공은 관객에게 자신이 어떤 존재가 되었는지를 보여준다.

| 카사블랑카 |

릭은 라즐로에게 통행증을 주고 일사와 떠나게 하면서 일사는 내내 라즐로만을 사

랑했다고 말해준다. 그런 후 그는 목숨을 걸고 자유를 위해 싸우러 떠난다.

| 투씨 |

마이클은 직업을 포기하고, 줄리와 레스에게 거짓말한 것에 대해 용서를 구한다.

 플롯 기법: 주제 발견

5장에서 주인공이 아닌 '관객이 얻은 주제발견'에 대해 말한 바 있다. 그리하여 관객은 일반 사람들이 세상에서 어떻게 행동하고 살아가야 하는지를 알게 되었다. 이를 통해 이야기는 특정 인물의 범위를 넘어 관객에게까지 영향을 줄 수 있을 만큼 자라난다.

　많은 작가가 이 고급 기법을 기피하곤 한다. 관객과 마지막으로 나누는 순간에 훈계조로 얘기할까 걱정되기 때문이다. 그러나 제대로만 한다면, 주제 발견은 깜짝 놀랄 만큼 좋을 수 있다.

● **핵심POINT** 　비결은 인물의 사실적이고 구체적인 모습에서 어떻게 추상적이고 일반적인 면을 끌어내는지에 달려 있다. 관객에게 상징적인 영향을 줄 수 있는 특정 제스처나 행동을 찾아보라.

마음의 고향
각본·감독 로버트 벤톤 · 1984년

　주제 발견을 탁월하게 구현한 것으로는 《마음의 고향》의 마지막 부분을 들 수 있다. 이것은 1930년대에 미국 중서부에 사는 여성(샐리 필드가 역할을 맡았다.)의 이야기로, 술에 취한 흑인 청년이 차 사고를 내 그녀는 보안관 남편을 잃게 된다. KKK단은 그 청년에게 린치를 가하는 것도 모자라 주인공의 농사를 돕던 흑인 남성까지 쫓아낸다. 하위 플롯에서는 한 남자가 아내의 가장 친한 친구와 바람을 피운다.

영화의 마지막 장면은 교회에서 펼쳐진다. 목사가 사랑의 힘에 대해 설교를 하자, 남편의 불륜 때문에 결혼 생활의 파탄을 맞은 부인은 그 이후 처음으로 남편의 손을 잡고, 남편은 용서가 가진 힘을 뼈저리게 느낀다. 성반이 한 줄씩 건네진다. 모두가 포도주를 마시자 그는 "주님의 피"라고 말한다. 이야기에 등장했던 모든 인물이 성찬식의 포도주를 마신다. 관객에게 천천히, 놀라운 주제 발견이 시작된다. 주인공의 적대자였던 은행원이 마신다. 쫓겨났던—그래서 한동안 이야기에 등장하지 않았던—흑인 청년도 마신다. 주인공도 마신다. 그녀 옆에는 고인이 된 남편이 앉아 역시 포도주를 마신다. 그리고 그의 옆에는, 사고를 내고 그 때문에 자신도 살해당한 흑인 청년이 앉아 포도주를 마신다. 이것이 바로 '주님의 피'다.

이 이야기의 등장인물을 사실적으로 묘사한 장면은 점차 보편적 용서의 순간으로 발전하고 관객은 여기에 공감을 한다. 그 영향은 실로 깊다. 망칠까 봐, 혹은 훈계조로 들릴까 봐 걱정된다고 이 탁월한 기법을 피하지 마라. 기회를 잡았다면 제대로 해내라. 위대한 이야기를 전해라.

22단계 | 다시 찾은 평정

욕망과 필요가 채워지면 (혹은 비참하게 충족되지 않고 끝날 수도 있다.) 모든 것은 다시 일상으로 돌아간다. 그러나 커다란 차이점이 존재한다. 주인공의 자기발견으로 인해, 그는 이제 더 높거나 낮은 수준의 사람이 된다.

| 카사블랑카 |
릭은 자신의 이상주의를 되찾는다. 그래서 다른 사람의 자유와 숭고한 이유를 위해 자신의 사랑을 희생한다.

| 투씨 |
마이클은 솔직하게 사는 법, 자신과 경력에 대해 덜 이기적으로 사는 법을 배운다.

진실을 말함으로써 그는 줄리와 화해하여 진짜 로맨스를 시작한다.

22단계는 실로 강력한 도구를 만들어낸다. 이것으로 여러분은 자세하고 유기성을 지닌 플롯을 창조할 수 있는 무한한 능력을 얻게 된 것이다. 그러니 사용하자. 사용을 위해서는 먼저 많은 시간 연마해야 한다는 것을 잊지 않아야 한다. 글을 쓸 때마다 적용하고, 읽을 때마다 적용해라. 적용하면서 다음의 두 가지 사항을 염두에 두자.

● **핵심 POINT** 유연하게 적용해라. 22단계는 순서가 딱 고정된 것이 아니다. 이야기를 틀에 맞추기 위한 도구도 아니다. 이것은 인간이 삶의 문제를 해결하려는 일반적인 순서다. 그러나 문제도 그렇고 이야기도 그렇고 모두가 서로 다르다. 22단계를 틀로 삼아 여러분의 고유한 인물이 특정 문제를 어떻게 해결하는지, 유기적 전개 방식을 발견하도록 해라.

● **핵심 POINT** 순서를 바꿀 때는 주의해라. 이것은 첫 번째 핵심 포인트와 정반대이지만, 다시 한 번 말하자면, 이것은 인간이 삶의 문제를 풀어가는 방식에 기초한다. 22단계는 유기적 순서, 하나의 전개 과정을 보여준다. 독특함을 주기 위해서, 혹은 충격을 주기 위해 너무 극적으로 순서를 바꾸면, 이야기는 가짜처럼 보이거나 억지로 꾸민 듯한 느낌을 주게 된다.

사실발견의 배열

훌륭한 작가는 사실발견이 플롯의 핵심이라는 것을 안다. 바로 그 때문에 시간을 충분히 들여서 사실발견과 나머지 줄거리를 분리하여 각각 하나씩 살펴보는 것이 중요하다.

이 시퀀스를 따라가는 것은 스토리텔링 기법에서 가장 중요하다. 사실발견의 순서를 정하는 핵심은 그것이 적절하게 만들어졌는지 보는 것이다. 즉 다음을 의미한다.

* 배열은 논리에 맞는 순서로 해야 한다. 즉 주인공이 알게 될 가능성이 높은 순서대로 배열해라.
* 알게 되는 사실은 점점 격렬해져야 한다. 각 사실이 바로 앞에 나온 것보다 조금 강하게 나오는 게 가장 이상적이다. 이것이 늘 가능하다는 얘기는 아니다. 특히 긴 이야기일수록 그렇다. (논리를 무시하는 경우가 있기 때문이다.) 하지만 극이 고조될 수 있게 점점 강해지는 규칙을 따르자.
* 사실발견은 점차 빠른 속도로 드러나야 한다. 이렇게 하면 관객이 느끼는 놀라움의 밀도가 점점 커지고 이것으로 극이 고조된다.

사실발견 중 가장 강력한 것을 우리는 반전이라 부른다. 이것으로 그동안 관객이 이해했던 것이 머릿속에서 완전히 뒤집힌다. 그들은 갑자기 플롯의 모든 요소를 다른 각도에서 보게 된다. 모든 현실에 단 한순간에 뒤바뀌는 것이다.

이러한 반전이 가장 흔한 곳은 당연히 탐정물이나 스릴러 장르이다. 《식스 센스》의 반전은 브루스 윌리스가 죽은 사람이었다는 사실이다. 《유주얼 서스펙트》의 반전은, 그렇게 온순한 버벌이 사실은 모든 이야기를 지어낸 것이고, 바로 그가 소름끼치는 적대자 카이저 소제였다는 것이다.

두 영화 모두, 이야기가 끝나기 직전에 대반전이 나왔다는 점에 주목하라. 이렇게 하면 관객이 완전 멍한 상태로 극장을 나설 수 있게 만들 수 있다. 이 두 영화 모두 흥행에 성공한 가장 큰 이유가 바로 이것이다.

● **주의POINT** 이 기법을 쓸 때는 조심해라. 이것은 플롯에 기동성을 주지만, 플롯의 그런 압도적인 지배를 버텨낼 수 있는 이야기는 흔치 않다. 오 헨리는 (「크리스마스 선물」 같은) 단편에서 반전을 사용해 큰 명성을 얻었다. 하지만 억지스럽고 전략적이고 기계적이라는 비판을 받기도 했다.

《카사블랑카》와 《투씨》 말고 다른 이야기를 통해 사실발견의 순서에 대해 알아보자.

에일리언

원작 댄 오배넌, 로널드 셔셋 · **각본** 댄 오배넌 · 1979년

사실발견1 우주선의 대원들은 에일리언이 우주선의 환기구를 통해 다니고 있다는 걸 알게 된다.

- **결심:** 에일리언을 감압실로 몰아내 우주로 내보내기로 결심한다.
- **욕망의 변화:** 리플리와 다른 이들은 에일리언을 죽이고 싶어 한다.
- **동기의 변화:** 에일리언을 죽이지 못하면 자신들이 죽고 만다.

사실발견2 리플리는 '마더' 컴퓨터를 통해 과학의 이름으로 대원들을 소모품 취급한다는 것을 알게 된다.

- **결심:** 리플리는 애쉬의 행동에 도전하기로 결심한다.

- **욕망의 변화:** 그녀는 이 사실이 왜 대원들에게 알려지지 않았는지 이유를 알고자 한다.
- **동기의 변화:** 그녀는 애쉬가 대원의 편이 아니라고 의심한다.

사실발견3 리플리는 애쉬가 로봇이며 에일리언을 보호하기 위해서라면 살인도 불사할 것이라는 사실을 알게 된다.
- **결심:** 리플리는 파커의 도움으로 애쉬를 공격해 격파한다.
- **욕망의 변화:** 그녀는 배신자를 막아 우주선 밖으로 내보내고 싶어 한다.
- **강박 행동:** 그녀는 에일리언을 돕는 것이라면 그것이 사람이든 사물이든 상관없이 반대하고 파괴할 것이다.
- **동기의 변화:** 그녀의 동기는 자기보존이다.

사실발견4 애쉬는 리플리에게 에일리언이 완벽한 유기체이며 도덕관념이 없는 살인무기라고 말한다.
- **결심:** 리플리는 파커와 램버트에게 즉각 대피하고 우주선 폭파에 대비하라고 명령한다.
- **욕망의 변화:** 리플리는 여전히 에일리언을 죽이고 싶지만, 그러려면 우주선을 폭발시켜야 한다는 의미가 된다.
- **동기의 변화:** 없음.
- **관객의 발견:** 에일리언은 내내 자신에게 있는 가공할 힘을 감춘다. 그래서 관객은 리플리와 대원들과 같은 시점에 정보를 얻게 된다.

사실발견5 리플리는 에일리언에 의해 셔틀로 가는 길이 막힌 것을 발견한다.
- **결심:** 자동 폭파 장치 해제를 위해 다시 돌아간다.
- **욕망의 변화:** 리플리는 이 우주선과 함께 폭파당하고 싶지 않다.
- **동기의 변화:** 없음.

사실발견6 리플리는 에일리언이 셔틀에 숨어있는 걸 알게 된다.

- **결심:** 그녀는 우주복으로 바꿔입고 진공세계인 우주로 통하는 문을 연다.
- **욕망의 변화:** 리플리는 여전히 에일리언을 죽이고 싶다.
- **동기의 변화:** 없음.

마지막으로 발견한 사실이 고전적 호러물에서 흔히 볼 수 있는 것임을 명심하자. 도망치려고 하는 곳이 사실은 가장 위험한 곳이라는 말이다.

원초적 본능

각본 조 에스처하스 · 1992년

사실발견1 닉은 캐서린이 UC 버클리 대학교에 다니는 동안 교수가 죽었다는 사실을 발견한다.
- **결심:** 캐서린을 뒤쫓기로 결심한다.
- **욕망의 변화:** 닉은 살인사건을 풀고 캐서린을 왕좌에서 끌어내리고 싶어 한다.
- **동기의 변화:** 닉과 경찰은 캐서린이 무혐의라고 생각했지만, 지금은 생각이 달라졌다.

사실발견2 닉은 캐서린의 친구 헤이즐이 살인자이며, 캐서린이 그 교수와 아는 사이였다는 것을 발견한다.
- **결심:** 그는 계속해서 캐서린을 뒤쫓기로 결심한다.
- **욕망의 변화:** 없음.
- **동기의 변화:** 없음.

사실발견3 닉은 캐서린의 부모님이 탄 보트가 폭발하여 죽었다는 것을 알게 된다.
- **결심:** 그는 캐서린이 살인자라고 여기고 그녀를 뒤쫓으리라 결심한다.
- **욕망의 변화:** 없음.
- **강박 행동:** 그는 무슨 일이 있어도(심지어 죽을 수도 있다.) 이 영악한 살인범을 잡을 것이다.

• **동기의 변화:** 없음.

사실발견4 닉의 동료 경찰 거스가 닐슨 반장이 죽었고 그의 계좌에 누가 건넨 것으로 보이는 거액의 돈이 예치되어 있다고 알려준다.
• **결심:** 닉은 이 사실을 기반으로는 뚜렷한 결정을 내리지 않는다. 하지만 이 돈의 출처만큼은 밝히겠다고 결심한다.
• **욕망의 변화:** 왜 닐슨이 이 돈을 갖고 있는지 밝히고 싶어 한다.
• **동기의 변화:** 없음.

사실발견5 닉은 옛 여자친구 베스가 이름을 바꾼 것과 닐슨이 그녀의 파일을 갖고 있었으며, 베스의 남편이 지나가는 차에서 쏜 총에 맞아 죽었다는 것을 알게 된다.
• **결심:** 닉은 베스가 진짜 살인범인 것을 밝히겠다고 결심한다.
• **욕망의 변화:** 그는 베스가 이러한 살인에 가담하고 캐서린에게 죄를 뒤집어씌우는 건지 알고 싶어 한다.
• **동기의 변화:** 그는 여전히 살인사건을 해결하고 싶다.

사실발견6 거스는 닉에게 베스가 캐서린의 대학 룸메이트이자 연인이었다는 사실을 말해준다.
• **결심:** 닉은 거스와 함께 베스를 추궁하기로 한다.
• **욕망의 변화:** 닉은 아직도 살인사건을 해결하고 싶지만 이제 베스가 살인범이라는 것을 확신하고 있다.
• **동기의 변화:** 없음.

탐정 스릴러의 경우 사실발견이 점점 커지며 정곡을 찌르게 된다는 것을 명심하라.

배신자와 영웅에 관한 주제

각본 호르헤 루이스 보르헤스 ▪ 1956년

___

지금껏 보르헤스처럼 아주 짧은 이야기에서조차 엄청난 사실발견을 만들어내고, 그럼에도 인물, 상징, 세계, 주제의 역할을 퇴색시키지 않은 작가는 드물다. 보르헤스의 작가 철학에 내재된 것은, 개인적이고 우주적인 미로에서 벗어나기 위한 배움이나 탐구를 강조하는 것이다.

보르헤스의 《배신자와 영웅에 관한 주제》는 짧은 이야기이면서도 거의 대부분이 사실발견으로 이루어져 있다. 이름 없는 화자는 자신이 이야기를 하고는 있지만 세세한 부분까지는 아직 모른다고 설명한다. 서술자 라이언은 킬패트릭의 증손자이며, 킬패트릭은 아일랜드의 위대한 영웅 중 하나로 위대한 저항이 있던 전날 밤 극장에서 암살당했다.

사실발견1 킬패트릭의 전기를 쓰는 동안, 라이언은 경찰 조사에 관해 문제가 되는 상황을 발견한다. 예를 들어 킬패트릭에게 극장 출입을 금하는 경고 편지를 받은 것인데, 이것은 줄리어스 시저가 자신의 암살 예고 편지를 받은 것과 동일하다.

사실발견2 라이언은 역사 속에서 사건과 대사가 반복되는, 비밀스러운 시간의 형태가 존재한다는 것을 감지한다.

사실발견3 라이언은 거지가 킬패트릭에게 한 말이 셰익스피어의 『맥베스』에서도 동일하게 등장한다는 것을 알게 된다.

사실발견4 라이언은 킬패트릭의 가장 친한 친구 놀란이 셰익스피어의 희곡을 게일어로 번역했다는 사실을 발견한다.

사실발견5 라이언은 킬패트릭이 죽기 바로 며칠 전 배신자—정체를 알 수 없는—의 처형을 명했다는 것을 알게 된다. 그러나 그런 지시는 킬패트릭이 가진 자비로운 성격과는 맞지 않는다고 생각한다.

사실발견6 킬패트릭은 친구 놀란에게 그들 가운데 있는 배신자를 찾아내는 임무를 맡겼고, 놀란은 그 배신자가 바로 킬패트릭이라는 사실을 알아냈다.

사실발견7 놀란은 킬패트릭이 극적인 방식으로 암살당해 영웅으로 죽으면서 봉기의 힘을 잃지 않을 수 있는 계획을 고안한다. 킬패트릭도 그 역할에 따르기로 동의한다.

사실발견8 계획을 꾸밀 시간이 턱없이 부족한 터라 놀란은 계략을 완성시키고 사람들을 설득하기 위해 셰익스피어의 희곡에서 아이디어를 차용한다.

사실발견9 계략의 면에서 셰익스피어가 가진 요소는 극적이지 않기 때문에, 라이언은 놀란이 이렇게 계획을 짠 것은 언젠가 킬패트릭의 정체와 이 진실이 밝혀질 수 있게 하기 위함이었다는 것을 깨닫는다. 화자인 라이언조차 놀란이 꾸민 음모의 일부인 것이다.

관객의 발견 라이언은 마지막 발견을 비밀로 하고 대신 킬패트릭을 찬양하는 책을 출간한다.

서술자를 쓸 것인가

서술자를 쓸 것이냐 말 것이냐, 그것이 문제로다. 이것은 글쓰기 과정에서 내려야 하는 가장 중요한 결정에 속한다. 이것을 이번 장에서 이야기하는 이유는 플롯 구성 방식을 근본적으로 바꿀 수 있는 게 바로 서술자이기 때문이다. 하지만 유기성을 가진 이야기를 작성하는 경우, 서술자는 인물 묘사에만 영향을 주게 된다.

이것이 난관이로다. (『햄릿』 비유를 조금 더 발전시켰다.)

서술자는 가장 오용되는 기법 중 하나인데, 대부분의 작가가 의미나 진정한 가치를 모르기 때문이다. 영화, 소설, 연극에서 인기를 얻은 대부분의 이야기에는 눈에 띄는 서술자가 없다. 전지적 관점의 서술자가 들려주는 지극히 선형적인 이야기일 뿐이다. 누군가 얘기를 전달하고는 있지만 관객은 그게 누군지 모르고 신경 쓰지도 않는다. 이런 이야기는 대부분 항상 빠르게 진행되며, 큰 플롯과 하나의 강한 욕망선이 존재한다.

서술자는 1인칭(자신에게 대해 이야기하거나) 혹은 3인칭(다른 사람에 대해 이야기하거나)으로 인물의 행동을 묘사한다. 서술자의 존재를 눈에 띄게 하는 경우 더욱 복잡하고 섬세한 이야기를 만들 수 있다. 간단히 말해 서술자를 사용하면, 주인공의 행동은 물론이고 그가 하는 행동에 대한 다른 사람들의 의견까지 전해줄 수 있다.

관객은 서술자가 있다는 것을 파악하자마자 즉시 "왜 이 사람이 이야기를 하는 것인가?", "왜 이 이야기에 서술자가 필요한가, 그리고 왜 지금 내 앞에서 이야기를 하고 있는 것인가?" 라는 질문을 던지게 된다. 서술자가 있으면 관객의 주의가 그 쪽으로 향하느라 적어도 초반에는 관객과 이야기 사이에 거리가 생길 수도 있음을 명심하자. 그러나 작가에게는 객관성을 준다는 이점이 있다.

서술자가 있으면 관객은 이야기를 전하는 등장인물의 목소리를 들을 수 있다. 사람들은 항상 '목소리'가 훌륭한 스토리텔링의 황금 열쇠인 것처럼 떠들고 다닌다. 관객이 등장인물의 목소리를 들을 수 있도록 한다는 것은, 실제로 인물이 말하는 바로 그 순간에 관객을 그의 마음속에 들어가게 한다는 뜻이다. 그렇게 하면 정확하고 독특한 방식으로 마음을 표현할 수 있다. 거기에는 인물이 말하는 내용과 말하는 방식이 포함된다. 인물의 마음속에 있다는 것은 그 인물 본인은 인식하지 못한다 해도, 그가 편견과 맹점이 있고 거짓말을 하는 실제 인물이라는 것을 암시한다. 이 인물은 관객에게 진실을 말할 수도 있고 아닐 수도 있다. 그러나 어떤 진실이 나오든 그것은 지극히 주관적인 것이다. 이것은 신이나, 전지전능한 해설자가 하는 말이 아니다. 이 논리를 극단으로 밀어붙이면, 서술자는 현실과 환상 사이에 있는 경계를 모호하게 만들거나 심지어 허물 수 있다는 뜻이 된다. 서술자가 가진 또 다른 중요한 의미는 그가 과거에 일어났던 일을 이야기하고 있다는 점이며, 기억을 곧바로 극에 올린다는 점이다. 관객은 이것이 과거의 기억이 떠오른 것이라는 걸 듣는 순간, 상실, 슬픔, 미련을 느끼게 된다. 또한 관객은 이미 이 이야기는 완결된 것으로, 이미 지나간 일에 대한 관점이기 때문에 서술자가 그 안에 지혜를 가미할 거라 생각하게 된다.

몇몇 작가는 이제 듣게 될 내용이 더도 덜도 아닌 오직 진실이라고 속이기 위해 이 조합—누군가 개인적으로 관객에게 얘기를 하고 있으며 그가 자신의 기억을 말하고 있다는 것—을 사용하기도 한다. 서술자는 실제 이렇게 말을 한다. "내가 거기 있었습니다. 이제 무슨 일이 일어났는지 얘기를 해드리지요. 제 말을 믿으세요." 그러나 이것은 믿으라는 말이 아닌, 이야기의 전개에 따라 진실을 탐구하라는 암묵적인 초대와 같다.

서술자는 진실의 문제를 부각시키는 것 외에도 작가에게 몇 가지 독특하고 강력한 이점을 제공한다. 서술자는 등장인물과 관객이 친밀한 유대관계를 맺게 도와준다. 또한 인물을 더욱 섬세하게 표현하는 데 도움을 주고, 인물에게 각기 개성을 부여할 수도 있다. 더 나아가, 서술자가 있으면 종종 행동하는 주인공—대개 전사—에서 창조하는 주인공—예술가—으로 전환한다는 신호를 줄 수도 있다. 이제는 이야기를 전달한다는 행위 자체가 주요 초점이 되고, '불멸'로 가는 길은 영광스러운 행동을 하는 주인공에서 이야기를 들려주는 서술자로 바뀐다.

서술자가 있으면 플롯을 구성하는 데 있어 엄청나게 많은 자유를 가질 수 있다. 플롯에 나오는 행동은 기억에 의해 구성되기에 시간 순서는 중요하지 않다. 짜임새가 이해만 된다면 행동의 순서를 마음껏 바꿔서 나열할 수 있다. 게다가 서술자는 어마어마한 시간과 공간에 걸쳐 일어나는 사건이나, 주인공이 여행을 떠날 때 일어나는 사건과 행동을 연결해준다. 이러한 플롯은 종종 파편처럼 느껴진다고 이미 이야기한 바가 있다. 그러나 서술자의 회상으로 틀을 잡으면, 행동과 사건에 즉각적으로 통일감이 생기고, 사건들 사이에 있는 거대한 간극이 사라지게 된다.

서술자를 사용할 때 가장 좋은 기법에 대해 논의하기 전에, 일단 피해야 할 사항부터 살펴보자. 서술자를 단순한 틀로 사용하지 말자. 그런 이야기는 실제로 서술자가 다음과 같이 말하며 시작한다. "이야기를 하나 해주고 싶군요." 그런 다음 시간 순서대로 사건을 나열한 후에 마지막에 이렇게 말한다. "바로 이런 일이 일어났던 것이지요. 정말 대단한 이야기였어요."

이런 식의 이야기 틀은 꽤나 흔하지만 무용지물이다. 관객은 별 이유도 없이 서술자에게 관심을 집중하게 될 뿐더러, 이야기 기법의 의미와 강점이 전혀 활용되지 못한다. 이것은 이야기가 '예술적'으로 진행되고 있으니 관객은 감상이나 하라고 말하는 것과 다름없다.

서술자를 최대한 활용할 수 있는 여러 가지 기법이 있다. 이러한 기법이 강력한 이유는 이것들이 이야기를 전달하는 사람과 전달되어야 하는 이야기로 이루어진 구조 속에 내재되어 있기 때문이다. 그러나 이 모두를 한꺼번에 써야 한다는 생각은 하지 말자. 모든 이야기는 각기 독특하다. 그러니 거기에 알맞은 기법을 골라야 한다.

■ 서술자가 진짜 주인공일 수도 있다는 생각을 하라

1인칭이든 3인칭이든 서술자를 사용하는 경우 열에 아홉은 서술자가 진짜 주인공이다. 그 이유는 구조에 있다. 이야기를 한다는 행위는 자기발견의 단계를 반으로 쪼개는 것과 같다. 서술자는 처음에 자신의 행동 혹은 타인의 행동이 자기에게 어떤 영향을 미쳤는지 이해하기 위해 기억을 되짚는다. 그러한 행동─과거에 했던 자신 혹은 타인의 행동─을 묘사하면서, 서술자는 한 발 떨어져 행동을 바라보고 현재 자신의 삶을 바꿀만한 엄청난 통찰을 얻게 된다.

■ 극적인 상황에서 서술자를 소개하라

예를 들어 싸움이 일어났거나 중요한 결정을 내려야 한다고 해보자. 이런 상황은 서술자를 이야기 안으로 배치시켜, 서술자 자신에 대한 긴장감을 높이고 서술자의 이야기가 순조롭게 출발할 수 있게 돕는다.

- 《선셋 대로》: 서술자 조 길리스는 지금 연인 노마 데스먼드의 총에 맞아 죽었다.
- 《육체와 영혼》: 서술자는 복싱 링 위에 오른다. 그는 챔피언 결정전에서 일부러 져줄 참이다.
- 《유주얼 서스펙트》: 서술자는 대량 학살에서 살아남은 유일한 생존자로 추정되어 경찰의 심문을 받고 있다.

■ 서술자가 이야기를 시작할 수 있게 좋은 계기를 만들어라

"이제 얘기를 시작하려 합니다."라는 말 대신 서술자는 현재 이야기에 담긴 문제에 개인적으로 동기부여를 받아야 한다. 이야기에 담긴 문제, 즉 개인적 동기는 왜 지금 이 이야기를 하는지 그 이유와 직접 연결되어야 한다.

- 《육체와 영혼》: 서술자인 주인공은 정정당당하지 못한 권투 선수이다. 그는 지금 챔피언 결정전에서 일부러 지려고 한다. 그러니 경기가 시작되기 전에 왜 이런 지경에 왔는지 관객을 이해시켜야 한다.

- 《**유주얼 서스펙트**》: 조사관은 버벌이 입을 열지 않으면 사람을 시켜 죽이겠다고 협박한다.
- 《**나의 계곡은 푸르렀다**》: 주인공은 아끼던 장소에서 쫓겨나 무너진 상태다. 우리는 그에게 왜 이런 일이 일어났는지 알아야만 한다.

■ 서술자도 처음에 모든 것을 다 알지는 않아야 한다

모든 걸 다 아는 서술자는 현재에 그다지 극적 흥미를 가지지 못한다. 이미 일어난 일을 모두 알기에 죽은 틀에 갇히는 것이다.

대신, 서술자에게는 이야기를 함으로써 해결될 큰 약점이 있어야 하며, 이야기를 되돌아보고 이야기를 한다는 행동이 그에게 투쟁과 같아야 한다. 이런 식으로 해야 서술자는 극적인 태도를 유지한 채 현재에도 개인적인 흥미를 가진 인물이 될 수 있으며, 이야기를 한다는 행위 자체가 영웅적 행위가 될 수 있다.

- 《**시네마 천국**》: 주인공 살바토레는 부유하고 유명하지만 슬픔과 절망에 빠진 인물이다. 여자도 많이 만나봤지만 그 중에서 진정으로 사랑한 사람은 없다. 고향 시칠리아는 안 간지 30년이나 되었다. 오랜 친구 알프레도가 죽었다는 소식을 듣자, 그는 다시는 돌아가지 않겠다고 맹세한 그 장소에서 보냈던 어린 시절을 떠올린다.
- 《**쇼생크 탈출**》: 살인죄로 종신형을 복역 중인 '레드' 레딩은 또 한 번 가석방이 기각된다. 그는 희망을 잃고 자신은 감옥이라는 벽 안에서 살아야 하는 사람이라 생각한다. 어느 날 앤디가 도착하고, 그는 모든 신입 죄수라면 겪는 통과의례처럼 조롱을 던지는 죄수들 사이를 걸어간다. 레드는 그걸 보며 앤디가 입소 첫날 밤 우는 최초의 죄수가 될 거라 말한다. 그러나 앤디는 아무 소리도 내지 않는다.
- 『**암흑의 핵심**』: 이것은 결국 범죄 이야기지만, '범죄'—커츠가 했거나 말했던 일에 대한 '참상'—가 저질러졌는지도 확실하지 않고 그러니 해결되지도 않는다. 미스터리의 일부는 말로우가 자신의 이야기를 말하고 또 말하는 진짜 이유가 무엇인가 하는 것이다. 한 가지 단서는 커츠가 죽기 전 마지막으로 '남기려' 했던

말이 무엇이냐는 커츠 약혼녀의 질문에 대한 답에 있다. 그는 사실 "무서워! 무서워!"라고 말하려 했지만 말로우는 "마지막으로 남긴 말은 당신 이름이었습니다."라고 거짓말을 한다. 말로우는 그녀에게 거짓말한 것에, 간단한 대답으로 거짓 감정을 남긴 것에 대해 죄책감을 느낀다. 이것은 비난받아 마땅하다. 그리하여 커츠의 경험과 암흑의 핵심 그 자체는 누구라도 알 수가 없는 것이지만, 말로우는 자신이 이해할 때까지 이야기를 계속해서 반복할 수밖에 없는 운명에 처한 것이다.

▪ 시간 순서대로 따라가기보다 독특한 구조를 사용해 이야기를 전해라

여러분이 (서술자를 통하여) 하는 이야기는 유일무이해야 한다. 그렇지 않으면 그것은 아무도 필요로 하지 않는 틀로 남을 뿐이다. 이야기 방식이 독특해야 서술자가 하는 "이 이야기는 독특해서 오직 특별한 서술자만이 제대로 전할 수 있다."는 말이 정당화된다.

- ◆ **《멋진 인생》**: 두 천사가 세 번째 천사에게 한 남자가 어떤 사건으로 인해 결국 자살에 이르게 된 이야기를 말해준다. 세 번째 천사는 그 남자에게 평행 세계의 미래, 즉 그가 없었다면 세상이 어떻게 달랐을지 보여준다.
- ◆ **《유주얼 서스펙트》**: 정박한 배에서 많은 사람이 살해당한다. 세관 소속 수사관인 쿠얀은 다리를 저는 버벌을 취조하고, 그는 경찰이 6주 전 절도 혐의로 다섯 명을 심문했던 일부터 말하기 시작한다. 이야기는 쿠얀이 버벌을 심문하는 현재와 버벌이 설명하는 과거의 사건을 오가며 진행된다. 결국 쿠얀은 버벌을 풀어주는데 취조실의 게시판을 보다가 자백에서 나왔던 이름이 모두 거기 있었다는 걸 발견한다. 버벌은 즉석에서 '과거' 사건을 모두 만들어낸 것이다. 그는 살인범이자 서술자였다.

▪ 서술자는 진실을 찾고 표현하기 위해 고군분투하면서 다양한 스토리텔링 방식을 시도해야 한다

다시 말하지만 이야기는 딱 정해진 것이 아니다. 처음부터 모든 게 다 알려진 것도 아니다. 이것은 작가와 관객이 갖는 극적인 토론이다. 이야기를 한다는 행위와, 관객이 그걸 듣고 조용히 의문을 품는 행위, 이것은 부분적으로나마 결과가 어떻게 나올지를 결정한다.

서술자는 이야기를 가장 잘 전달할 수 있는 방법을 고민하고, 관객과 주고받기를 통해 관객이 그 간극을 메우도록 여지를 남겨야 한다. 그는 고군분투하며 사건의 깊은 의미를 이해하게 되고, 관객을 끌어들여 참여하게 만든다. 그리하여 관객들의 삶에 있어서도 더 깊은 의미를 찾을 수 있게 도와준다.

- **『암흑의 핵심』**: 이것은 반-서술자의 이야기이다. 이 책은 세 명의 서술자를 사용하여 '실제' 이야기가 절망적으로 모호하여 결코 말해질 수 없다는 것을 구조적으로 보여준다. 한 선원이 서술자(말로우)에 대해 말하고, 그는 한 남자(커츠)에게서 들은 얘기를 다른 승객에게 전하고, 커츠는 그 뜻을 알 수 없는 "무서워!"라는 말을 남기고 죽는다. 그리하여 우리는 문자 그대로 '무서움' 그 자체만큼이나 모호한 수수께끼이자 의미가 무한정 돌고 도는 미스터리를 얻게 된다.

  또한 말로우는 마치 말하는 만큼 진실에 다가갈 수 있다는 듯이 이 얘기를 수없이 반복하는데, 결국은 늘 실패로 끝이 난다. 그는 커츠에 관한 진실을 찾기 위해 강을 거슬러 올라갔다고 말하지만, 그에게 가까워질수록 상황은 더욱 흐릿하게만 보인다.

- **『트리스트럼 샌디』**: 300년이라는 시간을 앞선 과거에 『트리스트럼 샌디』는 똑같은 스토리텔링 기법을 코미디에 적용했다. 예를 들어, 1인칭 서술자는 이야기를 이리저리 왔다 갔다 하며 진행한다. 그는 독자에게 직접 대고 제대로 읽지 않는다며 훈계를 한다. 그리고 본인이 나중에 얘기하겠다고 한 걸 설명할 순간이 오면 독자에게 불만을 표한다.

■ **이야기를 전하는 스토리텔링 형식을 이야기의 끝에서 마무리하지 말고, 4분의 3지점에서 끝내라**

서술자가 이야기를 전해주는 형식을 이야기의 맨 끝까지 이어가면, 그 이야기를 기억하고 말하는 행위는 현재에 극적이고 구조적인 영향을 주지 못한다. 고로 이야기하는 행위가 서술자 자신을 바꾸게 할 수 있도록 약간의 여지를 남겨놓아야 한다.

- **《멋진 인생》**: 천사 클라렌스는 조지가 자살을 시행하려는 순간까지의 삶을 전해 듣는다. 이렇게 과거에 대한 얘기는 이야기의 3분의 1을 남겨둔 지점에서 결론을 맺는다. 마지막 3분의 1 지점에서, 클라렌스는 조지가 변화할 수 있게 그가 없는 세상을 보여준다.

- **《시네마 천국》**: 주인공 살바토레는 자신의 친구 알프레도가 죽었다는 사실을 알게 된다. 그는 어린 시절 알프레도가 영사 기사로 일했던 '시네마 천국'에서 대부분의 시간을 보냈던 것을 추억한다. 그 기억은 청년이 된 살바토레가 성공을 위해 로마로 떠나면서 끝난다. 그리고 현재, 그는 장례식에 참여하기 위해 고향으로 돌아와 '시네마 천국'이 얼마나 폐허가 되었는지를 두 눈으로 확인한다. 하지만 알프레도는 그를 위해 선물을 하나 남겨 놓았다. 살바토레가 어렸던 당시 신부님의 검열로 잘라내야 했던, 아름다운 키스 장면을 모아놓은 필름이었다.

■ **이야기를 하는 행위를 통해 서술자도 자기발견의 기회를 가져야 한다**

지난날을 뒤돌아보며, 서술자는 현재 자신에 대한 엄청난 통찰력을 얻게 된다. 다시 말해, 이야기를 한다는 전체 과정은 서술자 자신에게도 커다란 자기발견의 단계가 된다는 의미다. 그러니 이야기를 한다는 것은 서술자인 주인공이 자신의 필요를 충족시키는 방법이다.

- 『**위대한 개츠비**』: 닉은 마지막에 이렇게 말한다. "그곳이 바로 내가 살았던 중서부다…나 역시 그곳의 일부다. 기나긴 겨울을 느끼며 다소 침통했다…개츠비의 죽음 이후 동부는 그런 식으로 내 뒤를 따라다녔다…그래서 버석거리는 나뭇잎을 태우는 푸른 연기가 하늘로 오르고, 빨래 줄에 걸린 빨래에 바람이 부딪칠 때 나는 집으로 돌아가기로 결심했다."

- **《쇼생크 탈출》**: 레드는 친구 앤디와 함께 한 후 희망을 갖는 것, 자유롭게 사는 것

이 무엇인지를 깨닫게 된다.

- ◆ **《좋은 친구들》**: 블랙코미디인 《좋은 친구들》은 1인칭 서술자를 사용하여 주인공이 무언가를 깨달아야 하는 상황임에도 종내 자기발견에 다다르지 못한다는 역설을 강조했다.

■ **서술자로 하여금 이야기를 하는 행위가 자신에게 혹은 타인에게 비도덕적이거나 파괴적일 수도 있다는 것을 탐구하게 해라. 이를 통해 서술 행위 자체가 도덕 문제를 제기하여 현재에 극적 흥미를 더할 수 있다**

- ◆ **《코펜하겐》**: 이 영화에서 서술자들은 경쟁을 한다. 제2차 세계대전 중에 핵폭탄 제조를 위해 만난 세 사람이, 무슨 일이 있었는지에 대해 각기 나름의 버전으로 이야기하기 때문이다. 각각의 이야기는 서로 다른 도덕관을 보이고, 각 인물은 이야기 안에서 다른 사람의 도덕성을 공격한다.

■ **이야기를 전하는 행위는 마지막에 발생하는 극적 사건의 원인이 되어야 한다. 이 사건은 종종 주인공의 도덕적 결심을 보여준다**

이야기를 하는 것에는 영향력이 있다. 가장 큰 영향력은 주인공이 자기발견에 근거하여 새로이 도덕적 결심을 내리는 것이다.

- ◆ **『위대한 개츠비』**: 닉은 타락한 도시인 뉴욕을 떠나 미국 중서부로 돌아오기로 결심한다.
- ◆ **《멋진 인생》**: 조지는 자살하려던 마음을 거두고 가족에게 돌아가 책임을 다하기로 결심한다.
- ◆ **《육체와 영혼》**: 서술자 주인공은 과거를 돌아본 후 승부 조작을 하지 않기로 결심한다.
- ◆ **《쇼생크 탈출》**: 레드는 교도소 밖에서 인생을 포기한 친구 브룩처럼 되지 않기로 결심한다. 대신 그는 살아남아 멕시코에서 새로운 인생을 시작한 앤디에게 합류하기로 한다.

■ 등장인물이 죽어야만 온전하고 진실된 이야기가 만들어질 거라는 오류를
범하지 말자

서술자가 등장인물의 죽음으로 마침내 그에 대한 진실을 말할 수 있게
되었다며, 그것은 이야기를 시작하게 된 계기로 삼는 경향이 있다. 그의 임
종 장면과 유언이 진실을 '제자리에 놓는' 마지막 열쇠를 제공한다는 듯 말
이다.

이것은 잘못된 기술이다. 마침내 모든 것을 볼 수 있다는 이유로 죽음이
인생을 이해하게 만들어주지는 않는다. 곧 지금 죽을 것처럼 행동하는 것
만으로도 동기 부여를 받아 의미를 찾고 현재의 결정을 내릴 수 있다. 의미
를 찾는 것이야말로 삶에서 계속 지속되는 과정이기 때문이다.

비슷하게는, 서술자가 등장인물(다른 사람, 혹은 자신)의 죽음을 이용하여,
이제 이야기 전체를 말하고 이해할 수 있는 것처럼 보이게 할 순 있다. 그
러나 의미는 이야기하는 행위에서 나오며, 뒤를 돌아보고 또 돌아보는 행
위를 통해, 매번, '진짜' 이야기가 달라진다. 하이젠베르크의 '불확정성 논
리'처럼, 서술자는 한 번에 하나의 의미를 알 수는 있겠지만, 전체 의미는
절대로 알지 못한다.

- ◆ **《시민 케인》**: 케인이 죽으면서 남긴 '로즈버드'라는 말의 의미는 케인의 삶을 함
  축시킨 것이 아니며, 그렇게 할 수도 없다.
- ◆ **『암흑의 핵심』**: 커츠의 유언 "무서워! 무서워!"는 그의 삶이 가진 수수께끼를 푸
  는 데 전혀 도움이 되지 않는다. 이 말은 모든 인간 속에서 숨 쉬는 암흑의 핵심이
  가진 거대한 미스터리 중 마지막 미스터리이며, 이 인간에는 진실에 도달하기 위
  해 계속해서 이야기를 반복하지만 실패하고 마는 서술자 말로우가 포함된다.

■ 심오한 주제는 주인공의 행동이 아닌, 창의력이 가진 진실과 아름다움에
관련된 것이어야 한다

스토리텔링이라는 틀 안에 모든 행동을 배치하고, 이러한 행동을 설명하
는 서술자의 중요성과 그가 가진 어려움을 강조함으로써 스토리텔링을 주

요한 행동이자 위대한 업적으로 만들 수 있다.

- ◆ **《유주얼 서스펙트》**: 버벌은 그를 막으려는 자는 누구든 쓰러뜨리고 죽이는 악명 높은 범죄자다. 그러나 그가 만들어낸 가장 위대한 업적은 바로 현장에서 이야기를 만들어내 모두가 자신을 약하고 딱한 인물로 보게 만들어놓은 것이다. 그로써 그는 성공한 범죄자가 된다.
- ◆ **『길가메시 서사시』**: 길가메시는 위대한 전사이다. 그러나 그의 친구와 동료 전사들이 죽자, 그는 불멸을 찾아 헛된 방랑을 시작한다. 그리고 자신의 이야기가 계속 반복되어 전해지는 것을 통해 불멸을 얻는다.
- ◆ **《쇼생크 탈출》**: 앤디가 레드(서술자)와 주변 재소자들에게 준 최고의 선물은 어떻게 하면 희망, 자기만의 방식, 자유를 가지고 살 수 있는가를 보여준 것이다. 그 것이 감옥 안이라고 해도 말이다.

● **주의POINT** 서술자를 너무 많이 넣지 않도록 유의해라.

서술자에게 능력이 많은 만큼 서술자를 쓰는 것에는 대가가 따른다. 그중에서 가장 큰 것은 이야기와 관객 사이에 선을 긋는다는 것이며, 대개 이것은 이야기에서 몇몇 감정을 없애버린다. 서술자가 많아질수록 관객과의 거리도 멀어져, 관객은 차갑고 분석적인 태도로 이야기를 관찰하게 된다.

서술자의 사용을 위해 살펴볼 이야기로는 《선셋 대로》, 《아메리칸 뷰티》, 《유주얼 서스펙트》, 《좋은 친구들》, 《쇼생크 탈출》, 《포레스트 검프》, 《의혹》, 《위대한 앰버슨가》, 『암흑의 핵심』, 『트리스트럼 샌디』, 《코펜하겐》, 『보바리 부인』, 《시민 케인》, 『나의 계곡은 푸르렀다』, 《시네마 천국》, 『길가메시 서사시』, 『위대한 개츠비』, 《멋진 인생》, 《육체와 영혼》 등이 있다.

장르

플롯에 영향을 주는 구조적 요소에서 빼놓을 수 없는 것에 장르가 있다. 장르는 이야기 형식이자, 특정한 종류의 이야기이다. 대부분의 영화, 소설, 희곡은 적어도 한 장르를 기반으로 하며, 대개는 두세 개의 장르가 혼합된 형태를 취한다. 그러니 자신이 사용하는 이야기 형식을 잘 알아두는 것은 중요하다. 각각의 장르에는 꼭 포함해야 하는 플롯 요소가 있다. 이것을 사용하지 않으면 관객은 실망하게 된다.

사실 장르는 이야기 하위 체계의 또 다른 형식이다. 각 장르 역시 이야기 구조의 보편적 단계를 따른다. 즉 7가지 혹은 22가지 단계를 따르되 각기 다른 방식으로 취한다. 물론 어느 장르도 사용하지 않으면서 위대한 이야기를 창조할 수 있다. 그러나 장르를 사용한다면, 이야기 형식이 구조의 단계를 어떻게 밟아갈지에 대해 반드시 알아야 한다. 이것은 각 장르가 인물, 주제, 세계, 상징을 어떻게 다루는지 배워야 하는 것과 마찬가지다. 그런 다음 이러한 요소를 독창적으로 만들어 여러 면에서 다른 이야기와 비슷할지 언정 전혀 다른 이야기로 만들어야 한다. 관객은 장르 이야기에서 많은 것을 바란다. 뼈대는 비슷하면서도, 새로운 피부가 얹힌 신선한 이야기를 보길 원하기 때문이다.

여러 장르에 대해 세부사항을 다루려면 이 책으로는 모자라다. 그것에 대해서는 이미 다른 곳에서 광범위하게 다룬 바 있다. 장르란 아주 복잡하여, 대가가 되고 싶다면 하나 혹은 둘 정도만 골라야 한다는 것을 염두에 두자. 좋은 소식은 누구라도 연습을 통해 배울 수 있다는 점이다.

플롯 만들기

- **설계 규칙과 플롯** 이야기의 설계 규칙과 주제 문장을 다시 살펴봐라. 여러분의 플롯이 이 흐름을 따라가는지 확인해라.
- **플롯을 위한 상징** 이야기 상징을 사용한다면, 플롯을 통해 그것을 표현해라.
- **서술자** 이야기에 서술자를 쓸 것인지 여부를 결정해라. 사용할 것이라면 어떤 종류의 서술자인지를 정해라. 서술자의 효과를 가장 많이 얻어낼 수 있는 구조적 기법을 염두에 두어라.
- **22단계** 여러분의 이야기를 22단계로 자세히 설명해라. 반드시 1단계, 플롯 틀에서 시작해라. 그래야 다른 단계가 자연스럽게 자리를 잡을 수 있다.
- **사실발견 시리즈** 사실발견 시리즈에 집중해라. 나머지 22단계와 분리하여 사실발견의 목록을 작성해라. 사실발견을 더욱 극적으로 보이게 하기 위해 다음의 요소를 참고해라.

  - 사실발견의 시리즈는 반드시 논리에 맞아야 한다.
  - 각각의 사실발견은 앞의 것보다 더 강렬하게 만들어라.
  - 사실발견이 일어날 때마다 주인공이 원래의 욕망에 대해 변화를 갖게 해라.
  - 이야기가 끝을 향할수록 사실발견도 점차 빠른 속도로 일어나게 해라.

《대부》를 22단계로 나눈 것을 살펴보자. 그러면 여러분이 이미 결정한 구조의 7가지 핵심단계에 어떻게 하면 22단계를 통해 중요한 플롯의 세부 정보를 추가할 수 있는지 확인할 수 있다.

대부

소설 마리오 푸조 ▪ 1969년 / **각본** 마리오 푸조, 프란시스 포드 코폴라 ▪ 1972년

주인공: 마이클 꼴레오네

1. 자기발견, 필요, 욕망

- **자기발견** 마이클은 자기발견을 하지 못한다. 그는 무자비한 킬러가 되지만, 오직 그의

오랜 연인이자 현재의 아내 케이만 그의 도덕적 추락을 목격한다.

- 필요 무자비한 킬러가 되지 않아야 한다.
- 욕망 아버지에게 총을 쏜 자들에게 복수해야 한다.
- 착각 마이클은 자신이 가문 사람들과는 다르고, 그들이 저지르는 범죄 행위를 저지르지 않을 거라 생각한다.

2. 망령과 이야기 세계

그를 따라다니는 망령은 과거에 있었던 하나의 사건이 아니다. 그가 경멸하는 범죄와 살인이라는 가족의 내력이다.

이야기 세계는 마이클 가족의 마피아 시스템이다. 극도의 위계를 가진 세계로, 엄격한 규율이 있는 군대처럼 작동한다. 대부는 절대 권력을 가진 지도자로 자신의 입맛대로 상벌을 가하고, 가문은 자신들이 원하는 것을 얻기 위해 살인을 불사한다. 이 세계가 어떻게 돌아가는지는 마이클의 여동생 결혼에서 잘 드러난다. 이 이야기에 등장하는 모든 인물이 이곳에 초대되기 때문이며 여기에는 숨은 적대자, 바르치니가 포함된다.

그 후 할리우드 제작자가 대부의 부탁을 거절하는 장면을 통해 이 가문의 세력이 전국으로 뻗은 상태라는 것을 보여준다. 제작자는 아침에 눈을 떠 자신이 가장 좋아하는 말의 머리가 침대에 놓인 것을 발견한다.

3. 약점

마이클은 젊고, 미숙하며, 검증되지 않았고, 자신감이 과하다.

- 심리적 필요 자신이 우월하다는 생각과 독선을 극복해야 한다.
- 도덕적 필요 가족을 보호하면서 다른 마피아 조직 보스처럼 무자비하지 않아야 한다.
- 문제 가문의 라이벌 조직이 수장인 마이클의 아버지를 총으로 쏘아 죽였다.

4. 촉발하는 사건

가족과 거리를 두고 있던 마이클은 아버지가 총에 맞았다는 소식을 알게 된 순간 그 거리감을 깨뜨린다.

5. 욕망

아버지를 쏜 자들에게 복수하고 그로써 가문을 보호하고 싶어 한다.

6. 조력자(들)

가문 안에는 마이클의 조력자가 다수 있다. 거기에는 아버지 돈 꼴레오네, 형 소니와 프레도, 그리고 톰, 클레멘자, 두 번째 부인 케이가 포함된다.

7. 적대자/미스터리

마이클의 첫 번째 적대자는 솔로쪼다. 그러나 진짜 적대자는 강력한 힘을 가지고 솔로쪼 뒤에 숨어 꼴레오네 가문을 몰락시키려 한 바르치니다. 마이클과 바르치니는 꼴레오네 가문의 생존과 뉴욕 범죄를 누가 다스릴 것이냐를 놓고 경쟁한다.

8. 적대자/가짜 조력자

마이클은 이례적으로 많은 적대자와 가짜 조력자를 가진 인물로, 이것은 플롯을 대단히 강화시킨다. 아래와 같은 적대자와 가짜 조력자가 있다.

① 아버지가 총에 맞았을 때 있었던 운전사

② 마이클을 죽이려다가 자신의 아내를 폭발로 죽게 만든 시칠리아 경호원 파브리지오

③ 소니를 속여 죽게 한 매제 카를로

④ 바르치니의 편에 넘어간 테시오

9. 첫 번째 발견과 결심: 욕망의 변화와 동기의 변화

- **사실발견** 아버지가 입원한 병원은 경호원도 없이 실제로 텅 빈 상태다. 마이클은 그자들이 아버지를 죽이러 올 거라는 걸 깨닫는다.
- **결심** 그는 아버지의 침대를 다른 병실로 옮기고 밖에 경비를 세워 보호하기로 결심한다.
- **욕망의 변화** 마이클은 가족과 거리를 두는 것을 멈추고, 아버지를 보호하고 가문을 구하고 싶어 한다.
- **동기의 변화** 그는 가족을 마음 깊이 사랑하며, 경쟁하여 승리하고자 하는 동기로 인해 절대 지지 않을 것이다.

10. 계획

마이클의 첫 번째 계획은 솔로쪼와 그의 수호자 경찰 서장을 죽이는 것이다. 두 번째 계획은 다른 가문의 수장들을 한꺼번에 몰살시키는 것이다.

11. 적대자의 계획과 치명적 반격

마이클의 주요 적대자는 바르치니다. 그의 계획은 솔로쪼를 앞세워 돈 꼴레오네를 죽이는 것이다. 그를 총으로 쓰러뜨리고 카를로를 매수해 소니를 함정에 빠지게 하고, 마이클의 시칠리아 경호원도 매수해 마이클을 죽이라 사주한다.

12. 행동

① 클레멘자는 마이클에게 솔로쪼와 맥클러스키를 죽일 수 있는 방법을 보여준다.

② 식당에서 마이클은 솔로쪼와 맥클러스키에게 총을 쏜다.

③ 신문 기사에 몽타주가 실린다.

④ 소니가 타탈리아를 죽이고 싶다고 하며 톰과 설전을 벌인다.

⑤ 시칠리아로 간 마이클은 길에서 예쁜 여인 아폴로니아를 보고 그녀의 아버지에게 딸을 만나고 싶다고 말한다.

⑥ 마이클이 아폴로니아를 만난다.

⑦ 소니는 코니의 눈이 멍든 것을 본다. 그는 길에서 코니의 남편 카를로에게 폭행을 가한다.

⑧ 마이클과 아폴로니아가 결혼식을 올린다.

⑨ 톰은 마이클의 여자친구였던 케이가 마이클에게 쓴 편지를 받아주지 않는다.

⑩ 마이클은 아폴로니아에게 운전법을 가르쳐준다. 그리고 소니가 죽었다는 것을 알게 된다.

추가된 사실발견

- **사실발견** 마이클은 시칠리아의 길거리에서 아름다운 이탈리아 여성을 보게 된다.
- **결심** 그녀를 만나야겠다고 결심한다.
- **욕망의 변화** 그는 그녀를 원한다.
- **동기의 변화** 그는 사랑에 빠졌다.

13. 조력자의 공격

- **조력자의 비판** 마이클이 시칠리아에서 돌아오자, 케이는 그가 아버지를 위해 일하는 것에 대해 비난한다. 그녀는 그가 예전 같지 않다고 말한다.
- **주인공의 합리화** 5년 안에 자기 가문을 합법적인 조직으로 만들겠다고 약속한다.

14. 겉보기 패배

마이클의 겉보기 패배는 좌우연타로 나타난다. 형 소니가 살해당했다는 것을 알게 된 직후 자신을 겨냥한 폭탄 때문에 아내가 죽는 것을 보게 된다.

15. 두 번째 발견과 결심 강박 행동, 욕망의 변화와 동기의 변화

- **사실발견** 마이클은 자신의 차에 폭탄이 설치되어 있으며 아폴로니아가 지금 막 시동을 걸려는 참이라는 걸 알게 된다.
- **결심** 그녀를 막으려 하지만 이미 늦었다.
- **욕망의 변화** 마이클은 자기 가족에게 돌아가고 싶어 한다.
- **강박 행동** 그는 아폴로니아와 형을 죽인 사람에게 복수를 다짐한다.
- **동기의 변화** 그는 자신이 사랑하는 이들을 죽인 자들에게 대가를 치르게 하고 싶다.

16. 관객의 발견

관객은 돈 꼴리오네의 가장 무시무시한 조력자 루카 브라시가 타탈리아와 솔로쪼를 만나러 갔다가 살해당하는 것을 보게 된다.

17. 세 번째 발견과 결심

- **사실발견** 마이클은 테시오가 다른 편에 넘어갔다는 것과 바르치니가 자신을 죽이려는 계획을 세웠다는 것을 깨닫는다.
- **결심** 그는 선수를 치기로 결심한다.
- **욕망의 변화** 그는 한 방에 적 모두를 소탕하고 싶어 한다.
- **동기의 변화** 그는 이 전쟁에서 완전히 이기고 싶어 한다.

18. 관문, 시련, 죽음 맛보기

마이클은 관객을 속일 만큼 우월한 전사이기 때문에 관문과 시련 없이 바로 마지막 전투로 향한다. 그가 죽음 맛보기를 하는 순간은 자신을 겨냥한 폭탄에 아내가 죽었을 때이다.

19. 전투

마지막 전투는 마이클이 조카의 세례식에 참석하는 모습과 다섯 개의 마피아 가문 수장을 죽이는 모습이 교차 편집되어 등장한다. 세례식에서 마이클은 그가 신을 믿는다고 말하고, 클레멘자는 엘리베이터에서 내리는 남자 몇 명에게 총격을 가한다. 모 그린은 눈에 총을 맞는다. 세례식의 문답식에서 마이클은 사탄을 멀리하겠다고 말하자 또 다른 저격수가 회전문에서 한 가문의 수장을 총으로 쏜다. 바르치니가 총을 맞는다. 톰은 테시오가 살해되게 한다. 마이클은 사람을 시켜 카를로를 목졸라 죽인다.

20. 심리적 자기발견

없다. 마이클은 여전히 자신이 우월하며, 독단적으로 행동해도 된다고 합리화한다.

도덕적 자기발견

없다. 마이클은 무자비한 킬러가 되었다. 작가들은 도덕적 자기발견의 순간을 아내 케이에게 넘김으로써 한층 앞선 간 구조를 선보였다. 아내 케이는 자신의 눈 앞에서 문이 닫힐 때 그가 어떤 존재가 되었는지를 깨닫는다.

21. 도덕적 결심

마이클이 내리는 가장 큰 도덕적 결심은 전투 직전, 매제 아기의 대부가 된 직후 매제는 물론 모든 라이벌을 죽이기로 결단하는 장면에서 이루어진다.

22. 다시 찾은 평정

마이클은 적을 모두 죽이고 새로운 대부로 '급부상'했다. 그렇지만 도덕적 측면에서 봤을 때 그는 타락했고 '악마'가 되었다. 자기 가문의 폭력과 범죄와는 일절 대면하고 싶지 않았던 그가 이제는 수장이 되어 자신의 길을 막거나 배신하는 자라면 누구나 죽일 수 있게 된 것이다.

9장

장면을 엮다

대부분의 작가가 다음 장면을 구상할 때, 시간 순서대로 다음에 나올만한 행동(장면)을 넣는다. 그렇게 되면 장황하기만 하고 별 의미도 없는 이야기가 나온다. 그보다는 그 장면이 주인공의 성장에 어떤 영향을 미치는지를 고려해야 한다. 전개에 도움이 되지 않거나 결정적인 장면이 되지 않는다면 바로 빼버려라.

최첨단 시대, 빠르게 흘러가는 현대 사회의 독자에게 아직까지 제인 오스틴과 찰스 디킨스가 그토록 위대한 작가로 남은 이유는 무엇 때문일까? 우선 첫째로, 그들은 역사상 두 장면을 가장 멋들어지게 엮어내는 작가였다는 점을 들 수 있다.

한 장면은 대개 하나의 시공간에서 벌어지는 하나의 행동으로 채워져 있다. 이것은 이야기 속에서 지금 실제로 벌어지는 일의 기본 단위로, 관객 역시 그것을 경험한다. 장면 엮기는 이 단위를 계속 이어가는 것이다. 위대한 작가가 되기 위해, 여러분은 이야기 속에서 실 하나를 꺼내 표면 아래로 넣었다가 다시 꺼내는 일을 반복하면서 질 좋은 양탄자가 가진 짜임새를 창조해야 한다.

장면 목록, 장면 개요, 아니면 장면 분해라는 단어로 더 널리 알려진 장면 엮기는 작가가 전체 이야기 혹은 대본을 쓰기 전 마지막으로 거치는 단계다. 이것은 최종 이야기에 들어갈 거라 생각하는 장면을 모두 모은 목록으로, 구조적 단계가 드러나는 장면마다 꼬리표를 달아 놓은 것이다.

장면 엮기는 집필 과정에 있어서 말로 다할 수 없이 중요한 단계이다. 7단계, 인물 연결망, 발견 시퀀스처럼, 이것 역시 표면 아래에서 이야기가 어떻게 들어맞을지 알아볼 수 있는 방법이기 때문이다.

장면 엮기는 사실 플롯의 확장과 다름없다. 장면이란 분 단위로 잘라놓은 플롯이기 때문이다. 장면 엮기의 핵심은 집필 전 이야기의 전체 구조를 마지막으로 점검하는 것이다. 그러므로, 너무 자세하게 파고들지 말자. 그렇게 하면 구조가 가려진다. 각각의 장면을 한 줄로 묘사하라. 예를 들어 《대부》의 네 장면을 묘사하면 다음과 같이 나올 수 있다.

- 마이클이 병원에서 암살자들로부터 아버지를 구한다.
- 마이클이 경찰 서장 맥클러스키가 솔로쪼를 위해 일한다며 비난한다. 서장은 그를 때린다.
- 마이클은 자신이 서장과 솔로쪼를 죽이겠다고 말한다.
- 클레멘자가 마이클에게 솔로쪼와 서장을 죽일 방법을 알려준다.

각각의 장면에서 가장 중요한 행동이 딱 하나만 기술되었다는 것에 주목해라. 이렇게 묘사를 한두 줄 안으로 끝내면 장면 엮기는 몇 페이지 안으로 끝낼 수 있다. 장면 설명 옆에는 장면에 해당하는 구조의 단계(가령 욕망, 계획, 겉보기 패배)를 적어두자. 어떤 장면들은 이러한 꼬리표를 달겠지만, 없는 장면이 더 많을 것이다.

● **핵심 POINT** 각각의 장면을 쓰기 시작하면 장면 엮기의 내용이 달라질 수도 있다는 점에 유의해라.

실제로 장면을 쓰다 보면 그 장면에서 일어나는 기본 행동이 생각했던 것과 다르다는 것을 발견할 수 있다. 이것은 오직 장면의 '내부'로 들어가 집필을 시작해야만 알 수 있다. 그러니 유연한 태도를 유지하자. 여기서 중요한 것은 각 장면에서 중요한 하나의 행동이 무엇인지 그 윤곽을 얻어가는 데에 있다.

할리우드 영화는 평균적으로 40~70개의 장면으로 이루어져 있다. 소설은 적어도 그보다 두 배 많지만, 길이(예를 들어 서사물)와 장르에 따라 그 이상이 될 수도 있다.

이야기에는 하위 플롯 또는 하위 섹션이 있을 수 있으며, 이를 함께 엮으면 전체 플롯이 완성된다. 하위 플롯이나 하위 섹션이 하나 이상이라면, 그 장면에도 알맞은 스토리라인 번호를 붙여라.

장면 엮기를 완성했다면, 다음처럼 수정을 해야 하는지 점검해라.

- 장면의 순서를 조정해라. 일단 이야기의 전체 순서를 맞추는 데 집중해라. 그런 다음 각각의 장면이 서로 잘 이어져 있는지 확인해라.
- 장면을 통합해라. 작가들은 종종 다른 이유 없이 오직 좋은 대사를 넣겠다고 새로운 장면을 만들곤 한다. 가능하면 장면을 통합하여 한 장면이 꽉 차도록 하되, 한 장면에서는 본질적으로 하나의 동작만을 수행하자.
- 장면을 추가하거나 삭제할 곳이 없는지 확인해라. 필요 없는 부분은 반드시 잘라내야 한다. 이야기의 전개속도는 장면의 길이뿐만 아니라 애초에 그 장면이 필요한지의 여부와도 관련이 있다는 점을 기억해라. 그렇게 군더더기를 모두 빼고 나면, 장면을 엮을 때 빈틈이 생겨 완전히 새로운 장면을 짜서 넣어야 할 수도 있다. 그렇게 되는 경우, 올바른 위치에 추가해라.

● **핵심 POINT** 장면을 구축할 때는 시간 순서보다는 구조를 생각해라.

대부분의 작가가 다음 장면을 구상할 때 시간 순서대로 다음에 나올만한 행동(장면)을 넣는다. 그렇게 되면 장황하기만 하고 별 의미도 없는 이야기가 나온다. 그보다는 그 장면이 주인공의 성장에 어떤 영향을 미치는지를 고려해야 한다. 전개에 도움이 되지 않거나 결정적인 장면이 되지 않는다면 바로 빼버려라.

이렇게 하면 이야기 속 모든 장면이 중요해지고 올바른 순서로 배치될 수 있다. 일반적으로 봤을 때 결국은 장면이 시간 순으로 나열되겠지만, 항상 그런 것은 아니다.

● **핵심 POINT** 목록에 있는 장면을 나란히 배치할 때 주의를 기울여라.

특히 영화와 드라마의 경우 장면이나 이야기 전환이 순식간에 이루어지기에 한 장면에서 어떤 일이 일어나는가보다 두 장면이 어떻게 배치되는 가가 더 중요할 수 있다. 이렇게 나란히 배치할 때는 먼저 내용을 대조해야 한다. 그렇다면, 뒤 장면에서 우리는 이전 장면을 어떤 식으로 언급해야 하는가?

그 후에는 비율과 전개 속도를 대조해라. 앞 장면과 비교했을 때 중요도와 길이가 적당한가?

경험에 비춰 봤을 때 가장 좋은 방법은 이것이다. 흐름을 찾아, 그 흐름을 따라가라.

서사에 추진력만 주고 끝나는 몇몇 장면들—가령 하위 플롯 장면들—을 넣으면 서사 흐름에서 오래 벗어나게 되어 이야기는 말 그대로 무너지게 된다.

여러분은 아주 다양한 방법을 이용해 강력한 장면 배치를 만들어낼 수 있다. 특히 영화와 드라마의 경우 가장 최고의 방법은 장면과 소리를 나란히 배치하는 것이다. 이 기법을 통해 두 가지 소통의 항로를 분할하여 세 번째 의미를 생성할 수 있다.

M

각본 테아 폰 하르보우, 프리츠 랑 ▪ 1931년

이러한 고전 기법을 쓴 영화로는 훌륭한 독일 영화 《M》이 있다. 《M》에서 아동 살해범이 소녀에게 풍선을 사준다. 다음 장면에서는 여자가 저녁을 준비하고 "엘시!"라고 아이를 부른다. 아이 이름을 부르는 소리가 계속 들리며, 시각과 청각이 분리되어, 관객은 텅 빈 계단참, 아파트 건물, 비어 있는 엘시의 의자, 식탁에 놓인 엘시의 접시와 숟가락을 보게 된다. 그 와중에 엄마가 부르는 "엘시"라는 소리가 점점 더 절박해진다. 시각적 흐름은 풍선으로 바뀌어 전깃줄에 걸렸다가 날아가는 모습이 카메라에 담긴다. 이렇게 시각과 청각의 대조를 통해 이 영화는 영화 역사상 가장 마음 아픈 순간을 담은 영화에 속하게 되었다.

아무래도 장면 엮기에서 가장 자주 쓰이는 배치 기법은 교차 편집일 것이다. 교차 편집을 하면 두 개 이상의 행동 흐름을 앞뒤로 오가며 볼 수 있다. 이 기법에는 두 가지 주요한 효과가 있다.

- 위험한 처한 피해자를 구하기 위해 서두르는 것처럼 점차 빠른 속도로 교차 편집을 하면 긴장감이 증가한다.
- 이 기법은 두 가지 행동의 흐름, 즉 두 내용을 비교하고 동등하게 만든다. 이것은 주제 패턴을 확장시킨다. 두 가지 행동을 오가며 이야기의 단순한 선형적 전개(대개 한 명의 인물)에서 벗어나 사회 전체에 존재하는 더 깊은 패턴을 보여줄 수 있다.

내용을 교차 편집하는 것의 예로는 《M》을 들 수 있다. 거기에서 이야기는 경찰 집단과 범죄자 집단 사이를 오간다. 두 집단 모두 아동 살해범을 찾으려고 노력한다. 따라서 교차 편집을 통해 관객은 평소 반대라고 생각했던 양측이 여러 면에서 동일하다는 것을 보게 된다.

대부
소설 마리오 푸조 · 1969년 / **각본** 마리오 푸조, 프란시스 포드 코폴라 · 1972년

내용을 교차 편집한 것으로 더 좋은 예를 들자면 영화 《대부》의 결전 장면을 꼽을 수 있다. 이 결전 장면에서 가장 중요한 것은 무엇보다 새로운 대부로 거듭난 마이클의 캐릭터가 표현되는 것이었다. 작가는 마이클의 부하들이 다섯 범죄 조직의 수장을 암살하는 장면을 교차 편집하여 플롯의 효과를 밀도 있게 제공할 뿐만 아니라 범죄 조직 보스인 마이클의 높은 위상을 드러냈다. 그는 감정에 휩쓸려 직접 사람들을 죽이지 않는다. 암살 전문가를 고용할 뿐이다.

여기에 작가들은 대량 살인에 또 다른 교차 편집을 추가한다. 마이클이 곧 죽이려는 남자의 아이의 대부가 되어 사탄을 멀리하겠다고 선언한 장면이 그것이다. 이 장면을 통해 관객은 마이클이 대부로서 권력의 정점을 찍

는 순간 사탄이 되는 모습을 목격할 수 있다.

이제《대부》의 수정 전 각본과 최종 대본에 나온 장면 엮기를 비교할 것이다. 장면을 적절하게 배치하는 것(전체 결전 부분)이 이야기의 최종 품질에 얼마나 큰 차이를 만들 수 있는지 알게 될 것이다. 이 두 가지 장면 엮기에는 차이점에 존재하는데 가장 큰 차이는 마이클이 레스토랑에서 솔로쪼와 맥클러스키 대위를 쏜 직후에 나타난다. 초안에서 작가는 마이클의 형 소니의 죽음과 가문 전쟁의 결말 등 모든 장면을 한 번에 제시했다는 것에 주목해라(실선 밑줄로 표시). 그런 다음 시칠리아에서 마이클의 아내가 살해당하는 것으로 끝나기까지 모든 장면을 나열했다(점선 밑줄로 표시).

《대부》 초안

— 식당에서 그들은 대화를 나눈다. 화장실에서 나온 마이클이 총으로 그들을 쏜다.

— 신문에 나온 몽타주.

— 소니는 한 여자와 잠자리를 가진 뒤 여동생 코니의 집에 찾아간다.

— 소니는 코니의 눈에 멍이 든 것을 발견한다.

— 소니는 코니의 남편 카를로를 길에서 때린다.

— 톰은 케이가 마이클에게 쓴 편지를 받아주지 않는다.

— 돈 꼴레오네가 퇴원해 집으로 온다.

— 톰은 돈 꼴레오네에게 있었던 일을 보고한다. 돈은 슬퍼한다.

— 소니와 톰은 언쟁을 벌인다. 소니가 타탈리아를 죽이고 싶다는 이유에서였다.

— 코니와 카를로가 심하게 싸운다. 코니가 집에 전화를 한다. 소니는 화를 낸다.

— 소니가 톨게이트에서 피습을 당해 죽는다.

— 톰은 돈 꼴레오네에게 소니가 죽었다고 말한다. 돈 끌레오네는 전쟁을 끝내겠다고 선포한다.

— 돈 꼴레오네와 톰은 소니의 시신을 장의사 보나세라에게 가져간다.

— 돈 꼴레오네는 가문의 수장을 모아 평화 협정을 제안한다.

— 돈 꼴레오네는 반대쪽 수장이 바르치니라는 것을 알게 된다.

—시칠리아에서 마이클은 길을 가다 예쁜 여자 아폴로니아를 보고, 그녀의 아버지를 찾아가 딸과 만나고 싶다고 말한다.
—마이클은 아폴로니아를 만난다.
—마이클과 아폴로니아의 결혼식이 열린다.
—첫 날 밤을 보낸다.
—마이클은 아폴로니아에게 운전하는 법을 알려준다. 그리고 소니의 사망 소식을 듣는다.
—아폴로니아가 마이클의 차 시동을 켜자 차가 폭발한다.

이 장면 엮기에는 여러 문제가 있다. 소니가 살해당하는 장면과 바르치니에 대한 폭로 등 줄거리가 무겁고 극적인 장면을 먼저 배치한 것 때문에 시칠리아로 배경이 바뀔 때 실망감이 들 수 있다. 게다가 마이클이 시칠리에 있는 기간이 길고 상대적으로 느리게 흘러가기 때문에 전체 이야기가 끼익 소리를 내며 속도를 멈추게 된다. 그 부분이 지나면 작가들은 이 '기차'의 시동을 다시 거는 데 엄청난 어려움을 겪는다. 그리고 아폴로니아가 등장하는 모든 장면을 이렇게 한데 모아놓으면 나중에 마이클이 시칠리아 농민 여자와 결혼하는 것이 너무 갑작스럽고 어색하게 되어버린다. 이걸 얼버무리려고 마이클은 번개를 맞듯이 한 눈에 반했다고 말한다. 그러나 이 장면을 한꺼번에 본 관객은 그 설명에 넘어갈 리 없다.
　작가들은 최종 대본에서 소니와 마이클이 나오는 장면을 교차 편집하여 장면 엮기에 치명적일 수 있는 결함을 극복했다.

《대부》최종 대본
— 식당에서 그들이 대화를 나눈다. 화장실에서 나온 마이클이 총으로 그들을 쏜다.
— 신문에 나온 몽타주.
— 돈 꼴레오네가 퇴원해 집으로 온다.
— 톰은 돈 꼴레오네에게 있었던 일을 보고한다. 돈은 슬퍼한다.

― 소니와 톰은 언쟁을 벌인다. 소니가 타탈리아를 죽이고 싶다는 이유에서였다.

― 시칠리아에서 마이클은 길을 가다 예쁜 여자 아폴로니아를 보고, 그녀의 아버지를 찾아가 딸과 만나고 싶다고 말한다.

― 마이클은 아폴로니아를 만난다.

― 소니는 한 여자와 잠자리를 가진 뒤 여동생 코니의 집에 찾아간다.

― 소니는 코니의 눈에 멍이 든 것을 발견한다.

― 소니는 코니의 남편 카를로를 길에서 때린다.

― 마이클과 아폴로니아의 결혼식이 열린다.

― 첫 날 밤을 보낸다.

― 톰은 케이가 마이클에게 쓴 편지를 받아주지 않는다.

― 코니와 카를로가 심하게 싸운다. 코니가 집에 전화를 한다. 소니는 화를 낸다.

― 소니가 톨게이트에서 피습을 당해 죽는다.

― 톰은 돈 꼴레오네에게 소니가 죽었다고 말한다. 돈 꼴레오네는 전쟁을 끝내겠다고 선포한다.

― 돈 꼴레오네와 톰은 소니의 시신을 장의사 보나세라에게 가져간다.

― 마이클은 아폴로니아에게 운전하는 법을 알려준다. 그리고 소니의 사망 소식을 듣는다.

― 아폴로니아가 마이클의 차 시동을 켜자 차가 폭발한다.

― 돈 꼴레오네는 가문의 수장을 모아 평화 협정을 제안한다.

― 돈 꼴레오네는 반대쪽 수장이 바르치니라는 것을 알게 된다.

이러한 두 갈래 이야기를 교차 편집함으로써, 시칠리아에서 벌어지는 다소 늘어지는 이야기를 잠깐씩만 등장시켜 이야기의 동력이 죽지 않도록 했다. 또한 두 이야기의 흐름을 한 가지 지점으로 몰아넣어 겉보기 패배를 맛보게 했다. 이것은 소니의 죽음 직후 아폴로니아의 죽음이 이어지며 주인공이 이야기에서 가장 나락으로 떨어지는 지점이다(8장의 22단계를 참고). 이렇게 두 번이나 연달아 펀치를 맞은 후 곧바로 바르치니가 이 모든 것의 배후에 있었다는 사실이 이어진다. 바르치니(진짜 적대자)가 드러낸 진실에 나머지 플롯은 놀라운 결말로 치닫게 된다.

지금까지 다룬 모든 기법 중에서 장면 엮기야말로 사례 검토를 통해 가장 잘 이해할 수 있는 기법이다. 그중 쉬운 사례인 드라마 시리즈 《ER》을 예로 들겠다. 왜냐하면 드라마는 다수의 스토리라인을 가지고 아름답게 양탄자를 짜는 장르이기 때문이다.

《ER》을 예시로 한 다중 플롯 장면 엮기

드라마의 다중 플롯은 각기 주인공이 있는 3-5개 정도의 주요 스토리라인을 교차 편집하여 플롯을 이어간다. 이렇게 복잡한 이야기를 약 45분 동안 한다는 것은 어떤 에피소드에서도 플롯을 깊이 다룰 수 없다는 걸 의미한다. 그래서 작가들은 전체 시즌에 걸쳐 이를 보완하고자 하며, 프로그램은 여러 시즌에 걸쳐 이야기를 끌어간다.

● **핵심 POINT** 다중 플롯을 엮을 때 전체적인 이야기의 품질은 플롯의 흐름을 배치하는 방식에서 제일 먼저 결정이 난다. 여러분은 작은 사회에서 여러 사람이 동시에 직면하는 상황을 비교하게 된다. 그리하여 시청자는 주인공들이 보통 같은 문제를 놓고 각기 어떻게 다른 해결책을 사용하는지 압축된 형태로 볼 수 있다.

● **핵심 POINT** 플롯이 3~5개가 있으니 그 모두에 22단계를 적용하는 건 무리다. 하지만 각각의 플롯은 구조의 7가지 핵심 단계를 꼭 거쳐야 한다. 7단계를 다 거치지 않으면 이야기가 완성되지 못하며, 관객은 그 부분이 불필요하거나 신경에 거슬린다고 느끼게 될 것이다.

● **핵심 POINT** 주인공이 여러 명이고 흐름이 많은 경우 한 흐름을 주인공이, 다른 흐름은 적대자가 끌고 가게 함으로써 서사의 동력을 유지하고 전체 이야기에 형태를 부여할 수 있다. 이렇게 하면 가령 주인공 다섯 명에, 적대자 다섯 명, 무수히 많은 보조 인물 등등 이야기가 폭발적으로 확장되는 것을 막을 수 있다.

《ER》– 시즌7 에피소드8 소송(원제: The Dance We do)

각본 잭 오스먼 • 2000년경

《ER》을 포함한 드라마들이 다중 플롯 교차 편집을 사용하는 이유가 있다. 바로 각 에피소드의 밀도를 높일 수 있기 때문이다. 이런 이야기에는 잠잠한 시기 같은 건 없다. 관객이 각각의 플롯에서 보는 건 오직 강력한 극적 펀치뿐이다.《ER》의 창작자 마이클 크라이튼으로 예를 들어보자. 그는 할리우드에서 가장 전제를 잘 만드는 작가로, 하나의 드라마 안에 의학 드라마와 액션 장르의 장점을 어떻게 하면 잘 섞어낼 수 있는지를 알았다. 이 결합을 위해 크라이튼은 계급, 인종, 출신 배경, 국적, 성별을 폭넓게 아우르는 인물 연결망을 구축했다. 이것은 매우 강력하고 인기 있는 조합이다.

우리가 알아볼 에피소드에는 다섯 개의 플롯이 있다. 각각은 이전에 방송되었던 에피소드를 기반으로 하여 확장 및 구축된다.

플롯 1 애비의 엄마 메기가 방문한다. 그녀는 조울증을 앓고 있으며 약을 끊고 폭발했다가 사라지는 일을 오랫동안 반복한 전력이 있다.

플롯 2 의사인 엘리자베스 코데이는 고소를 당해 증언을 해야 한다. 상대 변호인은 그녀가 수술을 망쳐 의뢰인이 마비가 되었다고 주장한다.

플롯 3 이전 에피소드에서 불량배들이 의사 피터 벤튼의 조카를 죽였다. 그의 여자친구 키네샤 또한 얼굴을 심하게 맞은 채 병원에 나타난다.

플롯 4 의사인 마크 그린은 여자친구인 엘리자베스(코데이)와 다른 의사들에게 말하지 않은 비밀이 하나 있다. 오늘 그는 자신의 뇌종양이 얼마나 치명적인지 알게 될 것이다.

플롯 5 의사 카터는 과거의 약물 문제로 인해 병원에서 계속 일하기 위해서는 정기적인 검사를 받아야 한다.

이 에피소드에서 가장 먼저 눈에 띄는 것은 줄거리가 기본적으로 통일성을 가지고 있다는 점이다. 결국은 모두 같은 문제가 조금씩 변형된 것이다. 이로써 플롯을 나란히 배치하는 것이 효과를 발휘한다. 표면적으로 봤을 때 플롯의 대부분은 약물 문제가 있는 인물과 관련이 있다. 더 중요한 것은 다섯 가지 플롯 모두 거짓말 혹은 진실을 말하는 것을 통해 서로 다른 결과를 보여준다는 점이다.

이 에피소드에서 장면 엮기의 힘은 스토리텔링의 두 가지 원칙에서 나온다. 그것은 다음과 같다. ① 각 플롯이 어떻게 해서 진실과 거짓의 변형이 되는가. ② 다섯 가지 이야기가 어떻게 해서 주인공과 플롯이 만들어낼 가장 강력한 발견, 혹은 자기발견으로 흘러가는가.

《ER》 - 시즌7 에피소드8 소송(원제: The Dance We do) - 장면 엮기

예고	장면 엮기를 자세히 들여다보면 각각의 플롯이 7단계를 거치고 있다는 것을 알게 될 것이다. 덕분에 각 이야기는 그 자체로 강력하다. 이것을 기반으로 작가는 여러 플롯에 있는 다양한 장면들을 마음껏 배치할 수 있다. 예를 들면 다음과 같다.

예고

1. 애비의 엄마 매기는 조울증을 앓고 있다. 매기는 딸이 자신의 약을 세고 있는 걸 발견한다. 애비는 엄마가 약을 제대로 복용하는지 확실하게 하기 위해 혈액 검사를 받게 하고 싶어 한다. 플롯1:문제/필요, 적대자

광고

1막

2. 의사커플인 그린은 엘리자베스 코데이에게 자신은 수술에 최선을 다했으니 증언 녹취도 문제없을 거라 안심시킨다. 그녀는 그에게 더 이상 도로 표지판이 있는 곳에서 조깅하지 말라고 주의를 준다. 플롯2:문제/필요 플롯4:문제/필요

3. 병원에서 매기는 딸 애비에게 혈액 검사를 하면 둘의 기분만 나빠지니 하지 말자고 간청한다. 애비는 마지못해 수긍한다. 플롯1:욕망, 적대자

4. 스테파니라는 이름의 여성이 의사 말루치를

찾는다. 매기는 달려와 어떤 차가 소녀를 떨구고 갔다고 말한다. 플롯3:문제/필요

5. 의사 클레오 핀치, 애비, 매기는 다친 소녀 키네샤를 도와준다. 애비는 엄마를 집으로 가라고 한다. 플롯3:문제/필요

6. 상대측 변호인 브루스 레스닉은 증언 녹취를 위해 만난 엘리자베스에게 과도하게 친절함을 보인다. 플롯2:적대자

7. 클레오는 의사 피터 벤튼에게 이 환자를 맡지 말라고 충고한다. 환자는 고인이 된 그의 조카 여자친구이기 때문이다. 그러나 그는 환자를 맡는다. 플롯3:망령, 욕망

8. 그린은 담당 의사로부터 뇌종양은 수술이 불가능하다는 통보를 듣는다. 플롯4:사실발견

광고

2막

9. 카터는 그린이 잘못 내린 진단을 바로 잡는다. 그린은 카터의 약물 문제 때문에 반드시 혈액검사와 약물 검사를 해야 한다고 말한다. 플롯5:문제/필요, 적대자, 플롯4:욕망

10. 피터,클레오,애비는 혹시나 키네샤가 강간을 당했는지 체크한다. 키네샤는 그냥 여자애들한테 맞은 거라고 주장한다. 플롯3:적대자

11. 증언녹취에서 엘리자베스는 자신의 옛 연인 피터(의사 벤튼)의 조카를 먼저 수술해야 했다고 말한다. 그러나 그 소년이 사망하여 안 좋은 기분으로 상대측 변호사 의뢰인의 수술을 하게 됐다고 증언한다. 플롯2:행동, 적대자

12. 카터는 애비가 자신의 피를 뽑는 동안 농담을 한다. 그린은 그 농담이 즐겁지 않다. 애비는 엄마가 옷가게에서 뭔가 문제를 일으켰다는 사실을 알게 된다. 플롯5:적대자, 플롯1:사실발견

장면10(플롯3) **vs 장면11**(플롯2)

장면10(플롯3)에서, 키네샤는 두드려 맞은 상태, 그리고 강간당했을 가능성이 높은 상태로 병원에 도착한다. 그녀는 얼마 전 죽은 조카의 여자 친구이다. 그리고 바로 다음 장면(11-플롯2)에서, 변호사는 의사 코데이에게 의뢰인을 수술했을 때 그 조카의 죽음 때문에 기분이 좋지 않은 상태였냐고 묻는다. 그렇게 장면10(플롯3)은 장면11(플롯2)에서 언급된 플롯이 일어난 후이다.

13. 키네샤는 피터에게 자신이 누구에게 맞았는지 얘기하려 들지 않는다. 피터는 자신의 조카가 키네샤를 만나러 갔기 때문에 총에 맞은 거라고 말한다. 그녀는 그가 갱단으로부터 자신을 구하려다가 죽었다고 말한다. 플롯3:사실발견

14. 애비는 엄마가 옷가게에서 절도행각을 벌인 것에 대해 벌금을 물지 않게 도와야 한다. 플롯1:적대자

15. 그린은 카터가 계약을 어기고 약 복용을 중단했다고 말한다. 카터는 그 정도면 되지 않았느냐고 항변한다. 플롯4 + 5:의사들간의 대립을 이용해 개인적인 이야기를 결합시킴.

광고

3막

16. 그린은 깨어나지만 머리CT를 찍자는 카터의 제안은 거절한다. 플롯4:행동

17. 상대측 변호인 레스닉이 엘리자베스가 자신의 의뢰인 수술을 굉장히 금방 끝냈으며, 약속이 있다는 이유로 서둘러 갔다고 지적한다. 플롯2:적대자

18. 매기는 자신은 잘못한 게 없다고 주장한다. 애비는 엄마에게 상처를 꿰매야 한다고 말한다. 플롯1:적대자

19. 경찰은 키네샤가 피터의 조카를 쏜 사람이 누군지 말해야 한다고, 그렇지 않으면 그 누구도 체포할 수 없다고 말한다. 그러나 키네샤는 입을 열지 않는다. 플롯3:적대자

20. 그린은 카터에게 뇌종양에 걸렸으며 오늘 이후로 일을 하지 못할 거라고 말한다. 플롯5:사실발견

21. 엘리자베스의 변호사는 그녀에게 정보의 제한을 위해 예, 아니요로만 대답하라고 조언한다.

장면16(플롯4)
vs 17(플롯2)
vs 18(플롯1)
각각의 장면은 등장인물—그린, 엘리자베스, 매기—모두가 타인에게 거짓말을 하는 모습과 자신이 가진 문제의 심각성 부정하는 모습을 보여준다.

장면20(플롯5) vs 21(플롯2)
장면20(플롯5)에서, 그린은 마침내 누군가에게 자신에 관련한 진실을 털어놓는다. 그 장면은 곧장 장면21(플롯2)로 넘어가는데, 그것은 그의 여자친구 엘

그러자 엘리자베스는 그건 사실을 숨기는 꼴이라고 항변한다. 플롯2:적대자

22. 약에 취한 매기는 딸 애비의 남자친구 의사 코박이 상처를 꿰매주는 동안 추파를 던진다. 애비가 엄마 대신 사과한다. 그러자 엄마가 애비를 때리고 도망친다. 코박은 소리를 지르는 매기를 데리고 오고 매기는 엄마에게 제발 이러지 말라고 애원한다. 플롯1:적대자

광고

4막

23. 엘리자베스는 증언 녹취 마지막 시간에 참석하러 갔다가 예전 환자가 마비된 상태로 휠체어에 앉아 있는 걸 본다. 변호사는 저들이 노리는 대로 동요하지 말라고 말한다. 플롯2:사실발견, 행동

24. 병원 정신과 의사는 애비가 원한다면 엄마 진료를 받아주겠다고 말하지만 애비는 상관하지 않는다. 그냥 밖으로 나가버린다. 플롯1:행동

25. 피터는 키네샤를 택시에 태우고는 다친 부분에 대해 몇 가지 조언을 건넨다. 그녀는 가운데 손가락을 들어 욕을 한다. 플롯3:적대자

26. 상대측 변호인이 말하길 마취과 의사는 엘리자베스에게 환자 척수가 새고 있을 가능성이 있다고 보고했다는 말을 한다. 그녀는 꼼꼼하게 검사를 했다며 거짓말을 한다. 플롯2:전투, 관객의 발견

27. 카터는 애비에게 어머니가 가셨다고 말한다. 애비는 엄마가 4개월간 자취를 감췄다가 나타난 것이라며, 이것은 "우리가 추는 춤dance we do(에피소드의 원제목)"이라고 말한다. 플롯5+1:한 마약 중독자가 다른 마약 중독자에 대해 알게 되면서 합쳐지는 개인적 이야기 플롯1:자기발견

28. 키네샤는 피터에게 경찰이 집으로 찾아왔고 이제 갱단이 자신을 죽일 거라고 말한다. 피터는

리자베스가 변호사의 조언, 즉 사실을 숨기라는 말을 듣는 장면이다.

마지막 장면과 3막에서 극적으로 수렴하는 부분인 장면22(플롯1)에서는, 거짓말과 '함께 추는 춤'으로 인해 어떤 끔찍한 결과가 나타나는지 보여준다. 애비는 엄마가 자신의 직장에서 경거망동하여 심하게 망신을 당한다.

장면23(플롯2), 즉 마지막 4막이 시작되는 부분에서, 자신을 고소한 환자가 휠체어를 타고 나타났을 때, 엘리자베스는 자신의 부주의한 행동이 낳은 결과를 직면해야만 한다.

이야기 후반부에서, 전투와 자기발견은 급박하게 다가온다. 이것은 다중 플롯 이야기가 가진 큰 장점이다. 플롯2의 전투 장면인 증언 녹취 중, 엘리자베스는 도덕적 결정을 내리고 거짓말을 한다. 그런 후 플롯1의 애비는 플롯5에서 약물 문제로 거짓말을 하는 카터에게 자신과 엄마는 이 문제로 끝나지 않은 춤을 주며 서로에게 거짓말로 상처를 주고 있다고 말한다.

에피소드의 마지막 장면과 그 바로 전 장면에서, 그린과 엘리자베스는 서로가 부정적 진실을 직면할 수 있게 도와준다. 마지막 장면은 플롯1에 극적인 반전을 선사한다. 작가는 플롯1의 장면으로 시

그녀를 자신의 차에 태운다. 플롯3:적대자

29. 엘리자베스는 그린에게 일이 잘 풀리지 않았다고 말한다. 그리고 자신이 거짓말한 사실을 털어놓는다. 수술을 서둘렀다는 사실. 그린은 신이 자신들에게 빚을 하나 졌다고 말한다. 그가 자신에게 두통이 생긴 건 하키 때문이 아니었다고 말하자 둘은 서로를 껴안는다. 플롯2:자기발견+사실발견

30. 애비는 코박과 함께 자다가 일어나 화장실에서 욕조 물을 틀어놓고 운다. 플롯1:기존의 평정

작하고 끝맺음으로써 전체 에피소드의 틀을 잡고 이야기에 담긴 모든 플롯을 통합한다. 애비는 한밤중에 일어나 화장실로 가서 욕조 물을 틀고 자신이 우는 걸 남자친구에게 들키지 않으려 한다. 이 사람들이 그렇게 '함께 춤을 추는'한 변하는 것은 없을 것이다. 그래서 새로 찾은 평정이 아닌, 기존의 평정이 된다. 애비에게 있어 자신과 자신 엄마에 대한 진실을 깨닫는 건 비극이나 다름없다. 관객은 실제 삶에 있어서는 마지막이라고 사람이 늘 변하거나 성장하는 건 아니라는 걸 문득 깨닫게 된다. 마음 아픈 진실을 발견하는 것이다. 이것이야말로 진정 아름다운 장면 엮기가 아닐까.

장면 엮기

- **장면 목록 만들기** 이야기의 모든 장면을 목록으로 만들어라. 그리고 그 장면을 한 문장으로 묘사해라.
- **22단계 표시하기** 어떤 부분이 22단계의 하나에 포함한다면 표시해라. 이야기에 플롯이 하나 이상이거나 하위 플롯이 있다면, 각 장면에 맞는 플롯을 표시하자.
- **장면 순서 정하기** 장면 순서를 어떻게 정할지 연구해라. 장면의 순서는 시간이 아닌 구조에 의해 결정된다는 사실을 기억해라.
  - 장면이 삭제가 가능한지부터 확인해라.
  - 두 장면을 하나로 통합할 수 있는지 살펴보아라.
  - 이야기가 전개되는 동안 빈틈이 생길 경우 무조건 장면을 넣어라.

장면 엮기는 실제 해보면서 이해해야 가장 좋다. 그래서 이번에는 하나의 예시로 마무리했던 패턴에서 벗어나 여러 가지 이야기의 장면 엮기를 살펴보고자 한다. 물론 각각의 장면 엮기는 해당 이야기와 그에 따른 요구사항에 따라 태어났기에 고유한 것이다. 각각의 예를 살펴보면서, 다양한 장르 속에서 어떤 식으로 독특하게 장면 엮기를 해야 하는지 주목해보자.

탐정-범죄물의 장면 엮기

《L.A. 컨피덴셜》

소설 제임스 엘로이 ▪ 1990년 / **각본** 브라이언 헬겔랜드, 커티스 핸슨 ▪ 1997년

《L.A. 컨피덴셜》은 동시대 영화 중 가장 앞서 나간 최고의 장면 엮기를 보여준 영화다. 영화는 부패한 로스앤젤레스 경찰 세계에서 세 명의 경찰을 주인공으로 시작하는 거대한 깔때기 모양을 하고 있다. 이야기가 진행되는 동안, 작가들은 이 세 개로 나눠진 흐름을 하나로 통합하여 엮는다. 주인공들은 같은 살인범을 쫓는 과정에서 서로 적대 관계가 되고, 이렇게 만들어진 동력으로 깔때기를 향해 달려간다.

이 설정과 교차 편집을 통해, 작가는 세 명의 주인공과 범죄 해결 및 정의에 대한 각기 다른 접근 방식을 비교할 수 있다. 또한 깔때기를 따라 아래로 모여드는 동안 여러 가지 사실발견을 밀도 있게 만들어낼 수 있다(회오리효과).

《L.A. 컨피덴셜》 장면 엮기

다음의 장면 엮기에서, 버드 화이트가 나오는 내용은 실선(＿＿)으로, 잭 빈센스는 물결선(〜〜)으로, 에드 엑슬리는 점선(……), 그리고 적대자인 스미스 서장은 겹선(＝＝)으로 표시했다.

1. 3류 잡지 『허쉬 허쉬』의 기자 시드는 내레이션을 통해 LA를 낙원으로 묘사하다가 그것은 그저 이미지에 불과하다고 말한다. 사실 LA는 폭력배 미키 코헨이 범죄조직을 이끄는 곳이다. 코헨은 체포된 상태로 그로 인해 생긴 공백을 누군가 채우려 한다. 세계	오프닝 장면에서, 내레이션은 이야기 세계-1950년대 로스앤젤레스-와 이 세계의 기반이 되는 주제의 대립-속은 썩어 있는 거짓 유토피아-을 보여준다.
2. 버드 화이트 형사는 부인을 폭행하는 가석방 출소자를 체포한다. 주인공1	다음의 몇 장면 동안 세 명이 주인공과, 적대자/가짜 조력자인 서장이 소개된다.
3. 텔레비전 드라마 "영광의 배지"의 기술 고문을 맡은 잭 빈센스 경사는 배우 한 명을 대마초 소지로 체포하고 특종 거리를 주는 대신 시드 기자로부터 돈을 받기로 합의한다. 주인공2: 필요, 적대자/가짜 조력자	-버드는 여성을 보호하는(장면 2,5,6) 터프 가이 형사다. 그가 등장하는 초기의 장면(장면6)에서 작가는 조용히 두 번째 주요 적대자인 패칫을 소개한다. 그러나 지금 당장은 적대자로 활동하지 않는다.
4. 에드 엑슬리 경사는 더들리 스미스 서장이 앞으로 어느 과로 가고 싶느냐고 묻는 질문에 형사가 되고 싶다고 말한다. 서장은 에드가 범죄자를 잡기 위해 위법행위를 마다할 배짱이 없기 때문에 형사는 어려울 거라 말한다. 그러나 에드는 강력계 형사가 되겠다고 고집한다. 주인공3: 욕망, 주요 적대자/가짜 조력자	-잭은 경찰 드라마에 기술 고문으로 활동하고, 돈을 챙기기 위해서라면 사람을 체포하는(장면 3,7,8) 교활한 부패 경찰이다.
5. 버드는 경찰서의 크리스마스 파티를 위해 술을 사다가 배우 베로니카 레이크를 꼭 빼닮은 린 브	-에드는 젊고 전도유망한 스타 경찰이다. 그는 법적으로, 그리고 도덕적으로 청렴결백하려고 노력한다(장면4).

래큰을 만난다. 1: 욕망

6. 바깥에 나온 버드는 폭행을 당한 것으로 보이는 여인을 보고 그와 함께 있는 남자, 전직 경찰이자 피어스 패칫의 운전사인 리랜드 믹스를 강하게 몰아붙인다. 배우 리타 헤이워스를 닮은 여성이 버드에게 자신은 괜찮다고 말한다. 버드의 파트너 딕 스텐슬랜드는 믹스라는 사람이 전직 경찰인 것만 알지 서로 아는 사이는 아니라고 말한다. 1.적대자, 세계, 조력자

7. 잭은 신인배우 매트 레이놀즈와 한 여자를 체포하고, 기자 시드는 『허쉬 허쉬』 잡지에 올릴 사진을 찍는다.

8. 매트의 아파트에서 대마초 증거를 수집하는 동안, 잭은 "플뢰 드 리"라는 명함을 하나 발견한다. 기자 시드는 기사를 읽어본 후 그에게 돈을 지불한다. 2.사실발견

9. 스텐슬랜드는 경찰서에 있는 동료들에게 자신이 늦은 것은 버드가 기사도 정신을 발휘했기 때문이라고 말한다.

10. 잭은 매트와 여자를 연행해오면서 에드에게 오늘의 당직을 위한 선물이라며 10달러를 준다. 에드는 그 돈을 거절한다. 2 vs 3: 적대자

11. 그날 저녁, 경찰 두 명에게 폭력을 행사한 죄로 멕시코인 여러 명이 연행된다. 파티 중 술에 취한 경찰들은 에드를 무시한 채 스텐슬랜드를 따라 유치장으로 내려가 멕시코인들을 때려눕힌다. 이 폭력 사태에 버드과 잭이 동참한다. 1, 2: 적대자

12. 버드는 다른 경찰들에 대해 불리한 증언을 거부하고 정직을 당한다.

13. 에드는 증언을 하겠다고 제안하며, 경찰청장에게 스텐슬랜드와 버드를 구속시켜야 한다고 말한다. 청장은 에드를 경위로 승진시킨다. 에드는 잭이 확실히 증언을 하게 만들 방법을 알려준다. 3: 행동, 세계

14. 청장은 잭에게 증언하지 않으면 "영광의 배

초반에 나오는 이 장면들은 세 명의 주인공과 부패한 경찰 세계를 보여줄 분수령이 되는 사건으로 이어진다. 에드를 제외한 경찰 모두가 연행된 멕시코인들을 폭행한다(장면9-11). 이 장면과 뒤에 나오는 몇 장면을 통해, 에드는 버드와 잭의 적대자가 된다(장면 10-15).

지" 기술 고문을 못하게 할 거라 말한다. 잭은 그러라고 해버린다.

15. 잭은 에드가 증언하기 전, 증언의 대가로 무엇을 받았느냐고 묻는다. 그러면서 이 일로 다른 동료들이 화가 났으니 조심하라고, 특히 버드를 조심하라고 경고한다. 2. vs. 3: 적대자

16. 서장은 버드에게 배지와 총을 돌려준다. 그러면서 자신과 함께 강력 범죄 쪽에서 특별임무로 "힘 좀 쓰는 일"을 하자고 제의한다. 1: 욕망

17. 코헨의 행동대원 두 명이 차에 탔다가 총격을 당해 죽는다. 적대자의 계획

18. 코헨의 마약책 역시 집에서 총에 맞아 살해된다. 적대자의 계획

19. 외진 곳에 있는 빅토리 모텔, 버드는 코헨의 부하를 폭행하고 그 자리에서 서장은 그에게 도시를 떠나라고 말한다. 1: 행동

20. 잭은 풍기단속반으로 넘어가 시중에 도는 포르노 사진첩에서 "플뢰르 드 리"의 마크를 발견한다. 2.사실발견

21. 잭은 플뢰르 드 리에 대해 알아내려 하지만 성과가 없다. 시드 역시 그것에 대해 아는 것이 없다. 2: 행동

22. 스텐슬랜드는 배지와 총을 반납하고 동료들에게 작별인사를 전한다. 그리고 나가며 마침 상자를 들고 지나가는 에드를 지나치는 순간 그의 상자를 손으로 쳐서 떨어뜨린다.

23. 스텐슬랜드는 버드에게 오늘 밤 비밀 데이트가 있으니 술 약속은 주말에 갖자고 말한다. 3: 적대자

24. 경찰서에 혼자 남은 에드는 올빼미 카페에서 살인사건이 났다는 연락을 받는다. 3: 촉발하는 사건

25. 에드는 살인현장에 갔다가 남자 화장실에 쌓인 시체더미를 발견한다. 3: 욕망

26. 서장이 사건을 맡고 에드에게 부관을 맡긴

장면 16에서 23까지, 스토리라인은 세 가닥으로 나눠져 교차 편집된다. 버드는 서장을 따르는 주먹대장이 되고, 숨겨진 적대자는 다수의 갱단을 죽이고 다니며, 잭은 주요한 두 명의 적대자 중 한 명에게로 연결되는 단서를 발견한다.

촉발하는 사건이 등장한다. 올빼미 카페에서 버드의 예전 파트너(장면24-26)를 포함해 다수가 살해당하는 사건이 벌어진다. 이 사건은 세 가지 흐름이 결국

다. 시체 중 한 명이 스테들랜드였다는 게 밝혀진다. 3: 사실발견

27. 버드가 영안실에서 스테들랜드의 시신을 찾는다. 에드는 그에게 자신의 추측을 들려준다.

28. 한 여성이 딸의 시신을 보면서도 신원확인에 어려움을 겪는다. 얼굴 모습이 많이 바뀌었기 때문이다. 버드는 그녀가 이전에 맞은 것 같은 얼굴로 코에 지지대를 받치고 있던, 배우 리타 헤이워스와 닮았던 수전 레퍼츠라는 것을 알아본다. 1: 사실발견

29. 서장은 부하들에게 흑인 청년 셋이 살인현장에서 총격을 한 후 밤색 차를 타고 도망가는 게 목격되었다고 말한다. 청장은 무슨 수를 쓰든지 간에, 그들을 반드시 잡아오라고 명한다. 적대자/가짜 조력자의 계획 1, 2, 3: 행동

30. 버드는 수사에서 빠진 채 혼자만의 조사를 벌인다. 에드는 잭이 가진 직감을 확인할 수 있게 동행한다. 1: 행동, 2와 3: 행동

31. 버드는 술집 주인에게 린의 주소를 묻는다. 1: 행동

32. 패칫이 설명하기로 죽은 여성이 그날 얼굴에 멍이 들었던 이유는 배우 리타 헤이워스처럼 보이도록 성형수술을 받았기 때문이었다. 즉 수전은 영화배우 닮은 얼굴로 성매매를 하는 사업에 고용된 여자였다. 1: 사실발견

33. 린의 집에 찾아간 버드는 거기에 있던 시의회 의원을 쫓아낸다. 그녀는 패칫과 맺은 계약에 대해 설명해준다. 버드는 그녀에게 만나고 싶다고 했다가 바로 취소한다. 1: 욕망

34. 잭과 에드는 형이 감옥에 있는 흑인 권투선수를 찾아간다. 그는 밤색 차를 몰던 남자를 찾을 수 있게 정보를 준다. 2와 3: 사실발견

35. 잭과 애드는 다른 형사 두 명이 미리 와서 벌써 밤색 차를 수색했다는 것을 알게 된다. 체포를 위해 안으로 들어가고, 에드는 형사들이 흑인들을 쏘지 못하게 막는다.

하나로 모이게 되는 깔때기 효과의 시작 부분이다. 각각의 주인공은 소수인종인 용의자들을 쫓기 시작한다.

다음의 장면들은 적대자/가짜 조력자(서장)의 조작으로 조해 주인공들이 엉뚱한 사람을 쫓으면서 잘못된 행동을 하는 모습을 보여준다(장면 29, 30, 34-38). 다시 한 번 법 집행기관이 부패했다는 것이 드러난다. 잭과 에드가 용의자를 잡아오고 심문하는 과정에서 에드가 자신의 능력을 십분 발휘한다. 그러나 그의 적대자인 경찰 버드는 갑자기 난입해 정의의 이름으로 주요 용의자를 살해한다(장면 37, 38).

36. 서장은 에드에게 밤색 차 뒷좌석에서 발견된 엽총의 탄피가 살인현장의 것과 일치한다고 말해준다. 심문을 하면서 에드는 용의자가 서로의 말을 들을 수 있게 음향 시스템을 이용하는 기지를 발휘한다. 3: 사실발견

37. 에드는 용의자 한 명이 여자애 하나를 해친 것 같다고 말하는 걸 듣는다. 그러자 버드는 다른 애한테 뛰어 들어가 총으로 협박하며 그 여자의 주소를 알아낸다. 1과 3: 사실발견

38. 버드는 제일 먼저 그 집에 들어가 침대에 묶인 여자애를 찾아내고 거기 있던 흑인 가슴에 총을 쏘고는 마치 그가 먼저 쐈다는 듯이 손에 총을 심어 놓는다. 1: 행동

39. 에드는 버드에게 옷도 제대로 안 입은 남자가 총을 갖고 있었다는 게 믿어지지 않는다고 말한다. 버드는 그가 정의의 심판을 받은 거라고 말한 뒤 에드에게 주먹을 날리려 한다. 그때 올빼미 용의자가 도망갔다는 소식을 듣는다. 1 vs.3: 대립

40. 에드는 흑인 세 명이 약을 구한 곳을 찾으려 진술서를 확인한다. 그리고 서장 부하를 한 명 데리고 간다. 3: 사실발견

41. 충격전에서 에드를 제외한 전원이 죽는다. 3: 행동

42. 서장을 비롯한 동료들이 에드를 축하해주며 그에게 엽총 에드라는 별명을 붙인다.

43. 에드는 공로를 인정받아 '용맹 훈장'을 받는다.

44. 잭은 "영광의 배지" 촬영장으로 되돌아가 따스한 환영을 받는다.

45. 린은 버드가 차에 앉아 자신을 보고 있다는 것을 발견한다.

46. 시의원은 누군가에게 패칫의 사업을 지지하지 못하겠다고 말한다. 그러자 그가 의원과 린이 침대에 있는 사진을 보여주며 무언의 협박을 가한다. 적대자의 계획

이 부분에서 작가들은 주인공 버드와 에드의 대립(장면39)에 초점을 맞춤으로써 이야기가 나눠지는 것을 막는다. 에드는 도망친 용의자를 쫓는다. 그러다 충격전에서 그를 빼고 모두가 죽고 만다(장면 40,41). 이야기의 주요 부분은 겉으로 봤을 때 행동이 성공적으로 완료된 것으로 끝난다(장면42-44).

이제 작가들은 숨겨진 적대자 패칫을 전면에 내세운다. 그가 도시 곳곳에 손길을 미치고 있음을 보여주는 것이다(장면 46-49).

이야기는 다시 교차 편집을 통해 세 주

47. 시의원은 자신의 입장을 번복해 패칫의 사업을 지지하겠다고 공식 발표한다.

48. 패칫은 산타모니카의 새로운 고속도로 시공식에 참석한다.

49. 패칫은 파티에서 손님을 유혹하는 린을 보며 미소를 짓는다.

50. 버드는 서장이 빅토리 모텔에서 또 다른 범죄조직원을 때리는 걸 보며 환멸을 느낀다. 결국 그는 차를 타고 떠나고, 서장은 그의 떠나는 모습을 지켜본다.

51. 버드는 린의 집 문을 두드리고 그녀는 그를 안으로 들인다. 그들은 침대에서 키스를 나눈다. 1: (두번째)행동

52. 시드 기자는 잭에게 50달러를 주며 검사가 젊은 배우 매트 레이놀즈와 만나게 작전을 짤 테니 그를 체포하는 모습을 기사로 쓰게 해달라고 한다. 매트는 잭에게 혹시 우리가 '플뢰 드 리' 파티에서 만난 적 있느냐고 묻는다. 시드 기자와 잭은 매트에게 검사와의 섹스에 성공하면 드라마 배역을 따게 해주겠다고 장담한다. 2: 행동

53. 버드와 린은 함께 영화를 본다.

54. 잭은 자신에게 환멸을 느끼고 아까 받은 50달러를 바에 그냥 두고 나온다. 2: 자기발견, 도덕적 결심

55. 잭은 젊은 배우 매트가 모텔에서 죽어 있는 걸 발견한다. 2: 사실발견

56. 강간 피해자가 에드에게 말하길 사실 세 명의 흑인이 떠난 시각은 자기도 잘 모른다고, 거짓 진술을 했던 거라고 고백한다. 3: 사실발견

57. 린은 침대에 누워 버드에게 자신은 몇 년 후 고향으로 가서 옷가게를 열 것이라 말한다. 그녀가 어깨에 있는 상처에 대해 묻자, 그는 아버지로부터 어머니를 보호하다가 생긴 것이라 대답한다. 그러나 결국 아버지는 어머니를 때려 죽였다. 버드는 힘쓰는 일을 떠나 강력계로 가고 싶어 한다. 그리

인공 사이에서 동시에 일어나는 여러 행동을 보여준다. 세 가지 흐름을 하나로 통합해 주는 요소는 각각의 인물이 자신이 가지고 있던 욕망에 환멸을 느끼게 되었다는 점이다.

- 버드는 서장의 주먹대장이 된 것과, 적대자 패칫과 연결되어 있는 매춘부 린을 사랑하게 되었다는 것에 환멸을 느낀다(장면 50,51,53,57).

- 잭은 시드 기자를 도와 남자 배우가 검사에게 접근해 성관계를 갖게 만든다. 그 배우는 직후 살해당한다(장면 52,54,55).

- 에드는 올빼미 사건에서 자신이 전혀 상관없는 사람을 죽였다는 것을 깨닫는다(장면56,60).

이 지점부터 주인공은 진짜 범인을 쫓기 시작하고, 그러면서 이야기는 초점과 동력을 얻는다. 처음에는 각 주인공들은 자신만의 기술을 가지고 따로 조사를 시작한다. 이것은 각자의 속죄 방법이었다(장면58-62).

고 올빼미 카페 사건은 뭔가 잘못되었음을 직감하지만 증명할 만큼 똑똑하지 못하다고 말한다. 린은 그에게 충분히 똑똑하다고 말해준다. 1: 망령, (새로운)욕망

58. 버드는 올빼미 카페 사건의 증거 사진을 확인한다. 그는 스텐슬랜드와 수전 모두 그곳에서 죽었음을 기억해낸다. 1: 사실발견

59. 수전의 엄마는 스텐슬랜드가 딸의 남자친구였다는 것을 확인해준다. 버드는 악취를 따라가다가 지하실에서 리랜드 믹스의 시신을 발견한다. 1: 사실발견

60. 에드는 올빼미 사건이 잘 풀리지 않는다. 그런 와중에 버드가 그날 아침 이 사건에 대해 파고 다녔다는 것을 알게 된다. 3: 사실발견

61. 에드는 수전의 집에 갔다가 버드가 이미 집 지하실을 확인했다는 사실을 발견한다. 3: 사실발견

62. 에드는 거기서 나온 시신을 영안실로 안치시키고 신원 결과 보고는 오직 자기에게만 하라고 지시한다.

63. 에드는 잭에게 버드에게 미행을 붙이자고, 자신은 강력반에서 아무도 믿을 수 없다고 말한다. 그리고 경찰이었던 아버지를 죽이고 달아난 자에게 '롤로 토마시'라는 이름을 지어준 얘기를 해준다. 이것이 그가 경찰이 된 이유였지만 이제 정의를 잃은 것 같다고 말한다. 그러자 잭은 자신은 왜 경찰이 되기로 결심했는지도 기억나지 않는다고 대답한다. 그는 에드가 젊은 배우 매트의 사건을 도와준다면 자신도 에드의 올빼미 카페 사건을 돕겠다고 동의한다. 2: 유령, 3: 유령, 2와 3: 욕망, 2와 3: 자기발견과 도덕적 결심

64. 버드가 폭력배 조니 스톰파나토로부터 정보를 캔다. 소문에 의하면 믹스가 엄청난 양의 헤로인을 갖고 도망쳤다는 것이다. 잭이 그들을 지켜보고 있다. 1: 사실발견

65. 잭과 버드는 린의 아파트에서 린과 버드가

에드와 잭이 팀을 이루는 순간(장면63) 깔때기 효과는 점점 더해진다. 이 부분에서 에드는 버드의 여자친구 린과 섹스를 한다(장면72). 그 때문에 이 두 남자 사이의 대립에 한층 불이 붙는다.

키스하는 걸 몰래 본다. 2와 3: 사실발견

66. 잭은 에드에게 모든 실마리가 "플뢰르 드리"로 이어진다고 말한다.

67. 에드는 스톰파나토에게 질문을 하러 갔다가 진짜 배우 라나 터너를 닮게 성형수술한 매춘부로 오인한다. 2와 3: 행동

68. 잭과 에드는 패칫에게 가서 젊은 배우 매트에 대해, 그리고 린이 버드를 만나는 이유에 대해 묻지만 그는 아무 말 하지 않는다.

69. 에드와 잭이 떠나자마자 패칫은 시드 기자에게 전화를 건다. 적대자의 계획

70. 검시관이 잭에게 죽은 사람은 믹스라고 말해준다. 2: 사실발견

71. 잭은 믹스가 풍기단속반에서 일할 당시 체포했던 기록을 요청한다.

72. 린은 에드에게 자신이 버드를 좋아하는 이유를 말해준다. 버드가 에드처럼 출세를 위해 자신을 망치는 사람이 아니기 때문이라는 것이다. 그러자 에드는 그녀에게 키스하기 시작한다. 둘은 섹스를 시작하고 린은 시드 기자가 사진 각도를 잘 잡을 수 있게 위치를 조정한다. 3: (두 번째)욕망

73. 잭은 서장의 집으로 간다. 그는 몇 년 전 스텐슬랜드와 믹스가 패칫에 대해 조사할 당시 그 사건을 서장이 담당했다는 사실을 떠올리며 질문을 시작한다. 그러자 서장이 잭을 총으로 쏜다. 잭은 "롤로 토마시"라는 말을 남기고 죽는다. 적대자/가짜 조력자의 공격, 2: 사실발견

74. 서장은 부하들에게 잭을 죽인 범인을 반드시 잡아들이라 명령한다. 그러면서 에드를 불러 세운 후 혹시 잭이 맡은 사건과 관련해 롤로 토마시에 대해 아는 게 있느냐고 묻는다. 적대자/가짜 조력자의 계획, 3: 사실발견

75. 서장은 잭의 살인범을 아는 사람을 찾기 위해 빅토리 모텔로 가라고 지시한다.

76. 검시관은 에드에게 시신의 신원은 전직 경찰

초반에 세심하게 세계를 설정하고 뚜렷하게 구분되는 세 가지 스토리라인을 만든 덕분에 관객에게 일련의 반전을 선사할 수 있다. 에드와 잭의 팀워크는 관객을 깜짝 놀라게 하는 커다란 반전으로 마무리되었다. 그것은 바로 서장이 잭을 죽였다는 사실이다(장면73).

믹스라고 말한다. 3: 사실발견

77. 서장은 시드 기자에게 잭과 패칫에 관한 질문을 하고 버드는 그를 주먹으로 다스린다. 시드는 자신이 린과 경찰 하나가 잠자리를 갖는 걸 찍었다고 말하자, 버드는 정신이 나간 채 사진을 꺼내 떠나버린다. 적대자/가짜 조력자의 공격, 1: 사실발견

78. 서장이 시드 기자를 죽이려고 하자 시드는 자신과 서장 패칫은 모두 한 팀 아니냐고 항변한다. 관객의 발견

79. 에드는 믹스가 풍기단속반에 있을 때 체포했던 기록을 보게 사무원에게 근무일지를 가져다달라고 부탁한다.

80. 린은 버드에게 자신이 에드와 잔 것은 버드를 돕는 일인 줄 알았다고 말하자 버드는 그녀의 뺨을 때린다. 1: 적대자

81. 에드는 근무일지에서 믹스와 스텐슬랜드가 서장에게 보고한 내용을 발견한다. 한편 버드는 사진을 들이밀며 에드를 마구 때린다. 에드는 총을 꺼낸 채 잭을 죽인 것은 서장이고 지금 이러는 것도 버드를 통해 자신을 죽이려는 계획이라 말한다. 버드는 스텐슬랜드가 헤로인 때문에 믹스를 죽였다고 생각하고 있었다. 에드는 서장의 부하들이 흑인 세 명에게 죄를 뒤집어씌웠고, 이 모든 것은 패칫과 연관돼 있다고 설명한다. 3: 사실발견, 1 vs. 3: 대립

82. 에드는 검사를 찾아가 서장과 패칫을 조사하고 싶다고 말한다. 검사가 거부하자 버드는 그의 머리를 변기통에 처박고 창밖으로 거꾸로 매단다. 그러자 검사는 서장과 패칫이 코헨의 사업을 꿰차려고 하여 기소하고 싶지만 사생활이 담긴 사진을 찍혀 협박당하는 바람에 그럴 수 없었다고 고백한다. 적대자, 1과 3: 사실발견

83. 에드와 버드는 패칫을 보러 갔다가 그가 가짜 유서를 옆에 놓은 채 죽어 있는 걸 발견한다. 1과 3: 사실발견

84. 에드는 지역 경찰에게 부탁해 린을 가명으로

버드와 에드는 각자가 따로 수사를 한 뒤 작은 전투를 벌인다. 그 후로 그들은 함께 작업하기로 동의한다(장면81). 이 둘은 이야기의 끝까지 팀으로 활동한다.

구금하여 서장으로부터 보호한다.

85. 린은 에드에게 서장에 대해서는 아무것도 모른다고 말한다.

86. 버드는 기자 시드가 사무실에서 죽어 있는 걸 발견한다. 그때 빅토리 모텔에서 만나자는 에드의 전언을 받는다. <u>1: 사실발견</u>

87. 버드가 도착한 후 버드와 에드는 이것이 함정이었다는 것을 깨닫는다. 총격전이 벌어지고 버드와 에드는 서장 부하들을 다수 죽인다. 버드는 마루 밑으로 내려간다. 에드는 총에 맞는다. 두 남자가 와서 확인사살을 하려는 순간 버드가 밑에서부터 나와 그 둘을 죽인다. 그러자 서장이 직접 버드를 두 번이나 쏜다. 에드는 서장을 롤로 토마시, 즉 범행을 저지르고 달아난 사람이라는 뜻으로 부른다. 그때 버드가 칼로 서장의 허벅지를 찌른다. 서장은 다시 한 번 버드를 쏘지만 그동안 에드가 서장에게 총을 겨눈다. 불리해진 서장은 에드에게 그냥 자신을 체포만 하면 반장으로 승진시키겠다고 약속한다. 사이렌이 점점 다가온다. 에드는 경찰 서장의 등을 쏜다. <u>1과 3: 사실발견</u>, <u>1과 3: 전투</u>, <u>3: 자기발견과 도덕적 결심</u>

88. 조사를 받는 동안 에드는 수전, 패칫, 시드, 잭의 살해의 배후에 서장이 있었다는 점, 그가 로스앤젤레스의 범죄 조직을 이어받으려 했다는 점을 밝힌다. 취조실 밖에서 검사는 경찰청장에게 서장을 영웅으로 만들어 부서가 망신을 당하지 않게 하자고 말한다. 에드는 이 말을 듣기라도 한 듯 이 일이 되게 하려면 영웅이 적어도 둘 이상은 되어야 한다고 말한다. <u>세계</u>

89. 경찰청장이 에드에게 또 다른 훈장을 수여한다. 린은 저 뒤에서 그 모습을 지켜본다.

90. 린의 차 뒷좌석에는 붕대를 감은 버드가 앉아 있다. 에드는 그에게 가서 감사인사를 하고 린과 작별인사를 나눈다. 그녀는 버드와 함께 고향으로 돌아간다. <u>다시 찾은 평정</u>, <u>1과3의 유대감</u>

더욱 많은 사실이 발견되고, 두 주인공은 서장 및 그의 부하들과의 전투를 벌인다. 이것은 에드가 서장의 뒤에서 총을 쏘는 것으로 끝이 난다(장면87).

정치적 감각이 발달한 에드는 이번에 일어난 살인으로 또 하나의 훈장을 얻어낸다(장면89). 그는 자신과 극단적으로 다른, 이제는 린과 작은 마을에서 살기 위해 떠나는 버드에게 작별인사를 한다(장면90).

교차 편집 장면 엮기

스타워즈-제국의 역습

원작 조지 루카스 ▪ **각본** 레이 브래킷, 로렌스 캐스단 ▪ 1980년

《스타워즈-제국의 역습》은 교차 편집 장면 엮기에 있어 교과서 같은 예시를 보여준다. 작가들은 플롯의 대부분(장면 25-58)을 할애해 이 접근 방식을 사용하는데, 왜 그랬는지 보려면 일단 이야기 구조에 있어 무엇이 제일 필요한지를 봐야 한다. 첫 번째, 이 영화는 3부작에서 2부, 즉 중간부분에 해당한다. 따라서 여기에는 1부처럼 주인공이 소개되는 도입장면이나 3부처럼 모든 것이 마지막 전투로 수렴되는 면이 없다. 작가는 교차 편집 전략을 통해 중간에 낀 2부를 사용하여 3부작을 가능한 한 넓은 범위(이 경우 우주)로 확장했다. 그러나 그럼에도 불구하고 여기에는 여전히 서사가 가진 동력이 있다. 2부 집필이 더 까다로웠던 것은, 이 영화가 3부작의 중간에 낀 에피소드이면서도 독자적인 영화가 되어야 한다는 점이었다. 교차 편집이 가진 가장 심층적인 기능은 인물이나 행동의 흐름을 나란히 배치하여 그 내용을 비교하는 것에 있다. 그러나 이 영화는 그렇게 작용하지 않는다. 대신 영화는 교차 편집을 통해 긴장감을 높이고, 손에 땀을 쥐게 만들고, 제한된 시간 안에 더 많은 액션을 넣어 플롯이 가진 장점을 충분히 취했다.

이 영화의 작가들이 교차 편집으로 장면 엮기를 한 가장 중요한 이유는 당연히 주인공의 발전과 관계가 있다. 《스타워즈-제국의 역습》에서 루크는 제다이 기사가 되어 어둠의 제국을 물리치려면 '포스'를 다루기 위해 아주 대대적인 훈련을 받아야 했다. 그러나 이점에 있어서 작가들은 크나큰 어려움에 직면하게 된다. 훈련을 받는 건 구조적으로 봤을 때는 하나의 단계일 뿐이며, 심지어 22단계에서 중요한 단계에 포함되지도 않는다. 따라서 훈련 받는 장면을 직선형으로 길게 쭉 이어놨다면 (오직 루크만 따라갔다면) 플롯이 멈춰버리고 말았을 것이다. 루크의 훈련 장면을 한 솔로, 레아 공주, 츄바카가 다스베이더의 부하에게서 탈출하는 거대한 액션 장면과 교차 편집함으로써, 작가는 루크의 훈련과 그의 발전에 충분한 시간을 할애하면서도 플롯을 멈추지 않을 수 있었다.

《스타워즈-제국의 역습》 장면 엮기

1. 루크와 한 솔로는 호스라는 얼음 행성을 순찰한다. 얼음 괴물이 루크가 타고 있던 동물 톤톤을 쓰러뜨리고 루크를 끌고 가버린다. *문제!*

2. 한이 반군 기지로 되돌아온다. 츄바카는 팔콘을 고친다. *조력자*

3. 한이 장군에게 자바 더 헛에게 큰 빚을 지고 있어서 떠나야 한다고 말한다. 한은 라에 공주에게 작별인사를 한다. *조력자*

4. 레아 공주와 한은 마음에 가진 서로에 대한 진짜 감정을 감추며 실랑이를 벌인다.

5. C-3PO와 R2-D2는 여전히 루크가 연락이 안 된다고 보고한다. 한은 출입 담당자에게 보고하라고 요청한다. *조력자*

6. 출입 담당자는 밖에 너무 추워서 동사할 수 있다고 경고하지만, 한은 루크를 찾아 나선다.

7. 루크는 얼음괴물의 동굴에서 탈출한다.

8. C-3PO와 R2-D2가 반군 기지 안에서 루크를 걱정한다.

9. 루크는 살을 에는 추위 가운데서 살아 남으려 애를 쓴다. 한은 그의 소재를 찾아 다닌다. *죽음 맛보기*

10. 레아 공주는 어쩔 수 없이 기지의 방호문을 닫는 것을 허락한다. 츄바카와 드로이드들은 한과 루크를 걱정한다.

11. 오비완 캐노비가 환영으로 나타나 루크에게 요다를 찾아가서 훈련을 받으라고 전한다. 바로 그 때 한이 루크를 발견하여 목숨을 구한다. *촉발하는 사건*

12. 루크와 한을 수색하던 반군 전투기들이 그들을 발견한다.

13. 루크는 목숨을 구해준 것에 대해 감사인사를 전한다. 한과 레아 공주는 계속해서 마음이 담긴 실랑이를 벌인다.

14. 사령실로 이상한 신호가 잡힌다는 보고가 들어온다. 한은 확인하기로 결정한다.

15. 한과 츄바카는 제국의 수색 로봇을 파괴한다. 사령관은 행성을 탈출하기로 한다. *사실 발견*

16. 호스 행성은 다스 베이더에게 보고를 한다. 그는 침공하라고 지시한다. *적대자*

17. 한과 츄바카는 팔콘을 수리한다. 루크는 그들에게 작별을 고한다.

18. 반군 사령관은 제국의 공격 함대가 접근하고 있다는 것을 알게 된다. 사령관은 보호막을 올리라고 명령한다.

19. 다스 베이더는 자신을 실망시킨 제독을 죽이고 다른 제독에게 호스에 직접 가서 공격을 하라고 명한다. *적대자의 계획과 공격*

20. 제국의 부대가 반군 기지를 공격한다. 루크와 그의 팀은 비행정을 타고 반격한다. *전투*

21. 한과 츄바카는 아웅다웅하며 팔콘을 수리한다. C-3PO가 루크를 따라나서는 R2-D2에게 작별인사를 전한다.

22. 루크의 비행정이 추락한다. 그는 워커가 자신의 비행정을 밟아서 폭파시키기 전에 간신

히 빠져나온다. *전투*

23. 한은 레아 공주에게 마지막 수송선까지 출발하기 전에 어서 타고 가라고 말한다. 제국 부대가 기지로 들어오기 시작한다.

24. 루크가 제국의 워커를 폭파시키고, 그러는 동안 제독이 탄 다른 워커가 중심 동력 장치를 파괴한다.

25. 결국 한, 레아 공주, C-3PO는 마지막 수송선을 타지 못한다. 그래서 팔콘을 타러 간다.

26. 다스 베이더와 제국군이 반군 기지로 밀고 들어온다. 때마침 팔콘이 탈출한다.

27. 루크와 R2-D2는 호스 행성에서 탈출한다. 루크는 R2-D2에게 통로를 변경해 대고바로 간다고 말한다. *욕망*

28. 제국의 함대가 팔콘을 추격하고, 한은 광속 진입 장치를 가동하지만 되지 않는다. 한은 팔콘의 방향을 돌려 위험한 장소인 소혹성 구역으로 들어가 공격을 피한다.

29. 루크는 척박하고, 황량하고, 늪 지대인 대고바에 간신히 착륙한다. *계획*

30. 다스 베이더는 제독에게 팔콘을 따라 소혹성 구역에 들어가라고 명한다.

31. C-3PO는 광속 진입 장치를 확인한다. 한과 레아 공주는 여전히 마음이 드러나게 티격태격한다.

32. 요다가 루크를 발견하지만 자신의 정체를 숨기고는 요다에게 데려다주겠다고 약속한다. *조력자*

33. C-3PO가 광속 진입 장치가 고장난 것을 발견한다. 한과 레아 공주는 마침내 입을 맞춘다.

34. 제국군의 황제는 다스 베이더에게 루크 스카이워커가 새로운 적이라고 말한다. 그러자 다스 베이더가 루크를 자기네 편으로 끌어들이겠다고 맹세한다. *적대자의 계획*

35. 요다는 루크에게 자신이 제다이 마스터라고 밝힌다. 요다는 루크가 참을성이 없고 전념하지 못하는 면이 있어 그 점을 걱정한다. *사실발견*

36. 제국군의 폭격기가 소혹성 구역에서 팔콘을 수색한다.

37. 한과 레아 공주, 츄바카는 팔콘 바깥에 붙은 생명체가 무엇인지 확인하러 나선다. 동굴이라고 생각했던 게 사실 뱀처럼 생긴 거대 괴물이라는 것을 깨닫고 팔콘을 타고 빠져나온다. *사실발견과 적대자*

38. 루크는 늪지에서 요다의 가르침을 받는다. 루크는 요다를 뒤로하고 기이한 도전을 하기 위해 자리를 뜬다. *필요, 행동*

39. 루크는 동굴에 들어가 다스 베이더의 환영과 결투를 벌인다. 루크가 머리를 베자 가면이 벗겨지며 자신의 얼굴이 드러난다. *필요, 사실발견*

40. 다스 베이더는 현상금 사냥꾼에게 팔콘을 찾으라 시킨다. 바로 그때, 제독이 팔콘을 발견했다고 보고한다.

41. 제국군 폭격기가 소혹성 구역 밖으로 팔콘을 몰아낸다. 한은 제국 함대를 바로 마주한 채 팔콘을 몬다.

42. 제독은 팔콘이 함대를 향해 곧장 날아오는 걸 바라본다. 곧 팔콘이 레이더망에서 사라진다.

43. 루크는 훈련을 계속한다. 습지에 빠져 있는 엑스 윙 전투기를 들어 올리는 데 실패한다. 요다는 별로 힘들이지 않고 그것을 들어올린다. *겉보기 패배*

44. 다스 베이더는 또 다른 제독이 실수한 것을 이유로 그를 죽인다. 그리고 다른 사람을 그 자리에 앉힌다.

45. 팔콘은 제국 함대가 쓰레기 처리를 하는 우주공간에 숨는다. 한은 랜도 카로지안이 운영하는 광산 식민지에 가서 팔콘 정비를 해야겠다고 결심한다.

46. 루크는 한과 레아 공주가 구름 속 도시에서 고통을 받을 거라는 걸 직감한다. 루크는 그들을 구하려고 한다. *사실발견*

47. 한은 랜도 카로지안의 식민지에 겨우 착륙한다. 레아 공주는 한이 과거에 뭔가 문제가 있는 건 아닌지 걱정한다.

48. 랜도는 한과 동행인들을 환영한다. 그들은 자신들이 함께했던 힘들었던 과거를 회상한다. 숨어 있던 스톰트루퍼가 일행에서 떨어진 C-3PO를 날려버린다. *적대자/가짜 조력자*

49. 요다와 오비완 케노비는 루크에게 훈련을 멈추지 말라고 말한다. 루크는 친구들을 구한 후 꼭 돌아오겠다고 약속한다. *조력자의 공격*

50. 팔콘이 거의 수리되었다. 레아 공주는 C-3PO가 없어진 것을 두고 걱정한다.

51. 츄바카는 폐기장에서 C-3PO를 발견한다. 랜도는 레아 공주에게 추파를 던진다.

52. 랜도는 한과 레아 공주에게 자신이 하는 일을 설명해준다. 그러면서 아직 눈치 채지 못한 이 둘을 다스 베이더에게 데리고 간다.

53. 루크가 광산 식민지에 다가온다. *행동*

54. 츄바카는 감옥에서 C-3PO를 수리한다.

55. 다스 베이더는 한의 몸을 현상금 사냥꾼에게 넘기겠다고 약속한다. 랜도는 다스베이더가 약속을 바꾼 것에 대해 이의를 제기한다. *적대자의 계획과 공격*

56. 랜도는 한과 레아 공주에게 자신의 상황을 설명한다. 한은 랜도를 한대 친다. 랜도는 자신도 어쩔 수 없었다고 항변한다.

57. 다스 베이더는 탄소 냉동장치가 루크에게 제대로 작동할지 점검하려는 속셈이다. 그래서 루크를 넣기 전 한으로 먼저 인체 시험을 하라고 명령한다. *적대자의 계획*

58. 루크는 광산 식민지에 접근한다.

59. 다스 베이더는 한을 얼릴 준비를 한다. 레아 공주는 한에게 사랑한다고 말한다. 다행히 한은 냉동 과정에서 살아남는다. *적대자의 공격*

60. 루크는 스톰트루퍼와 총격전을 벌인다. 레아 공주가 루크를 발견하고 이건 함정이라고 소리친다. 루크는 통로를 폭파시킨다.

61. 루크는 탄소 냉동장치가 있는 곳에서 다스 베이더를 발견한다. 둘은 라이트세이버로 결투를 벌인다. *결전*

62. 랜도가 레아 공주, 츄바카, C-3PO를 풀어준다. 랜도는 자신이 처한 곤경을 설명한다. 그들은 모두 한을 구하려 달려간다.

63. 현상금 사냥꾼이 한을 비행선에 싣고 떠나버린다. 이들은 제국군과 싸움을 벌인다.

64. 루크는 다스 베이더와 계속 결투를 벌인다. 루크는 냉동 장치가 있는 곳에서 빠져나온다. 그러나 창문이 깨지고 공기의 압력으로 인해 환풍구로 빨려나간다. *전투*

65. 랜도와 일행이 팔콘으로 향한다. 랜도는 도시 전체에 대피 명령 방송을 한다. 그들을 팔콘을 타고 탈출한다.

66. 루크는 환풍기 중간을 가로지르는 복도에서 다스 베이더와 싸운다. 다스 베이더는 자신의 정체를 루크에게 밝힌다. 루크는 다크 사이드로 가지 않겠다며 추락한다. *전투와 자기발견*

67. 레아 공주는 루크에게 도움이 필요하다는 것을 감지한다. 그들은 팔콘을 돌려 식민지로 가 루크를 구한다. 동시에 폭격기가 다가온다.

68. 다스 베이더는 제독이 팔콘의 광속 진입 장치에 손을 댔는지 확인한다. 다스 베이더는 팔콘을 탈취할 준비를 한다.

69. 루크는 오비완 케노비가 왜 아버지의 정체를 말해주지 않았는지 원망한다. R2-D2가 광속 진입 장치를 수리해 팔콘이 위기를 모면한다.

70. 다스 베이더는 팔콘이 사라지는 것을 본다.

71. 랜도, 츄바카는 자바 더 헛으로부터 한을 구해내겠다고 약속하며 떠난다. 루크, 레아 공주, 로봇들은 그들이 가는 길을 지켜본다. *다시 찾은 평정*

러브 스토리의 장면 엮기

오만과 편견

소설 제인 오스틴 ▪ 1813년 / **각본** 올더스 헉슬리, 제인 머핀 ▪ 1940년

《오만과 편견》 장면 엮기

1. 화면에 글씨 등장 "옛날 영국 메리톤 마을에서 있었던 일이다.": *세계* 2. 리지와 제인 그리고 그들의 엄마 베네트 부인은 쇼핑을 하는 중이다. 마을에 새로운 사람이	제목이 나온 후 첫 번째 장면에서 작가들은 곧장 욕망을 담은 문구, '남편감 찾기'를 제시한다. 이렇게 스토리라인을 제시한 후 세계를 설명한다. (장면3-6)

이사를 오고, 그것이 부유한 빙리와 여동생이라는 것을 알게 된다. 그 뒤를 더욱 부자인 다아시가 따라오고 있다. *촉발하는 사건, 욕망, 주요 적대자*

3. 베네트 부인은 딸들을 억지로 데리고 서둘러 집으로 간다. 다른 사람들보다 먼저 아버지를 부추겨 빙리 댁에 인사를 가야 하기 때문이다.

4. 베네트 부인은 딸들을 모두 모은다. 책읽기를 사랑하는 메리, 두 명의 군인과 함께 있는 리디아와 키티까지 모두 모인다. 군인 중 한명은 위컴이다. *조력자, 하위 플롯 2,3,4*

5. 베네트 부인과 루카스 부인은 서로 딸들이 미혼이라는 것을 알리기 위해 마차를 달린다. 베네트 부인의 마차가 루카스 부인의 마차를 앞지른다. *보조 적대자*

6. 베네트 부인은 남편에게 당장 빙리를 초대해 딸들을 소개하라고 말한다. 그러나 베네트 씨는 자신이 받은 부동산은 반드시 남자 상속자, 즉 사촌 콜린스에게 물려준다는 조건이 붙어 있다는 것을 상기시킨다. 그러면서 말하길 지난주 이미 빙리를 만나 곧 있을 무도회에 초대해놓았다고 한다. *세계*

7. 무도회에서 위컴은 리지에게 관심을 보인다. *적대자/가짜 조력자*

8. 다아시와 빙리, 그리고 빙리의 여동생이 도착한다. 리지는 다아시를 거만해 보인다고 말한다. 춤이 시작되고 빙리는 제인의 착한 마음에 감명을 받는다. *하위 플롯1: 욕망*

9. 리디아와 키티는 위컴, 또 다른 군인 한 명과 함께 술을 마신다. 빙리의 여동생은 제인에게 이런 시골에 아는 사람 없이 있는 게 두렵다고 말한다. *두 번째 적대자*

10. 리지와 친구 샬롯 루카스는 다아시가 하는 말을 우연히 엿듣는다. 여기 여성들과는 수준이 맞지 않으며, 딱 한 명 있는 예쁜 여성을 빙리가

무도회(장면 7-11)에서 주인공 리지와 다아시가 나눌 러브 스토리의 뼈대가 세워진다. 그러나 이 가족에 다섯 명의 딸을 등장시킴으로써, 작가들은 다섯 개의 하위 플롯(네 자매와 샬럿)을 통해 그들 각자는 물론이고 그들이 어떻게 남편감을 찾는지 비교한다. 한 여성이 세 명의 구혼자 가운데서 남편감을 찾는 《필라델피아 스토리》에서도 비슷한 기법이 사용되었다. 이렇게 다섯 개의 하위 플롯은 이야기에 엄청난 밀도와 짜임새를 선사하며 큰 재미를 준다. 사실 이 영화의 하위 플롯들은 관객에게 즐거움을 선사하는 데 큰 몫을 한다. 주인공이 직면한 문제를 보조 인문들도 함께 겪게 함으로 작게나마 극적인 순간을 갖게 한 것이다.

이러한 장면 엮기에는 또 다른 이점이 있다. 세계를 설정하고 주인공의 이야기에 다섯 개의 하위 플롯까지 더해지면 작가가 이후에 여러 사실발견을 촘촘하게 이

차지했다는 얘기였다. 다아시는 똑똑하지만 촌스러운 리지나 부담스러운 그녀의 엄마를 대하고 싶은 마음이 없다. *사실발견, 하위 플롯5*

11. 리지는 다아시의 춤 신청을 거절하고 위컴의 청을 받아들인다. 다아시는 위컴을 달가워하지 않는다. *적대자*

12. 제인이 빙리와의 저녁 식사를 위해 네더필드 저택에 가게 되자 가족 모두가 흥분한다. 어머니는 딸에게 여러 조언을 들려준다.

13. 어머니는 흐린 날씨를 본 후 비가 올 경우 그 집에서 묵게 할 요량으로 제인의 옷을 갈아입히고 말을 타고 가게 한다. *하위 플롯1: 행동*

14. 제인이 비를 맞으며 말을 타고 빙리네 집으로 간다.

15. 의사가 와서 제인이 감기에 걸려 적어도 일주일은 이곳에 머물러야 할 거라고 말하자 제인과 빙리 모두 기쁨을 감추지 못한다. 리지는 아픈 언니를 보러 집에서부터 혼자 걸어오고 그 사실을 알게 된 빙리의 여동생은 경악하지만 다아시는 그 의견에 동의하지 않는다.

16. 메리는 노래를 연습하고, 리디아와 키티는 마을에 가고 싶다고 말한다. 아버지는 이러다 딸 모두 빙리네 집에 보내는 것은 아니냐며 농담을 한다.

17. 다아시와 빙리의 여동생은 모든 여성이 교양을 갖추지 못했다며 의견을 맞춘다. 그러나 리지는 반박한다. 빙리의 여동생은 리지와 다아시에게 같이 걷자고 말하지만, 다아시는 농담 섞인 말로 거절한다.

18. 우둔한 사촌 콜린스가 등장한다. 그는 후원자 캐서린 드버그 부인이 가능한 빨리 결혼을 하라고 권했다며 이 집 딸들을 둘러본다. 그러다 제인은 어떠냐고 묻자 어머니는 그 딸은 이미 임자가 있다고 말한다. 그러자 콜린스는 리지에게 관심을 돌린다. *세 번째 적대자, 두 번째 구혼자*

어나갈 수 있다는 점이다. 대게 플롯이 빈약할 수밖에 없는 러브 스토리에서 이 정도로 많은 사실발견이 있는 것은 드문 일이며 그렇기에 환영할 만한 일이다. 무엇보다도 (관객에게) 좋은 것은, 다섯 딸을 활용하여 각각에게 하위 플롯을 부여함으로써 작가가 이 로맨틱 코메디를 단 하나의 결혼이 아니라 (나쁜 결혼을 포함해) 여러 개의 결혼으로 마무리 지을 수 있었다는 점이다.

초반에 있었던 세계 설정에서, 작가들은 이 사회에 기반이 되는 논리를 설명한다. 재산은 남자 상속인에게만 전해지므로 여성은 반드시 결혼을 해야 하며, 그것도 좋은 결혼을 해야 한다. 이 논리가 모든 플롯을 형성한다. 그리하여 다양한 등장인물을 만들어내어 비교할 수 있게 했다. 주인공의 적대자인 빙리의 여동생과 샬롯, 그리고 조력자를 통해 여성들을 비교한다. 또한 위컴과 콜린스를 통해 구혼자를 비교한다. 이 비교는 첫 번째 무도회에서부터 시작된다는 것에 주목하라(장면7-11).

그 첫 무도회는 훗날 연인이 될 리지와 다아시가 강렬하게 대립하는 모습을 보여주는 장면이기도 하다. 그러나 그들의 이야기는 잠시 내려놓고 먼저 하위 플롯 1인 제인과 빙리의 이야기부터 풀어나간다(장면12-15). 하위 플롯이 진행되는 동안 리지는 계속 대립을 유지하면서도 다아시를 알아가는 시간을 가질 수 있다(장면17).

이제 두 번째 구혼자인 콜린스의 이야기

19. 빙리 가 네더필드 저택에서 가든파티를 연다는 초청장이 날아온다.

20. 파티에서 콜린스는 리지를 쫓아다닌다. 이를 다아시가 발견하고 리지의 부탁으로 콜린스를 반대편으로 따돌린다. *세 번째 적대자*

21. 다아시는 리지에게 활쏘기를 가르쳐주지만 리지가 자신보다 훨씬 솜씨가 좋다는 것을 알게 된다. 리지는 돈 많고 잘생긴 남자가 가난한 남자와 알고 지내려 하지 않는다는 것에 대해 어떻게 생각하느냐고 묻는다. 다아시는 신사라면 자신의 행동을 일일이 말로 설명하지 않을 거라고 답한다. *적대자*

22. 저택으로 돌아오자 메리가 형편없는 실력으로 사람들 앞에서 노래를 하고 있다. 빙리의 여동생은 리지에게 좋은 가족을 두어서 좋겠다며 빈정거린다. *사실발견, 두 번째 적대자*

23. 다아시는 리지가 발코니에서 울고 있는 것을 발견한다. 위컴의 입장을 대변하기 위해 용기를 낸 것에 존경한다고 말한다. 그때 그녀와 다아시가 제인은 확실히 빙리와 결혼할 것이라 확담하는 어머니의 목소리를 듣게 된다. 콜린스가 나타나 리지와 무슨 관계라도 될 듯이 말하자 다아시가 자리를 뜬다. 리지는 다아시가 마지막 순간에 물러나는 거만한 사람이라 말한다. *적대자의 발견*

24. 콜린스는 리지에게 프로포즈 한다. 리지는 거절하지만 그는 이 거절이 좋다는 뜻이라고 착각한다. *사실발견*

25. 어머니는 남편을 시켜 리지를 설득하라고 하지만 아버지는 리지가 콜린스와 결혼하는 것을 반대한다.

26. 어머니는 제인에게 온 빙리의 편지를 몰래 뜯어보고는, 그와 다아시가 런던으로 되돌아갔다는 사실을 알고 망연자실한다. 제인은 울고 만다. *사실발견*

가 시작된다. 그는 이 집안의 유산을 상속받을 사람이기에 가족 모두의 적대자이다(장면18). 그는 답답한 바보로 표현되는데, 이는 리지를 비롯하여 이 세상 여성들이 가진 내면의 갈등, 즉 (우둔하더라도) 결혼을 잘해야 한다는 필요와 사랑을 위해 결혼을 하고 싶다는 욕구 사이의 간극을 강조한다.

두 번째 파티에서(장면20-23) 작가들은 여러 이야기를 하나의 매듭으로 탄탄하게 묶는다. 다아시를 비롯해 그의 경쟁자인 위컴과 콜린스, 리지와 다아시가 벌이는 도덕적인 논쟁, 제인과 빙리가 등장하는 하위 플롯 1, 여성 적대자인 빙리의 여동생, 그리고 다시를 앞에 두고 리지를 민망하게 만들어 적대자 역할을 하는 자매들이 모두 등장한다. 이것이야 말로 공동체를 비롯해 모든 등장인물이 한데 모이는 중요한 합체 장면이다.

하위 플롯 1에서 빙리와 제인의 이별(장면26,28)에 이어 리지의 겉보기 패배(장면29)가 나타난다. 자신의 가장 친한 친구이자 조력자인 샬럿이 자신에게 두 번째

27. 위컴은 리지에게 자신은 목사가 되고 싶었고, 목사가 되면 유산을 받을 수 있었지만 다아시가 자기 부친의 유언을 무시하고 자신의 유산을 빼앗으려 한다는 말을 한다. *거짓발견*

28. 리지는 제인이 우는 걸 발견한다. 제인이 빙리의 여동생에게 받은 편지 때문인데, 거기에는 빙리가 곧 다른 여자를 만나게 될 거라는 내용이 적혀 있다. *사실발견*

29. 샬럿이 콜린스와 결혼할 거라는 소식이 들려온다. 루카스와 샬럿, 샬럿의 엄마가 도착하자, 어머니는 샬럿이 이 집의 안주인이 된다는 사실에 화를 금치 못한다. *사실발견, 하위 플롯5*

30. 리지는 샬럿에게 콜린스와의 결혼을 잠시 미루라고 조언하지만 샬럿은 거부한다.

31. 샬럿과 콜린스가 결혼한 후 리지가 그 집을 방문한다. 잠시 후 캐서린 부인과 그 딸이 도착한다. *조력자/가짜 적대자*

32. 캐서린 부인은 콜린스에게 이런 저런 지시를 내린다. 그녀의 엄격한 모습에 샬럿은 겁을 먹는다.

33. 다아시가 그들과 저녁식사를 함께 한다. 캐서린 부인은 리지와 그 가족이 사는 방식을 듣고 충격을 받는다.

34. 리지가 피아노를 연주할 때 캐서린 부인은 다아시에게 자신의 딸 앤과 다아시가 천생연분이라고 말한다.

35. 리지는 화가 나 있다. 빙리가 제인을 떠난 이유를 알게 되었기 때문인데, 그것은 다아시가 이 말도 안 되는 결혼에 반대했다는 이유였다. 리지는 이 사실을 샬롯에서 말한다.

36. 다아시는 리지의 집안이 자기네와 어울리지는 않지만 그럼에도 결혼하고 싶다고 청혼한다. 리지는 그가 보이는 오만한 태도, 위컴에 대한 부당함, 제인 언니를 불행하게 만든 원흉이라는 생각에 그 청혼을 거절한다. *사실발견, 이별*

로 구혼했던 멍청한 콜린스와 결혼했기 때문이다(하위 플롯5).

놀라운 사실발견이 시작된다. 다아시가 리지에 대한 자신의 사랑을 표현하고 청혼을 한 것이다(장면36). 이것은 (애초에 맺어지지도 않은 관계이지만) 이별로 이어지는데, 두 인물 모두 여전히 심리적, 도덕적 약점을 갖고 있기 때문이며, 그것은

37. 리지는 집으로 돌아와 제인으로부터 리디아와 위컴이 결혼도 하지 않고 도망쳤으며 아버지가 그들을 찾으러 런던으로 떠났다는 소식을 듣는다. 그때 다아시가 찾아온다. *사실발견, 하위 플롯2*

38. 다아시는 리지에게 위컴이 이전에도 자신의 여동생에게 똑같은 일을 저질렀다는 사실을 털어놓는다. 그는 돕고 싶지만 리지가 알아서 하겠다고 하자 떠난다. 리지는 그제서야 자신이 다아시를 사랑한다는 것을 깨닫고 제인에게 고백한다. *사실발견, 부분적 자기발견*

39. 빙리의 여동생은 리디아와 위컴을 아직 찾지 못했으며 베넷 씨가 딸을 찾는 걸 포기했다는 편지를 읽으며 즐거워한다. 빙리는 그 소식에 기분 나빠한다.

40. 베넷 씨의 가족은 이사를 준비한다. 그러던 중 베넷 씨는 그들의 삼촌이 리디아를 찾았으며 위컴이 놀라울 만큼 적은 양의 돈을 요구했다는 편지를 받는다. *사실발견*

41. 리디아와 위컴은 집으로 돌아와 자신들을 결혼을 했음을 알린다. 위컴은 사망한 삼촌으로부터 유산을 받았다고 말한다. *사실발견*

42. 캐서린 부인은 리지를 찾아와 다아시와 결혼하지 않겠다고 약속하라 하지만 리지는 거절하면서 캐서린 부인이 다아시의 유산을 모두 몰수해도 상관없다고 말한다. 그러자 캐서린 부인은 다아시가 제인을 위해 뒤에서 몰래 도왔다는 것을 말해준다. *사실발견*

43. 밖에 나온 캐서린 부인은 마차에서 기다리고 있던 다아시에게 가서 리지가 한 말을 전한다. 그러면서 리지야말로 그에게 꼭 맞는 사람이라고, 그에게는 그렇게 맞설 수 있는 사람이 필요하다고 말한다. 다아시는 기쁨에 사로잡힌다. *관객의 발견*

44. 다아시는 베네트 가를 방문해 빙리에 대한

바로 오만과 편견이다.

이러한 짜임은 여러 가지 사실발견이 촘촘하게 이어지는 것으로 마무리된다. 즉, 관객의 발견에는 위컴이야말로 진짜 적대자라는 것(장면37), 다아시가 좋은 사람이라는 것(장면38)이 포함된다. 주인공의 사실발견으로는 리지가 다아시를 사랑한다는 것을 깨닫는 것(장면38)을 꼽을 수 있다. 또한 하위 플롯 2의 위컴과 리디아가 결혼을 하고(장면41), 하위 플롯 1에서는 제인과 빙리가 결혼하며(장면45), 주인공 리지 역시 다아시와 결혼한다(장면45). 마지막으로 하위 플롯 3과 4로 등장하는 딸들도 결혼이 예상된다(장면47). 이것은 앞서 투씨의 줄거리에 대해 이야기할 때 언급했던, 계속되는 사실발견의 회오리이다. 러브 스토리에서 이 정도로 플롯이 밀도 있는 경우는 드물며, 그렇기에 관객은 큰 매력을 느끼게 된다.

소식이 있다고 말한다.

45. 정원으로 나간 다아시와 리지는 빙리가 제인의 손에 입 맞추는 것을 목격한다. 리지는 자신이 얼마나 다아시에게 편견을 가지고 있었는지 깨닫는다. 그러나 그는 자신이야말로 오만함에 부끄러워해야 한다고 말한다. 그는 다시 한번 청혼하고, 그들은 입을 맞춘다. *하위 플롯1: 자기발견, 자기발견, 이중 전환*

46. 창문을 내다보던 어머니와 아버지는 리지와 다아시가 입을 맞추는 것을 목격하고는 리지는 일 년에 만 파운드를, 제인은 고작 오천 파운드만 받게 될 거라는 얘기를 한다.

47. 옆방, 키티는 어떤 남자와 시시덕거리고, 메리는 피아노를 치며 노래하고 그 옆에는 플루트를 부는 남자가 있다. 어머니는 기분이 좋아져 3명의 딸이 결혼하고 2명도 곧 그렇게 될 거라 말하며 기뻐한다. *하위 플롯 3, 4: 결혼*

사회 판타지의 장면 엮기

멋진 인생(소설 제목: 위대한 선물The Greatest Gift)

소설 필립 반 도렌 스턴 ▪ **각본** 프란세스 구드리치, 앨버트 해킷, 프랭크 카프라 ▪ 1946년

《멋진 인생》장면 엮기

1. 마을의 모든 사람들이 기도하고 있다. 두 명의 천사가 하급 천사 클라렌스를 소환해 조지를 도와주라 명한다. 만일 그가 성공한다면, 클라렌스는 날개를 얻게 된다. *망령, 세계, 문제/필요*

2. 1919년. 소년이었던 조니는 동생 해리가 얼음 아래 물속에 빠진 것을 구해낸다. *세계*

작가들은 이야기의 시작을 (천사의) 목소리로 시작한다. 하늘에서 들리는 이 목소리는 주인공의 위험한 순간에 대해 얘기하고 있다(장면1). 이렇게 함으로써 이야기의 전체 배경인 마을에 대해 소개하고, 약간의 극적인 긴장감을 가지고 시작할

3. 어린 조지는 가우너 씨의 약국에서 일을 한다. 바이올렛과 메리가 손님으로 와 있다. 조지는 가우어 씨의 아들의 사망 소식이 담긴 전보를 발견한다. 가우너 씨는 조지에게 약 배달을 시키지만, 조지는 그것이 독약이라는 걸 알게 된다. *세계*

4. 조지는 이 사태에 대해 아버지에게 물어보러 가지만 그는 너무 바쁘다. 사람들에게 돈을 갚을 시간을 조금 더 달라고 포터 씨에게 애원하는 중이다. 조지는 아버지를 모욕하는 포터 씨에게 한 마디 한다. *주요 적대자*

5. 가우너가 약 배달을 하지 않은 조지를 때리지만 조지는 가우너 아저씨가 실수한 거라며 설명해준다.

6. 1928년. 어른이 된 조지는 여행을 앞두고 있다. 그는 가방을 사러 갔다가 가우너 씨가 맡겨둔 여행 가방을 선물로 받는다. *욕망*

7. 길을 걸으며 조지는 경찰 버트, 택시 기사 어니, 바이올렛에게 인사를 한다. *조력자*

8. 저녁 식사 전 조지와 해리 형제는 즐거운 시간을 갖는다. 조지는 아버지에게 그의 회사 '건축과 대출' 회사에서 일하고 싶지 않다고 고백한다. *망령, 세계*

8. 해리의 졸업 파티, 조지는 샘을 만나고 예쁘게 자란 메리를 보게 된다. 그들은 춤을 추다가 수영장에 빠진다. *(두 번째) 욕망*

9. 조지와 메리는 함께 걸어서 집으로 간다. 노래도 하고 시카모어에 있는 폐가에 돌을 던지기도 한다. 메리가 입고 있던 가운이 벗겨져 그녀가 수국나무에 숨자 조지는 그걸 빌미로 장난을 치지만, 곧 차가 한대 나타나 아버지가 뇌출혈로 쓰러졌다는 소식을 전해 함께 떠난다. *욕망1, 2, 계획*

11. 이사회 모임. 포터는 '건축과 대출' 회사를 닫으려 한다. 조지는 강하게 반대한다. 결국 자신이 회사를 맡는 조건으로만 그 회사가 존재할 수 있음을 깨닫는다. *적대자, 사실발견, 욕망, 계획*

수 있다. 또한 시간을 뒤로 돌려 주인공의 과거에 대해 설명하여 앞으로(자살사건 이후) 관객에게 더 강력한 드라마로 보상하겠다고 약속한다. 가장 중요한 것은 이야기의 후반부에서 판타지로 보상한다는 점이다. 이때 조지는 자신이 태어나지 않았다면 마을이 어떻게 변했을 지 두 눈으로 똑똑히 보게 된다.

이런 우산 오프닝-전체 마을을 아우르는-은 주인공의 소년 시절로 이어진다(장면 2-5). 이를 통해 주인공의 원래 성격 뿐 아니라 중요하게 등장하는 마을 사람들의 성격도 알 수 있다. 또한 어린 시절 장면은 이야기의 마지막 부분에서 빛을 발할 인물과 행동의 복잡한 연결망을 구축하는 효과가 있다.

그 다음 장면 엮기는 바로 어른이 된 조지를 조명한다. 마을을 떠나 더 넓은 세상을 보기 원하는 그의 욕망이 여실히 드러나 있다(장면6). 어렸던 인물들이 모두 어른이 되어 나타나고(장면7-9), 관객들은 이들이 어렸을 때와 별반 다르지 않음을 알게 된다.

이어서 각 장면이 똑같은 패턴으로 이어진다. 1)주인공이 떠나고 싶다는 욕망을 말한다. 2)그는 어쩔 수 없이 마을에 묶여 있게 된다. 3)두 번째 모순되는 욕망 때문에 그는 더욱 마을에 붙어 있게 된다. 예를 들면 다음과 같은 것이다.

- 조지는 마을을 떠나고 싶어 한다. 하지만 아버지가 돌아가셔서 대신 '건축과 대

12. 조지와 빌리 삼촌은 기차역으로 해리를 마중 나간다. 해리는 아내와 나와서는 장인이 일자리를 주기로 해서 '건축과 대출'을 맡을 수 없게 되었다고 말한다. *사실발견*

13. 조지와 빌리 삼촌은 현관에서 대화를 나눈다. 어머니는 조지에게 메리를 만나라 권한다.

14. 길을 가던 조지는 바이올렛과 마주친다. 맨발로 산책이나 등산을 하자는 말에 바이올렛은 싫다고 말한다.

15. 조지는 어쩔 수 없이 메리네 집으로 향한다. 그 둘은 아웅다웅한다. 샘이 메리에게 전화를 걸어와 조지를 바꿔준다, 샘이 멀리 공장을 짓는다는 말에 조지는 베드포드 폴스에 짓자고 말한다. 조지는 메리에게 키스한다. *사실발견*

16. 조지와 메리가 결혼한다.

17. 신혼여행으로 가는 택시 안, 그들은 많은 사람들이 은행에 몰려가는 것을 본다. 빌리 삼촌이 은행에서 '건축과 대출' 회사의 대출금을 회수하기 시작했다고 알려준다. 그때 포터가 조지 회사의 주식을 액면가의 절반으로 사들이겠다고 제안한다. 조지는 사람들에게 그 제안을 수락하지 말라고 애원한다. 대신 조지는 신혼여행에 쓸 돈으로 사람들에게 당장 필요한 돈을 빌려준다. *사실발견, 행동*

18. 퇴근 시간이 되자 조지와 회사 사람들은 2달러나 남았다며 축하를 한다. 그는 메리의 전화를 받고 시카모어에 있는 폐가로 간다.

19. 버트와 어니가 폐가에 영화 포스터를 붙이고 있다. 조지는 메리가 그 집을 손 본 것을 발견한다. *사실발견*

20. 조지는 마티니 가족이 포터의 셋집에서 탈출하여 베일리 파크에 있는 새 집으로 이사하게 도와준다. *계획 2*

21. 집세 징수원이 포터에게 이대로 가면 조지

'출' 회사를 물려받아야 한다(장면10-11).

– 그는 이제 정말 떠나려 하지만, 동생 해리가 결혼한 상태로 집에 와 다른 도시에 직장을 구했다고 말한다(장면12-13).

– 조지는 메리와 사랑에 빠진다. 그리고 마을이 불황의 늪을 벗어나도록, 포터에 맞서 싸우도록, 베일리 파크를 건설할 수 있도록 돕는다. 그리고 아이들을 낳는다(장면15-25).

에게 밀릴 것이라 말한다.

22. 부유한 샘과 그의 부인이 여행을 떠나기 전 조지와 메리에게 인사를 전한다.

23. 포터는 조지에게 연 2만 달러의 일자리를 제안한다. 조지는 처음엔 기뻐했지만 이내 제안을 거절한다. *사실발견*

24. 조지는 포터의 제안과 자신의 꿈에 대해 생각을 한다. 메리는 임신소식을 전한다. *사실발견*

25. 아이들이 더 태어나고, 집을 고치는 모습, 조지가 낙심하고, 전쟁이 벌어지고, 전투가 벌어지는 모습이 지나간다. 해리도 배를 구함으로 영웅이 된다. 조지는 마을에서 공습 경비원 역할을 한다. *(지는)행동*

26. 아침이 되자 조지는 해리의 명예 훈장수령 소식이 담긴 신문을 빌리 삼촌에게 건넨다. 그는 워싱턴에 있는 해리와 통화한다. 금융 감독관이 장부를 확인하러 사무실에 온다.

27. 한편 은행에 간 빌리 삼촌은 8천 달러를 입금하려던 차에 포터와 대화를 나누고는 실수로 신문에 그 돈을 끼운 채 포터에게 돌려준다. *관객의 발견*

28. '건축과 대출' 사무실에서 조지는 멀리 떠나는 바이올렛에게 돈을 쥐어준다. 은행에서 돌아온 빌리 삼촌은 8천 달러를 잃어버렸다고 말한다. *사실발견, 적대자/가짜 조력자*

29. 조지와 빌리 삼촌은 돈을 찾아 거리를 헤맨다.

30. 빌리 삼촌의 집으로 간 조지는 절망한다. 그는 우리 둘 중 한 명은 감옥에 가야 하는데 자신을 절대 가지 않을 거라 소리친다.

31. 집에 돌아온 조지는 애들에게 짜증을 내고, 주주가 감기 걸렸다는 말에 주주의 방으로 가고, 집으로 전화를 건 주주 선생님께 막말을 하고, 그녀의 남편에게도 화를 낸다. 조지는 물건을 부순 뒤 가족에게 사과하고 나간다. 메리는 빌리 삼촌

이제 독특한 짜임이 이어진다. 30년에 달하는 시간을 다룬 장면이 지나간 후, 작가는 하루 동안 벌어진 일련의 사건을 보여준다(장면26-34). 그리고 이 사건은 오프닝 신 즉 조지의 자살에서 언급된 바로 그 위기로 이어진다. 천사의 내레이션이 시작되는 순간 장면은 마무리되며, 작가들은 오프닝에서 약속한 감동을 전달한다(장면34).

에게 전화를 건다. *조력자의 공격*

32. 조지는 포터를 찾아가 도움을 청한다. 포터는 친구들에게나 도움을 요청하라며 거절한다. 조지는 생명 보험 말고는 담보할 것이 없다는 걸 깨닫는다. *행동*

33. 마티니 술집. 조지는 하늘을 향해 도와달라고 기도한다. 교사의 남편은 조지의 이름을 듣더니 그를 때려눕힌다.

34. 조지는 술에 취해 차를 나무에 박는다. 그는 다리로 간다. 그리고 자살을 하려던 찰나, 누군가 먼저 강물에 뛰어든다. 조지는 자살하려던 건 잊고 물에 뛰어들어 그를 구한다. *겉보기 패배, 사실발견*

35. 통행료 징수원의 집. 클라렌스는 자신이 천사이며 조지를 구한 것이라 말한다. 조지를 도와주면 날개를 얻을 것이라는 얘기도 전한다. 그러면서 조지가 없었다면 이 세상이 어땠을지 보여줘야겠다고 생각한다. 조지는 입에서 더 이상 피가 안 나고, 안 들리던 귀가 들리며, 옷도 말끔히 마른 것을 깨닫는다. *사실발견*

36. 조지는 아까 나무에 박은 차가 없어진 걸 발견한다. *시련과 사실발견*

37. 마티니 술집은 이제 닉 술집이 되어있다. 닉은 조지와 클라렌스가 이상하게 구는 걸 보고 쫓아내려 한다. 그때 행색이 초라한 가우너 씨가 들어온다. 그는 자신을 말려주는 조지가 없었기에 아이들을 독살한 죄로 20년 형을 받고 나왔다. 닉은 조지와 클라렌스를 눈이 내리는 밖으로 몰아낸다. *시련과 사실발견*

38. 밖으로 쫓겨난 조지는 클라렌스를 미친 사람 취급한다. 그는 메리를 찾아야겠다며 떠난다.

39. 조지는 환락가가 되어버린 포터스 빌을 지나며 아연실색한다. 바이올렛은 부랑자가 되었고, 어니는 불행한 택시 운전사이다. 조지가 살던 시카모어의 집은 폐가이다. 조지는 천사가 경

이제 이야기의 핵심 역할을 하는 장면이 이어진다. 천사 클라렌스는 조지가 없었다면 마을이 어땠을지, 현재가 어떻게 바뀌었을지를 보여주기 위해 평행 세계로 데려간다(장면35-42). 바로 지금이 세계를 설정하면서 투자했던 시간—조지와 마을 사람들과의 관계—을 보상 받는 순간이다.

조지는 등장인물들이 모두가 부정적인 모습으로 변한 것을 보여주며 일련의 사실 발견을 맞게 한다(장면 37, 39, 40, 41). 조지 뿐 아니라 관객 역시 조지가 만들어놓은 관계 연결망을, 아주 견고한 망을 보게 된다.

찰 버트의 팔을 무는 동안 도망간다. *시련과 사실 발견*

40. 조지의 엄마는 나이가 들었고, 조지를 보고도 당신 같은 아들은 없다고 말한다. 그가 빌리 삼촌을 언급하자, 빌리는 미쳤다고 말한다. *시련과 사실발견*

41. 조지는 베일리 파크로 가지만 그곳은 이제 공동묘지이다. 그는 거기서 어린 나이에 죽은 해리의 무덤을 본다. *죽음 맛보기*

42. 도서관에 간 조지는 아직도 미혼인 메리에게 말을 걸려 하지만 그녀는 겁에 질려 도망간다. 조지가 도망치자 경찰 버트가 총을 쏜다. *전투*

43. 다시 다리로 돌아온 조지. 그는 다시 삶을 살게 해달라고 기도한다. 그때 경찰 버트가 따라오고, 이번에는 그가 조지임을 알아본다. 조지는 매우 기뻐한다. 주주가 주었던 꽃잎이 주머니에 그대로 있는 걸 발견한다. *사실발견*

44. 조지는 베드포드 폴스를 지나며 기쁨에 차 메리크리스마스를 외친다. *사실발견*

45. 집에 오자 보안관이 기다리고 있다. 조지는 메리와 아이들을 껴안는다. 친구들이 돈을 모은 바구니를 들고 몰려온다. 해리 역시 도착한다. 크리스마스 트리에 달린 종이 울리고, 조지는 클라렌스가 날개를 얻은 것을 마음 속으로 축하한다. *다시 찾은 평정과 새로운 공동체*

이야기는 조지가 실제 현실로 되돌아오며 끝난다. 여전히 돈을 잃은 상태지만 그는 너무나 행복한 모습이다. 조지의 관계 연결망은 모두가 그를 구하려고 돈을 들고 그의 집으로 들어올 때 다시 한 번 빛을 발한다(장면43-45)

바로 이러한 장면 엮기를 통해 보다 거대한 사회의 대조가 두드러진다. 그리고 사회 판타지는 이 사회를 기반으로 하고 있다. 전반적인 연결 밀도가 매우 촘촘하고, 장면 배치 또한 탁월한 영화이다.

10장

장면과 장대화를 짓다

음악처럼, 대사 또한 리듬과 음색으로 소통한다. 음악처럼, 대사는 한 번에 여러 '트랙'이 쌓여 어우러질 때 빛을 발한다. 대부분의 작가들이 가지고 있는 문제는 그들이 대화를 한 트랙, 즉 '멜로디'만 쓴다는 데 있다. 이런 대사는 일어나고 있는 일을 설명해줄 뿐이다.

장면이란 행동이 있는 부분을 뜻한다. 말 그대로다. 묘사와 대사를 통해, 여러분은 전제, 구조, 인물, 도덕적 주장, 이야기 세계, 상징, 플롯, 장면 엮기를 관객이 실제로 경험할 수 있게 이야기로 번역해야 한다. 이곳이 이야기를 살아 숨 쉬게 만드는 지점이다.

장면은 하나의 시간과 장소에서 벌어지는 하나의 행동이라 정의된다. 그렇다면 과연 장면은 무엇으로 만들어지는 것일까? 그리고 어떻게 작동하는 것일까?

장면이란 하나의 작은 이야기다. 그 말뜻은 좋은 장면이라면 7가지 구조 단계를 모두 거친다는 의미다. 다만 자기발견은 제외이다. 이것은 주인공을 위해 이야기의 마지막까지 남겨놓아야 하기 때문이다. 하나의 장면에서 자기발견의 단계는 대개 반전, 충격, 사실발견 등으로 대체된다.

장면 구축하기

장면을 구축하기 위해 여러분은 반드시 두 가지 목표를 달성해야 한다.

- 장면이 주인공의 전반적인 성장에 부합하면서 더 나아가 더욱 발전시킬 수 있게 해라.
- 작지만 훌륭한 이야기가 되게 해라.

이 두 가지가 모든 것을 좌우한다. 그리고 언제나 중요한 것은 주인공의 전반적인 발전이다.

핵심 POINT 하나의 장면을 역삼각형이라 생각해라.

시작: 장면의 넓은 윤곽

끝: 핵심 단어나 문장

장면의 시작에서는 전체 장면의 내용에 대해 윤곽을 잡아야 한다. 그리고 가장 중요한 단어나 문장으로 된 대사를 마지막에 언급하면서 한 지점으로 흘러가야 한다.

그럼 훌륭한 장면을 구성하기 위해 어떤 작업을 수행해야 하는지 그 예를 가장 잘 보여주는 장면을 살펴보려 한다. 먼저 다음의 질문에 대답해라.

1. 이 장면은 주인공의 발전(즉 캐릭터 아크)에 있어 어디에 해당하는가? 그리고 어떻게 그 발전을 심화시키는가?

2. 이 장면에서 풀어야 하는 문제는 무엇인가? 혹은 반드시 완수해야 하는 것은 무엇인가?

3. 이 문제를 풀기 위해 어떠한 전략을 사용해야 하는가?

4. 욕망: 어떤 인물의 욕망이 이 장면을 이끄는가? (이 인물은 주인공일 수도, 다른 인물일 수도 있다.) 그가 원하는 것은 무엇인가? 이 욕망이 장면의 뼈대를 이룰 것이다.

5. 끝점: 인물의 욕망이 어떻게 해결되는가? 끝점을 미리 알면, 장면 전체가 그 점을 향하도록 할 수 있다.

   욕망의 끝점은, 이 장면에서 가장 중요한 단어나 문장이 위치하는 역삼각형의 꼭짓점과 일치한다. 이렇게 욕망의 끝점과 핵심 단어 또는 대사가 조합이 되면 관객은 강력한 펀치를 맞은 듯 다음 신으로 이끌려 간다.

6. 적대자의 욕망과 갈등 지점: 그 욕망의 실현에 맞서는 사람은 누군지, 두 (혹은 그 이상의) 인물이 무엇을 놓고 싸우는지 알아내라.

7. 계획: 욕망을 가진 인물이 그 목표를 달성하기 위해 계획을 세운다. 이 인물이 한 장면에서 사용할 수 있는 계획은 직접적인 것과 간접적인 것이 있다.

   직접적인 계획의 경우 목표를 가진 인물은 자신이 무엇을 원하는지를 대놓고 직접 밝힌다. 간접적인 계획의 경우, 실제로 원하는 것은 따로 있음에도 뭔가 다른 것을 원하는 척 한다. 그렇게 되면 대립하는 인물은 둘 중 하나의 반응을 보이게 된다. 속임수를 눈치 채고 장단을 맞춰줄 수도 있고, 아니면 진짜로 속아서 상대가 진정으로 원하는 것을 넘겨줄 수도 있다.

   인물이 어떤 종류의 계획을 사용해야 하는지 결정하는 데 도움이 되는 간단한 법칙은 다음과 같다. 직접적 계획은 갈등을 고조시키고 인물들을 떨어뜨려 놓는다. 간접적 계획은 갈등을 누그러뜨리고 인물들을 하나가 되게 한다. 그러나 후자의 경우, 훗날 속임수가 드러났을 때 더 큰 갈등을 초래할 수 있다.

계획은 전체 이야기가 아닌 하나의 장면 내에서 인물이 목표를 달성하는 방법을 나타내는 것임을 기억해라.

8. 갈등 조장: 갈등이 한계점에 도달하게 하거나, 아니면 해결책을 찾게 해라.

9. 반전 혹은 사실발견: 때때로 인물 그리고/혹은 관객은 하나의 장면에서 일어난 일을 보고 놀라게 마련이다. 그게 아니면 한 인물이 다른 인물에게 그를 어떻게 생각하는지를 말하기도 한다. 이것은 이 장면에서는 일종의 자기발견의 순간이 되지만 최종적인 것이 아니며 심지어 틀릴 수도 있다.

경고 많은 작가가 '현실적'인 작품을 만들겠다며 장면 집필을 일찍 시작하고는 주요 대립은 천천히 진행하는 경우가 있다. 그러나 이것은 장면을 현실적으로 만들지 않는다. 그저 우둔하게 만들 뿐이다.

● **핵심 POINT** 달성해야 할 구조의 핵심 요소를 빠뜨리지 않도록, 장면 집필은 가능한 한 늦게 시작해라.

복잡한 장면 혹은 하위 텍스트 장면

하위 텍스트가 가진 고전적 정의는 인물이 자기가 진정으로 원하는 게 무엇인지 말하지 않는 장면을 뜻한다. 이것은 맞는 말일 수 있지만, 그렇다고 하위 텍스트를 쓰는 법까지는 알려주는 건 아니다.

하위 텍스트를 제대로 이해하기 위해서 제일 먼저 알아야 할 것은 기존의 지혜가 틀렸다는 점이다. 그것이 장면을 쓰는 데 늘 좋은 방법이 되는 건 아니다. 하위 텍스트의 인물들은 대개 겁에 질려 있고, 고통을 받거나, 아니면 자신이 진정으로 원하고 생각하는 바를 제대로 말하지 못하고 허둥지둥한다. 여러분이 만약 강렬한 갈등을 원한다면, 하위 텍스트는 사용하지 말자. 그렇지만 만약에 특정 인물이나 그들이 나오는 특정 장면에 적합하다면, 무슨 수가 있어도 활용해라.

하위 텍스트 장면은 두 가지 구조적 요소를 기반으로 한다. 하나는 욕망, 또 하나는 계획이다. 하위 텍스트를 극대화하기 위해서는 다음을 참고하자.

1. 한 장면에 등장하는 다수의 인물이 숨겨진 욕망을 갖게 해라. 이 욕망은 서로의 욕망과 직접적으로 갈등을 이뤄야 한다. 예를 들어, A는 B를 몰래 사랑한다. 하지만 B는 C를 몰래 사랑한다.

2. 숨겨진 욕망을 가진 모든 인물들이 자신이 원하는 것을 얻기 위해 간접적 계획을 사용하게 해라. 그들은 무언가를 원하면서 말로는 다른 것을 얘기한다. 타인을 속이려고 노력하는 중이거나, 혹은 이 계략이 속임수임을 뻔히 알지만 자신이 원하는 것을 얻게 해줄 만큼 매력적이기를 바라며 사용하는 것일 수도 있다.

대사

장면을 구축한 후에는 지문과 대사를 사용하여 집필에 들어가야 한다. 지문에 대한 세부 기술은 이 책의 범위를 넘어서는 일이지만 대사는 그렇지 않다.

대사는 가장 오해를 많이 받는 집필 도구다. 한 가지 오해는 이야기 속 대사의 기능과 관련이 있다. 대부분의 작가는 이야기의 구조가 해야 할 엄중한 작업을 대사에 떠맡기는 경향이 있다. 그렇게 하면 대사는 너무 부자연스럽고, 억지스러우며, 가식처럼 느껴진다.

그러나 대사와 관련하여 가장 위험한 오해는 그 반대의 경우이다. 바로 좋은 대사란 진짜 대화를 그대로 옮겨오는 것이라고 믿는 것 말이다.

● **핵심 POINT** 대사는 실제 대화가 아니다. 실제처럼 들리지만 고도로 계산된 언어이다.

● **핵심 POINT** 훌륭한 대사는 실제보다 더 똑똑하고, 재치 있고, 은유로 가득하며, 더욱 정리된 주장이 담겨 있어야 한다.

그리하여 지능이 낮거나 교육을 받지 못한 사람이라도 그 사람이 할 수 있는 최고 수준의 말을 해야 한다. 인물이 틀린 말을 해도, 실제보다 더 설득력 있는 방식으로 틀려야 한다.

상징처럼, 대사 역시 작은 것의 기술이다. 이것이 구조, 인물, 주제, 이야기 세계, 상징, 플롯, 장면 엮기 위에 놓이면 작가가 쓰는 도구 중 가장 미묘한 도구가 된다. 여기에도 엄청난 영향력이 담겨 있다.

대사는 음악이라는 형식으로 이해하면 가장 좋다. 음악처럼, 대사 또한 리듬과 음색으로 소통한다. 음악처럼, 대사는 한 번에 여러 '트랙'이 쌓여 어우러질 때 빛을 발한다. 대부분의 작가들이 가지고 있는 문제는 그들이 대화를 한 트랙, 즉 '멜로디'만 쓴다는 데 있다. 이런 대사는 일어나고 있는 일을 설명해줄 뿐이다. 트랙이 하나인 대사는 글이 그저 그렇다는 표식이나 마찬가지다.

훌륭한 대사는 하나의 멜로디가 아니라 세 개의 트랙이 동시에 진행되는 교향곡과 같다. 세 개의 트랙이란 이야기 대사, 도덕적 대사, 그리고 핵심 단어 혹은 핵심 문구이다.

트랙 1: 이야기 대사 / 멜로디

이야기 대사는 음악에서의 멜로디와 마찬가지로 말을 통해 이야기를 표현하는 것이다. 대사는 인물이 하는 행동에 대해 말한다. 우리는 대사는 행동과 반대라고 생각하는 경향이 있다. "말보다 행동이 중요하다."라고 말이다. 그러나 말도 행동의 한 형식이다. 우리는 주인공이 주요 행동에 대해 말할 때 이야기 대사를 사용한다. 대사는 적어도 잠시동안은 이야기를 끌고 갈 수 있다.

이야기 대사를 쓸 때는 장면을 구성할 때와 같은 방식을 따르자.

- 한 장면의 중심인물(주인공이 아니어도 무방하다.)인 인물 1이 자신의 욕망을 말한다. 작가로서 여러분은 그 욕망의 끝점이 어디인지를 알아야 한다. 그래야 그 대사(장면의 뼈대)가 어떻게 흘러갈지를 알 수 있기 때문이다.
- 인물 2가 그 욕망에 대항하는 말을 한다.
- 인물 1이 자신이 원하는 것을 얻기 위한 직접적 혹은 간접적 계획을 대사로 발화한다.

• 장면이 전개될수록 두 인물의 대화는 점점 더 열기를 더하다가 마지막에 분노가 담긴 몇 마디 혹은 해결책을 통해 마무리된다.

고급 대화 기법은 장면 진행을 행동에 대한 대사에서 존재에 대한 대사로 이어지게 하는 것이다. 다시 말하자면, 등장인물이 '무엇을 하고 있는가'에서 '어떤 사람인가'에 대한 대사로 옮겨가는 것을 뜻한다. 장면이 가장 극에 달하면 인물 중 하나는 "당신은⋯."이라는 말을 하게 된다. 그런 뒤 자신이 다른 사람에 대해 생각한 것을 구체적으로 제시한다. 예를 들어 "당신은 거짓말쟁이야."라든가 "당신은 못되고 추잡한 사람이야." 혹은 "당신은 성공한 사람이야⋯." 등등의 말을 한다.

이것은 곧장 그 장면에 깊이를 더해준다는 것에 주목하자. 왜냐하면 인물들의 대화는 그들의 행동이 자기라는 존재의 본질을 어떻게 정의하는지 보여주기 때문이다. "당신은⋯."이라는 말이 꼭 옳은 말일 필요는 없다. 그러나 이 간단한 말을 통해 관객은 자신들이 지금까지 생각했던 것에 대해 정리할 기회를 갖게 된다. 이 기법은 장면 안에서 이루어지는 일종의 자기 발견이며, 종종 가치에 대한 언급을 포함하는 경우도 있다(503쪽 '트랙 2' 참고). 행동에서 존재로의 이러한 전환은 모든 장면에서 나타나는 게 아니라, 대개 주요 장면에서 등장한다. 그러면《심판》의 한 장면을 통해 이러한 전환에 대해 알아보자.

심판

소설 배리 리드 · 1980년 / **각본** 데이비드 마멧 · 1982년

이 장면에서 피해자의 형부 도너히는 자기에게 의논도 없이 합의를 거절한 변호사 프랭크 갤빈에서 다가가 말을 건다. 그 장면의 중간 지점을 살펴보자.

《심판》

내부. 법정 복도 - 낮

도너히 …수년 동안…내 아내는 그들이, 그러니까, 그들이 처제에게 한 짓 때문에 울면서 잠에 들었단 말이야.

갤빈 맹세컨대, 소송에서 이길 수 없다고 생각했다면, 그 제안을 받아들였을 겁니다….

도너히 생각이라고? 생각을 하셨단 말이지…. 나는 일을 하고, 아내를 데리고 이 도시에서 이사를 나가려고 하는데. 우리가 고용한 건 당신이고, 돈을 주는 것도 당신인데, 20만 달러 제안 얘기를 저쪽 사람한테 들어야 하나?

갤빈 소송에서 이길 겁니다…. 이 사건은 확실히 소송을 할 만하고, 우리 쪽 전문가 증인은 유명한 의사입니다. 80만 달러를 받아낼 수 있어요.

도너히 당신네들, 당신네들, 모두가 똑같아. 병원 의사들이나, 당신 변호사나. "제가 다 알아서 해드릴 겁니다."라고 말은 하지. 그러다 일을 망치면 "우리는 최선을 다했습니다. 정말 죄송합니다…" 하면 끝이야. 그리고 우리 같은 사람은 당신네 실수 때문에 남은 인생을 힘들게 살고 말이야.

트랙2: 도덕적 대사/화음

도덕적 대사는 옳고 그른 행동, 가치, 혹은 가치 있는 삶을 만드는 것에 관해 이야기하는 것을 말한다. 음악에 놓고 비교하면 이것은 화음과 같다. 화음을 통해 멜로디에 깊이와 넓이가 생기고 질감과 범위가 달라진다. 즉, 도덕적 대사는 사건에 대한 것이 아니다. 그것은 인물이 그 사건을 대하는 태도에 관한 것이다.

도덕적 대사는 아래와 같은 특징이 있다.

- 인물 1이 일련의 행동을 제안하거나 실행한다.
- 인물 2가 그것은 다른 사람에게 해를 끼치는 일이라며 그 행동을 반대한다.
- 그 둘은 자신의 입장을 변호하는 이유를 대며 공격과 방어를 주고받는다.

도덕적 대사를 하는 동안 등장인물들은 반드시 자신의 가치관, 좋아하는 것, 싫어하는 것을 표현하게 된다. 인물의 가치관이란 사실 올바른 삶의 방식에 대한 더 깊은 전망을 표현하는 것임을 기억해라. 도덕적 대사가 가장 높은 수준까지 올라가면, 두 가지 행동뿐 아니라 두 가지 삶의 방식을 논증으로 비교할 수 있게 된다.

트랙3: 핵심 단어, 문구, 펀치라인과 소리/반복, 변주, 라이트모이프(반복적으로 나타나는 주제)

핵심 단어, 문구, 펀치 라인과 소리는 대사에 있어서 세 번째 트랙에 해당한다. 교향곡에서 이따금 트라이앵글 같은 특정 악기를 사용해 어떤 부분을 강조하듯, 이들에게는 상징적 또는 주제적으로 특별한 의미를 전달할 수 있는 잠재력이 있다. 이 의미를 구축하는 비결은 등장인물이 그 단어를 자주 말하게 하는 것이다. 특히 맥락이 다양한 경우 반복을 통해 관객에게 누적효과를 줄 수 있다.

펀치 라인은 한 줄의 대사로, 이야기 안에서 여러 번 반복해 말하는 대사를 뜻한다. 이 대사는 사용할 때마다 새로운 의미가 부여되어, 결국 이야기의 시그니처 대사가 된다. 펀치 라인은 주로 주제를 표현하기 위해 사용하는 기법이다. 유명한 펀치 라인을 몇 가지 예로 들면, 《카사블랑카》에 나오는 "용의자들 다 잡아들여.", "난 다른 사람을 위해 목숨 같은 거 걸지 않아.", "당신의 눈동자에 건배."와 《쿨 핸드 루크》의 "정말 말이 안 통하는

군.", 그리고 〈스타워즈〉 시리즈의 "포스가 함께 하길.",《꿈의 구장》의 "네가 지으면 그가 올 거야."가 있다.《대부》에는 펀치 라인이 두 개 있다. "절대 거부할 수 없는 제안을 하지." 그리고 "개인적으로 감정이 있어서 그러는 게 아니야. 그냥 사업일 뿐이야."가 그것이다.

《내일을 향해 쏴라》는 펀치 라인을 어떻게 사용하는지 교과서적인 예를 보여주는 작품이다. 이 대사가 처음 발화될 때만 해도, 거기에는 특별한 의미가 없다. 열차를 턴 후, 부치와 선댄스는 추적대를 따돌리지 못한다. 부치는 저 멀리 떨어진 그들을 보며 이렇게 말한다. "저자들 대체 누구야?" 잠시 후, 추적대가 조금 더 가까이 오자, 선댄스는 그 말을 한 번 더 하되 이번에는 약간 자포자기하는 심정으로 뱉는다. 이야기가 진행될수록 부치와 선댄스의 주요 임무는 '저자들'이 누군지 정체를 밝히는 일임이 분명해진다. 저자들은 그동안 따돌려온 다른 추적대처럼 쉽게 물리칠 수 있는 자들이 아니다. 그들은 미래 사회의 주역이다. 미국 서부에서 모인 일류 보안관으로, 부치, 선댄스는 물론 관객도 본 적이 없는 동부의 기업 사장으로부터 고용된 자들이다. 부치와 선댄스가 제시간에 저자들의 정체를 알아내지 않는다면, 그들은 죽게 된다.

장면

특정 종류의 장면이 장면 구축과 심포닉 대사의 기본 원칙을 어떻게 실행하고 수정하는지 살펴보자.

오프닝

오프닝 장면은 이야기의 모든 인물과 행동의 기반이 되는 곳이다. 그만큼 집필이 어려운 부분이기도 하다. 역삼각형에서 첫 번째 장면은 결국 이야기 전체를 의미하기에 이야기의 전체가 들어갈 수 있는 틀을 잡아 주어야 한다. 첫 번째 장면은 이 이야기가 무엇에 관한 것인지 관객에게 설명하는 부분이다. 그렇지만 그 자체로 작은 이야기가 되어야 한다. 인물과 행동이 관객들에게 한 방 먹일 만큼 주목할 만한 모습을 보여야 하는 것이다.

따라서 첫 번째 장면이란 이야기라는 큰 역삼각형 안에 작은 역삼각형이 들어 있는 형태라고 생각하면 이해하기 쉬울 것이다.(507쪽 그림 참고)

오프닝 장면은 이야기의 큰 틀을 제공하면서 작가가 전체적으로 엮어내고자 하는 주제의 (정체성과 대립이 담긴) 패턴을 제시한다. 하지만 이러한 큰 패턴은 항상 특정 인물에게 심어져야 한다. 그래야 관객이 이를 단지 이론으로, 혹은 설교조로 느끼지 않는다.

오프닝 장면의 규칙을 익히는 가장 좋은 방법은 그것이 어떻게 작동하는지 확인하는 것이다.《내일을 향해 쏴라》의 처음 두 장면을 분석해보자.

이야기의 첫 번째 장면

이야기의 끝점

내일을 향해 쏴라

각본 윌리엄 골드먼 · 1969년

《내일을 향해 쏴라》의 처음 두 장면은 영화 역사상 가장 위대한 오프닝에 속한다. 작가 윌리엄 골드먼의 장면 구축과 대사는 즉시 관객을 사로잡아 즐겁게 해줄 뿐 아니라, 전체 이야기를 규정하는 패턴과 대립을 제시한다.

《내일을 향해 쏴라》 오프닝 장면: 은행에 있는 부치

첫 장면, 은행이 영업을 마치는 시각, 한 남자(관객은 아직 그가 누구인지 알지 못한다)가 범행 준비를 위해 염탐 중이다.

◆ **캐릭터 아크에서의 위치** 지금 이 부분은 이야기의 오프닝 장면으로, 우리는 주인공 부치를 처음 보게 된다. 이것은 주인공이 겪을 '옛날 서부극의 강도들은 모두 죽는다'는 과정의 첫 단계이다.

◆ **문제**

1. 이야기 세계, 특히 미국 서부의 무법자들의 시대가 저물었다는 것을 소개하라.

2. 두 명의 주인공 중 한 명을 먼저 소개하라.

3. 마치 서부 시대가 그런 것처럼 주인공들 역시 낡아서 거의 저물어간다는 것을 보여줘라.

◆ **전략**

1. 주요 주제 패턴을 보여줄 부치와 선댄스 경험의 원형을 만들어라.

2. 전체 이야기의 기본 과정을 한 장면 안에서 보여줘라. 즉, 여기서는 모든 문이 닫히고 있는 게 그것이다.

3. 밝고 재미있게 만드는 동시에 어두운 속내와 미래를 암시해라.

4. 은행털이를 준비하지만 예전보다 훨씬 어려워진 것을 깨달은 남자를 보여줘라.

5. 이 남자의 정체를 말하지 않음으로써 관객을 속여라. 관객은 보면서 이 사람이 은행털이를 준비하며 염탐을 하는 강도임을 알 수 있다. 작가는 마지막 농담으로 재미를 더하고, 더 중요하게 이 사람이 자신만만한 사기꾼이자 언변에 능한 자라는 것을 보여준다.

◆ **욕망** 부치는 은행털이를 준비하기 위해 염탐하려 한다.

◆ **끝점** 은행의 보안이 훨씬 철저해졌으며, 운영시간이 끝나 문을 닫는다는 것을 알아낸다.

◆ **적대자** 경비원과 은행 그 자체.

◆ **계획** 부치는 아름다웠던 금고에 관심이 있다는 듯 속임수를 쓴다.

◆ **고조되는 갈등** 은행은 마치 살아 있는 생물처럼 부치 주변에서 문을 닫는다.

◆ **반전 혹은 사실발견** 은행을 바라보던 그는 은행털이를 위해 염탐하던 중이었다.

◆ **도덕적 주장 그리고/혹은 가치** 미적 가치 vs 실용적 가치. 미적 기준을 금고에 적용할 때, 특히 그 말이 은행 강도의 입에서 나올 때 그 말은 농담이 된다.

그러나 이러한 대립은 마지막에 웃음을 유발하기 위한 것만이 아니다. 이것은 이야기 안에 깔린 근본적 가치 대립을 보여준다. 이야기 세계에서는 점점 더 실용성이 강조되지만, 무엇보다 스타일을 중요하게 생각하는 부치와 선댄스는 빠르게 사라지는 예전의 삶의 방식을 사랑한다.

◆ **핵심 단어 혹은 이미지** 빗장이 내려가고, 폐점시간이 다 되어가고, 불이 꺼지고, 공간이 닫히는 모습.

이 장면의 대사는 펀치라인으로 흘러가고, 거기에서 장면의 핵심 단어와 대사가 드러난다. "고작 푼돈 아끼겠다고 아름다움을 버리다니." 하지만 이 장면의 묘미는 주인공 정체가 드러나는 순간에 사실발견 역시 동시에 드러난다는 점이다. 이 남자는 언변에 능한 사기꾼(은행 강도)이다. 이 대사에는 상반되는 두 가지 뜻이 있다. 이 남자는 금고의 아름다움 따위 상관하지 않는다. 그저 금고를 털고 싶을 뿐이다. 그러나 이 대사는 그가 진짜 어떤 사람인지를 보여준다. 그는 스타일을 중시하는 사람이며, 그로 인해 결국은 죽게 될 것이다.

《내일을 향해 쏴라》

페이드인
전체 화면이 어둡다. 대부분. 오른쪽 상단 모서리는 눈이 부실만큼 밝다. (영화의 오프닝 시퀀스는 별도의 언급이 없는 한 거친 흑백 장면이다. 컬러는 나중에야 나온다.)

장면 멈춤
결국 어둠은 건물의 측면과 지면에 드리워진 그림자이며, 밝은 부분은 오후의 태양이라는 것이 분명해지기 시작한다. 지금까지도 무얼 보고 있는지 감이 잡히지 않는다 해도 괜찮다. 이제 한 남자의 그림자가 밝은 모서리를 덮기 시작한다. 그림자가 길어진다.

장면 전환
한 남자가 하릴없이 건물 주위를 서성인다. 그는 부치 캐시디이며 눈에 띄는 특징이 없다. 35세, 갈색머리지만 대부분의 사람에게 그가 어떻게 생겼냐고 묻는다면 금발이라 대답할 것이다. 그는 말을 빠르게 잘하며, 평생 우두머리로 살아왔지만, 그에게 그 이유를 묻는다면 전혀 모르겠다고 답할 것이다.

장면 전환
부치가 창문 근처에 서서 살펴본다.

장면 전환
창문. 굉장히 철저하게 빗장이 쳐져 있다.

장면 전환
부치는 빗장을 보며 잠시 얼굴을 찌푸린다. 그는 창문으로 들여다보려고 다가온다. 그러는 동시에 짧은 장면이 빠르게 이어진다. (여기서 눈치 채겠지만 부치는 은행을 염탐하고 있으며 이리저리 눈을 깜빡이며 내부의 허점을 찾고 있다. 그러나 관객은 이때까지 무슨 일이 일어나는지 모른다 해도 괜찮다.)

장면 전환
문. 두껍고 튼튼한 금속으로 된 강한 문이다.

장면 전환
노련한 손가락이 지폐를 세고 있다.

장면 전환
권총집 안의 총. 경비원 제복을 입은 남성의 것이다.

장면 전환
한쪽 벽에 높이 있는 창문. 처음에 보인 창문보다 훨씬 더 단단하게 빗장이 쳐져 있다.

장면 전환
은행 금고의 문. 빛나는 빗장 뒤에 있는 금고는 시한장치가 달린 자물쇠가 있다.

장면 전환
부치는 능숙하게 이리저리 둘러본다. 은행 안을 걸어 다니는 그는 기분이

좋지 않다.

장면 전환

은행 경비원. 이제 문을 닫을 시간이라 문마다 쇠로 된 빗장을 걸어 잠그고 있다. 소리는 묵직하고 날카로우며 돌이킬 수 없다.

줌 아웃

부치, 경비원의 작업을 지켜본다.

부치 그 아름답던 옛날 금고는 어찌 된 거요?

경비원 (계속해서 문을 닫으며) 자꾸 강도가 들어서요.

장면 전환

부치, "메이컨 살롱"이라는 간판을 건 건물 차고로 가기 위해 길을 건넌다. 그러나 길을 건너다 말고 뒤를 돌아 은행을 본다. 새로운 은행은 흉하고, 땅딸막하며, 기능에만 충실한 마치 탱크 같은 건물이다.

장면 전환

부치 클로즈업

부치 (경비원에게 말한다.) 그런 푼돈 때문에 아름다움을 버리다니.

부치 클로즈업에서

다음 장면으로 디졸브[17]

《내일을 향해 쏴라》- 선댄스와 포커 게임

이 장면에서는 메이컨이라는 남자가 상대방 남자와 카드놀이를 하다가 그가 속임수를 쓴다며 비난한다. 메이컨은 그에게 돈만 두고 몸만 나가라 명한다. 상대방은 악명 높은 선댄스 키드임이 밝혀지고, 메이컨은 겨우 목숨을 건진다.

- **캐릭터 아크에서의 위치** 이 장면은 결국 죽음을 맞을 강도의 캐릭터 아크 중 시작에 해당한다. 또한 부치의 성격을 더욱 구체적으로 보여준다.
- **문제**

  1. 두 명의 주인공 중 다른 한 명을 소개해라. 그리고 그가 부치와 어떻게 다른지를 보여줘야 한다.

  2. 그 둘이 친구사이라는 것을 보여줘라. 무엇보다, 여기서 보여주어야 할 것은 그들이 한 팀이라는 점이다.
- **전략** 골드먼은 플롯에는 전혀 영향을 주지 않은 채 부치와 선댄스의 원형이 되는 장면을 하나 더 만들었다. 유일한 목적은 이 두 사람을 빠른 시간에 명확하게 정의하는 데에 있다.

  1. 첫 번째 장면과 다르게, 두 번째 원형이 되는 이 장면은 갈등과 위기를 통해 인물을 규정한다. 왜냐하면 위기는 본질을 즉시 명확하게 만들어주기 때문이다.

  2. 이 두 번째 장면은 주로 선댄스를 정의하고 있다. 하지만 선댄스와 극도로 대조를 보이는 모습을 통해 부치라는 인물 역시 정의하고 있다.

  3. 이 모습으로 둘이 마치 위대한 음악가들처럼 한 팀으로 일한다는 것을 알 수 있다. 선댄스는 갈등을 만들어낸다. 부치는 그것을 해결하려고 애쓴다. 선댄스는 별로 말이 없고, 반대로 말이 많은 부치는 전형적인 책략가이자 사기꾼이다.

  4. 위기의 장면을 만들기 위해 골드먼은 고전 서부극의 이야기 요소인 포커 게임으로 시작한다. 이걸 보면 관객들은 어느 정도 뭔가를 예상하지만, 그는 그걸 뒤집어 버린다. 다른 영화들처럼 가지고 있는 패를 보여주는 대신, 사기꾼이라고 의심받는 사람이 명예를 지키기 위해 엉뚱한 태도를 취하는 것을 보여준다. 여기서 골드먼은 이런 고전적 장면을 다시 한 번 뒤집어 훨씬 위대한 서부극 주인공을 만들어낸다. 엉뚱해보였던 사람이 정말로 실력이 좋았던 것이다.

  5. 이 장면에서 사용한 골드먼의 핵심 전략은 선댄스가 누구인지 관객을 속이는 바로 그 순간, 선댄스는 적대자를 속인다. 이것에 대해서는 잠시 후 설명을 덧붙이겠다.
- **욕망** 메이컨은 선댄스의 돈을 다 빼앗은 뒤 그가 완전히 꼬리를 내린 채 살롱을 나가게 만들고 싶어 한다.
- **끝점** 메이컨은 창피를 당하지만 선댄스의 총 실력을 본 후 자신이 제대로 된 결정을

내렸음을 깨닫는다.

- **적대자** 선댄스, 그 다음 부치.

- **계획** 메이컨은 속임수를 쓰지 않는다. 그는 선댄스에게 바로 떠나라고, 아니면 죽을 거라고 대놓고 말할 뿐이다.

- **고조되는 갈등** 메이컨과 선댄스가 카드 게임 때문에 공격태세를 취했을 때, 갈등은 한 명이 죽어야 끝나는 총싸움의 지점까지 고조된다. 부치는 중간에서 협상을 통해 그 갈등을 무마시키려고 하지만 실패한다.

- **반전 혹은 사실발견** 전체 장면의 핵심은 골드먼이 사실발견을 중심으로 장면을 구성하는 방식에 있다. 그가 정보를 쥐고 있다가 관객의 예상과 메이컨의 예상을 동시에 뒤집은 것에 주목하자. 작가는 선댄스를 먼저 약해 보이는 위치에서 출발시킨 뒤, 선댄스가 자신은 속임수를 쓴 적이 없다고, 마치 아이처럼 우기게 만들어 갈등을 악화시킨다. 부치가 선댄스에게 이제 나이 들고 한물갔다고 말하는 순간 관객은 선댄스를 더욱 나약한 존재로 본다.

  그리하여 판도가 뒤집혔을 때, 선댄스가 관객에게 끼치는 영향은 실로 지대하다. 물론 그가 마지막에 총을 쏘는 모습을 통해 관객은 그가 액션물의 주인공이라는 것을 깨닫는다. 그러나 여기서 진짜로 보여주는 것은 관객을 속이는 그의 능력과, 게임에서 진 사람으로 보이는 것을 굳이 마다하지 않는 태도다. 그는 그 정도로 대단하다.

- **도덕적 주장 그리고/혹은 가치** 공공장소에서의 결투, 신체 능력과 용기를 겨루는 대결, 한 사람의 이름과 명성이 가진 힘 등을 보여주는 상황은 전사문화를 극단적으로 보여주는 사례다. 부치는 굳이 이러한 상황 속으로 들어가려 하지 않는다. 그는 선댄스보다 더욱 현대 사회에 걸맞은 사람이다. 그는 단지 모든 사람이 살아남아 함께 잘 지내기를 원한다.

- **핵심 단어:** 늙어감, 한물감 — 그러나 아직은 아니다.

  결투 시 대사는 매우 간결하다. 결투에 임하는 두 인물이 언어로 일격을 주고받는 느낌을 줄 수 있도록 각 사람이 한 줄 정도의 말을 할 뿐이다. 여기서 더 중요한 것은 그들이 사용하는 언어이다. 스탠드업 코미디언의 정확한 리듬과 타이밍으로, 고도로 양식화되고 재치 있는 언어를 구사한다. 심지어 행동이 앞서는 선댄스마저 간결한 대화의 대가답게 행동한다. 메이컨이 그에게 "계속 이기는 비결은?"이라고 묻자 그는 단순히 "기도."라고 대답한다. 이 한 단어가 영화에서 선댄스가 처음으로 뱉은 대사이다. 이렇게 멋들어지고 자신만만한 오만함은 그라는 사람을 정확하게 드러낸다.

이 장면의 두 번째 부분은 선댄스와 부치의 갈등으로 이어진다는 점에 주목해라. 이 둘은 너무나 가까운 사이라 한 사람이 생사의 갈림길에 서 있을 때조차 말다툼을 한다. 부치의 대사 역시 간결하다. 이 대사가 보여주는 것은 나이듦과 한물감이라는 이야기의 주제, 그리고 부치가 가지고 있는 중재자로서의 가치이다.

이 장면의 핵심은 부치와 선댄스가 목숨이 왔다갔다하는 상황 속에서 생각해낸 해결책이 부조리하다는 점이다. 선댄스는 불리한 위치에 있는 것으로 보이는데도 이렇게 말한다. "있어달라고 부탁하면 나가주지." 놀랍게도 부치는 이 제안을 메이컨에게 전달하지만 "좀 있어달라고 말해주시면 어떨까요?", "진심이 아니어도 괜찮아요."라고 말하며 그가 느낄 굴욕을 조금이라도 줄여주려 애를 쓴다. 부치와 선댄스는 이 흔한 서부극의 상황을 세련되게 뒤집어 그들이 팀으로서 위대하다는 것, 특히 코미디 팀으로서 훌륭하다는 점을 드러낸다.

이렇게 시간을 질질 끈 후, 부치는 펀치라인으로 한 방 먹인다. "안 되겠는데, 선댄스." 여기서 골드먼이 핵심 단어 '선댄스'를 마지막에 넣었다는 점에 주목하라. 그러자 갑자기 역학관계가 뒤집히고 겁을 주던 메이컨은 오히려 겁을 먹는다. 부치와 선댄스가 코미디 팀으로 보여주었던 팀워크는 이제 재빠르게 종착점으로 내닫는다. 메이컨이 말한다. "좀 있다 가시면 어떨까요?" 그러나 늘 상냥하고 사려 깊은 부치는 다음과 같이 말한다. "고맙소만, 마침 가려던 참이라."

이 장면은 메이컨이 선댄스에게 사격실력을 묻고 선댄스가 놀라운 능력을 보여주는 뻔한 설정으로 끝난다. 이것은 선댄스의 말을 통해 관객이 짐작하고 있던 바를 행동으로 확인시켜주는 것이다. 이야기의 주제가 드러나는 핵심 대사가 마지막에 위치함으로써, 오프닝 장면의 역삼각형 꼭짓점을 형성하고 동시에 영화 전체의 마지막 종착점을 암시한다는 점에 주목해라. 부치가 말한다. "계속 말했잖아. 한물갔다고." 딱 봐도 비꼬는 이 발언은 선댄스가 방금 보여준 총 실력이나, 앞서 그 둘이 메이컨과 관객을 동시에 속였던 언어 실력을 떠올려보면 분명 틀린 말이다. 그러나 조금만 지나고 보면, 관객은 그 둘이 정말로 한물갔다는 것을, 그러나 그 사실을 깨닫지 못해 죽음을 맞이하는 것을 목격하게 된다. 정말 탁월한 장면이 아닐 수 없다.

《내일을 향해 쏴라》

콧수염 남자를 클로즈 업
줌 아웃
메이컨의 살롱

장식이 별로 없는 차고. 지금은 거의 비어 있어 더 크게 느껴진다. 눈에 보이는 것이라곤 콧수염 남자가 블랙잭 테이블에 앉아 패를 나눠주는 모습이다. (다른 테이블 역시 칩과 카드가 깔끔하게 놓여 있어 게임을 할 준비가 되어 있지만 창문으로 해가 비스듬히 내리쬐는 오후 시간이라 모두 비어 있다.)

장면 전환
블랙잭 게임. 콧수염 남자가 다른 남자에게 패를 주고 있다.
남자 한 장 줘. (콧수염 남자가 카드를 한 장 준다.)
　　한 장 더. (그는 테이블에서 멀어진다. 망설이다. 그런 후―)
　　메이컨 씨, 돈 좀 꿔주실 수 있어요?

장면 전환
존 메이컨. 크고 험악하지만 잘생긴 남자가 제대로 차려입었다. 아직 서른이 채 안 된 나이, 그런데도 힘과 성숙함이 강하게 느껴진다. 그는 험난한 세상을 헤쳐 나와 빠르게 성공했다. 자기 일의 전문가이다.
메이컨 (고개를 젓는다.) 내 규칙 알잖아, 톰.
　　(이번에는 고개를 돌려 콧수염 남자를 쳐다본다.) 모든 사람을 다 털어먹었군, 친구.
　　　　패를 잡은 이후로 한 번도 안 졌어.

장면 전환
콧수염 남자. 아무 말 않는다.

장면 전환
메이컨

메이컨 계속 이기는 비결은?

장면 전환
콧수염 남자
콧수염 남자 기도.

장면 전환
메이컨. 웃지 않는다.
메이컨 우리 둘이서 붙어 보지.

장면 전환
메이컨과 콧수염 남자. 콧수염 남자가 군더더기 없는 행동으로 재빨리 패를 나눈다. 베팅과 패 나누기가 빨리 진행된다.
메이컨 한 장 줘. (카드를 한 장 더 받는다.)
　　　　한 장 더. (재빨리 또 다른 카드를 받는다.)
　　　　수가 과하게 넘어갔군….
　　　　콧수염 남자가 돈을 챙기기 시작한다. 그때―

장면 전환
메이컨. 지금은 웃고 있다.
메이컨 과한 건 자네야. 기막힌 도박꾼일세. 내가 잘 알지, 나 역시 기막힌
　　　　도박꾼이니까.
　　　　근데도 어떻게 속였는지를 도대체가 알 수 없단 말이지.

장면 전환
콧수염 남자. 방금 들은 말을 무시하려 애쓴다. 자신이 딴 칩을 조심스레 쌓는다.

장면 전환
메이컨이 일어선다. 그는 총을 차고 있고, 커다란 손이 총 옆에 있다. 편안하지만 당장이라도 쏠 태세다.

메이컨 (돈을 가리키며) 돈은 내버려두고, 몸만 나가.

장면 전환
콧수염 남자. 거의 슬픔에 가까운 표정으로 앉아 어깨를 움츠리고 고개를 숙인다. 그때—

장면 전환
부치가 카드 테이블에 다가오며 말한다.
부치 이 동네는 좀 정이 없네.

장면 전환
메이컨이 총 근처에 손을 둔 채 서 있다.
메이컨 같이 왔다면 자네도 여기서 사라지는 게 좋아.

장면 전환
부치와 콧수염 남자. 부치가 콧수염 남자에게 다가가지만 그는 꿈쩍하지 않는다. 부치는 메이컨에게 말한다.
부치 그럼요. 그래야죠. 안 그래도 나가려던 참이오. (움직이려 하지 않는 콧
수염 남자를 바라보며 간절하게) 갈 거지?

장면 전환
부치가 콧수염 남자 옆에서 몸을 낮춘다. 그는 빠르게 속삭인다.
콧수염 남자 속임수 쓴 적 없어….
부치 (그를 일으키려고 하며) 가자….
콧수염 남자 속임수 쓴 적 없다고….

장면 전환
메이컨이 슬슬 한계에 도달한다.
메이컨 죽고 싶나. 누구도 면할 수 없지. 원하면 둘 다 죽여주겠어.

장면 전환

부치와 콧수염 남자. 아까보다 더 작은 목소리로 빨리 말한다.

부치 들었어? 나한테까지 화를 내잖아.

콧수염 남자 있어달라고 부탁하면 가주지.

부치 어차피 가려고 했잖아.

콧수염 남자 더 있어달라고 말하라고.

장면 전환

콧수염 남자 클로즈 업. 그의 눈이 이리저리 주변의 모든 것을 살펴보면서 빠르게 장면 전환이 이뤄진다. 부치가 은행을 염탐하던 때의 스타일과 다르지 않다. 장면 전환이 빠르게 이어지는 동안, 부치와 콧수염 남자의 낮은 대화가 흘러간다. 장면 전환에 나오는 모습은 다음과 같다. 1) 메이컨의 손, 2) 창문과 그 사이로 흘러들어오는 햇빛이 누군가의 눈동자에 닿는 모습, 3) 콧수염 남자 주변 공간과 위험한 사람이 있는지 여부, 4) 메이컨의 눈, 5) 콧수염 남자 옆 공간과 움직일 여유가 있는지 여부. 이러한 장면이 빠르게 전환되는 동안(다시 말하지만 관객이 그 이유를 몰라도 괜찮다.) 카메라는 계속해서 콧수염 남자를 클로즈업하고 그 옆에 있는 부치를 계속 잡는다. 두 사람은 빠르게 말을 주고받는다.

부치 저 사람 자네한테 총을 겨눌 거야. 이미 준비가 되어 있잖아. 저 사람이 얼마나 빠른지 자네는 모른다고.

콧수염 남자 듣던 중 반가운 소리군

부치 솔직히 저 사람 질 사람으로는 안 보이는데.

콧수염 남자 그런 소릴 들으니 자신감만 생기네.

부치 뭐, 난 이제 한물갔어. 자네도 그럴 거라고. 하루하루 늙고 있잖아. 그게 순리야.

그러나 콧수염 남자는 꼼짝하지 않고, 부치도 이를 깨닫는다.

장면 전환

부치가 일어나 메이컨에게 다가간다.

부치 그러지 말고 우리한테 더 있다 가라고 말 좀 해주시죠?

메이컨 뭐라고?

부치 진심이 아니어도 돼요. 그냥 우리한테 좀 있다 가라고 말 좀 해주세요. 그러면 정말 갈게요, 그리고—
메이컨은 부치에게 꺼지라는 식으로 민다.

장면 전환
부치. 그는 잠시 머뭇거리더니 콧수염 남자를 내려다본다. 그는 여전히 의자에 앉아 있다. 부치는 고개를 절레절레 흔들며 뒤로 빠진다.
부치 (나직이) 안 되겠어, 선댄스.

줌 인
메이컨이 마지막으로 나온 이름에 흠칫한다. 그는 그 단어를 알아들었다. 그리고 이제는 눈동자에 자신의 비밀을 드러내지 않으려고 필사적으로 애쓴다. 그는 겁을 먹었다.

화면 전환
선댄스 키드, 그것이 바로 콧수염 남자의 이름이다. 그는 고개를 숙인 채 잠시 더 앉아 있다. 그리고 천천히 고개를 든다. 그의 눈이 빛난다. 메이컨의 눈을 죽어라 노려본다. 계속 노려보며 자리에서 일어선다. 그 역시 총을 차고 있다.

장면 전환
메이컨. 최선을 다해 용기를 그러모은다. 그는 가만히 선 채로 시선을 받아낸다.

장면 전환
선댄스. 그는 아무 말 하지 않는다.

장면 전환
메이컨. 공포가 슬금슬금 스며들기 시작한다.
메이컨 속임수 쓴다는 말을 했을 때는 당신이 누군지 몰랐소.

장면 전환

선댄스. 아무 말 않는다. 그의 눈은 메이컨의 손을 보고 있다.

장면 전환
메이컨의 손. 여전히 총 근처에 있다.

장면 전환
선댄스. 아무 말 않는다. 그저 노려보며 기다린다.

장면 전환
메이컨.
메이컨 (급하게 말을 한다.) 내가 총을 뽑기도 전에 당신 총에 죽겠군요.

장면 전환
선댄스
선댄스 그럴 수도 있지.

장면 전환
부치가 메이컨에게 다가간다.
부치 하지 마시오. 이건 자살행위예요. (재촉한다.) 그러니 그냥 좀 더 있다
　　가라고 말 좀 해주면 어때요?

장면 전환
메이컨. 그는 입을 떼려다 멈춘다.

장면 전환
부치
부치 할 수 있어요. 쉬워요. 어서요. 어서.

장면 전환
선댄스. 불필요한 움직임 없이 가만히 있는 모습. 좀 전처럼 조용히 눈을
반짝이며 준비된 태세로 노려보고 있다.

장면 전환

메이컨

메이컨 (겨우 말을 시작한다.) 좀 더 계시다 가시죠.

장면 전환

부치와 선댄스

부치 말은 고맙지만 가려던 참이라.

그렇게 카드 테이블을 돌아 밖으로 나가려는데,

장면 전환

메이컨이 나가는 그들을 쳐다본다.

메이컨 키드? (좀 더 큰 목소리로) 거, 솜씨 좀 보여줄 수 있겠소?

장면 전환

부치가 선댄스와 메이컨 사이에 있지만 오래 있지는 않는다. 왜냐하면 메이컨이 그 요청을 한 순간 부치가 잽싸게 몸을 피했기 때문이다.

장면 전환

선댄스가 왼쪽으로 돌며 몸을 낮춰 총을 뽑아 쏜다. 총소리가 울려 퍼진다.

장면 전환

선댄스가 메이컨의 권총 벨트를 쏘자 바로 끊어지며 땅에 떨어진다.

장면 전환

선댄스가 총을 쏜다.

장면 전환

선댄스가 땅에 떨어진 권총 벨트를 쏘아 뱀처럼 움직이게 만든다. 총격이 멈춘다.

장면 전환

존 메이컨이 크게 안도의 한숨을 내쉰다.

장면 전환
선댄스가 서 있는 모습. 그의 총은 이제 조용하다.

장면 전환
부치와 선댄스. 부치가 메이컨의 권총 벨트를 잠시 쳐다보고는 고개를 젓는다.
부치 (문으로 향하는 선댄스를 따라가며) 내가 계속 말 했잖아. 한물갔다고.

그런 후 밖으로 나간다.[18)]

장면 집필 기법: 첫 문장

이야기의 첫 문장은 오프닝 장면의 원리를 한 줄로 압축한 것이다. 첫 문장은 이야기를 가장 광범위하게 설명하며 내용을 구성한다. 그러면서 동시에 극적인 힘, 일종의 펀치가 있어야 한다. 그럼 세 개의 고전 작품에서 첫 문장을 살펴보자. 첫 문장뿐 아니라 뒤에 이어지는 대사를 포함시켜 해당 문장이 장면과 이야기에 대한 작가의 전반적인 전략에 어떻게 부합하는지 확인할 수 있게 했다.

오만과 편견

소설 제인 오스틴 ▪ 1813년

◆ **캐릭터 아크에서의 위치** 주인공이 누구인지 소개되기도 전에 이야기 세계가 먼저 등장한다. 그 세계는 여성이 남편감을 찾는 게 중요한 세계이다.

◆ 문제

1. 제인 오스틴은 독자로 하여금 이것이 희극이라는 점을 알게 해야 한다.

2. 그녀는 이야기 세계와 더불어 그것의 작동 방식을 제시해야 한다.

3. 또한 이 이야기가 여성의 관점에서 펼쳐질 것이라는 것을 독자에게 알려야 한다.

◆ 전략

짐짓 진지해 보이는 첫 문장으로 시작해라. 이것은 보편적인 사실과 이타주의 행위를 말하는 것처럼 보이지만 실제로는 이기심으로 가득 찬 행동에 대한 개인의 의견이다. 이 첫 문장을 통해 독자는 이 이야기가 결혼, 신랑감을 찾는 여성과 그들의 가족에 대한 이야기이며, 이 세계에서는 결혼이란 본질적으로 돈과 관련이 있다는 점을 보여준다.

작가는 첫 문장에서 이야기가 전반적으로 코미디에 속한다는 것을 제시한다. 그리고 이야기가 진행되는 동안 초점은 이 원칙을 보여줄 특정 가족으로 향한다. 이 오프닝 문장에 군더더기가 전혀 없다는 점에 주목해라.

『오만과 편견』

재산 꽤나 가진 남자는 반드시 아내를 필요로 한다는 것은 만고진리이다. 이러한 진리는 마을 사람들의 마음에 너무 깊이 박힌 나머지, 그러한 남자가 처음 이웃에 나타나면 그의 감정이나 견해에 상관없이 그는 누군가의 딸에게 돌아갈 정당한 재산으로 간주된다.

"여보, 베넷 씨." 어느 날 부인이 남편에게 말했다. "네더필드 파크에 드디어 사람이 들어온다는 소식 들었어요?"

베넷 씨는 못 들었다고 대답했다.

"들어온답니다." 그녀가 대답한다. "롱 부인이 여기 있잖아요. 전부 다 얘기해주더라고요."

베넷 씨는 아무런 대꾸를 하지 않았다.

"누가 오는지 안 궁금해요?" 부인이 못 참겠다는 듯이 소리쳤다.

"그리도 말하고 싶나보군. 듣는 거에는 이의 없소."

이 정도 대답이면 충분했다.

데이비드 코퍼필드

소설 찰스 디킨스 • 1849~50년

- **캐릭터 아크에서의 위치** 작가는 서술자를 사용해 주인공이 캐릭터 아크의 맨 끝에서 그 시작을 이야기하게 했다. 그래서 오프닝의 주인공은 아주 어리지만 어떤 지혜를 갖고 있다.

- **문제**

  1. 한 남자의 삶에 대한 이야기를 전할 때, 어디서 시작하여 어디서 끝낼 것인가?

  2. 지금 하려는 종류의 이야기는 관객에게 어떻게 전해야 하는가?

- **전략**

1인칭 서술자를 사용해라. 첫 장 제목에서 이렇게 말하게 만들자. "나는 태어났다." 단 두 단어. 그렇지만 엄청난 위력을 가지고 있다. 이 장의 제목은 사실상 책의 첫 문장이라고 할 수 있다. 서술자는 자신의 삶의 깃발을 꽂고 있다. 그는 말한다. "나는 위대하며 이것은 멋진 이야기가 될 것이다." 그는 이렇게 주인공의 탄생부터 시작하여 이것이 신화 형식의 성장 이야기가 될 것임을 고지하고 있다. 이 이야기가 가진 야망은 크다.

디킨스는 이렇게 짧고 위력 있는 문장 뒤에 "과연 내가 내 인생의 주인공이 될 수 있을지…."라는 말을 덧붙인다. 곧바로 독자에게 주인공이 이야기의 관점에서 생각하고 있으며 (사실은 그게 작가다.) 자기 삶에서 잠재력을 발휘하는 데 관심이 있다는 것을 보여주는 것이다. 그런 다음 그는 곧장 아주 뻔뻔하게도 주인공의 탄생의 순간으로 되돌아간다. 그러나 이렇게 하는 데에는 그만큼 극적인 요소가 있기 때문이다. 아기 주인공은 자정의 타종과 함께 세상에 태어났다.

이 오프닝 전략이 만들어낸 또 다른 효과에 주목하자. 독자가 이야기 속에 안락하게 자리 잡을 수 있다. 저자는 말한다. "길고 환상적인 여정을 함께 하시죠. 그러니 앉아서 긴장을 풀고 제 안내를 따라 이 세상으로 들어오세요. 후회하지 않을 겁니다."

『데이비드 코퍼필드』

나는 태어났다.

과연 내가 내 인생의 주인공이 될 수 있을지, 아니면 그 자리를 다른 누군가가 차지할지, 이 책이 알려줄 것이다. 내 인생을 탄생에서 시작하기 위해, 나는 어느 금요일 자정에 태어났음을(이것이 내가 듣고 믿는 바이다.) 기록한다. 시계가 울림과 동시에 나 또한 울기 시작했다고 한다.

우리가 사적으로 친해질 가능성이 있기 전부터 몇 달 동안 나에 대해 대단한 관심을 보였던 이웃의 현명한 여성들과 간호사가 내 탄생 일시를 보고 선언한 것이 있다. 첫째, 나는 불운을 타고 태어났다. 그리고 둘째, 나는 영혼과 유령을 보는 능력이 있다. 그들은 금요일 이 시각에 태어난 불행한 아이는 성별을 불문하고 이 두 가지 재능이 여지없이 부여된다고 믿었다.

호밀밭의 파수꾼

소설 J.D. 샐린저 • 1951년

* **캐릭터 아크에서의 위치** 요양원에 머무는 홀든 콜필드는 지난해 자신에게 있었던 일을 회상하고 있다. 따라서 성장의 끝에 거의 도달했지만 마지막 통찰은 아직 얻지 못한 상태. 이것은 자신의 이야기를 추억하고 말 한 후에야 얻을 수 있는 것이다.

* **문제**

1. 자신에 대한 이야기를 어디서부터 시작해야 하는가, 그리고 무슨 이야기를 해야 하는가.

2. 그는 자신에 대해 이야기하는 내용뿐만이 아니라 그 방식을 통해 자신이 진정으로 어떤 사람인지를 독자에게 이야기하고 싶어 한다.

3. 이야기와 인물을 안내해줄 기본 주제와 가치를 표현해라.

* **전략**

1. 1인칭을 사용하여 독자가 주인공의 입장이 되도록, 그리고 이 이야기가 성장 이야기임을 알 수 있게 해라. 그러나 주인공이 지금 요양원에 있고 '불량소년'의 말투

로 이야기하고 있기에, 독자는 이것이 보통의 성장 이야기와는 반대라는 것을 알게 될 것이다.

2. 서술자를 적대적으로 만들어 독자를 놀라게 만들어라. 이 글은 보통의 가벼운 거짓말쟁이 소년 이야기가 아니며, (홀든이) 독자의 동정심을 얻기 위해 '아부'하지 않을 것임을 미리 경고해라. 이 서술자는 허튼소리 하는 것을 거부한다는 의미다. 다시 말해, 그는 자신이 본 진실을 말하는 것이 도덕적 의무라 생각한다.

3. 길고 장황한 문장을 만들어라. 문장의 형식 자체로 주인공이 어떤 사람인지, 플롯은 어떤 모습일지 표현하게 해라.

4. 곧바로 19세기 판 성장 이야기의 최고봉 『데이비드 코퍼필드』를 언급하며 경멸을 보이라. 이것을 통해 독자는 이 이야기의 모든 것이 『데이비드 코퍼필드』와 반대라는 것을 알게 될 것이다. 이것은 거대한 플롯이나 화려한 여정 대신, 작은 플롯, 심지어 반 플롯과 소소한 여정을 갖게 될 것이다. 여기에는 또한 작가가 이제 19세기 최고의 성장이야기만큼 훌륭한 20세기 판 성장이야기를 쓸 것이라는 야망이 드러난다.

가장 중요한 것은, 주인공이 추구하는 가치와 이야기를 전달하는 방식이 "가짜가 아니다."라는 것을 독자가 알게 된다는 점이다. 그러니 그것을 대비해 진짜 인물, 진짜 감정, 진짜 변화를 만날 준비를 해라.

다음은 『호밀밭의 파수꾼』 오프닝이다.

『호밀밭의 파수꾼』

당신이 진짜 내 얘기를 듣고 싶다면, 제일 먼저 내가 어디서 태어났는지, 어린 시절 얼마나 형편없게 보냈는지, 부모님 직업은 무엇인지, 내가 태어나기 전에는 무슨 일이 있었는지 같은 데이비드 코퍼필드 식의 헛소리를 듣고 싶겠지만, 솔직히 말하자면 나는 그럴 생각이 없다. 일단 그런 얘기는 딱 질색인 데다, 우리 부모님에 대해 미주알고주알 떠들고 나면 두 분모두 두 번씩은 뇌출혈을 일으키실 것이기 때문이다. 두 분은 그런 문제에 매우 민감하다. 특히 아버지가 그렇다. 부모님은 모두 좋으신데—아니 나는 그런 말을 하려는 게 아닌데—둘 다 아주 징그러울 만큼 민감한 면이 있다. 게다가, 나는 빌어먹을 자서전 같은 걸 쓰려는 게 아니다. 다만 건강이 나빠져 어쩔 수 없이 요양을 하기 직전인 크리스마스 쯤 내게 일어났던 지랄 맞은 사건들을 이야기하려는 것이다.

직접적 계획 이용하기

어떤 장면에서 갈등을 고조시킬 때 쓰는 주요 기법으로는 욕망을 가진 인물이 원하는 것을 얻기 위해 직접적인 계획을 사용하는 것이 있다. 직접적 계획에는 속임수가 없다. 누구든 자신이 원하는 것을 말하거나 심지어 직접 요구한다. 대개 그 장면에 등장하는 적대자가 그것을 거부하며, 거기서부터 갈등은 고조된다.

그럼 《심판》에서 직접적 계획의 전형적인 예시를 살펴보자.

심판

소설 배리 리드 · 1980년 / **각본** 데이비드 마멧 · 1982년

이 장면에서 변호사 프랭크 갤빈은 의사의 부주의로 인해 식물인간이 된 의뢰인을 위해, 당시 수술실에 있었던 간호사의 증언을 받아야 한다.

- **캐릭터 아크에서의 위치** 그에게 필요한 것은 자존감을 되찾고 정의롭게 행동하는 법을 배우는 것이다. 지금까지 이 소송에 관한 프랑크의 노력은 모두 수포로 돌아갔고, 그는 마지막으로 구원받을 수 있는 기회를 날려버릴 위기에 처해있다.
- **문제** 지금까지의 재판 상황을 설명하고, 수면 아래서 무언가 벌어지고 있다는 것을 암시해라.
- **전략** 프랭크가 자신을 위해서도, 상대측을 위해서도 증언할 용의가 없는 인물에게 질문을 하게 해라.

- **욕망** 프랭크는 간호사 루니가 자신을 위해 증언대에 서주기를 바란다. 적어도 증언을 하지 않으려는 이유에 대해 듣고 싶어 한다.
- **끝점** 간호사는 그에게 매춘부라고 욕을 하며 얼굴 앞에서 문을 쾅 닫는다.
- **적대자** 간호사 루니.
- **계획** 프랭크는 그녀에게 증언을 해달라고 대놓고 부탁을 하고, 그녀가 거절하자 협박을 한다.
- **고조되는 갈등** 프랭크가 질문을 던지고 간호사는 자신의 비밀이 들통 날까 두려워하면서 갈등은 점점 더 고조된다.
- **반전 혹은 사실발견** 간호사 루니는 누군가의 죄를 덮어주고 있다.
- **도덕적 주장 그리고/혹은 가치** 프랭크는 자신의 의뢰인이 의사들 때문에 삶이 망가졌기 때문에 그 간호사가 증언을 해야 한다고 주장한다. 간호사는 이미 다른 의사가 증언을 한다고 들었다며, 자신은 그 의뢰인에게 일어난 일과는 하등 상관없는 사람이라 말하며 거절한다.
- **핵심 단어** 신경 쓰다, 의리, 매춘부, 돈.

　　이 장면은 행동의 갈등에서 존재의 갈등으로 이동하는 전형적인 대화를 보여준다. 즉 등장인물이 무엇을 하고 있는지에 대한 갈등에서 등장인물이 누구인지에 대한 갈등으로 이동하는 것이다. 이러한 이동은 한 인물이 다른 인물에게 "당신은….''이라고 말하는 것으로 드러난다. 이 경우 간호사 루니는 "당신네들은 다 똑같아.''라는 문장으로 말을 맺는다. 그런 뒤 그녀는 다음과 같이 말하며 가치의 대립을 통해 프랭크를 정의하려 한다. "누가 다치는지 신경도 안 쓰지. 다들 매춘부 같아. 돈이라면 무슨 일이든 해. 의리도 없고, 아무 것도 없어. 다들 매춘부 같다고.''

　　이 장면에서 나타난 이동으로 프랭크는 작게나마 자기발견을 하게 된다. 그러나 역설적인 대화 기법을 사용한 것에 주목하라. 간호사의 비난은 과거의 프랭크에게 해당되는 말이지 지금은 아니다.

《심판》

실내. 메리 루니의 집 - 낮
메리 루니, 무뚝뚝한 얼굴에 간호사 제복을 입은 여성이 문을 연다.
갤빈이 복도에 있다.

갤빈 전 프랭크 갤빈입니다. 성 캐서린 병원을 상대로 한 소송에서 데보라 앤 케이를 변호하고 있습니다.

메리 루니 아무 말 하고 싶지 않다고 말했을 텐데요….

갤빈 잠깐이면 됩니다. 데보라 앤 케이요. 제가 왜 왔는지 아시잖아요. 이제 재판이 있을 겁니다. 우리 측 주요 증인에는 의사 데이비드 그루버가 있는데, 그가 누군지 아십니까?

메리 루니 아니요.

갤빈 메사추세츠 마취과 협회 차장입니다. 그 사람 말로는 당신네 의사들 타울러와 막스 때문에 제 의뢰인이 평생 병원신세를 지게 됐다고 하더군요. 우린 그걸 증명할 수 있습니다. 우리가 모르는 건 이유입니다. 그 안에서 무슨 일이 있었습니까? 수술실에서, 뭔가 잘못됐어요. 그리고 당신은 그게 뭔지 알고 있죠. 그들은 환자에게 마취제를 잘못 줬어요. 무슨 일이 있었습니까? 전화가 울렸습니까… 누군가 딴 생각을 했습니까… 도대체 뭡니까?

메리 루니 …그쪽에 의사 증인이 있다면서요. 저한테 이러시는 이유가 뭐예요?

갤빈 그 때 수술실에 있었던 사람이 필요합니다. 우리는 승소할 겁니다. 그건 의심할 여지가 없어요. 문제는 얼마나 크게 이기느냐 하는 것이죠….

메리 루니 드릴 말씀이 없네요.

갤빈 무슨 일이 있었는지 아시잖아요.

메리 루니 아무 일 없었어요.

갤빈 그렇다면 병원 측을 위해서 증언하지 않는 이유는 뭡니까?

그녀는 문을 닫으려 하지만 그가 막는다.

갤빈 당신을 소환할 수 있다는 거 아시죠. 증언대에 세울 수 있다고요.

> **메리 루니** 그래서 뭘 물어보시려고요?
>
> **갤빈** 대체 누가 제 의뢰인을 식물인간으로 만들었는지를 물어야죠.
>
> **메리 루니** 저는 아닌데요, 변호사님.
>
> **갤빈** 그럼 누굴 감싸주고 있는 겁니까?
>
> **메리 루니** 누굴 감싸다니, 누가 그럽디까?
>
> **갤빈** 제가요. 누굴 감싸는 겁니까? 의사겠죠. 빚이라도 졌습니까?
>
> **메리 루니** 빚진 거라뇨, 쥐뿔도 없어요.
>
> **갤빈** 근데 왜 증언을 안 하시는 겁니까?
>
> **메리 루니** (잠시 멈췄다가) 뻔뻔하시군요.
>
> **갤빈** 증언대에 서보면 이 정도는 아무 것도 아니에요….
>
> **메리 루니** 그럼 그렇게 하든가! (문을 닫으려다 말고) 당신네들은 다 똑같아. 누가 다치는지 신경도 안 쓰지. 다들 매춘부 같아. 돈이라면 무슨 일이든 해. 의리도 없고, 아무 것도 없어. 다들 매춘부 같다고.

도덕적 주장의 충돌

위대한 드라마는 두 사람이 머리를 맞대고 만들어내는 것이 아니다. 그것은 개인의 가치와 아이디어가 전투를 벌이며 만들어지는 산물이다. 도덕적 주장과 가치의 갈등은 모두가 도덕적 대사(503쪽 '트랙 2' 참고)의 형식을 하고 있다. 도덕적 주장은 사람들이 자신의 신념을 놓고 벌이는 싸움을 포함한다. 대사에서 나오는 도덕적 주장은 옳고 그른 행동에 대한 싸움을 포함한다.

도덕적 주장이 제시되는 대부분의 경우 그것은 이야기 대사(501쪽 '트랙 1' 참고) 전면에 등장하지 않는다. 그렇게 했다간 대화 자체에서 너무 대놓고 주제가 드러나기 때문이다. 하지만 이야기가 두 가지 삶의 방식이 경쟁하는 수준으로 올라가면, 대사를 통한 가치의 정면충돌이 불가피해진다.

도덕성이 정면충돌하는 경우, 핵심은 인물들이 싸울 수 있도록 특정한 행동 안에 갈등 요소를 미리 넣어놔야 한다는 것이다. 그러나 특정 행동이 옳고 그른지(도덕적 주장)에 대해 초점을 맞추는 대신, 주로 선하고 가치 있는 삶이란 무엇인가 같은 더 큰 문제를 놓고 싸우게 된다.

멋진 인생(소설 제목: 위대한 선물The Greatest Gift)

소설 필립 반 도렌 스턴 · **각본** 프란세스 구드리치, 앨버트 해킷, 프랭크 카프라 · 1946년

《멋진 인생》은 대단히 훌륭한 영화다. 마을의 느낌을 세밀하게 표현한 데다가 두 가지 삶의 방식이 가진 가치를 대비하는 능력이 뛰어나기 때문이다. 조지와 포터가 '건축과 대출' 회사의 미래에 대해 논하는 장면은 이 영화 속에서 가장 중요한 논쟁을 보여준다. 작가는 포터가 따르는 가치와 논리 체계를 자세히 표현할 수 있도록 함으로써 그를 더욱 위대한 적대자로 만든다. 그리고 이러한 가치는 조지의 가치와 정면으로 충돌한다.

사회적 판타지로서 이것은 단순히 개인적 차원에서 벌이는 두 사람의 다툼이 아니다. 이는 사회 전체가 어떻게 살아야 하는지에 관한 것이며, 그렇기에 대사 역시 정치적이다. 그러면서도 다가오는 시대에 뒤쳐지지 않도록 구체적으로 표현하지는 않았다. 이것이 바로 인간 정치이며, 사람들이 지도자 밑에서 살아가는 방식이다. 특히 탁월한 점을 꼽으라면, 작가가 이 큰 그림을 통해 지극히 감정적이고 개인적인 이야기를 전하는 방식이다. 그들은 하나의 행동—'건축과 대출'을 닫는 것—에 집중하여 이것이 주인공 아버지의 죽음으로 인해 만들어진 개인의 문제가 되도록 만든다.

이 장면은 중간에 잠깐 나오는 대화를 제외하면 실제로는 두 개의 독백으로 이루어져 있음에 주목하자. 두 독백은 꽤 긴 편이라, 짧게 말을 주고받는 기존의 할리우드식 지식을 정면으로 반박한다. 각각의 인물이 삶의 방식을 놓고 현재 자신의 상황을 말로 구축할 시간이 필요하기 때문이다. 만약 작가들이 서로를 경멸하는 두 사람의 개인적인 싸움으로 만들지 않았다면, 결국은 건조하게 정치 철학을 늘어놓는 모습이 되었을 것이다.

- **캐릭터 아크에서의 위치** 아버지가 돌아가시는 바람에 조지는 인생의 욕망(넓은 세상을 보고 건물을 짓는 것)에서 첫 번째 좌절을 맛보고 가족과 친구들을 위해 처음으로 자기희생을 한다. 그리고 지금, 그는 자신의 꿈을 따라 대학에 가려고 한다.
- **문제** 훈계조로 늘어놓지 않으며 마을과 미국 전체가 가져야 할 가치를 두고 싸우게 만들어라.
- **전략**
  1. 주인공과 주요 적대자가 마을의 모든 것에 돈을 대주는 회사 '건축과 대출'의 미래와 이제 고인이 되신 회사의 설립자에 대해 논쟁하게 만들어라.
  2. 철학적 논쟁 전체의 마무리가 주인공의 독백 마지막에 나오는 '부유함'이라는 한 단어로 수렴되게 해라.
- **욕망** 포터는 '건축과 대출' 회사를 닫으려 한다.
- **끝점** 조지가 나서서 포터를 막는다.
- **적대자** 조지
- **계획** 포터는 대놓고 '건축과 대출' 회사를 닫으라 명하고, 조지는 그에 직접 맞선다.
- **고조되는 갈등** 포터가 대화 주제를 회사에서 조지의 아버지로 옮기면서 갈등이 고조된다.
- **반전 혹은 사실발견** 젊은 조지는 모두를 괴롭히는 이 사람에게 정면으로 대항할 수 있다.
- **도덕적 주장 그리고/혹은 가치** 이 둘의 대화는 자세히 볼 만한 가치가 있다. 가치의 갈등을 보이는 전형적인 예이기 때문이다. 두 개의 독백이 얼마나 잘 이어지는지 주목해라. 이 두 사람은 서로 상반되는 정치, 철학 체계를 대변하면서 매우 구체적으로 논거를 제시한다.
- **포터의 주장과 가치**
  1. 사업가가 되는 것과 높은 이상향을 가진 사람 사이에는 극명한 차이가 존재한다.
  2. 상식 없이 이상만 높으면 마을 전체를 망칠 수 있다.
  여기서 관객은 마을 그 자체가 전투장이 될 것이라는 것을 알게 된다. 그리고 영화의 중심 질문이 '그 전쟁터를, 그 세상을 더 살기 좋은 곳으로 만들 삶의 방식은 어느 쪽인가'가 될 거라는 것 또한 알게 된다.

3. 포터는 관객이 이미 알고 좋아하는, 친절한 택시 기사 어니 비숍을 예로 제시한다. 어니는 이미 자신이 위험한 사람이 아니라는 것을 관객에게 보여준 터다. 그러나 포터는 어니가 집을 지을 돈을 얻은 것은, 순전히 조지와 아는 사이여서라고 주장한다.

4. 포터는 말한다. 이런 식으로 사업을 이끌었기에 사람들이 검소한 노동자가 아닌 게으르고 불만에 찬 어중이떠중이가 되었다고 말이다. 포터는 이런 식으로 자신이 가진 가치 체계를 사악하게 드러낸다. 미국은 상류층이 하류층을 지배하는 것이 정당한 계급 사회라는 논리다. 이 지점에서 대사는 더 심해진다. 그러니까 포터는 단지 전형적인 계급주의자일뿐 아니라 사악한 자본주의자이다.

5. 포터는 조지가 주장하는 논리, 즉 빛나는 눈동자의 몽상가에 대한 생각이라든가 마을을 살기 좋게 만드는 것은 개인적으로, 또 공동체적으로 사람들과 접촉하는 점이라는 주장을 공격하면서 말을 맺는다.

◆ **조지의 주장과 가치**

● **핵심 POINT** 작가는 이미 이전 장면에서 조지의 아버지가 똑같은 주장을 하고 조지가 거기에 반대하게 함으로써 조지가 거기에 대해 생각할 수 있는 시간을 갖게 했다. 그리하여 그의 연설이 더욱 그럴듯하고 신랄하게 만들어졌다.

1. 조지는 포터가 주장하는 바를 인정하며 멋지게 포문을 연다. 바로 그의 아버지는 사업가가 아니었고, 자신 역시 돈도 안 되는 '건축과 대출'이 마음에 들지 않는다는 점이었다.

2. 그런 뒤 그는 말을 바꿔 아버지에 대한 주장을 이어간다. 아버지의 이타심으로 자신과 동생 해리가 대학에 갈 수 없었지만, 그럼에도 남을 위하는 사람이 되었다는 점이다.

3. 그는 포터의 입장, 즉 사업적인 측면에서 공격을 개시한다. 아버지 덕분에 많은 이들이 포터의 빈민가에서 빠져나올 수 있었고, 그들이 더 나은 시민, 더 나은 소비자가 되어 결국 마을 전체의 부와 복지가 증가했다는 사실이다.

4. 그는 보잘 것 없는 남자의 영웅적 모습 강조함으로써 논쟁을 한 단계 끌어올린다.

포터가 말하는 '게으른 어중이떠중이들'이야말로 공동체에서 일하고 소비하고 살다가 죽는 대부분의 사람 즉, 이 공동체의 힘이며, 심장이자, 영혼이라고 말이다. 그리고 모든 사람이 만족스러운 삶을 누릴 수 있는 공동체가 되려면 그 누구도 하층민으로 취급받아서는 안 된다고 설파한다.

5. 조지는 가장 핵심적인 주장, 즉 인간에게는 그 누구에게도 양도할 수 없는 권리가 있다는 말로 결론을 내린다. 자신의 아버지는 사람을 인간으로, 즉 목적으로 대했다. 반면에 포터는 사람을 소떼로, 자기 맘대로 끌고 다닐 수 있는 생각 없는 동물로 대했다. 다시 말해 포터는 사람을 돈벌이를 위한 수단으로 대했다.

● **핵심 POINT** 작가는 (서민의 권리에 대해) 가장 포괄적인 주장을 하는 동시에 가장 개인적인 차원에 초점을 맞추고 있으며, 핵심 문장과 핵심 단어를 맨 마지막에 배치했다.

조지의 말에 따르면 포터가 이 모든 것을 하는 이유는 그가 '뒤틀리고 나락에 떨어진 늙은이'이기 때문이다. 이 대사는 영화에서 결정적인 역할을 한다. 이것은 그저 포터를 묘사하는 것을 넘어선다. 무엇보다 나락에 떨어졌다는 모습은 조지에게서 드러나는 눈에 띄는 요소이기 때문이다.

이제 대사의 마지막 줄과 장면의 끝점이 나온다. "뭐, 제 의견으로 따지면 제 아버지는 당신이 평생 벌 돈보다 훨씬 더 부유한 삶을 사셨다고요!" 이 '부유함'이라는 단어에는 두 가지 다른 가치가 있다. 뻔한 의미―돈을 얼마나 많이 버는가―는 포터라는 사람을 정의한다. 그러나 더 깊은 의미, 한 인간이 타인에게 기여하고 또 반대로 돌려받는 삶의 부유함은 조지라는 사람을 정의한다.

• **핵심 단어**: 부유함

《멋진 인생》

실내. 베일리 '건축과 대출' 사무실 - 낮
포터 피터 베일리는 사업가가 아니었지. 그래서 죽은 거야. 그 뭐야, 이상

만 높아가지고 말이야. 그렇지만 상식도 없이 이상만 높으면 마을을 망치고 말지. (책상에 있는 서류를 들면서) 이걸 받아서 어니 비숍에게 갖다 주게. 누군지 알지, 그 하루 종일 택시에 앉아 머리만 굴리는 친구. 어쩌다 알게 됐는데 은행에서 대출을 거절당한 사람이 우리한테서 와서 오천 달러짜리 집을 짓게 됐다던데. 어째서 그런가?

조지는 코트와 서류를 들고 떠날 준비를 한 채 문 앞에 서 있다.

조지 그건 제가 처리했습니다. 포터 씨. 서류는 거기 다 있습니다. 그분 연봉, 보험 같은 거요. 그 친구는 제가 보증합니다.

포터 (빈정대며) 친구라서?

조지 네, 그렇습니다.

포터 여기 있는 직원도 자네랑 당구 한 판치면 돈을 빌려줄 태세군. 그럼 어떻게 되는 줄 아는가? 검소한 노동자가 아닌 불평 많고 게으른 어중이떠중이들이 되는 거야. 피터 베일리같이 눈만 반짝거리는 몽상가가 사람들을 휘저어놓고 그 머리에 엉뚱한 생각을 넣어놔서 그런 거야. 그러니까 내 말은….

조지는 코트를 내려놓고 책상으로 다가간다. 포터가 아버지에 대해 한 말에 분노한다.

조지 잠시만요, 잠시만요. 잠깐 멈춰보세요, 포터 씨. 우리 아버지가 사업가가 아니라는 말씀은 맞습니다. 저도 아닙니다. 그런데 아버지가 왜 이리 돈 안 되는 '건축과 대출' 회사를 시작하셨는지, 그건 저도 전혀 모르겠습니다. 그렇지만 아버지에 대해 당신이나 그 누구도 그렇게 말씀하실 수 없습니다. 왜냐하면 아버지의 삶은 모두…. 아버지와 빌리 삼촌이 이 일을 시작하고 이십오 년 동안 아버지는 한 번도 자기 생각을 하신 적이 없었습니다. 그렇지 않나요, 빌리 삼촌? 저는 고사하고 해리가 학교에 갈 돈도 모으지 못하셨죠. 그렇지만 몇몇 사람이 당신의 빈민가에서 탈출할 수 있게는 도우셨습니다, 포터 씨. 그리고 그게 뭐가 잘못된 거죠? 자, 여기 있는 당신들이야 말로 사업수완이 좋으시겠죠. 그렇다고 해서 더 나은 시민입니까? 더 좋은 소비자인가요? 당신… 당신 방금 뭐라고 하셨죠? 멀쩡한 집을 가지려면 잠자코 기다리며 돈이나 모으라고요? 기다리라니! 뭘 기다리라는 말입니까? 애들이 성장해서 집을 나갈 때를 기다리나요? 너무 늙어서 망가질 때까지? 노동자가 오천 달러 모으는 데 얼마나 오래 걸리는지는 아십니까? 이거 하나 기억하세요, 포터 씨. 당신이 말하는 이 어중이떠중이들, 이 사람들이 여기 공동체에서 일하고, 세금 내고, 삶을 살다 죽는 존재라는 걸요. 이 사람들이 방 두어 개에 욕실 달린 멀쩡한 집에서 일하고 세금 내며 살다 죽는 게 그렇게 과분한 일입니까? 어쨌거나 저희 아버지는 그렇게 생각하지 않으셨습니다. 그분께 사람들은 인간이었어요. 그러나 당신, 뒤틀리고 나락에 빠진 늙은이한테 그들은 소떼나 다름없죠. 뭐, 제 의견으로 따지면 제 아버지는 당신이 평생 벌 돈보다 훨씬 더 부유한 삶을 사셨다고요!

적대자가 하는 도덕적 합리화

좋은 스토리텔링에서는 적대자가 적어도 한 번 자신의 행동을 도덕적으로 합리화하는 대사를 한다. 이것은 적대자를 사악한 세력이나 악인이 아닌, 이 또한 한 사람이라는 것을 보여주는 하나의 큰 지표이다.

이러한 장면은 도덕적 대사(503쪽 '트랙 2' 참고)의 한 버전이다. 이를 잘 수행하는 비결은 적대자에게 가능한 가장 강력한 논거를 부여하는 동시에 전체 논거를 무너뜨릴 수 있는 큰 결함을 하나 이상 포함시키는 것이다. 또한 적대자가 도덕적으로 주장하는 것은 주인공이 가진 주요한 도덕 문제의 변형이어야 한다. 적대자의 도덕적 합리화가 나오는 두 가지 예를 살펴보자.

심판

소설 배리 리드 · 1980년 / **각본** 데이비드 마멧 · 1982년

이 장면에서 상대측 변호사인 에드 콘캐넌은 카메라 밖의 누군가에게 왜 두 사람이 주인공 프랭크 갤빈을 이기기 위해 수단과 방법을 가리지 않아

야 하는지를 설명한다. 이 장면은 작가 데이비드 마멧이 적대자를 강하지만 결점 있는 사람으로 만듦으로써 더욱 돋보이는 장면이 되었다. 하지만 더 중요한 것은 대사의 도덕적 주장과 장면 전환이 훌륭하게 연결됐다는 점이다. 마지막 장면에서, 관객은 콘캐넌의 이야기를 듣는 사람이 프랭크의 여자친구 로라인 것을 알게 된다. 이것은 22단계 중 16단계에 해당한다. 관객이 프랭크의 적대자/가짜 조력자를 알아차리는 순간이다. 이렇게 탄생한 도덕적 주장과 장면 전환의 조합은 이 부분은 물론 이야기 전체에 있어 엄청난 감정의 충격을 선사한다.

- **캐릭터 아크에서의 위치** 이것은 적대자의 장면이기에 콘캐넌은 주인공의 캐릭터 아크 내에서 설 자리가 없다. 그러나 마멧은 적대자/가짜 조력자인 로라가 자신의 캐릭터 아크 중 어디에 위치해 있는지를 바탕으로 하여 이 장면을 더욱 훌륭하게 만들었다. 로라의 캐릭터 아크는 프랭크의 캐릭터 아크에서 변주된 것이다. 그녀는 도덕적으로 타락한 변호사이며, 자신의 고용주가 승소를 위해서라면 이렇게 지저분한 수법까지 써야 한다고 말하는 순간, 타락의 중간에서 자기발견을 하게 된다.
- **문제** 적대자가 도덕적 주장을 할 때 훈계조가 되지 않게 하려면 어떻게 해야 하는가. 적대자의 주장은 가능한 한 강력하면서도 반드시 결함이 있게 만들어라.
- **전략**

  1. 일단 콘캐넌이 이야기하고 있는 상대를 감춰라. 적대자의 독백이 클라이맥스에 달하는 순간 상대를 노출시켜라.

  2. 그 상대를 프랭크와 가장 가까운 인물인 로라로 설정해라. 그녀에게 프랭크와 비슷한 이력을 부여하여 적대자의 주장이 개인적으로 영향을 끼치게 해라.

  3. 두 사람이 프랭크에게 저지르려는 비열한 행동은 무시하고 승소의 이점에 대해서만 이야기해라.
- **욕망** 콘캐넌은 자신의 조력자에게 자기가 하는 행동을 정당화하고 싶다.
- **끝점** 그는 로라에게 돈을 건네며 자신의 정당화를 마무리한다.
- **적대자** 로라는 아무런 대사도 하지 않지만, 콘캐넌이 어떻게든 이기려고 하는 프랭크의 숨겨진 적대자다.

- **계획** 콘캐넌은 말로 자신의 이유를 대며 직접적 계획을 사용한다.
- **고조되는 갈등** 이 장면에서는 갈등이 존재하지 않는다. 하지만 콘캐넌이 말하는 상대의 정체를 숨기는 것만으로도 자연스럽게 긴장감이 조성된다.
- **반전 혹은 사실발견** 콘캐넌은 그저 자신의 행동만 합리화하는 것이 아니다. 돈을 주고 정보를 캐내고 있는 프랭크 여자 친구의 행동을 합리화하고 있는 것이다.
- **도덕적 주장 그리고/혹은 가치** 콘캐넌은 승리가 가져다주는 물질적 이익 때문에 어떤 행동도 정당화된다고 주장한다. 그는 핵심 가치는 승소고 두 번째 가치는 돈이라 설정하며 논증을 시작한다. 그런 다음 이러한 기본 가치가 가져다 줄 다른 모든 가치를 나열한다.

  마멧은 적대자가 자신이나 로라가 저지른 너저분한 행동에 대해서는 결코 정당화하지 않았음을 주목해라. 그는 그저 이겼을 때의 얻을 수 있는 이점에 대해서만 열거하고 있다. 특히 작가가 센스를 발휘한 부분은 콘캐넌이 다음과 같이 말할 때 그 주장에 결점을 내포했다는 점이다. "…그 돈으로 우리가 가난한 자들을 위해 무료 변론도 하잖나." 콘캐넌 같은 사람에게 무료 변론이란 자신이 도덕적으로 비난받을 사람이 아니라는 주장을 위해 하는 행동일 뿐이다.
- **핵심 단어** 승소, 돌아온 걸 환영하네.

  독백을 읽는 동안 이 모든 것이 어떻게 역삼각형의 끝점을 향해 가는지에 주목하라. 계속해서 도덕적으로 합리화하는 대사를 들은 후에야 관객은 대화 상대가 로라, 즉 지금껏 프랭크가 가장 가까운 조력자로 생각해온 그의 여자 친구라는 것을 알게 된다. 그리고 콘캐넌이 로라의 망령과 도덕적 타락을 암시하는 즉시 독백은 로라 개인의 것으로 전환된다. "결혼생활도 끝났고, 돌아와서 변호사 일 하고 싶어 했잖나." 콘캐넌은 정곡을 찌른다. "이 세계로 복귀하고 싶다고 했지. 돌아온 걸 환영하네." 이것은 로라의 얼굴에 도덕적으로 똥칠하는 하는 것과 다름없다. 그래서 관객 역시 역겨움을 느끼게 된다.

《심판》

실내. 콘캐넌의 사무실 - 밤
부드럽고 어두운 조명. 콘캐넌은 의자에 앉아 수표책을 챙긴다. 상대방은
보이지 않는다.

콘캐넌 자네 기분 알지. 내 말이 믿기지 않겠지만, 정말 안다네. 내가 자
네 나이였을 때 배운 거 하나 알려주지. 당시 재판을 준비하고 있었
는데 아버지가 묻더군. "준비는 잘 했나."
(잠시 멈춤) 내가 말했지. "최선을 다했습니다." 아버지가 그러더군.
"넌 최선을 다하라고 돈을 받는 게 아니야. 이기라고 받는 거야."
(잠시 멈춤) 그 돈으로 이 사무실을 임대하고. (잠시 멈춤) 그 돈으로
우리가 가난한 자들을 위해 무료 변론도 하잖나. 자네가 하는 법
률 관련 일에도 쓰지. 자네는 옷도 사고, 나는 위스키를 사지. 이
렇게 소파에 앉아 철학을 나눌 수 있는 여유도 주고. (잠시 멈춤) 오
늘 밤에도 이러고 있잖아. (잠시 멈춤) 우리는 이기라고 돈을 받는
거야.

눈물을 글썽이며 맞은편에 앉아 있는 로라의 모습이 보인다.

콘캐넌 결혼생활도 끝났고, 돌아와서 변호사 일 하고 싶어 했잖나. 이 세
계로 복귀하고 싶다고 했지. 돌아온 걸 환영하네.

의혹의 그림자

원작 고든 맥도넬 · **각본** 손턴 와일더, 샐리 벤슨, 앨머 레빌 · 1943년

《의혹의 그림자》는 지금까지의 스릴러 시나리오 중 최고라고 할 수 있
다. 이것은 미국의 작은 마을에 누나의 가족과 함께 지내러 온 멋쟁이 삼촌
찰리의 이야기이다. 조카인 주인공 찰리는 자신과 이름이 같은 삼촌을 숭
배하지만, 점차 그가 '명랑한 과부 살인자'로 알려진 연쇄살인범일지 모른
다는 생각을 하게 된다.

손턴 와일더의 각본은 드라마 기법과 스릴러 장르를 결합하여 탁월한 스릴러 장르를 만들어낸 모범 사례이다. 이러한 접근 방식은 찰리 삼촌이 살인에 대해 도덕적 정당성을 암시하는 그 유명한 장면에서 확인할 수 있다. 그저 그런 작가라면 살인범을 그저 악마의 화신으로, 이해하기 힘든 인물로 만들어 정당화 자체가 필요 없게 했을 것이다. 태어날 때부터 그렇게 괴물이었기 때문이다. 그러나 그렇게 하면 이야기는 그저 살인 기계의 연대기가 될 뿐이다.

와일더는 그렇게 하지 않았다. 살인범에게 자세하고도 납득이 되는 도덕적 주장을 부여하여, 이 사람을 더욱 소름끼치게 만들었다. 찰리 삼촌은 우리들이 덮어버리려 하는, 미국인이 가진 삶의 어두운 속살(돈에 대한 집착과 아메리칸 드림을 실현하지 못한 대다수의 사람)을 공격한다.

- **캐릭터 아크에서의 위치** 이 이야기에서 적대자는 자신의 캐릭터 아크를 갖고 있지 않다. 그러나 이 장면은 주인공의 성장에 있어 아주 결정적인 지점이 된다. 주인공 찰리는 한때 숭배했던 삼촌을 이미 깊이 의심하고 있다. 그러나 지금 이 순간, 그녀는 이전의 애정과 지금의 혐오감 사이에서 오도 가도 못하고 서서 어떻게, 왜, 이런 일이 생겼는지를 이해하려 애쓰고 있다.
- **문제** 어떻게 하면 적대자가 살인을 직접 밝히거나 인정하지 않은 채 살인 동기를 설명하게 할 수 있는가.
- **전략** 온 가족이 식탁에 둘러 앉아 식사를 하게 만들어 이 합리화가 가족은 물론이고 매일 평범한 삶을 사는 미국인들에게도 적용되게 해라. 찰리 삼촌의 누나인 뉴턴 부인이 찰리 삼촌에게 자신이 모이는 여성모임에 와서 강연을 하게 해달라고 함으로써 그가 나이든 여성에게 가진 생각을 말할 수 있는 기회를 자연스럽게 부여해라. 그런 다음 평범함 속에서 공포가 흘러나오게 해라.
- **욕망** 찰리 삼촌은 자신의 조카에게 여성, 특히 나이든 여성에게 가진 혐오감을 정당화하고 싶어 하며, 조카 역시 겁에 질리게 만들고 싶어 한다.
- **끝점** 그는 자신이 너무 과했다는 걸 깨닫는다.
- **적대자** 조카인 주인공 찰리.

- **계획** 찰리 삼촌은 도시 여성 전반에 대한 철학을 간접적으로 이야기하는 방식을 사용하여 자신의 신분을 보호하는 동시에 식탁에 있는 사람 중 자신을 이해해줄 것 같은 한 사람에게 요점을 전달한다.
- **고조되는 갈등** 주인공 찰리가 반격하는 것은 단 한 번뿐이지만, 찰리 삼촌이 여성에 대한 혐오감을 점점 더 드러낼수록 갈등 역시 계속해서 고조된다.
- **반전 혹은 사실발견** 멋쟁이 찰리 삼촌은 대부분의 나이든 여성이 짐승과 다를 바 없어서 죽어 마땅하다고 생각한다.
- **도덕적 주장 그리고/혹은 가치** 찰리 삼촌의 도덕적 주장은 소름끼칠 정도로 정교하다. 그는 일단 나이든 여성이 쓸모없다는 말로 시작한다. 그런 다음은 돈만 써대며 본능대로 사는 짐승이라 부른다. 마지막으로는 그렇게 뚱뚱하고 늙은 짐승은 고통에서 벗어나게 해주는 게 도덕적으로 옳은 일이라 주장한다. 여기서 대립하는 가치는 유용함, 인간 vs 돈, 본능, 무용함, 짐승이다.
- **핵심 단어** 돈, 부인, 무용함, 욕심, 짐승.

이 대사가 더 소름끼치는 것은 평범하면서도 잔인하기 때문이다. 대사는 일상을 사는 남편들과 부인들로 시작한다. 그러나 곧 여성을 짐승으로 보는 관점으로 넘어간다. 마지막에 나오는 핵심 대사가 질문의 형식을 띠고 있다는 점에 주목하자. 찰리 삼촌은 대놓고 이 여자들이 도살되어야 한다고 말하지 않는다. 그는 조카에게 무슨 일이 벌어져야 하는지를 물을 뿐이다. 그러나 그의 끔찍한 논리를 따르면 조카는 결코 다른 결론에는 도달할 수 없게 된다.

와일더가 마지막에 덧붙인 코믹한 부분에서 우리는 장면 구성과 대사의 탁월함을 발견할 수 있다. 찰리 삼촌의 누나 뉴턴 부인은 다행스럽게도 자신의 동생이 하는 말의 진의를 알아차리지 못한다. 그래서 이 대화가 시작된 이유로 돌아와 여성모임에서는 그런 얘기는 하지 말라고 말한다. 하지만 관객은 이것이 늑대에게 암탉 집을 지키게 하는 것과 같다는 것을 알고 있다. 설상가상 엄마 역할까지 도맡은 뉴턴 부인은 그에게 소개해줄 착한 과부 한 명을 점찍어 놓은 상태다.

《의혹의 그림자》

실내. 거실 - 밤
찰리 삼촌은 와인을 따르고 있다. 편하게 얘기하는 와중에도 와인을 따르는 손은 신중하다.
찰리 삼촌 모임에는 어떤 사람들이 오는데?
뉴턴 부인 응, 나 같은 사람들. 집안일 때문에 바쁜 사람들이지, 대부분.
뉴턴 씨 여성모임!
로저 한 때는 점성술에 빠져 있더니.
앤 다음 모임은 독서클럽을 할까 봐. 회계를 맡아서 책을 죄다 사야지.

찰리 삼촌이 와인 잔을 돌린다.

클로즈 업 - 주인공 찰리
자기 잔을 받다가 갑자기 반을 쏟는다. 그녀가 찰리 삼촌을 쳐다본다.
찰리 삼촌은 처음에 우울한 기분으로 보이더니 마음 깊은 곳의 분노를 담아 얘기한다.
찰리 삼촌 이런 동네에서는 여자들이 바쁘지. 도시에 나가면 다르다고. 도시에는 여자가 많아… 중년의…과부들…남편들은 죽었지…. 평생 돈만 벌다가…일하고…일하고…일만 하다가 죽어서는 그 돈을 다 부인에게 남기는 거야…멍청한 부인들에게. 그럼 부인들이 뭘 하는 줄 알아? 이 쓸모없는 여자들이? 호텔, 그것도 최고 좋은 호텔에 가면 매일같이 그런 여자 수천 명은 볼 수 있어. 돈을 먹고, 돈을 마시고, 브릿지 게임으로 돈을 잃고…밤낮으로 도박이나 하고…돈 냄새나 풍기고…보석 자랑이나 하면서…그거 말고는 자랑할 게 없거든…끔찍하고, 다 늙어빠져, 뚱뚱하고, 욕심 많은 여자들….

갑자기 주인공 찰리의 목소리가 끼어든다.
찰리 (쥐어짜듯 외친다.) 그렇지만 살아 있는 사람이잖아요! 그 사람들도 사람이라고요!

그는 잠에서 깬 사람처럼 그녀를 바라본다.

찰리 삼촌 그러냐? 정말 그러냐, 찰리? 그들이 사람일까 아니면 살만 쪄 숨이나 쌕쌕대는 짐승일까? 동물들이 나이 들고 살찌면 어떻게 되는지 알아? (그는 갑자기 진정한다.) (웃으며) 너무 강연 같았지.

주인공 찰리, 서둘러 포크를 집는다. 눈은 내리깐 상태다. 뉴턴 부인의 말이 들린다.

뉴턴 부인 맙소사, 찰스. 내 클럽 친구들 앞에서는 그런 식으로 말하지 마라. 아주 호되게 당할 걸! 생각하고는! (놀리며) 아, 그리고 그 착한 포터 부인도 거기 올 거란다. 너에 대해 묻더라고.

독백

작가가 쓸 수 있는 가장 유용한 기법은 독백이다. 두 명 이상의 등장인물 간 갈등을 통해 감정이나 진실에 도달하게 하는 게 대화라면, 독백은 한 인물이 자신의 갈등 상황을 통해 감정이나 진실에 도달하게 한다.

독백은 한 인물의 마음 안에 존재하는 작은 이야기이다. 이것은 그 인물이 어떤 사람인지, 그가 가진 핵심 문제는 무엇인지, 이야기가 진행되는 동안 그가 어떤 과정을 거치는지를 요약해 보여주는 일종의 축소판이다. 독백을 통해 여러분은 관객에게 인물의 마음을 깊고 자세히 보여줄 수 있다. 혹은 그 인물이 겪고 있는 고통이 얼마나 강한지 보여줄 수도 있다.

좋은 독백을 쓰기 위해서 무엇보다도 중요한 것은 완전한 이야기를 해야 한다는 점이다. 즉 언제나 그렇듯이 7단계를 밟아가다가 핵심 단어나 핵심 문장으로 마무리를 하라는 뜻이다.

심판

소설 배리 리드 · 1980년 / **각본** 데이비드 마멧 · 1982년

《심판》의 작가 데이비드 마멧은 독백을 이용해 전투 장면을 마무리했다. 주인공이 배심원에게 하는 최종 변론이었기에, 마멧은 주류 미국 영화처럼 '현실적인' 도구를 통한 독백 사용을 합리화할 필요가 없었다. 이 독백의 내용은 실로 아름답다. 내용이 완전한 이야기를 하고 있으며 의뢰인이 걸어온 길뿐만 아니라 주인공의 길까지 이야기하기 때문이다.

- **캐릭터 아크에서의 위치** 프랭크는 이미 자기발견을 마쳤다. 그러나 캐릭터 아크의 마지막 단계가 남았다. 그는 재판에서 이김으로써 자기발견을 증명하려 한다.
- **문제** 극적 효과를 극대화하기 위해 소송을 어떻게 요약할 것인가.
- **전략** 프랭크가 자신에게 일어난 성장을 슬쩍 설명함으로써 배심원단에게 도덕적 행동을 촉구하는 주장을 펼쳐라.
- **욕망** 프랭크는 배심원단이 도덕적 행동을 하게끔 설득하고 싶어 한다.
- **끝점** 그는 배심원단 각각이 옳은 일을 하고자 하는 사람이라는 것을 깨닫는다.
- **적대자** 매일 우리를 내려치고 약하게 만드는 부자와 권력자들.
- **계획** 그는 진심을 담아 마지막 변론을 해서 정의를 실현하려고 한다.
- **고조되는 갈등** 독백으로 옳은 것을 알아내고 실천하기 위해 고군분투하는 한 남자의 모습을 보여줌과 동시에 배심원에게도 자신과 같은 일을 해달라고 촉구한다.
- **반전 혹은 사실발견** 관객은 프랭크가 단순히 이 소송에 대해서만 얘기하는 것이 아니라는 것을 깨닫는다. 그는 자기 자신에 대해 이야기하고 있다.
- **도덕적 주장 그리고/혹은 가치** 정의를 실현하자는 프랭크의 도덕적 주장은 7단계를 갖춘 완전한 이야기이다. 그는 방향을 잃고 힘없는 피해자(약점)처럼 느끼는 사람들의 이야기에서 시작한다. 사람들은 부자와 권력자(적대자)들이 그들을 때려눕히는 것에 굴하지 않고 정의롭게 살기를 원한다(욕망). 만약 우리에게도 힘이 있다는 것을 깨닫고, 우리 자신을 믿는다면(자기발견), 우리도 정의롭게 행동할 수 있다(도덕적 결심)고 말이다.

◆핵심 단어 정의, 믿음.

《심판》

실내. 법정 – 낮
갤빈이 배심원단 앞에 서 있다. 잠시 멈춘다.

갤빈 아시겠지만, 우리는 오랫동안 길을 잃었습니다. 우린 기도하죠. "신
이시여. 제발 무엇이 옳은지 말씀해주세요. 무엇이 진실인지 알려주
세요. 정의는 없습니다. 부유한 자가 이기고, 가난한 자는 힘이 없습
니다…" 우리는 거짓말 듣는 것에 지쳤습니다. 조금 지나면 무감각
해지죠. 그래서 우리를 피해자처럼 생각하게 됩니다. (잠시 멈춤) 그
렇게 우리는 피해자가 됩니다. (잠시 멈춤) 그리고 약해집니다… 우리
자신을, 우리의 제도를 의심합니다… 결국은 우리의 신념마저 의심
하게 되고, 법을 의심합니다. (잠시 멈춤) 그러나 오늘, 여러분이 바로
법입니다. 여러분이 법이란 말입니다…. 어떤 책도, 변호사도, 대리
석 조각상도, 멋들어진 법정도 법이 아닙니다…. 그 모든 것은 그저
상징입니다. (잠시 멈춤) 정의롭게 해달라는 우리의 바람이 거기 담
겨 있을 뿐이죠… (잠시 멈춤) 사실을 말하자면, 그 모든 것은 기도입
니다. (잠시 멈춤) 두려움에 차 열렬하게 올리는 기도이죠. (잠시 멈춤)
제가 믿는 종교에는 이런 말이 있습니다. "믿음이 있는 듯 행동하면,
믿음이 주어질 것이다." (잠시 멈춤) 만약, 만약 우리가 정의를 믿는다
면, 우리가 믿을 것은 오직 우리 자신입니다. (잠시 멈춤) 그리고 정의
롭게 행동해야 합니다. (잠시 멈춤) 그리고 저는 우리 마음에 정의가
있다는 것을 믿습니다.

클로징

체호프는 무슨 연극이든 가장 중요한 순간은 마지막 90초라고 했다. 마
지막 장면이야말로 이야기에 있어 최후의 수렴지점이기 때문이다. 종종

마지막 장면에서 사실발견의 형태로 약간의 효과를 넣는 경우가 있긴 하다. 그러나 대개 플롯이 할 일은 이미 다 완료된 상태이다. 그리하여 마지막 장면은 오프닝 장면처럼 전체 이야기의 축소판이 된다. 작가는 주제 양식을 다시 한 번 강조하고, 관객은 이러한 표현이 더 큰 세상에 대한 암시라는 것을 깨닫게 된다. 간단히 말해, 관객은 주제의 발견을 하게 된다.

마지막 장면을 멋지게 쓰기 위해, 여러분은 1)이것이 전체 이야기라는 역삼각형의 꼭짓점이라는 점, 2)이 장면 자체가—이 장면 혹은 전체 이야기에서의—핵심 단어나 문장이 마지막에 나오는 역삼각형이라는 점을 알고 있어야 한다.

제대로만 되면, 마지막 장면은 최고의 깔때기 효과를 불러일으킨다. 마지막 핵심 단어나 대사가 관객의 마음과 머릿속에 엄청난 폭발을 일으켜 이야기가 끝난 후에도 오랫동안 울려 퍼지게 된다.

그렇다면 훌륭하게 집필된 작품을 골라, 이렇게 중요한 마지막 순간에 장면 구축과 대사가 어떻게 작동하는지 살펴보자.

태양은 다시 떠오른다

소설 어니스트 헤밍웨이 ▪ 1926년

이 이야기는 유럽을 여행하는 친구 무리와 전쟁의 상처 때문에 사랑하는 여자와 함께할 수 없는 한 남자의 좌충우돌 여정을 따라간다. 이 위대한 사랑은 이루어질 수 없다. 그래서 이들은 계속해서 감각만을 뒤쫓는 상태로 휘말려 내려간다. 그들은 목적이 없으며, 덫에 빠진 걸 알면서도 빠져나올 수 있는 방법은 모르고 있다.

마지막 장면은 『태양은 다시 떠오른다』에 나오는 원형적인 장면이다. 제이크와 브렛 애슐리는 저녁 식사 후 다시 길을 나선다. 그들이 탄 택시는 어디론가 향하고 있다. 장면이 끝점을 향해 갈 때, 브렛은 가장 그녀다운 말을 한다. "오, 제이크. 우리 둘이서도 정말 얼마든지 재밌게 보낼 수 있었는데." 이 평범하게 툭 던지는 이 대사는 이야기 전체를 상징한다. 거대한 사랑의 비극이라 할 수 있는 '있었을 지도 모르는 일'이 즐거운 시간을 보낸다는 말로 축소되었다.

이 대사는 가장 제이크다운 말로 화룡정점을 이룬다. "그러게. 생각만 해도 기분 좋지 않아?" 그는 그저 부상이라는 저주만 받은 것이 아니다. 그는 감성의 저주를 받아 환상을 갖는 동시에 그 환상을 꿰뚫어볼 수 있다. 제이크는 영원히 불운할 수밖에 없다.

『태양은 다시 떠오른다』

우리는 아래층으로 내려가 1층 식당을 통해 거리로 나왔다. 웨이터가 택시를 잡으러 갔다. 날은 덥고 쨍쨍했다. 길 위쪽으로 나무와 잔디가 있는 작은 공터가 있었고 택시들이 줄지어 있었다. 웨이터를 옆에 매단 채 택시 한 대가 이쪽으로 내려왔다. 나는 웨이터에게 팁을 준 후 택시 기사에게 목적지를 말하고 브렛과 함께 올라탔다. 기사가 길 위쪽으로 달리기 시작했다. 나는 뒤로 기대앉았다. 브렛은 나에게 다가와 앉았다. 우리는 서로에게 바짝 붙어 있었다. 내가 브렛 어깨에 팔을 두르자 그녀가 편안하게 나에게 기댔다. 날은 아주 덥고 쨍쨍했고, 집들은 눈이 부실 정도로 하얗게 보였다. 우리는 그랑 비아 쪽으로 접어들었다.

"오, 제이크." 브렛이 말했다. "우리 둘이서도 정말 얼마든지 재밌게 보낼 수 있었는데."

앞에는 올리브색 제복을 입은 기마 군병이 교통정리를 하고 있었다. 그가 곤봉을 들어올렸다. 차가 갑자기 서는 바람에 브렛이 내쪽으로 기울어졌다.

"그러게." 내가 말했다. "생각만 해도 기분 좋지 않아?"

7인의 사무라이

각본 구로사와 아키라, 하시모토 시노부, 오구니 히데오 ▪ 1954년

《7인의 사무라이》에서, 작가의 기법은 희귀할 만큼 높은 수준의 예술로 승화된다. 이 영화의 각본은 이 책에서 설명하는 거의 모든 기법을 훌륭하게 실행하고 있다. 이 영화의 마지막 장면은 관객에게 엄청난 충격을 주면서도, 인간에 대한 통찰력이 이만큼 다양하다는 묘한 영감을 선사한다.

이 이야기에서, 7인의 사무라이는 도적들로부터 마을을 지키기 위해 힘을 합쳤다. 즉 이타심과 무예에 대한 사랑으로 뭉친 것이다. 카츠시로는 아직 견습생에 지나지 않는 어린 사무라이로, 농가 소녀 시노와 사랑에 빠진다. 싸움이 끝나고 사무라이와 마을 주민들이 이겼다. 그러나 위대한 사무라이 네 명이 언덕 위에 묻혔다. 시노는 어린 전사 카츠시로에게 등을 돌려, 다음 계절을 위해 곡물을 심는 농부들에게 합류한다.

시치로지와 또 다른 생존자인 두목 칸베는 카츠시로의 실연, 농부들이 새 생명을 심는 모습, 그리고 동료들이 누워 있는 언덕 위 무덤 네 개를 지

켜본다. 그러면서 마지막 통찰을 얻는다. 비록 싸움에서는 이겼지만, 사무라이는 졌으며 그들이 영위하는 삶의 방식 또한 끝나버렸다는 것을. 사람들과의 사이에 건널 수 없는 큰 강이 있다는 진실이 잠시 동안 사라졌을지 모르겠지만 이제 다시 그 모습을 드러냈다. 죽은 네 사무라이의 영웅심은 돌풍처럼 오래 지속될 것이다.

이렇게 단축된 형태로 보면, 이 순간은 대놓고 자기발견을 하는 것처럼 보일 수 있다. 그러나 많은 이유에서 그렇지 않다. 먼저, 이 순간은 일곱 명의 사무라이가 알지도 못하는 농부 몇 명을 구하겠다고 도적을 마흔 명이나 물리치는 장대한 전투를 벌인 끝에 찾아왔다. 때문에 이것은 엄청나게 감정적인 반전을 일으킨다. 두 번째, 이것은 매우 거대한 사실발견으로, 《식스센스》나《유주얼 서스펙트》처럼 이야기의 맨 끝에서 드러났다. 마지막으로, 이것은 주제의 발견으로, 주인공은 여러모로 아름다운 사회 전체의 죽음을 목격하게 된다.

《7인의 사무라이》

실외. 마을 – 낮
칸베는 고개를 숙여 땅을 바라본다. 카메라를 향해 몇 걸음 걸어온 후 멈추고 뒤돌아 논을 본다. 그런 다음 몸을 돌려 시치로지 옆으로 와 선다.
칸베 우린 또 지고 말았어.

시치로지는 놀란다. 의아하다는 표정을 지으며 칸베를 쳐다본다.
칸베 이긴 건 농민이지, 우리가 아니고.

칸베는 카메라에서 고개를 돌려 위를 본다. 시치로지도 똑같이 한다. 카메라는 무덤이 있는 언덕으로 올라가 두 사무라이는 화면에서 사라진다. 하늘을 배경으로 네 개의 무덤이 윤곽을 드러낸다. 바람이 불어와 먼지가 흩날리고, 모내기를 하며 나오는 음악 위로 사무라이의 음악이 겹쳐진다.

위대한 개츠비

소설 F. 스콧 피츠제럴드 ▪ 1925년

『위대한 개츠비』는 클로징 장면만으로도 유명할 만하다. 개츠비는 죽었다. 닉은 대도시의 성공을 쫓는 것이 잘못되었다는 것을 깨닫고 미드웨스트로 돌아가기로 결심한다. 마지막 페이지에 닉이 마지막으로 동부 연안의 풍요로운 지역을 바라보는 것으로 끝난다.

피츠제럴드의 마지막 장면은 신중하게 연구하여 태어난 산물이다. 닉을 통해 작가는 거대한 저택의 시절이 저물었다는 것을 말한다. 이것은 화려한 파티로 가득 찼던 가짜 유토피아가 개츠비의 죽음과 함께 끝을 맞았다는 것을 상징하는 말이기도 하다. 그런 다음 닉은 시간을 거슬러 올라가 "신세계의 풋풋한 녹색 가슴…"과 "모든 인간의 꿈 중 가장 궁극적이고 위대한 꿈…"이었던 자연 그대로의 에덴동산 같았던 미국 초창기 섬의 모습을 상상한다. 이는 개츠비, 데이지, 톰과 같은 진짜 사람들의 진짜 욕망이, 울창한 숲을 큰 집과 화려하고 의미 없는 파티라는 거짓 우상으로 바꾼 오늘날의 섬과 극명하게 비교된다.

이렇게 거시적인 대조를 통해 피츠제럴드는 다시 한 번, 데이지의 선착장 끝 초록 불빛을 정확히 가리키는 개츠비에게 초점을 맞춘다. 개츠비는 고전 신화 속 주인공처럼, 자신의 출발지 미드웨스트의 '어두운 들판'에서 이미 모든 것을 다 가지고 있었다는 사실을 모르는 헛된 몽상가였다.

피츠제럴드는 이야기 끝, 즉 마지막 장면에서 삼각형의 꼭짓점에 다다랐을 때 헛된 욕망의 상징인 초록 불빛을 언급하며 이야기를 마무리한다. 주인공의 욕망이 성취되고 모든 것이 영원히 제자리를 찾은 것처럼 거짓말을 하며 끝나는 많은 이야기와 달리, 피츠제럴드는 결코 멈추지 않는 욕망과, 계속 멀어지는 목표를 따라가기 위해 더욱더 치열하게 노력하는 인간의 모습을 거론하며 끝을 맺는다. 그의 마지막 문장은 전체 이야기의 의미를 담은 주제의 발견이다. "그리하여 우리는 물살을 거스르는 배처럼, 끊임없이 물살을 거슬러 자꾸만 과거로 되돌아가는 것이다."

『위대한 개츠비』

이제 해변의 커다란 집들은 대부분 문을 닫았고, 해협을 가로지는 연락선에서 흘러나오는 희미한 불빛 말고는 빛이랄 것도 없었다. 달이 더 높게 떠오르자 별 의미 없는 집들이 녹아내렸고, 나는 결국 네덜란드 선원들의 눈에서 꽃을 피웠던 이 오래된 섬을 차츰 알아보기 시작했다. 이 섬은 신세계의 풋풋한 녹색 가슴이었다. 개츠비의 저택에 길을 내준 나무들은 이제 자취를 감추었지만, 한 때는 인류의 마지막이자 위대한 꿈을 속삭이며 유혹했던 것이다. 잠시 마법에 걸린 동안 인간은 이 대륙 앞에서 숨을 죽였을 테다. 그리고 이해하지도 혹은 원하지도 않는 미적 사색에 빠진 채, 경이로움을 받아들이는 수용력의 한계에 달하는 그 무언가와 역사상 마지막으로 대면했을 것이다.

그곳에 앉아 오래된 미지의 세계에 대해 골똘히 생각하다가 문득 데이지의 선착장 끝에서 초록 불빛을 처음 발견했을 때 개츠비가 느꼈을 경이로움을 떠올렸다. 그는 이 푸른 잔디에 이르기까지 먼 길을 돌아왔고, 꿈은 너무 가까워 손에 잡힐 듯 보였을 것이다. 그러나 그가 모르는 게 있었다. 꿈은 이미 자신의 뒤, 도시 너머 광활한 어둠 속, 밤하늘 아래 펼쳐진 공화국의 어두운 들판에 있다는 사실을.

개츠비는 초록 불빛을 믿었다. 해가 갈수록 멀어지기만 하는 그 황홀한 미래를 믿었다. 이제 그것은 자취를 감추었지만, 그건 중요치 않다. 내일이면 우리는 더 빨리 달리고 더 멀리 팔을 뻗을 테니… 그러면 어느 멋진 아침에….

그리하여 우리는 물살을 거스르는 배처럼, 끊임없이 물살을 거슬러 자꾸만 과거로 되돌아가는 것이다.

내일을 향해 쏴라

각본 윌리엄 골드먼 • 1969년

《내일을 향해 쏴라》는 영화 역사상 가장 위대한 오프닝 신을 갖고 있기로 유명하다. 게다가 마지막 장면 또한 그렇다. 마지막 장면은 여러 의미를 놓고 봤을 때 오프닝 장면의 거울상이기도 하다.

◆ **캐릭터 아크에서의 위치** 이 엄청나게 매력 있는 남자들의 비극은 그들이 변할 수 없다는 점에 있다. 그들은 교훈을 얻지도 못한다. 빠른 속도로 다가오는 새로운 세계는 그들에게 너무 버겁다. 그러니 죽을 수밖에 없다.

◆ **문제** 어떻게 하면 마지막 장면을 통해 그들이 가진 본질적인 능력과, 교훈을 얻지 못하는 성향이 야기한 결과를 함께 표현할 수 있는가.

◆ **전략** 첫 장면에서와 마찬가지로 골드먼은 자신이 만든 인물을 주변에서 모든 것이 빠르게 닫히고 있는 좁은 공간 안에 밀어 넣는다. 그는 두 번째 장면에서 한 것처럼 위기를 통해 그들의 성격을 보여준다. 먼저, 그들은 엄청난 자신감을 가지고 죽음을 대면하는 남자들이다. 그들은 여기서 빠져나갈 거라 굳게 믿고 있다. 게다가 부치는 다음에 갈 장소까지 이미 골라놓았다. 두 번째, 위기를 통해 그들의 차이점이 드러난다. 선댄스는 계속해서 생기는 문제를 해결해야 하는 위치라면, 부치는 그동안에도 줄곧 아이디어를 떠올린다.

또한 골드먼은 부치가 탄약을 가지러 뛰어가고 선댄스가 엄호하는 모습을 통해 그들의 팀워크가 얼마나 아름다운지 보여준다. 극 초반 선댄스가 메이컨의 총을 쏴서 바닥으로 떨어뜨렸던 장면이 멋있었다면, 그가 몸을 돌리며 눈에 들어오는 경찰을 모두 쏘는 장면은 황홀하기까지 하다. 그러나 관객이 이 팀을 사랑하는 이유는, 이 와중에도 둘이 코믹한 모습을 연출하기 때문이다. 신이 난 부치와 냉철한 회의론자 선댄스가 계속해서 보여주는 즐거운 말다툼은 관객들에게 이 팀이 정말 천생연분이라는 것을 다시 한 번 보여준다.

골드먼은 주요 주제와 더불어 캐릭터가 변하지 않는다는 것을 표현하는 장면에서 또 하나의 대비를 설정했다. 이 둘이 다가오는 세계를 예상하지 못했다는 점이다. 골드먼은 다음번 목적지는 호주로 정하자는 부치의 말에 서로 티격태격하는 모습과, 볼리비아 전체 병력을 다 데려온 듯한 규모의 군대가 도착한 모습을 교차 편집한다. 주인공이 보는 것과 관객이 보는 것 사이의 대조는 점점 더 극명해지고, 이것은 처음부터 존재했던 문제, 즉 부치와 선댄스는 자기들이 갇힌 작은 세계 너머를 보지 못한다는 점을 강조한다. 주인공들은 사랑스럽지만, 그다지 똑똑하지는 못했다.

이 대조를 통해 관객은 급소를 강타하는 마지막 발견을 얻게 된다. 아무리 슈퍼맨이라도 죽는다. 그들이 죽는다는 것은 얼마나 고통스러운가?

마지막 문장은 이 이야기, 그리고 이 장면의 핵심 문장이다. 부치가 선댄스에게 밖에 혹시 그들의 숙적 라포얼즈가 보이냐고 묻자 그는 아니라고 답한다. 그러자 부치가 말한다. "다행이야. 난 잠깐 우리가 큰 일 난 줄 알았지."

이 장면은 부치가 탄약을 가지러 나가고 선댄스가 그를 엄호해주는 장면 이후에 나온다. 둘은 이제 잔뜩 총을 맞고 나란히 앉아서 다시 총을 장전한다. 밖에는 광장을 에워싼 경찰에 대규모 볼리비아 군대까지 합류한 상황이다. 수백 명의 군인이 길거리에서 혹은 지붕에서 총을 든 채 작은 공간을 겨누고 있고, 그 안에는 부치와 선댄스가 갇혀 있다.

《내일을 향해 쏴라》

또 다른 벽에 군대가 늘어서 있다.
대장이 다가가자 이들은 찰칵 하는 소리를 내며 총 쏠 준비를 하고, 귀를 찌르는 금속성의 소리가 들린다. 대장이 효율적으로 군대에게 지시를 내린다.

부치 다음에 갈 곳으로 끝내주는 장소가 생각났어.
선댄스 흠, 듣고 싶지 않은데.
부치 일단 들으면 마음이 바뀔 걸.
선댄스 시끄러워.
부치 알았어. 알았다고.
선댄스 네 끝내주는 생각 때문에 우리가 여기서 이러고 있는 거야.
부치 그건 좀 잊어줘.
선댄스 나 이제 네 생각 따위 듣고 싶지 않다고, 알겠어?
부치 알았어.
선댄스 좋아.

부치 호주.

장면 전환
선댄스. 그가 부치를 바라본다.

장면 전환
부치.
부치 내심 궁금해 할 것 같아서 말해주는 거야. 호주.

장면 전환
부치와 선댄스.
선댄스 끝내주는 생각이라는 게 그거야?
부치 한참 고민했는데.
선댄스 (참다가 터트리며) 호주나 여기나 뭐가 달라!
부치 그거야 네 생각이고.
선댄스 그럼 다른 거 하나만 대 봐.
부치 호주에선 영어를 써.
선댄스 그래?
부치 그렇고말고 이 똑똑한 양반아. 거기선 이방인으로 살지 않아도 돼. 사람들은 말을 타고 다니고 땅이 넓어서 숨을 곳도 많지. 날씨 좋고, 해변 멋지고, 넌 수영도 배울 수 있어.
선댄스 수영이 뭐가 중요해. 은행은?
부치 쉬워. 잘 익었고 탐스럽지.
선댄스 은행 얘기야 여자 얘기야?
부치 하나를 차지하면 다른 하나는 따라오게 돼 있어.
선댄스 가는 데 오래 걸리지?
부치 (소리 지르며) 꼭 그렇게 트집을 잡아야 속이 시원해?
선댄스 거기까지 갔는데 별로면 어떡해. 그래서 물어본 거야.

장면 전환
부치

부치 생각이나 해 봐.

장면 전환
선댄스. 잠시 생각한다.
선댄스 알았어. 생각은 해볼게.

장면 전환
부치와 선댄스를 클로즈 업.
부치 우리 여기서 일단— (갑자기 말을 멈추고) 잠깐—.
선댄스 뭔데?
부치 혹시 밖에 라포얼즈 있었어?
선댄스 라포얼즈? 아니.
부치 다행이야. 난 잠깐 우리가 큰 일 난 줄 알았지.

장면 전환
해가 저문다.

줌 아웃
군인들이 긴장한 상태로 준비 중이다.

장면 전환
대장이 주변을 재빠르게 오가며 병사들에게 전진하라고 표시를 보내고 자신도 따라간다.

장면 전환
한 무리의 군인들이 벽을 뛰어 넘는다.

장면 전환
다른 무리의 군인들이 벽 위로 소총을 겨눈다.

장면 전환

부치와 선댄스가 서 있다. 그들을 천천히 문 쪽으로 다가간다.

장면 전환
점점 더 많은 병사들이 벽을 뛰어넘는다.

장면 전환
부치와 선댄스가 마지막 햇살을 받으며 밖으로 나가고 고통스러운 정도의 큰 소리와 함께 소총 사격이 시작되고 그 소리가 계속 터져 나온다.

카메라가 부치와 선댄스를 잡은 화면에서 멈춘다.
또 한 번의 일제사격. 이번 소리는 더 크다. 부치와 선댄스는 멈춰 있는 모습 그대로다. 소총 소리는 점점 커진다. 부치와 선댄스는 역시 그대로다. 그런 후 소리가 점점 작아지기 시작한다.
소리가 줄어들며 색깔 역시 천천히 사라지고, 부치와 선댄스의 얼굴이 변하기 시작한다. 뉴욕 장면에서 나왔던 음악이 다시 나온다. 그러면서 컬러였던 색상이 처음 시작할 때처럼 노이즈 가득한 흑백으로 바뀐다. 소총 소리는 팝콘이 터지듯 잦아들고, 그들도 역사의 뒤안길로 사라진다.

마지막 페이드아웃[19]

장면 구축과 대사의 기법

이제 위대한 영화 《카사블랑카》와 《대부》를 살펴보며 장면 구축과 대사의 기법을 마지막으로 살펴보려 한다. 이 영화들은 스토리텔링 예술의 걸작이며, 그 안에 드러난 장면 구축과 대사는 탁월하다. 장면 집필의 성공 여부는 주인공의 캐릭터 아크에 맞춰 장면을 배치하는 능력에 달려 있기 때문에 이 두 영화의 시작, 중간, 끝에 나오는 장면을 각각 살펴보려 한다.

카사블랑카(희곡 제목: 모두가 릭의 카페에 온다)

희곡 머리 버넷, 조앤 앨리슨 ▪ **각본** 줄리어스 J. 엡스타인, 필립 G. 엡스타인, 하워드 코치
▪ 1942년

릭의 오프닝 장면

이야기 세계를 어느 정도 자세히 다룬 이후, 무대는 카사블랑카 사람들이 모두 모여드는 릭의 '카페 아메리카' 내부로 옮겨진다. 관객은 여기서 처음으로 릭을 만나게 된다.

- **캐릭터 아크에서의 위치** 릭은 이야기 전체를 통해 냉소적이고 이기적인 기회주의자에서 대의를 위해 자신을 희생하는 투사로 성장하며 현재 그 과정의 시작점에 있다.

- **문제**

    1. 릭의 왕 같은 존재감과 더불어 그가 가진 엄청난 고통과 비통함을 모두 전달하면서 릭을 소개할 수 있는 방법은 무엇인가.

    2. 그에게 아주 강력한 망령이 있다는 것을 암시해라.

    3. 출국 비자와 관련된 세부사항을 소개해라.

    4. 출국 비자가 릭의 손에 들어오게 하되, 독일 연락병의 죽음에 대해서는 책임이 가지 않도록 해라.

- **전략**

    1. 릭이 자기 집에서 혼자 체스를 두는 모습으로 시작해라.

    2. 힘도 없고 지위도 낮은 유가티가 마치 왕 앞에 선 조신처럼 굽실거리게 해라.

    3. 그것이 무엇인지는 설명하지 말고, 릭이 망령 때문에 깊이 곤혹스러워하고 있다는 것을 암시하며 첫 순간부터 화를 내게 만들어라.

    4. 유가티가 출국 비자에 관련된 상황을 설명하고 릭에게 잠시 안전하게 보관해달라고 부탁하게 해라.

- **욕망** 유가티는 거래가 성사될 때까지 릭이 출국 비자를 보관해 주기를 원한다. 그는 또한 릭이 자신을 존중해 주길 원한다.

- **끝점** 릭은 비자를 맡아주겠다고 하고 유가티를 조금 더 존중해준다.
- **적대자** 릭
- **계획** 유가티는 릭이 우월하다는 것을 인정하고 그와 친구가 되려 한다.
- **고조되는 갈등** 유가티는 릭과 갈등 상황이 생기는 것을 피하고 있다. 그래서 그는 릭이 말로 공격할 때마다 그 공격을 모두 감내한다.
- **반전 혹은 사실발견** 알랑거리는 유가티는 알고 보니 독일 연락병을 두 명이나 죽이고 소중한 출국 비자를 두 개 얻은 사람이었다.
- **도덕적 주장 그리고/혹은 가치** 여기서 두 사람 모두 도덕적이지 않다는 점이 독특하다. 대신 두 사람은 점점 더 심하게 비도덕성에 관한 논쟁을 벌인다. 유가티는 가난한 망명자들의 피를 뽑고 사는 기생충 같은 존재이다. 릭은 유가티가 싸구려 기생충으로 사는 모습에만 못마땅함을 보인다. 그리하여 릭이 유가티가 두 명을 죽이고 비자를 얻었다는 것을 알게 됐을 때, 이 비열한 남자에 대해 오히려 조금 더 존경심을 보인다.

　도덕적 주장에 대한 전략이 두 가지 목표를 달성한다는 것에 주목하자. 이 장면을 통해 관객은 릭에게 심각한 도덕적 결함이 있다는 것과 동시에 그가 멋지고 강력한 사람이라는 것을 알게 된다. 릭은 보통의 주인공처럼 "호감 가는" 인물이 아니다. 그는 신랄하고, 이기적이며, 타인이 자신에 대해 무슨 생각을 하든 개의치 않는다.

　그렇지만 이 장면은 그저 릭이 도덕적 약점과 필요가 있다는 것을 보여주기 위해서만 설계된 게 아니다. 작가들은 어떻게 해서든 릭이라는 인물이 대단한 모순덩어리임을 보여줘야 한다. 그는 냉소적인 기회주의자이지만, 마음 속 깊은 곳 어딘가에는 진정 선함과 품위가 있다. 훌륭한 인물에게는 훌륭한 잠재력이 있듯이, 릭도 마찬가지이다.

　작가들은 깊이 묻혀 있는 이 잠재력을 비열한 유가티를 통해 표현했다. 유가티는 말할 수 없을 만큼 가치가 높은 통행증을 릭에게 건네며 이렇게 말한다. "…나를 경멸한다는 것만 봐도 당신은 내가 믿을 수 있는 유일한 사람이지." 이야기 초반에 나타난 유가티의 신뢰는 그저 도둑들 사이의 경외감일 수도 있다. 그러나 이야기 마지막에 릭이 고결한 사람이 되는 것에 신빙성을 주기 위해 꼭 필요한 토대이다.

◆ **핵심 단어** 가격

이 장면에서는 대화가 많지 않아 한 인물이 한 줄씩 이어간다. 덕분에 이 대화는
농담처럼 들린다. 대화는 매우 센스 넘치고 위트가 가득하다. 릭은 재빠르고 영
리하며, 자신이 재미있는지 신경 쓰지 않으면서 자연스러운 말투로 유쾌하게 다
가온다.

《카사블랑카》

실내. 릭의 카페 아메리카 - 밤

유가티 그거 아냐, 릭. 지금 독일인 은행가를 대하는 걸 보면, 다들 자네가
　　　　평생 이러고 살았다고 생각할 거야.
릭 흠, 아니라고 생각하는 이유는?
유가티 아, 없지. 허. 근데 맨 처음 자네가 카사블랑카에 왔을 때, 내 생각은….
릭 뭐라고 생각했는데?
유가티 하긴 내가 뭘 알겠어.

릭은 체스판 앞에 앉아 혼자 다시 체스를 두기 시작한다.

유가티 앉아도 되나?

유가티가 맞은편에 앉는다.

유가티 그 독일 연락병 두 명은 참 안 됐어, 그렇지?
릭 오히려 잘 된 일이지. 어제까지만 해도 그저 별 볼 일 없었는데 오늘은
　　　영웅대접을 받으며 죽었지 않나.
유가티 이런 말 하는 거 용서하게. 그렇지만 자넨 아주 냉소적이야.
릭 용서해주지.

유가티 음, 고맙군. 나랑 같이 한 잔 하지?

릭 싫어.

유가티 아, 깜빡했네. 자네는 절대 손님과 술을…. 그럼, 내가 자네 몫도 마셔주지. 한 잔 더 주게나.

웨이터 네, 손님.

유가티 자네는 나를 경멸하지, 그렇지?

릭 뭐, 자네에 대해 생각을 해 본 적은 없지만, 굳이 말하자면 그렇지.

유가티 그렇지만 왜? 내가 하는 일이 마음에 안 드나? 그렇지만 내가 도 와주지 않으면 불쌍한 망명자들은 여기서 썩는다는 걸 생각해야지. 뭐 그리 나쁜 일도 아니야. 내 방식대로 그들에게 출국 비자를 얻어다 주는 거니까.

릭 가격이 있잖나, 유가티. 가격이 붙어 있지.

유가티 하지만 르노의 가격에 맞출 수 없는 수많은 사람들을 생각해보라 고. 나는 그 가격의 반으로 해준다니까. 그래도 내가 기생충이야?

릭 기생충을 싫어하는 게 아니야. 싸구려 기생충이라 싫은 거지.

유가티 흠, 릭, 오늘 밤이 지나면 나는 다 정리하고 드디어 카사블랑카를 뜰 거야.

릭 그 비자를 얻겠다고 누구에게 비자금을 줬나? 르노? 아니면 자기 자 신?

유가티 나지. 훨씬 적절한 가격으로 말이야. 이봐, 릭. 이게 뭔지 아나? 자 네도 아마 본 적 없을 거야. 드골 장군이 서명한 통행증이라고. 이 통행증은 취소도 안 되고 갖고 있으면 검문도 안 받아. 오늘 밤 상 상도 못했던 가격으로 이걸 팔 거라고. 그러고 나면? 바이바이 카 사블랑카! 그거 아나, 릭. 나는 카사블랑카에 친구가 많은데, 어찌 된 게 자네는 나를 경멸한단 말이지. 그래서 내가 믿을 수 있는 사 람은 자네뿐이야. 이것 좀 맡아줄 텐가?

릭 얼마동안?

유가티 아, 한 시간 정도, 아니면 좀 더 오래.

릭 밤새 두지는 말라고.

유가티 아, 그 걱정일랑 하지도 말게. 그저 맡아줘. 고마워. 자네는 믿을 수 있다는 거 진작 알았지. 여기, 웨이터! 난 손님을 기다리는 중이니까 누가 찾으면 여기 있다고 알려주게.

웨이터 네, 알겠습니다.

유가티 릭, 이제는 나에 대한 생각이 조금 바뀌었길 바라네. 그럼 이만 내 행운을 가지고 룰렛을 돌려봐야겠어.

릭 잠시만. 어디서 들은 바로는 그 독일 연락병들이 통행증을 갖고 있었 다던데.

유가티 그래? 어, 나도 그 소문 들었지. 불쌍한 친구들.

릭 그래. 자네 말이 맞네, 유가티. 이제 자네에 대한 생각이 좀 바뀌었어.

릭과 루이가 나오는 첫 장면

아직 극의 초반인 이 장면에서, 릭과 경찰서장 루이 르노는 즐거운 대화를 나눈다. 그러다 스트라사 소령이 도착하고 유가티가 체포된다.

◆ **캐릭터 아크에서의 위치** 이 장면은 릭과 루이의 관계가 발전하는 첫 순간이며, 이 관계는 마지막 장면에서 서로를 구원하고 합체하는 것으로 끝난다.

이 장면은 왜 우리가 전체 캐릭터 아크에서의 위치부터 정한 후 장면 구축을 해야 하는지 보여주는 완벽한 예이다. 이것은 영화의 첫 장면이 아니기에, 이야기 흐름 중 하나의 단계로만 보인다. 오직 릭의 캐릭터 아크 중에서도 끝점—자유를 위해 싸우는 투사가 되는 것과 루이와의 우정으로 '합체'하는 것—에서 시작해야 이 것이 전체 캐릭터 아크에서 아주 결정적인 시작 단계라는 것을 알 수 있다.

◆ **문제**

1. 루이가 릭만큼이나 재치 있는 사람임을 보여주어라. 그래야 마지막에 릭과 친구가 되는 것이 타당하게 느껴진다.

2. 루이도 릭처럼 도덕적 필요가 있다는 것을 보여주어라.

3. 릭의 망령에 대해 더 많은 정보를 보여주어라. 특히 이 냉소적이고 딱딱한 남자가 한때는 선했을 뿐만 아니라 영웅적이었다는 것을 알려주는 정보를 제공해라.

◆ **전략**

1. 루이가 릭에게 숨겨진 과거에 대해 질문하게 해라. 그것이 라즐로를 막기 위한 루이의 임무의 일환인 것처럼 가장해라. 이것은 지루하거나 무겁지 않게 주인공에 대해 설명할 수 있는 훌륭한 방법이다. 동시에 릭은 자신이 충분한 보수를 받았다고 말함으로써 지나치게 감상적이거나 이상주의적으로 보이지 않는다.

2. 릭과 루이가 라즐로의 탈출을 놓고 내기를 하게 만들어라. 이것으로 두 남자에게 욕망선을 줄 수 있고, 둘 다 냉소주의와 이기심을 갖고 있다는 것을 보여줄 수 있다. 이 두 가지는 나치를 물리치기 위한 자유 투사의 여정을 돈을 놓고 하는 내기로 바꾸어 놓는다.

3. 라즐로와 일사에 대한 정보를 제공하여 두 사람 모두 이미 좋은 평판을 가지고 등장하게 해라.

4. 프랑스 경찰 서장인 루이와 나치 소령인 스트라사 사이의 복잡하고 혼란스러운 권력 관계에 대해 정보를 제공해라.

◆ **욕망** 루이는 릭의 과거에 대해 더 많은 것을 알기 원한다. 그런 다음 그는 릭에게 라즐로의 탈출을 돕지 말라고 경고한다.

◆ **끝점** 릭은 그에게 아무 말 하지 않을 것이며, 스포츠 관람하는 게 아니라면 라즐로의 탈출에는 관심도 없다고 주장한다.

◆ **적대자 릭**

◆ **계획** 루이는 대놓고 릭의 과거를 묻고, 라즐로를 돕지 말라고 분명하게 말한다.

◆ **고조되는 갈등** 릭과 루이는 라즐로가 탈출할 수 있는가에 대해 서로 반대되는 의견을 보인다. 그러나 릭은 그러한 의견 차이를 내기로 바꾸면서 진짜 갈등을 흐트러트린다.

◆ **반전 혹은 사실발견** 자유를 위한 위대한 투사인 라즐로는 아직 등장하지 않았지만 엄청난 여성과 함께 여행하고 있다. 비정하고 냉소적인 릭 자신도 몇 년 전까지만 해도 자유를 위해 싸웠었다.

◆ **도덕적 주장 그리고/혹은 가치** 다시 한 번 말하지만 이 대화는 도덕적으로 행동하지는 않는 것에 관한 것이다. 그들은 라즐로가 도망가야 하느냐 마느냐가 아닌, 그의 탈출 여부를 놓고 내기를 건다. 실제로 닉은 라즐로를 돕지 않을 것이며, 자신이 에티오피아와 스페인이라는 '옳은' 편을 도왔을 때에도 결코 도덕적인 이유가 아니었

다고 주장한다. 또한 릭은 라즐로가 출국 비자를 하나만 구해 동행인은 카사블랑카에 버리고 갈 것이라 말한다.

이 장면에서 확연히 드러나는 대립은 돈과 사리사욕 vs 로맨스, 옳은 편을 위해 희생하는 싸움이다.

• **핵심 단어** 낭만적, 감상주의자.

다시 말하지만 이 장면에서 두 사람이 나누는 대화는 센스 넘치고 위트가 있다. 루이는 릭이 가진 과거의 망령에 대해서는 묻지 않는다. 그저 이렇게 말할 뿐이다. "교회 헌금이라도 훔쳤나? 상원의원 부인과 바람나 도망쳤나? 아무래도 살인이 더 좋을 것 같은데. 나한테는 그게 낭만적이거든." 릭은 남의 일에 신경 끄라고 말하지 않는다. 그는 이렇게 말한다. "…카사블랑카 물이 좋다는 소리를 들었거든." 루이가 그에게 카사블랑카는 사막이라고 말하자 릭이 답한다. "잘못 들은 게지."

《카사블랑카》

실외. 릭의 카페 아메리카 - 밤

릭은 루이와 함께 술집 밖에 앉아 있다. 멀리 공항에서 이륙한 비행기가 보인다.

르노 리스본으로 가는 비행기로군. 자네도 저기 타고 싶겠지?

릭 왜? 리스본에 뭐가 있길래?

르노 미국으로 갈 수 있잖나. 난 종종 왜 자네가 미국으로 가지 않는지 궁금하단 말이야. 교회 헌금이라도 훔쳤나? 상원의원 부인과 바람나 도망쳤나? 아무래도 살인이 더 좋을 것 같은데. 나한테는 그게 낭만적이거든.

릭 세 가지 다야.

르노 도대체 카사블랑카에는 왜 온 건가?

릭 건강 때문에. 카사블랑카 물이 좋다는 소리를 들었거든.

르노 물이라니? 여긴 사막이야.

릭 잘못 들은 게지.

르노 응?

딜러에 의해 대화가 끊긴다. 이 대화는 위층에 있는 릭의 사무실에서 이어진다.

르노 릭, 라즐로는 절대 미국에 가선 안 돼. 그는 카사블랑카에 있어야 해.

릭 그가 어떻게 해낼지 구경하는 건 재밌겠군.

르노 해내다니, 뭘?

릭 탈출 말이야.

르노 오, 그렇지만 방금 말했잖나….

릭 그만둬. 그는 수용소도 탈출해서 유럽 전체에서 나치가 쫓고 있다고.

르노 추격은 여기서 끝날 걸세.

릭 아니라는 데 이만 프랑 걸지.

르노 진심인가?

릭 방금 이만 잃었으니 이제 벌어야지.

르노 그럼 만으로 하세. 난 부패한 관리지만 가난하거든.

릭 좋아.

르노 그렇게 하지. 그자가 아무리 똑똑하다고 해도, 출국 비자는 꼭 필요한 거니까. 아니, 하나가 아니라 두 개라 필요하겠지.

릭 왜 두 개지?

르노 여자랑 같이 있잖아.

릭 그래도, 자기 것만 챙기겠지.

르노 안 그럴 걸. 난 그 여자를 봤거든. 마르세이유나 오란에서도 데리고 왔으니, 카사블랑카에 두고 떠나진 않을 걸.

릭 자네만큼 로맨틱하지 않을 수도 있지.

르노 상관없어. 그자를 위한 비자 따윈 없을 테니까.

릭 루이, 자네는 왜 내가 라즐로의 탈출을 도울 거라 생각했지?

르노 왜냐하면, 오 릭, 그 냉소적인 껍질 안에는 낭만주의자의 심장이 있
는 것 같아서. 웃고 싶다면 그렇게 해. 하지만 나는 자네 기록을 안다
네. 두 가지만 꼽아 얘기하지. 1935년 에티오피아에 총기를 밀반입
해줬고, 1936년에는 스페인 왕당파 편에서 싸웠어.

릭 두 번 모두 돈을 쏠쏠하게 챙겼지.

르노 승자 쪽에 섰다면 더 두둑하게 벌었을 걸.

릭 그랬을 수도. 어쨌거나 라즐로를 여기 묶어두겠다 단단히 결심한 모양
이야.

르노 명령대로 해야 하니까.

릭 오, 그렇군. 안 하면 게슈타포한테 혼쭐이 날 테니.

르노 오 리키. 자네는 게슈타포의 영향력을 과대평가하고 있어. 난 그들
을 방해하지 않고, 그들도 날 방해하지 않아. 카사블랑카에서는 내
운명의 주인은 나지. 나는 대위….

부관 스트라사 소령님이 오셨습니다.

릭 그래, 그래서 하려던 말은?

르노 이만 가보겠네.

릭과 일사가 재회하는 첫 장면

이것은 일사가 파리에서 릭을 바람 맞춘 후 다시 재회하여 단 둘이만 있
게 된 첫 번째 순간이다. 릭이 파리에서 보냈던 둘만의 시간을 떠올리며 술
은 마신 직후 일사가 술집에 다시 나타난다.

- **캐릭터 아크에서의 위치** 이것은 릭이 일사와의 관계를 발전시키는 첫 단계이다. 그
리하여 이기적인 괴로움을 딛고 대의를 위해 사랑을 희생하는 모습을 보이게 된다.
- **문제** 작가는 릭이 일사에 대한 사랑과 당시 상황에 대해 설명을 듣고 싶어 하는 마
음으로 얼마나 고통스러워하는지를 보여줘야 한다. 그러나 아직은 일사의 입을 통
해 이 커다란 사실발견을 드러내면 안 된다. 이것은 플롯의 가장 중요한 핵심으로 돌
아간다. 그것은 관객에게 정보를 제공하는 방법뿐만 아니라 정보를 쥐고 있는 방법

도 중요하다는 점이다.

◆ 전략

1. 두 인물 모두에게 강렬한 욕망을 주어 그들이 장면 주도를 놓고 경쟁하게 하라.

2. 릭이 일사에 대해 대놓고 하는 비난(이렇게 하면 구차하고 따분해진다.)없이 그녀를 공격하게 하라.

3. 비난을 세련되게 함으로써 릭의 언변을 돋보이게 하는 한 편 일사는 더욱 고통 받게 하라.

4. 서로가 남의 이야기하듯 있었던 일을 거론하게 하고, 각자 자신의 이야기가 맞는다고 우기게 하라.

◆ 욕망 일사는 릭에게 있었던 일을 말하고 싶어 한다. 릭은 일사에게 상처를 주고 싶어 한다.

◆ 끝점 릭은 일사가 왜 그때 사랑을 포기했는지 말할 기회도 주지 않고 쫓아낸다.

◆ 적대자 서로가 서로의 적대자이다.

◆ 계획 일사는 릭에게 직접 얘기하려 한다. 그러나 릭이 방해를 하고, 일사는 상황을 설명하기 위해 이야기를 활용한다.

◆ 고조되는 갈등 릭의 고통이 점점 강해지고, 일사의 인격 대한 그의 공격 역시 더 심해진다.

◆ 반전 혹은 사실발견 일사는 빅터 라즐로에 대한 애정과 그들의 관계를 잘 설명한다. 그러나 릭은 일사가 라즐로를 사랑하지 않는다는 사실발견은 놓치고 만다.

◆ 도덕적 주장 그리고/혹은 가치 두 인물 모두 이 장면을 통해 각자의 도덕적 주장을 펼치지만 그들의 이야기는 계속 엇갈릴 뿐이다. 일사는 새로운 시각으로 마음을 열게 해준 사람, 중요한 업적을 남긴 그 사람을 존경한다고 이야기한다. 릭은 너무나 큰 고통에 그녀의 말을 제대로 듣지도 못하고, 일사가 마치 매춘부처럼 행동했다고 비난한다.

이전에는 도덕성을 모두 무시하던 냉소주의자가 이제는 사랑의 도덕성에 대해 열정적으로 주장하고 있다는 점에 주목하라. 이 모순 덕에 관객은 릭이 매력적이라 생각한다. 그는 냉정함의 제왕이지만 영화 역사상 그 어떤 주인공보다 더 깊이 사랑에 빠진 인물이다.

　이 장면의 대사는 계속 우아함을 잃지 않는다. 릭은 감정적으로 무너졌을 때에도 단어를 신중하게 골라 대단한 재치를 담아 일사를 공격한다. 릭과 일사의 대화는 농담처럼 빠르게 주고받으며 시작된다. 그러다 릭이 자신들에게 있었던 일을 마치 남 이야기 하듯 늘어놓는데, 말이 점차 길어지기 시작한다. "흠. 난 세어봤어. 매일매일을. 그 중 마지막 날은 생생하게 기억하지. 처참한 결말이었으니까. 한 남자가 비를 맞으며 기차역에 서 있지. 얼굴 표정이 아주 우스꽝스러워. 왜냐하면 누군가 내 진심을 걷어찼거든."

　일사는 릭에게 깨달음을 주기 위해 이야기를 시작하려 한다. 이를 위해서는 대사를 길게 해야 한다. 그러나 릭은 그걸 저속한 섹스 이야기로 치부하고 결국 그녀를 쫓아낸다.

　이 장면의 역삼각형에서 끝 지점은 무엇인가? 그것은 릭이 가장 추잡하게 모욕한 부분이다. "말해 봐. 누구 때문에 날 버린 거지? 라즐로였어? 아니면 누구 또 딴 사람이 있었나? 아니면 그런 걸 따지는 사람이 아닌가?"

《카사블랑카》

내부. 릭의 술집 - 밤

릭은 술을 마시고 있다. 일사가 술집으로 들어온다.

일사 릭. 할 얘기가 있어요.
릭 오, 당신이랑 마시려고 첫 잔을 아껴뒀지, 자 받아.
일사 아니, 아니, 릭. 오늘은 아니에요.
릭 오늘이니까 마셔야 돼.
일사 제발 이러지 마요.

릭 뭐 때문에 카사블랑카로 온 거야? 다른 곳도 많은데.

일사 당신이 여기 있는 걸 알았다면 안 왔을 거예요. 믿어줘요, 릭. 정말이에요. 난 몰랐어요.

릭 목소리가 전혀 변하지 않았다니 재밌네. 아직도 귀에 선하거든. "내 사랑 리처드, 당신이라면 어디든 함께 할 거야. 같이 열차에 올라타서 절대 멈추지 않을 거야."

일사 제발 그만. 그만 해요. 릭! 당신 심정 이해해요.

릭 내 심정을 이해한단 말이지. 우리가 얼마 동안 만났지?

일사 안 세어봤어요.

릭 흠. 난 세어봤어. 매일매일을. 그 중 마지막 날은 생생하게 기억하지. 처참한 결말이었으니까. 한 남자가 비를 맞으며 기차역에 서 있지. 얼굴 표정이 아주 우스꽝스러워. 왜냐하면 누군가 내 진심을 걷어찼거든.

일사 내가 이야기 하나 해줘도 될까요, 릭?

릭 거기도 결말이 놀랍나?

일사 나도 결말은 아직 몰라요.

릭 그렇담 해 봐. 하다보면 결말이 나오겠지.

일사 오슬로 집에서 막 파리로 온 한 소녀 이야기예요. 친구의 집에서 한 남자를 만났는데, 평생 이야기를 들어왔던 남자였죠. 아주 위대하고 용기 있는 남자 말이에요. 그는 그녀에게 지식과 생각, 이상으로 가득 찬 아름다운 세상을 열어주었어요. 그녀가 무엇을 알게 되었든, 어떤 사람이 되었든 그건 다 그 사람 덕이었죠. 그래서 그를 우러러보고, 숭배했고, 그게 사랑인가 보다 생각하게 됐어요.

릭 그래. 아주 귀여운 얘기네. 나도 이야기 하나 들은 적이 있지. 사실은 말이야, 여기 있다 보면 이야기를 아주 많이 듣거든. 아래층에서 들리는 작은 피아노 소리를 따라 내려와서는 늘 하는 소리가 이거야. "어렸을 때 남자 한 명을 만났어요." 글쎄, 우리 얘기 두 개 다 재밌지가 않은데. 말해 봐. 누구 때문에 날 버린 거지? 라즐로였어? 아니면 누구 또 딴 사람이 있었나? 아니면 그런 걸 따지는 사람이 아닌가?

일사가 걸어 나간다.

릭과 루이가 함께 있는 마지막 장면

《카사블랑카》의 마지막 장면은 영화 역사상 가장 유명한 장면으로 꼽힌다. 릭은 일사에 대한 사랑을 희생하며 그녀가 남편 빅터 라즐로를 도울 수 있게 함께 떠나보낸다. 이제 그는 과거의 적대자이자 한편으로는 잘 통하는 루이를 대면해야 한다.

• **캐릭터 아크에서의 위치**

　1. 이 부분은 릭이 자유를 위해 투사이자 애국자가 되기로 결심한 캐릭터 아크의 끝부분이다.

　2. 구조적으로, 이 장면은 릭뿐만 아니라 루이도 인물 변화를 겪는 이중 전환을 갖고 있다.

　3. 릭과 루이가 친구로 '합체'하는 관계의 끝점이다.

• **문제**

　1. 마지막 장면에 가장 극적인 효과를 줄 수 있는 방법은 무엇인가?

　2. 두 인물이 보이는 거대한 변화를 신빙성 있고 지루하지 않게 제시할 수 있는 방법은 무엇인가?

• **전략**

　1. 루이의 변화를 끝까지 숨긴 뒤 맨 마지막에 가서야 그 둘이 친구로서 팀을 이루게 하라.

　2. 릭과 그의 동등한 친구가 모두 깨달음을 얻을 수 있게 이중 전환을 사용하되, 그들이 가진 냉철한 기회주의는 그대로 유지하라. 그러기 위해서는 그들이 하는 내기로 돌아가면 된다. 이를 통해 두 남자는 도덕적으로 큰 전환을 맞으면서도 터프가이의 특성을 유지하여 지나치게 감상적이 되는 걸 피할 수 있다.

• **욕망**　루이는 릭과 함께 싸우며 멋진 우정을 시작하고 싶어 한다.

• **끝점**　릭은 여정에 루이가 함께 하는 걸 환영한다.

• **적대자**　릭의 탈출과 내기를 놓고 봤을 때 릭과 루이는 여전히 서로에게 적대자로 보

인다. 그러나 그것은 오직 루이가 그렇게 보이게 했을 뿐이다.

- **계획** 루이는 자신의 진짜 의도를 숨기고 여전히 릭에게 출국 비자나 내기 문제로 그를 곤란에 빠뜨릴 수 있는 것처럼 보이게 한다.
- **고조되는 갈등** 둘은 닉의 탈출과 루이가 닉에게 줘야 하는 돈을 놓고 협상한다. 그러나 루이는 우정으로 갈음하는 멋진 해결책을 내놓는다.
- **반전 혹은 사실발견** 루이는 릭을 체포하지 않을 것이고, 오히려 그와 함께 할 것이다. 그러기 위해서는 릭이 자신이 딴 만 프랑을 없던 일로 해야 한다.
- **도덕적 주장 그리고/혹은 가치** 둘 모두 이제는 애국자가 되어야 할 때라는 점을 받아들인다. 그러나 돈을 아예 잊은 것도 아니다.
- **핵심 단어** 애국자, 우정.

이 마지막 장면은 이야기 전체와 이 장면의 끝점으로 수렴된다. 그것은 바로 우정이다. 릭은 비록 진정한 사랑을 잃었지만, 그 대신 자신과 비슷한 멋진 친구를 얻게 되었다. 이 장면은 루이가 세련된 방식으로 릭의 새로운 도덕적 행동에 동참하여 큰 반전을 보여주도록 구성되어 있다. 둘이 주고받는 대사는 지금까지 그래왔듯 재치 있고 세련되었다. 그들이 노력하지 않고도 그런 대사를 주고받음으로 멋진 장면이 탄생했다.

대사에서 주목해야 할 것이 또 하나 있다. 매우 재치 있는 와중에도 패밀도가 높다는 점이다. 작가들은 짧은 대사 몇 줄에 놀라운 전환을 담아내 관객에게 엄청난 영향을 미쳤다. 릭이 숭고한 일을 한다. 둘은 대사를 한 번씩 친 후, 루이가 비시 물병Vichy water과 그것이 상징하는 것을 쓰레기통에 버림으로써 숭고한 일을 한다. 루이는 릭의 탈출에 관해 거래를 제안한다. 단 세 줄의 대사. 릭은 그것을 다시 내기 얘기로 돌린다. 세 줄의 대사. 루이는 탈출과 내기를 하나로 합친다. 한 줄의 대사. 릭은 무슨 일이 생긴 건지 깨닫는다. 그리고 마지막 대사는 영원한 우정을 의미한다. 이 일련의 조합은 영화의 맨 마지막 장면에서 커다란 충격을 만들어 낸다. 분명 이 작가들은 이야기의 마지막 90초에 대한 체호프의 규칙을 실행에 옮기는 법을 확실히 이해하고 있었다.

《카사블랑카》

실외. 공항 - 밤

르노 흠, 릭, 자네가 감상주의자인 줄은 알았지만, 이제 애국자까지 됐군.
릭 어쩌면. 딱 적기인 것 같아서 말이지.
르노 그 말이 맞는 것 같네.

르노는 비시 물병을 쓰레기통에 버린다. 릭과 르노는 비행기가 이륙해 안개 속으로 사라지는 모습을 지켜본다. 그들은 함께 걸어 나간다.

르노 아무래도 자네는 한동안 카사블랑카를 떠나 있는 게 좋을 것 같아. 브라자빌에 프랑스 수비대가 있어. 거기까지 가는 건 내가 도와줄 수 있어.
릭 내 통행증을 만들어준다고? 그걸로 여행도 괜찮을 것 같은데. 그렇다고 해서 우리 내기가 달라지는 건 아니야. 아직도 만 프랑 나한테 빚진 게 있다고.
르노 그 돈은 우리 경비로 써야지.
릭 우리라고?
르노 응.
릭 루이, 아무래도 우리의 아름다운 우정이 시작될 것만 같은데.

대부

소설 마리오 푸조 ▪ 1969년 / **각본** 마리오 푸조, 프란시스 포드 코폴라 ▪ 1972년

《대부》의 작가들이 이 위대한 영화의 장면을 어떻게 구축했고 대사를 어떻게 썼는지 보기 위해서는 좀 더 거시적인 안목으로 전체 이야기를 봐야

한다. 작가들이 영화가 진행되는 동안 보여주고자 했던 이야기 전략 혹은 과정은 다음의 것으로 설명된다.

1. 한 명의 왕에서 그 다음 세대로 이어지는 권력의 이양
2. 왕이 되기 위해 애쓰는 서로 다른 성격의 세 아들
3. 공격을 받은 가족은 생존과 승리를 위해 반격해야 한다는 점

그렇다면 이제 작가들이 이야기가 진행되는 동안 작가들이 보여주고자 하는 몇 가지 큰 주제 패턴을 살펴보자. 첫 번째는 정체성의 패턴이다. 우리한테는 다르게 보일 수 있지만, 작가들은 더 근본적인 수준에서 봤을 때 이야기 요소는 결국 동일하다는 것을 보여주고자 했다. 가장 중요한 세 가지 요소는 다음과 같다.

- 사업체로서의 마피아 가문
- 군대로서의 마피아 가문
- 불경한 것이 신성한 것이며, 신성한 것이 불경한 것. 이들에게 '신'은 악마다.

다음으로, 우리는 반대되는 패턴, 작가가 대조하고 대립시키는 핵심 요소에 초점을 맞춰야 한다. 주요 대립 패턴은 다음과 같다.

- 가족 vs 법
- 가족, 개인의 정의 vs 미국법의 정의
- 이민자의 미국 vs 주류 엘리트의 미국
- 남자 vs 여자

장면 집필 과정에 있어서, 이러한 장면을 작성할 때 취해야 할 마지막 단계는 이야기 전체에서 충돌할 가치와 상징, 혹은 핵심 단어를 명확히 하는 것이다. 전체 이야기를 살펴봐야만 어떤 사물이나 이미지가 중심이 되고

이야기에 유기성을 가지고 연결되어 있는지 알 수 있다. 그런 다음 반복을 통해 정리하고 강조할 수 있다(504쪽 '트랙 3' 참고). 《대부》에서, 이러한 가치와 상징은 크게 두 가지 무리로 나눌 수 있다.

–명예, 가족, 사업, 외양, 범죄 vs 자유, 나라, 도덕적 행동, 법에 따른 행동

오프닝 장면

보통의 작가가 《대부》를 썼다면, 이 거대하고 폭력적인 이야기를 시작하기 위해 플롯 장면으로 시작했을 것이고 플롯을 시작하기 위해 이야기 대사(501쪽 '트랙 1' 참고)로만 장면을 채웠을 것이다. 그러나 마리오 푸조와 프란시스 코폴라는 보통의 작가가 아니었다. 그들은 이야기와 장면 모두에 역삼각형의 원리를 적용했다. 오프닝 장면에서 전형적인 대부의 경험을 창조했고, 그 오프닝 장면이 전체 이야기의 윤곽을 잡은 뒤 마지막에 한 지점으로 수렴하게 했다.

이야기의 첫 장면

- **캐릭터 아크에서의 위치** 이 이야기는 한 왕의 종말과 다음 왕의 등장을 보여주기 때문에 오프닝 장면에는 새로운 왕(마이클)의 시작점이 드러나지 않는다. 현재의 왕(돈 꼴레오네)에서 시작하여 그와 그의 후계자가 실제 저지르는 일을 보여줄 뿐이다.
- **문제** 민주주의 국가에서 '왕'에 대한 이야기를 하려면 오프닝 장면에서 많은 것을

이루어야 한다.

1. 대부를 소개하고, 그가 무엇을 하는지 보아라.

2. 이 독특한 마피아 시스템이 어떻게 작동하는지 알아보아라. 거기에는 인물의 서열, 마피아의 조직과 운영에 관련된 규칙이 포함된다.

3. 관객에게 이야기의 범위가 얼마나 장대한지 알게 하여 이야기의 주요 주제인 이 가족의 세계는 그저 경멸할 수 있는 고립집단이 아니라 국가를 상징한다는 점을 즉각 알아차리게 하라.

4. 작가가 이야기를 통해 엮어내고자 하는 정체성과 대립의 주제 패턴을 몇 가지 소개하라.

◆ **전략**

1. 자신의 고유한 영역에서 판사 역할 및 권력을 행사하는 대부를 보여줌으로써 그동안 쌓은 전형적인 대부의 경력에서 시작하라.

2. 이 본질적인 대부 장면을 더 크고 복잡한 이야기 세계, 즉 결혼식 안에 배치하라. 결혼식을 통해 이 시스템에 포함된 모든 인물이 모이고 가족이라는 중심 요소가 강조된다.

◆ **욕망** 보나세라는 돈 꼴레오네가 자신의 딸을 구타한 자들을 죽여주길 원한다. 보나세라는 이 세계에서 비중이 아주 적은 인물이다. 마피아 시스템에 대해 아는 것도 없다. 그러니 그 역시 관객과 다름없다. 작가들은 그가 극을 이끌어 감으로써, 관객들이 그 체계를 함께 배우도록, 또한 이 세계 안으로 들어가 연결된다는 것이 어떤 느낌일지 가늠하게 한다. 한편, 그의 전체 이름을 풀이하면 "굿 이브닝, 아메리카"이다.

◆ **끝점** 보나세라는 돈 꼴레오네가 놓은 덫에 걸린다.

◆ **적대자** 돈 꼴레오네.

◆ **계획** 보나세라는 돈 꼴레오네에게 두 사람을 죽여 달라고 부탁하고, 얼마면 되느냐고 질문함으로써 직접적 계획을 사용한다. 그러나 이러한 직접적 계획은 결과는 "싫다"는 거절이었다.

자신의 거미줄에 또 한 사람을 유인하기 위해 돈 꼴레오네는 간접적 계획을 사용한다. 그리하여 과거 보나세라가 자신을 대한 방식에 죄책감을 느끼게 만들었다.

◆ **고조되는 갈등** 보나세라가 자신에게 보였던 모욕에 화가 난 돈 꼴레오네는 그의 요

청을 거절한다. 그러나 이 장면의 갈등에는 한계가 있다. 돈 꼴레오네는 전능하고 보나세라는 바보가 아니기 때문이다.

- **반전 혹은 사실발견** 돈 꼴레오네와 보나세라는 협상을 맺는다. 관객들은 지금 막 보나세라가 악마와 계약을 맺었다는 사실을 깨닫는다.
- **도덕적 주장 그리고/혹은 가치** 보나세라는 돈 꼴레오네에게 자신의 딸을 폭행한 두 사람을 죽여 달라고 부탁한다. 돈 꼴레오네는 그것은 정의가 아니라 말한다. 그런 다음 그는 보나세라가 자신을 무시하고 무례하게 대했다고 말하면서 도덕적 주장의 대상을 교묘하게 보나세라에게로 돌린다.
- **핵심 단어** 존경, 친구, 정의, 대부.

《대부》의 오프닝 장면은 훌륭한 대사는 왜 단선의 멜로디가 아닌 교향곡인지를 명확하게 보여준다. 이 장면이 단순히 이야기 대사(501쪽 '트랙 1' 참고)로만 이루어졌다면, 길이는 반으로 짧아지고 품질은 십분의 일로 떨어졌을 것이다. 대신 작가들은 세 가지 대사를 동시에 엮었고, 장면은 걸작이 되었다.

이 장면의 끝점은 보나세라가 악마와 거래를 맺으며 "대부님"이라는 단어를 말하는 지점이다. 이 장면의 시작에 나오면서 전체 이야기의 윤곽을 잡는 대사는 "나는 미국을 믿습니다."이다. 이것은 하나의 가치로 관객에게 두 가지를 알려준다. 그들은 이제 거대한 서사를 경험하게 될 것이며, 이야기가 말하고자 하는 바는 성공에 이르는 방식이라는 점 말이다.

이 장면은 어떤 곳인지 설명이 거의 없는 장소에서 독백을 하는 것으로 시작된다. 보나세라의 독백은 그저 딸의 슬픈 이야기(501쪽 '트랙 1' 참고)만을 전하지 않는다. 거기에는 자유, 명예, 정의(503쪽 '트랙 2', 504쪽 '트랙 3' 참고) 같은 가치와 핵심 단어가 가득하다. 돈 꼴레오네는 약간 도덕적으로 그를 공격하여 보나세라가 방어막을 치게 만든다. 그 후 돈 꼴레오네는 재판관처럼 그에게 판결을 내린다.

이 순간, 특히 정의가 무엇인지에 대해 도덕적 논쟁을 나눌 때에는 서로 의견이 엇갈리면서 빠른 공방이 펼쳐진다. 그리고 관객 역할을 맡은 보나세라는 시스템의 규칙을 모르기 때문에 실수를 저지른다. 이 세계에서 대가를 지불한다는 것의 의미가 무엇인지 제대로 이해하지 못했기 때문이다.

바로 이때, 장면이 전환하고 돈 꼴레오네가 극을 이끌어간다. 그는 보나세라를 자신의 노예로 만들 작정으로 존경, 우정, 신의 등의 가치를 들먹이며 도덕적 주장을 펼친다. 돈 꼴레오네는 단순히 보나세라와의 우정을 원한다고 말하지만, 보나세라는 돈 꼴레오네가 간접적 계획을 사용하고 있다는 것을, 그리하여 그의 진정한 목표가 무엇인지 알아챈다. 그는 머리를 숙이고 이 장면의 핵심 단어인 "대부님"을 입 밖에 낸다. 그리고 곧 이 장면의 마지막 대사이자 가장 중요한 대사가 이어진다. "언젠가, 그런 날이 오지 않을 수도 있겠지만, 자네도 내 부탁을 들어줘야 할 거야."

이 대사는 악마와 파우스트와 맺은 계약과 같은 형식을 띠고 있다. 대부와 악마가 겹치는 것이다. 신성한 것이 불경한 것이다. 이렇게 장면은 막을 내린다. 펑!

그럼 탁월한 오프닝 장면을 살펴보자. 심포닉 대화가 어떻게 이뤄지는지 정확히 보여주기 위해 세 가지 선을 사용하려 한다. 이야기 대사(501쪽 '트랙 1' 참고)은 실선, 도덕적 대사 및 가치(503쪽 '트랙 2' 참고)는 점선, 그리고 핵심 단어(504쪽 '트랙 3' 참고)는 겹선이다. 보통의 작가가 오직 이야기 대사만을 이용해 이 장면을 썼다면 그 분량이 얼마나 짧아졌을지 주목하라.

《대부》

내부. 낮: 돈 꼴레오네의 사무실(1945년 여름)

검은 바탕 위, 파라마운트 로고가 준엄하게 모습을 드러낸다. 약간의 시간이 흐른 후 짧은 단어가 흰 글씨로 나온다.

대부

그 글씨가 사라지기 전, 목소리가 들린다. "저는 미국을 믿습니다." ('미국'이라는 단어도 핵심 단어가 될 수 있다. 그러나 아직 첫 대사이기 때문에 관객은 그 점을 알 수가 없다.) 갑자기 클로즈업 된 장면 속에 검은 정장을 입은 육십 대의 남자 아메리고 보나세라가 곧 폭발할 듯 매우 격양된 모습으로 나타난다.

보나세라 미국은 저를 부자로 만들어주었습니다.
그가 말하는 동안 화면은 미세하게 뒤로 물러나기 시작한다.

보나세라 제 딸도 미국식으로 키웠어요. 딸에게 자유를 주었지만, 절대 가족의 이름에 불명예를 안기지 말라고 가르쳤죠. 딸은 남자 친구를 사귀었습니다. 이탈리아 사람이 아니었어요. 그 친구랑 영화도 보고 가고, 늦게까지 놀다 들어왔죠. 두 달 전, 그 친구가 또 한 명을 데리고 딸에게 드라이브를 시켜줬어요. 딸에게 위스키를 먹이고는 겁탈하려고 했습니다. 딸애는 저항했습니다. 자신의 명예를 지키려고요. 그랬더니 그들이 우리 애를 개 패듯이 때렸어요. 병원에 가보니 애는 코가 부러졌고, 턱뼈는 박살이 나서 철사를 심어놓았더군요. 애는 아파서 울지도 못하고요.

그가 겨우 말을 잇는다. 이제 흐느끼고 있다.

보나세라 저는 경찰서에 갔습니다. 선량한 미국시민이니까요. 그 두 녀석은 체포되어 재판에 넘겨졌지요. 판사는 3년형에 집행유예를 선고했습니다. 집행유예라니요! 놈들은 그날 바로 풀려났어요. 저는 바보처럼 법정에 서 있었습니다. 그 나쁜 놈들이 저를 보고 비웃더라고요. 그때 아내에게 말했습니다. 정의를 위해서 대부에게 가야한다고 말입니다.

이제 화면이 전경을 비추며 돈 꼴레오네의 집에 있는 사무실이 보인다.

블라인드는 내려져있고, 어두운 방에 블라인드의 그림자가 보인다. 돈 꼴레오네의 어깨 너머로 보나세라가 보인다. 근처 작은 탁자에는 톰 헤이건이 앉아 서류를 살펴보고 있다. 소니 꼴레오네는 아버지 근처에 있는 창문가에서 와인을 홀짝이며 초조해하고 있다. 밖에서부터 음악과 웃음소리, 많은 이들의 목소리가 들려온다.

돈 꼴레오네 보나세라, 우리는 오랜 시간 알고 지냈지. 그렇지만 도움을 청하러 온 건 처음인 것 같네. 커피라도 한 잔 하자고 나를 초대한 게 언제였는지 기억도 안 나는데…. 심지어 부인들끼리 친한데도 말일세.

보나세라 원하는 게 뭡니까? 원하는 건 다 드릴테니, 제 부탁만 좀 들어주세요!

돈 꼴레오네 그래서 부탁이라는 게?

보나세라가 돈 꼴레오네의 귀에 무언가를 속삭인다.

돈 꼴레오네 아니. 그건 너무 과한 부탁인데.

보나세라 정의를 위해 해달라는 겁니다.

돈 꼴레오네 정의는 법정에서 실현되었잖나.

보나세라 눈에는 눈!

돈 꼴레오네 하지만 자네 딸은 버젓이 살아 있는데.

보나세라 그럼 딸이 받은 고통만큼 그들에게 고대로 돌려주시오. 얼마면 되겠습니까?

헤이건과 소니 둘 다 이 말에 반응을 보인다.

돈 꼴레오네 자네는 진짜 친구와 함께 자신을 보호할 생각을 한 적이 없지. 미국인만 되면 다 된다고 생각한 걸세. 맞아, 경찰이 지켜주고, 법원도 있으니, 나 같은 친구는 필요 없겠지. 그런데 이제 와서는 나한테 돈 꼴레오네, 정의를 실현해야 합니다라고 말하고 있다니. 그러는 자네는 나에게 존경심이나 우정을 보이지도 않았어. 나를 대부라고 부르지도 않았고. 그런데 내 딸 결혼식 날 우리 집에 와서는 사람을 죽여 달라고 부탁하다니, 그것도 돈을 받는 대가로 말이야.

보나세라 그동안 미국은 저에게 좋은 곳이었습니다….

돈 꼴레오네 그렇다면 판사가 내린 정의를 받아들이게, 달면서도 쓰겠지만. 보나세라, 만일 당신이 우정으로, 신의를 갖고 나를 찾아왔다면, 당신의 적은 나의 적이 되었을 걸세. 내 말을 믿어. 그랬다면 그들은 당신을 두려워했겠지….

보나세라는 천천히 고개를 숙이고는 나직이 읊조린다.

보나세라 친구가 되어 주십시오.

돈 꼴레오네 좋아. 그렇담 내가 정의를 되찾아주지.

보나세라 대부님.

돈 꼴레오네 언젠가, 그런 날이 오지 않을 수도 있겠지만, 자네도 내 부탁을 들어줘야 할 거야.

마이클이 솔로쪼와 경찰 서장을 죽이겠다고 제안하는 장면

이 장면은 마이클이 재치 있는 순발력과 강인한 정신력으로 병원에서 암살당할 뻔한 아버지를 구한 직후에 이어진다. 이 장면에서 마이클은 가족에게 돌아와 위기 상황에 대처하는 능력을 보여줌으로써 새로운 대부가 되기 위한 첫 걸음을 내딛는다.

- **캐릭터 아크에서의 위치** 이것은 마이클이 무자비한 대부가 되기 위해 밟아야 하는 단계로, 그는 이 지점에서 가문의 적을 물리칠 계획을 세우게 된다.
- **문제** 마이클은 가장 말단에 있어 발언조차 허용되지 않았던 사람이었다. 그런 그가 어떤 식으로 전략을 구축하는 모습을 보여야 대부처럼 행동하기 시작했다는 것을 그럴싸하게 보여줄 수 있는가.

◆ **전략**

1. 현재 대부처럼 행동하는 소니가 잘못된 판단을 내리고, 오히려 마이클이 제대로 된 판단을 내리게 하라.

2. 대부 역할에 대한 두 가지 상반된 (소니와 톰의) 접근 방식이 무승부로 결론이 나고 결국 둘 다 틀렸다는 것을 보여줘라.

이 장면은 이런 식으로 진행된다. 마이클을 일단 자신을 "미키"라고 부르지 못하게 한다. 그는 형들이 싸우다 비기게 내버려둔다. 그리고 가장 좋은 답을 제시한다.

◆ **욕망** 소니는 솔로쪼의 제안을 어떻게 처리해야 할지 알고 싶어 한다. 이 장면의 나머지 절반 동안, 마이클은 모든 이에게 자신이 더 나은 방안을 갖고 있다고 설득하고 싶어 한다.

◆ **끝점** 마이클은 좋은 계획을 떠올리고, 솔로쪼와 경찰 서장을 죽이는 일은 사업이라고 주장하며 대부로서의 면모를 보인다.

◆ **적대자 톰.**

◆ **계획** 소니와 톰은 둘 다 직접적 주장을 사용한다. 권모술수에 능한 마이클은 다른 두 사람이 먼저 말하게 두고 듣다가 거기서 결점을 찾아내는 간접적 계획을 사용한다. 그런 뒤에는 고도로 논리적이고, 사업상 유리하며, 도덕이란 전혀 찾아볼 수 없는 주장을 하며 직접적 계획을 사용한다.

◆ **고조되는 갈등** 전쟁을 일으키려는 소니의 노력이 좌절되자 소니와 톰 사이의 갈등이 고조된다.

◆ **반전 혹은 사실발견** 마이클은 솔로쪼와 경찰 서장을 죽이겠다는 계획을 생각해낸다.

◆ **도덕적 주장 그리고/혹은 가치** 이 장면에서 눈여겨볼 점은 여기에 도덕적 주장은 전혀 없다는 사실이다. 얘기는 모두 전략에 관한 것이다. 여기서의 갈등이란 무엇이 옳은가가 아닌, 무엇이 영리한가이다.

그러나 분명히 대립을 이루는 가치가 존재한다. 기저에 깔린 대립은 다음과 같다.

— 소니=힘, 복수, 살해, 전쟁 vs. 톰=사업, 대화, 협상, 돈

핵심 단어 사업, 그리고 펀치 라인. "개인적인 감정은 없어, 전적으로 사업일 뿐이야."

이 장면의 대화는 마이클이 말하는 핵심 문장으로 마무리된다. "개인적인 감정은 없어, 소니 형. 전적으로 사업일 뿐이야." 이것은 이 이야기의 펀치라인이며 대부

세계의 중심 가치이자 자신들의 일을 정당화하는 방식이다. 역설적으로, 이것은 소니가 대부에 적합하지 않은 이유를 보여준다.

이 장면에서는 줄곧 계획을 가지고 싸운다. 그리하여 초반에는 소니와 톰이 빠르게 말을 주고받는다. 그런 다음 톰은 좀 더 자세하게 주장하기 위해 긴 대사를 친다. 소니는 그 주장이 설득력 있다고 생각해 "기다려보자고."라며 마무리한다. 그러나 이것은 잘못된 결정이었다.

마이클이 이끌어가는 나머지 장면에서 그는 좀 더 나은 계획을 펼친다. 그 역시 자세한 주장을 위해 긴 대사를 치고 있다는 점에 주목하자. 그저 그런 작가였다면 마이클이 "내가 그 둘을 모두 처치하지."라는 대사로 시작하여 그 다음에야 자세한 계획을 설명하게 만들었을 것이다. 그러나 《대부》의 작가들은 독백은 물론 장면과 이야기에서 핵심 대사와 단어가 마지막에 나오는 역삼각형의 힘을 잘 알고 있었다. 그래서 마이클의 마지막 문장 "그럼 내가 둘을 모두 처치하지."는 전문 킬러들마저도 실소하게 만들 정도로 강력한 극적 효과를 만들어냈다.

소니는 마이클의 놀라운 제안(과 자기발견)을 듣고 지금까지 마이클이 보여준 인물 변화를 요약하는 대사를 내뱉는다. "네가? 고매하신 대학생 꼬마가? 집안일에는 얽히기 싫다고 했던 게 언젠데. 그랬는데 이제는 한대 맞았다고 경찰 서장을 총으로 쏴 죽이겠다니." 그런 다음 펀치라인을 말한다. "얘가 개인적인 감정으로 받아들이고 있네. 이건 그냥 사업인데 감정적으로 굴면 안 되지." 소니는 이런 식으로 마이클을 자기 아래에 두고 가업에 손을 대지 못하게 한다.

마이클은 논쟁을 벌이며 이 장면을 마무리한다. 모든 것은 펀치라인을 사용하며 끝점으로 향한다. 그러나 이번에 그 대사를 하는 사람은 마이클이다. 이 대사는 마이클 자신이 그 방에 있는 누구보다도 그 말을 믿으며, 몸 속 깊이 받아들였다는 것을 보여준다.

《대부》

실내. 낮: 돈 꼴레오네의 사무실(1945년 겨울)
소니가 돈 꼴레오네의 사무실에 있다. 그는 흥분했고 혈기왕성하다.

소니 이봐, 똘마니 백 명이 24시간 길거리에서 망을 보고 있어. 솔로쪼가
 엉덩이라도 들이밀었다 치면 바로 죽는 거야.

그는 마이클을 바라본다. 장난을 치듯 붕대 감은 얼굴을 손으로 감싼다.

소니 미키, 예쁜데!
마이클 시끄러워.
소니 튀르키에 놈이 할 말이 있대! 개자식 뻔뻔하기도 하지. 어제 그딴 식
 으로 해놓고 오늘 만나자니.
헤이건 그래서 어쩌자는데?
소니 마이클을 보내서 자기 제안을 듣게 하래. 들으면 거절할 수 없을 만
 큼 좋은 제안이라나.
헤이건 브루노 타탈리아는 어쩌겠대?
소니 제안에 그것도 포함되어 있어. 아버지께 한 짓을 상쇄하겠다며.
헤이건 소니, 그들이 뭐라고 할지 들어봐야 해.
소니 아니. 나한테 이래라저래라 하지 마. 이번만큼은 아니야. 만남이고
 대화고, 솔로쪼의 계략이고 뭐고 다 끝이야. 그들한테 이렇게 전해.
 내가 솔로쪼를 원한다고. 그게 아니면 전쟁이라고. 한 판 붙는 거야.
헤이건 전쟁이 터지면 다른 가문들도 가만히 있지 않을 걸.
소니 그러니까 솔로쪼를 내놓겠지.
헤이건 네 아버지가 그 생각을 좋아하실까? 개인적인 감정으로 받아들이
 지 마, 이건 사업이야.
소니 그들이 내 아버지를 쐈어. 사업 같은 소리 하고 있네.
헤이건 네 아버지를 쏜 것도 사업이라니까, 감정이 있어서 저지른 일이 아
 니야.
소니 그럼 사업이라는 걸 손봐야겠네. 미봉책은 사양할게, 톰. 그저 이기

게 해달라고, 알겠어?

헤이건이 고개를 숙인다. 매우 걱정하고 있다.

헤이건 마이크의 턱을 박살낸 그 경찰서장 맥클러스키가 누군지 알아봤
어. 확실히 솔로쪼한테 큰돈을 받고 매수가 됐더군. 솔로쪼의 보디
가드가 된 거지. 소니, 네가 알아야할 게 있어. 이렇게 솔로쪼가 보
호받는 이상, 그를 칠 방법은 없어. 뉴욕 경찰서장한테 총을 겨눌 사
람은 아무도 없을 테니까. 절대로. 그렇게 되면 완전 난리날 거야.
다섯 가문 모두가 소니 너를 쫓을 거고, 꼴레오네 가문이 끝장나는
거지. 대부님의 정계 보호막마저 사라질 위기라고. 그러니까… 이
런 것들을 다 염두에 둬.

소니 기다려보자고.

마이클 기다릴 일이 아니야. 솔로쪼가 무슨 제안을 했든 간에, 어떻게 해
서든 아버지를 죽일 방법을 찾아낼 거야. 솔로쪼를 지금 당장 잡아
야 해.

클레멘자 마이크 말이 맞아.

소니 그럼 맥클러스키는? 그 경찰서장은 어쩌고?

마이클이 멈추라는 손짓을 해 보인다.

마이클 그들이 나한테 솔로쪼랑 의논을 하라고 했다잖아. 약속을 잡아. 소
니 형, 정보원들 시켜서 아디가 좋을지 알아보라고 해. 술집이나 식
당 같이 내가 마음 놓을 수 있는 공공장소로 정하라고 하고. 그 경
찰서장이든 솔로쪼든 내 몸수색을 할 테니 무기는 못 가지고 갈 거
야. 그렇지만 클레멘자가 내가 있을 만한 곳에 하나 심어주면 괜찮
겠지. (잠시 멈춤) 그럼 내가 둘을 모두 처치하지.

방 안에 있는 모두가 놀란다. 그들 모두가 마이클을 쳐다본다. 침묵. 소니
가 갑자기 웃음을 터트린다. 그는 마이클에게 손가락질을 하고 겨우 말을
시작한다.

소니 네가? 고매하신 대학생 꼬마가? 집안일에는 얽히기 싫다고 했던 게 언젠데. 그랬는데 이제는 한대 맞았다고 경찰 서장을 총으로 쏴 죽이겠다니. (헤이건을 보고 웃으며) 얘가 개인적인 감정으로 받아들이고 있네. 이건 그냥 사업인데 감정적으로 굴면 안 되지.

클레멘자와 테시오가 미소를 짓는다. 여기서 심각한 것은 헤이건뿐이다.

마이클 (냉정하게) 경찰은 죽이면 안 된다는 말이 어디 있는지, 있으면 가져와 봐. (잠시 멈췄다가) 그것도 부패한 경찰인데. 부정한 돈벌이에 휘말린 비리 경찰이 당할 짓을 한 거야. 다른 사기꾼들과 다를 바 없지. 우리 쪽 기자도 있잖아, 안 그래 톰?

헤이건이 끄덕인다.

마이클 (돈 꼴레오네처럼 미소를 지으며) 이런 종류의 얘기라면 환장할 걸.
헤이건 (동의하지만 약간은 소름끼쳐하며) 그럴 수도. 그럴 수도 있겠네.

아무도 말을 않는다. 아무도 웃지 않는다. 그들 모두는 마이클만 바라본다.

마이클 개인적인 감정은 없어, 소니 형. 전적으로 사업일 뿐이야.

클로징 장면

전체 이야기에서 역삼각형의 끝점에 해당하는 이 장면은 코니가 마이클에게 살인과 대관식에 대해 혐의를 제기하는 '재판'이다. 클로징 장면은 오프닝 장면과 대응한다. 악마와의 협정으로 끝난 전형적인 대부의 경험은, 이제 새로운 악마를 왕으로 즉위시킨다.

이야기

마지막 장면

- **캐릭터 아크에서의 위치** 마이클은 대부 자리에 오르는 시점에 여동생으로부터 살인자라는 비난을 듣는다. 마이클은 또한 케이와의 결혼 생활을 회복할 수 없을 정도로 망치면서 결혼에서도 일종의 끝점에 도달한다.
- **문제** 마이클에 대한 도덕적 비난이 제기되지만 그는 이것을 받아들이지 않아야 한다.
- **전략** 그 비난을 코니가 하게 하라. 그러나 여자가 히스테리를 부리는 것이라 치부되게 하라.

  마이클이 자기발견을 하지 않고, 대신 케이가 느끼게 하라. 그러나 케이가 코니의 말 때문이 아닌, 자신이 직접 남편을 보고 느끼는 것으로 만들라.
- **욕망** 코니는 마이클이 자신의 남편 카를로를 죽인 것에 대해 비난하고 싶어 한다.
- **끝점** 케이의 눈앞에서 문이 닫힌다.
- **적대자** 마이클, 케이.
- **계획** 코니는 모두 앞에서 남편의 살인에 대해 마이클을 비난하며 직접적인 계획을 사용한다.
- **고조되는 갈등** 갈등은 매우 극심한 수준에서 시작된 뒤 마지막에 소멸된다.
- **반전 혹은 사실발견** 마이클은 케이에게 거짓말을 한다. 케이는 마이클이 어떤 사람이 되었는지 깨닫는다.
- **도덕적 주장 그리고/혹은 가치** 코니는 마이클에게 여동생 따위 안중에도 없는 냉혈한 살인자라고 주장한다. 마이클은 코니에게 아무런 말을 하지 않는다. 대신 동생이 아프고 히스테리를 부려 의사를 불러야겠다는 등의 말을 늘어놓으며 그녀의

비난을 무시한다. 그런 뒤에는 여동생의 비난에 대해 케이에게도 아무것도 아니라 거짓말한다.

◆ **핵심 단어** 대부, 황제, 살인자.

《대부》

실내. 낮: 돈 꼴레오네의 응접실(1955년)

꼴레오네 가의 집안 내부. 이사를 위해 커다란 상자들이 쌓여 있다. 포장된 가구들.

코니 오빠!

그녀는 서둘러 응접실로 들어와 마이클과 케이에게 다가간다.

케이 (위로하며) 코니….

그러나 코니는 그녀를 지나쳐 곧장 마이클에게 간다. 네리가 보고 있다.

코니 이 나쁜 놈. 내 남편을 죽였어.
케이 코니….
코니 아빠가 돌아가실 때까지 기다렸다가 아무도 막을 사람이 없으니까 내 남편을 죽였어. 오빠가 죽였다고! 소니에 대해서 계속 그 사람에게 뭐라고 그랬지. 늘 그랬어. 모두가 그랬다고. 그렇지만 내 생각은 한 번도 안 했어. 나는 안중에도 없었어! (울면서) 나 이제 어떡해, 이제 어떡하냐고!

마이클의 경호원 두 명이 다가와 명령이 떨어지기를 기다리고 있다. 그러나 마이클은 가만히 서서 동생이 말을 마치기를 기다린다.

케이 코니, 어떻게 그런 말을 할 수 있어요?

코니 왜 오빠가 카를로더러 남아 있으라 한 줄 알아요? 계속 내 남편을 죽일 생각이었던 거예요. 그렇지만 아빠가 살아계셨을 때는 꿈도 못 꿨겠죠. 그래놓고는 우리 애 대부를 서다니. 피도 눈물도 없는 개자식. (케이를 보며) 그리고 오빠가 카를로랑 얼마나 많은 사람을 죽은 줄 알고 있어요? 신문을 봐요. 그게 당신 남편이라는 사람이라고.

코니는 마이클의 얼굴에 침을 뱉으려 한다. 하지만 너무 화가 나서인지 입 안이 바싹 말라 있다.

마이클 위층으로 올려 보내고 의사 불러 와.

경호원 두 명이 곧장 그녀를 양쪽에서 잡아 정중하지만 단호하게 데리고 나간다.
케이는 충격을 먹은 상태다. 놀란 얼굴로 계속 마이클을 쳐다보고 있다. 그가 그 눈길을 느낀다.

마이클 동생이 히스테리가 있어.

하지만 케이는 계속 남편의 눈을 바라본다.

케이 마이클, 진짜야? 말해 줘.
마이클 묻지 마.
케이 말하라고!
마이클 알겠어. 이번 한 번만 사업에 대해 질문할 기회를 주지. 한 번만이야.
케이 저 말이 진짜야?

그녀는 그의 눈을 똑바로 쳐다본다. 그 역시 곧장 마주본다. 관객은 그런 모습에 그가 진실을 말할 것이라 기대한다.

마이클 (아주 오랜 시간 가만히 있다가) 아니.

케이는 안심한다. 그녀는 마이클에게 팔을 둘러 그를 안는다. 그런 다음 입을 맞춘다.

케이 (눈물을 글썽이며) 우리 한 잔 해야 할 것 같아.

실내. 낮: 돈 꼴레오네의 주방(1955년)

케이는 주방에 들어와 술을 준비한다. 흐뭇하게 술을 따르던 그녀의 시선에 클레멘자, 네리, 로코 람포네가 경호원과 함께 집으로 들어오는 모습이 보인다.

그녀는 호기심에 눈을 떼지 못하고, 마이클이 일어나 그들을 맞아주는 걸 본다. 그는 한 발을 뒤로 하고 거기에 체중을 실은 채 거만한 모습으로 편안하게 있다. 마치 로마 황제처럼 한 손으로 허리를 짚고 있다. 2인자가 그의 앞에 선다.

클레멘자가 마이클의 손을 잡고 손등에 입을 맞춘다.

클레멘자 돈 꼴레오네….

케이는 자신의 남편이 무엇이 되었는지를 두 눈으로 본다. 얼굴에 있던 미소가 점차 사라진다.

장면 쓰기

- **인물 변화** 어떤 장면을 쓰든 간에, 먼저 주인공의 인물 변화를 한 줄로 요약해놓으라.
- **장면 구축** 다음의 질문을 통해 각 장면을 구축해라.
  1. 이 장면은 주인공의 캐릭터 아크 중 어디에 위치하는가? 주인공은 이 장면을 통해 어떻게 다음 단계로 나아갈 수 있는가?
  2. 이 장면에서 풀어야할 문제는 무엇이며, 달성해야 하는 것은 무엇인가?
  3. 그렇게 하기 위해 어떤 전략을 쓸 것인가?
  4. 이 장면에서 주축이 되는 욕망은 무엇인가? 기억해라. 반드시 주인공의 욕망일 필요는 없다.
  5. 이 장면에서 그 인물이 세운 목표의 끝점은 무엇인가?
  6. 이 인물의 목표달성을 저해하는 것은 누구인가?
  7. 이 장면에서 자신의 목표를 달성하기 위해 이 인물이 사용하는 것은 어떤 계획(직접적 혹은 간접적)인가?
  8. 이 장면은 갈등이 고조된 상태로 끝나는가, 아니면 어떤 해결책이 제시되는가?
  9. 이 장면에 반전, 충격, 사실발견이 있는가?
  10. 한 인물이 상대 인물이 실제로 어떤 사람인지 언급하며 장면이 마무리되는가?

- **대사 없는 장면** 일단 대사 없이 장면을 쓰도록 해라. 등장인물들의 행동이 이야기를 말할 수 있게 해라. 이를 통해 초안 작성 시 모양을 만들고 다듬을 수 있는 '점토'를 얻을 수 있다.

- **대사 쓰기**
  1. **이야기 대사**: 오직 이야기 대사(501쪽 '트랙 1' 참고)만 사용하여 각 장면을 다시 써라. 이것은 줄거리에서 인물들이 하는 행동에 대한 대화임을 기억해라.
  2. **도덕적 대사**: 이번에는 도덕적 대사(503쪽 '트랙 2' 참고)를 추가하여 각 장면을 다시 써라. 이것은 어떤 행동이 옳고 그른가를 가르는 논쟁이거나, 자신들이 믿고 있는 것(가치)에 대한 대사여야 한다.

3. **핵심 단어:** 그 다음으로 핵심 단어, 핵심 문구, 펀치라인, 소리(504쪽 '트랙 3' 참고)를 강조하여 각 장면을 다시 써라. 이것들은 이야기의 주제에서 중심이 되는 사물, 이미지, 가치, 생각 등이다.

이렇게 세 가지 트랙의 대사를 작성하는 과정을 누군가의 초상화를 그리는 것과 같은 방식으로 생각해라. 먼저 얼굴의 전체 얼개(이야기 대사)를 스케치 한 다음, 얼굴에 중심 음영(도덕적 대사)을 넣어 깊이를 추가하고, 마지막으로 섬세하고 세부적인 디테일을 넣어 그 얼굴을 한 사람의 고유한 얼굴(핵심 단어)로 만들 것이다.

· **각자의 고유한 목소리** 각 인물이 각자의 고유한 방식으로 말하게 해라.

11장

영원히
끝나지 않는
이야기

잊히지 않는 이야기란 바로 당신이다. 위대한 이야기, 영원히 잊히지 않는 이야기를 만들고 싶다면, 여러분은 반드시 주인공처럼 자신만의 7가지 단계에 직면해야 한다. 새로운 이야기를 쓸 때마다 매번 말이다.

위대한 이야기는 영원히 살아 숨 쉰다. 이 말은 미사여구도 아니고 진부한 표현도 아니다. 위대한 이야기는 처음 하는 이야기가 끝난 후에도 오랫동안 관객의 마음에 남아 있다. 말 그대로, 계속 스스로를 이야기하는 것이다. 위대한 이야기가 살아 숨 쉬는 존재가 되어 영원히 죽지 않는 것이 어떻게 가능할까?

잊을 수 없을 정도로 훌륭하게 만든다고 해서 모두 영원히 끝나지 않는 이야기가 되는 것은 아니다. 그것은 이야기 구조에 담긴 특별한 기술을 사용해야만 만들어진다. 이러한 기법 몇 가지를 살펴보기 전에, 먼저 영원히 끝나지 않는 이야기와 반대되는 것이 무엇인지 살펴보자. 일단 가짜 엔딩으로 끝나는 경우, 이야기는 생명과 영향력이 단절된다. 가짜 엔딩에는 크게 세 가지가 있다. 그것은 너무 이른 엔딩, 멋대로 끝내는 엔딩, 그리고 닫힌 엔딩이다.

너무 이른 엔딩은 다양한 이유로 야기된다. 그중 하나는 자기발견이 너무 빨리 온 경우다. 주인공이 큰 통찰력을 얻는 순간, 그의 성장은 멈추고 다른 모든 것은 용두사미로 끝이 난다. 두 번째는 주인공의 욕망이 너무 빨리 채워질 때이다. 그렇다고 거기에 다른 욕망을 넣으면 완전 새로운 이야기가 되어 버린다. 세 번째는 주인공의 행동에 신빙성이 결여될 때이다. 다시 말해, 주인공의 행동이 그 사람이 할 법한 행동이 아닌 경우다. 등장인물, 특히 주인공이 부자연스럽게 행동하도록 만들면 줄거리의 '역학'이 표면으로 드러나기 때문에 관객을 즉시 쫓아내는 역효과를 얻는다. 어떤 인물이 모종의 행동을 할 때, 관객은 작가가 그렇게 만들었기 때문에 그가 그렇게(기계적으로) 행동하는 것이지, 그 인물의 자신의 필요에 의해(유기적으로) 행동하는 것이 아니라는 것을 깨닫기 때문이다.

멋대로 끝내는 엔딩은 이야기가 그냥 갑자기 끝나버리는 것을 뜻한다. 대부분 유기성이 없는 플롯을 가질 때 이런 일이 생긴다. 이런 경우 플롯은 한 명의 사람이나 하나의 사회 등 한 개체의 발전을 따라가지 않는다. 아무것도 발전하지 않으면 관객은 무언가가 결실을 맺었거나 진행되었다는 느낌을 받지 못한다. 대표적인 사례는 바로 『허클베리 핀의 모험』이다. 마크 트웨인은 허클베리 핀의 발전을 따라 가지만, 여행 플롯을 사용함으로써 허클베리 핀을 말 그대로 남부 구석에 그려 넣었다. 그리하여 이야기를 끝내기 위해 우연과 데우스 엑스 마키나Deus ex machina를 사용해야 했고, 어떤 관객도 여기에 넘어가지 않았다.

가장 흔하게 만날 수 있는 가짜 엔딩은 닫힌 결말이다. 주인공은 목표를 달성하고 단순한 자기발견을 하고 다시 찾은 평정 속에서 모든 것이 평온해진다. 이 세 가지 요소 모두는 관객에게 이야기가 완성되고 시스템이 종료되었다는 느낌을 준다. 그렇지만 그것은 사실이 아니다. 욕망이란 멈추지 않으니까. 평정 역시 일시적일 뿐이다. 자기발견은 단순할 수 없으며, 그렇기에 이제부터 주인공이 자기 삶에 만족할 거라는 보장이 없다. 위대한 이야기는 살아 있는 개체이기에, 그것의 엔딩은 이야기의 다른 부분처럼 마지막도 아니고 확정된 것도 아니다.

마지막에 나오는 단어를 읽거나 그림을 본 후에도, 이야기가 여전히 숨을 쉬고, 맥박이 뛰고, 끊임없이 변화하는 느낌을 주려면 어떻게 해야 하는가? 그러기 위해서는 우리가 시작한 곳, 바로 시간 속의 구조라는 이야기의 본질적 특징으로 돌아가야 한다. 이것은 유기적인 단위로, 계속 발전하며, 심지어 관객이 보는 것을 중단한 후에도 계속해서 발전해야 한다.

어떤 이야기든 그것은 항상 하나의 총체이며, 자연스러운 엔딩은 시작에서 발견되기 때문에, 위대한 이야기는 늘 관객에게 이야기의 처음으로 돌아가 다시 경험하라는 신호를 보내며 이야기를 맺는다. 그리하여 이야기는

—뫼비우스의 띠처럼—끝없는 순환을 거치며 매번 달라진다. 왜냐하면 관객은 항상 방금 일어난 일에 비추어 다시 생각하기 때문이다.

영원히 끝나지 않는 이야기를 만드는 가장 간단한 방법은 플롯을 통해 이야기를 사실발견으로 마무리하는 것이다. 이 기법을 쓰면, 겨우 만들어 놓은 겉보기 균형이 곧 이어진 사실발견으로 인해 산산조각 난다. 반전이라고 알려진 이 사실발견은 관객으로 하여금 여기까지 이어져온 모든 인물과 그들의 행동을 다시 생각하게 만든다. 같은 표식을 봐도 전혀 다르게 해석하는 탐정처럼, 관객은 머릿속에서 이야기의 처음으로 되돌아가 같은 카드를 새로운 조합으로 다시 섞게 된다.

《식스 센스》의 결말, 즉 브루스 윌리스가 처음부터 죽어 있었다는 사실을 알게 된 그 순간이 바로 이 기법이 훌륭하게 쓰인 예시이다. 이 기법은 《유주얼 서스펙트》에서 더욱 놀랍게 사용되었다. 겁쟁이 서술자가 경찰 본부에서 걸어 나와 바로 우리 눈앞에서 자신이 만들어낸 무시무시한 적대자 카이저 소제로 변한 순간이다.

반전은 우리에게 충격을 던져주지만, 영원히 잊히지 않는 이야기를 만드는 데 있어서는 제한이 있다. 관객에게 오직 단 한 번의 순환만을 더해주기 때문이다. 플롯이 관객이 처음 생각한 것과 달랐다. 그러나 지금은 안다. 그러니 이제는 더 이상 놀라지 않는다. 이 기법을 사용하면 영원히 끝나지 않는 이야기가 아닌, 고작 두 번 반복되는 이야기를 얻을 뿐이다.

어떤 작가들은 플롯이 너무 강력하여 다른 이야기 요소보다 너무 우세하면 단번에 끝나버리는 일회성 이야기가 된다고 주장하기도 한다. 큰 반전으로 끝나는 플롯조차도 관객에게 이제 집의 모든 문이 닫혔다는 느낌을 주기 때문이다. 열쇠는 돌아갔고, 퍼즐은 풀렸고, 사건은 종결되었다.

계속해서 달라지는 느낌의 이야기를 만들기 위해 플롯을 죽일 필요는 없다. 그렇지만 이야기 몸체의 모든 시스템은 사용할 필요가 있다. 등장인물, 플롯, 주제, 상징, 장면, 대사로 복잡하게 양탄자를 짜면 관객이 이 이야기를 몇 번이나 곱씹을지에 대해 제한을 둘 수 없을 것이다. 관객은 그렇게나 많은 이야기 요소를 다시 생각하게 될 것이고, 그리하여 무한의 조합이 만들어져 이야기가 절대 죽지 않게 된다. 무한한 이야기 양탄자를 짜기 위해 포함할 수 있는 몇 가지 요소는 다음과 같다.

- 주인공이 욕망을 이루지 못하지만 다른 인물들이 이야기의 마지막에 새로운 욕망을 찾아낸다. 이를 통해 이야기가 닫히는 것을 막고, 어리석거나 절망적일지라도 욕망은 결코 죽지 않는다는 것을 보여줄 수 있다.("나는 욕망한다, 고로 존재한다.")
- 적대자나 주변 인물에게 놀라운 인물 변화를 주어라. 이 기법을 쓰면 관객은 그 인물을 진정한 주인공으로 삼아 이야기를 다시 보게 만든다.
- 이야기 세계의 배경에 엄청난 수의 세부사항을 배치하여 나중에 볼 때마다 하나씩 전경으로 드러나게 해라.
- 관객이 플롯의 반전이나 주인공의 인물 변화를 보고 나면 훨씬 더 흥미로워질 짜임새 요소(인물, 도덕적 주장, 상징, 플롯, 이야기 세계)를 추가해라.
- 관객이 처음으로 플롯을 보고 나면 서술자와 다른 등장인물과의 관계가 근본적으로 다르다는 것을 알게 해라. 신뢰할 수 없는 서술자를 사용하는 것이 한 방법, 아니 오직 하나의 방법일 수 있다.
- 도덕적 주장을 모호하게 만들어라. 그리고/혹은 주인공이 최종으로 도덕적 선택에 직면했을 때 어떤 결정을 내리는지 보여주지 마라. 선이냐 악이냐 하는 단순한 도덕적 논쟁을 넘어서는 순간, 관객은 주인공, 적대자, 그리고 주변 인물들을 재평가하여 무엇이 옳은 행동인지 파악하게 된다. 최종 선택을 보류함으로써 관객이 주인공의 행동에 다시 한 번 의문을 제기하고 자신의 삶에서 그 선택을 탐색하도록 이끌 수 있다.

이 책을 쓰면서 내가 직면하게 된 주요 문제는 바로 실용적 시학—모든 이야기 형태에 존재하는 스토리텔링 기술—을 어떻게 배치할 것인가 하는 거였다. 거기에는 관객의 마음속에서 성장하고 결코 죽지 않는, 복잡하면서도 살아 숨 쉬는 이야기를 만드는 방법이 포함된다. 그것은 또한 불가능한 모순처럼 보이는 문제, 즉 보편적인 매력이 있으면서도 완전히 독창적인 이야기를 들려줘야 한다는 문제를 극복하는 것을 의미한다.

해결책은 이야기 세계에 은밀하게 존재하는 작동 방식을 보여주는 것이었다. 나는 여러분이 화려함과 복잡함 속에서 극적 코드(인간이 일생 동안 성장하고 변화하는 방식)를 발견하길 바랐다. 이 책에는 강력하고 독창적인 이야기로 극적 코드를 표현하는 다양한 기법이 담겨 있다. 현명한 작가라면, 끊임없이 연구하고 연습을 게을리 하지 않을 것이라 생각한다.

그렇지만 기술을 연마했다고 해서 끝이 아니다. 책을 마치기 전, 마지막 발견을 하나 남기고 가겠다. 영원히 끝나지 않는 이야기는 바로 당신이다. 위대한 이야기, 무한히 뻗어가는 이야기를 만들고 싶다면, 여러분은 반드시 주인공처럼 자신만의 7가지 단계에 직면해야 한다. 새로운 이야기를 쓸 때마다 매번 말이다. 나는 여러분이 목표를 달성하고, 필요를 충족시키고, 끝없는 자기발견을 얻는 데 도움이 되도록 전략, 전술 및 기술을 제공하려 노력했다. 스토리텔링의 달인이 되는 것은 쉽지 않다. 하지만 이 기술을 배워 자신의 삶을 멋진 이야기로 만들 수 있다면, 여러분 또한 자신이 할 멋진 이야기에 놀라게 될 것이다.

여러분이 훌륭한 독자라면—그렇다는 것에 나는 일말의 의심도 없다—이 책을 통해 많은 변화를 얻었을 것이다. 이 책을 끝까지 다 읽었다면, 여러분께 권하고 싶다. 그것이 무엇인지는 여러분 자신도 잘 알 것이다.

참고 문헌

1) R.S. 크레인 〈비평 언어와 시 구조〉, 토론토 대학 출판부, 1953년, 2쪽

2) 피터 브룩, 《빈 공간》, 아테니엄, 1978년, 76쪽

3) 피터 브룩, 《빈 공간》, 아테니엄, 1978년, 76쪽

4) 가스통 바슐라르, 『공간의 시학』, 비콘프레스, 1969년, 43쪽

5) 가스통 바슐라르, 『공간의 시학』, 비콘프레스, 1969년, 201쪽

6) 가스통 바슐라르, 『공간의 시학』, 비콘프레스, 1969년, 47쪽

7) 가스통 바슐라르, 『공간의 시학』, 비콘프레스, 1969년, 4쪽

8) 가스통 바슐라르, 『공간의 시학』, 비콘프레스, 1969년, 7쪽

9) 가스통 바슐라르, 『공간의 시학』, 비콘프레스, 1969년, 51쪽

10) 가스통 바슐라르, 『공간의 시학』, 비콘프레스, 1969년, 52쪽

11) 조르주 상드, 『콘수엘로』, 2권, 116쪽

12) 가스통 바슐라르, 『공간의 시학』, 비콘 프레스, 1969년, 150쪽

13) 가스통 바슐라르, 『공간의 시학』, 비콘 프레스, 155쪽

14) 피터 브룩, 『빈 공간』, 아테네움, 1978년, 91쪽

15) 피터 브룩스, 『플롯을 위한 독서』, 하버드 대학 출판부, 1992년, 168쪽

16) 노스럽 프라이, 『신화에서 상징까지』에서 '과잉의 길', 1963년, 234쪽

17) 윌리엄 골드먼, 『네 편의 희곡』, 어플러즈 북스, 1997년, 10~12쪽

18) 윌리엄 골드먼, 『네 편의 희곡』, 어플러즈 북스, 1997년, 12~19쪽

19) 윌리엄 골드먼, 『네 편의 희곡』, 어플러즈 북스, 1997년, 136~140쪽

STORY MASTER CLASS

스토리 마스터 클래스

1판 1쇄 인쇄 2024년 5월 27일
1판 1쇄 발행 2024년 6월 3일

지은이 존 트루비
옮긴이 안은주
펴낸이 김기옥

편집 이승미
표지디자인 이보람 **본문디자인** 고은주
마케팅 박진모 **경영지원·제작** 고광현 김형식
인쇄·제본 (주)민언프린텍

펴낸곳 한스미디어(한즈미디어(주))
주소 (04037) 서울시 마포구 양화로 11길 13(서교동, 강원빌딩 5층)
전화 02-707-0337 **팩스** 02-707-0198 **홈페이지** www.hansmedia.com
출판신고번호 제313-2003-227호 **신고일자** 2003년 6월 25일

ISBN 979-11-93712-17-7 03800